Plaza Cavour
Pte. Cavour
Palacio de Justicia
Corso Umberto I
Pte. de Umberto I
Via Tritone
Parlamento
Coronari
Plaza Navona
Panteón
Vittorio Emanuele II
Foro Trajano
Monum. a Vittorio Emanuele II
V. Arenula
Tíber
Monte Capitolino
Foro Romano
Pte. Sisto
P. Aurelius
Hospital Fatebenefratelli
Pte. Garibaldi
Pte. Fabrizio
IslaTiberina
Pte. Cestio
San Basilio
Monte Palatino
Barrio Judío
Santa María de Trastévere
Hospital S. Gallicano
Pte. Palatino
Vial del Rey
Hospital S. Miguel
Circo Máximo

UNA LUZ EN LA NOCHE DE ROMA

JESÚS SÁNCHEZ ADALID

UNA LUZ EN LA NOCHE DE ROMA

Cualquier forma de reproducción, distribución, comunicación pública o transformación de esta obra solo puede ser realizada con la autorización de sus titulares, salvo excepción prevista por la ley. Diríjase a CEDRO si necesita reproducir algún fragmento de esta obra.
www.conlicencia.com - Tels.: 91 702 19 70 / 93 272 04 47

Editado por HarperCollins Ibérica, S. A.
Avenida de Burgos, 8B - Planta 18
28036 Madrid

Una luz en la noche de Roma
© Jesús Sánchez Adalid, 2023
© 2023, para esta edición HarperCollins Ibérica, S. A.

Todos los derechos están reservados, incluidos los de reproducción total o parcial en cualquier formato o soporte.
Esta es una obra de ficción. Nombres, caracteres, lugares y situaciones son producto de la imaginación del autor o son utilizados ficticiamente, y cualquier parecido con personas, vivas o muertas, establecimientos comerciales, hechos o situaciones son pura coincidencia.

Diseño de cubierta y mapa: CalderónStudio®

ISBN: 978-84-9139-812-7
Depósito legal: M-1832-2023
Impreso en España por: Unigraf

MIXTO
Papel procedente de fuentes responsables
FSC® C120704

A mis amigos Antonio Amores y Laly Morales,
que siempre están ahí…

Hay algo tan necesario como el pan de cada día, y es la paz de cada día; la paz sin la cual el mismo pan es amargo.

Amado Nervo

Manda el que puede y obedece el que quiere.

Alessandro Manzoni

PRELUDIO

Cuando me preguntan por qué escribo, no puedo evitar sentir la cuestión como una invitación a la mentira. Ya que a esa pregunta se suele responder con frases más o menos ingeniosas. Y casi todas las frases ingeniosas contienen cierto grado de falsedad, porque el uso de la imaginación implica de hecho la alteración de la realidad en beneficio del enunciado mismo. Aunque, si no se recurre al ingenio, se abordará la respuesta de forma más simple, o al menos con una ostensible modestia. Por ejemplo, diciendo que escribimos porque tenemos algo importante que contar; algo que no podemos guardar por más tiempo dentro de nosotros y que debemos darlo a conocer a los demás irremediablemente. También esto, si no una mentira, es una verdad a medias. O quizá una justificación fácil para lo que encierra en sí una profunda complejidad. Hasta el hecho de apropiarse uno de la palabra «escritor» me parece una felonía. Porque uno no elige ser escritor, sino que es la escritura la que te elige. Por mucho que quieras huir de ella, hacer otras cosas, otros trabajos, y tener una vida normal con problemas más corrientes. Incluso hay veces en las que aquella historia que te propones narrar pareciera que te ha preferido a ti, que de alguna manera te han designado misteriosamente para que la desveles al mundo. Entonces ya no puedes negarte. No te queda más remedio que escribirla.

En consecuencia, si se me perdona el subterfugio, diré sencillamente que las auténticas razones para escribir deben permanecer en el misterio. Pero nunca antes lo había experimentado con tanta fuerza como después de conocer con hondura los hechos que voy a relatar aquí. Esos hechos vinieron a mí de repente y sin esperarlos. Yo no los busqué. Y no me importa en absoluto que alguien pueda pensar que necesitaba hallar algo verdaderamente sobrecogedor, sugestivo, excitante… No fue así. Por el contrario, no tenía el más mínimo interés en escribir sobre unos acontecimientos y una época que ya están tratados hasta la saciedad en miles de relatos, ensayos y crónicas. Me refiero al período histórico europeo más siniestro del siglo XX: los totalitarismos, el fascismo italiano, el nazismo alemán y la Segunda Guerra Mundial. La amplia obra literaria surgida al respecto constituye un perturbador testamento para las generaciones futuras y, no obstante, parece inagotable la atracción que sigue suscitando. Pero, precisamente por ser un tema tan recurrente, nunca antes me había planteado escribir sobre él. Consideraba que después de tantos episodios narrados, como aquellos que he leído, no hacía falta nada más; que casi todo estaba contado, y que volver una y otra vez sobre lo mismo no aportaba ninguna novedad destacable. Y no ocultaré que se despertaba en mí cierto pudor porque llegaran a pensar que me unía de manera oportunista a la reciente moda de escribir historias de nazis, judíos y campos de concentración.

Pero mi actitud al respecto cambió el día 19 de septiembre de 2019, cuando recibí un mensaje por correo electrónico que comenzaba así:

Estimado don Jesús:

No quiero invadir su intimidad por el momento, y por esto prefiero escribir. Y cuando no le interese esta conversación escrita, pues no la siga y punto…

Le adjunto un hecho histórico acaecido en nuestro Hospital de la isla Tiberina de Roma, sobre el que algunas televisiones (de USA y Polonia) e investigadores de la historia desean obtener información. Ese interés ha aumentado de manera considerable últimamente. De forma resumida, trataré de contárselo en estas líneas.

Durante la ocupación nazi de Italia en la Segunda Guerra

Mundial, en 1943, hubo, como sabrá, una persecución de la comunidad judía de Roma, que básicamente se concentraba en el gueto, siendo, por tanto, vecina de nuestro Hospital, que se encuentra en la isla Tiberina. Solo nos separa del barrio judío el puente Fabricio…

Aunque el remitente no se presentaba inicialmente ni daba indicación alguna sobre su persona, su intención era evidente: me ofrecía el posible tema de fondo para un relato. Lo cual no es nada raro en mi caso. Porque, dada la temática histórica de la mayoría de mis novelas, resulta frecuente que se pongan en contacto conmigo para ofrecerme hechos que podrían servirme —según su criterio— como base para un argumento. A veces son historiadores, archiveros, periodistas o arqueólogos; otras, sencillos lectores. Siempre lo agradezco y suelo prestar atención a estas amables informaciones.

A continuación, el mensaje exponía el acontecimiento. Aunque la descripción era un resumen muy sucinto, enseguida percibí que se trataba de unos hechos verdaderamente sorprendentes, apasionantes. Por otra parte, parecía que el remitente evitaba asumir cualquier clase de protagonismo en ellos. Acudía a mí con el único fin de ofrecerme esa historia, pero no se consideraba en absoluto parte de ella, ni pretendía arrogarse el mérito del potencial interés que los hechos suscitaran en el escritor. Y el fundamento de esta manera de obrar se vislumbraba con solo descender con la vista hasta el pie del escrito. Se identificaba por fin como *hermano Ángel López Martín*, llanamente, sin ninguna otra indicación sobre su cargo, ocupación o relación con ese lugar de Roma que nombraba como «nuestro Hospital». Actuaba pues como un mero intermediario.

Yo sabía que en la isla Tiberina se halla desde antiguo un centro hospitalario regentado por la Orden de San Juan de Dios, conocido popularmente entre los romanos como Fatebenefratelli (en español: «Hagan el bien, hermanos»), pero cuyo nombre oficial es Hospedale San Giovanni Calabita. Quien me había escrito era seguramente uno de los religiosos que prestan servicio en dicha fundación. Respondí al correo dándole mi número de teléfono e invitándole a entablar un contacto más directo por esta vía. La llamada no se hizo esperar. El hermano Ángel López Martín resultó ser, en efecto, uno de los frailes de la Orden de San Juan de Dios, superior de la comunidad y buen conocedor de mi obra. Tras los primeros saludos, me hizo saber que es español, extremeño de origen, como yo, aunque lleva muchos años viviendo lejos de nuestra tierra a causa de sus labores religiosas. Luego vino la explicación del motivo principal por el que había decidido poner en mis manos aquellos hechos históricos: consideraba que encerraban algunos detalles delicados que yo podría tratar —según su personal apreciación— con la hondura y la honestidad que requerían. A continuación, fue desgranando los acontecimientos y me ofreció amablemente toda la documentación que había ido reuniendo. Mi interés creció y convine con él la manera de avanzar en un estudio más exhaustivo.

Pocos días después, recibí el conjunto de artículos, cartas, entrevistas y testimonios enviado desde Roma por el hermano Ángel. Con estas premisas, inicié una ardua investigación que me iba a conducir hacia los archivos y registros documentales donde se han ido recopilando los nombres y datos biográficos de millones de víctimas del Holocausto. Curiosamente, los comienzos de mis pesquisas coincidían con la decisión del Vaticano de hacer públicos más de dos mil setecientos expedientes de peticiones de ayuda de judíos de toda Europa durante la persecución nazi, que con anterioridad estaban conservados en el antiguo «Archivo Secreto», y que hoy forman parte del Archivo Histórico de la Secretaría de Estado del Vaticano. Además, el Archivo Central del Estado Italiano acababa de publicar trescientas veintidós entrevistas en vídeo hechas a judíos italianos perseguidos por los nazis en Roma y de supervivientes de los campos de concentración. Luego acudí a la Shoah Foundation Institute Steven Spielberg, que contiene cincuenta y dos mil testimonios personales en treinta y dos lenguas y provenientes de cincuenta y seis países. Esta impresionante colección, además de documentar con nombres, hechos y episodios de judíos italianos, me ofrecía un extraordinario retrato inédito de la vida judía europea desde 1918 hasta el final de la Segunda Guerra Mundial, con recuerdos y descripciones de las costumbres, de las tradiciones populares y religiosas, y una completa relación de las diversas comunidades y dialectos hebreos de la época.

Mis indagaciones acabaron finalmente en los Archivos de Yad Vashem, que comenzaron a funcionar en 1946, y que contienen unos ciento ochenta millones de documentos, la colección más grande del mundo sobre el Holocausto.

Cuando estaba inmerso en lo más arduo de esta investigación, recibí un testimonio de primera mano realmente valioso. Ángel López Martín me puso en contacto directo con fray Giuseppe Magliozzi, religioso de la Orden Hospitalaria, doctor en Medicina y Cirugía e historiador, que había realizado un exhaustivo trabajo de indagación sobre los acontecimientos. Fue contemporáneo de los hechos, aunque era apenas un niño, y conoció en persona a los protagonistas supervivientes, recibiendo el testimonio directo de sus experiencias. Mi conversación con él resultó apasionante, pues me dio datos muy precisos, desgranando un relato elocuente, lleno de anécdotas que recordaba muy vivas.

Como resultado de esta primera búsqueda, reuní una buena relación de nombres e historias, aunque concisas, de familias que habían formado parte de aquellos sucesos acaecidos en el hospital Fatebenefratelli. Tenía ya a los protagonistas del posible relato. Pero eso no es lo que más me empezaba a cautivar, sino la tremenda realidad que les tocó vivir a esas personas y la manera en que afrontaron la gran tragedia que los rodeaba. A medida que más indagaba, más me sorprendía, más me atrapaba aquella historia y tenía mayor deseo de escribirla. El maravilloso viaje al pasado comenzaba. Y la profundidad humana que se me prometía en el itinerario resultaba irresistible. Pero me topé muy pronto con los escollos...

Aunque la veracidad del hecho histórico de base, por fantástico que pudiera parecer, resultaba incuestionable, no bastaba con referirlo sin más. Para armar un relato vivo y convincente, se necesitaban más detalles, los pormenores de las vidas de esas personas con anterioridad a la desventura que los esperaba. ¿Quiénes eran en verdad? ¿Cómo eran? ¿Cómo pensaban? ¿Qué los preocupaba? Es decir, no bastaba con los nombres y la procedencia. Había que dar con los testimonios precisos, con las vidas reales, con las desdichas personales y la propia apreciación de los acontecimientos de aquellos que los sufrieron. Algunos pudieran estar vivos todavía; y otros muchos seguramente habrían muerto, por lo que debía ponerme en contacto con sus descendientes. Entonces inicié un periplo un tanto caótico y agotador para localizar números de teléfono y direcciones de correo electrónico, al cual siguieron muchas llamadas telefónicas y el envío de mensajes. Como respuesta, obtenía escaso interés, evasivas y casi ninguna información nueva. Comprobaba, sorprendido, que mis eventuales colaboradores no deseaban sacar a la luz circunstancias y hechos dolorosos en extremo. No se mostraban dispuestos a airear recuerdos duros, desagradables, cuando no poco heroicos o nada ejemplares. Me enfrentaba a la lógica reticencia y al pudor que suele envolver la infausta historia del todavía próximo siglo XX. Al fin y al cabo, se trata de las vidas de los padres y abuelos... La memoria no ha sido purificada del todo; no ha transcurrido tiempo suficiente y esas vidas se sienten todavía recientes.

Y no me consideraba autorizado siquiera para comenzar la escritura sin esa información. No me parecía honesto ni justo inventar un mundo del todo desconocido para mí. Con épocas más antiguas me permito en mis novelas mayores licencias, pero no lo iba a hacer con el cercano siglo XX. De hacerlo, faltaría un elemento fundamental en la consistencia de la historia: el cumplimiento con el principio de verosimilitud.

Soy de los que consideran que, para que un escrito narrativo resulte verosímil, es decir, que parezca verdadero, no debe entrar en contradicción con nuestros conocimientos de la realidad. Y no hay que confundir esta palabra, «verosimilitud», con «veracidad», o cualidad de verdadero. Porque tampoco el relato tiene por qué ser una copia exacta, como lo es una fotografía de la imagen de la realidad. Si bien cuanto más se aproxime a la verdad estricta, aumentará su fuerza narrativa, con tal que no se confunda jamás con ella. Y eso requiere un esfuerzo añadido, además de fabular: acercarse el narrador al conocimiento de esa verdad estricta cuanto pueda. Porque la mayor dificultad que el creador tiene que superar es la de hacer que sus personajes hablen y obren de modo que sus acciones y palabras correspondan exactamente con lo que individuos reales harían y dirían si se hallasen verdaderamente en las circunstancias que él les atribuye. Lo cual exige un buen juicio sobre tales circunstancias. Bien sé que el escritor que acierta en esto no defrauda, por extravagante que pueda ser su ficción original.

Pues bien, mi frustración iba en aumento a medida que más me esforzaba en vano tratando de conseguir los testimonios personales de los familiares de mis protagonistas. Y cuando ya estaba a punto de desistir, se produjo el milagro inesperado. Porque yo lo viví efectivamente así, como un verdadero milagro. Una noche recibí la llamada de alguien que antes me había manifestado con rotundidad que no deseaba en ningún caso compartir con escritores o periodistas esa memoria familiar conservada en secreto durante más de siete décadas. Ahora reconsideraba finalmente su decisión. Iba a hablar. Esta persona vive en un país de Hispanoamérica, había leído algunas de mis novelas y me dijo que confiaba en mi honestidad. Para mi alegría, declaró en principio que iba a referir lo que les sucedió a sus antepasados que vivieron en Italia durante la Segunda Guerra Mundial. Y digo «en principio», porque, antes de nada, imponía una condición *sine qua non*: yo no podría desvelar los nombres reales de los protagonistas, ni dar cualquier referencia o dato que pudiera identificarlos. Esta exigencia afectaba tanto a la posible novela como a la posterior campaña de promoción que pudiera hacerse en torno a ella. Y no bastaba con mi palabra. Para asegurar su anonimato y el de sus familiares, me obligaba a firmar un instrumento notarial con el compromiso formal de cumplir con esta voluntad. Justificó la medida alegando que no quería ser molestado en modo alguno tras la posible curiosidad que pudiera suscitar su historia familiar en los medios de comunicación, dado que hoy día es una conocida figura empresarial en su país y temía que su personalidad pública quedara empañada. Le rogué que al menos me dejara agradecerle en un epílogo su generosidad. No aceptó. También le pedí que me permitiera grabar las conversaciones. Lo prohibió tajantemente. Intenté que me enviara copias de documentos, fotografías, cartas, etc. Tampoco accedió a esto. No me entregaría material gráfico alguno y solamente hablaría conmigo por teléfono. Yo debería tomar mis propias notas. Exigía además que la serie de llamadas telefónicas necesarias tuvieran lugar solo una vez al día en horario fijo, a las 12 de la noche, hora española, y no podrían alargarse por más de una semana. Estas eran sus condiciones. Ante su firme determinación, no me quedó más remedio que suscribir el contrato que me envió.

Todavía temí que se arrepintiera antes de la primera llamada. Pero el lunes siguiente, a la hora estipulada, descolgó puntualmente el teléfono y se manifestó cordial desde el principio. Comenzó hablando despacio. Observé que no le resultaba molesto tratar sobre aquello. Tenía estructurado a la perfección su relato. Al oír el ruido del paso de hojas, comprendí que lo conservaba ordenado en papeles. Y así, de manera sistemática, fue aportando nombres, datos, hechos, peripecias... Se trataba de una ingente cantidad de información directa recibida de forma oral de sus padres y abuelos, que seguramente él u otro familiar cercano había ido poniendo por escrito. Yo escuchaba atónito y no necesitaba interrumpirle demasiadas veces. Porque contaba aquella historia con la conciencia de un verdadero biógrafo y el entusiasmo conmovedor de quien conoce los hechos profundamente. Ante mí, la historia brotaba paso a paso; cobraba sentido y se llenaba de existencia y de verdad. Todo aquello era como una revelación... Justo lo que necesitaba. Mi relato estaba allí, ¡vivo y palpitante! Se me ofrecía un verdadero regalo. Y desde el primer instante ya deseaba escribirlo.

I

I PROMESSI SPOSI

(LOS NOVIOS)

1

Roma, viernes, 21 de mayo de 1943

En la Piazza Margana, en el bajo de una casa de tres pisos, está la Cantina Senni, que regenta el señor Vittorio Pinto. Desde siempre ha tenido fama de vender vino muy bueno, vino de Frascati de intenso reflejo ambarino. Aunque ahora, en estos tiempos en que todo se degrada, el tono es más claro y el sabor más insípido. Así que dicen las malas lenguas que le añaden algo de agua. A pesar de eso, está siempre llena de gente, sobre todo de transportistas y vendedores forasteros. Justo enfrente está la célebre Trattoría Angelino. Antes de la guerra, en la cocina abierta, se preparaban varios platos cada día, y los comerciantes de rostro avispado, vestidos con abrigos cortos y gorras de piel, esperaban en primavera junto a sus carros con la fusta en la mano, y con mucha paciencia y orgullo, a que les sirvieran unos buenos *bucatini*, *gnocchi alla romana*, ensalada y pan tierno con salami, o las célebres *carciofi alla giudia*, alcachofas a la judía, que es la especialidad de la casa. A la hora del almuerzo siguen yendo los asiduos parroquianos, pero tienen que conformarse con una sola variedad de insípida pasta, casi siempre la misma, o si acaso con unos *fettuccine* procedentes del mercado negro, cuando el cocinero puede hacerse con ellos. El racionamiento ha complicado la vida, pero no la ha detenido.

Por la tarde, la clientela de ambos establecimientos es diferente. Mientras que en la Cantina Senni se reúnen unos cuantos ancianos, Angelino está lleno de jóvenes que fuman cigarrillos liados y sorben diminutas tazas de falso café hecho a base de habas tostadas. Son alumnos del cercano Liceo Ginnasio Ennio Quirino Visconti. Hoy bajaron un buen grupo de ellos hasta el barrio judío para celebrar el final del curso, anticipado a causa de la guerra. Aquí se sienten más tranquilos, separados de su habitual ambiente. Han dejado sus bicicletas junto a la puerta, apoyadas en la pared, y ahora están sentados en las viejas y desvencijadas sillas y hablan de sus cosas con la extática indolencia que les confiere su edad. Son todos muchachos y muchachas de dieciocho a veinte años, de inconfundible apariencia estudiantil. La naturaleza acomodada de las familias a las que pertenecen es visible no solamente en sus ropas dignas, aunque informales, sino en lo delicado de las personas, en el corte de los cabellos, en las manos, en la manera de reírse y en todos sus ademanes. Reflejan al mismo tiempo un algo diferente; aquella especie de dejadez que fue moda antes de la guerra y que lo sigue siendo todavía entre los jóvenes intelectuales de origen burgués que no son fascistas. Poco después se unen a ellos algunos más, pero estos otros tienen una característica apariencia obrera. También entran dos hombres barbados de más edad, seguramente profesores, y una mujer de unos cuarenta años, extraordinariamente gorda y de tez blanca, llena de pecas rojas, que va a sentarse en una butaquita baja al lado de una ventana, y que no para de hablar manoteando desde que ha llegado.

Betto, el joven camarero que se ocupa de la cantina a esa hora, está detrás del mostrador sentado en un rincón, en penumbra, con los codos apoyados en las rodillas y el rostro en los nudillos, y fija su mirada ora sobre uno, ora sobre otro, sin pestañear. Desde aquel ángulo, observa la animada reunión, con las caras alegres y los gestos, sobre el fondo de la sórdida taberna donde todo está venido a menos; los descoloridos cuadros, las ventanas rotas, entabladas por fuera, las rejas oxidadas o cubiertas de brea. No se pinta nada en Roma desde 1940. Todo el país sufre los efectos de la depresión y la carestía.

Betto tiene diecinueve años, más o menos la misma edad que aquellos jóvenes a los que tiene que servir el café. Y hace tiempo que se ha fijado especialmente en una muchacha rubia bastante llamativa, que lleva una blusa de seda anaranjada. Ya no puede apartar la vista de ella. La joven está de pie, muy atenta a lo que dice la mujer gruesa, con el codo derecho apoyado en la palma izquierda, sosteniendo un cigarrillo entre los finos dedos. Tiene los brillantes ojos azules semicerrados por el humo que escapa del pitillo y no parece que tenga demasiada experiencia en eso de fumar. Su pálido rostro, en el cual resplandece aquella belleza propia de las grandes familias nobles italianas, forma un singular contraste con el resto de sus compañeros, sobre todo con los ademanes y la general apariencia de la mujer gruesa que no para de hablar.

Uno de los jóvenes pide café para los recién llegados. Betto lo prepara y va a servirlo. Cuando regresa a su rincón, detrás del mostrador, se da cuenta de pronto de que la muchacha rubia mantiene fijos en él sus bellos ojos de zafiro, con persistencia burlesca y misteriosa. Ella le contempla. El muchacho es delgado y de figura atractiva; lleva una camisa de rayas y un delantal gris ceñido y anudado en la nuca. Deja lo que está haciendo, estira el cuello largo y sostiene retadoramente la mirada, con las manos hundidas en los bolsillos. Su boca tiene la gentileza afectada de una media sonrisa burlona, con dos hoyuelos de forma oblonga junto a las comisuras de los labios. Tiene el cabello corto, crespo y de un matiz poco definido, entre paja seca y trigo mojado. Sus raros ojos, de infrecuente iris amarillento, resultan para la joven diferentes a los millones de ojos de Italia.

Él sostiene aquella intensa mirada y sonríe. Es un instante inesperado y maravilloso que parece quedar suspendido. Desde entonces, ya no dejan de estar pendientes el uno del otro, sin ningún pudor, demostrándose en la distancia una complicidad que no puede albergar ninguna vacilación.

Un poco después, los estudiantes se ponen en pie, se despiden con sonoros saludos y la mayoría de ellos se marcha. Solo permanecen en la taberna los tres mayores y la muchacha rubia, que ahora va a sentarse junto a uno de los hombres barbados que a Betto le resulta de una apariencia repulsivamente petulante, con su traje bien planchado y una pajarita color azul cielo. Mientras conversa con ellos, ella no deja de enviarle miradas ni un instante. También sonríe burlona, con una pillería irresistible para él.

Betto es un joven duro, que se precia generalmente de no dar muestras de la más mínima emoción, ni aun en presencia de la chica más guapa; pero esta vez deja de lado su expresión impasible, como quien se quita una máscara y permite a su mirada que acaricie la aterciopelada manzana que le está tentando de manera tan directa, y se fija en todas las partes perfectas y firmes que adornan aquel cuerpo femenino, con una mezcla de delicia y confusión en su sonrisa. Y un instante después, sucede como por ensalmo lo que en verdad él estaba deseando más que nada en el mundo en aquel momento: ella se levanta y se dirige hacia el mostrador. Camina con seductora torpeza, y arquea y encoge los hombros mientras le mira muy fijamente. Sus mejillas se han ruborizado de pronto, pero resulta con ello más atractiva si cabe. Betto se pone nervioso. No sabe qué hacer y empieza a rellenar una jarra de vino con los restos de otras dos.

—Eh, Betto —dice la muchacha—. Eres Betto, ¿verdad?

Él contesta con parquedad:

—Ah, me conoces...

—Claro. Estudiabas en el Ennio Quirino. Tú y yo hemos hablado una vez... ¿No lo recuerdas?

El muchacho se queda estupefacto. ¿Cómo es posible que aquella belleza le conozca, cuando él, en cambio, la ha olvidado?

Ella suelta una carcajada al verle tan confundido. Luego dice:

—Resulta que no te acuerdas... ¡Qué desmemoriado!

—No, no me acuerdo...

—¡Soy Gina!

—¿Gina?

—¡Sí, bobo! Me entregaste unos panfletos antifascistas a la salida del Liceo. Hace ya mucho tiempo. Tendría yo unos dieciséis años... —ríe divertida—. Yo me interesé y te pregunté por aquello. Y tú me dijiste muy serio: «Soy Betto. Si quieres saber más sobre esto, ve a la reunión que habrá mañana en la Piazza di Pietra». O algo así. ¿Lo has olvidado? Estuve en la Piazza di Pietra con una amiga, pero no pude acercarme a ti porque estabas muy ocupado en medio de un montón de comunistas bastante alterados... Me dio miedo, la verdad... No sé cómo me atreví...

Betto se acuerda perfectamente de la reunión que tuvo lugar hacia más de tres años en la Piazza di Pietra, cuando todavía había de vez en cuando algún tímido asomo de protesta contra el régimen.

Él acudía, aunque no era nada más que un adolescente que empezaba a meterse en líos. Pero es imposible recordar a aquella muchacha que por entonces sería solo una niña. Así que esboza una sonrisa conciliadora y miente con descaro:

—¡Claro que me acuerdo de aquello! Y desde luego no te vi en la Piazza di Pietra. Si te hubiera visto allí, me habría acercado para decirte algo.

Gina se pone visiblemente contenta. Guiña un ojo y, bajando la voz cuanto puede, dice:

—Soy antifascista. ¿Qué te parece? Lo soy con pleno convencimiento. Por aquella época todavía no me enteraba de nada. Fui a la Piazza di Pietra solo para volver a verte. Ahora ya sé muy bien lo que quiero…

Betto se estira y adopta un aire interesante, al contestar:

—No sé… No tienes pinta de ello.

—¡Serás idiota! —le espeta Gina sin ocultar su enfado—. ¿Acaso lo eres tú más que yo, pazguato?

Betto se pone serio y, con severo aire de superioridad, replica:

—La juventud burguesa se rebela en contra de la Italia de Mussolini, la opresora y tiránica, pero solo porque no quiere ir a la guerra, ni sufrir esta carestía, los racionamientos y la incomodidad de esta vida sórdida que tiene ahora. Ese antifascismo nuevo es pura nostalgia del bienestar en que vivían. Pero pronto ha olvidado esa juventud burguesa que sus padres entronizaron a la bestia para conservar sus privilegios…

Gina se le queda mirando encandilada, en vez de enfadarse por esta suerte de reconvención. Enciende un cigarrillo y fuma mientras escucha sin interrumpirle. Los ojos de Betto, grandes y bellos, se abren desmesuradamente cuando habla. El blanco que rodea el iris color miel brilla en la penumbra. Tiene los cabellos pardos en desorden, con reflejos cobrizos, y una extraña piel atezada. Ella ya está totalmente vencida por aquel rostro digno y despejado.

Él sigue hablando. Pero ya ha abandonado el tono admonitorio. Ahora le cuenta con calma que de vez en cuando escribe poesía. Lee a los poetas más modernos, conoce las obras de Tolstoi; escoge sus lecturas basándose en su propio criterio y es muy crítico; desprecia sin pudor alguno las diversiones de los jóvenes de su edad y se sumerge en el mundo de las bellas letras.

Ella escucha complacida la parrafada vivaz y desenfrenada del guapo muchacho. Le parece brillante, de mente aguda, sorprendentemente culto. Hasta que, de pronto, le frena preguntando:

—¿Cuándo terminas tu trabajo aquí?

El joven suelta un suspiro melancólico que le cambia el rostro. Su expresión es ahora humilde y enamorada, mientras la mira como preguntándole a su vez: «¿Con eso quieres decirme que te apetece ir a dar un paseo conmigo?». Vuelve a suspirar y, mientras sale de detrás del mostrador, susurra:

—¡Vámonos!

La cara de Gina se ilumina y replica:

—Eh, no lo hagas por mí. No abandones tu trabajo, no sea que te busques una reprimenda o te despidan. Si quieres, podemos quedar mañana.

Mientras se quita el delantal, Betto mira hacia el reloj que hay colgado en la pared y explica:

—No te preocupes por eso. Acabo de cumplir el horario que me corresponde. Enseguida vendrá mi jefe para encargarse del turno de noche. Su mujer ya está en la cocina.

No ha terminado de decir aquello, cuando irrumpe el jefe en la cantina. Le entrega al muchacho unas monedas y le dice:

—Ven también mañana. Es sábado y tendremos más lío.

Gina y él salen de allí envueltos en un halo de felicidad. Ella dice con voz melosa:

—¡Qué suerte haberte encontrado! He terminado hoy el curso y no podía pasarme nada mejor… Betto, quiero que me expliques todo aquello que no me explicaste en la Piazza di Pietra…

El joven esboza una sonrisa radiante y guiña un ojo con gesto audaz y malicioso.

—Conmigo aprenderás a ser una verdadera antifascista —dice con aire suficiente.

2

Roma, sábado, 29 de mayo de 1943

Amanece y, como una galera arcaica y monumental, la isla Tiberina parece navegar solitaria y desnuda. Se diría que boga río arriba, sirviéndose como remos de los puentes que la conectan con la ciudad. Va iluminándose poco a poco por la luz ambarina de un sol que todavía no asoma entre las colinas; esas secretas colinas, oscuras y maravillosamente remotas de Roma. El abismo de la noche se agota y el firmamento se extiende en lo alto, tranquilo, sonriente, destilando paz. Poco a poco, emergen los viejos edificios cenicientos, destacando la monotonía de sus paredes grises y las pardas piedras de travertino. Allá abajo, las aguas del Tíber se deslizan tranquilas, con la humedad fría y opaca que tiene la piel de los reptiles, discurriendo entre los muros construidos para defender la urbe de las inundaciones; y su olor es el olor acre y dulce que despiden los verdes terraplenes, poblados de chopos, sauces, laureles, higueras y olivos agrestes, que han crecido allí siempre gracias a las semillas que sueltan los pájaros. El hospital de los hermanos de San Juan de Dios, antiguo y solemne, permanece aún sombrío en el centro de la isla; sus formas reposan con unas tonalidades tristes y muertas en aquel paisaje sumido en la penumbra.

Poco después, una alegre y dorada saeta de sol hiere oblicuamente el campanario de la iglesia de San Juan Calabita, resaltando el cálido y radiante resplandor de las molduras y adornos. En la vecina torre del contiguo hospital Hebraico se remueven las palomas. También algunas bandadas de negros estorninos empiezan a levantarse desde las alamedas de las orillas y crean una inquietante visión al recortarse en la primera claridad. Tal vez las aves han sido despertadas tempranamente por un ruidoso automóvil que se aproxima por el Ponte Fabricio; un Fiat Balilla azul cobalto, nuevo, pero lento y con una bocina estridente. En la garita de vigilancia que hay en la entrada a la isla, inmediatamente se asoma un guardia de edad provecta y saluda brazo en alto. Es el señor Santino, el policía que ha cubierto el servicio de vigilancia de noche; hombre largo y desgarbado, de cabello ceniciento, cuyo uniforme está descolorido y arrugado. El conductor del automóvil ni siquiera mira al pasar a su lado; lleva el cabello negro perfectamente teñido, pegado al cráneo, y su bigote, como una fina línea gris, no se altera sobre el labio. Solamente hace una leve seña de contestación al saludo del anciano guardia con la mano derecha, en la que lleva un puro, antes de tocar la bocina de nuevo con la izquierda. El que va al volante es don Vincenzo Lombardi, potentado y benefactor del hospital, que circula muy serio y con un cierto aire de importancia distante. El vehículo aparca delante de la puerta del hospital, confiriendo de pronto un inusitado aspecto mundano al conjunto de los vetustos edificios.

El señor Santino corre hacia él y exclama en voz alta:

—¡Salve! ¡Buenos días, don Vincenzo! ¡Cómo me alegra verle por la isla!

—Calle usted, calle y no alborote —replica malhumorado el conductor, mientras apaga el motor, y luego, sacando autoritario el dedo índice por la ventanilla, añade—: ¿Todavía no ha aprendido a respetar el silencio de este lugar? ¡Y mire que lleva usted años destinado en ese puesto de guardia!

El anciano policía se cuadra, saluda militarmente y abre solícito la puerta del automóvil, mientras contesta con humildad desmedida:

—Treinta años llevo en esta garita, don Vincenzo, cumpliendo fielmente… ¡Treinta años sirviendo al reino de Italia en este puesto! Y por eso mismo quería hablarle… ¿Tiene usted unos minutos para mí? Desearía pedirle un favor, don Vincenzo…

—¿Ahora precisamente? ¡No es el momento!

—Don Vincenzo, por el amor de Dios…

—Ande, apártese, ¡quítese del medio, hombre! ¿No ve que me impide el paso? ¡Con la prisa que tengo!

—Concédame solamente un momento, por favor…

Don Vincenzo clava en él una mirada cargada de fastidio, resopla y pregunta:

—A ver, ¿qué es lo que le pasa?

El señor Santino alza el rostro, inspira hondamente como para infundirse ánimo, y responde ufano:

—El mes que viene me jubilo, don Vincenzo.

—Ah, vaya, se trata de eso… Enhorabuena pues. Ya tiene usted sobrada edad para descansar…

—¡Setenta y cuatro cumpliré el mes que viene! Hace ya seis años que debería estar en casa… Pero… ¡con esta guerra!

—Pues hace usted lo que es su obligación y nada más —replica adusto don Vincenzo—. Todos debemos contribuir a la defensa de la patria. Cada uno según sus fuerzas y sus posibilidades. Y usted, a pesar de su edad, está sano como el pedernal.

—Ay, no crea… Una cosa es lo que usted ve y otra cosa la pura y cruda realidad. Tengo grandes dolores en las corvas, don Vincenzo. Si usted supiera… Mis huesos ya no aguantan como antes la humedad del río. ¡Y estas largas y frías noches! Antes yo podía con cualquier cosa, pero ahora…

—¡Ande, no se queje! ¡Si está hecho un chaval!

—Que no, don Vincenzo, que no… Que con el poco alimento que uno tiene a causa de las restricciones y el frío que hace ahí en esa garita… La edad es la edad, y por mucho que uno quiera hacerse el joven, los años no pasan en balde. Cuando yo estuve destinado en África… ¡Cincuenta años hace ya de aquello! Y si viera usted lo dura que era la vida allí… Pero, claro, para un hombre de poco más de veinte años… Fíjese que, cuando fue aquello del Tratado de Uccialli, enviaron a nuestro regimiento a Somalia…

—¡Bueno, abrevie! —le interrumpe de manera intempestiva don Vincenzo—. ¿No le he dicho que tengo prisa? He venido a ver al superior de los frailes.

El señor Santino mueve la cabeza con tristeza y contesta suspirando:

—Los frailes están todavía en misa a esta hora. Yo lo que quería decirle, don Vincenzo, es que me viene muy mal jubilarme ahora…

—¿Cómo dice usted eso? Acaba de quejarse por sus muchos dolores. ¡No hay quien le entienda!

—¡Y claro que quiero jubilarme! ¿No había de querer a mi edad? Pero una cosa es lo que uno desea y otra lo que verdaderamente le conviene. Y usted sabe bien lo malos que están los tiempos y la necesidad que hay por todas partes. Tengo siete hijos, dos varones y cinco hembras, y… ¡diecisiete nietos con el que está en camino! Como está la vida hoy, no hay trabajo para todos mis yernos… Además, dos de ellos son mutilados de guerra y necesitados de cuidados. En mi casa vivimos quince personas… Y no entra más sueldo que el de un servidor… ¿Comprende lo que le quiero decir, don Vincenzo? Apenas nos las vemos y nos las deseamos para hacer una comida al día… Si ahora me jubilo, con la pensión que me quede… ¡Nos moriremos de hambre!

Don Vincenzo se queda pensativo. Echa una ojeada de arriba abajo al anciano guardia y luego replica con calma:

—Señor Santino, tiene usted más que cumplida la edad de jubilación. La ley es la ley. No se le puede mantener en ese puesto ni un solo año más.

—Eso lo sé, y ya he hablado al respecto con mis superiores, que bien sabe Dios lo que me aprecian por mi abnegación y fidelidad. Y no seré yo quien proponga a nadie cometer una ilegalidad. Pero… yo puedo ser útil todavía a Italia en otros menesteres… Usted lo sabe bien, don Vincenzo: soy miembro del Partido Nacional Fascista desde el mismo año de su fundación; es decir, desde el año veinticinco. Tengo mi hoja de servicio impoluta. Si tiene a bien entrar un momento en el despacho, le mostraré mi expediente…

—Hombre de Dios, ahora no hay tiempo para eso. ¡Le repito que tengo prisa! El vicario de los frailes me espera. Dígame de una vez lo que pretende de mí.

—Yo puedo resultar muy útil, ya le digo. Tengo mucha experiencia y, después de tantos años, conozco a mucha gente y sé muchas cosas…

—¿Qué quiere decir? —pregunta don Vincenzo con un asomo de intriga en el semblante—. ¿A qué cosas se refiere?

—Cosas que yo he averiguado y que… En fin, algunos se asombrarían mucho al saber que… Pero yo necesitaría tiempo para contar todo lo que sé. Yo puedo resultar muy útil como informador…

—¡Hable claro, señor Santino! ¡No me gustan nada los rodeos! Y le repito por última vez que tengo prisa. La misa habrá terminado ya y debe de estar esperándome el superior de los frailes.

—Mire usted, don Vincenzo —insiste con exasperación el anciano, manoteando profusamente mientras habla—, ¡tenga la bondad de atenderme! Yo lo único que pido es que se me dé la oportunidad de prestar un servicio más directo y comprometido en el partido. ¿Comprende lo que quiero decirle? Un servicio remunerado, claro está; un trabajo que yo haría de mil amores, retribuido con una prestación auxiliar… Como tantos otros, don Vincenzo, como tantos otros… Y no quiero hablar de enchufes y favoritismos… Usted me comprende, ¿verdad? No pido la luna, me conformo con poco… Y los beneficios que yo podría reportar a la causa… ¡Ay, si usted supiera todo lo que yo podría ayudar para el esclarecimiento de muchas cosas!

Don Vincenzo se estira, arruga el semblante, esboza una media sonrisa despreciativa y contesta:

—Usted pide, ni más ni menos, lo que todo el mundo últimamente… Es decir, un pedacito del momio que se cree la gente que hay en el partido. Cuando resulta que ya no quedan ni las migajas… ¡Qué iluso! ¿No sabe que el partido está en la ruina total? Presumiendo usted, tanto como presume, de saber cosas, ¿no se ha enterado de que ese tipo de retribuciones ya no funcionan? No están los tiempos como para eso… La crisis es total y afecta a todos. ¿En qué mundo vive, don Santino? El que quiera servir a la causa, que lo haga *gratis et amore*. ¡Voluntarios es lo que necesita la patria y no más paniaguados! Ande, vuelva usted al trabajo y confórmese con lo que tiene, que son muchos los que no cuentan ni siquiera con una mísera pensión. Estos son los tiempos de la tribulación y hemos de vivir con austeridad y esperanza. Eso es lo que ahora manda el Duce. ¿O es que no presta usted atención a los discursos del Duce?

El anciano policía abre la boca cuanto puede, mostrando sus encías desdentadas. Luego levanta el brazo y hace el saludo fascista, gritando:

—¡Italia, Duce!

—¡Shhh..! ¡No alborote, hombre de Dios! Que esto es un hospital…

El señor Santino se inclina hacia atrás y cierra los ojos para descansar un poco. Se queda en esta posición mientras don Vincenzo escudriña su rostro como a la espera de que diga algo más. Luego el guardia abre los ojos y le habla con una voz tranquila y de tonos nuevos, pero que no anuncia un cambio de tema:

—No quiero importunarle. ¡Dios me libre de ello! Comprendo que habrá venido al hospital para solucionar algún problema urgente. Pero le aconsejo que tenga en cuenta lo que le he dicho. Yo sé cosas que usted debería conocer, dada su gran responsabilidad…

Don Vincenzo contesta con voz sosegada:

—Escucharé en otra ocasión… Que tenga un buen día, señor Santino.

Dicho esto, el potentado apaga el puro apretándolo contra la pared de piedra, lo envuelve en un pedazo de papel y se lo guarda en el bolsillo. Después sigue su camino, en dirección a la capilla del hospital.

En la puerta de la iglesia le está esperando un fraile maduro de mediana estatura, casi totalmente calvo, de rostro sereno, ojos pequeños y vivos. Es fray Leonardo, el vicario de casa, que se ocupa de los asuntos internos de la comunidad de frailes. Saluda amablemente con una radiante sonrisa, y luego se dirige hacia don Vincenzo, diciéndole amablemente y con cierta gracia:

—Bienvenido, benefactor de esta casa. Aquí siempre se le espera con paciencia, con toda la paciencia que sea precisa, aun siendo grandes nuestras ocupaciones…

Don Vincenzo inclina la cabeza, al tiempo que se aproxima a él para saludarlo con la mano extendida, y contestando con cierto apuro:

—Disculpe el retraso, fray Leonardo. El guardia de la entrada me entretuvo y no me quedó más remedio que atenderlo.

El fraile responde con llaneza y preocupación:

—Umm… ¡El señor Santino! Le habrá comunicado que se jubila y tal vez le habrá contado algo más…

—En efecto, padre. Me ha dicho lo de la jubilación, pero no he consentido que me dijera nada más.

El fraile mueve la cabeza con tristeza y dice suspirando:

—¡San Juan de Dios! Espero que ese hombre no nos acabe metiendo en un lío…

Brilla la inquietud y la desconfianza en los ojos del potentado, que murmura:

—Por mi parte, puede estar usted tranquilo. Yo no prestaré oídos a sus informaciones.

El fraile deja vagar su mirada en el vacío y repone con seriedad:

—Quien no debe oírle a él es el partido fascista… Si se le ocurriera al señor Santino ir con el cuento a sus superiores… ¡San Juan de Dios bendito!

Don Vincenzo lanza una ojeada a sus espaldas y luego se vuelve hacia el vicario, haciendo un gesto con la mano como si le dijera: «Vamos a dejar el tema». Y añade en tono tranquilizador:

—Descuide, fray Leonardo. Yo me ocuparé del partido, como siempre. No ha de tener la mínima preocupación por eso.

El fraile deja escapar una débil carcajada y menea la cabeza de lado a lado, haciendo ver que confía plenamente en ello. El vicario es español, navarro de origen, y muestra una salud envidiable, a pesar de rebasar los setenta y cuatro años; de no ser por sus ojos cansados, de párpados inflamados, y su boca ruinosa, no tendría ningún achaque aparente. Viste el hábito de la Orden de San Juan de Dios y se cubre con una capa raída y descolorida a la que se aferra, aunque hubiera podido sustituirla por otra mejor gracias a la generosidad que le muestra la gente compasiva que le aprecia y que ayuda al hospital en sus necesidades, como don Vincenzo. El buen fraile es conocido no solo por su mansedumbre y su austeridad, sino también por su franqueza y su ingenio, en el que tiene cabida el chiste y una fina ironía. Levanta los ojos hacia el cielo y musita, para cerrar la cuestión:

—*Sursum corda!* ¡Arriba los corazones! Dios nos regala un precioso día de mayo y habrá que aprovecharlo.

Don Vincenzo sonríe por primera vez desde que llegó, antes de anunciar alegremente:

—Les he traído un saco de polenta y cuarenta kilos de patatas.

También pude reunir algo de aceite y manteca, aunque no demasiada cantidad...

El rostro del vicario se ilumina, lanza una mirada llena de gratitud al benefactor y después entra en la iglesia. Pero enseguida regresa, acompañado por otro fraile más joven, de mediana estatura, cara amplia y rasgos afables. Este otro es el maestro de novicios, fray Clemente Petrillo, que inclina la cabeza en un saludo respetuoso y mira a su superior esperando órdenes.

El vicario le indica:

—En el automóvil de don Vincenzo hay alimentos para el hospital.

El joven fraile sonríe para manifestar su alegría por la noticia. Luego se inclina de nuevo y se dirige hacia el automóvil. Pero don Vincenzo le retiene, diciéndole:

—Usted solo no podrá, son sacos que pesan mucho.

—Iré a avisar a los novicios —dice fray Clemente, antes de volver a entrar en la iglesia.

Fray Leonardo, con los ojos brillantes de felicidad, se dirige de nuevo al benefactor para expresarle su gratitud.

—Dios ha de pagarle toda esta caridad, mi querido don Vincenzo. No puede imaginar siquiera el beneficio tan grande que nos hace. Estábamos en las últimas, créame, en las últimas... Con toda esa polenta podremos alimentar a los enfermos durante varias semanas... ¡Y las patatas! ¡Un verdadero lujo! ¡Bendito sea Dios que no nos abandona!

Don Vincenzo se alisa suavemente la apelmazada cabellera con la mano y sonríe, con orgullo y satisfacción, antes de responder:

—Siento que es mi obligación hacer algo por esta santa casa. Ya mi bisabuelo asumió el deber de ayudar al hospital en sus necesidades y yo he heredado ese compromiso. Y no es que me vayan bien las cosas últimamente... Nada tengo de sobra, pero... ¿cómo voy a desentenderme de ustedes en un momento tan duro como este? Ahora es cuando más hay que arrimar el hombro.

Mientras conversan, sale un grupo de novicios, muchachos jóvenes todos ellos que visten el hábito de la Orden, y se ponen a cargar los sacos en una carretilla.

Fray Leonardo contempla contento la escena y luego, volviéndose hacia el benefactor, le dice con amabilidad:

—Quédese a desayunar con nosotros, don Vincenzo.

—No, muchas gracias, padre. Hoy no puedo. Es sábado. Tengo una reunión importante a media mañana y debo prepararla bien.

Y dicho esto, saca el envoltorio del bolsillo, deslía el puro y lo enciende con un elegante mechero de oro. Unas volutas de humo empiezan a balancearse, suaves, transparentes, en los rayos del sol, ante la atenta mirada de fray Leonardo.

—En fin, me marcho —se despide el potentado, con aire importante—. No se olviden de rezar por mí. Y tampoco de decir misas por mis antepasados.

—¡Cómo no!, nunca se deja de hacer —contesta el vicario.

Pero, nada más sentarse dentro del automóvil, don Vincenzo vuelve a salir y se dirige de nuevo al fraile, diciéndole:

—Por poco se me olvida a mí una cosa más… Aquí tengo un obsequio para usted, padre. —Saca la billetera mientras habla—. Le ruego que lo acepte.

—¡Oh, no, por Dios! —replica fray Leonardo—. No aceptaré nada. Ya sabe que no consiento dádivas personales. Si me da dinero, será para obras de caridad.

Don Vincenzo suelta una sonora carcajada y afirma jocoso:

—Ya lo sé, padre. Le quise comprar una capa nueva y no lo consintió. Pero esto que le voy a dar tiene que aceptarlo o perderemos la amistad usted y yo. No se trata de dinero, sino de dos entradas para el cine.

—¡Válgame Dios! —exclama el vicario, llevándose las manos a la cabeza—. ¡Qué ocurrencia! ¿Cómo dice usted eso? ¡Soy fraile! Los frailes no podemos permitirnos esos lujos…

—¿Y qué hay de malo en ello? —observa circunspecto don Vincenzo—. Padre, no se me ocurriría invitarle a ver nada inadecuado. Las entradas que le voy a dar son para que vea una película bellísima, piadosa y edificante en todo término. No sé si habrá oído hablar de ella: *I promessi sposi*, basada en la novela de Alessandro Manzoni. Mi esposa y yo fuimos a verla el pasado domingo. ¡Qué maravilla! Es una obra que invita a tener esperanza, a creer y a rezar… No sabe usted la cantidad de curas que había en el cine Tuscolo viéndola. Padre Leonardo, usted sabe todo lo que le aprecio. Enseguida pensé que no podría hacerle mejor regalo que una entrada para esa película. Y luego reparé en que ustedes los frailes no van solos a ninguna parte. Por eso compré dos entradas; para que le acompañe el hermano que a usted le parezca. Por favor, vayan a verla y disfruten un poco de la vida, que lo tienen bien merecido. Es para el próximo jueves, fiesta de la Ascensión. ¿Qué mejor manera de celebrarlo?

El potentado saca las entradas de la billetera y se las ofrece al fraile. Hay un instante de silencio en el que permanece con la mano extendida, mientras fray Leonardo le mira vacilante, como si no se atreviera a cogerlas.

—¡Ande, tómelas! —insiste don Vincenzo—. No me dé un disgusto, se lo ruego.

El fraile acepta al fin, con una sonrisa algo forzada.

—Gracias, Dios le bendiga —dice con débil voz.

Don Vincenzo sube al coche, lo arranca y conduce, salvando algo rápido la garita del guardia. Deja atrás la iglesia y el edificio del hospital Hebraico y cruza el puente, pasando al lado de un hombre que llega caminando a la isla en ese momento.

El vicario sigue en el mismo sitio que estaba, con las entradas en la mano, contemplando muy quieto el horizonte. La luz difusa del gris cielo primaveral no solo no despierta en él inquietud alguna, sino que incluso promete suavizar cualquier insignificancia que, a buen seguro, no dejará de aparecer, y que podría ser cualquier cosa: un problema con la electricidad, que diariamente falla, o la falta de algún medicamento que se necesite con urgencia. No, no será nada de eso —piensa el fraile—, hoy no, por lo menos; y, además, hay que dar gracias a Dios por todo lo que ha traído don Vincenzo, que no es poco.

Mientras tanto, el hombre que venía solo por el puente ha llegado a la isla. Camina rápido, con zancadas grandes y ágiles. Es de edad de unos cuarenta y cinco años, de aspecto saludable, con su calva y los escasos cabellos a ambos lados, con unos rasgos inconfundibles en los rabillos de los ojos, en las grandes ventanas de la nariz, en el bigote poblado y en la mirada audaz e inteligente. Viste traje claro y camisa blanca, como casi siempre. Y, aunque fray Leonardo le conoce bien, se extraña mucho al verle por allí. Pues aquel hombre es el doctor Giovanni Borromeo, el más activo e importante de los médicos del hospital, que no por eso debía estar en su puesto esta mañana de sábado, ya que tenía pedido el día libre.

—¡Doctor! —exclama el fraile, abriendo los brazos para expresar su sorpresa.

Borromeo sonríe, sacude la cabeza y contesta:

—No he podido dormir pensando en los análisis clínicos… Si se va la luz hoy, perderemos el trabajo de toda la semana…

—Estará a punto de llegar la enfermera —observa fray Leonardo—. ¿No pensaba irse usted a pasar el sábado en Ostia con la familia? ¡Con el día tan bueno que hace!

El médico no contesta a esta observación, sino que vuelve la cabeza hacia el puente e indica con preocupación:

—¿Qué quería ese?

Se refiere a don Vincenzo, cuyo automóvil ya se ha perdido en la distancia.

—Nada malo —contesta el fraile—, sino muy al contrario. Ha venido a traer polenta, patatas, aceite y manteca.

—Lo siento, padre, no me gusta nada verle por aquí. Si llegara a saber que… En fin, ya sabe a lo que me refiero.

—No ha de preocuparse por eso —dice fray Leonardo con una sonrisa tranquilizadora—. Don Vincenzo ha venido solo para hacernos un gran bien. Con esos alimentos podremos solucionar el problema de las próximas semanas.

Borromeo arruga el gesto y replica:

—No tengo nada que objetar al hecho de que sea un buen benefactor del hospital. Pero, si hay fascistas realmente convencidos, Vincenzo Lombardi es uno de ellos. Si viera cómo me ha mirado al pasar en su flamante Fiat a mi lado… ¡Ese hombre me desprecia! Odia a cualquiera del que sospeche siquiera que no es fascista.

—La política, siempre la política… Es fascista, ya lo sabemos. ¿Y quién no es fascista en Italia? Es fascista don Vincenzo, pero nos ha traído comida para un mes.

Luego añade en tono irónico, alzando la mirada hacia las alturas:

—Y si la polenta y las patatas son también fascistas… ¡Válganos entonces el cielo!

Reina el silencio hasta que desaparece la huella que ha dejado el recuerdo de don Vincenzo.

Luego, con el tono de quien recuerda algo importante, dice el doctor:

—La señorita Orlena se ha prometido.

Fray Leonardo abre mucho los ojos y dice mientras levanta la cabeza:

—¿De verdad? ¿Ya ha vuelto su novio del frente?

—No. Por desgracia sigue allí. Se han prometido por carta. Me lo dijo ella misma ayer.

—¡Lástima de guerra! —musita con tristeza el fraile—. Dios tenga misericordia y salve a ese pobre muchacho…

Un instante después, aparece en la cabecera del puente una mujer joven, esbelta y de cabellos dorados, que lleva recogidos cuidadosamente en la nuca. Es la señorita Orlena Daureli, la enfermera que se ocupa de los análisis clínicos en el hospital.

Fray Leonardo la ve acercarse y dice en voz baja:

—Ahí está esa pobrecilla… ¿Qué hago? ¿Cree que debo felicitarla?

—Desde luego, padre, ¡no le va a dar usted el pésame! —responde irónicamente el doctor Borromeo—. ¡Pues claro que debe felicitarla! Ella está contenta a pesar de todo. No nos pongamos en lo peor y esperemos que su novio vuelva pronto. No podemos faltar a esa boda ni usted ni yo.

—¡Dios le oiga, doctor! Voy a rezar insistentemente para que eso sea así.

Mientras hablan, la enfermera ha llegado ya junto a ellos. Se detiene delante de la puerta de la iglesia y saluda educadamente:

—Buenos días, fray Leonardo; buenos días, doctor.

El vicario la mira muy sonriente y exclama con tono burlón:

—¡Bendito sea Dios! ¡Señorita Daureli, enhorabuena! Así que tiene usted más confianza con el médico que con el fraile.

Ella inclina la cabeza, mirándolo por debajo de sus cejas, fruncidas amistosamente, como diciéndole: «¡Resulta que ya se ha enterado!».

Y Borromeo se apresura a precisar, no sin cierto apuro:

—Se lo he contado yo… Discúlpeme, Orlena…

—No me importa —dice ella tímidamente—. Venía decidida a pedirle al padre Leonardo que fuera él quien nos casara… Cuando pueda ser…

—¡Y yo acepto encantado! —responde el fraile, sin ocultar su alegría.

El doctor no puede contener la risa, y pregunta:

—Y el novio, ¿es que él no pinta nada en este asunto?

Orlena suelta una gran carcajada, y contesta con decisión:

—Al novio le parecerá bien todo lo que yo decida, ¡faltaría más!

—¡Diga usted que sí, señorita Daureli! —exclama fray Leonardo—. ¡Y ya puede estar bien contento con la esposa que Dios le va a dar!

Los tres se ríen durante un rato. Hasta que, de pronto, Orlena deja de reírse, a la vez que el aspecto alegre se aleja de sus facciones. Luego su boca empieza a contraerse poco a poco hasta apretar sus labios. En silencio, fija sus ojos en el rostro del vicario y rompe a llorar discretamente.

El fraile y el médico se quedan desconcertados, ya que la señorita Daureli es una mujer recia y poco dada a exteriorizar sus sentimientos.

—Bueno, bueno —dice fray Leonardo cariacontecido, yendo hacia ella—. ¿Y esas lágrimas ahora?

—No pasa nada… —balbuce ella—. Nada…

En los rostros del fraile y el médico ha desaparecido toda muestra de ironía. Se refugian en el silencio, un poco apurados, mientras Orlena prosigue:

—Nada más que… ¡Esta maldita guerra! A ver si se acaba ya…

Los dos la miran compadecidos y en silencio. Aquella mujer bella y elegante, así, llena de tristeza, despierta en ellos una gran ternura. Hasta que fray Leonardo dice de pronto:

—No hay motivos para llorar, sino para celebrar. Así que permítame usted que le haga un regalo, señorita Daureli.

Dicho lo cual, mete la mano en el bolsillo de su hábito y saca las dos entradas para el cine, añadiendo:

—Vayan usted y su hermana al cine Tuscolo el día de la Ascensión de Nuestro Señor. Tenía guardadas estas entradas para ustedes. Deben celebrar el acontecimiento como se merece. Y nada mejor que ver la película *I promessi sposi*, basada en la novela de Alessandro Manzoni. ¿Qué mejor ocasión para ello que un compromiso de boda? ¡Además es fiesta!

El doctor Giovanni Borromeo, examinando al fraile, agita admirado la cabeza y dice:

—Me asombra, padre… Pareciera que usted lo tiene siempre todo previsto…

Fray Leonardo ríe socarrón y apostilla:

—¡Nuestro Señor es quien ya lo tiene todo previsto! Así que no nos queda otra que confiar en Él.

Orlena levanta hacia el fraile la mirada. La tristeza desaparece repentinamente de su rostro lleno de lágrimas, y contesta:

—Gracias, padre. Es usted tan bueno…

3

Roma, jueves, 3 de junio de 1943

En el distrito de San Giovanni, en Via Britannia, esquina con Via Cutilia, el cine Tuscolo es un lugar decididamente periférico que ofrece películas en su tercero o cuarto pase. Resulta digno, sin ser demasiado elegante en su conjunto, con platea en el primer nivel, galería alta y sus asientos distribuidos en cuarenta metros de largo y más de veinticinco de ancho. Inaugurado como teatro en 1928, delante de la pantalla conserva el pequeño escenario para números de variedades ocasionales, que todavía en los años treinta albergaba programas de revistas e incluso combates de boxeo. Las proyecciones se realizan los domingos por la mañana y los días de fiesta. Las entradas tienen un precio popular: 2,50 liras, cantidad moderada en comparación con lo que se paga en los cines de estreno del centro de la ciudad. La platea es considerada la localidad más favorecida, especialmente su área principal de butacas orientadas en un eje ortogonal hacia la pantalla. En esta posición privilegiada, las hermanas Orlena y Gina Daureli ven estremecidas las escenas finales de *I promessi sposi*, película dirigida por Mario Camerini en 1940, con guion basado en la celebérrima novela histórica de Alessandro Manzoni. El argumento transcurre en un pueblo situado a orillas del lago de Como en el siglo XVII, bajo la dominación española de la Lombardía. El señor del lugar, don Rodrigo, pretende seducir a la joven hilandera Lucía, que está prometida con Renzo, humilde campesino. El malvado amo trata de separar a la pareja, urdiendo toda clase de maquinaciones.

Durante las casi dos horas que dura la película, se suceden muchas peripecias y desventuras.

El final transcurre de manera sobrecogedora, con todos los matices y emociones de unas escenas apoteósicas: se ve a una muchedumbre que acaba de ser liberada de los efectos de una epidemia. Los enfermos empiezan a sanar milagrosamente, en medio de una suerte de catarsis colectiva. Triunfa el bien y los enamorados vuelven a reunirse. Las últimas imágenes muestran la intensa lluvia que se derrama sobre la multitud, que ora postrada con los ojos puestos en el cielo y que expresa con vehemencia sus sentimientos de piedad. El blanco y negro otorga solemnidad a la filmación, a la vez que dota de una oscuridad luctuosa a las ropas, en contraste con la acentuada lividez de las caras. La música de fondo, intensa y elevada, acentúa el dramatismo de los rostros, los gestos y los movimientos de los personajes. Todos los actores miran a las alturas, extasiados, como en trance de videntes; medio desnudos algunos o vestidos con pobres harapos, caídos en los charcos, con los brazos extendidos y las bocas abiertas, famélicos, descarnados, lacerados por la enfermedad y trémulos de emoción. Los frailes y las monjas, vestidos con sus hábitos empapados, muestran expresiones de extrema piedad y fervor, mientras otros hombres y mujeres, con atavíos de época, caen de hinojos. La pareja de protagonistas, interpretada por los jóvenes actores Gino Cervi y Dina Sassoli, arrodillados, dan gracias a Dios por su encuentro, con lágrimas en los ojos y unas sonrisas dulces que expresan su felicidad imperecedera. Esta imagen cándida se prolonga, hasta el momento en que surge el rótulo *FINE*, en letras blancas, sobre un telón de negrura que cierra la película...

Un instante después, cuando se suceden los rótulos de los créditos, se encienden de pronto las luces y se hace más patente la niebla que inunda la sala a causa del humo de los cigarros. Entonces brota un repentino aplauso y una gran ovación. El público, puesto en pie, manifiesta con euforia su satisfacción antes de salir. Y luego, mientras el cine se va vaciando, las hermanas Daureli permanecen todavía sentadas durante un rato, aún encandiladas, y con los ojos fijos en la pantalla.

La mayor, Orlena, tiene veinticuatro años y por su elevada estatura parece más delgada de lo que en realidad es, pero su busto relleno y prieto tiene complexión y proporciones atractivas. No es una belleza deslumbrante, pero posee una linda cabellera dorada y una cara simpática, más bien alargada, de delicadas facciones y frente altiva, con unos ojos pequeños y vivos, en los que brilla una mirada soñadora de color intensamente azul. Lleva un delicado vestido de seda natural, verde claro, que con anterioridad fue de su madre, y que un día dejó de ponérselo porque lo consideraba demasiado juvenil y se lo dio. Es un vestido de manga corta, algo escotado, y tiene ese lustre que adquiere la seda natural con el uso. Le sienta muy bien, ceñido en la delgada cintura.

Gina, la menor, a punto de cumplir diecinueve años, sí que es auténticamente guapa; rubia y más alta que la media, aunque algo menos que su hermana. Los preciosos ojos azules, grandes y honestos, parecen transparentes, y la nariz fina se ensancha un poco en los orificios, dándole un aire de inocencia al rostro. Algo en ella, quizá la delicadeza y la piel tan clara, llama a una suerte de inicial compasión al mirarla.

Orlena se levanta la primera del asiento y se cuelga el bolso del hombro. Luego se vuelve y ve que Gina sigue sentada, mientras se seca las lágrimas de emoción con el pañuelo. La mayor siente una gran ternura hacia ella. Así transcurren unos cuantos segundos, mirándola, durante los cuales cree saber lo que sucede en el alma tierna de su hermana en aquel momento, pues no debe de diferir mucho de lo que ella misma experimentaba hacía un instante: una mezcla de emociones contrapuestas, felicidad y tristeza, tranquilidad e inquietud, confianza y miedo a la vez... La película también le ha impresionado, pero no hasta el punto de hacerla llorar. Porque Orlena es de carácter más fuerte. «Dura y fría como el pedernal», dice siempre de ella su madre, y luego lo certifica asegurando que, en eso, es igual que su padre. Pero, a pesar de aquel carácter suyo, *I promessi sposi* no la ha dejado indiferente, sino que ha despertado y removido en ella muchos sentimientos que ya formaban parte de su vida desde hacía mucho tiempo, aunque de manera solapada y acechante. Esa historia daba que pensar y a buen seguro la va a tener muy presente durante los días siguientes. Porque Orlena es así, reflexiva y juiciosa, además de poco dada a exteriorizar sus sentimientos. Se limita por eso a mirar a Gina, sin preguntarle siquiera por su estado de ánimo después de la película, ni ocurrírsele hacerle broma alguna por sus lágrimas emocionadas.

Un instante después, ambas hermanas salen casi las últimas, en silencio, y se encaminan siguiendo la fachada del cine hacia la esquina, para subir por la Via Britannia y tomar el tranvía 19 en la Piazza Tuscolo. Luce un precioso día de junio, con un sol deslumbrante que reina por encima de los edificios, acentuando los colores de las fachadas, y que levanta ya un cierto bochorno. Falta poco para el mediodía y la gente camina sin prisa, se detiene delante de los escaparates o conversa en las aceras. Es la fiesta de la Ascensión y el aroma del almuerzo recién hecho lo impregna todo, pero los establecimientos que despachan comida están solitarios. Los camareros, enfundados en sus chaquetas inmaculadamente blancas, salen a la calle a mirar y a fumar, con aire de resignación en sus semblantes. La situación económica ha empeorado una vez más de tantas. El dinero apenas le alcanza a mucha gente para comer en sus casas; muy pocos pueden permitirse el lujo de ir a un restaurante, ni siquiera los días de fiesta.

Ya en el tranvía, las Daureli se sientan la una al lado de la otra. El vagón está casi vacío. Gina mira por la ventana con sus ojos soñadores. Mientras tanto, su hermana mayor la examina de soslayo de vez en cuando, sin poder sustraerse a esa sensación de compasión que despierta siempre en ella y que, de un tiempo a esta parte, se ha acentuado. Será por la tristeza que reina en todas partes; por la guerra, por las malas noticias, por la carestía de la vida y las privaciones; o por el simple hecho de que Gina es más joven, todavía casi adolescente, y va a iniciar el año próximo sus estudios de Farmacia en la universidad, en una época en la que el futuro no puede ser más incierto. Ya que Orlena, después de todo, tiene trabajo estable como enfermera en el hospital Fatebenefratelli y un sueldo todos los meses.

Descienden en la parada Colosseo con la intención de seguir a pie desde allí hasta su casa, que está en la Via Arenula, cerca del Ponte Garibaldi. Así lo decidieron a primera hora de la mañana, para aprovechar el paseo después del cine, en la hora previa al almuerzo. Pero, antes de que empiecen a caminar, Gina agarra de pronto el brazo de su hermana y le dice con entusiasmo:

—¡Orlena, vamos a pasar el resto del día por la ciudad! ¡Te invito yo a comer hoy!

La otra se la queda mirando con una expresión entre sorprendida y escéptica, sin responder nada. A lo que Gina insiste con una sonrisa anhelosa y exclamando:

—¡Vamos! ¡Es fiesta! Hace mucho que no salimos a comer a ningún sitio…

—¿Lo estás diciendo en serio? —pregunta Orlena, poniéndose muy seria.

—¡Sí! Por favor, por favor, por favor… ¡Te lo ruego, vamos a comer fuera de casa hoy! El curso próximo iré a la universidad y me apetece mucho celebrarlo… ¡Es la Ascensión! ¡Hagamos algo especial hoy! ¡Quizá haya pasado ya más de un año desde la última vez que fuimos con papá y mamá a una *trattoria*! Además, pronto te casarás y ya no tendremos tantas ocasiones para estar juntas las dos.

Orlena mira a su hermana, sin salir de su pasmo, sin acabar de creerse lo que le está proponiendo. A un lado tienen el Coliseo, inmenso, gris y sobrio, como abandonado a los muertos del lejano pasado; al otro lado está el parque del Monte Oppio, verde bajo el sol de la mañana, con sombras afiladas y fugaces. Desde allí hasta su casa tienen unos veinte minutos de camino, ya vayan por Piazza Venezia o bordeando hacia el sur el Palatino. Hasta el centro de Roma hay más o menos la misma distancia.

—Si me haces ese favor —añade suplicante Gina, alborotándose un poco el cabello rubio con las manos—, te estaré eternamente agradecida… ¡Hace un día maravilloso! Me destrozarás el corazón si no me das este gusto…

Orlena se echa a reír. Su hermana tiene esas salidas. Es un poco excéntrica en sus maneras y en su aliño.

—¡Qué boba eres, Gina! —le espeta—. Anda, no seas tan dramática…

—¡Y tú no seas tan dura conmigo! ¿Tanto te cuesta hacerme feliz? ¡Vamos!

Gina ha cogido por el brazo a su hermana, y esta, zafándose de la presa, vuelve a ponerse sería al decir:

—Papá se enojará, se enojará mucho… No hemos avisado en casa y ya sabes lo mal que le sienta eso. Además, ¿cómo vas a permitirte ese gasto? Es muy caro comer fuera. No están las cosas como para permitirse esos lujos. Ya cuesta comer en casa… ¡Las *trattorias* están por las nubes desde que empezó la guerra! ¿De dónde vas a sacar el dinero?

Gina abre su bolso, mete la mano en él y extrae su pequeño monedero.

—Tengo aquí mis ahorros: treinta liras. ¿Para qué las quiero si no puedo permitirme siquiera un capricho? Con lo que tengo habrá suficiente para comer. Aunque lo que comamos será lo de menos; lo importante es pasar el resto del día por ahí. Sabes que no me compro nada desde hace tiempo. ¿Qué sentido tiene estrenar un vestido si no salgo de casa?

Orlena le lanza una mirada inquisitiva.

—O sea, que lo tenías planeado con antelación…

Gina suelta una risita culpable y asiente débilmente con un movimiento de cabeza. Luego vuelve a agarrar por el brazo a su hermana y tira de ella, diciendo:

—¡Vamos, Orlena, por favor! Papá no se enfadará. Aunque no lo creas, es mucho más comprensivo que tú. Y además está muy contento últimamente conmigo porque he superado el examen final de bachillerato…

Esto último la joven lo dice con un tono no exento de ironía, al mismo tiempo que guiña un ojo.

Y Orlena replica con voz tonante:

—¡No has superado el examen! Eso no es del todo cierto. ¡No seas tramposa!

La contradice porque Gina, simplemente, no ha tenido que examinarse antes de entrar en la universidad, dado que el Gobierno fascista ha abolido los exámenes del final del bachillerato durante el período de guerra. Lo cual, como todo el mundo comenta, ha aumentado muy considerablemente el número de estudiantes universitarios en Italia.

—Podemos llamar por teléfono en el establecimiento —propone Gina, para cambiar de conversación, señalando con el dedo la Via dei Fori Imperiali—. ¡Vamos al Campo Marzio! Podemos luego tomar de postre un helado en Giolitti.

Al verla tan ilusionada, Orlena sonríe al fin y permanece pensativa durante un rato. Y después de dar un resoplido, otorga:

—¡Vamos allá! Es verdad que hace un día precioso y que hace mucho que no nos permitimos un capricho. Pero invitaré yo. Será mi regalo por haber aprobado el curso, ya que tanta ilusión te hace.

Gina, con los ojos azules bailándole de felicidad en la cara, se empina sobre los tacones y le da un beso en la mejilla a su hermana. Pero, un instante después, se le escapan las lágrimas.

—¿Ahora lloras? ¿Encima lloras? —le pregunta Orlena con ternura—. ¡No hay quien te entienda, hermanita!

—Lloro de pura alegría... Porque pensaba que no te iba a convencer... ¡Me hace muy feliz ir contigo al centro de la ciudad! Esta luz que hay hoy me encanta y no deseo encerrarme en casa. De un tiempo a esta parte solo oigo hablar de cosas tristes...

Una vez más, la mayor experimenta esa rara sensación de compasión mezclada con ternura al mirar a su hermana pequeña. Después lanza una ojeada hacia los formidables y antiguos edificios que el sol hace brillar a esa hora. Es, en efecto, un día precioso; alegre como un pájaro.

4

Roma, jueves, 3 de junio de 1943

A media mañana, la viuda Rosa Zarfati prepara con esmero unos dulces para la fiesta del Shavuot. Se siente alegre y canta. El lunes consiguió un poco de ricota en el mercado negro y todavía le quedan un par de cucharaditas de canela, que, a pesar de llevar en el frasco mucho tiempo, no está enranciada y conserva el aroma. Bate el huevo y lo mezcla con la harina. Luego agrega el aceite, poco a poco, meneando bien la masa. Se mueve con cuidado, no vaya a caer algún cacharro, pues apenas cabe ella entre el fogón y la alacena donde se guardan los pucheros y los platos. No hay despensa, sino unos estantes tan altos que hay que subirse a un taburete para alcanzar las cosas. Además de aquella minúscula cocina, el apartamento solo tiene dos dormitorios y una salita con la única ventana que da al exterior. Está en la tercera planta de un viejo edificio del final de la Via dei Fienili, en cuyos bajos hay un negocio de chatarra. Los techos elevados tienen las vigas de madera pintadas de gris y el suelo está cubierto con baldosas gastadas que se mueven al ser pisadas. Los escasos muebles son de mala calidad, antiguos y descoloridos; una mesa cuadrada, seis sillas, dos taburetes, un diván destartalado y una cómoda estrecha. Eso es todo lo que hay en la vivienda que ocupan la madre y sus cuatro hijos, todos ellos varones. El mayor, Betto, tiene veinte años, le siguen los mellizos Mario y Luca, de doce años, y el más pequeño, con seis años, se llama Lucio. Antes de que naciera el último, el padre dejó este mundo como consecuencia de una grave pleuresía. Desde entonces, la familia Zarfati ha vivido de los ahorros y de los múltiples oficios que ocupan casi la vida entera de Rosa: venta de trapos, labores de costura, bordados de vestidos de novia y trabajos de limpieza y cocina, si no hay otra cosa.

El hijo mayor, Betto, también aporta lo que puede cuando es contratado eventualmente como camarero en la Cantina Senni o en la Trattoria Angelino, que están ambas en la Piazza Margana. Cuando no le llaman en ninguno de los dos negocios, como hoy, el joven no hace nada; o, mejor dicho, vive entregado a soñar, a lo cual es adicto tanto como su difunto padre lo fue al tabaco. Porque Betto sueña con transformarlo todo; destruir el fascismo, asesinar a Mussolini, derrocar al rey, vencer a los nazis, acabar con los burgueses, abolir el Estado, hacer la revolución, fundar un orden nuevo... Y para alimentar esos sueños incendiarios, se entrega a leer y releer ejemplares antiguos de la revista clandestina *Pensiero e Volontà* y algunos libros prohibidos, sobre todo, los del anarquista Errico Malatesta. Betto hierve con estas lecturas y cree firmemente en sus postulados: la desaparición de toda organización política que se apoye en la autoridad, y a la vez, la construcción de una sociedad libre y contraria a cualquier poder impuesto. Estas palabras, «Estado», «autoridad», «poder impuesto»... excitan sus nervios, porque identifican al conjunto de instituciones que sustraen al pueblo la gestión de sus propios asuntos. Cree con pleno convencimiento que, para que todo funcione y satisfacer así todas las necesidades sociales, solo bastarían los motores de la armonía y el concurso voluntario. Malatesta escribe: «Todos trabajan y todos disfrutan de todo. Basta solo saber qué cosas se necesitan para satisfacer a todos y conseguir que todas estas cosas sean abundantemente producidas». Y Betto, después de leerlo, se detiene un momento, mira hacia la ventana y se repite con gusto una y otra vez para sus adentros: «Sociedad libre y contraria a cualquier poder impuesto, a cualquier poder, a cualquier autoridad...». Al joven se le acelera el corazón. Puede comprender estas lecturas porque no le faltan conocimientos, pues las escuelas primaria y secundaria exigían mucho cuando él estudiaba. Aunque luego no pudiera continuar su formación académica, cuando las leyes raciales de 1938 prohibieron la inscripción de los niños judíos en las escuelas e institutos públicos.

Los alumnos y profesores judíos de todos los rangos y grados fueron expulsados, y despidieron incluso a los porteros y al personal técnico administrativo. Sin embargo, mucho antes, en su infancia, Betto estudió en una magnífica escuela de Rodas, de donde era originaria la familia y en la que vivió hasta que el padre decidió emigrar para probar suerte en otra parte. Se trasladaron primero a Eritrea, en 1933, y vivieron tres años en la ciudad portuaria de Massawa, prosperando gracias al oficio textil. Todavía allí pudo continuar sus estudios en la escuela pública. Pero la inminente guerra lo paralizó todo. Ante el temor de que la situación empeorase, vendieron el negocio en la primera oportunidad y abandonaron aquellos territorios peligrosos. Tras una breve estancia en Palermo, decidieron irse a vivir a Roma, donde se instalaron en septiembre de 1936, en el pequeño apartamento de Via dei Fienili, que compraron gracias a los ahorros que todavía conservaban. Allí el padre apenas encontró oportunidades para iniciar negocio alguno, pues murió un año después de su llegada a la capital.

En Roma Betto solo pudo estudiar dos años en el Liceo Scientifico, que está en Via Vittorino da Feltre, antes de que las leyes raciales se lo impidieran en adelante. Entonces tuvo que matricularse en la escuela que se abrió con urgencia y privadamente para los judíos. Pero su natural rebeldía y su creciente conciencia crítica no tardaron en acarrearle problemas, hasta que fue expulsado antes del final del curso, *por su contumacia y su conducta demasiado vivaz*, según rezaba la carta del rector. Desde entonces, aun siendo tan joven, no cree que haya futuro. Solo quiere vivir peligrosamente, ir lo más lejos posible y luego ver qué le sucede al llegar allí.

Sin embargo, los demás hermanos van cada mañana a la escuela judía elemental. Eso le permite a Betto disfrutar para él solo de la pequeña salita, que convierte hasta mediodía en su territorio privado; es el lugar donde se siente a gusto, seguro y concentrado, con la maravillosa ventana sobre la calle y los tejados, con vistas al lejano paisaje y a las bandadas de vencejos que vuelan dando vueltas como sus sueños. No solo lee escritos revolucionarios, sino todo aquello que cae en sus manos, por el gusto de entretenerse y por el amor a la poesía y a los estilos elocuentes.

Desmadejado en el pequeño diván, con su cuerpo delgado y macizo, el joven estira las piernas y mueve los pies que apoya en la pared fresca, mientras las palabras escritas por Malatesta penetran en su espíritu ardiente e indómito.

Hasta que, de pronto, la voz de su madre resuena desde la cocina:

—¡Betto! ¡Betto!

Él no contesta. Sigue completamente abstraído, sumido en sus quimeras, mientras sus ojos se pierden en el firmamento intensamente azul de la mañana.

—¡Betto! ¿No atiendes a tu madre? ¡Betto! ¡Necesito que me hagas un mandado!

Un instante después, ella irrumpe en la salita secándose las manos con un paño. Rosa Zarfati posee una belleza severa, que solo en raras ocasiones se torna dulce y cariñosa. Es una mujer segura, confiada y tranquila. Tiene el pelo rizado y muy negro, los ojos oscuros, profundos, y una tez muy clara. Hoy no está enfadada, a pesar de que su hijo no le hace caso. Pero, al ver lo que está leyendo, hace un expresivo gesto con las manos, estira el cuello y murmura entre dientes:

—¿Otra vez, Betto? ¿Otra vez con esos libros? ¿Tú quieres que te maten?... ¡Acabarás metiéndonos en problemas!

Betto recoge sus lecturas sin mirarla, eludiendo aquellos ojos inquisitivos.

—¿No te das cuenta del peligro? —prosigue ella, frunciendo el entrecejo—. ¿No ves que no puedes tener en casa esos libros? ¡Están prohibidos! ¡Te he dicho cientos de veces que no traigas aquí esas cosas! Si alguien se entera, pueden denunciarnos. ¿Y si la policía registrase nuestra casa? ¡Estás poniendo en peligro la vida de tu familia! ¡Betto, escucha a tu madre! ¡Irás a la cárcel! ¡Acabaremos todos en la cárcel!

El joven contesta de forma mecánica:

—Nadie se enterará. ¿Crees que soy tonto?

—¡Betto! ¡No repliques a tu madre! ¡Y mírame a la cara!

Él levanta los ojos hacia ella. Está acostumbrado a esas continuas admoniciones. La belleza de su madre le enternece, así como su dulzura y su cariño cuando no está enfadada. Pero muy frecuentemente ella le regaña y le sermonea. Cada vez más. Porque Rosa, de un tiempo a esta parte, vive asustada por las amistades de su hijo mayor y su manera de pensar. Es una mujer de convicciones férreas, muy piadosa, observante de los preceptos religiosos y las prácticas, cumplidora de las reglas de la buena educación y siempre temerosa de no hacer las cosas como se debe. De esa manera se crio en Rodas y constantemente les repite a sus hijos que, en todo momento y circunstancia, deben amar el bien, no hacer daño a los demás y llevar el cuerpo y la ropa limpios. También les infunde una mirada positiva sobre el mundo. No trabaja los sábados, asiste al templo y recita las oraciones, especialmente la tefilá cada noche. Su marido solía decirle con ironía que, de haber nacido hombre, sin duda sería rabino. Y ella no se lo tomaba a mal, sino que aquello le hacía gracia, como otras cosas burlonas que él le decía sin malicia. Porque el padre de Betto era un hombre desenfadado y genial, que a diferencia de su esposa se tomaba la vida con otra soltura y practicaba la religión solo lo justo para no disgustarla. Betto recuerda a su padre como un ser maravilloso, por la forma tierna en que jugaba con él y sus hermanos. Nunca estropeaba el escaso tiempo que estaban juntos con sermones, órdenes o amenazas. Siempre parecía contento, gastando bromas y riéndose de todo.

Betto atesora vivos recuerdos de sus anteriores vidas en otros lugares, sobre todo de la infancia en Rodas, que ya empieza a sentir lejana. Allí tenían una amplia familia judía de origen sefardita que conservaba la antigua lengua ladina que sus antepasados trajeron de España. Su abuelo materno era lo que se llamaba un *jajam*, es decir, un sabio; título equivalente a doctor en materia de la ley judía. Sus vidas eran felices, tranquilas, dentro de la seguridad de una comunidad sólida y antigua que guardaba hábitos de vida y tradiciones profundamente arraigadas. Los judíos tenían el monopolio del comercio, porque llevaban establecidos en la isla más de cinco siglos. Allí el padre de Betto se dedicó a importar productos de Turquía. Pero el negocio decayó y tuvieron que emigrar. Les costó mucho dejar aquella tierra, que era un paraíso, y siempre echarían de menos el cielo azul, el mar y el sol esplendoroso. Betto siente que los mejores momentos de su vida transcurrieron allí, junto a la playa. Vivían en una luminosa y bella casa con una gran terraza, con sirvientes y vecinos muy queridos. Hacían fiestas e iban al baño turco con familiares y amigos. Todo se celebraba con alborozo. Sobre todo, las bodas, que eran encantadoras.

Sin embargo, la economía no iba bien en Rodas y la mayoría de los jóvenes tuvieron que emigrar lejos, a África o América, porque no había muchas posibilidades de futuro. Cuando fueron a vivir a Eritrea, la familia Zarfati se sintió sola y llena de añoranza. Aunque el padre empezó a ganar dinero pronto, no tenían amistades ni personas de confianza cerca. No era fácil entablar relación con no judíos. Por eso, cuando se recrudeció la guerra, no dudaron en marcharse y les pareció que les podría ir mejor en Roma. Pero nunca imaginaron siquiera que un día pudieran llevar una existencia tan austera. Si bien conservan algunos ahorros por si las cosas empeoran.

Rosa mira otra vez, horrorizada, las revistas y los libros que su hijo ha puesto sobre la mesa. Luego se echa a llorar.

—¡No quiero esas escrituras de Satanás en mi casa! —solloza.

Betto no puede reprimir la sonrisa.

—¿De Satanás? ¡Qué cosas dices, mamá!

—¡Sí, de Satanás! ¡Son escritos y pensamientos de ateos! ¡Son sucias blasfemias de gente impía! ¿Te has olvidado ya de quién eres? ¡Eres nieto del *jajam* más sabio de Rodas! ¡Tu abuelo es Isaac Tob Chacham! ¿Tan joven como eres y ya lo has olvidado, *fijo*? ¡Mira a tu madre, *fijo*!

Ella le llama así, *fijo*, cuando su ánimo se exalta, tanto por estar enojada como por encontrarse feliz y llena de amor. Porque esa palabra significa «hijo» en su antigua lengua sefardí, y le brota del alma cada vez que sus sentimientos están a flor de piel.

—Mamá, por favor, mamá, no empecemos… ¡Déjalo ya! —exclama Betto con exasperación, al tiempo que recoge los libros y las revistas y hace ademán de salir de la estancia.

Pero su madre se coloca entre él y la puerta, con los brazos extendidos, tratando de abrazarle.

—¡*Fijo*, *fijo* mío! —súplica entre sollozos—. ¡Obedece a tu madre! No me hagas sufrir…

El joven siente compasión y sonríe de nuevo. Lucha por dentro con sus sentimientos.

—Mamá, no exageres… ¡Te tomas la vida de una manera…!

Su madre, cuyas facciones están ya relajadas y suavizadas por el afecto y la esperanza, le rodea el cuello con sus brazos y le cubre de besos.

—Es Shavuot, *fijo* —le susurra al oído con dulzura—. Hoy no debemos enfadarnos tú y yo… Hay que dar gracias al Eterno y no entristecerse… He hecho galletas con la vieja receta de tu abuela… ¿No te alegras, *fijo*?

Betto la besa en la frente y musita:

—Me llegaba el aroma de la canela esta mañana… ¡Qué maravilla! ¡Qué recuerdos, mamá!

Rosa se aparta de él y le mira a los ojos, esbozando una amplia sonrisa de felicidad.

—¿Irás a la sinagoga a llevarle unas galletas al rabino? ¿Harás eso por mí? El rabino se alegrará mucho si te ve por allí…

—¿Estás segura de eso? —replica él en tono sarcástico—. Yo creo que se dará un susto. El rabino es muy listo y sabe lo que yo pienso de los rabinos…

Ella le propina una bofetada cariñosa en la cara, reprendiéndole:

—¡No seas malo, *fijo*! ¡Y no me enrabietes! Sabes de sobra que el rabino te quiere. ¡Anda, ve a llevarle unas galletas del Shavuot! ¿Harás ese favor a tu madre?

Betto, completamente vencido por aquella mirada llena de amor, acaba asintiendo con un movimiento de cabeza.

Rosa vuelve a la cocina entusiasmada y empaqueta cuidadosamente las galletas. Él la sigue y observa cómo lo hace.

—¡Mamá! —protesta—. ¿Todas las galletas que has hecho son para el rabino? ¿Y nosotros…?

Su madre niega agitando su negra melena y contesta con aire alegre:

—Hice de sobra para él y para nosotros. Nuestras galletas las tengo bien guardadas para la cena de hoy. ¡Anda, ve a llevárselas!

Betto ríe bajito y después pregunta:

—¿A qué rabino se las doy? Aquí no hay galletas para todos los rabinos del Templo Mayor…

La madre sonríe.

—No puedo hacer para todos… Al primero que veas por allí se las das. Todos se las merecen, pero que sea la providencia divina quien decida… Aunque no voy a ocultar que me gustaría que el rabino mayor las probara…

Betto hace un gesto de hilaridad y menea la cabeza burlonamente, poniendo así de manifiesto lo que piensa sobre la cándida fe de su madre. Y dice con socarronería:

—Pues que sea la providencia divina quien haga las galletas y las lleve…

A lo que ella responde exasperada:

—¡No seas incrédulo, *fijo*! Si el Eterno es Todopoderoso, ¿por qué nos pide que hagamos determinadas cosas? ¿En qué le cambia eso a Él? ¿Acaso necesita nuestra ayuda? ¿No puede hacer el Eterno lo que quiere?… Pero tu madre debe ser buena y solo es posible hacer el bien si hay algún otro con quien hacerlo. Así que ¡anda y llévalas!, no sea que sea tarde y se vayan a sus casas…

5

Roma, jueves, 3 de junio de 1943

Las hermanas Daureli caminan deprisa, dichosas y ágiles, con sus largas y bonitas piernas. En apenas diez minutos, están en Piazza Venezia. Hay allí un desfile. La zona está acordonada y tienen que detenerse. Las banderas ondean y los muchachos fascistas, con sus camisas negras remangadas, pasan en fila de a dos por delante del Altare della Patria. El retumbar de los tambores y la fanfarria militar, en aquel momento de felicidad inesperada para ambas jóvenes, más bien parece algo organizado exclusivamente en su honor, sin relación alguna con la guerra y el decadente régimen de Mussolini. De repente, un grupo de jóvenes comienza a entonar el himno *Giovinezza*, endureciendo las voces. Embargados por la emoción, los que circulan no pueden evitar detenerse para escuchar junto a sus vehículos y miran con una mezcla de orgullo y tristeza la bandera italiana que ondea delante de una gran tribuna. Pero Orlena y Gina no tienen demasiado interés en contemplar el ritual patriótico ni escuchar los discursos que van a tener lugar a continuación, por lo que acaban dando un rodeo por las traseras de la iglesia de Santa Maria di Loreto, para continuar callejeando hasta tomar la Via del Corso.

Ríen burlonas, cuando algunos hombres se detienen para mirarlas y piropearlas, y continúan alegres por el viejo barrio repleto de escaparates.

Muchos cafés y restaurantes están cerrados. El centro de Roma no presenta el bullicio y el ambiente populoso del que había gozado años atrás. Pero, no obstante, es fiesta grande y la gente se ha echado a las calles, aunque sea para pasear y disfrutar de aquella luz maravillosa de primavera.

Después de asomarse a un par de sitios, Orlena y Gina entran en Casa di Sandro, en los aledaños de la Piazza di Spagna. Eligen esa pequeña *osteria* porque saben que en ella cocinan al modo tradicional de Teramo, ciudad de la que es originaria la madre de las Daureli. La familia es cliente del negocio desde hace años y van a ser, a buen seguro, muy bien tratadas. Curiosamente, reina allí un aire festivo y ruidoso. Una nutrida pandilla de amigos cincuentones está celebrando algo en el reservado del fondo. Ellas dudan un instante, pero Sandro, el dueño, sale a recibirlas con expresivos gestos y albórbolas de bienvenida. Es simpático, menudo y locuaz; luce un bigotito bien recortado y una chaqueta morada. Como hace más de dos años que no ve a las dos jóvenes por allí, se siente obligado a hacerles algunas preguntas de cortesía.

—¿Qué hay de los papás? Supongo que tendrán salud…

—Están muy bien, gracias a Dios —responde Orlena—. Mamá como siempre. Y ya conoces a papá; mi padre es fuerte y todavía, a pesar de su edad, tiene muy buen apetito, camina cada día y está al tanto de todo…

—¡Ah, el coronel! —exclama Sandro—. ¡Cómo me gustaría verle por aquí!

—No vendrá por el momento —se apresura a contestar Orlena, en tono de excusa—. Nuestro padre no se permite un lujo desde que las cosas están así de mal. Lo cual no significa que no desee venir… ¡Ya sabes cómo le gusta esta casa! Pero él es un patriota, un viejo militar hecho a pasar todo tipo de dificultades, y considera que ahora hay que apretarse el cinturón. Además, nuestro hermano está en África, y eso para él es motivo más que suficiente para no permitirse la mínima ligereza…

—Comprendo, comprendo… —asiente pesaroso Sandro—. ¿Hay noticias del muchacho?

Pregunta esto porque ya sabía que las Daureli tienen un hermano que pertenecía al cuerpo de la Policía Africana Italiana.

—El pasado lunes se recibió carta suya —responde Orlena—.

Está bien, en la Tripolitana, según contaba. Gracias a Dios, no está cerca del frente de guerra. Pero siempre hay preocupación…

—¡Maldita guerra! —masculla Sandro—. Aunque… *Acqua in boca…*

Y después de decir aquellas expresivas frases, mira en torno con preocupación, temeroso de que alguien pudiera haberlas escuchado. Tras lo cual, acomoda a las hermanas en una mesa que está cerca de la puerta.

—¡Hace un día maravilloso! —exclama sonriente—. Aquí podrán ustedes seguir viendo la calle. Y no las molestarán esos clientes del reservado…

Enseguida Orlena va a llamar por teléfono y no le queda más remedio que pasar por delante de los ruidosos comensales, que la saludan con una mezcla de fanfarronería y galantería. Ella responde con educación, pero no se detiene. Entra en el pequeño cuarto donde está el teléfono y, al cabo de un rato, regresa contenta junto a su hermana. Su padre no está enojado porque no vayan a almorzar a casa.

—Me ha parecido incluso que se alegraba —indica extrañada Orlena.

—Ya te lo dije —observa triunfal Gina—. Papá es rígido, pero comprensivo. ¿Qué hay de malo en pasar un día de fiesta lo mejor que se pueda? Bastante tenemos ya encima con la maldita guerra y todo lo demás…

Y al decir aquello, la muchacha repara de pronto en su imprudencia al hablar en voz alta. Ambas echan entonces una ojeada temerosa hacia el fondo del establecimiento. Solo ha escuchado Sandro, que mira sonriente y agita la cabeza, llevándose a la vez el dedo a los labios. Luego se acerca y empieza a recitar expresivamente el menú: sopa de verduras, frijoles, espaguetis *alla chitarra*, *crocchette di patate* y el plato estrella de la casa, que es la clásica *mazzarelle* de despojos de cordero. Pondera mucho esta última posibilidad, alegando que es una verdadera suerte que pueda ofrecerles el plato más típico de la casa, ya que resulta imposible encontrar carne fresca en el mercado.

—Señoritas Daureli —explica—, ¡es un milagro que el carnicero haya podido hacerse con un cordero esta semana! Esos clientes del reservado están dando buena cuenta de las chuletas. Ya saben que las leyes solo permiten servir platos de carne los domingos y festivos por las restricciones... Y deben creerme cuando les digo que nuestra *mazzarelle* es deliciosa. Seguro que hace tiempo que no prueban un plato así. ¡No desaprovechen la oportunidad, señoritas! Hoy su paladar las trasladará a Teramo, la tierra de su mamá.

—¡Sí, sí, *mazzarelle*! —exclama Gina con entusiasmo.

Pero Orlena, más precavida, se apresura antes a preguntar el precio.

—Para unas señoritas tan queridas para mí como ustedes —responde el hostelero, endulzando cuanto puede su voz—, tan elegantes, que dan prestigio a Casa di Sandro, una doble ración, acompañada por puré de patatas, pan y frasca de vino, solo costará veinte liras y cuarenta centavos.

Orlena sacude satisfecha su preciosa melena rubia y dice agradecida:

—De acuerdo, Sandro.

—No se arrepentirán, señoritas. Y en estos malos tiempos, no se hace mal a nadie dándole un gusto al cuerpo en un precioso día como este.

Mientras comen, las hermanas hablan de muchas cosas. Orlena manifiesta que junio es su mes favorito y que, finalmente, se alegra por haber tomado la decisión de pasar el resto del día fuera de casa.

—Si te digo la verdad —se sincera—, a mí nunca me han dicho nada los abriles; es junio para mí el mes inaugural de la primavera.

Después recuerdan con nostalgia cosas de su infancia: las temporadas que pasaban en la casa de campo de sus abuelos maternos, en los Abruzos; los árboles navideños, los festejos, los guapos primos, los baños de verano... Más tarde, hablan de la película que han visto esa mañana, *I promessi sposi*, y comparten los sentimientos que ha despertado en ellas, comunicándose sus miedos, sus deseos de felicidad y sus esperanzas... Acaban quedándose un tiempo pensativas y no pueden sustraerse a la tristeza.

Hasta que Orlena, con expresión soñadora, dice:

—Todo esto pasará; un día u otro se acabará la guerra y todo será normal...

—Estoy harta de oír eso mismo... ¿Cuándo se acabará? ¿Cuándo? Pasan los días, las semanas, los meses... ¡Los años!

—Solo Dios lo sabe. Cuando llegue su momento, supongo yo… Pues todo tiene su tiempo… Igual que sucede en la película que hemos visto hoy. Esa conclusión he sacado yo: que los seres humanos, en general, somos así; que cuando llegan los males, nos rebelamos airosos o furiosos, pero que luego nos doblegamos en silencio, soportando, si no resignados, atónitos… Pero nunca hay que desesperarse, eso nunca…

Gina mira fijamente a su hermana mayor. Quiere penetrar el sentido y la profundidad de estas palabras; desea hacer suya esa esperanza, pero su mente juvenil está puesta en otras ilusiones y otros problemas. Por eso, sin relación alguna con la conversación que mantenían, dice de pronto:

—Orlena, necesito contarte algo.

La otra la mira interpelante. Y Gina añade:

—Pero no me atrevo…

Orlena se preocupa.

—¿Qué te ha pasado? ¡No me asustes!

—No es nada malo. Pero temo tu reacción…

La joven dice eso porque ambas habían tenido una larga conversación hacía algunas semanas. Todo había sido como consecuencia de la situación personal que la mayor está atravesando: tiene novio, pero hace más de dos años que no lo ve. Su novio es militar y está destinado en el frente de Rusia desde julio de 1941, en el Octavo Ejército, para luchar junto a los aliados alemanes en la Operación Barbarroja. Desde entonces, la única comunicación entre ellos ha sido por carta, muy difícil y espaciada. En la última misiva, él le ha pedido matrimonio. Ella no dudó al responder en la siguiente carta que estaría dispuesta a casarse el mismo día que él regresase del frente. Orlena comunicó a sus padres la decisión con fingida alegría. Pero sufre mucho a causa de todo esto, aunque procura no hacerlo visible. Y, como consecuencia de su propia experiencia, le ha advertido a su hermana pequeña que procure no enamorarse en esta mala época. No es nada conveniente entablar relaciones en tiempos de guerra. Esa es la triste realidad que ya circula como una verdadera teoría entre las jóvenes italianas por entonces: no comprometerse, puesto que todo es incierto… Orlena escuchó el consejo, pero luego fue incapaz de ponerlo en práctica. Ahora teme que a su hermana le pueda suceder algo parecido.

Por eso insiste, instándole con autoridad:

—Dime de una vez lo que te pasa. Ya que has iniciado la conversación, debes terminarla.

—He conocido a un chico —responde Gina turbadamente, entornando sus rubias pestañas.

Orlena se queda en silencio, mirándola seria y perpleja. Luego se vuelve hacia la ventana y se queda pensativa un tiempo. Hasta que acaba diciendo con resignación, como para sí:

—Era de temer. No se pueden poner compuertas al mar.

—¿No me vas a reñir? —pregunta Gina, esbozando una sonrisa inocente.

Orlena le coge la mano con ternura, frunce los labios y dice con débil voz:

—No, no te voy a decir nada… ¿Qué te voy a decir? La edad es la edad, y con diecinueve años… *Su questo non ci piove!* Esto es lo que hay.

—¿Quieres que te lo cuente? —pregunta la otra, con un asomo de picardía en sus bonitos ojos azules—. Si vieras lo guapo que es… ¡Si supieras! No puedo dejar de pensar en él ni un solo instante…

Orlena sonríe burlona y le espeta:

—¡Estás loca, Gina! Tienes por delante cosas más importantes en las que pensar. Pronto serás universitaria.

—Sí, estoy loca. ¡Cómo no estarlo! ¡Loca por ese chico! Déjame que te cuente cómo le conocí.

Orlena niega con la cabeza y contesta con aire prudente:

—Ahora no. Aunque sé que estás deseándolo. Deja primero que yo lo asimile, dame tiempo. No acabemos enfadándonos hoy… Ya me lo contarás en otra ocasión, más despacio. Ahora, ¡vamos a tomar un helado a Giolitti y sigamos celebrando este precioso día!

6

Roma, jueves, 3 de junio de 1943

Cuando Betto sale a la calle, hace ya un calor molesto a esa hora de la mañana. Camina deprisa por la Via dei Fienili y pronto empieza a sudar. Entonces no puede evitar que le invada una ofuscada indignación por tener que cumplir aquel encargo. No le apetece nada ir a la sinagoga y mucho menos tener que ver al rabino. Se siente ridículo llevando las galletas, como si fuera un crío. Pero continúa su camino a pesar de todo. Desde su casa hasta el templo hay apenas medio kilómetro. El gueto judío de Roma está alegre y concurrido a esa hora, con las puertas de los talleres abiertas de par en par, las mujeres charlan delante de sus casas y los viejos meditan sentados a la sombra. Betto pasa al pie de los murallones de la Rupe Tarpea y por delante de varias iglesias, para luego alcanzar la orilla del Tíber y desviarse junto al Ponte Fabricio. Se detiene en la Piazza del Tempio y el soberbio edificio de la sinagoga le parece todavía más blanco, bañado por el fuerte sol de junio. Detenido al pie del muro que rodea el atrio, ve a la portera, que está barriendo el enlosado junto al cancel de la puerta lateral. Sabe que allí dentro, a pocos pasos de él, se celebra a esa hora la antigua costumbre de enseñar la Torá a los niños pequeños en Shavuot. Oye las risas agudas de los chiquillos y la ronca voz agotada de los maestros. Y todavía siente el impulso de regresar a casa con cualquier excusa inventada. Pero Betto piensa en la felicidad de su madre y definitivamente decide entrar.

—Buenos días, señora Gema, ¿está ahí el rabino? —le pregunta a la portera.

Ella deja lo que está haciendo, le mira de arriba abajo y responde:

—¿Cuál de ellos? Porque están los cuatro...

Betto chasquea la lengua, contrariado. Piensa un instante y luego dice:

—¡Da igual uno que otro! ¿Puedo dejarles aquí este paquete?

La portera se acerca con aire circunspecto. Mira el envoltorio y pregunta un tanto recelosa:

—¿Se puede saber qué hay dentro?

—Son solo unas galletas del Shavuot que les envía mi madre. Aunque preferiría entregárselas al rabino mayor.

La señora Gema es una mujer reservada, seria y vestida siempre de negro. Vuelve a reflexionar mirando al joven y dice:

—Entra y entrégalas tú mismo. El profesor Zolli está abajo, en el Templo Español.

La portera sugiere eso porque sabe que Betto es judío sefardí, y el llamado Templo Español, dedicado al rito sefardí, está en una de las estancias que hay en el sótano del edificio del Templo Mayor.

Betto baja deprisa por las escaleras. El oratorio está abarrotado de niños que inician en ese momento un canto. El joven se coloca a un lado discretamente y espera. Allí están sus tres hermanos, mezclados con los demás. Los mellizos Mario y Luca son traviesos, inquietos y fornidos como él. El pequeño, Lucio, es tímido y despistado; siempre está en babia y hay que poner cuidado porque suele extraviarse cada vez que le pierden de vista.

El rabino mayor, llamado Israel Zolli, está sentado a un lado, delante del *hejal* y envuelto con el talit. Cuando el canto ha concluido, se sitúa en el centro.

Es un hombre maduro, serio, de nariz larga y erudita; la barba gris rala, los ojos de mirada templada tras unas gafas redondas, y un cierto aire triste y circunspecto.

—Cada año —explica con voz pausada y tono monocorde—, en la fiesta de Shavuot, uno vuelve a recibir la Torá como si fuese la primera vez, como si el Eterno nos la entregara de nuevo a cada uno. Es por ello por lo que vuestra presencia en la sinagoga tiene una relevancia muy importante, ya que vosotros, los chicos, sois los garantes del pueblo judío en cuanto al cumplimiento de los preceptos...

A Betto estas palabras no le dicen nada, sino que más bien le incomodan. Se remueve y le asalta el deseo de marcharse de allí. Pero vuelve a pensar en la ilusión que le hace a su madre que entregue las galletas y se aguanta hasta que termina la ceremonia.

Los niños salen en tropel cuando les dan permiso. Sus tres hermanos pasan a su lado y le miran sonrientes. Betto revuelve con los dedos los cabellos rizados del pequeño. Luego se adelanta y saluda con respeto al rabino.

—Profesor —dice, alargándole el envoltorio—, mi madre le envía estas galletas para la fiesta del Shavuot.

El rabino le mira con las gafas empañadas. Se las quita, las limpia con el pañuelo y le mira otra vez, tratando de reconocerle.

Entonces el joven se acerca aún más y dice:

—Soy Betto, hijo de Lucio Zarfati. Mi madre es Rosa, su viuda...

—¡Ah, Betto! Debería haberte conocido solo por el acento... Ese acento de tu familia, sefardí, clásico y musical... ¡Siempre me hace mucha gracia cuando hablan tus hermanos! ¡Pero tú ya eres un hombre hecho y derecho!

A Betto no le caen bien estas afirmaciones y contesta con suspicacia:

—¿Se ríe usted del acento sefardí, profesor?

—¡No, Zarfati, no es eso! ¡Sino todo lo contrario! El acento a lo español a mí me gusta mucho. Cuando yo vivía en Polonia, tenía compañeros de colegio que hablaban de manera parecida a vosotros... Algunos eran caraítas.

—¡Nosotros no somos caraítas! ¡Provenimos de Rodas! —replica con orgullo Betto.

—Sí, sí, lo sé, no te enfades, Zarfati...

Se hace un silencio entre ellos. Luego el joven le acerca de nuevo las galletas.

El rabino las mira y, mientras se seca el sudor de la frente con el pañuelo, murmura:

—Hace calor...

—Sí, hace mucho calor —dice Betto—. ¿Quiere las galletas o no?

—Dile a tu madre que estoy muy agradecido, pero no debo aceptarlas.

Betto tuerce el gesto:

—¿Por qué no? Ella ha estado haciéndolas para usted con todo el cariño y el respeto que le profesa… ¿Las va a despreciar?

—Betto, escucha, sois cinco en casa y no debo quitaros un alimento que a buen seguro os vendrá muy bien. Sería un abuso por mi parte. Son tiempos de mucha necesidad…

—¡Es el colmo, profesor! —acaba enojándose el joven—. Debo decirle que su actitud es humillante para nosotros. ¿No es libre mi madre para hacer con sus bienes lo que desee? ¿Por qué tiene que decir usted siempre lo que está bien o está mal? ¿Se da cuenta, profesor? Ese es el problema de los rabinos: ellos deciden siempre por los demás. ¿Y la libertad de conciencia? ¿La autonomía de la voluntad no cuenta? ¡No cuenta nada!, cuando es la religión la que ha de marcar la pauta.

—No he querido ofenderte —dice Zolli, con calma y cautela—. Pero tienes razón, muchacho. Acepto de buen grado las galletas. Y seguro que serán deliciosas, como las que tu madre me ha regalado en alguna otra ocasión. Anda, dámelas y zanjemos la cuestión.

Betto se las entrega con gesto adusto.

El rabino sonríe tímidamente y pregunta afable:

—¿Hacemos las paces?

El joven, no sin esfuerzo, esboza una media sonrisa y contesta:

—Claro que sí, profesor. No estoy enfadado con usted. Solo he pretendido decir lo que pienso. Tengo veinte años, una edad suficiente para manifestar con libertad mis opiniones.

El rabino asiente con unos discretos movimientos de cabeza. Luego se lamenta:

—Cierto, aunque son los peores tiempos para decir libremente lo que uno piensa…

Betto se le queda mirando, reflexivo.

Después razona muy serio:

—El maldito fascismo nos tiene cosidas las bocas, pero nadie me impedirá pensar libremente.

Zolli echa una mirada en torno, sin disimular su preocupación.

Los niños ya se han marchado y allí solo están ellos dos. No obstante, el rabino se inquieta y contesta:

—No voy a discutir sobre eso, pues pienso de la misma manera. Pero te propongo que entremos un momento en mi despacho, si te parece bien. Hace mucho que no te veía por la sinagoga, Zarfati. Me ha alegrado esta visita... No he olvidado a tu padre, el señor Lucio Zarfati, un hombre simpático, siempre feliz; un judío optimista, portador de buenos sentimientos y cumplidor...

Betto vuelve a quedarse pensativo un instante, como meditando acerca de estas palabras, hasta que dice con dignidad:

—Mi padre también le tenía gran aprecio a usted... Profesor, discúlpeme si he estado un poco brusco antes...

—No tiene importancia. ¿Vamos a mi despacho?

—¡Vamos! —responde el joven con un suspiro.

Suben por la escalera y atraviesan una puerta de hierro que lleva a las dependencias de la sinagoga. Betto recorre los largos pasillos abovedados con paso indeciso. Piensa que le espera una lucha. Por primera vez debe enfrentarse a un rabino a solas, con todas las consecuencias que eso implique... Y sabe que el profesor Zolli es un hombre muy inteligente y culto. Entonces decide que debe ser más fuerte; no puede dejarse vencer así, sin más; debe retar a esa persona para no quedar convencido. Aunque, por otro lado, siente que se trata de una aventura emocionante, pues supone poner a prueba sus propias ideas y argumentarlas por primera vez con alguien que no es su madre. Pero, al llegar ante la puerta del despacho, sabe que al otro lado está esperándole la confrontación con un hombre más fuerte, más viejo y más experimentado que él, contra quien nada puede hacer. En ese momento, le invade un intenso sentimiento de odio. Se trata de un odio muy extraño, porque no ha ocurrido nada. Y al mismo tiempo, le asalta una cierta pereza por tener que convencer al rabino de que no se rinde, de que es un rebelde y de que ya nadie puede contar con él para unas creencias que considera obsoletas, absurdas, represoras e inútiles.

El despacho y la biblioteca —dos habitaciones abovedadas llenas de estanterías, con libros y fotografías— son muy diferentes de lo que él esperaba, pero a pesar de todo le resultan en cierto modo conocidas. Zolli le señala una silla y le dice que se siente, pero él permanece de pie delante de su escritorio. Se miran largamente, sin hablar. El rabino también está apreciablemente intranquilo, porque se vuelve hacia la ventana y se acerca a ella, observa las copas de los árboles y luego, sin mirarle, le pregunta llanamente al joven:

—Betto Zarfati, ¿me puedes decir qué te sucede?

Vuelve a reinar el silencio. Para Betto son unos minutos infinitos, abrumadores. Él sabe muy bien lo que le sucede: siente dentro un alma joven que está probando sus alas para salir volando. Mira con celo y cautela al rabino, mientras intenta identificar todos los objetos que alcanza su vista: la menorá, que está sobre la mesa, con sus siete velas apuntando hacia el cielo; las letras hebreas, bellamente caligrafiadas, en un viejo pergamino que cuelga enmarcado en la pared; una preciosa alegoría dorada de la estrella de David… En todo ello, el joven busca señales y pruebas de su identidad y su sentimiento de pertenencia a la comunidad judía. Trata de aspirar el aire y el ambiente que reina en aquella estancia, se fija incluso en la luz que penetra por la ventana a través de la cortina de encaje para iluminar el escritorio. Pero no responde a la incómoda pregunta…

Zolli se sienta finalmente frente a él, con sus manos finas y muy blancas juntas, casi escondidas debajo de las largas mangas de la negra chaqueta; tiene un aspecto impecable, como si estuviera dando clase u oficiando en la sinagoga.

—Betto, háblame —insiste—, por favor. No debes temer, muchacho…

—No tengo ningún miedo —contesta el joven con orgullo—. ¿Por qué habría de tener miedo de usted?

Después intercambian algunas palabras vacías e insignificantes, para medir cada uno la fuerza del otro y demostrar la propia, como hacen los boxeadores. Hasta que, de repente, Betto le dice, para responder a su pregunta, mirándolo muy fijamente a los ojos:

—Yo ya no creo en nada de esto… ¡En nada! Acabo de cumplir veinte años. Tengo edad suficiente para ponerlo todo en cuestión. Soy ateo, profesor.

El joven comprende que ha acertado de pleno con el golpe: el rabino se estremece por dentro y empalidece; es como si de su rostro se fuese cayendo una máscara tras otra, máscaras de seda. Mira con sorpresa, con desconcierto, con el enfado del profesor fracasado, con la indignación del padre engañado… Pero, un instante después, con la ternura del amigo, murmura apesadumbrado:

—Comprendo… Se trata de eso…

Betto le mira todavía más fijamente a los ojos y dice con un punto de rabia:

—No finja más, profesor. No es necesario. Imagino que mi madre habrá hablado con usted para contarle todo… No soy un niño y sé bien que no estoy aquí solo para traerle unas galletas del Shavuot. Ella le habrá dicho lo que leo y con qué amistades voy, que soy comunista, ateo, anarquista, revolucionario…

El rabino se pone en pie. Su rostro se ha ensombrecido, se pasea de arriba abajo por el despacho, se detiene, le pone la mano en el hombro, le mira fijamente a los ojos y musita:

—He dicho que lo comprendo… No he pretendido ocultar que tu madre haya hablado conmigo. Y no deseo en manera alguna tratarte como a un niño.

Betto también se levanta. Y se enfrenta a él con coraje y decisión. Le cuenta detalles, muchos de los cuales tan solo ha soñado. Le habla de la necesidad imperiosa de un levantamiento, de armas, de la resistencia al fascismo, de la revolución…

Zolli escucha atentamente, sin tratar de interrumpirle en ningún momento. Solo cuando el joven calla, le pregunta por algunos detalles en voz muy baja, como si estuviera realmente preocupado y asustado.

—Profesor, soy un hombre y me considero el único responsable de mis actos. Voy a luchar contra el fascismo, ¡con todas las armas a mi alcance!, y nadie me va a disuadir de ello. Sé que es peligroso, sé que puedo morir… Pero es lo que me dicta mi corazón. ¿Cómo no puede usted entender eso? ¡Mire, profesor Zolli, cómo estamos a causa del maldito fascismo! ¡Cómo nos va a los judíos! ¿Y qué hacen los que deberían liderar a nuestro pueblo? ¿Cómo pueden ustedes estarse callados? Y usted sabe, igual que yo, que muchos miembros de la comunidad judía fueron fascistas… Incluso los jerarcas de la comunidad… Usted lo sabe, profesor, todo el mundo lo sabe…

El rabino se queda pensativo durante un rato. Luego responde con calma:

—Sí, lo sé. Y tengo mi propia opinión sobre eso. Los fascistas, como los nazis, son una de las peores consecuencias del desastre de la Primera Guerra Mundial; al igual que el bolcheviquismo, los desórdenes revolucionarios, el inconformismo, los deseos de venganza, las intolerancias, las violencias, las matanzas y todos los odios manifiestos... La guerra terminó, pero ahora sufrimos la estela que dejó aquel horror sin sentido.

—Cuando acabó aquella guerra —replica Betto—, yo ni siquiera había nacido. A mí lo único que me importa es el presente y el futuro. Hay que acabar con el fascismo o el fascismo acabará con todos nosotros... Eso es lo que mi corazón me dicta. Acaso usted pensará que ser revolucionario y luchar por la justicia va en contra de los preceptos del Eterno... ¿Hay pues que aguantarse y soportarlo todo?

Zolli vuelve a quedarse pensativo y en silencio, mirando al joven con aire triste. Al cabo, dice:

—El sagrado cantor dice en el salmo: «¿Quién como tú, oh, Yavé, que libras al débil del más fuerte, al mísero y al pobre de su explotador?». Nadie es como el Eterno, porque nadie, aparte de Él, lo es Todo; y el hombre, esta minúscula, pero excepcional, parte del todo, siente nostalgia por el Todo de quien procede. Así pues, el hombre siente, continuamente, la fuerza de Ser. Comprendo pues, muchacho, lo que te sucede. Créeme, de veras lo comprendo...

—Y yo también le comprendo a usted, profesor. Usted tiene que mencionar al «Eterno» y meterlo en esto, porque es su obligación. Pero a mí esa palabra ya no me dice nada.

El rabino sonríe con afecto y observa:

—La huida del Eterno por parte del hombre es una huida vana. Es un vivir con nombre falso acompañado de una ilusión de ser, en realidad, otro...

Betto se pone en pie, sonríe también y dice:

—Pues este hombre, al que usted considera un iluso, profesor, actuará con libertad de conciencia.

Zolli también se levanta. Ambos caminan hacia la puerta. Pero, antes de salir, Betto se vuelve y pregunta:

—¿Le puedo plantear un dilema más, profesor?

—Claro que sí.

El joven se pone muy serio. Suspira y afloja su semblante para decir:

—He conocido a una chica... Bueno, mejor será decir que hace tiempo que la conozco...

—¿Sois novios?

—Algo parecido... Aunque... —El muchacho parece que se ha vuelto tímido de repente y habla con apocamiento—. No es que a mí me importe mucho...

—Puedes confiar en mí, Zarfati —le dice el rabino afectuosamente, poniéndole la mano en el hombro—. ¿Qué sucede con esa chica?

—Es aria y cristiana.

El rabino se preocupa aún más, porque la ley racial regula también los matrimonios y prohíbe la unión entre ciudadanos italianos de diferentes razas.

—Es, en efecto, un dilema —dice circunspecto—. ¿Lo sabe tu madre?

—No. Y no pretendo decírselo por el momento.

Zolli se queda pensativo sin dejar de mirar al joven ni un solo instante. Luego dice:

—¡Ah, voy comprendiendo! Estás confuso y es un consejo lo que quieres.

—Sí, pero un consejo humano, no una admonición ni un precepto.

El rabino sonríe y sentencia con voz calmada:

—Zarfati, la ley del Eterno no puede estar en oposición con la ley del corazón humano... Porque el corazón humano es una creación del Eterno. Y su ley compete a todo el hombre, alma y cuerpo. Toda mi naturaleza, toda mi energía, todo proclama eso. Así que solo puedo decirte una cosa: si tu amor es verdadero, ponlo en sus manos... Nadie puede conocer el futuro. Ahora todo es confuso, pero el tiempo pondrá cada cosa en su sitio...

Betto ha escuchado atentamente esta reflexión. Se mantiene obstinadamente serio. Pero algo en su interior ha cambiado. Parece relajarse y acaba sonriendo. Le extiende la mano al rabino y dice parcamente:

—Gracias, profesor. Que tenga un buen día.

Zolli le mira con cariño, le estrecha la mano y contesta:

—Tú puedes pensar como quieras, Betto, pero podemos ser amigos…

El joven sonríe más abiertamente. Hace un gesto de afirmación con la cabeza y se despide sin decir nada más.

7

Roma, miércoles, 16 de junio de 1943

La familia Daureli, como cada día a esa hora, se halla reunida antes de la puesta del sol y sentada con formalidad en torno a la mesa para la cena. Viven en una gran vivienda que se distribuye en dos pisos del mismo edificio, situados uno encima del otro y comunicados por una escalera interior. El comedor está en el primer piso, rodeado por los dormitorios de los hermanos, el salón de las visitas y un cuarto pequeño destinado al estudio. El suelo es de madera oscura y está cubierto por una alfombra de delicados colores. Del techo cuelga una formidable lámpara de cristales de cuarzo. Un poco más allá de la mesa, junto a la pared, se hallan los solemnes canapés con cojines de raso rojo. Detrás cuelga el retrato del aristocrático bisabuelo materno, el conde Enrico Arcamone: el uniforme oscuro, con insignias plateadas; el sombrero con la larga pluma negra, y las botas claveteadas; fumador en pipa, como está representado, amante del frasco de vino y la buena mesa. Casi todo lo que hay en esta noble morada de la Via Arenula ha sido heredado de él, terrateniente originario de los Abruzos que siempre tuvo residencia en Roma, aunque en un viejo palacio que heredó uno de sus hijos. Toda la construcción tiene un aire muy propio de la época en que fue diseñada, la gloriosa era del capitalismo rampante de principios de siglo, cuyo espíritu era ambicioso, constructor y emprendedor. En el edificio viven solo dos familias. Los que han alquilado hace tres años el piso de la primera planta son extranjeros, exiliados franceses que viven bastante encerrados en su casa; muy orgullosos y que no buscan el contacto con ningún vecino. Es una familia muy numerosa, y que acoge además a otros familiares emigrados de la provincia de Auvergne; viven todos en aquel piso grande y oscuro cuya fachada ocupa media calle. Los niños van al colegio laico francés y algunos de los adolescentes están inscritos en el instituto. Pero los Daureli apenas intercambian con todos ellos meros saludos formales.

Esta noche las dos hijas, Orlena y Gina, están sentadas como siempre a los lados de la madre y ante ellas está la sopera humeante que acaba de dejar la doncella después de servir la sopa. A la derecha tienen a mano la mesita sobre la que hay una bandeja de plata en la que se alinean las copas de cristal labrado. Las tres se parecen mucho, bien vestidas, componiendo una imagen de insólita belleza. Son de estatura y talle esbeltos y tienen unos rostros despejados, embellecidos por una tez blanca y sonrosada. Los ojos azules de las hijas son la hermosa herencia de su madre. También en la pequeña nariz y en el cabello dorado se han visto favorecidas por las leyes de la genética.

Frente a ellas está sentado don Mario Daureli, el padre, coronel en la reserva de la Regia Marina. Es por naturaleza un tipo indiferente y algo burlón. A punto de cumplir los setenta, tiene los ojos grises, la nariz aguileña y la barba blanca perfectamente recortada; su cara trasluce ese fondo de pereza y de tedio de los marineros que se han pasado media vida alejados del hogar. Siente una gran estima por las gentes del Norte, británicos e irlandeses, con quienes convivió en su juventud; habla bien el inglés, es agnóstico, liberal, y se ríe de las mujeres. Se jubiló de la armada militar tres años antes de que empezara la guerra y mantuvo todavía durante algún tiempo una fuerte tendencia a la sátira. Incluso se atrevía a hacer chistes sobre el Duce. Hasta que su temperamento empezó a agriarse y ahora parece un hombre amargado, que apenas habla para despotricar de todo. Últimamente está casi siempre triste. Su esposa y él hace ya tiempo que no se entienden.

La madre, doña Gianna Arcamone, es quince años más joven que él, y todavía conserva mucho del porte y la presencia de la mujer bella y elegante que siempre ha sido. Mujer reservada, solitaria y un tanto reacia, tampoco parece ser feliz. Tuvo siempre grandes ambiciones escondidas, conserva el orgullo de su apellido aristocrático y un amor extraordinario por su rancio abolengo. Para ella, la familia de los Arcamone, noble linaje de los Abruzos, constituye lo más selecto de la raza, y no le importa decir que se casó con Mario porque la profesión de marino es noble y distinguida por excelencia, y la más frecuente entre los de su estirpe. Pero no duda en afearle a su esposo, cada vez que discuten, esa campechanía tan suya, que ella considera zafiedad. Y el coronel Daureli, que parece haber nacido para burlarse de todo y para encogerse de hombros; se ríe sin pudor de estas ínfulas de su esposa que le parecen ridículas.

Hace mucho tiempo que duermen en habitaciones separadas y el trato en el matrimonio es el indispensable para una convivencia correcta, pero sin muestras de afecto. Tal vez por eso las comidas familiares siempre resultan un tanto tensas.

Todos en aquella casa viven desde hace dos años con preocupación permanente. El hijo mayor, Gian Carlo, es capitán de la PAI, el cuerpo de la Policía Africana Italiana, y está en paradero desconocido. Normalmente se comunicaban con él por teléfono o por carta, pero perdieron todo contacto desde que el ejército italiano fue derrotado en la campaña de Túnez, que se prolongó entre noviembre de 1942 y mayo del año siguiente. Desde entonces, todavía las noticias oficiales exaltan con vanagloria el espíritu de la generación de los vencedores, pero las informaciones oficiosas proliferan en otras esferas, en la penumbra, en tribunas ignotas hasta entonces. A través de sus contactos, el coronel Daureli se enteró hace un mes de que más de doscientos mil hombres, incluida buena parte del Afrika Korps, cayeron prisioneros. El fin de las potencias del Eje en el norte de África parece incuestionable ya. Pero no quiere pensar siquiera que su hijo haya muerto. Se contenta con la esperanza de que se halle incomunicado en alguna parte. Eso es lo que les repite una y otra vez, con fingido convencimiento, a su esposa y a sus hijas.

Gian Carlo tiene veintisiete años y un temperamento raro, tal vez heredado de su madre. No en vano doña Gianna Arcamone siente una predilección especial hacia su único hijo varón. Antes de partir a su destino en el frente, el joven era un alma solitaria, un hombre orgulloso que había estudiado Ingeniería. Experto en mapas, en caballos y en cuestiones botánicas, entendía las cosas técnicas con tal grado de perfección que un oficial de alto grado le convenció para que se enrolase en la infantería. Muy pronto ascendió en el escalafón y aprovechó la guerra de África para ingresar en la PAI. Eso es lo que suponían en la familia. Porque la verdad es que él no contaba nada al respecto; su naturaleza, su inclinación y su disposición anímica lo hacían ser muy reservado. Antes de ser reclutado, se sentía mal en la vida civil, sobre todo en el puesto de ingeniero, considerándose despreciado y minusvalorado; era irritable y siempre olfateaba un complot contra su persona. Parecía que no acababa de encontrar su lugar en el mundo. Para colmo, la madre consideraba que la carrera de Ingeniería era poco apropiada para un auténtico caballero y le animó hacia la vida castrense, sabedora de que un joven de buena familia, con un título universitario y con buenos asideros en las jerarquías militares, podía ascender a lo más alto sin pasar por la academia de oficiales. Cuando recibió el grado de capitán a pesar de su juventud, todos en casa estaban orgullosos de él, porque, además, en la prestigiosa *Rivista Militare Italiana* se publicaban largos artículos del capitán Gian Carlo Daureli sobre la orografía, el clima y las peculiaridades de las plantas desérticas. Ahora todo eso parece lejano. En apenas dos años, la vida ha cambiado tanto que ya solo se conforman con la esperanza de su regreso.

Por otra parte, los padres discuten con frecuencia por causa del hijo ausente. El coronel Daureli le echa en cara a su esposa el hecho de que el hijo ingresase en la PAI y se fuera a África; considera que ese paso fue una auténtica locura, fruto de delirios de grandeza y no de la cordura que se imponía ante la manera en que se estaban poniendo las cosas en aquel frente. Ella repite una y otra vez que como ingeniero Gian Carlo no tenía futuro, que era un hombre frustrado e infeliz. Todavía doña Gianna sueña con que su hijo vuelva convertido en un héroe y remontado a lo más alto del escalafón.

Gina y Orlena sienten tristeza por esta situación familiar. Pero ni se les ocurre siquiera abordar el asunto. Lo sufren y callan con resignación. Y para colmo de males, después de los bombardeos todo se ha agravado. El abatimiento y el miedo reinan en todas partes. Una especie de sombra de fatalidad y angustia se ha apoderado de las almas. La idea de la muerte se ha hecho más patente.

Por otra parte, está el delicado asunto del compromiso matrimonial de Orlena. Ella se lo ha comunicado a los padres hace apenas dos días y ninguno de los dos ha recibido la noticia con agrado.

Están los cuatro serios. Toman el caldo con gran devoción y a pequeños sorbos. Apenas cruzan entre ellos las mínimas e imprescindibles palabras.

Hasta que, en un momento dado, la madre suspira y luego se lamenta, sin dignarse siquiera a mirar a Orlena:

—Hija, no veo lo de esa boda. Siento tener que decirlo, pero no lo veo...

La hija contesta en un susurro:

—Ya lo hemos hablado, mamá. Por favor, no empecemos...

Doña Gianna rompe de pronto a llorar y dice entre gimoteos:

—Todos estáis contra mí... ¡Todos! Cuando yo lo que quiero es que hagamos bien las cosas... Me preocupo por vosotros, pero despreciáis mis consejos... ¿Yo soy la madre? ¡Soy la última en esta casa!

El padre la mira largamente, esboza una media sonrisa y dice con ironía:

—Es la cena y empieza el drama. Como cada noche.

Orlena toma la palabra apresuradamente, temiendo que el matrimonio se enzarce en una discusión de la suyas:

—¡Os ruego que mantengamos la calma! Papá, mamá, por favor... ¡Dejadlo ya!

—Bien calmada estoy —contesta la madre—. Pero no puedo evitar el disgusto tan grande que tengo. Y vuestro padre, ya lo veis; vuestro padre no tiene la mínima compasión de una madre que solo quiere el bien de sus hijos...

—¡Vaya! —rezonga el coronel—. Mario Daureli es el culpable de todo; de la guerra, de las bombas, del racionamiento y de la muerte del papa.

—Eso no, Mario, eso no —le afea con amargura su esposa—. Sabes que no tolero irreverencias en mi casa.

—¿Y qué irreverencia he dicho yo? —replica él—. Tú oyes solo lo que quieres oír, Gianna. Porque yo no he dicho que desee que el papa muera… Solo que tú me haces culpable de todas las desdichas… Si el papa muriera esta noche, Mario Daureli sería el culpable.

En ese momento suena la campanilla en el recibidor. Alguien espera a que le abran. Todos se quedan sorprendidos.

—¿A estas horas? —dice el padre, mirando su reloj de bolsillo—. ¿Quién será? Dentro de diez minutos es el toque de queda…

Se oye el crujir de la puerta al abrirse y la doncella da un grito:

—¡Santo cielo!

Y un instante después, irrumpe en el comedor Gian Carlo Daureli. Es como una aparición en la tenue luz de la estancia.

—¡Hijo! —exclama doña Gianna con voz desgarrada.

El joven está muy delgado y notablemente desmejorado. Alto y con el rostro anguloso, abrasado por el sol, sus cabellos rubios parecen más claros por haber estado incontables días a la intemperie. Viene vestido de paisano, con un traje viejo y sucio que le queda grande. Desprende olor a sudor y a un prolongado estado de desaseo. En sus ojos azules hay un asomo de confusión y desvalimiento.

Todos se han puesto de pie y le miran estupefactos.

—¡Hijo! —repite la madre, mientras camina tambaleándose hacia él.

Gian Carlo menea la cabeza, frunce los labios y prorrumpe en llanto, con lágrimas abundantes que corren por su curtido rostro. Luego se abraza a su madre y llora desconsolado. Sus dos hermanas también se abrazan a él y lloran por la impresión y la alegría. El padre permanece en el mismo sitio donde estaba, muy quieto, visiblemente turbado, mientras contempla con expresión atónita lo que sucede ante sus ojos.

8

Roma, jueves, 17 de junio de 1943

Por la mañana a primera hora, fray Leonardo escucha compadecido a Orlena Daureli en su despacho del hospital. Ella fue a hablar con él después de la misa, para aliviar sus preocupaciones y desahogar su inquietud. Está completamente abatida y sus ojos delatan que ha estado llorando mucho durante la noche pasada. El rostro del fraile empalidece de horror y de dolor, mientras escucha el relato de la manera en que su hermano Gian Carlo pudo salvar la vida después de la derrota de Túnez y lo que sucedió a su regreso a Roma.

—Está vivo de puro milagro —le refiere ella—. Según nos contó, mientras el general Messe continuaba con su ejército la lucha en la última franja estrecha de tierra africana del cabo Bon, entre Túnez y Bizerta, muchos de nuestros hombres trataban de llegar hasta allí dando un rodeo desde la capital, que ya había sido tomada por el enemigo tras la rendición de los alemanes. El camión en el que habían escapado mi hermano y unos cuantos compañeros de la policía se quedó sin combustible a ochenta kilómetros de la costa. Luego tuvieron que caminar durante muchas jornadas, sin apenas alimentos y bajo un sol abrasador, teniendo que esquivar los puestos de guardia de los ingleses.

—¿Y por qué no se entregaron a los aliados? —pregunta fray Leonardo—. Se trataba de una rendición formal y la vida de los prisioneros es respetada en esos casos. Hay leyes de guerra que protegen a los que entregan las armas.

—Mi hermano dice que una cosa son las leyes de guerra y otra la realidad. Él ha servido en la policía, donde tenían mucha información de lo que estaba sucediendo con los que caían prisioneros a medida que se iba perdiendo la guerra en África. Sabían a ciencia cierta lo que los esperaba si acababan en manos del enemigo: los terribles campos de prisioneros en lugares lejanos, tal vez en Rodesia o en Sudáfrica, a miles de kilómetros de Italia, en condiciones penosas, con enfermedades y las mínimas posibilidades de sobrevivir o volver a casa. Decidió jugarse el todo por el todo y huyó en aquel camión con otros compañeros. Después de muchas calamidades, consiguieron por fin entrar camuflados en uno de los puertos y se embarcaron para cruzar el mar de noche hasta Marsala. Tras el desembarco de los ingleses y americanos, tuvieron que huir de nuevo por el interior de Sicilia. Gracias a Dios, Gian Carlo tenía dinero suficiente y pudo viajar hasta Roma desde Mesina.

—¡Bendito sea Dios! —exclama el fraile—. Y me alegro mucho por él, pero también por tus pobres padres y por vosotras, las hermanas. Dios ha sido misericordioso y le ha librado de todos esos peligros. Desde luego, parece un milagro. Me imagino que estaréis muy aliviados y felices por el reencuentro, a pesar de todo lo malo.

Orlena permanece callada, se hunde en la confusión y traga saliva. Luego dice con desazón:

—¡Deberíamos dar gracias a Dios! —Baja la mirada, aún más afligida—. ¡Si no fuera porque todo es demasiado complicado! No están los tiempos como para sentirse feliz…

Fray Leonardo la contempla lleno de extrañeza y le pregunta:

—¿Orlena, por qué dices eso? ¿Qué sucede?

Ella levanta la cabeza hacia él, reflexiona largamente y responde con aire de desesperación:

—Ahora resulta que mi padre dice que Gian Carlo es un desertor… Por un lado, parece que se alegra por su regreso y por que esté con vida; pero, al mismo tiempo, se avergüenza de él… ¡Virgen santa! Pobre Gian Carlo, después de haber pasado por ese calvario, ahora se encuentra con que, para su padre, es un cobarde. Solo los que han muerto son considerados héroes; el resto están bajo sospecha… ¡Así de ingratas son las guerras, fray Leonardo!

—Pero… ¿por qué motivo? ¡No lo comprendo! Tu padre es injusto. Ese muchacho lo único que ha hecho es escapar de aquel infierno. Tenía derecho a salvar su vida ya que todo se había perdido.

Orlena baja de nuevo la vista, apurada por su incapacidad para explicarle al vicario la complejidad de aquel problema familiar. Y dice:

—Padre, lo que sucede es todo demasiado complejo y enrevesado. Después de años de humillaciones en los campos de batalla, sobrevino la inevitable derrota para nuestros soldados… Miles de ellos murieron en los combates, otros están prisioneros en horribles campos de concentración y el resto andan vagando perdidos por territorios hostiles, a merced de la venganza y la crueldad de los vencedores. Y aquellos pocos que han sobrevivido y consiguieron huir, resulta ahora que encuentran esta otra humillación a su regreso… Descubren que nadie cree ya en ellos; porque no hay victoria ni gloria, sino miseria, muerte y fatalidad. ¡Qué desengaño en sus propias casas! Cuando fueron las madres y los padres quienes los criaron y los vistieron de niños con uniformes bélicos, les enseñaron el «credo» guerrero y les indicaron cómo debería ser su vida futura dedicados a las armas. Ahora hasta parece que hubieran preferido que murieran lejos. Porque el salvar la propia vida se considera deserción, y eso es el mayor pecado…

Fray Leonardo se convence de que la situación es más grave de lo que suponía y, no sabiendo qué decir ni qué consejo darle a la enfermera, se queda en silencio, embrollado en sus pensamientos.

Ella suspira y murmura, moviendo la cabeza:

—¡Aquellos días…! Aquel tiempo en que todo eran ilusiones y fantasías ya se fue… Ahora la realidad nos ha caído sobre las ingenuas cabezas y nos ha descubierto la verdad de todas las quimeras y los sueños fascistas. ¡Vivimos en una pesadilla! ¡Estamos en un infierno, padre!

El fraile logra, con intenso esfuerzo, dominar su confusión, y dice, empujado por un intrépido deseo de confortarla:

—Orlena, Orlena, ¡no desesperes! Eso no, ¿eh? Deja que tu fe sea más grande que tu miedo y tu rabia. Ahora todo nos parece oscuro, pero ya vendrá una luz que iluminará lo que no comprendemos. ¿No decimos que la esperanza es lo último que se pierde?... Y no falta razón, pues incluso en los peores momentos es fundamental mantener una puerta abierta a la esperanza. Eso es lo que nos permite seguir de pie, luchando y mirando al frente incluso cuando el presente es oscuro. Es cierto que no siempre es sencillo ver claro y seguir adelante, pero los seres humanos somos más luchadores y supervivientes de lo que pensamos. Y tú, Orlena, tienes más fuerza y valentía dentro de ti de la que crees. Confía en Dios. No dejemos de orar y esperar.

—Todo eso me digo yo, padre. Pero es tan difícil tener que enfrentarse a tantas adversidades... Mire si no mi propio caso. Estoy prometida con un hombre que ni siquiera sé si está vivo...

Su voz se quiebra y no puede concluir. El fraile respeta su silencio y la mira con ternura.

En ese momento, una voz agitada llama desde el exterior del despacho, al mismo tiempo que golpean la puerta con los nudillos repetidamente.

—¡Fray Leonardo! ¡Le esperan en el recibidor!

—Estoy ocupado —contesta el vicario contrariado.

—¡Padre! —exclama la voz, en tono apremiante—. ¡Por Dios, padre, es muy urgente!

El vicario mira a Orlena con una expresión extrañada, y luego otorga:

—¡Pase usted!

Entra un enfermero joven, visiblemente agitado.

—Padre, el doctor Borromeo me envía para que le comunique que ha sucedido algo importante. Le ruega que vaya lo antes posible a la portería del hospital.

Fray Leonardo se dirige a Orlena con una expresión resignada, al decir:

—Lo siento mucho, señorita Orlena. Se ve que hay algún problema... ¡Vamos allá!

Recorren los pasillos apresuradamente. Al llegar al vestíbulo, se encuentran allí con el recepcionista y el doctor Borromeo, que están conversando con un eclesiástico del Vaticano, que viste impoluta sotana y valona negras, con botonadura, ribetes y fajín morados.

Fray Leonardo se pone muy nervioso y le saluda respetuosamente, hincando la rodilla ante él:

—Bienvenido sea a esta casa, monseñor. Espero que el motivo de su visita no sea nada grave…

—No se preocupe —dice sonriente el eclesiástico—. Mi visita es solo cuestión de rutina.

—¡Bendito sea Dios! —reza el vicario.

El monseñor trae un pequeño maletín que sujeta con ambas manos. Se lo entrega a fray Leonardo, diciendo circunspecto:

—El doctor Galeazzi quiere tener el informe mañana, a primera hora a ser posible. Yo mismo vendré a recogerlo.

El doctor Borromeo toma la palabra y afirma con sumo respeto:

—Descuide, monseñor. Lo haremos ahora mismo y repetiremos el trabajo varias veces hasta estar bien seguros, como siempre. Si no quiere molestarse, nosotros enviaremos a alguien con el resultado.

—Gracias, doctor. No es ninguna molestia, es mi obligación.

—Monseñor —le dice fray Leonardo con amabilidad—, permítanos que le ofrezcamos un café en el refectorio.

—Gracias por la invitación —contesta parcamente él—. Pero no puedo aceptarla. Tengo que cumplir ahora con otros menesteres.

Dicho esto, hace ademán de salir del vestíbulo. Pero, antes de despedirse definitivamente, advierte con aire solemne:

—Ya saben la importancia del asunto. Y no es necesario que les recuerde la necesidad de la mayor discreción.

—Puede estar bien tranquilo, monseñor —responde el fraile, inclinándose con reverencia—. Rezamos por su santidad continuamente. Esperamos que Dios le conceda toda la salud que necesita para su ardua misión.

El clérigo vaticano responde a estas palabras con su sonrisa amigable. Pero enseguida vuelve a ponerse serio y se despide. Un coche le está esperando en la puerta.

Cuando se ha marchado, fray Leonardo y el doctor Borromeo intercambian una mirada de complicidad, que es suficiente para entenderse en aquel momento. Después, sin cruzar ni una sola palabra, ambos se encaminan hacia el laboratorio del hospital. Orlena los sigue, sin comprender muy bien lo que está sucediendo y presa de una gran curiosidad. El fraile y el médico van con semblantes graves, prudentes, y eso la intranquiliza.

Ya en el laboratorio, ella no sabe qué hacer y se queda a distancia. Allí está el doctor Vittorio Salviucci, que se encarga habitualmente de hacer los análisis clínicos; un hombre joven, delgado, de mirada humilde y cierta tristeza en los ojos.

—Doctor —le dice discreto Borromeo—, acérquese. Ya sabe lo que hay que hacer...

Salviucci sonríe y hace lo que se le pide.

Fray Leonardo coloca el pequeño maletín encima de la mesa. Lo abre y extrae de su interior un frasco de cristal. Lo deposita con cuidado en una bandeja y lo mira con reverencia. El recipiente está envuelto por una etiqueta de papel pegado, en la que está escrito en perfecta caligrafía:

PASTOR ANGELICUS

El doctor Borromeo también lo mira en silencio. Luego se dirige a la enfermera y le explica con aire solemne:

—Orlena, el clérigo que ha traído esto es monseñor Diego Venini, camarero secreto de su santidad el papa Pío XII. Ese frasco contiene la orina del santo padre. El doctor Salviucci hará los análisis convenientes ahora mismo. Es una gran responsabilidad.

9

Roma, lunes, 19 de julio de 1943

Un rato antes de las once de la mañana, poco después del rezo en la capilla de la hora tercia, fray Leonardo está en la terraza que hay sobre el último piso del hospital. Ha subido para evadirse durante un rato de sus muchas preocupaciones contemplando lo que se divisa desde allí. Casi todas las mañanas se permite ese pequeño rito de alivio, siempre que ningún asunto de urgencia se lo impida. El sol está ya alto y reina sobre los edificios distantes y enfáticos de Roma, arrancándoles su resplandor. Los tejados próximos del barrio judío también brillan y el verde en las arboledas del río parece más vivo. Como los días anteriores, hoy amaneció sin el mínimo viento y la jornada se presenta bochornosa, pesada. La ciudad, coronada de cúpulas y campanarios, emerge bajo aquella luz poderosa. Arrebatado por esta visión, el fraile vuelve el rostro hacia San Pedro con devoción y agrado, con amor y fe, con agradecimiento y esperanza, mientras su alma se eleva por encima de sus cúspides, lo más cerca posible del cielo. Luego se gira y su vista se posa ahora en la iglesia de San Blas y San Carlo ai Catinari, la preferida de su corazón, por el amor que siempre profesó al mártir Blas de Sebaste, muy venerado desde antiguo en Navarra. Clava sus ojos en ella, con ternura y anhelo, enturbiados por la nostalgia que le domina al recordar su tierra de origen. Lanza un profundo suspiro que le saca de sus ensoñaciones y vuelve en sí. Luego se entretiene mirando las blancas y resplandecientes formas de la sinagoga, que emerge al otro lado del Tíber. Las calles aparecen, como de costumbre, repletas de transeúntes, bicicletas y toda clase de vehículos que transitan entre los comercios apiñados. El cielo del verano solo se adorna con la transparencia filtrada de algunas finas nubes, como jirones de blancura radiante. No hay nada en aquel cielo ni en la tierra que se salga de lo ordinario, de aquello a lo que el pacífico fraile está acostumbrado a ver cada día a esa hora de su rutinaria vida.

Hasta que, repentinamente, empiezan a sonar las estridentes sirenas que avisan de un ataque aéreo. El vicario no les presta demasiada atención, aunque le molestan. Últimamente suenan a menudo, con motivo de los simulacros y para que la gente se acostumbre a identificar la razón de aquel ruido tan desagradable. Pero los romanos ya las consideran como algo cotidiano y no temen lo más mínimo. Si bien Italia lleva más de tres años en guerra, Roma no tiene por qué preocuparse; es la «ciudad eterna», y la presencia espiritual y física del papa es la mayor defensa frente a cualquier amenaza. ¿Quién se atrevería a bombardear la cabeza de la cristiandad y la cuna de la civilización? Si muchas otras grandes ciudades de Europa están en ruinas, con incontables muertos, aquí los aviones solo se ven sobrevolar altísimos, rumbo a las regiones lejanas donde la gente no tiene tanta suerte.

Fray Leonardo eleva su mirada y otea los cielos al oír un extraño rumor, como un rugido remoto. Entonces un clamor confuso llega desde la parte baja de la ciudad, que enseguida es ahogado por el rugir alto e inconfundible de los motores de incontables aviones. Y súbitamente estalla una tremenda detonación, como un trueno, en alguna parte. Sus ojos deslumbrados se posan en la lejanía y le parece ver una columna de humo blanco emergiendo sobre las casas. Y un instante después, saltan por los aires los tejados, en medio ahora del humo negro y el fuego. Un rosario de explosiones se extiende hacia el este por el horizonte.

—¡Dios mío! ¡Dios mío! —oye gritar en alguna parte con desesperación—. ¡Bombas! ¡Son bombas! ¡Nos están bombardeando!

El estruendo de las explosiones es tremendo, a pesar de la distancia. Las sirenas de alarma parecen haber enloquecido. Nunca antes se habían oído con tal intensidad. La humareda ya ocupa una buena parte de la ciudad.

Aunque está todavía sorprendido y paralizado, el fraile comprende enseguida lo que pasa y que tiene motivos suficientes para tener miedo, máxime donde ahora se encuentra. El pavor se apodera de él. Corre hacia las escaleras y está a punto de caer rodando por ellas.

—¡Bombardean Roma! —grita fuera de sí—. ¡Los aviones atacan Roma!

Cuando llega a trompicones a la planta baja, se encuentra con los jóvenes novicios, que corren despavoridos en todas direcciones, mirando a su alrededor con los ojos extraviados, todavía sin acabar de creerse lo que está sucediendo. ¿Cómo es posible? Algo espantoso, algo sobrenatural debe de haber ocurrido para que eso sea real, algo que ninguno de ellos alcanza a explicarse. ¿No existen ya las leyes naturales ni divinas? ¡El mundo se ha venido abajo!

Los médicos y las enfermeras también han salido a los pasillos dando voces. Algunos enfermos han saltado de sus camas, sobresaltados por el griterío, y vagan en pijama por los corredores. El hospital está sumido en la confusión. Aunque todos sabían bien de antemano lo que hay que hacer si se produjera una situación así, hasta un momento antes la posibilidad se había considerado tan remota que nadie es capaz aún de reaccionar con la mínima cordura. Todo son carreras, desorden y gritos. Hasta que alguien empieza a decir con voz alta y autoritaria:

—¡Hay que bajar a los sótanos! ¡Hay que refugiarse!

Es el maestro de novicios, fray Clemente Petrillo, que viene desde la entrada agitando las manos.

—¡Vamos, todo el mundo al patio! —exclama fray Leonardo—. ¡Si cae una bomba se derrumbará el edificio!

—¿Qué hacemos con los enfermos que están en sus camas? —pregunta uno de los frailes enfermeros—. ¿Los bajamos también a los sótanos?

Nadie es capaz de encontrar la calma suficiente para dar respuesta a estas preguntas. No se ponen de acuerdo sobre el simple hecho de que hay que ponerse a resguardo. El personal se apresura ya hacia la salida por el corredor principal y pronto todos se encuentran fuera, mirando pávidos hacia el cielo. No se ven aviones, pero el rugido de los motores resulta aterrador. Todavía resuenan algunas detonaciones más y luego el fragor de las bombas parece cesar. La confusión ha durado algo más de un cuarto de hora, pero la angustia y el miedo han hecho ese tiempo interminable. Poco a poco el rumor aéreo se va haciendo más lejano, hasta desaparecer. Pero las miradas siguen puestas en las alturas. Allí están los frailes, los novicios, los médicos, los enfermeros y los trabajadores de limpieza, cocina y mantenimiento. Casi nadie pues ha ido a refugiarse a las dependencias subterráneas. El silencio es abrumador.

Pero, un rato después, empieza un nuevo y diferente ruido, el de las ambulancias y los vehículos policiales que pasan a toda velocidad por las calles.

El doctor Borromeo aparece entonces por una de las puertas laterales y anuncia apreciablemente sobrecogido:

—¡La ciudad ha sido bombardeada! Cientos de bombarderos…, tal vez un millar… Las bombas han caído en los barrios de Prenestino y Tiburtino, entre las murallas Aurelianas y la basílica de San Lorenzo… ¡La guerra ya está en Roma!

Todavía no ha terminado de hablar cuando llega el señor Santino, el guardia de la isla, gritando con voz desgarrada:

—¡Malditos hijos de mala madre! ¡Malditos y condenados ingleses! ¡Americanos hijos de Satanás! ¡Impíos y masones!

—¡Calle usted, por Dios, calle! —le increpa el doctor Borromeo—. ¡No grite, hombre!

Se hace un nuevo silencio, tenso y amargo.

El anciano policía clava su mirada llena de odio en el médico y le espeta:

—¡Usted a mí no me manda callar! ¡Usted precisamente! ¡Usted que es un comunista!

Fray Leonardo corre a situarse en medio de ellos y exclama:

—¡No, por el amor de Dios! ¡Ahora no! No es el momento…

El guardia sacude con rabia la cabeza y, mientras vuelve hacia su garita, va dando voces:

—¡Algunos se alegrarán! ¡Si eso ya lo sabemos! ¡Algunos traidores incluso estarán contentos!

—¡Nadie! ¡Nadie se alegra! —contesta Borromeo—. Aunque todos sabíamos que, tarde o temprano, esto tendría que ocurrir…

Fray Leonardo va a hacia el médico y le ruega exasperado:

—¡No responda, doctor! ¡Entremos al hospital! ¡Por Dios se lo pido! ¡No haga caso y entre usted conmigo en el hospital!

Y luego, volviéndose hacia todos los demás, añade:

—¡Todos al hospital! ¡Hay que ocuparse de los enfermos!

Pero Borromeo está todavía exaltado. Suda copiosamente y su mirada brillante escruta la ciudad. Se afloja la corbata y el cuello de la camisa. Consternado, mueve la cabeza y levanta la voz para decir:

—¡Tenemos que ir a San Lorenzo! Es nuestra obligación acudir al lugar donde han caído las bombas. ¡Habrá allí muchos heridos! ¡Todo el personal sanitario de Roma debe ahora acudir allí! ¡Es una obligación de urgencia!

Otro de los médicos, el doctor Sacerdoti, secunda la propuesta:

—¡Tiene usted razón! ¡Debemos ir allá con la ambulancia!

Fray Leonardo está de acuerdo y otorga:

—¡Sí! ¡Vayan, vayan ustedes dos! Y lleven todo lo necesario. Los demás debemos regresar al trabajo.

Entonces la señorita Orlena Daureli se adelanta y, con voz temblorosa, dice:

—Padre, yo también iré. Recuerde usted que hice los cursos de primeros auxilios para atención en combate y campo de batalla...

El vicario se queda mirándola un instante y luego contesta:

—Sí, sí, claro, señorita... ¡Pero tengan mucho cuidado, por Dios!

10

Roma, lunes, 19 de julio de 1943

El bombardeo ha cesado por completo hace un largo rato. El rugir de los motores de los aviones ya no se oye. Gina Daureli está en su casa, sobrecogida, como todos los romanos, durante ese extraño silencio cargado de espanto que precede al ajetreo de las ambulancias, las sirenas y el griterío de la gente en las calles. Sin embargo, ella ha decidido salir. No lo duda, a pesar de su miedo. Se quita la bata y se viste con un pantalón y una blusa. Luego se arregla el pelo con prisa. Sus padres están en el salón principal del piso, paralizados frente a la ventana, observando con pavor las columnas de humo negro que se elevan hacia el firmamento. No se ven aviones en la bóveda celeste, solo sus estelas blancas muy altas y bandadas de aves despavoridas volando en círculos sobre los edificios. La madre gime y musita con débil voz:

—¡Virgen santa!… No puede ser, no puede ser…

Y el padre mira fijamente con sus viejos prismáticos de la marina, mientras niega con la cabeza, expresando con ello que tampoco él termina de creérselo, a pesar de la evidencia que le muestran sus ojos.

Gina entra sigilosamente y se sitúa a sus espaldas en silencio. Debe decirles que va a salir a la calle y teme su reacción en aquel momento de consternación. Los observa vacilante durante un instante, antes de hablar. Luego se arma de valor y les anuncia con voz firme:

—Papá, mamá, tengo que salir de casa.

Sus padres se vuelven y la miran horrorizados. Pero ella está sólidamente dispuesta a hacer lo que ha dicho.

—Voy a salir ahora —añade—. No os preocupéis por mí. Os prometo que no estaré fuera mucho tiempo.

—¡Ahora! —exclama el padre, con los ojos grises desmesuradamente abiertos—. ¿Vas a salir ahora? ¡Con lo que acaba de pasar! ¿Adónde vas a ir?

—A la parroquia de San Giuseppe. Tengo que presentarme allí para unirme al grupo de jóvenes voluntarios.

—Pero… ¿Hoy? ¿Qué vais a hacer en la parroquia hoy?

—Papá, lo sabes de sobra… ¿Por qué lo preguntas? Llevamos preparándonos durante meses por si esto sucedía… ¡Acaban de bombardear Roma! ¡La guerra está aquí! ¡El momento ha llegado! Todos los voluntarios debemos reunirnos y acudir para colaborar en las tareas de rescate o donde nos necesiten.

El rostro del padre enrojece de cólera y le espeta alzando la voz:

—¡Es una locura! ¡Están la policía y los bomberos! ¿Qué vais a hacer allí vosotros? ¡Sois solo unos muchachos inexpertos! ¡Lo único que haréis será entorpecer!

—Papá, voy a ir. Es mi obligación. Me comprometí con los voluntarios y no puedo faltar. No te preocupes, nuestros dirigentes decidirán si somos necesarios o no.

La madre va hacia ella. Tiene el rostro inundado de lágrimas y sigue pálida por la impresión.

—¡Hija mía, no vayas! ¡Haz caso a tu padre!

—Lo siento, mamá. No puedo faltar a mi palabra. Todos los voluntarios hicimos una promesa. Por favor, no me lo pongáis más difícil…

—¡Ay, Virgen santa! —exclama la madre, mirando a su marido—. ¡Nos bombardean y ella se va! ¡Es peligroso! ¡Gina es una niña! ¡No se lo consientas!

—Mamá, el bombardeo ha cesado… —replica la joven.

—Pero puede volver a empezar en cualquier momento —le dice el padre, en tono autoritario—. Es una imprudencia salir a la calle en este momento. ¡No irás!

Gina no contesta. Da media vuelta y sale de la estancia. Después abre la puerta y desciende por la escalera a toda prisa. Viven en el primer piso de un edificio de cuatro plantas. Abajo en el rellano están las bicicletas. Coge una y sale a la calle montada en ella. A sus espaldas oye la voz desesperada del padre:

—¡Gina! ¡Gina, no seas loca! ¡Vuelve aquí, Gina!...

Ella no hace caso. Mientras pedalea, observa el cielo, el reflejo del sol en las cornisas y las caras de espanto de los que se asoman a las ventanas. Y escucha el grito de las sirenas, el estruendo de los camiones y las ambulancias que suben ya hacia San Lorenzo. La Via Arenula está desierta. Tiene mucho miedo y siente su corazón palpitar. Pero hay como una fuerza mayor dentro de ella que la impulsa a seguir adelante. Como si aquello que hace fuera lo único que pudiera hacer en aquel momento. Tuerce a la derecha y recorre un dédalo de callejuelas que conoce a la perfección. Apenas ha tardado cinco minutos en llegar a la Piazza Margana, donde está la cantina del señor Vittorio Pinto. El establecimiento parece estar cerrado. Pero Gina deja la bicicleta apoyada en la pared y llama a la puerta con decididos golpes.

Sale una mujer delgada y, al verla allí, exclama sorprendida:

—¡Señorita Gina!

—¿Está Betto? —pregunta la joven.

—No, hoy no tiene que venir. Y además no abriremos... ¿Cómo se le ocurre salir a la calle, señorita? ¡Caen bombas!

Gina no dice nada más. Vuelve a montar en la bicicleta y parte a toda velocidad. Pronto surge ante ella el mastodóntico edificio del teatro de Marcelo y las blancas ruinas romanas. Recorre la Via dei Fienili y se detiene al final, junto al inmueble donde vive Betto. Sube aprisa las escaleras, hasta la tercera planta, y llama a la puerta del piso.

Abre Luca, uno de los mellizos, y la mira con asombro.

—Dile a tu hermano Betto que salga —le pide ella.

El niño no contesta.

Al momento están también en la puerta su hermano mellizo y el pequeño Lucio. Los tres son guapos, de rasgos semejantes y parecido aire inocente.

Gina los contempla en silencio durante un instante, descubriendo en ellos los rasgos de Betto: la piel atezada, los cabellos tiesos color estopa, los ojos del mismo extraño iris amarillento… Luego pregunta con impaciencia:

—¿Dónde está vuestro hermano mayor?

—Se fue cuando acabó el ruido de las bombas… —responde tímidamente Luca—. Mi madre salió temprano y no ha vuelto. Estamos solos.

—¿Dónde ha ido Betto?

—No dijo adónde iba —contesta ahora Mario—. Solo dijo que tenía que salir…

No ha terminado de hablar cuando aparece en la escalera la madre, Rosa Zarfati, que viene lívida, sudorosa y apreciablemente aterrada.

Los tres niños corren hacia ella exclamando:

—¡Mamá! ¡Mamá, han bombardeado!

Rosa rompe a llorar y se sienta en uno de los escalones, cubriéndose la cara con las manos.

Gina siente compasión al verla tan deshecha. Va hacia ella y la consuela:

—Ya pasó el peligro, señora Zarfati, ya pasó… Los niños están bien… Las bombas cayeron muy lejos de aquí…

La madre abraza a sus tres hijos. Está confundida y apenas puede articular palabra. Solo musita:

—Betto… ¿Dónde estás, *fijo*?

—Betto se fue, mamá —responde Mario.

La madre mira en torno con una expresión despavorida.

—No se preocupe —se apresura a decirle Gina—. Betto también estará bien. Yo iré a buscarle.

—¿A buscarle? ¿Quién es usted? —inquiere Rosa con expresión desconfiada.

—Una amiga suya.

—¡Y dónde está Betto!

—Señora, le digo que no se preocupe. Entre en casa con los niños. Yo iré a buscar a Betto. Le prometo que lo encontraré.

Dicho esto, Gina se marcha escaleras abajo.

—¡Espere, señorita! —grita Rosa con angustia—. ¡Dígame dónde está Betto! ¡Ese insensato *fijo* mío puede meterse en un lío! ¡Vuelva, señorita!

Pero ella ya está en la calle y monta de nuevo en la bicicleta para alejarse pedaleando con todas sus fuerzas.

11

Roma, lunes, 19 de julio de 1943

Los malogrados cuerpos yacen en camillas dispuestas en hilera al pie de las ruinas, en espera de las ambulancias. Médicos y enfermeras los atienden sin darse descanso. También se ven bomberos y policías corriendo de acá para allá y centenares de voluntarios que no paran de llegar por las calles adyacentes. Constantemente traen más heridos, algunos llevados a hombros o caminando dificultosamente con sus propios pies entre los escombros de las casas arrasadas y renegridas por los incendios. Todavía algunos edificios están ardiendo y el suelo tiembla cuando se desmoronan las paredes y los techos. Muchas de las víctimas mortales ya han sido recuperadas y contadas; los cadáveres se alinean frente al cementerio, junto a la basílica de San Lorenzo. También los muros del hermoso templo están agrietados y se desprenden pedazos de sus cornisas. La inmensa plaza, sembrada de cristales y cascotes, ofrece una visión sobrecogedora. La pesadumbre y el calor hacen más insufrible si cabe aquella hora trágica. Gente de todas las edades vaga sin rumbo, extenuada e idiotizada por la impresión. Todos tienen las miradas como extraviadas, con un poso de desesperación y ansiedad.

Orlena Daureli está limpiando las heridas de una niña de unos diez años, que tiene en el rostro la palidez mortal de la angustia, y sus ojos reflejan el abismo interior de un terror profundo, insuperable. Está delgada, ojerosa, y en sus sienes brota un tenue sudor frío. Pero no hay ni una sola lágrima en sus mejillas.

—¿Cómo te llamas? —le pregunta la enfermera con dulzura, mientras le va desabrochando los botones de la blusa.

La niña no contesta.

—Bien —le dice Orlena con cariño—, estás cansada, mi pequeña. Lo comprendo. No pasa nada. Todo irá bien.

Tiene moratones en el pecho y respira trabajosamente. Pero no parece de momento que sea nada grave.

Un poco más allá, el doctor Borromeo está dando instrucciones a los camilleros de una ambulancia que acaba de llegar. Actúa con decisión, demostrando en todo momento que sabe muy bien lo que hay que hacer. Le ha correspondido dirigir la atención de los heridos que han sido rescatados en los edificios del área norte de la plaza, y ya está disponiendo que los evacuen.

La ambulancia que se ha detenido allí pertenece al hospital Fatebenefratelli. Es un viejo Fiat 519, pintado de color crema y con el compartimento sanitario de madera. La conduce uno de los frailes de San Juan de Dios, que inmediatamente suelta el volante, sale y contempla horrorizado aquel panorama desolador. Es fray Maurizio Bialek, polaco de origen; joven, fuerte, dinámico y habitualmente sonriente, cuyos ojos intensamente azules destilan bondad e inocencia. Ahora su mirada está como velada. Entrelaza los dedos sobre su pecho y reza.

—¡Oh, Dios! ¡Dios bendito! ¿Cómo es posible, Dios mío?

Borromeo va hacia él y le pregunta con desazón:

—¿Y la otra ambulancia?

El fraile responde mecánicamente, con voz ronca:

—No fuimos capaces de arrancarla… Se quedó allí.

—¡Vaya por Dios! —se lamenta el médico—. Cuando más se necesitan las cosas… ¡Malditos cacharros viejos!

El fraile echa una rápida ojeada en torno, hacia los heridos, y dice con resolución:

—¡Vamos, doctor! ¡Hagamos lo que podamos con lo que tenemos!

Fray Maurizio es un hombre de arrestos, muy acostumbrado al trabajo duro y siempre dispuesto. Borromeo y él son buenos amigos, colaboran en muchas tareas del hospital y se entienden bien. Se ponen a trabajar codo con codo al instante.

Hacia las cuatro de la tarde aparecen más ambulancias de la Cruz Roja con un batallón de enfermeros y una compañía de zapadores con palas y picos. Mientras tanto, va llegando constantemente gente de otros barrios cercanos donde no han caído bombas, de Esquilino, de Laterano, de Salario... Es una muchedumbre confundida y agotada que recorre las calles y los escombros llorando y lanzando imprecaciones. Las mujeres se arrancan el cabello, se laceran el rostro con las uñas y alzan los ojos al cielo. Por todas partes hay llanto, maldiciones, invocaciones a la Virgen y a los santos.

Poco después de las cinco, brota de repente un clamor más terrible en alguna parte. Son voces fuertes, airadas, rabiosas. Todas las miradas se giran en aquella dirección. Se aproxima un automóvil grande, un Mercedes negro que acaba de detenerse delante de los arcos de entrada del cementerio.

—¡El Duce! —grita una potente voz de hombre.

—¡No, es el rey! —repone otro.

Se hace el silencio un instante, pero enseguida la gente grita, maldice y corre en aquella dirección. Algunos recogen piedras del suelo y las levantan amenazantes sobre sus cabezas. Un odio frenético e irreprimible se ha apoderado de todo el mundo. También los sanitarios y policías dejan lo que están haciendo y permanecen quietos, mirando hacia el automóvil. Parece por un momento que se va a desatar la violencia y puede haber una desgracia, puesto que el personaje que llega en aquel auto, quienquiera que sea, viene sin escolta.

Pero en cuestión de segundos se abre la puerta y sale del interior la inconfundible estampa del papa; alto, delgado como un sable, la impoluta sotana blanca y el solideo. Es como una auténtica aparición en medio del sombrío escenario.

—¡El santo padre! —exclama una desgarrada voz de mujer.

—¡Santidad, Santidad, Santidad...! —grita el gentío.

Pío XII se encuentra de inmediato rodeado por la multitud que gime, llora y lanza voces rotas y angustiadas:

—¡Santidad! ¡Paz, santidad! ¡Paz y justicia! ¡Larga vida al papa!...

Junto al papa solo están el conductor y monseñor Montini, su más estrecho colaborador en el Vaticano, y ambos hacen denodados esfuerzos para mantenerse a su lado y evitar que lo apretuje la delirante masa humana. Pero los soldados y los policías se apresuran para formar pronto un cordón de protección en torno a ellos.

Pasados unos primeros instantes de confusión, Pío XII camina decididamente hacia donde están los cadáveres tendidos en el suelo y cubiertos con hojas de periódico. Se abre paso casi a empellones entre el gentío y rebasa los primeros escombros. Orlena, fray Maurizio y Borromeo lo ven venir hacia ellos, pasmados y sin saber qué hacer. Hasta que el papa se detiene junto a los primeros muertos, se arrodilla y reza en silencio. La multitud prorrumpe en un sonoro llanto que acompaña esta muda plegaria.

Después de un largo rato en el que el tiempo parece haber estado detenido, el papa se pone en pie, levanta la mirada hacia el cielo y extiende los largos brazos, poniéndolos en cruz. Su gesto es suplicante. La sotana blanca ha quedado manchada de sangre a la altura de las rodillas. Está pálido y suda copiosamente. Abre los labios y alza su voz para entonar:

De profundis clamavi ad te, Domine:
Domine exaudi vocem meam.
Fiant aures tuae intendentes
in vocem deprecationis meae.

(Desde lo más profundo te llamo a ti, Señor:
Señor, escucha mi voz.
Que tus oídos atiendan
la voz de mis súplicas).

12

Roma, lunes, 19 de julio de 1943

En torno a las ocho de la tarde de aquel día funesto, Gina llega con su bicicleta a la parroquia de San Giuseppe all'Arco del Travertino, que se alza solitaria en medio de un descampado entre la Via Tuscolana y la Via Appia.

La iglesia es una obra nueva y tosca sin pretensión arquitectónica alguna, construida con rojo ladrillo y techada con asbesto. Tiene anexo un pequeño cobertizo, como una especie de nave prefabricada. El conjunto está cercado por una simple valla de madera. Varios jóvenes están reunidos delante de la puerta, agitados, nerviosos y hablando en voz alta.

—¡Gina! —exclama uno de ellos al verla—. ¡Cómo ibas tú a fallar en un momento así!

Ella suelta la bicicleta y se acerca, preguntando:

—¿Y don Desiderio?

—Todavía no ha llegado —responde un joven alto y delgado, unos años mayor que los demás, que luce un cuidado bigote que le aporta autoridad—. A mediodía fui a su casa para comunicarle que íbamos a reunirnos esta tarde, pero él no estaba. Le dejé el recado al portero. La ciudad está colapsada y los autobuses no salen a sus horas… Nosotros también hemos venido en bicicleta.

—¿Y qué hacemos entonces? —pregunta Gina.

—¡Organizarnos nosotros sin él! —contesta una chica bajita de pelo castaño— ¡Hay que actuar!

—¡Eso! —secunda esta opinión otro de los jóvenes—. ¡Hagamos todo como está previsto!

—¿Nosotros solos? ¿Sin don Desiderio? —observa dubitativa Gina.

El del bigote toma de nuevo la palabra para manifestar su opinión con firmeza:

—Don Desiderio repite siempre que aquí nadie es indispensable, ni siquiera él mismo… ¡Lo importante es el grupo! No hay que dejar de hacer lo que hay que hacer, aunque alguien no se presente. Tenemos un compromiso y hemos de cumplirlo…

Se quedan todos en silencio durante un momento. Se miran con gestos interrogantes, haciendo visible su confusión. La tarde está cayendo y decrece la luz. Las sirenas de las ambulancias no dejan de emitir sus lamentos en el cercano barrio de San Lorenzo, donde todavía se alzan columnas de humo negro hacia el firmamento violáceo del verano.

Aquel grupo de jóvenes se viene reuniendo desde hace más de dos años. Lo forman una veintena de estudiantes de diversas edades, en su mayoría de sexo masculino, que siguen ciegamente a don Desiderio, un sacerdote de origen belga que tiene ideas nuevas y revolucionarias. El brazo derecho de este es Arturo Vasta, el joven alto y delgado del bigote. Es profesor y los demás aceptan su mando cuando no está el clérigo. Se juntan los domingos y acuden a los barrios periféricos de la ciudad para atender a familias pobres y proporcionarles alimentos y ropas a los niños y adolescentes que más están sufriendo la carestía. La idea partió de los llamados «oratorios», una institución de larga tradición en Roma, con origen en el siglo XV, cuando surgieron las primeras iniciativas cristianas para responder a las necesidades de instrucción, catequesis y subsistencia de muchos niños y jóvenes. En torno a esta iniciativa, don Desiderio —que tiene espíritu de líder— también ha ido atrayendo a algunos muchachos que habían pertenecido años atrás al movimiento *scout*, antes de que fuera disuelto y declarado prohibido por el fascismo, en su exacerbado interés por controlar a la sociedad italiana. Por este motivo, estos jóvenes de San Giuseppe no forman una asociación ni tienen estructura legal alguna, ni más regla que la de unirse para tratar de hacer el bien y manifestar de algún modo su irrefrenable deseo de sentirse libres en aquel régimen dictatorial y despótico. Lo cual conlleva, irremediablemente, la necesidad de mantener en secreto sus reuniones y actividades, por loables que sean. Últimamente se les han unido tres chicas, entre las que está Gina, y sienten todos ellos la necesidad imperiosa de contribuir con algo útil, de comprometerse para hacer el bien en aquella época oscura en la que todo parece que se va precipitando hacia un final imprevisible e irremediable. Esto los mantiene excitados y en actitud expectante. Cada día se han ido volviendo más inquietos, temerarios y decididamente antifascistas. El riesgo y la clandestinidad tienen su propio encanto, pero no ignoran que la situación actual encierra grandes peligros. Con todo, los rostros de aquellos jóvenes desprenden una luz especial, hay en sus ojos esa joven voluntad de ayudar, de paliar a cualquier precio la inmensa miseria de su pueblo; y en sus gestos y sus miradas resplandece un desafío noble y resuelto.

En aquel momento de incertidumbre, Arturo Vasta asume la dirección del grupo y toma de nuevo la palabra:

—Somos jóvenes —dice en tono apasionado—. Ha llegado el momento de actuar. Los bombardeos habrán dejado muchos muertos y heridos en San Lorenzo. Habrá que retirar escombros y ayudar a toda esa pobre gente que se ha quedado sin casa…

Hace una pausa. Todos le miran. En sus rostros hay una mezcla de estupor y rabia.

—Desde que nos venimos reuniendo —prosigue Vasta—, sabemos que un día u otro íbamos a tener que pasar a la acción. Es como si nos hubiéramos estado preparando para este momento. Pues bien, la guerra ya está en Roma. ¡Nos necesitan, muchachos!

—¡Vamos allá! —exclama Gina con decisión—. ¿A qué estamos esperando?

—¡No perdamos más tiempo! —dice otro de los jóvenes.

Todos caminan hacia la cancela que cierra el vallado. Pero, justo en ese instante, ven una pequeña camioneta que se acerca por el camino de tierra.

—¡Es don Desiderio! —señala Vasta.

El vehículo se detiene en medio de una nube de polvo. El sacerdote sale y se dirige hacia los jóvenes con pasos decididos y gesto interrogante.

Arturo Vasta le comunica con decisión:

—¡Don Desiderio, vamos al lugar del bombardeo! ¡Es allí donde debemos estar! ¡En San Lorenzo! ¡Debemos ayudar a las víctimas! ¡Hay que actuar!

—¡Lo sabía! —dice con voz tonante el clérigo—. Y qué acertado he estado viniendo... Porque hay que hacer bien las cosas... ¡Si seréis insensatos! ¿No veis lo tarde que es ya?

El sacerdote habla perfectamente italiano, pero con un acento que delata su origen belga. Es un hombre de estampa poderosa; alto, de cuerpo ancho y cuadrada testa, con piel rosácea y pobladas cejas sobre unos vivos ojos escondidos tras unas gafas oscuras y gruesas. La sotana le queda algo corta y deja ver unas botas rudas.

—Pero... —replica Vasta—. ¡Hay que hacer algo! ¡Hicimos un compromiso!

Don Desiderio mira fijamente hacia delante, se limpia las gafas e intenta mientras tanto calibrar esta respuesta tan decidida.

Al volante de la camioneta viene un joven que viste uniforme de policía. Es Maurizio Giglio, teniente ya con veintitrés años, esbelto, elegante y de aspecto inocente. Sale y también se dirige a los jóvenes, diciendo:

—Don Desiderio tiene razón. Es ya tarde. Pronto se hará de noche y se echará encima el toque de queda sin que os dé tiempo a hacer nada. Además, la zona está acordonada y no podréis pasar a las casas bombardeadas. Pero he oído decir que mañana empezarán a ir voluntarios. Se va a necesitar ayuda durante muchas semanas para poner cierto orden en todo aquello.

—Nosotros venimos ahora de San Lorenzo —añade el sacerdote—. Lo que hay allí es terrible...

—¿Y qué podemos hacer mientras? —pregunta Arturo Vasta con desazón—. ¿Vamos a quedarnos de brazos cruzados?

—Por el momento, rezar —contesta don Desiderio—. Ya habrá tiempo para actuar. Ahora, mejor será que cada uno regrese a su casa. Vuestros padres estarán preocupados. Ya habéis oído a Maurizio, que es quien más sabe de esto. Es muy tarde. No tiene sentido que vayamos a San Lorenzo. Pero mañana, con la primera luz del día, quizá podamos ser útiles retirando escombros o dondequiera que necesiten voluntarios. Sentíos de momento contentos, a pesar de todo, puesto que habéis obedecido a la llamada de hacer el bien. ¡Dios os bendiga! ¡Ánimo, muchachos!

A los jóvenes les cuesta aceptar esta decisión, pero terminan comprendiendo que no les queda otra opción posible. Así que recogen cabizbajos sus bicicletas y se marchan por el camino polvoriento, formando una hilera, en dirección a la Via Appia. Don Desiderio y Maurizio Giglio suben a la camioneta y parten a su vez hacia la Via Tuscolana.

13

Roma, lunes, 19 de julio de 1943

Gina tarda poco más de veinte minutos en llegar a la puerta del edificio donde está su casa. Sube las escaleras con cuidado, para no hacer ruido, y mete sigilosamente la llave en la cerradura. Pero se topa en el vestíbulo con toda su familia, que se halla reunida en torno a la radio.

Al verla llegar, su madre grita desde el sillón:

—¡Estás loca, Gina! ¿Se puede saber dónde has estado? ¡Tú me matas, Gina! ¡Acabarás con tu madre! No puedes imaginar siquiera la tarde que me has hecho pasar…

—Calla, por Dios —le suplica su esposo, mientras aguza la mirada sobre los números iluminados del gran aparato de radio que está sobre una antigua consola.

Doña Gianna ignora esta petición de su marido e insiste:

—¿A quién se le ocurre, hija? ¿No vas a decir dónde has estado? Ay, quién sabe con qué clase de gente te juntas…

La joven no contesta. Se sienta en una silla que está algo retirada y contempla desde allí los rostros apesadumbrados de sus padres y hermanos.

Hay luego entre ellos un silencio largo, en el que solo se oyen los estridentes chirridos del aparato, mezclados con entrecortadas voces metálicas. Hasta que don Mario Daureli es capaz de sintonizar la emisora estatal, donde el secretario del partido fascista, Carlo Scorza, está lanzando un apasionado discurso, que concluye repitiendo acaloradamente: «Resistir, resistir, resistir...». Después suena el himno entusiástico *Giovinezza*:

Son finiti i giorni lieti
degli studi e degli amori
o compagni, in alto i cuori
e il passato salutiam.
[...]
Giovinezza, giovinezza,
primavera di bellezza!
Della vita nell'asprezza,
il tuo canto squilla e va!...

(Se acabaron los días felices
de estudios y amores,
oh, camaradas, alzad los corazones
y saludad al pasado.
[...]
¡Juventud, juventud,
primavera de belleza!
De la vida en la dureza,
¡suena tu canción y se va!...).

Gian Carlo se pone en pie, da un puñetazo en la pared y luego masculla entre dientes con rabia:

—¡Maldita sea, maldita sea...! ¡Mierda!

Su madre le mira, estupefacta, y le recrimina:

—¡Hijo! ¿Qué malas palabras son esas en presencia de tus padres y hermanas? ¡Un respeto, Gian Carlo!

—¡Chist! ¡Silencio! —ordena don Mario.

Vuelve a sintonizar la radio y consigue dar por fin con Radio Londres, que repite un comunicado sobre el bombardeo de Roma que ya han escuchado anteriormente, pero que vuelven a oír con mucha atención:

Todos los artefactos que participaron en el bombardeo de la ciudad eran estadounidenses; eran las fortalezas voladoras Marauder y Mitchell. Las primeras bombas apuntaron a la zona de San Lorenzo; los otros aviones en cambio dirigieron sus bombas hacia las áreas del norte de la ciudad. Todos los pilotos que participaron en el ataque a Roma afirmaron que no se alcanzaron objetivos civiles. Los pilotos estadounidenses tuvieron cuidado de no causar daños contra el Vaticano ni en los lugares sagrados y artísticos de Roma.

14

Roma, miércoles, 21 de julio de 1943

A las seis de la tarde de aquel caluroso día de la plenitud del verano, una reunión secreta se está celebrando en el segundo piso de un vetusto y ruinoso edificio del Trastévere, no lejos de la Piazza del Drago. Los participantes son cuatro hombres y una mujer, y algunos de ellos es la tercera vez que se ven en sus vidas. Durante los tres días que siguieron al bombardeo, a la misma hora, los cinco se han venido juntando bajo la dirección de un tal Saletti, siguiendo las directrices de la organización antifascista y conspiradora Scintilla, que funciona desde hace tiempo en Roma con ideas de izquierdas y formando células básicas de cinco miembros. Estos pequeños grupos componen una sociedad encubierta más amplia que pretende ir creciendo. El sistema consiste en que cada miembro debe formar a su vez su propia célula, conociendo así solamente a cinco personas. Los que están ahora en esta casa, sucia, oscura y desamueblada, no saben si Saletti es su propietario, ni si es alquilada o ha sido ocupada por estar deshabitada. Han ido llegando a la hora prevista, con relativa puntualidad, y permanecen a la espera de lo que tengan que decirles siguiendo las informaciones de la organización clandestina. En la estancia solo hay unos cajones de madera como asientos, junto a una pobre mesa. Cuatro se han sentado de un mismo lado, frente a un solitario Saletti, cuarentón, canoso y grueso, con la cabeza hoscamente baja, que mastica un pedazo de pan duro y se sirve en una taza algo parecido al café, pero que sin duda no lo es.

Allí está Betto, expectante, nervioso y con sus grandes ojos muy abiertos. Con él ha ido su mejor amigo, Felize Porto, judío como él; y también está Giulio, otro joven más o menos de la misma edad, calvo y sonriente, que se llama a sí mismo «obrero de la prensa», porque se dedica a editar un periódico clandestino. La única mujer de la reunión ha sido presentada como Quirina, pero ninguno de ellos cree que ese sea su nombre verdadero. Tendrá unos treinta y cinco años; tímida, dulce y majestuosa; aparentemente pura de corazón, de cabello castaño claro, con zapatos de fieltro y vestido propios de una mujer más mayor.

Quirina fue quien se puso en contacto con Betto para captarlo, un mes antes. Se presentó una tarde en la cantina de Vittorio Pinto y pidió hablar con él a solas. Al joven le extrañó mucho que aquella señorita, de buena presencia, misteriosa y delicada, tuviera algo que decirle. En principio, hasta sintió algún temor, a pesar de su aspecto refinado y su sonrisa apacible, e incluso se escamó, llegando a pensar que pudiese acarrearle problemas. Pero enseguida, con tacto, ella supo tranquilizarle y resultó convincente cuando le dijo que solamente quería transmitirle un mensaje de otras personas. «¿Otras personas?», se preguntó el joven para sus adentros. «¿Qué clase de personas?». La curiosidad fue más fuerte que el recelo, y Betto, sin saber por qué, se fio de ella y aceptó el encuentro.

Al terminar la jornada en la taberna, ambos dieron un largo paseo por las proximidades de las ruinas del teatro de Marcelo. Desde el primer instante, Quirina habló con honestidad, y lo que tenía que comunicarle iba a resultar para el joven una sorpresa tan conmovedora como excitante... Ella le contó, de manera llana y con voz tranquila, que le conocía, que sabía a qué familia pertenecía; que tenía conocimiento de que era judío, huérfano de padre, y que había sido expulsado de los centros escolares donde cursó estudios. Luego habló de sí misma y descubrió sin ambages su compromiso clandestino antifascista. Esa táctica de evitar cualquier rodeo previo hizo que el intrépido Betto la creyera, y además que se entusiasmara. Y ella fue todavía más sincera con él en ese primer encuentro, aun a riesgo de crearse problemas en la organización secreta a la que decía pertenecer. Le confió que —como él ya suponía— no se llamaba en realidad Quirina. Luego le reveló su verdadera identidad. Su nombre auténtico era Anna Maria Enriques Agnoletti. Había nacido en Bolonia de padre judío y madre católica, pero ninguno de ellos era observador religioso, por lo que recibió una educación laica, en el respeto de la libertad personal, y nunca formó parte de la comunidad judía. Después de graduarse en la Universidad de Toscana, trabajó en los Archivos del Estado de Florencia, pero acabó siendo expulsada a causa de las leyes raciales por ser hija de judío. Desde entonces tuvo que renunciar al apellido del padre, accediendo a firmar con el de la madre. Trasladada a Roma, consiguió ser contratada como paleógrafa en la Biblioteca Apostólica Vaticana a mediados de 1939. Desde entonces, estaba en contacto con una organización secreta que se nutría con revolucionarios y antifascistas convencidos. A ella le correspondía el trabajo de captar estudiantes judíos expulsados de la universidad y trabajadores afectados por las leyes raciales. A partir de ahí, Betto ya era incapaz de mirar a aquella señorita tan refinada sin emoción, pues en ella encontraba un parecido con las mujeres heroínas judías del Talmud que se habían sacrificado por el bien de su pueblo.

El joven judío, de espíritu revolucionario, estaba maravillado al tener conocimiento de todo esto, así, de repente y sin buscarlo ni esperarlo. Pero, al mismo tiempo, infinitas dudas asaltaban su mente inquieta. La primera y la más acuciante era por qué se habían fijado en él. ¿Cómo habían sabido lo que pensaba? ¿Quién les habló de un insignificante camarero de una taberna del barrio judío?

Quirina se quedó en silencio ante estas preguntas. Pero, tras pensárselo durante un rato, le reveló algo todavía más sorprendente: el padre de Betto, Lucio Zarfati, perteneció a la organización secreta en 1937, si bien por poco tiempo, dada su temprana muerte. Fue un activista muy querido y respetado tanto por los líderes como por los compromisarios que tuvieron trato con él. Nadie le había olvidado en todos estos años. Ella no le conoció, pero le habían hablado mucho del camarada Lucio. Llegado el momento de captar al hijo para la causa, esa misión se la habían encomendado a ella.

Y Betto, que ya tenía un profundo espíritu libertario y antifascista, aunque se sentía cercano a las posiciones anarcocomunistas, se sintió llamado por lo que le parecía más natural: optar por una formación política en la que había militado su propio padre, y que ahora, como por arte de un auténtico sortilegio, aparecía en su vida cuando más lo estaba necesitando. No dudó ni un instante en manifestar su entusiasmo y su ardiente deseo de pertenecer a la organización clandestina desde aquel mismo día. Quirina expresó su satisfacción con una sonrisa radiante, le abrazó y le besó en la frente. Luego ambos lloraron en silencio, mirándose a los ojos en una rara y confortadora comunicación de almas.

El joven acudió a la primera reunión en el piso del Trastévere. Allí conoció a Saletti y a Giulio. Nada de lo que vio y oyó le defraudó. Por el contrario, le pareció todo puro, directo y apasionante. Scintilla era una organización que aspiraba a restaurar el Partido Comunista de Italia, pero que, por ahora, tenía un único fin y tarea principal: movilizar a miles de hombres y mujeres de diferentes clases, etnias, religiones y perspectivas políticas para luchar contra el Gobierno de Mussolini y el fascismo en todas sus formas y manifestaciones en la sociedad italiana. Para esto, reunía a antiguos militantes comunistas y anarquistas, y captaba a cuantos jóvenes obreros o estudiantes quisieran sumarse a esta lucha.

Betto se comprometió y, además, se ofreció para incorporar a personas de su total confianza, empezando por su mejor amigo, Felize Porto, con el que ya había compartido ideas y aventuras revolucionarias.

Como sucede siempre en esas reuniones, cuando todos los participantes se han sentado y saludado, se hace el silencio. Un silencio tan denso, que la respiración de Saletti es claramente audible al sorber el falso café. Y mientras oye su jadeante respiración, Betto se va sintiendo cada vez más impaciente y nervioso, recordando brevemente que Quirina le ha informado un rato antes, con la cara sobria y una mirada penetrante: «Ha llegado el momento de actuar. Hasta las últimas consecuencias…».

Después de dar el último sorbo de lo que había en la taza, Saletti extrae de su bolsillo el reloj, lo mira y dice con circunspección:

—Camaradas, son las seis y media. A esta hora, todas las células de Scintilla de Roma están reunidas con un único asunto a tratar:

nuestro momento ha llegado. —Luego, tras una breve pausa, y con un tono solemne, apropiado para arrastrarlos de antemano a la emoción, afirma—: El fascismo cae, camaradas. ¡Su final ya está aquí! —Sonríe enigmáticamente y añade—: *Delinquenza, Delinquenza, del fascismo sei l'essenza.*

Todos allí conocen el significado de esta última frase: «Delincuencia, delincuencia, del fascismo es la esencia». Se trata de una clara y descarada parodia del himno fascista *Giovinezza*, y funciona en la organización como una especie de lema interno. Toda la emoción que Saletti ha pretendido infundir en sus espíritus ya está allí. Se miran entre ellos, con los ojos brillantes, se remueven en los asientos y se palmean unos a otros hombros y espaldas.

Después Saletti continúa informando:

—Camaradas, el Gobierno fascista no para de mentir, como es propio de su naturaleza ruin y falsaria. Pero no puede ocultar la verdad. Todo el mundo en Roma sabe que en el cementerio de San Lorenzo hasta ayer había todavía filas y filas de muertos amontonados, como han contado los testigos. Estaban alineados frente a las puertas, bajo el intenso sol, esperando que la gente los reconociera, y el hedor de muerte se sentía en todas partes... Luego vinieron los camiones, y los cadáveres fueron arrojados encima como si fueran fardos. La gente veía los brazos y las piernas colgando... Una imagen vale más que mil palabras... El sentir general es que el fascismo es culpable de esas muertes. Los bombardeos son una desgracia, camaradas, una inmensa desgracia para nuestro pueblo... Pero esas bombas no solo han caído sobre nuestra pobre gente; esas bombas han caído también sobre la testa de Mussolini. El pueblo lo sabe y empieza a tomar conciencia de que ha llegado la hora de levantarse contra el fascismo opresor. No hay pues que desaprovechar esta hora de dolor y rabia incontenibles. ¡Hay que pasar a la acción!

Tras estas palabras se abre un diálogo acalorado. Todos cuentan sus propias experiencias de lo que sucedió el 19 de julio y durante los días que siguieron al bombardeo. Betto y Felize relatan cómo vieron cerca de San Lorenzo a la muchedumbre manifestar su ira contra la comitiva del rey, cuando fue a visitar el barrio a la mañana siguiente. La gente profería tremendos insultos contra el mismo rey, incluso algunos arrojaron piedras al coche donde viajaba y contra los escoltas y policías. Antes nadie se habría atrevido a hacer una cosa así.

—¡Nosotros lo vimos! —dice Betto—. ¡Con nuestros propios ojos! Fuimos hasta la Porta Tiburtina, pero no nos dejaron pasar al barrio de San Lorenzo; la policía lo tenía acordonado, para que la gente no viera lo que en verdad había sucedido. Pero vimos pasar el coche del rey... La gente corrió hacia él, no para aclamarlo, sino para increparlo. «¡Fuera! ¡Fuera el rey!», gritaban. Y yo mismo lancé un buen ladrillo al coche... Y allí, entre la gente que pasaba continuamente junto a nosotros, mis ojos distinguieron una cara que me resultó conocida y que miraba con insistencia las ruinas causadas por las bombas. Luego me miró a mí... ¿Dónde habría visto yo aquellos cabellos aplastados sobre el cráneo y aquellos ojos turbios? Por fin me acordé. Era aquel maldito fascista que me expulsó del instituto... Le estuve mirando directamente a la cara durante un buen rato, como desafiando su insolencia, y con mis ojos le dije que su hora estaba próxima...

También Giulio cuenta cómo había corrido por la ciudad el rumor de que el propio Mussolini había ido, medio de incógnito, a visitar San Lorenzo:

—Dicen quienes lo vieron que bajó del coche con un capote negro sobre los hombros, ¡a pesar del calor que hacía! Con gafas oscuras y sombrero calado hasta las orejas. «¿Quién es ese?», preguntaba la gente. «¿Qué quiere aquí ese hombre?». Y los que le custodiaban iban gritando: «¡Abran paso!». Ese canalla se abrió camino entre los cascotes y las ruinas, y por la plaza donde yacían tendidos los muertos y heridos. Un silencio le recibió; un silencio cargado de odio y deseos de venganza... Mussolini quiso repartir dinero que nadie aceptó... Tuvo que irse pronto, cabizbajo, avergonzado, con el rabo entre las patas... ¡Esa bestia!

Después Saletti comunica las últimas noticias que conoce gracias a las informaciones secretas de la organización. Y algunas las lee directamente de unos periódicos que ha traído.

—En el diario antifascista *L'Alba* han publicado que Radio Argel ha *comunicado que el alto mando de los ejércitos angloamericanos que operan en Sicilia ha lanzado una proclama a la población de la isla, en la que se dice que en el territorio liberado del régimen de Mussolini se disuelven todas las asociaciones fascistas.* Y en Radio Londres también han dicho que todos los italianos que ayuden a expulsar al dictador del Gobierno contarán con la asistencia y el apoyo de las naciones aliadas.

Luego comunica Quirina lo que ella sabe.

—En el Vaticano ya empieza a correr el rumor de que Mussolini tiene los días contados. Hay quien dice que un día u otro acabará huyendo a Alemania…

El silencio impera durante un momento. También la calle permanece callada. La ventana está abierta. No corre ni un soplo de brisa, solo las golondrinas y los vencejos parecen felices con el calor. El sol retira su manto luminoso de los viejos edificios del Trastévere, quedando solo sus huellas en la parte alta del muro oriental de un vetusto palacio.

—¡Bueno, al grano! —dice de pronto Saletti—. La organización ha decidido que hay que hacer pintadas y repartir octavillas para llamar al pueblo a que se levante.

Seguidamente informa Giulio:

—Estamos trabajando ya con los panfletos. La semana que viene estarán listos. Pero he traído la pintura y las brochas para hacer las pintadas. Esta noche muchos camaradas saldrán a llenar la ciudad de frases y palabras subversivas contra el régimen.

—¡Nosotros lo haremos! —salta Betto.

—Bien —dice Saletti—, pero con mucha precaución, camaradas. —Saca su reloj de nuevo, lo mira y añade—: Falta todavía una hora y media para el toque de queda. Tendréis que hacer las pintadas justo antes. Después regresad a casa cada uno por su lado. Con esto concluye la reunión. Nos volveremos a ver aquí el próximo lunes a la misma hora.

Se despiden y se van marchando de uno en uno, con espacios de quince minutos entre cada salida. Betto espera a Felize en la plaza y ambos caminan en dirección al puente, para esperar a que llegue el momento de cumplir con el peligroso trabajo que les ha sido encomendado. Llevan la pintura y las brochas en una bolsa de cuero negro. Se sientan en un poyete, frente al Tíber, y comparten emocionados sus sentimientos en aquel momento trepidante. Felize tiene la misma edad que Betto. Es fuerte, no demasiado alto; con los ojos grandes y saltones, de mirada tranquila e indolente. Intrépido como Betto, es sin embargo más prudente y taciturno. Judíos y jóvenes, ambos habían compartido vidas semejantes; fueron expulsados del instituto el mismo día y quedaron unidos por aquel humillante infortunio en adelante.

Cuando declina la luz, los dos jóvenes salen andando a toda velocidad por las calles estrechas que se han vaciado con rapidez en los minutos previos al toque de queda. Doblan una esquina y se encuentran frente a la cabecera del Ponte Garibaldi. Hay allí un edificio de cuatro pisos que mira al río, con un amplio y despejado muro entre las ventanas.

—¡Ahí! —señala Betto.

Rápidamente sacan el bote de pintura. Miran a derecha e izquierda. No se ve a nadie por ningún lado. Les tiemblan las piernas.

—¡Ahora!

Se ponen a escribir en la pared las frases: *Fuori Mussolini* y *Abbasso il fascismo.* Pero, no bien han escrito las dos primeras palabras, cuando una voz fuerte grita desde alguna parte:

—¡Eh, vosotros! ¡Policía! ¡Policía!

Betto alza la cabeza y ve a un hombre anciano que está asomado en un balcón, agitando las manos.

Aterrorizados al verse descubiertos, sueltan las brochas y salen corriendo.

—¡Betto, al puente no! —exclama Felize—. ¡Nos cazarán al otro lado! ¡Mejor a las calles! ¡Separémonos!

Nadie los persigue. Pero ninguno de los dos mira hacia atrás para comprobarlo. Desaparecen por el laberinto desierto del Trastévere, cada uno por su lado. Poco después, cada uno regresa a su casa justo a la hora del toque de queda.

15

Roma, jueves, 22 de julio de 1943

—Anda, cuéntamelo otra vez —implora Gina, acaramelada y alegre.

Betto da una calada a su cigarrillo, con expresión de satisfacción, expulsa el humo y dice quedamente:

—Lo mejor de todo fue esa sensación… No sabría decir si era miedo, emoción o… ¡El gustillo del peligro! Sí, eso… ¿Sabes? Cuando huía, yo era consciente de que podían dispararme por la espalda, que podían cazarme como a un conejo… El corazón palpitaba dentro de mi pecho y mis piernas eran como alas…

—¡Qué maravilla! —exclama ella, mordiéndose los labios.

Como todos los jueves, se habían encontrado en la Piazza Margana después del almuerzo. Ese día de la semana Betto no trabaja, pues la Trattoria Angelino cierra por descanso, y decidieron como siempre dar un paseo en busca de un lugar apartado. Caminaron por la orilla del Tíber y ahora están sentados a la sombra de un gran árbol frente al Ponte Sisto. Hace mucho calor.

Gina lanza una mirada en torno y, al comprobar que no hay nadie que pueda verlos, le besa delicadamente en los labios. A él le parece tan hermoso aquel beso que piensa que seguramente nunca amará a ninguna otra persona tanto como a ella. Nadie antes le había tratado así, demostrando tanta admiración y cariño por él, y se siente halagado, como es lógico. Y encima es una belleza tal que le obnubila el sentido y la razón cada vez que mira sus ojos claros en el perfecto semblante. Siente el desvergonzado deseo de lamerle el cuello lentamente y buscar su pecho, enloquecido por extrañas imágenes de intimidad que le hacen mudar el semblante. Sí, Betto reconoce en su fuero interno que está enamorado de ella como un loco; y eso, por otro lado, le tiene algo desconcertado, pues parece mermar de algún modo su autosuficiencia y su orgullo. Él desea controlar la situación, pero Gina no es fácil de gobernar; tiene también su carácter y con frecuencia se le adelanta tomando la iniciativa.

—¡Eh! —le dice ella con fingida ingenuidad en la mirada—. ¿Se puede saber qué te pasa ahora? A veces te quedas como alelado… ¡Sigue contando lo que pasó después! ¿No ves que estoy llena de curiosidad?

Mientras Betto la observa, el silencio de la bochornosa tarde solo es roto por el rítmico paso de un lejano carricoche de caballos que cruza el puente y por el canto desafinado del cochero que va en el pescante.

—Ya te lo he contado —responde él—. Di algunas vueltas y, justo cuando las sirenas anunciaron el toque de queda, llegué al portal de mi casa. Eso es todo.

—¿Y tu madre?

—Ella estaba preocupada, como siempre… Mi madre vive angustiada. Se le ha metido en la cabeza que acabaré en la cárcel o…, o algo peor.

Gina sonríe. Está sudando. Se recoge el pelo rubio y lo retuerce en su nuca para sujetarlo con un pasador de nácar.

—La pobre —dice en tono dulce—. Si yo fuese madre, me sucedería lo mismo teniendo un hijo así…

—¿Un hijo así? ¿Qué quieres decir con eso?

Ella le mira fijamente, hace una mueca maliciosa y responde:

—¡Así de guapo y así de revolucionario! —Esta última palabra es seguida por la triple carambola de una risa gutural sonora, erótica y más bien mórbida.

Él se estremece de deseo y la besa varias veces en los labios. Pero ella quiere jugar a su propio juego. Le aparta y, colocando sendos besos en los hoyuelos que flanquean los labios de Betto, añade:

—Y ahora, corazón, hazme un favor: dime de una vez qué organización clandestina es esa a la que perteneces y quiénes la forman.

—Eso no te lo puedo decir —contesta él haciendo una mueca de disgusto—. Ya lo sabes, de sobra lo sabes. Así que no me lo pidas más. Una organización clandestina se basa precisamente en que los miembros no pueden desvelar sus secretos a nadie, absolutamente a nadie.

Ella frunce el ceño y mira hacia el puente, contrariada y haciendo muy visible su enfado.

—¡Gina, no empecemos! —le dice Betto, agarrándole la mano—. ¡No tienes por qué enfadarte! Eso no cambia en nada nuestros sentimientos. Dejémoslo aparte, por favor.

Ella se vuelve y clava en él unos ojos encendidos de despecho:

—¡Yo te he contado todas mis cosas! ¿Acaso no te he dicho con quién me reúno y dónde? ¿No te lo he contado todo? ¿O te crees tú que eres más importante que yo?

Betto recoge una piedra y la lanza al río, contestando con estudiada calma:

—No compares las reuniones de cuatro chiquillos y un cura en una parroquia con una organización cuyos miembros se juegan la vida cada vez que se juntan.

Hay luego un largo silencio en el que cada uno mira en una dirección, evitando cualquier nuevo encuentro de sus ojos. Hasta que ella suelta un suspiro y dice dolida:

—No confías en mí. Eso es lo que pasa. Me consideras una niña tonta y no te tomas en serio mis cosas...

—Gina, Gina, ¡no seas dramática! ¡Yo te quiero!

Ella da un respingo. Salta hacia él, coloca dulcemente la cabeza en su pecho y dice feliz:

—¡Por fin! ¡Por fin lo dijiste, Betto!

—¿Qué he dicho? —pregunta confundido él.

—Que me quieres. ¿Tanto te costaba sacar de dentro de ti esas palabras? ¿De verdad me quieres?

Vuelve a haber un silencio. Pero ahora se miran. Betto siente, como otras muchas veces, no recordar que ella ya era preciosa cuando ambos estudiaban en el mismo instituto. Pero se enamoró de Gina desde el primer momento en que la vio aquella tarde de primavera en la Trattoria Angelino. Y ahora, junto al Tíber, el polvo irisado en la bochornosa bruma de julio, justo detrás de su grácil espalda, le dan a su encantadora figura un aire irreal. Ella le está mirando, con la preciosa cabecita inclinada a un lado. Los dientes relumbrantes muerden el labio inferior, atento y húmedo; y el iris azul transparente de sus ojos, bajo la sombra de las largas pestañas, espera una respuesta. Es igualmente adorable el durazno bordeando el pómulo; la seda dorada del pelo levantado desde las sienes y la nuca; el cuello muy desnudo; la forma perfecta de la nariz y las rubias cejas. Todo eso lo observa él embelesado y no es capaz de musitar otras palabras que estas:

—Sí, sí, te quiero… Y me da tanto miedo…

—¿Miedo? —pregunta ella con una sonrisa audaz—. ¿Tú tienes miedo, Betto? ¿Miedo de qué?

—De tus padres, de ti, de todo… ¡Soy judío! ¿Crees que podremos seguir adelante con esto?

La expresión de Gina cambia por completo. Es como si un oscuro telón cayese de pronto en aquella luminosa y cálida tarde de verano.

—¿Qué estás diciendo? —le espeta—. ¡Sabes que a mí todo me da igual! ¡Todo menos tú!

Betto salta hacia ella y la envuelve en un desesperado abrazo, y enseguida estalla en inagotables y ardientes lágrimas.

—¡Tienes razón! —gime—. ¿Qué más da todo? ¡Nada nos va a separar! ¡Nada!

Gina se aprieta contra su pecho y dice:

—No, nada, nada…

Más tarde, poco antes del toque de queda, cuando ya van de vuelta cada uno a su casa, ella le pide:

—Podrías venir un domingo a la reunión de jóvenes en la parroquia de San Giuseppe. Así verías que somos algo más que cuatro chiquillos y un cura iluso…

Betto la mira con cariño y contesta:

—Ya veremos…

16

Roma, viernes, 23 de julio de 1943

Fray Leonardo está sentado en su escritorio y contempla por la ventana la corona de verdes árboles que cubre las orillas del Tíber. Abajo, en el cauce, las aguas de la corriente mansa brillan como un cristal oscuro. La ciudad, incendiada por el sol despiadado de julio, ingrávida e irreal como un sueño, parece flotar en el aire tórrido. El fraile tiene sobre la mesa un montón de papeles, facturas, hojas de cálculo, contratos para firmar... Pero no puede concentrarse en ellos. El alma se le escapa a las alturas, arrebatada por pensamientos dolorosos y presagios funestos; y la imaginación, esa mujer loca y ciega, conjura en la luz poderosa de la mañana figuras remotas. De vez en cuando, reza casi inconscientemente, mirando las cúpulas de las iglesias. También mira su reloj varias veces; todavía es temprano. Luego el calor y el silencio le aturden suavemente y se olvida del tiempo. Permanece en gran quietud, pensando sobre esto y aquello... Sobre una ambulancia de segunda mano que ha comprado hace poco, sobre el déficit que presentan desde hace tiempo las cuentas, sobre sus superiores, que muy rara vez se presentan por el hospital... Y entonces se da cuenta de que ha estado sentado allí durante una hora, de que los papeles siguen en el mismo sitio y dispuestos en el mismo orden... Y en aquella luminosa soledad, que le parece casi mística, halla de pronto paz a pesar de todo. «En tus manos están nuestros afanes», medita. Entonces se consuela confiando en que Dios tiene el control de absolutamente todo cuanto nos ocurre, y pensando que Él sabe qué nos conviene y qué no. En medio de sus preocupaciones, recuerda que lo que debe hacer es someterlas en sus poderosas manos; confiarle planes y proyectos. Reafirmado en esa decisión, aprende una vez más a esperar en Dios, a esperar su tiempo.

Se levanta, cierra la puerta del despacho tras de sí y atraviesa el claustro con pasos relajados. Espera con ansiedad, ya que su cuerpo está ardiendo, el agua fría con la que piensa refrescarse la cara, la cabeza y el cuello, para mitigar —siquiera por un momento— el calor de julio y el fuego que abrasa sus entrañas y su cabeza. Esta idea del agua fría le agrada tanto que se relajan sus facciones. Pero, cuando llega a la escalera, le llaman a la espalda:

—Fray Leonardo, aguarde un momento.

Se vuelve y ve al hermano que atiende la portería, que le dice:

—Ha venido a verle don Vincenzo Lombardi. Le espera en el recibidor.

Fray Leonardo se preocupa. Le extraña esa visita inesperada del jerarca fascista, pues suele avisar antes siempre que va a venir al hospital. Se olvida por el momento del agua fresca y va al recibidor.

Allí está don Vincenzo esperando, sin su habitual traje de chaqueta, con un pantalón claro y una camisa blanca remangada. Aunque no ha prescindido de su corbata negra, ni del cabello intachablemente pegado al cráneo con gomina. Sin embargo, se aprecia cierto abandono en su bigote fino, como una línea que sobresale en un fondo sin afeitar. También sus facciones delatan cansancio; la tez está opaca y unas ojeras pronunciadas le dan aire triste al rostro.

—Padre —dice en tono apagado—, necesito hablar con usted.

—Claro, vamos a mi despacho —otorga fray Leonardo, todavía más extrañado y alarmado, al darse cuenta de que se trata de algo urgente y grave. La cara de don Vincenzo se lo dice.

Una vez solos y sentados en el despacho, hablan primeramente sobre el bombardeo.

Desde que aconteció, es un tema obligado en cualquier conversación. En estos días, todo lo demás ha quedado olvidado. No se habla más que de bombas y aviones. Hasta pasó prácticamente en silencio el hecho de que Mussolini hubiera visitado a Hitler el mismo lunes, mientras Roma era atacada.

El fraile aprovecha para preguntarle sobre algunas dudas que todo el mundo tiene:

—¿Y nuestros antiaéreos? ¿Por qué no han disparado nuestros antiaéreos? ¿Y los cazabombarderos italianos? ¿Qué pasó? ¿Por qué no defendieron la ciudad del ataque?

Don Vincenzo se queda callado. Se le ve agotado y confuso, hasta el punto de que parece incapaz de moverse, sentado con un codo apoyado en la mesa y con un dedo sosteniéndose la sien.

Ante la mirada atenta e insistente del vicario, por fin responde:

—La primera desilusión fue amarga, sobre todo para nosotros, los miembros del Partido. Cuando la gente volvió a salir a la calle después del bombardeo, alzaban las miradas hacia el cielo, sin comprender... Por la tarde se supo la verdad sobre el silencio de los antiaéreos: no tienen potencia para alcanzar a los aviones que vuelan a tanta altura... Pero hay todavía algo peor: no teníamos cazabombarderos que pudieran hacerles frente...

Mientras está hablando, fray Leonardo piensa que se ha extinguido en el jerarca fascista aquel esplendor de poder y soberbia que le iluminaba antes. Sus movimientos se han vuelto lentos, graves e insólitamente mustios. Habla con un aire de resentimiento y fatalidad, como si en el fondo culpara a alguien de todo aquello.

Hay un silencio prolongado. Luego don Vincenzo, a punto de echarse a llorar, prosigue con voz quebrada:

—Yo estaba muy cerca de San Lorenzo cuando empezó el ataque, padre... El edificio donde me hallaba no dista mucho de la estación de tren, y temblaba hasta los cimientos a cada explosión; de los muros se desprendían pedazos de yeso y las paredes y el techo se agrietaron... ¡Fue terrible! Luego, en el callejón por el que bajaba hacia San Lorenzo, se amontonaban los cascotes; casi todas las casas habían sido bombardeadas y muchas se habían derrumbado. Estaban sacando a los muertos y heridos... Los alineaban en el suelo, a pleno sol... Vi al papa rezando ante aquella estampa de ruina y muerte, en medio de un lívido silencio, interrumpido únicamente por el grito solitario de un niño o la invocación de alguna mujer. Y sentí como si Dios mismo caminara por un desierto de desolación, entre el polvo y los escombros... Como si hubiese abandonado su templo secreto y vagase por allí, como los demás, sin comprender, siquiera él, la razón de todo aquello…

No puede continuar y prorrumpe en un amargo llanto, hecho de rabia y desesperación.

Fray Leonardo siente en ese momento verdadera compasión de él. Le conoce bien desde hace tiempo y se sorprende al verle tan roto.

—Ánimo —le dice—, hombre, ánimo. No se venga abajo. Como sucede con todo en la vida, esto también pasará, un día u otro pasará, y podremos seguir nuestro camino hacia adelante. ¡No perdamos la esperanza!

Don Vincenzo saca un pañuelo y se enjuga las lágrimas de los ojos enrojecidos. Después hace un gran esfuerzo para recomponerse y contesta:

—Padre, no he venido solo para desahogarme… ¡Y siento de veras dar este espectáculo! Aunque he de decirle que me hace mucho bien hablar con usted. Pero hoy estoy aquí por otro motivo… —Hace una pausa adrede. Y luego adopta un tono más firme al decir—: Ha habido una denuncia contra el hospital…

—¿Una denuncia…? —pregunta tímidamente el vicario.

—Sí, padre, una grave acusación que puede acarrearles problemas. El señor Santino se presentó ayer en mi despacho para decirme que ustedes tenían contratado en el hospital a un médico judío.

Fray Leonardo empalidece y siente que sus piernas empiezan a temblar. Se queda en silencio, mientras un frío sudor le recorre la espalda.

Y don Vincenzo prosigue, añadiendo con un tono cargado de aborrecimiento:

—El señor Santino, ¡ese cretino! Ha sido un vago toda su vida, un inepto, y ahora que se ha jubilado… ¡Estúpido viejo! Ahora pretende arreglar el mundo y se presenta en mi despacho con ese cuento. No sé lo que pretende con ello; tal vez ganar méritos, pero no deja de ser un estúpido inoportuno… Creerá que con ello me hace un favor, cuando resulta que me está poniendo en un aprieto… ¡Imbécil!

El vicario está paralizado en su sillón. En realidad, siempre ha temido que esto acabase sucediendo más pronto o más tarde. El médico al que se refiere don Vincenzo es el doctor Vittorio Salviucci, que se encarga habitualmente de hacer los análisis clínicos. Es judío, en efecto, y por causa de las leyes raciales no puede ejercer su profesión; por lo que fue contratado irregularmente con un nombre falso, ya que en realidad se llama Vittorio Emanuele Sacerdoti.

—Es un buen médico —musita el fraile, completamente aterrorizado—, y una buenísima persona…

—Sí, padre, pero hay unas leyes que usted y yo debemos cumplir. ¿Es verdad que ese judío está ejerciendo con una identidad falsa?

Fray Leonardo asiente con un débil movimiento de cabeza. No se atreve a negarlo.

—¡Padre, por Dios! —grita don Vincenzo, dando un puñetazo sobre la mesa—. ¡¿Cómo se le ocurre?! ¡¿Está loco?!

—¿Qué importa que sea judío o cristiano? —replica el fraile alzando la voz—. ¡Es un buen médico! El doctor Salviucci hace los análisis del santo padre… ¿Cree usted que el Vaticano acudiría a nosotros si nos considerase unos delincuentes?

—¡Ah! ¿En el Vaticano lo saben?

Fray Leonardo agacha la cabeza con apocamiento. Decide no mentir y acaba confesando:

—Sí, lo saben. Fue el Vaticano quien expidió la documentación del doctor judío, como si fuera ciudadano de su Estado.

Don Vincenzo enrojece de cólera y da otro puñetazo en la mesa.

—¡Padre!… ¿Y me lo dice así, como si nada? *Peccato!*

Es una voz que revela orgullo, enfado y reproche, como queriendo advertirle al fraile de que resulta inconcebible que él pronuncie aquellas palabras o, al menos, que las divulgue a los oídos de un «miembro del Partido». La cabeza del jerarca fascista está levantada, sus labios apretados, y en sus ojos hay una mirada que insinúa un ligero fruncimiento del ceño. En resumen, está enfadado, pero a la manera en que debe enfadarse un hombre con auténtico poder.

Ante esta actitud, el rostro de fray Leonardo empalidece aún más, de vergüenza y temor, entibiándose la autoridad moral en cuya atmósfera había flotado un rato antes, por haber confortado a quien ahora le recriminaba con tanta dureza. Nunca había visto a don Vincenzo tan excitado, ni se había imaginado que fuera capaz de excitarse de aquella manera un hombre que generalmente se mostraba cortés y amigable. Mira su rostro con asombro y miedo, a la vez que se llena de un sentimiento de apuro, hasta tal punto que le gustaría inventarse cualquier pretexto para no continuar con esa conversación. Pero no le queda otro remedio que asumir lo que quiera que tenga que sobrevenir en adelante. Así que, apenas pasados unos segundos, recapacita y empieza diciendo:

—Escuche bien, don Vincenzo. He hecho lo que creí en sana conciencia que debía hacer, por el bien del hospital y pensando en la justicia. Usted sabe mejor que nadie lo escasos que estamos de médicos titulados... Los fueron llamando a las armas. ¡Los llevaron al frente! La mayoría están por ahí, dispersos por los lugares donde se libra esta diabólica guerra. Ese doctor judío es un valioso especialista, que aun siendo tan joven empezó a practicar en Ancona junto al cirujano jefe del hospital Humberto I, el profesor Giulio Bombi, ¡una eminencia! Igual hace una delicada operación que analiza la sangre o la orina. Salviucci vale para todo. ¿Cómo íbamos a desperdiciar esta oportunidad por el solo hecho de que es judío? ¿Es que no sabe cómo estamos? ¡Necesitamos médicos! —Hace una pausa, para advertir el efecto de sus palabras. Luego añade con mayor énfasis—: ¡Razone, por el amor de Dios! ¡Razone y no se ciegue! Que es la ceguera y la sinrazón lo que nos ha llevado a donde estamos...

Don Vincenzo se levanta y recorre la estancia, resoplando, como haciendo un gran esfuerzo para contener su ira. Luego vuelve a sentarse y, tras un instante de vacilación, dice con más calma:

—Estemos como estemos, pase lo que pase, con médicos o sin ellos, no podemos ahora rebelarnos contra nuestras leyes... No, eso no, padre.

Fray Leonardo le dirige una mirada cargada de un significado especial, como si le lanzara su advertencia sobre el enfado anterior.

—No se ciegue, don Vincenzo, no se ciegue —le dice admonitoriamente—. Eso es lo único que le pido. ¡Piense como un cristiano!

El potentado no siente ya ningunas ganas de reanudar la conversación y se conforma con escuchar, o fingir que escucha.

Y el vicario prosigue:

—Pareciera que la maldad es quien dicta esas leyes. Y también la crueldad... ¡Sí, la crueldad!, pues se actúa sin piedad, sin caridad ni compasión. ¡Por eso estamos como estamos! ¡Por eso vivimos en un pandemonio! ¿Qué está pasando en este mundo? ¡Dios de los cielos! ¿Qué nos pasa en la tierra? Mire usted, don Vincenzo, en lo que se ha convertido Italia. ¿Esto es lo que prometía Mussolini? ¿Miseria, hambre y destrucción?

Don Vincenzo se le queda mirando con una expresión de enfado, como nube de tormenta. Pero luego vuelve de perfil su cara hacia la ventana, y responde con voz taimada:

—No era eso lo que pretendíamos…

—¡Pues mire el resultado de tanta locura! ¿Y ahora, qué? ¿Ahora qué, don Vincenzo? ¿Cómo va a sacarnos Mussolini de este pozo oscuro?

Hay un silencio tenebroso, como si en verdad ambos hubieran descendido hasta el fondo de ese abismo. Hasta que don Vincenzo se derrumba del todo, llora de nuevo y se cubre el rostro con las manos.

Entonces fray Leonardo acaba comprendiendo que es un hombre desolado y roto, que ya no es capaz de ver futuro alguno a pesar de que se empeña en sus ideas. Le deja que se desahogue, mirándole con compasión y ternura. Al fin y al cabo, siempre se ha portado bien con el hospital; es un verdadero benefactor que los ha sacado de muchas cuitas y que no ha dudado nunca a la hora de ser generoso. Don Vincenzo llora largamente, con sollozos prolongados que no reprime. Después levanta la mirada y la pone en el fraile para, desde un abismo de tristeza, decir con una voz temblorosa:

—¡Dios de los cielos! ¿Se puede ser culpable sin haber cometido un crimen? Qué angustia tan grande, padre… ¡Qué angustia siento! Desgraciadamente mis temores eran ciertos… Mi corazón me lo decía, aunque yo me obstinase en contra. Y me siento irremediablemente culpable, aunque no soy consciente de que tenga nada que confesar… Al contrario, taladrando las entrañas de mi alma, de mi vida, de mi pasado, no hallo ninguna intención, ni una palabra, ni un acto hecho con maldad consciente. Y, sin embargo, todo me pesa… No puedo evitar sentir con toda mi alma que he estado equivocado, engañado… ¡Dios mío, qué angustia!

Ha pasado del enfado al desahogo. Ahora lo único que desea es liberar su espíritu del peso que lo oprime. Y se pone a hablar sin cortapisas. Le cuenta al vicario un montón de cosas verdaderamente delicadas: que el Partido está en un estado crítico, con una profunda división entre los fascistas.

—Unos defienden a Mussolini, pero otros quieren quitarlo de en medio. Esta tarde, los miembros del Gran Consejo del Fascismo se reunirán a puerta cerrada y sin taquígrafos en la antesala del despacho de Mussolini en el *palazzo* Venezia. Nadie sabe qué puede salir de ahí… Rece, padre, se lo ruego; rece usted que tiene fe…

Fray Leonardo está estupefacto. Le mira sin acabar de creerse lo que ha oído. Se queda pensativo durante un rato, con los ojos reflejando consternación y asombro. Una sensación de vértigo envuelve su cabeza. Pero después se siente obligado a hacerle una pregunta:

—Don Vincenzo, ¿qué hará usted con el caso del doctor Saviucci? ¿Seguirá adelante esa denuncia?

El potentado responde molesto:

—¿Qué cree usted que haré, padre?… ¡Nada! No soy esa bestia que usted piensa…

—Yo no pienso eso; por el contrario, tengo un buen concepto de su persona. Es usted un hombre esencialmente bueno.

—Gracias por este elogio que no merezco —responde con sorna don Vincenzo—. No crea que me considero sin defectos, ni mucho menos. He recibido una educación cristiana… Y no hago comedias. Si le he dicho que no haré nada, es porque no haré nada en contra de usted ni del hospital. Sería incapaz de una cosa así. Procuraré tener entretenido a ese cretino que los ha denunciado… De todas formas, ahora la situación es en extremo peligrosa. Pueden suceder acontecimientos terribles y cualquier otro asunto pasará a un segundo plano. Así que no se preocupe, padre. Yo me encargaré de solucionar esto en lo que esté en mi mano.

II

PAGLIACCI

(PAYASOS)

17

Roma, domingo, 25 de julio de 1943

Es domingo. Toda la familia Daureli ha ido temprano a oír la misa en Il Gesù. De la infinidad de iglesias que hay en Roma, esta es la preferida de don Mario, pues la vivienda donde nació y se crio está apenas a una manzana de allí, en el corazón del Rione della Pigna. El coronel no es un hombre religioso, pero está sentimentalmente unido a este templo, por el recuerdo de sus padres ya fallecidos y por su infancia feliz entre las calles de este antiguo barrio. Además, dentro de dos días cumplirá setenta años. Está conmovido desde hace algunas semanas, siente su memoria más sensible y llora a solas de vez en cuando. Los aciagos acontecimientos de los últimos días, unidos a la vuelta de su hijo Gian Carlo del frente —que sigue considerando una deserción—, le tienen sumido en una melancolía silenciosa. Habla poco y, cuando lo hace, parece estar de mal humor.

Al final de la misa, el matrimonio y los tres hijos están arrodillados a la derecha del altar. Elegantemente vestidos de oscuro, altos, esbeltos y guapos todos ellos, componen un bello cuadro familiar. La escolanía de los jóvenes estudiantes jesuitas entona el avemaría, mientras asciende el abundante sahumerio del incienso. Los portentosos frescos de la bóveda, pintados por Baciccia, muestran a cielo abierto la Gloria, como si desapareciera realmente el techo, creando una asombrosa ilusión de profundidad. Don Mario alza los ojos hacia aquella visión, que siente familiarmente unida a su vida, y rompe a llorar sin poder reprimir los sollozos.

Doña Gianna le lanza una mirada entre suspicaz y burlona, antes de musitar discretamente:

—¿Por qué te empeñas en decir que no eres creyente?… Todos los ateos sois iguales: presumís de incrédulos, y luego, cuando Dios aprieta…

El coronel ignora esta fina ironía de su esposa y se enjuga las lágrimas y la enrojecida nariz. Entonces su hija Orlena, que está arrodillada a su lado derecho, le pone cariñosamente la mano en el hombro y le besa dulcemente en la mejilla.

Al salir de la iglesia, la Piazza del Gesù está inundada de luz y las palomas revolotean en torno. Se ve gente por todas partes, gente que parece haber olvidado los tristes sucesos del lunes y que se esfuerza para pasar el día festivo lo mejor posible, a pesar de las estrecheces, de las tabernas y restaurantes que han cerrado por no tener nada que ofrecer; y a pesar del miedo que da solo mirar hacia aquel firmamento, limpio y azul, donde pudieran aparecer otra vez los fatídicos aviones americanos. Y también está presente una amenaza aún mayor, que no es visible, que se siente indeterminada; como una sombra de pesadumbre en el ambiente, un temor y una sospecha.

Con todo eso, la familia ha decidido festejar el cumpleaños del padre. Pensaron que setenta años es una significativa edad, que debía celebrarse, aunque la fiesta se limitara solo a lo indispensable. Los hijos han preparado en secreto el homenaje y don Mario no sospecha nada. Es Orlena quien toma la palabra en nombre de los demás, y allí mismo, delante de la iglesia, anuncia la sorpresa:

—Papá, tenemos un regalo para ti.

El padre la mira y estira el cuello, haciendo un gesto muy suyo, entre escéptico y arisco.

—¿Un regalo…?

—Sí, papá, un regalo. La temporada pasada mamá y tú no fuisteis a la ópera. Es la primera vez en muchos años que habéis faltado… Y vimos con pena que os quedabais con muchas ganas de ir.

—Bueno… —dice con desgana don Mario—. En diciembre representaron *La sonnambula* de Bellini, que no es precisamente una de mis favoritas… Así que, como no estaban los tiempos como para esos gastos, decidimos quedarnos en casa y revendimos el abono.

Orlena rebusca en su bolso y saca un sobre que le entrega al padre, diciendo muy sonriente:

—Pues aquí tienes cinco entradas para ir hoy domingo a *I pagliacci*.

El rostro del coronel se ilumina, pero enseguida se ensombrece de nuevo y replica receloso:

—¡No es posible! No hay ópera en Roma en julio. No me toméis el pelo... *Pagliacci* de Leoncavallo se representará en agosto, según tengo bien entendido.

Todos ríen ante esta suspicacia del padre. Y Orlena puntualiza:

—Tienes razón, papá. Pero déjame que te explique... Estas entradas no son para el teatro Real de la Ópera, sino para el cine. ¿No has oído hablar de la película *I pagliacci*? Está basada en el libreto de la ópera de Leoncavallo, y se interpretan las originales composiciones más famosas de sus partituras. Hoy, en el cine Gloria, hay un pase de la película que se estrenó el pasado mes de enero. ¡Podemos pues ir los cinco!

Don Mario la mira receloso, esbozando una media sonrisa socarrona, y contesta:

—¡Ah, el cine! No es lo mismo...

Su esposa le recrimina:

—¡Mario, no seas ingrato! ¿Cómo se te ocurre decir eso? ¡Es un regalo de cumpleaños! Los chicos lo han preparado pensando en animarte, ya que estás tan huraño de un tiempo a esta parte.

—¡Gianna, no me regañes! —responde él con fastidio—, no he rechazado la invitación. Simplemente he manifestado mi opinión. No es lo mismo ir a la ópera que al cine... La ópera es la ópera y el cine..., ¡el cine es otra cosa!

—¡Y qué más da, papá! —interviene Gina—. Lo hemos hecho con la mayor ilusión. ¡Vamos! Lo importante es pasar juntos el día y divertirnos un rato... ¡Es tu cumpleaños!

El padre sonríe por fin, aunque con forzada complacencia, y otorga:

—Está bien... ¡Vayamos al cine, pues!

El cine Gloria está en el centro del distrito de Campo Marzio, al inicio de la Via del Corso, la avenida principal de Roma. Es uno de los teatros y salas cinematográficas más importantes de la ciudad.

Pero, a pesar de ser domingo, no está ocupado ni un tercio del aforo. La familia Daureli ocupa sus asientos en un buen lugar del centro del patio de butacas. No tienen a nadie delante y la inmensa pantalla parece que está dispuesta solo para ellos.

Como es costumbre, antes de que empiece la película, proyectan el noticiario cinematográfico *Luce,* que sigue siendo uno de los principales instrumentos de propaganda del régimen fascista. Hoy el documental versa sobre un hecho que se siente ya caduco en el tiempo: el último discurso pronunciado por Mussolini, a finales del pasado año, en la Cámara de los Fascios. Las imágenes muestran la asamblea multitudinaria de los diputados fascistas, ante la cual el Duce exalta al soldado italiano y se empeña en su fiebre bélica. Su arenga es una soflama que suena a desesperación, con frases tópicas como: «Para que el sacrificio de nuestros muertos no sea en vano» o «Es necesario luchar hasta la victoria». Puesta en pie, la fanática audiencia que asiste al acto aplaude y exclama arrebatada: «¡Duce!, ¡Duce!, ¡Duce!...». Sin embargo, la mayoría de los espectadores de la sala cinematográfica aguantan con aire tedioso aquellas soflamas. En otro tiempo habrían aplaudido, ahora desean que acabe la propaganda fascista para que empiece la película.

Todavía no ha concluido el noticiario, cuando unos jóvenes que están en los palcos que hay en el lado derecho del teatro empiezan a gritar con rabia:

—*Fuori il pagliaccio! Abbattere Mussolini e il fascismo!*

Y mientras dan estas voces de «Fuera el payaso» y «Derribad a Mussolini y al fascismo», arrojan una nube de panfletos sobre el patio de butacas.

Los espectadores se ponen en pie y miran hacia arriba asustados. Luego se encienden las luces. Hay un momento de confusión, en el que los jóvenes sediciosos de los palcos aprovechan para desparecer. Un rato después, irrumpen varios policías por las puertas laterales y recorren los pasillos, armados con porras y pistolas. Pero ya no encuentran a los alborotadores antifascistas, que han huido por las salidas de emergencia. Los espectadores les dicen lo que ha pasado y uno de los agentes toma nota de ello en una libreta, mientras los demás recogen los panfletos.

Después vuelven a apagarse las luces y el cine se queda en silencio. Se ve que esto no es la primera vez que sucede; están ya acostumbrados y pronto retorna la normalidad. Entonces empieza la película.

I pagliacci transcurre como un drama serio y apasionado, con las páginas más famosas de la partitura de la ópera homónima como banda sonora. Las principales arias son interpretadas por el célebre tenor Beniamino Gigli, cuya voz es inconfundible, y que aparece en las imágenes en su entorno natural, es decir, cantando en el teatro. Los actores dan vida a la historia con intensa compostura. Son todos muy conocidos del público: los popularísimos Carlo Romano y Alida Valli y el austriaco Paul Hörbiger.

Tras salir del cine, la familia se dirige a la cercana Piazza del Popolo para pasear durante un rato. Después se sientan en la terraza de un café que está bastante concurrida al inicio de la Via de Rippeta, detrás de la iglesia de Santa Maria dei Miracoli. Allí don Mario se muestra contento. Hace una somera crítica de la película y luego dice con aire entusiasta:

—Beniamino lo ha hecho muy bien. Todo sea dicho. Aunque la voz grabada… En fin, no es lo mismo que oír al tenor en directo en el teatro.

A sus hijos y a su esposa les agrada que esté satisfecho finalmente por haber ido.

Y él, que no está dispuesto a darles totalmente la razón, añade sentenciando:

—No ha estado mal la cosa. Pero nada como la ópera.

En ese instante, se oye un repentino revuelo en alguna parte. Hay voces exaltadas, carreras y gente que viene en tropel desde la Piazza del Popolo. También aparece en sentido contrario un escuadrón de la policía, con hombres a pie y a caballo.

La familia Daureli se queda como paralizada, sin saber qué hacer en aquel momento.

Hasta que Gian Carlo Grita:

—¡Es un tumulto! ¡Vámonos!

Los cinco se levantan y huyen de allí por una calle que cruza perpendicularmente. Y cuando están cerca del Tíber, tienen la suerte de encontrar un taxi parado junto a la acera.

Cariacontecidos, nerviosos y en silencio, montan y recorren la ciudad hasta su casa.

Nada más entrar, todavía en el recibidor, don Mario enciende su pipa y masculla mientras fuma:

—Esta situación es ya insostenible…

Gian Carlo lanza hacia la ventana una mirada cargada de rabia y dice:

—Hay que echar abajo a Mussolini, papá… Hay que derribarlo o arruinará Italia del todo…

El coronel mira a su hijo con amargura y asiente:

—Sí, hay que derribarlo… Pero Italia ya está arruinada…

—¡Callad, por Dios! —grita doña Gianna desde el salón—. ¿Cómo se os ocurre decir esas cosas? ¿Os habéis vuelto locos? ¡El Duce tiene un plan y lo llevará a buen término! ¡Italia vencerá!

Su esposo suelta una risotada cáustica y contesta:

—*Sì, vincerà y si resterà con un pugno di mosche in mano!*

Doña Gianna escucha el dicho italiano «¡Sí, vencerá y te quedarás con un puñado de moscas en la mano!», utilizado cuando se quiere expresar que algo acabará siendo un fiasco, y murmura palabras ininteligibles desde el salón. Y don Mario fuma en el recibidor ya en silencio, perdido en sus pensamientos.

Mientras tanto, sus hijas están atareadas, completamente ajenas a la discusión política que acaba de concluir. Ellas tienen preparada la segunda parte de la celebración del cumpleaños y no están dispuestas a que nada estropee la sorpresa final. La comida será en la terraza que hay en el último piso del edificio, donde ya tienen preparada la mesa bajo un cenador hecho de enredaderas que proporciona una buena sombra. La vista es maravillosa, con las cúpulas de las iglesias brillando bajo el sol del mediodía. Hace calor, pero merece la pena soportarlo. Están colocando rosas sobre el mantel, entre los cubiertos de plata y las finas copas labradas. Las sirvientas han estado cocinando un buen almuerzo en secreto y lo tienen ya arriba. Desde los tiempos en que vivían los abuelos, y hasta antes de la guerra, las fiestas familiares de primavera y verano las celebraban allí. Esta terraza se inundaba de momentos felices, cuando se reunían en ella los corazones animados por las alegrías de la vida, y las bocas se hacían agua por los platos de apetitosa comida que se ofrecían fiesta tras fiesta, como la *pasta arrabbiata*, la *saltimbocca*, la *coda alla vaccinara* o el *abbacchio*, sin que nunca faltaran unas lágrimas de tristeza en medio de la alegría general por el recuerdo de los que ya no estaban en este mundo o la evocación nostálgica de la vieja casa de campo de los Abruzos.

Un rato después, cuando todo está listo, Orlena baja y le pide a su padre que suba a la terraza. Él remolonea alegando que está cansado. Ella insiste y, finalmente, el coronel obedece, aunque a regañadientes. Cuando llegan, ya está arriba el resto de la familia en torno a la mesa. En el centro hay una fuente con *pollo alla cacciatora*, que es el plato favorito de don Mario: pollo cortado en trozos, dorado en una sartén y rehogado con cebolla, apio y zanahoria.

Hay un momento de silencio expectante. Todos miran la cara del padre. Él observa el guiso con los ojos brillando de emoción. Luego se vuelve hacia Orlena y pregunta visiblemente extrañado:

—¿Y esto? ¿De dónde ha salido?

Su asombro está motivado por el hecho tan simple de que el pollo hace ya mucho tiempo que se convirtió en un alimento tan raro como exquisito.

Responde Orlena, puesto que es ella quien se encargó de traerlo:

—Hace ya tres semanas fui al mercado de la Piazza di San Cosimato y lo encargué. No ha sido fácil conseguirlo, papá. Digamos que ha sido un milagro. Pero tú te lo mereces todo…

—Habrá costado una fortuna —dice retraídamente el padre.

—¡Bah!, no ha sido para tanto. Y debes saber que lo hemos pagado entre todos.

Entonces interviene Gina para decir alegremente:

—¡Y las verduras están cultivadas ahí mismo!

Miran todos hacia donde ella señala con el dedo. Frente a ellos, al otro lado de la calle, se ve una gran terraza que está enteramente cubierta de vegetación. Es lo que se conoce por entonces en Roma como «jardín de guerra»: un espacio dentro de la ciudad que tal vez fuera un precioso jardín en otro tiempo y que ahora ha sido convertido en un auténtico huerto. Se trata de una de las muchas formas de supervivencia de la población romana en la penuria. Por todas partes, dondequiera que hay un pequeño lugar susceptible de ser rellenado con tierra, se cultivan hortalizas.

—Nuestros vecinos me vendieron el resto de los ingredientes —explica Gina.

—¿Ves, esposo? —dice admonitoriamente doña Gianna—. Siempre hay que dar gracias a Dios.

Él asiente emocionado y se acomoda en la cabecera de la mesa. Entonces las criadas bajan los toldos y se arma la fiesta familiar, siempre con cuidado para no escandalizar a los vecinos. En medio de la escasez en que viven desde hace más de dos años, la sola contemplación de aquella comida los deleita y causa sentimientos elevados en todos. Pero no olvidan ni por un momento que la penuria los rodea y que seguirá mañana.

El padre sirve el vino con mucha elegancia y refinamiento. Su chaqueta de lino crudo, los perfectos movimientos de sus manos de militar, con su anillo con el escudo familiar, su calma y su buena disposición de paterfamilias los cautivan como solía suceder en otra época mejor. También la madre está adornada con sus mejores joyas y está vestida con la distinción que corresponde. Sonríe extrañamente, sin mostrar demasiado sus sentimientos, pero se nota que está contenta en el fondo.

La comida no se alarga demasiado, pues el calor empieza a ser agobiante. Entonces todos bajan al piso principal y se sientan en el salón para brindar con un licor. Don Mario prefiere la ginebra, a la cual se aficionó en su vida de marino. Los demás toman amaro en delicadas copas.

La mesa y las sillas son de caoba y tienen incrustaciones de nácar; hay un aparador al fondo, con espejo, una mesita lacada con una sopera de plata y un estante con libros. Encima de una columna de mármol, una estatua de bronce representa al emperador Augusto. También, en un rincón, hay otra estatua del mismo metal: un perro de caza sentado. Los sillones son elegantes y cómodos, tapizados con terciopelo verde oscuro, y las patas están inspiradas en columnas griegas. Las alfombras y cortinas cubren todo lo demás y contribuyen a proteger la casa de la luz del sol y a esconder las motitas de polvo que escapan al rígido control de las sirvientas… Todo ese conjunto crea el «ambiente», el marco en el que vive toda una clase social romana. Las ventanas tienen puertas correderas y contraventanas de madera cuidadosamente pintadas. Las habitaciones sugieren armonía, higiene, buenas costumbres, temor a Dios y al orden establecido. Las estancias centrales son amplias y bien diseñadas, con una chimenea en la sala principal. Una escalera interior conduce a los dormitorios. Pocos ruidos turban la paz de la casa, que a esa hora está en penumbra. Por en medio de un pesado cortinaje, una franja delgada de irradiación solar entra y corta el suelo de madera y se reparte entre las mesas antiguas, los sofás forrados de damasco rojo, el piano, la loza en las vitrinas y las botellas de licor con etiquetas plateadas. La cocina es amplia y luminosa; huele a limpio, a mojado y a naftalina.

Más tarde, pasadas las siete, el toque de queda obliga a bajar las persianas. Entonces la iluminación interior es cálida, merced a las tulipas de seda de las lámparas. Mientras conversan, suena la música en el viejo gramófono: largas y apasionadas arias de las óperas de Puccini y Verdi, que se alternan con la música de los años 20; los discos de la colección heredada del aristocrático abuelo.

Gina se levanta y lo apaga. Ahora enciende la radio.

Están cantando Enzo Aita y el Trio Lescano la célebre canción *Ma le gambe*:

Quando noi vediamo
una ragazza passeggiar,
cosa facciam?
Noi la seguiam…

(Cuando vemos
una niña paseando,
¿qué hacemos?
La seguimos…).

Doña Gianna se queja:

—¡Qué estúpida canción! ¿Por qué habéis quitado los discos del abuelo?

Nadie le hace caso. Los tres jóvenes están bailando.

Entonces la madre adopta un tono todavía más firme y exasperado:

—¡Eso sí que no! Una cosa es celebrar el cumpleaños de papá y otra… ¡Por Dios, que estamos en guerra!

—¡Déjalos que disfruten! —protesta irritado el padre—. Les han robado la juventud… ¡Maldita guerra!

Doña Gianna se encara con su esposo:

—Esa no es manera propia de hablar para un militar… ¿Y tu honor, Mario?

Orlena se sitúa sonriente entre ellos y suplica:

—No, por favor, hoy no discutáis… ¡Hoy no! Vamos a olvidarnos de la guerra, aunque solo sea por un día. Mañana es lunes y todo volverá a ser igual que siempre… Pero todavía es domingo. Un poco de paz, por favor.

Vuelve a reinar la calma en la familia. Se siguen escuchando las canciones de la radio. Y más tarde, después de una frugal cena, los padres se retiran a sus dormitorios. En el salón se quedan los tres jóvenes y conversan largamente sobre sus problemas.

Por primera vez, Gian Carlo se sincera delante de sus hermanas. Cuenta su peripecia en la guerra, la huida, el abandono por parte de sus superiores, el miedo, el hambre, la sed, el sol abrasador de África… Está destrozado por el recuerdo de todo eso. Además, desde hace unos días está tratando de regularizar su situación en la PAI (Policía Africana de Italia), lo cual es para él humillante, porque no le reconocen la antigüedad ni los sacrificios pasados; por el contrario, le han abierto un expediente de sanción y está pendiente de que le llamen a juicio. Está amargado porque, para colmo de males, sigue siendo considerado un cobarde.

—No te preocupes —le dice Orlena—. Te admitirán de nuevo. No pueden permitirse el lujo de prescindir de ningún hombre. Y menos de alguien como tú, hermano.

Él sonríe ufano y agradecido, mientras asiente con un leve movimiento de cabeza.

—¿Y si le mandan de nuevo al frente? —pregunta Gina con desazón.

Se hace el silencio. Un silencio que se extiende por toda la ciudad, porque son ya las once menos cuarto de la noche; la hora de las noticias. Pero la radio también ha callado, extrañamente, y reina una especie de tensión en la caldeada atmósfera. Los tres miran hacia el aparato. Durante unos minutos, solo se oye un monótono y tenue ruido de fondo.

—¿Se habrá estropeado? —murmura Gian Carlo.

Pero, en ese instante, empieza a hablar el locutor en un tono forzadamente templado, aunque no exento de un apreciable nerviosismo:

> *Atención... Atención... Su majestad el rey y emperador Vittorio Emanuele III ha aceptado la dimisión de los cargos de jefe de Gobierno y secretario de Estado de su excelencia el* cavaliere *Benito Mussolini, y ha nombrado como jefe de Gobierno y secretario de Estado al* cavaliere *mariscal de Italia Pietro Badoglio...*

Tras este anuncio, hay un breve silencio. Luego el locutor añade con firmeza:

> *La guerra continúa. Italia cumplirá su palabra.*

Seguidamente suenan los acordes de la *Marcia reale*.

Los tres hermanos siguen mirando fijamente el aparato de radio, estupefactos, mientras escuchan la marcha real. Tardan un momento en asimilar lo que acaban de oír. Luego Gina se pone de pie de un salto y grita fuera de sí:

—¡Se acabó! ¡Dios mío!... ¡Se acabó Mussolini!

A su lado, Orlena se echa a llorar. Mientras tanto, Gian Carlo también se ha levantado; descorre la cortina y levanta la persiana. La ciudad está a oscuras, como ordena severamente el toque de queda, pero una luz se ha encendido en un edificio cercano. Luego otra luz, otra al lado, y otra más... Poco a poco, se van iluminando las ventanas y la gente se asoma a las calles. Y una fuerte y recia voz grita en alguna parte:

—*Abasso Mussolini!*

Es como si de repente se hubiera caído un muro y toda Roma parece cobrar vida de pronto. Las voces arrecian en todas partes:

—¡Viva la libertad! ¡Fuera el fascismo! ¡Muerte a Mussolini!…

Don Mario entra en el salón, en pijama y con el pelo blanco alborotado. Lleva en la mano el libro que estaba leyendo en su cama.

—¿Qué pasa? —pregunta demudado—. ¿Qué voces son estas?

—¡Papá, han echado a Mussolini! —grita Gian Carlo—. ¡El rey lo ha destituido!

También aparece la madre con su bata de seda rosada. Ha oído lo que ha dicho su hijo y se queda muda por la impresión. Camina tambaleándose hasta el sillón y se deja caer en él, presa del pánico.

Gina descorre del todo las cortinas, enciende las luces del salón y exclama embriagada de alegría:

—¡Se acabó! ¡Se acabaron Mussolini y su maldita guerra!

—¡Calla, insensata! —le espeta su madre con una voz desgarrada—. ¡Callaos todos! ¡Por el amor de Dios! ¿Os habéis vuelto locos? ¡Apagad esas luces! ¡Es mentira! ¡Todo eso es falso! ¡No os dejéis engañar! ¡Son los comunistas!… ¡El Duce no puede caer! ¡No, eso no!

18

Roma, lunes, 26 de julio de 1943

Gina despierta envuelta en sudor. Quizá se durmió no hace mucho, pues aquella noche la había pasado casi entera en vela, por la emoción y el sobresalto que originó en su espíritu la noticia de la caída de Mussolini. Toda la familia permaneció en el salón hasta muy tarde, tratando de sintonizar en el aparato de radio las emisoras extranjeras para tener mayor información, puesto que el canal nacional italiano no dijo nada más después del comunicado oficial. Don Mario se propasó con la ginebra y tuvo que irse a acostar algo ebrio, después de haberse desahogado a gusto y de haber incluso proferido reniegos, maldiciones y algunas palabras malsonantes que escandalizaron a su esposa. También los tres hijos bebieron más de la cuenta, arriba en la terraza, donde subieron para disfrutar con el maravilloso espectáculo del cielo estrellado sobre aquella Roma que había decidido saltarse el toque de queda al menos por una noche. Doña Gianna, sin embargo, estuvo contrariada, malhumorada y llena de espanto, porque la asustaban los acontecimientos, y no encontraba a nadie sobre quien volcar su cólera más que sobre los comunistas, acusándolos de ser la causa de toda esta desgracia y proclamando admonitoriamente que «si vivieran como viven los verdaderos cristianos, en calma y en paz, no se habrían encendido estas ascuas que han acabado con Mussolini». Antes de retirarse, su esposo la miraba con desdén y masculló mientras fumaba en pipa:

—Estoy de acuerdo contigo, querida: los comunistas son una gentuza. Pero no son ellos quienes tienen toda la culpa…

—¡Por supuesto que no! —replicó ella—. También son culpables los ingleses y los americanos ¡Esos masones!

—Todos los ingleses y americanos no son masones, querida; la mayoría son tan cristianos como tú. ¡Y no hables de lo que no sabes! Que a veces pareciera que vives en la Edad Media...

Ella acogió estas palabras con una indiferencia orgullosa, y luego fue a encerrarse en su dormitorio, donde estuvo llorando a solas, muy preocupada para hacer audibles sus gemidos despechados.

La ciudad vivió aquella noche como en una suerte de fiesta inesperada. Se olvidó de la guerra, del hambre y del bombardeo. La gente se echó a las calles y anduvo hasta muy tarde entregada a un jolgorio loco que parecía irreal. Creyendo ilusamente todo el mundo que al día siguiente amanecería como si se despertaran de una larga pesadilla; que la vida recobraría su color, su paz y su alegría, sin el enfático y arrogante Mussolini, sin la opresiva sombra de su amigo Hitler sobre las cabezas, ni los temidos aviones, ni las lejanas desventuras de los pobres soldados en el frente...

El poco rato que había dormido, Gina lo había hecho muy hondamente, sumida en sueños dulces y oyendo las voces interiores de su fantasía. Como si en aquel estado profundo se hubiera liberado su espíritu de todas las cadenas y temores.

Al despertarse, enseguida piensa en Betto. Se recrea recordando y celebrando lo que ha pasado. Seguramente él también lo sabrá ya, y se alegrará inflamado con la idea de la lucha misma, del final del fascismo y la libertad recién estrenada. Pero este entusiasmo de Gina acaba enturbiándose, mientras su alma se inunda de tristeza con la idea de la muerte, sin comprender claramente aquello que ronda a su alrededor de cerca o de lejos... ¿Qué va a suceder a partir de ahora? ¿Y si a él le diera por precipitarse de manera inconsciente a hacer alguna locura? ¿Y si acabaran matándole? Ahora precisamente, cuando ya el fascismo toca a su fin...

Está todavía acostada, agitada por estos pensamientos, y decide levantarse. Pero de repente algo llama su atención: un ruido extraño y lejano o un murmullo en los oídos; y para asegurarse de esta sensación, abre los ojos y mira a su alrededor en la oscuridad de la habitación. Lo que está oyendo son voces en la calle. Salta de la cama y se precipita hacia la ventana. La intensa luz exterior deslumbra sus ojos. Está amaneciendo y un turbión de gente, caminando y en bicicleta, va subiendo por la Via Arenula hacia el centro. Ciertamente es una realidad y no una alucinación lo que ha llamado su atención. Son unas voces fundidas en una sola, magnífica e indiferenciable, que se oyen en la distancia como el rugido de las olas a lo lejos. Y ahora, cuando empieza a arreciar, se le podría llamar clamor, o más bien clamor que crece, pues la multitud afluye por todas las calles adyacentes. Su pecho es presa de agitación, mientras los murmullos se van elevando. Luego le llega por la espalda un ruido de pasos que se acercan con rapidez y estrépito. La puerta de la habitación se abre. Es Orlena, que ya está levantada y vestida para irse al hospital, y que viene para anunciarle:

—¡Una manifestación! ¡Gina, mira!

—¡Ya lo estoy viendo! —contesta la muchacha, con la cara transida por una gran emoción.

—Vienen desde todos los barrios. También he visto salir a la calle a muchos vecinos nuestros —explica Orlena—. La gente se reúne espontáneamente para poner de manifiesto que está de acuerdo con lo que ha hecho el rey.

El corazón de Gina palpita y, a la vez, sus ojos se llenan de un brillo de alegría e inquietud. Mientras tanto, el bullicio va avanzando hasta hacerse patente en un griterío que trona y alborota en todas direcciones alrededor del edificio. Volviendo a resonar las frases y nombres que habían llenado la noche anterior, después de las noticias de la radio:

«*Abasso Mussolini!* ¡Viva la libertad! ¡Fuera el fascismo! ¡Muerte a Mussolini! ¡Viva Garibaldi!…».

Orlena mira a su hermana con aire de preocupación, diciendo:

—Van hacia Piazza Venezia. Esperemos que no haya un tumulto si los fascistas reaccionan con violencia. Hasta ahora todo esto parece pacífico. Pero… ¡quién sabe! En fin, yo me marcho al hospital. En dirección al Tíber la calle está más tranquila. ¿Tú qué harás?

—Nada en particular —miente Gina—. Por el momento, me quedaré aquí, en la ventana, viendo todo eso, y disfrutando con ello.

Orlena se despide y se va preocupada.

Apenas se oye la puerta cerrarse, Gina se viste apresuradamente. Recorre los pasillos con sigilo, sin encontrarse a ningún otro miembro de la familia, y sale deprisa de la casa.

Ya en la calle, la envuelve aquella multitud que camina exaltada hacia el centro de Roma. Ella siente un repentino estremecimiento. Sin embargo, recibe esta situación con una alegría infantil, olvidándose de valorar las consecuencias, debido a su ardiente tendencia a aventurarse y ser libre. Y de esta manera, va como llevada en volandas por la Via Arenula, unida a aquella masa vociferante; y recorre después, en apenas diez minutos, el trayecto que hay hasta Piazza Venezia. Allí se encuentra con un bullicio aún mayor. Se respira un aire festivo, ligero y lleno de risas y canciones; pasan constantemente camionetas llenas de muchachos que ondean enormes banderas tricolores y que van quién sabe dónde. A su paso, la gente corea las repetidas consignas en contra del dictador y a favor de la libertad.

De pronto, un hombre grueso se asoma a un balcón en camiseta y grita con voz potente:

—¡Atención! ¡Viene el Duce!

Se hace un silencio lleno de confusión en torno a aquella casa. Todos miran hacia el balcón. Y el hombretón arroja un gran retrato de Mussolini, exclamando:

—¡Ahí va el Duce!

El cuadro se estrella contra la calzada, saltando los cristales y la madera del marco en mil pedazos. Hay una risotada general y un aplauso. Los chiquillos saltan sobre el retrato y lo pisotean, escupen sobre él y gritan fuera de sí:

—*Abasso il Duce! Abasso! Abasso!...*

Gina se deja invadir por esta marea y siente el estremecimiento revolucionario que flota en el aire, haciendo lo propio y gozando con él. Camina deprisa entre la multitud, en dirección al *palazzo* Venezia. Detenida en la acera, pegada a la pared, allí se queda todavía más sorprendida al ver la soltura con que la multitud se ha apoderado del lugar. Porque las inmediaciones de la galería donde daba sus discursos Mussolini, hasta el día de ayer, parecía que hubieran sido borradas de la topografía de la ciudad; estaba prohibido circular por allí o detenerse en cualquier sitio; y si alguien se atrevía a hacerlo, la guardia *presidenziale* inmediatamente se acercaba y pedía la documentación, aconsejando con aire misterioso al incauto transeúnte que se alejara lo antes posible. Por esa razón, cerró el antiguo café Faraglia, célebre por su refinamiento y elegancia, que estaba frente al palacio. También se había vuelto imposible hospedarse en los hoteles de al lado y no se podía tomar el sol sentado en las escaleras de la iglesia de Santa Maria al foro de Trajano. En cambio, esta mañana todo aquello es una fiesta, en la que los muchachos corren portando escaleras para encaramarse a los muros y arrancar y derribar los relieves y banderas con los símbolos fascistas, los escudos del dictador y las efigies, bustos y estatuas. Ante aquel inusitado espectáculo, las preguntas surgen inevitablemente: ¿y la guardia *presidenziale*? ¿Y los temidos escuadristas fascistas? ¿Dónde están ahora los batallones «M» cuya sola mención bastaba para que las calles se vaciaran? ¿Qué le pasa ahora a Roma y a la gente? En vez de eso, se pavonean frente al *palazzo* Venezia los que aparentemente son los líderes de aquel exaltado y espontáneo movimiento social; y los sigue un cortejo tumultuoso de estudiantes, artistas, obreros, hombres bien vestidos, mujeres envalentonadas y mocerío de todo género. Es una repentina y nueva situación, asombrosa, cuyo ímpetu sirve, consciente o inconscientemente, para cincelar los elementos esenciales en el espíritu de la joven. Está viendo con sus propios ojos escenas, antes inimaginables, que se afirman en lo más profundo de su ser como fuerzas impresionantes y sugestivas. Aunque, frente a sus innegables significados, ella guarda una actitud de continua zozobra por el pavor que al mismo tiempo siente.

Y de repente, nota que una mano la agarra del brazo y tira de él con fuerza. Se vuelve y ve la cara radiante de Betto, que sonríe diciendo:

—¡Gina! ¡Por fin!

Ella se abre camino a empujones entre la gente hasta él, que sigue tirando de su mano. Y estalla en lágrimas, tratando de decir algo. Pero Betto pone el dedo índice sobre su boca y murmura:

—¡Chist!

Luego la besa en los labios, mientras ríe jubiloso y repite:

—¡Por fin, Gina! ¡Por fin!

19

Roma, miércoles, 28 de julio de 1943

Habían dado las doce del mediodía cuando fray Leonardo pudo disponer, tras una ajetreada mañana, de un breve respiro para reunirse con la cúpula directiva del hospital. Están con él en su despacho el médico jefe, doctor Borromeo, y el ecónomo, fray Maurizio Bialek. Los tres conversan sobre la nueva situación política. Están preocupados por los acontecimientos, pero ninguno de ellos oculta su entusiasmo ni su esperanza en que pronto surja un escenario más favorable para los italianos. Han leído las noticias y comparten los detalles que conocen de todo lo que sucedió en los días anteriores.

Borromeo cuenta que, después de que se hiciera pública la destitución de Mussolini, grandes muchedumbres se habían dirigido a la Piazza Venezia, para insultar al dictador defenestrado bajo el famoso balcón donde solía hacer sus apariciones ante las multitudes clamorosas.

—¡Qué vergüenza! —se queja el médico, con amarga ironía—. Los extranjeros se estarán riendo de nosotros, por haber vitoreado primero a ese títere sin cabeza durante años para, ahora, de la noche a la mañana, vituperarlo en el mismo sitio. Quienes hasta ayer se pavoneaban con la insignia fascista en la solapa o la camisa negra, ahora presumen de antifascistas. Los que la semana pasada gritaban: «*Duce!*», ayer mismo ya estaban proclamando: «*Abasso Mussolini! Evviva Badoglio!*». ¡Menudo espectáculo! ¡Es repugnante!

—Es la naturaleza humana —observa con resignación fray Leonardo—. La guerra los ha transformado. Estaban ciegos con su sueño de gloria y se han despertado entre escombros.

Hay un silencio muy elocuente, en el que todos se miran con aire circunspecto.

Después el polaco fray Maurizio refiere lo que unos empleados del hospital le habían contado:

—El lunes, en plena madrugada, también se congregó una multitud en la plaza de San Pedro para aclamar al papa, porque estaban seguros de que, por fin, Pío XII iba a ser capaz de conseguir la paz para Italia. Incluso muchos de ellos creen que es el propio papa quien ha hecho que el rey tire abajo a Mussolini…

—¡Qué ilusos! —le interrumpe Borromeo, haciendo un gesto de profundo desprecio—. ¡Pobre Pío XII! Ayer me dijo alguien de confianza que en el Vaticano fueron los primeros que se quedaron atónitos ante lo que sucedió el domingo por la noche. Como igualmente los cogió por sorpresa a los alemanes, por muchos espías que tengan en todas partes. Ni Hitler, ni el astuto diablo… Nadie lo sabía, nadie podía saberlo; excepto Dios y, seguramente, el rey y Badoglio…

—A ver qué pasa a partir de ahora —dice fray Leonardo con inquietud—. Ni el papa ni nadie puede predecir lo que sucederá mañana. Pero estamos en manos de Dios… ¡El Omnipotente, que todo lo sabe, nos asista!

—Sí —opina convencido fray Maurizio—. Confiemos en Dios. Pero seguro que el rey tiene un plan. Seguro que ya estará en conversaciones con los ingleses y los americanos para sacarnos de la guerra.

—No sé —replica escéptico Borromeo—. De momento, ha manifestado sin reservas que la guerra continúa. Dicen por ahí que el rey y Badoglio tiemblan solo al pensar en lo que estará tramando Hitler en caso de ser traicionado. Y no sé qué será peor: que nos bombardeen los americanos o que lo hagan los alemanes.

La sombra de aquellas suposiciones parece cernirse sobre la reunión. Todo es incertidumbre en ese momento y se quedan en silencio, mirándose. Hasta que fray Leonardo dice con aire esperanzado:

—Pues todos los italianos con los que hablo están completamente seguros de que eso que dijo el general Badoglio en la radio, «la guerra continúa», es solo una táctica para guardar las apariencias; y que muy pronto se firmará la paz con los ingleses y americanos. No puede ser de otra manera. Si no fuera así, ¿para qué se han quitado de en medio a Mussolini?

—Padre —pregunta Borromeo, en tono cáustico—, ¿eso se lo ha dicho don Vincenzo?

—¡No, por Dios bendito! —responde con rotundidad el vicario—. A don Vincenzo no he vuelto a verlo desde el sábado. Estaba angustiado, porque se temía lo peor... Ahora seguramente estará descorazonado, pues es un fascista convencido.

—¡Es un fanático! —exclama con voz tonante Borromeo—. ¡Como todos ellos! Y espero que todos paguen por lo que le han hecho a Italia. El primero Mussolini. Deberían ser juzgados todos. ¡Y don Vincenzo es tan culpable como todos ellos!

Vuelven a quedarse en silencio. Luego fray Leonardo mueve la cabeza con pesar en el rostro y dice:

—Don Vincenzo es fascista, en efecto. ¿Y quién no era fascista hasta anteayer? Pero gracias a don Vincenzo hemos podido tener alimentos y muchos medicamentos durante esta mala época. Además, no hizo caso de la denuncia del señor Santino. Si le hubiera hecho caso, nos habríamos encontrado en un grave problema. La acusación de haber incumplido la ley racial nos habría afectado a todos nosotros.

—¡No lo llame ley, padre! —protesta Borromeo—. ¡No es ley, sino infamia! ¿Cómo vamos a llamar ley a echar a un médico de su trabajo por el solo hecho de ser judío?

—En eso estamos de acuerdo —dice el vicario, levemente molesto—. ¡Y usted lo sabe de sobra! Pero si, en vez de a don Vincenzo, la denuncia hubiera llegado a otra parte, ¡Dios sabe qué hubiera pasado! Sin embargo, ahí está el doctor Sacerdoti, cumpliendo con su trabajo aun siendo judío. Seamos justos, por el amor de Dios.

—Sí, sí —asiente fray Maurizio—. Y esperemos que ahora el rey derogue esa ley injusta. No se puede seguir considerando enemigos a los judíos, cuando son hermanos y conciudadanos nuestros. Y sabiendo además lo que los alemanes están haciendo con ellos en otras partes del mundo. En mi tierra, Polonia, se los llevan y no vuelven nunca más a sus ciudades y a sus casas. Todo el mundo sabe ya allí que los matan...

Hay un nuevo silencio, todavía más largo y acongojado esta vez. El fraile polaco ha contado ya varias veces eso, pues recibe noticias de su país y, aunque sin demasiados detalles, tiene conocimiento de estas cosas terribles que los nazis hacen por todas partes.

Al cabo de un rato, fray Leonardo masculla, meneando la cabeza, horrorizado:

—Eso no puede ser, no, eso no puede ser… ¡Cómo va a ser cierto eso, Virgen santísima!

—No lo dude, padre —dice el polaco—. Eso está pasando y los alemanes ya no pueden ocultarlo, puesto que es un secreto a voces. Los demonios nazis están asesinando a miles de criaturas en los campos de concentración; tal vez sean millones… Pero ya sabe usted lo que dejó dicho en el Evangelio nuestro Señor: «Nada hay escondido que no haya de salir un día a la luz».

20

Roma, lunes, 2 de agosto de 1943

Acaba de amanecer y Orlena camina deprisa por la Via del Portico D'Ottavia, en dirección al Ponte Fabricio, para ir a su trabajo en el hospital de la isla Tiberina. En las ventanas de los edificios que encuentra a su paso hay banderas tricolores y retratos del rey y Badoglio. Los autobuses que transitan llevan grandes carteles con vítores escritos. Una camioneta de reparto va envuelta con una gran sábana en la que dice: *Se acabó Mussolini*. En la calle todavía hay signos del júbilo espontáneo y sencillo que ha reinado en Roma durante toda la semana anterior; pero la gran fiesta, explosiva y loca, ya cedió ante la triste realidad de la vida austera que continúa. Ahora todos se sienten más tranquilos; actores y espectadores por igual de lo que esté por suceder, y aguardando que un día u otro se anuncie, por fin, el final de la guerra. Por supuesto, también hay gente encerrada en sus casas, paralizada por miedo a las represalias que puedan sobrevenir; y otros muchos que lloran por el mito caído. Pero, en general, el júbilo y la esperanza de los ciudadanos parecen ser auténticos, de buena fe, cualesquiera que hubieran sido sus ideas y actitudes hasta la caída del Duce. Durante siete días, la gente ha dado vivas muestras de un sentimiento que es como un enorme alivio, una catarsis liberadora y pacífica. Es el natural regocijo de aquellos que de pronto se encuentran curados de una larga enfermedad, comprendiendo que antes no eran conscientes de lo enfermos que estaban. Los jóvenes, sobre todo, experimentan la genuina emoción de sentirse libres, aunque no conozcan otro régimen y solo hayan soportado el peso de una dictadura que tal vez consideraban la única forma de gobierno posible.

Para Orlena, el inesperado y repentino cambio que se ha producido solo puede significar una cosa: el fin de la guerra y el regreso de su novio del frente. Si bien sigue siendo todavía tan cierto lo que la radio dijo la noche de aquel domingo, «La guerra continúa», nadie cree que eso vaya a sostenerse durante mucho tiempo ahora que Mussolini ha desaparecido. Con estos pensamientos ilusionados, la joven llega a la cabecera del Ponte Fabricio. Lo cruza con el mismo paso firme y rápido que la ha llevado hasta allí. Esta mañana por fin sopla en Roma esa brisa suave de agosto que refresca el aire. Mira hacia el río y ve las alegres bandadas de pájaros que se desperezan y se remueven ruidosas entre los árboles de las orillas. Y cuando sus pies están ya en la isla, ve de pronto que alguien la espera delante de la fachada del hospital; es una mujer a la que conoce bien, la señora Agostina, la madre de su novio. Está allí de pie, en la luz del umbral. Lleva un vestido negro y un sombrero de piel también negro, y sujeta el bolso carmesí con ambas manos por delante de su regazo. Viste siempre así por ser viuda. Su marido murió en la Gran Guerra y el novio de Orlena no llegó a conocerlo. Vive en Colonna con su anciana madre, a unos treinta kilómetros de Roma. Es una mujer fuerte e inteligente. Un poco brusca, quizá, pero tiene una buena cabeza sobre los hombros y el corazón en su sitio.

Orlena se extraña al encontrarla allí a esa hora, pero se alegra al verla. Hace una semana hablaron por teléfono para tratar sobre algunos asuntos de la boda y quedaron en que debían verse pronto. Por eso, en el instante en que sus ojos se encuentran, ella sonríe. Pero enseguida se da cuenta de que una nueva y desconcertante tristeza asoma en la cara de su futura suegra, que pone en ella una mirada de añoranza y malos presagios.

Cuando ambas están a metro y medio de distancia, y sin que medie saludo alguno, la señora Agostina dice con voz rota:

—Tengo muy malas noticias para ti…

Una inmensa desolación se adueña de Orlena al oír eso, y de pronto siente que está al borde de las lágrimas.

—¡Oh, no! No, no… —balbucea, mientras se acerca tambaleándose, invadida de pronto por una insoportable sensación de vulnerabilidad y desesperación.

—Enrico ha muerto —prosigue la señora Agostina, con una templanza insólita para el alcance fatal de lo que anuncia.

Orlena se rompe por completo, clava los ojos en el suelo y solloza con desesperación.

—Orlena, Orlena, debemos ser fuertes… Dejemos que su alma descanse en paz. Nos queda el consuelo de saber que siempre fue un buen muchacho… Ahora estará con Dios. Y también se habrá reunido en el cielo con su padre.

Hay un silencio cargado de tristeza y angustia. La joven se acerca aún más y busca el cuerpo de la señora Agostina. Esta la abraza y la besa en la frente, diciendo, esta vez casi a punto de echarse también a llorar:

—Cuando estuvimos hablando por teléfono, yo ya lo sabía… La carta llegó a casa hace un mes. Pero esas cosas no deben decirse por el aparato… Así que he venido para decírtelo. Temía que acabaras enterándote por ahí.

Orlena alza el rostro y la mira, transida de dolor, mientras las lágrimas caen de sus ojos sin parar.

—Qué pena… —gime—. ¡Dios mío! Y qué voy a hacer ahora… Yo le quería… ¡Le quiero tanto! ¡Enrico! ¡Maldita sea! ¡Maldita y condenada guerra! ¡Maldito Mussolini! ¡Maldito Hitler!…

—Yo también pasé por esto, mi pequeña. De todo se sale. Dios pondrá su mano y la Virgen María te ayudará. Eres joven, Orlena. El tiempo todo lo cura. Aunque ahora no puedas ver eso, yo te digo que saldrás adelante… ¡Hay que vivir, hija mía! ¡Hay que vivir y aguantar hasta que Dios quiera! Así que no desesperes.

21

Roma, miércoles, 11 de agosto de 1943

A primera hora de la mañana, Betto y Gina tomaron el tranvía en el centro y ahora se dirigen hacia la periferia de la ciudad, al municipio conocido en Roma como Delle Torri, donde van a participar en una manifestación y después en un mitin. Se hallan por ese motivo en un estado de ánimo inquieto y confuso, pues les resulta raro lo que ven a su alrededor en su viaje, como si todo fuera hasta ese día desconocido: el cielo tan azul, el aire transparente y las casas que parecen flotar en un espejismo jabonoso. Los dos jóvenes viajan de pie, firmes a pesar del traqueteo, y observan por la ventana del vagón a toda aquella gente que transita por las calles envueltas por una atmósfera que parece nueva. Están cogidos de la mano y disfrutan igualmente de toda esta madeja de pensamientos casuales, así como de todo lo demás; de la trama invisible de este miércoles veraniego, de los hilos bastos y enmarañados de los sonidos confusos que, simplemente, constituyen el revés de un tejido maravilloso que va cobrando vida para ellos. Y, sobre todo, flota sobre sus cabezas juveniles el presentimiento de algo increíble, de una sorpresa imposible y sobrehumana, que salpica sus corazones con una mezcla de audacia y felicidad. Los trabajadores del turno de noche están en las esquinas formando grupos que conversan en aquella especie de alivio colectivo, como si la responsabilidad de sus almas ya no fuera suya, sino de alguien que conociera el significado del futuro inmediato y estuviera esperando para actuar de manera contundente y definitiva.

El tranvía llega a Centocelle y se detiene en la Piazza dei Mirti. Betto y Gina descienden y se unen a un turbión de gente que llega por las cuatro esquinas hasta rebosar la plaza. Son hombres y mujeres de todas las edades y apariencias, pero, sobre todo, se ven campesinos y obreros de los muchos talleres y fábricas que hay en los alrededores. Hoy el trabajo ha sido interrumpido en todo aquel extenso barrio por una huelga tácita pactada con los patrones. Por eso, también se ve a varios reposados burgueses de poca monta.

La excitación domina a Betto, al encontrarse fundido con la masa ansiosa de libertad y justicia, y exclama con mirada soñadora:

—¡Por fin! ¡Mira, Gina, es la libertad que tanto hemos añorado!

Ella está igualmente emocionada y hay brillo en sus bellos ojos, que contemplan con su intenso iris azul todo lo que sucede a su alrededor.

De pronto, aparece en la distancia un modesto desfile comunista que se acerca, coronado con múltiples banderas rojas. Cuando llega a la plaza, el resto de la gente que está allí se retira hacia los lados y les abre paso por el centro. La mayoría de aquellos manifestantes parecen maltratados por la vida, algunos son cojos o enfermos, y hay muchas mujeres de aspecto humilde y niños sucios y andrajosos. Los hombres tienen los rostros atezados, llevan bigote, traje oscuro y sombrero; es el inconfundible aspecto de la clase social más humilde. Todos ellos corean los consabidos lemas revolucionarios y levantan los puños en alto, pero se aprecia en sus caras, en sus voces y sus ademanes un algo de cohibición, como un temor controlado.

Aparece también una ruidosa camioneta que va haciendo sonar su bocina para que la gente se aparte. En la parte de atrás vienen unos jóvenes que enarbolan un gran cartel, en el que hay una gran «M» escrita y tachada con una cruz. Ese escueto símbolo lo dice todo: es la eme inicial del nombre «Mussolini», anulado, derogado, prohibido…

—¡Betto, camarada! —grita de pronto alguien.

Un joven asoma entre la multitud su cabeza, tocada con un gran sombrero negro, y se acerca a trompicones agitando las manos. Al verlo, Betto exclama entusiasmado:

—¡Albano! ¡Amigo mío!

Se abrazan saltando de alegría ante la mirada atónita de Gina.

Ella sabe enseguida quién es ese amigo de Betto, aunque es la primera vez que le ve. Es Giuseppe Albano, un muchacho bajito, jorobado y de rostro astuto, terriblemente agresivo, desbocado, y famoso en los ambientes revolucionarios, donde era conocido como el Gobbo. Betto le había hablado muchas veces de él y le había contado sus locuras y extravagancias, que le conferían un halo de celebridad entre las bandas antifascistas clandestinas, a pesar de tener poco más de diecisiete años. Ahora que lo tiene delante, a ella le cuesta creer que este jovencillo vestido de obrero, pálido, contrahecho y delgado, pequeño, con manchas rojizas en la piel, vestido con una blusa agujereada y un pantalón remendado, pueda ser en verdad tan terrible revolucionario.

Albano mira a Gina de arriba abajo, sin ninguna cortedad, examinándola con unos ojos vivaces, y dice con ironía:

—Así que esta es la burguesita rubia.

A ella esto no le gusta nada y tuerce el gesto, contestando a su vez:

—Así que este es el… ¡El loco del Gobbo!

Albano se estira y suelta una risita burlona, sosteniéndole la mirada.

Entonces truena de repente una potente voz metálica sobre ellos:

—¡Abajo el fascismo!

—¡Abajo! ¡Abajo! ¡Abajo!… —grita la multitud entusiasta.

Uno de los jóvenes que está en la parte trasera de la camioneta tiene un megáfono y, lleno de pasión, hace resonar las consignas:

—¡Viva la libertad! ¡Fuera de Italia el fascismo! ¡Fin a la guerra!

A lo que la multitud responde con enardecidos vítores y aplausos.

—¡Adelante, camaradas! —insta el del megáfono—. ¡En marcha!

Parte la manifestación y se dirige desde allí hacia la escuela Fausto Cecconi, que está cerca, en la Via dei Glicini. Marchan deprisa, con decisión, sin dejar de corear los consabidos lemas antifascistas y revolucionarios. A medida que avanzan, parece afianzarse el entusiasmo y crece la excitación de la masa. Y así llegan al lugar donde va a tener lugar el mitin, delante de la escuela. Las verjas que cierran el atrio están abiertas de par en par. El gentío se va situando en el amplio espacio que hay delante de las grandes escalinatas que dan acceso a la puerta principal. Es un edificio magno y sobrio, construido con el genuino gusto del régimen fascista; fue inaugurado el 28 de octubre de 1933 y lleva el nombre del heroico aviador Fausto Cecconi, que se entrenó en sus primeros vuelos en el aeropuerto de Centocelle y conquistó el récord mundial de vuelo sin escalas. En la fachada aún lucen los fasces que han sido retirados en casi toda Roma. Pero en la balconada que hay sobre la entrada luce la bandera tricolor.

Allí aparecen los comisarios políticos que van a hablar. Toma la palabra el que parece ser el líder y comienza diciendo:

—¡Italianos! ¡Vosotros sois la fuerza! ¡Vosotros y nadie más! ¡Italianos libres! Todo lo que hay en Italia os pertenece. ¡Ya no hay fascismo!

Una ovación se levanta como un rugido.

—¡Ya no hay dictador! —prosigue el dirigente—. ¡Ya no hay tiranos fascistas enemigos de nuestra libertad! ¡Viva la libertad! ¡Exigimos al rey y a Badoglio que pongan fin a la guerra! ¡Fuera Italia de esta guerra asesina! ¡Fuera los alemanes de Italia!

—¡Fuera! ¡Fuera! ¡Fuera!... —grita la masa enfervorecida.

Pero, de repente, se produce un cambio en aquellas voces. Cesan los vivas y hay solo un rumor sordo. Todas las miradas se vuelven mirando en todas direcciones para descubrir a qué se debe aquel cambio de actitud que parece absurdo o incomprensible. Y el motivo se hace pronto patente: desde la Via dei Glicini, se ve venir una columna de soldados a pie, y en la cabeza, encima de un tanque, va un oficial joven, casi inmóvil, con la pistola en la mano. Las preguntas de la gente brotan llenas de inquietud:

—¿Qué es esto? ¿Quién envía esos soldados? ¿Ha vuelto Mussolini?...

La columna avanza hasta dividir a la multitud en dos, y las filas de soldados rodean el entorno de la escuela y la plaza que hay delante. Entonces la gente empieza a gritar y se inicia una conversación exaltada, febril, entre los manifestantes furiosos y los soldados que van formando un cordón en torno a la masa. Pero aquellos militares, pálidos, visiblemente incómodos, y absolutamente silenciosos, no hacen ningún gesto intimidatorio ni amenazan con sus armas. La gente se acerca a ellos sin miedo y los invita a gritos a negarse a cumplir con aquel deber que ya no tiene sentido, a mezclarse con ellos, a tomar partido contra el Duce y su régimen ya caído. Ese ardiente diálogo entre soldados y masas dura un tiempo cargado de incertidumbre y ansiedad.

Y de pronto, Gina se suelta de la mano de Betto y rompe el cordón de los soldados, pasando entre ellos y cruzando en un instante el espacio vacío que hay delante del tanque. Con decisión y agilidad increíble, sube por el costado del vehículo de guerra y, sorprendentemente, es tomada por el brazo por el joven oficial, que la iza hasta la torreta de la parte superior, junto a él. Aquello es como una señal llena de significado. La masa prorrumpe en un gran aplauso. La visión de aquella belleza rubia, vestida con una blusa blanca, como un verdadero ángel, deja a todo el mundo, soldados y manifestantes, sobrecogidos. Ella dialoga un instante con el joven oficial. Y luego sucede lo más increíble: el tanque, sin explicación, comienza a retirarse de la plaza, ante el regocijo general.

Cuando todos los soldados se han marchado, prosigue el mitin con algún discurso más, siempre en los mismos términos: pidiendo la paz, condenando el fascismo y exigiendo la ruptura de la alianza con Hitler. Más tarde la masa empieza a disolverse.

Gina y Betto se dirigen a la Piazza dei Mirti. La gente, que reconoce a Gina, la rodea y la felicita con admiración, tratándola como a una auténtica heroína capaz de enfrentarse al ejército sin miedo. Ella sonríe ufana. Parece incluso más bella, con el rostro resplandeciente, brillante por el sudor.

Y Betto, que la mira de soslayo con una expresión de asombro, le pregunta en un susurro:

—¿Qué es lo que le dijiste a ese capitán?

Ella suelta una carcajada mientras sube al tranvía. Se sientan y él insiste:

—Dímelo, por favor.

—No te va a gustar…

—¡Dímelo de una vez!

Gina le mira con un aire de audacia en los labios y un guiño malicioso. Luego responde:

—Le dije que un capitán tan apuesto no podía enfrentarse a sus compatriotas. Y también que no tenía cara de fascista. Entonces él me dijo en un susurro que no era fascista. Después dio la orden de retirada.

—¿Cómo eres tan pillina? —le espeta Betto, arrugando el gesto, con fingido desprecio—. ¡Se te ocurren unas cosas!

Ella ríe de nuevo, más sonoramente. Luego le besa con suavidad en los labios y le dice:

—Menos cara de fascista tienes tú, amor. Y sabes de sobra que eres mi vida.

22

Roma, viernes, 13 de agosto de 1943

A media mañana, los doctores Borromeo y Sacerdoti están en el laboratorio del hospital comprobando los resultados de unos análisis clínicos. Se han acercado a la ventana mientras hablan para observar con mayor luz las pruebas. De repente, ambos se alarman al escuchar el tremendo aullido de las sirenas. Se quedan inmóviles, mirándose con la extrañeza dibujada en los semblantes. Pero enseguida se estremecen al percibir la vibración de los cristales, debido a cuatro explosiones que suenan en alguna parte de la ciudad.

—¡Bombas! —exclama Borromeo—. ¡Otro bombardeo sobre Roma!

Por puro hábito, Sacerdoti mira su reloj y, empalidecido, dice:

—Las once. La misma hora que la otra vez.

Miran por la ventana y ven las bandadas de palomas que alzan el vuelo desordenadamente desde las arboledas del Tíber. Y a lo lejos, por encima de los tejados, el humo que se eleva formando columnas oscuras en el cielo despejado y azul. Un instante después, empieza el griterío de la gente por todos lados; las voces de terror, los chillidos de los niños y las ásperas órdenes llamando a guarecerse en los refugios subterráneos. Pero todo ello es ahogado por el estridente bramido de las sirenas, cada vez más fuerte.

—¡Vamos! —exclama Borromeo, apremiante, sujetando a Sacerdoti por el brazo—. ¡Debemos bajar a los sótanos!

—Habrá que dar órdenes a las ambulancias —dice el otro con

los ojos desmesuradamente abiertos por el pánico—. ¡Cuando dejen de caer las bombas tendremos que ir al rescate de los heridos!

En la ciudad retumba despectivo el bombardeo y crece el rugido de los aviones. Borromeo insiste con voz tonante:

—¡Rápido, bajemos al refugio!

Salen al pasillo y lo encuentran lleno de gente que corre despavorida hacia las escaleras.

—¡Es en Pigneto! —señala uno de los enfermeros—. ¡Lo están diciendo en la radio!

Una fila desciende atropelladamente a la planta baja para, desde allí, dirigirse por las angostas escaleras que conducen a los sótanos del vetusto edificio. Igualmente corren los frailes, el personal sanitario, los cocineros... Pronto se encuentran muy apretados todos ellos en los lúgubres espacios inferiores, junto a los cimientos, las paredes mojadas y los viejos pozos. Allí, en la penumbra, la piedra sobresale en la humedad y las aguas subterráneas corren por el suelo formando hileras pestilentes. La bodega se hunde muy profundamente en el subsuelo. Un grueso muro la separa del aljibe, una de cuyas partes queda debajo de ella. El ambiente está muy cargado. Va llegando más y más gente. Alguien se queja de dolor por haberse lastimado una pierna mientras bajaba apresuradamente por la angosta escalera; otros se pelean por conseguir un sitio seco y mínimamente cómodo; algunos pretenden fumar, aunque no se lo permitan los médicos y enfermeros que están allí. Sobre todo, riñen por el espacio, pues todo el mundo pretende acomodarse en los lugares más secos y seguros.

—¡Calma, por Dios! —pide a gritos una enfermera—. ¡Hay sitio para todos!

También han acudido los ancianos del vecino hospital Hebraico. Traen consigo mantas, cobertores, incluso almohadones, y se arrebujan unos contra otros.

Fray Leonardo es uno de los últimos en llegar, porque tuvo que ir temprano al Vaticano para algún asunto y el bombardeo le ha sorprendido en el camino de vuelta. Viene demudado, sudando y con los ojos desorbitados.

—Las bombas están cayendo sin parar en Porta Magiore y el

distrito de Appio-Tuscolano. Parece ser que es peor incluso que la vez anterior. ¡Dios nos asista!

Fray Maurizio Bialek, alto y de imponente presencia, alza su ronca voz y pregunta con su acento polaco:

—¿Y qué hace el rey? ¿A qué espera el nuevo Gobierno para pedir la paz? ¿Es posible que haya llegado el día en que tengamos que vivir bajo tierra?

Los que están cerca, ya sean enfermos o miembros del personal del hospital, también protestan a voz en grito:

—¡Eso, que pidan la paz de una vez!

—¿A qué está esperando Badoglio? ¿A que destruyan Roma? ¿A que nos maten a todos?

—¡Fuera el rey! ¡Fuera Badoglio!

Fray Leonardo levanta los brazos, visiblemente confundido y aterrado por aquellas quejas llenas de cólera, y dice con aire suplicante:

—¡No, por Dios, hermanos! ¡No demos más lugar al odio! ¡No dejemos que nos lleve el demonio! ¡Oremos, os lo ruego! ¡Eso es lo que ahora hay que hacer, orar! ¡Oremos por esas criaturas que ahora sufren este horror!

Se hace un gran silencio, en el que solo se oye algún que otro suspiro. Luego el vicario inicia el rezo del rosario, que todos siguen.

23

Roma, sábado, 14 de agosto de 1943

El sábado por la tarde, Orlena y su madre están sentadas en el sofá que hay en el salón principal. Hace calor en el piso, no tanto como un par de semanas atrás, pero de cualquier manera hace calor, y doña Gianna está bien peinada y lujosamente ataviada con un delicado vestido negro de pura seda, ampliamente escotado, y luciendo una soberbia gargantilla de diamantes, con una permanente expresión de adormilada amabilidad en su rostro blanco y delgado. De vez en cuando, mira de soslayo a su hija; la observa tranquilamente, sin aspavientos, y tiene para ella unas cuantas palabras de consuelo, rápidas y casi inaudibles:

—Hija mía, no estés tan triste. La vida es larga. Eres muy joven, Orlena; muy joven y muy guapa. Ya verás como el tiempo lo cura todo… Todo se acaba olvidando, hija mía.

La joven levanta la mirada del libro que está leyendo y asiente con un movimiento suave de su cabeza. Luego sus ojos vuelven a las páginas de la novela *I promessi sposi*, de Alessandro Manzoni, que fray Leonardo le regaló, compadecido, después de que ella le comunicara la infausta noticia de la muerte de su novio. Al verla tan destrozada, el buen vicario le dio unos días de vacaciones, recomendándole que leyera, que se distrajera, que se dedicara a hacer múltiples cosas, y que regresase al hospital solo cuando estuviera más reparada del duro golpe. Ella aceptó estos consejos. Únicamente manifiesta sus sentimientos al fraile. Es una mujer de carácter y no deja que los demás la vean hundida. Aparenta fortaleza, pero en su interior está abrumada por la melancolía. A pesar de lo cual, sale a pasear cada día, contempla escaparates, recorre las iglesias y practica mecanografía dos o tres horas cada mañana. Y, verdaderamente, la lectura le sirve para conseguir unos ratos de evasión de su pena que ninguna de las otras actividades puede igualar. También el fonógrafo le proporciona una buena dosis de desahogo, aunque algunas canciones sirvan para acentuar su nostalgia. La caja color de chocolate del aparato, sobre la cómoda, acostumbra sonar con voz aterciopelada. Orlena se levanta y escucha, mirando de pie por la ventana; ve a la gente pasar por la calle y piensa que tal vez pronto acabará la pesadilla de la guerra. ¿Cuándo será eso? Solo Dios lo sabe.

Al verla tan ensimismada y triste, su madre también se levanta del sofá y cambia el disco; lo sostiene contra la luz, y una parte de él muestra el negro resplandor del vinilo, como el reflejo de la luna sobre el mar en la noche. Y de nuevo la caja estalla en música, y doña Gianna vuelve a sentarse, contemplando a su hija con los dedos entrelazados, mientras escucha con los ojos entornados y hasta intenta cantar la tonada. Es ahora música plañidera y mustia de los años 30. Suena la canción *Tornerai* de Dino Olivieri; la canta un cantante muy tierno, que más que cantar susurra la canción.

Tornerai da me perché l'unico sogno sei
Del mio cuor.
Tornerai
Tu perché senza i tuoi
Baci languidi non vivro.
Passa il tempo e tu
Dove sei? con chi sei?
Tu non pensi a noi
Ma io so che da me
Tornerai…

(Volverás a mí porque eres el único sueño
De mi corazón.
Volverás

Tú, porque sin tus
Besos lánguidos no vivo.
El tiempo pasa y tú
¿Dónde estás? ¿Con quién estás?
Tú no piensas en nosotros,
Pero lo sé: por mí,
Volverás...).

Doña Gianna se la sabe, la tararea y luego dice:

—Cómo me gusta esta canción... ¡Me encanta!

Pero Orlena, lejos de animarse, se ha echado a llorar junto a la ventana. Su madre lo ve y se levanta, yendo hacia ella con los brazos extendidos, para abrazarla, mientras dice con una congoja algo fingida:

—¡Ay, mi vida! ¡Te has puesto más triste por culpa de esa canción! ¡Si seré tonta! ¡No debí ponerla! Ahora mismo la quitaré.

—No pasa nada, mamá. Déjala. Escucha lo que más te apetezca y no te preocupes por mí.

La madre pone ahora un disco de ópera. Tienen una colección entera que el padre adquirió en uno de sus viajes. Empieza a sonar una música tétrica entre pausas siniestras. Luego la voz del tenor arranca grave.

—¡Uy, esto tampoco! —dice doña Gianna, apurada, deteniendo inmediatamente el giro del disco.

—No te preocupes, mamá —le dice Orlena, con cierto aire de hastío.

Entonces entra el padre en la sala. Se sirve una copa de ginebra y bebe unos sorbos. Luego mira en torno y advierte la tristeza y el vacío existente en aquella estancia resonante. Pero no dice nada. Parece nervioso y está vestido como para asistir a una recepción o a una cena de gala. La pechera almidonada de la blanca camisa asoma como una coraza por encima del chaleco negro.

En ese momento, Orlena repara en que su madre también está arreglada de manera demasiado solemne y pregunta con ingenuidad:

—¿Dónde vais así vestidos? ¿Vais a salir a cenar?

El padre sonríe ampliamente. Se acerca a ella y la besa en la frente, antes de responder cariñoso:

—Hija mía, di mejor: ¿dónde vamos? Porque tú vendrás también con nosotros; los tres vamos a ir esta tarde a la ópera. ¡Anda, ve a ponerte tus mejores galas!

Orlena se queda atónita. Mira primero a su padre y luego a su madre, y se da cuenta de que la jovialidad del uno era tan forzada como la sonrisa de la otra, y de que ambos se han puesto de acuerdo para hacer algo juntos por primera vez en mucho tiempo.

Doña Gianna suspira hondamente y dice melosa:

—Mi pequeña, hacemos esto por ti. Queremos que te distraigas. Tu padre fue esta mañana a comprar las entradas para el teatro Savoia. ¡Representan *Madama Butterfly*! ¡Puccini! Es una ocasión que no podemos perdernos…

Orlena no sale de su asombro. Mira ora a uno ora a la otra, y luego pregunta consternada:

—Ayer bombardearon Roma… ¿Cómo tenéis ganas de ir a la ópera hoy?

—¡Orlena, hija, la vida sigue! —le dice el padre, tomándole las manos—. ¡Lo hacemos más por ti que por nosotros! La función acabará mucho antes del toque de queda. Estaremos de vuelta en casa a las siete. ¡Vamos, arréglate!

—Por mí no os molestéis —replica la joven—. Yo estoy bien, a pesar de todo.

El padre le dirige continuas miradas, en busca de ayuda, a su esposa, la cual no hace más que ir de un lado a otro con pasitos remilgados, nerviosa y desorientada.

—Hay que ir —suspira—. Hemos gastado ese dinero y ya no vamos a tirar las entradas. ¡Sería un dispendio imperdonable!

Orlena es comprensiva. Ve a sus padres unidos y colaborando en un empeño común; algo insólito. Medita un instante y después dice con aire amable:

—Sí, iré con vosotros. Gracias por haber pensado en mí. Creo que nos vendrá bien a los tres.

Pero, después de decir esto, vuelve a quedarse pensativa y luego añade:

—Y a mis hermanos también les vendría bien.

—Tus hermanos tienen cosas que hacer —se apresura a contestar la madre—. Gian Carlo está pendiente de reintegrarse en la policía y ha ido a entrevistarse con un alto cargo. Y Gina... ¡Gina va a su aire! Se fue temprano a esa parroquia de los arrabales para reunirse con el grupo de jóvenes.

Una hora después, Orlena y sus padres bajan de un taxi delante del teatro Savoia, que se encuentra en Via Bergamo, a tiro de piedra de la Piazza Fiume, en el distrito de Salario. La monumental fachada del edificio, toda de travertino, es un ejemplo clásico del estilo Littorio. Fue construido en 1938 por el arquitecto Francesco de Intinis, conforme al gusto racionalista utilizado en los últimos años del régimen fascista; y ofrece ópera, obras clásicas y espectáculos de variedades.

Los Daureli ocupan sus asientos en la tercera fila del patio de butacas. La sala está abarrotada, bajo la preciosa cúpula. La orquesta ya está preparada. Se apagan las luces y se hace un gran silencio. Entra el director y el público aplaude. Retorna el silencio. Se inicia la obertura, con la intensa y bella melodía a base de violines, que es breve. El telón se levanta sobre un escenario iluminado y decorado, representando el interior de una lujosa y exótica vivienda oriental. En escena se encuentra el tenor que interpreta a Pinkerton, un teniente de la marina norteamericana que ha comprado esa casa para su estancia en Nagasaki. Junto a él está Goro, personaje nativo ataviado con ropaje japonés.

Apenas ha empezado a cantar el tenor, cuando alguien entra apresuradamente y recorre el teatro hasta la primera fila; se sitúa de espaldas al escenario y agita un periódico que lleva en la mano, gritando:

—¡Atención! ¡Roma ha sido declarada ciudad abierta! ¡Atención! ¡El fin de la guerra está cerca!

Se forma inmediatamente un gran alboroto. Unos gritan que se calle y otros se ponen de pie, mostrando de esta manera su sobresalto y su extrañeza.

—¡Escuchen! —insiste aquel hombre—. ¡Es cierto lo que digo! ¡Roma es desde hoy ciudad abierta! ¡El Gobierno de su majestad el rey emperador renuncia a la defensa! ¡Los cañones antiaéreos no contraatacarán!

Estas nuevas explicaciones provocan una respuesta más jubilosa en el auditorio, que empieza a comprender lo que esto significa: es el primer paso para facilitar las conversaciones de paz con el enemigo. Es posible que el fin de la guerra, en efecto, ya esté más cerca. Se encienden todas las luces del teatro. La mayoría de los espectadores se ha puesto en pie y aplaude, grita vivas y corea frases que exigen la paz. También los actores han salido al escenario y aplauden. Incluso algunos músicos están encaramados en sus sillas y manifiestan su alegría por el anuncio.

—¡Viva Italia! —grita el director de la orquesta.

Luego, a petición del público, se interpreta la *Marcia reale*.

Cuando todo el mundo está más calmado, vuelven a apagarse las luces. Después de un rato, sube el telón y la representación de *Madama Butterfly* se inicia de nuevo desde el principio.

24

Roma, lunes, 16 de agosto de 1943

A fray Leonardo le dio un vuelco el corazón cuando vinieron a avisarle de que un oficial de policía preguntaba por él en el recibidor. ¿Qué podía haber sucedido? Al instante le asaltó el peor de los presentimientos: ¿y si había prosperado al fin la denuncia del señor Santino? Entonces reparó en que hacía demasiado tiempo que don Vincenzo Lombardi no iba por el hospital. Ni siquiera había vuelto a tener noticias suyas desde aquel día que precedió a la caída de Mussolini, cuando se presentó de repente en un estado de excitación y angustia que resultaba alarmante. Era demasiado preocupante, teniendo en cuenta todo lo que había sucedido tras el arresto del dictador: el nuevo Gobierno del general Pietro Badoglio decretó oficialmente la disolución del Partido Nacional Fascista y todas sus organizaciones. El Gran Consejo también fue suprimido. Las espontáneas manifestaciones populares de los días siguientes dejaron petrificados a los principales jerarcas fascistas, que no fueron capaces de reaccionar, comprendiendo inmediatamente que su intento de salvar el régimen, sacrificando solo a Mussolini, había fracasado estrepitosamente. Las camisas negras desaparecieron y nadie quería ya sentirse identificado con el inmediato pasado del defenestrado Partido. ¿Qué había sucedido con don Vincenzo? ¿Dónde estuvo todo este tiempo? ¿Se hallaba refugiado en alguna parte lejos de Roma para eludir la represión por sus responsabilidades como jerarca fascista? En su última conversación con él, le aseguró con mucho convencimiento al vicario que la denuncia contra el doctor Sacerdoti no seguiría adelante, que ya se había encargado él de solventar el asunto. Si en verdad era así, ¿por qué se había presentado en el hospital esa mañana un oficial de la policía? Las leyes raciales seguían vigentes; no habían sido derogadas las disposiciones que afectaban a la contratación de judíos. Pero no era eso lo más grave, sino el hecho de que se habían falseado documentos para que el doctor Sacerdoti continuase en el hospital, lo cual continuaba siendo un grave delito. ¿Venía ahora la policía del Estado a investigar ese hecho?

Todas estas preguntas y otras muchas se agolpan en la mente de fray Leonardo mientras transita aprisa por las escaleras y los corredores en dirección al recibidor. Sufre desde hace mucho tiempo perturbaciones gástricas, que le causan incomodidad y que últimamente se han agravado, seguramente por las preocupaciones y los nervios provocados por tantos acontecimientos. Cuando abre la puerta que da al amplio vestíbulo del hospital, ve enseguida allí al oficial, que está de pie a contraluz, con su uniforme de verano de la policía fluvial: guerrera blanca, pantalón negro y cinturón de charol. Es un hombre de unos cuarenta años, de mediana estatura, pelo oscuro y expresión triste.

En ese momento, desde las cocinas llega un penetrante olor a coles cocidas; y, al percibirlo de pronto, a fray Leonardo se le revuelve el estómago y le asalta una profunda arcada. Trata de contener el vómito llevándose la mano a la boca, pero, al sentir de nuevo el olor pesado y asfixiante se pone verde, amarillo, y tiene que ir a vomitar. Acaba saliendo apresuradamente por la puerta principal, después de pasar al lado del policía.

Se forma al instante un gran revuelo. Todos los que están por allí acuden a socorrer al vicario, que se tambalea, pálido, después de haber vomitado tres veces en la calle.

—Nada… No es nada —musita con débil voz, mientras se limpia los labios con un pañuelo.

Uno de los enfermeros le trae un vaso de agua, pero él lo rechaza, diciendo:

—Ya se me pasó. Siempre es así: una vez que he vomitado, se me quita la dichosa pesadez de estómago. Ahora me siento mucho más aliviado. Es cosa de nervios, nada más que eso…

El policía también ha salido. Está apreciablemente turbado y dice discretamente:

—No es mi intención causarle más molestias, padre. Si le parece bien, regresaré en otro momento más oportuno.

Fray Leonardo sigue nervioso y muy inquieto a causa de sus temores y suposiciones; a pesar de lo cual, hace un gran esfuerzo para sonreír y contesta:

—Oh, no, no... Vayamos a mi despacho.

—No hace falta, padre —dice amablemente el oficial—. Lo que tengo que hablar con usted es simple y no necesita mucho tiempo. Como le he dicho, no quiero molestarle. Está usted muy pálido. Si lo desea, podemos tratarlo aquí mismo.

El policía habla bajo, con un tono monocorde. Es un hombre tímido y respetuoso que se expresa con muy pocas y medidas palabras.

Ha salido la mujer de la limpieza y está fregando el enlosado. El vicario se pone aún más nervioso si cabe. Mira a derecha e izquierda, temiendo que el personal que anda por allí a esa hora pueda escuchar la conversación. Pero está decidido a afrontar lo que tenga que venir y, alargando delicadamente la mano, señala la portería y dice:

—Bien. En la portería podemos hablar.

Entran y, una vez que se han sentado en la minúscula salita que hay detrás de la portería, el oficial se presenta con formalidad militar:

—Mi nombre es Gennaro Lucignano, para servirle. Acabo de ser ascendido a mariscal de segunda clase y destinado a comandar la Policía Fluvial ubicada en la isla Tiberina. A partir de hoy, mi puesto estará en el cuartel que tienen ustedes enfrente. Eso quiere decir que cualquier cuestión que ataña al orden público o a la seguridad en toda la isla es competencia mía y de mis hombres.

A fray Leonardo le sacude un nuevo estremecimiento. Vuelve a empalidecer y se seca el sudor frío de la frente con el pañuelo. Mientras, mira al oficial desde un abismo de terror e incertidumbre, sin saber qué decir ni qué hacer. Sin duda, sus peores temores se han hecho realidad. Así que permanece callado, orando en su interior, a la espera de lo que tenga que venir.

El mariscal Lucignano permanece un momento en silencio, y luego prosigue añadiendo:

—Nada más quería decirle, padre. Aquí me tiene usted, para todo lo que se le ofrezca.

—¿Nada más...? —pregunta el fraile confundido.

El oficial sonríe levemente y, poniéndose en pie, responde:

—No, padre, nada más. A no ser que pueda hacer algo por usted. Veo que está cansado e indispuesto y no quiero causarle más molestias. Así que me marcho. Disculpe que le haya robado su precioso tiempo.

Fray Leonardo también se levanta y, con un gesto nervioso, le agarra el brazo, reteniéndole y diciendo:

—¡Oh, no, mariscal! ¡No es ninguna molestia! ¿De verdad no tiene que decirme nada más?

—No, padre. Nada más.

El vicario siente en ese momento un gran alivio. Lanza un hondo suspiro y dice cordialmente:

—Pues yo tampoco quisiera distraerle a usted de sus muchas obligaciones, señor mariscal, pero me permitirá que le ofrezca una taza de café. Si ha sido destinado a la isla y vamos a ser vecinos, debemos conocernos mejor. También nosotros nos ponemos a su entera disposición en todo aquello que pueda necesitar de nuestras humildes personas.

El oficial acepta y van juntos a un gabinete que hay en el convento de los frailes. Allí, después de hablar durante un rato de asuntos triviales, fray Leonardo empieza a darse cuenta de que el nuevo jefe de la policía de la isla es un hombre de buena educación, además de amable, discreto e íntegro. Ambos no tardan en confraternizar; se cuentan brevemente sus vidas y comparten sentimientos y temores. Gennaro Lucignano nació en Pozzuoli en 1903, tiene pues cuarenta años. Durante su servicio militar estuvo destinado en la Regia Marina y más tarde se convirtió en guardia, con el cargo de brigadier adjunto. De ahí pasó a la policía del Estado. Está casado y se siente muy feliz ahora, al verse ascendido y destinado a la guarnición ubicada en la isla Tiberina. También el fraile habla de sus orígenes, de España, de su tierra y de los muchos destinos que tuvo antes de llegar al hospital. Finalmente, acaban sincerándose. Hablan de la guerra, de los sucesos políticos recientes y de la incertidumbre que rige la vida en Italia.

—Todo esto terminará pronto —asegura con mucho convencimiento el mariscal—. El rey acabará firmando la paz con los americanos y los ingleses. No puede ser de otra manera. Hay que poner fin a esta guerra cuanto antes.

Fray Leonardo se queda pensativo, mirando con expresión anhelante la cara de Lucignano. Luego reza, santiguándose:

—Dios le oiga, señor mariscal, Dios le oiga…

—Ha de ser así, padre. Italia ya no puede aguantar más. ¡Esto es una locura!

De nuevo hay un silencio entre ellos. Después el vicario, haciendo visible su inquietud, pregunta:

—¿Y los alemanes? ¿Qué cree usted que harán los alemanes si se sienten traicionados?

La cara del mariscal lo dice todo. Su expresión, de suyo triste, se torna ahora angustiada. Resopla y responde:

—Eso nadie puede saberlo… Solo Dios.

25

Roma, domingo, 5 de septiembre de 1943

—Todo va a cambiar —dice don Desiderio, con una expresión extática y misteriosa—. Debéis creerme cuando os digo que dentro de poco nada será igual.

El grupo de jóvenes le escuchan, sentados a la sombra del gran árbol que hay al lado izquierdo de la puerta principal de la parroquia de San Giuseppe all'Arco del Travertino. Como cada domingo, han acudido a la reunión. Por la mañana, después de la misa, estuvieron repartiendo alimentos entre las familias necesitadas de los barrios cercanos al gran descampado donde se alza la pequeña y destartalada iglesia. Luego almorzaron juntos compartiendo lo que cada uno había podido traer de sus casas. Y ahora, a media tarde, prestan atención a lo que el sacerdote les está diciendo.

—Ahora, muchachos —prosigue su improvisado discurso, en perfecto italiano, aunque con su inconfundible acento belga—, nos hallamos como en medio de la noche; una noche muy oscura, ciertamente. Esta diabólica guerra no nos deja ver otra cosa que sombras y muerte. Como ya sucedió antes, cuando la otra gran guerra. Pero igual que aquella, está tendrá un fin. Cualquier día os despertaréis por la mañana en vuestras casas y todo habrá terminado. Porque yo pienso que este orden de cosas, desatinado, catastrófico, ya no puede durar mucho más. Los americanos no tardarán en llegar y pondrán fin definitivamente a este loco delirio. Y cuando eso suceda, nos encontraremos de pronto a las puertas de la verdadera Europa, donde solo

Dios sabe qué experiencias y realidades nos esperan… Pero yo confío en que habrá democracia, libertad y un mundo mejor para todos.

Los jóvenes reciben estas palabras con entusiasmo y hacen grandes esfuerzos para creer en ellas, como quienes están de verdad ante un profeta que puede anticipar los hechos futuros. Aunque, en el fondo de sus almas, no sean todavía capaces de ver con claridad lo que pueda estar por venir o incluso lo temen. Porque aquellos jóvenes no han conocido en sus vidas otra cosa que el régimen fascista, con sus delirios, con su maniático orden y con su fanática y militarista manera de dirigir a la gente. Aunque don Desiderio les habla de democracia, de derechos y libertades, esas palabras parecen referirse a cosas de otro mundo; tal vez de aquella Bélgica de donde él procede, que sienten lejana y desconocida, con el oscuro telón de hierro nazi de por medio. Por eso, el sacerdote insiste; les repite una y otra vez que él también fue joven y tuvo que vivir la dura experiencia de otra gran guerra, el exilio, el miedo, la incertidumbre, y que todo aquello pasó, gracias a Dios, porque todo acaba pasando…

Los jóvenes hacen un gran esfuerzo para vislumbrar ese futuro. Confían plenamente en la sabiduría de don Desiderio y siguen sus directrices. Durante las últimas semanas se han estado organizando para formar un incipiente grupo de *scouts*. La idea es preparar las bases para cuando llegue el momento en que ya no sigan vigentes ninguna de las leyes y restricciones fascistas. Es decir, para cuando por fin acabe la guerra y se instaure en Italia un nuevo orden político y social. El ideario del movimiento *scout* propugna la fraternidad universal, la paz entre las naciones y la igualdad entre las razas de la humanidad. Todo eso suena utópico, como un sueño, pero causa en ellos exaltación y esperanza.

—El éxito de un grupo *scout* estará en vosotros —les dice—. Vosotros, que sois jóvenes, sois la vida, el espíritu, el entusiasmo, y vosotros tendréis que reedificar este mundo destruido; porque tendréis que educar de nuevo a otros niños, adolescentes y jóvenes que reflejen la imagen de lo que ven, oyen y sienten de vosotros. *Sir* Robert Baden Powell, fundador del escultismo, pretendía con su movimiento formar personas maduras y críticas, con una personalidad sólida y dotadas de múltiples cualidades para ofrecer sus vidas en servicio a nuestro mundo; todo ello, partiendo de principios y valores elegidos personal y libremente. Yo tuve la suerte de conocerle en vida cuando estuve en Inglaterra. Os lo he contado muchas veces. Pronto se cumplirán dos años desde su muerte. Baden Powell dejó dicho en su último mensaje que la misión de un *scout* es «Dejar este mundo en mejores condiciones de como lo encontró al entrar en él». Nuestro lema es, pues, tratar de arreglar esto que nos hemos encontrado; todo este desastre, toda esta miseria, muerte, odio, desesperación...

Don Desiderio no puede proseguir. Se le quiebra la voz y tiene los ojos inundados de lágrimas. Este recio hombre, hecho a dificultades y peligros, se emociona fácilmente cuando habla de estas cosas.

Gina escucha embelesada, con la rubia cabeza baja. Su alma inquieta es capaz de soñar con todo eso, de anticiparlo y verlo como si ya fuera realidad. Al levantar la mirada y ver al sacerdote rompiendo a llorar, se ruboriza, alza la mano blanca y frágil para quitarse un dorado mechón de la frente, deja entreabiertos sus labios de color rojo sangre y le observa con expresión lánguida, como si despertara de un largo sueño.

Se hace un silencio largo y meditativo. Hasta que uno de los jóvenes pregunta:

—Si la guerra va a terminar, ¿cuándo será eso?

Don Desiderio se queda pensativo durante un instante, en el que se quita las gafas y se enjuga los ojos con el pañuelo. Luego responde con firmeza:

—El rey de Italia acabará firmando un armisticio con los ingleses y americanos. No puede ser de otra manera.

—¿Y qué es un armisticio? —pregunta otro.

—En la guerra —contesta don Desiderio—, un armisticio es la suspensión de hostilidades pactada entre naciones o ejércitos beligerantes. Según la Convención de La Haya de 1899, la firma del tratado de armisticio suspende las operaciones de guerra por un mutuo acuerdo entre los contendientes.

Vuelve a reinar el silencio. Es difícil creer que eso pueda estar tan cerca como parece dar a entender don Desiderio. Pero, después de sus explicaciones, tan elocuentes y llenas de convencimiento, el grupo se siente esperanzado.

Gina está concentrada en sus pensamientos. Y permanece así hasta que una de sus amigas le da unos golpecitos en la espalda y le susurra:

—Betto está ahí.

Ella se vuelve y le ve junto a la cancela. El joven está de pie, quieto y sujetando su bicicleta. No sabe cuánto tiempo lleva ahí. El último sol de la tarde hace brillar su cara sudorosa; tiene los trigueños cabellos encrespados, relucientes, y una expresión entre intrépida y burlona.

Hace ya un par de domingos que Betto acompañó por primera vez a Gina a la parroquia. Fue en parte por curiosidad, pero también porque habían hecho un pacto entre ellos. La joven había estado acudiendo con él a las manifestaciones antifascistas, encantada y convencida, pero, a su vez, le había pedido que fuera, al menos un día, a la reunión de su grupo en San Giuseppe. Betto estuvo reacio en un principio, pero acabó aceptando. Fue y observó todo atentamente, circunspecto y callado. Después le dijo a ella que no iba a volver, que aquello no le parecía mal, pero no era lo suyo. Por eso, ella se sorprendió ahora al verle allí de repente.

Don Desiderio también le había visto llegar un rato antes y le dice cordialmente:

—Entra, Betto. Bienvenido, muchacho.

Él deja la bicicleta apoyada en el muro y se acerca sonriente. Estuvo escuchando lo que el sacerdote habló y da su opinión:

—Es usted el mejor profesor que existe, maestro, y le estoy verdaderamente agradecido por tener esas ideas filantrópicas y humanitarias, pero yo creo que, en este asunto concreto, está usted todo lo equivocado que pueda estar un hombre. Nada cambiará, vengan o no los americanos y aunque acabe esta maldita guerra…

—¡Betto! —le interrumpe Gina.

—No, deja que hable —replica don Desiderio—. Que diga lo que piensa.

Betto se acerca un poco más y prosigue:

—No pretendo ofender a nadie. Pero diré lo que realmente creo. Nada cambiará cuando acabe la guerra. Y esa «verdadera Europa» de la que usted habla, aunque llegue a ser una realidad algún día, tampoco va a cambiar la vida de la gente. Todo seguirá igual porque la burguesía no tiene interés ninguno en que cambie nada; y la burguesía siempre asume sus responsabilidades sociales a través de los actos de caridad. Todos sabemos que de los pobres solo se hablaba como si fuesen miembros de una casta extraña e indefensa a quienes hay que alimentar.

Todos aquellos jóvenes le miran, estupefactos, sin llegar a comprender demasiado bien a qué vienen aquellos razonamientos. Y Betto, paseando sus grandes ojos por ellos, continúa diciendo:

—De sobra lo sabéis, aunque os cueste reconocerlo. Todas las señoras burguesas de Roma, vuestras queridas madres, se atarean como voluntarias en alguna obra de beneficencia. Cada familia burguesa, cada parroquia católica, tiene a sus propios pobres, que recogen los restos de la comida y reciben como regalo de Navidad un jersey o una bufanda de lana que la mismísima señora de la casa ha tejido para ellos. Pero nadie se para a reflexionar sobre el verdadero problema de los pobres; viven entre vosotros, pero vosotros observáis su vida y sus problemas desde una distancia lejana, como si se tratara de algo ajeno, al fin y al cabo, seres para quienes cada cristiano tiene que pagar un ínfimo tributo que gana la salvación, resolviendo así todos los problemas. Y sabiendo siempre que, con ellos, con los pobres, hay que demostrar muy buena educación, es decir, dirigirse siempre a ellos a ellos con fría amabilidad; más o menos en estos términos: «Aquí tiene su limosna, buen hombre». En la escuela nos enseñan que la pobreza no es ninguna vergüenza y que hay que ayudar a la gente necesitada, puesto que no son culpables de su situación. Pero, cuando llaman a la puerta de vuestra casa, la criada abre e informa: «No es nadie, solo un pobre». O sea, nada de particular, o algo que a nadie le importa demasiado... Y en el mismo tono en que los ricos hablan de los pobres, bajando la mirada y entristeciendo el gesto, se refleja un leve sentimiento de culpa tan solo: da la impresión de que es una pena en verdad que esas cosas existan y que, probablemente, se debe a un designio divino, puesto que siempre fue así. Pero, entre los burgueses liberales, nadie repara en que la pobreza es un problema mucho más grave de lo que puede parecer a simple vista y que no puede resolverse solo por la vía de la caridad... Solo la verdadera justicia acabará con la pobreza, no la caridad ni las buenas obras.

Tras estas palabras se ha hecho un silencio tan grande que se podría oír la caída al suelo de un alfiler. Don Desiderio limpia las gafas, luego se enjuga el sudor de la frente, se guarda el pañuelo en el bolsillo y dice circunspecto:

—Bueno, muchachos. Falta poco más de una hora para el toque de queda. ¡Cada uno a su casa! El próximo domingo todos aquí, a la misma hora.

Gina y Betto regresan juntos en sus bicicletas. Se ven muy pocos vehículos a esa hora del domingo. Mientras pedalean despacio por la Via Tuscolana, la ciudad ya empieza a quedar desierta y en silencio a esa hora. Ella va en cabeza. Durante un cuarto de hora no se dicen nada y él empieza a preguntarse si estará enfadada. Por fin, cuando van bajando a rueda libre por el sendero que discurre al pie de la colina del Celio, ella vuelve ligeramente la cabeza y pregunta:

—¿No te podías haber quedado callado?

A él no se le ocurre ninguna excusa, no quiere pensar en excusas. Ahora el sendero asciende por una pendiente. Ella insiste, elevando la voz en tono de reproche:

—¡Tú siempre tienes que dar la nota! Podías haberte callado.

Betto se levanta del sillín, se apoya con fuerza en los pedales y va columpiándose de un lado a otro a medida que remonta con esfuerzo la cuesta, persiguiendo su propia sombra, que se recorta delante entre los troncos de los grandes y antiguos árboles. A lo lejos se oye el rumor de una campana. Una bandada elíptica de palomas grises describe círculos en el cielo límpido y claro contra el que se destaca la iglesia de San Gregorio.

—¡Betto! —grita Gina, furiosa, y la rueda de su bicicleta resbala ligeramente en una losa del sendero que baja ahora, en meandros, por un declive de tierra seca sembrado de guijarros.

Él se vuelve y sonríe al verla así, enfadada y a punto de caer.

—Solo he dicho lo que pienso —contesta elevando una ceja, con aire de suficiencia—. Soy un hombre libre.

El terreno se nivela frente al gran espacio despejado del Circo Máximo. Allí tiene que detenerse, pues pasa el tranvía. Gina se pone a su lado y le mira interpelante. Él se vuelve, le sostiene la mirada y luego le estampa un repentino beso en los labios.

26

Roma, miércoles, 8 de septiembre de 1943

En Roma, como en toda la cristiandad, el 8 de septiembre se celebra la fiesta de la Natividad de la Madre de Dios, y es además el último día de una semana de oraciones decretadas por la Iglesia para pedir el fin de la guerra y el sufrimiento causado por los terribles acontecimientos que asolan el mundo. Doña Gianna y sus dos hijas han ido temprano a la misa solemne que preside uno de los cardenales en la basílica de Santa Maria Maggiore. El padre prefirió quedarse en casa, a pesar de la insistencia de su esposa. El coronel Daureli está cada día de peor humor y ya no oculta su rabia por todo lo que está sucediendo; despotrica sin reparos del rey y los políticos, maldice y su mala lengua se acentúa cuando se propasa con la ginebra. Ya casi no se arregla la barba y tiene el cabello largo y descuidado. Solitario, huraño e intratable, pasa la mayor parte del día en la terraza; no soporta que le amonesten e incluso se pone violento cuando alguna de sus hijas le recrimina, aunque sea delicadamente, por sus excesos con la bebida o por el abandono de su aspecto y el desaliño de su vestimenta. Nada parece quedar en él del temperamento socarrón que tenía, ni de las geniales ocurrencias que antes hacían reír a todos. Ni siquiera el hecho de que Gian Carlo haya sido absuelto de sus cargos y readmitido en el ejército con la misma graduación que tenía le ha alegrado lo más mínimo la vida. Por el contrario, apenas le dirige la palabra a su hijo y se evitan el uno al otro. La familia está por eso triste y desconcertada. Orlena ha empezado a sospechar que tal vez su padre esté en los inicios de una grave depresión o incluso de una demencia senil, pero ni se le ocurre plantearle el asunto a su madre y a sus hermanos.

Durante la misa, Gina está como ausente, en un estado de sopor y desgana. Aunque se ha vuelto un tanto escéptica, la liturgia católica constituye todavía un recuerdo tierno y entrañable para ella. Por las altas ventanas de la iglesia entran los rayos dorados del sol y bañan el altar, que está cubierto con un mantel níveo, recién lavado, almidonado y planchado, con encajes en los bordes. El oficiante, revestido de blanco y oro, va y viene con comodidad por el presbiterio. El silencio es dulce, soleado, perfumado; las palabras de las plegarias en latín son tan suaves que a ella le entran ganas de tumbarse en el fresco mármol del enlosado y quedarse dormida, envuelta en el murmullo agradable de los cantos, en el ambiente piadoso y pacificador de ese misterio propiciatorio. El tabernáculo de la gran basílica, adornado con flores y ramas verdes de pino, desprende un aroma amargoso que se mezcla con el olor de la cera de las velas. Pero, al sentir de pronto el humo asfixiante del incienso, la cara de la joven se pone pálida, amarilla, se le aflojan las fuerzas y le sobreviene un vahído. Se derrumba y cae desmadejada al suelo.

Al verla caer, una mujer anciana que está detrás da un grito. Todos los fieles se sobresaltan. Orlena se da cuenta y exclama:

—¡Gina! ¡Dios mío, Gina!

Enseguida se forma un corro en torno. Un caballero grande y fuerte la coge en brazos sin ninguna dificultad y la lleva a la sacristía. Entran también la madre y la hermana. Tienden a Gina en una mesa y le levantan los pies. Orlena le toma el pulso y ve que está muy débil. Luego, al echar una rápida ojeada al vientre de su hermana, se da cuenta enseguida de que está más abultado de lo normal. Bocarriba, exangüe e inconsciente, y tan delgada como está en general, Gina no puede disimular aquella barriguita que asoma bajo la blusa blanca de seda.

Una mujer ha traído una jofaina con agua y unos paños que le aplica en la frente y el cuello. Mira de arriba abajo a la joven desvanecida y dice:

—Pobrecilla, es solo un desmayo a causa de su embarazo. Enseguida se le pasará.

Doña Gianna, que lo ha oído, replica:

—¡No, no, mi hija no está embarazada!

La mujer vuelve a observar el vientre de Gina y murmura:

—Pues, desde luego, lo parece…

Orlena, que está apreciablemente turbada, se apresura a objetar con nerviosismo:

—Mi hermana no está embarazada. La barriga se hincha por la desnutrición… ¿No ve lo delgada que está la pobre? Cuando no se come lo que se debiera, a su edad, pasa esto.

Doña Gianna ha empalidecido casi tanto como su hija. Tiene los ojos muy abiertos y mira fijamente a Orlena. Sus labios están apretados y retiemblan extrañamente. Ahora se vuelve y observa a Gina detenidamente. Se lleva una mano a la boca y lanza una especie de gemido; se tambalea, retrocede y sale de la sacristía a toda prisa.

Un instante después, Gina recobra el conocimiento. Mira entorno y hace un gran esfuerzo para incorporarse, diciendo con débil voz:

—Ay…, ¿qué ha pasado?

—Nada, nada —dice Orlena—. Te has desmayado en la misa. Mejor sigue tumbada un rato.

Le dan un vaso de agua y bebe unos sorbos.

—Estoy bien… —musita ella.

Un rato después está perfectamente. Se levanta y camina por su propio pie. La celebración ya ha terminado. Es casi mediodía cuando salen de la basílica. Van en silencio hacia la puerta y allí se encuentran con su madre. Doña Gianna no dice nada; tiene los ojos enrojecidos y una mueca de horror en la cara. Orlena va a llamar a un taxi y regresan en él a casa.

Mientras van todavía de camino, ven un gran revuelo en las calles. La gente corre apresuradamente. Entonces les llega el estrepitoso sonido de las sirenas.

El taxista apresura la marcha del automóvil, exclamando con amargura:

—¡Otra vez las malditas bombas! ¡Y decían que iba a terminar la guerra! ¡Esto no se acaba nunca!

27

Roma, miércoles, 8 de septiembre de 1943

Por la tarde, doña Gianna y sus hijas se hallan sentadas en el pequeño salón donde la familia suele escuchar la radio. El receptor está apagado y las tres permanecen sin dirigirse la palabra, cariacontecidas y sumidas en sus pensamientos. Orlena tiene un libro en las manos y trata de leer, pero no puede concentrarse. El reloj de pared marca el tiempo implacablemente, con su monótono tictac, haciendo aún más patente aquel silencio embarazoso y cargado de pesadumbre. El padre está, como casi siempre, en la terraza. Subió después de comer con sus prismáticos de la marina y otea las colinas de Roma y el horizonte por si aparecieran los aviones de guerra otra vez. La madre observa de reojo a sus hijas desde un abismo de dolor y, de vez en cuando, se echa a llorar con un gimoteo ahogado y melifluo.

Desde que regresaron de la basílica de Santa Maria Maggiore, todo en aquella casa fue una sucesión de disimulos, forzadas sonrisas y fugaces miradas de las tres mujeres, miradas que lo decían todo, aun sin hablar. Había como una suerte de acuerdo tácito para que el padre no llegara a darse cuenta de que allí se estaba desenvolviendo un drama secreto y angustioso. Pero las caras difícilmente podían eludir la tensión y la tristeza. Tanto era así, que don Mario llegó a decir con socarronería:

—Para esto, no vayáis a misa. No sé lo que os dan los curas que volvéis de la iglesia como de un velatorio.

Luego doña Gianna, cuando su esposo se levantó de la mesa tras el almuerzo, tuvo un loco arrebato que era fruto de su consternación y rompió aquel pacto sobreentendido; agarró por la muñeca a Gina y le dijo con una voz que no le salía del cuerpo:

—Dime que no es verdad... ¡Dímelo, hija mía! Dile a tu madre que eso no puede ser...

Pero la joven se zafó de la presa que hacía en ella y corrió a refugiarse en su cuarto. Entonces Orlena le suplicó a la madre con firmeza:

—Por favor, mamá, déjala. No nos hagamos suposiciones.

Doña Gianna rompió a llorar y ya no pudo recomponerse en toda la tarde.

—Por favor, por favor, mamá —insistía Orlena consoladora—, te ruego que no te pongas en lo peor. Mañana la llevaré conmigo al hospital y saldremos de dudas.

Más tarde salió de su cuarto Gina y se sentó allí con ellas, sin decir nada, soportando aquella sospechosa situación cuyo peso recaía enteramente sobre su persona.

Y ahora, cuando van a dar las siete, permanecen sentadas cada una en el mismo sitio. La criada trae una bandeja con una tisana y unas pastas y la deposita sobre la mesa.

—¿Para qué traes eso ahora? —pregunta adusta doña Gianna—. Apenas falta una hora para la cena.

—No comieron ustedes casi nada en el almuerzo —responde la muchacha—. Supuse que tendrían algo de apetito o que tal vez tienen malo el estómago.

—No nos pasa nada —contesta secamente la señora—. Llévate eso y prepara la cena.

La criada se dispone a obedecer, pero, en ese instante, suena el teléfono. Titubea y mira a doña Gianna, que le insta autoritariamente:

—Coge el teléfono. ¿A qué esperas?

Ella descuelga y responde con formalidad:

—Casa de los señores Daureli, dígame.

Después de escuchar lo que le han dicho, se dirige a su señora manifestando:

—Dice que es el almirante Raffaele...

Doña Gianna se sobresalta y se pone de pie. Suspira yendo hacia el teléfono. Lo coge con su lánguida mano y habla tranquilamente, con estudiada cordialidad:

—¡Querido Raffaele! ¡Cuánto tiempo! ¿A qué debemos esta maravillosa sorpresa?

Sujeta el teléfono con mucha elegancia y refinamiento. Su bata de seda, los delicados movimientos de sus pequeñas y blancas manos femeninas, con su sortija con el escudo familiar, su forzada sonrisa, su calma y su buena disposición parecen haber suplantado en un soplo el tremendo disgusto que tenía. Pero enseguida su rostro empalidece, se pone muy seria y ordena a sus hijas:

—Id a decirle a papá que el almirante Raffaele desea hablar con él.

Don Mario baja de la terraza y se pone al teléfono. Quien le ha llamado es nada menos que el ministro de Marina, el almirante Raffaele de Courten, un viejo amigo y camarada de la Regia Marina italiana. Se conocen desde 1911, cuando ambos servían en el acorazado Benedetto Brin, durante la guerra ítalo-turca, y participaron en el desembarco en Trípoli. Por entonces Daureli era ya capitán y De Courten alférez.

Cuando termina la conversación, doña Gianna y sus hijas permanecen muy atentas a lo que el padre tenga que decir. Pero él permanece en silencio un rato, circunspecto, abatido y con la mirada perdida. Luego se desploma en el sillón, suspira y dice con una gran tristeza:

—Se han rendido… El rey ha firmado el armisticio. Hemos perdido esta maldita guerra que nunca debimos emprender… El mariscal Badoglio va a hacer el anuncio a la nación dentro de un instante. Raffaele está avisando a todos sus amigos y camaradas. Es una gran deferencia y prueba de su lealtad…

—¡Oh, Dios mío! —solloza su esposa—. ¡Qué cobardía! ¿Cómo han podido…?

—¡Calla, insensata! —le espeta él—. ¡No hables acerca de lo que no tienes ni idea!

Después don Mario resopla, pone la radio y eleva el volumen al máximo, puesto que desde hace algún tiempo su oído es bastante deficiente.

Suena la conocida canción de Bixio y Rusconi *Una strada nel bosco*. De pronto la música se interrumpe y hay un silencio breve. Seguidamente, un locutor comunica:

> *¡Atención! ¡Atención! ¡Su excelencia el jefe de Gobierno y mariscal de Italia Pietro Badoglio hará una proclama a la nación!*

A continuación, la inconfundible voz de Badoglio anuncia en tono monocorde:

> *El Gobierno italiano, reconociendo la imposibilidad de continuar la lucha desigual contra una fuerza enemiga abrumadora, para evitar más y más graves desastres a la nación, solicitó un armisticio al general Eisenhower, comandante en jefe de las fuerzas aliadas angloamericanas. La solicitud fue aceptada. En consecuencia, cualquier acto de hostilidad contra la fuerza angloamericana por parte de las fuerzas italianas debe cesar en todas partes. Pero pueden reaccionar ante posibles ataques de cualquier otra fuente.*

III

ROMA, CITTA APERTA
(ROMA, CIUDAD ABIERTA)

28

Roma, jueves, 9 de septiembre de 1943

Transcurrió una noche extraña, sembrada de rumores, suposiciones, ruidoso transitar de vehículos y voces alteradas en las calles. Nadie sabía a ciencia cierta lo que estaba sucediendo en las altas jerarquías de la nación, ni en los cuarteles, ni en los despachos de las autoridades civiles y militares. Todo era ignoto e incierto después del mensaje de Badoglio en la radio. Los ciudadanos que no lo habían oído tuvieron una reacción tímida y desconfiada al principio, cuando la noticia empezó a correr rápidamente; pero la seguridad adquirió mayor consistencia al indicar todo que no se trataba, como muchos creían, de una información falsa. El toque de queda era a las siete, y pasaba de esa hora cuando se hizo público el armisticio, por lo que, tal como estaba prescrito, todas las luces permanecían apagadas. A una hora incierta, en plena oscuridad, parece ser que se vieron algunos resplandores lejanos, seguidos de fragor violento de ametralladoras, explosiones de granadas de mano y estampidos de morteros en alguna parte, fuera de la ciudad, que parecía provenir de los tramos alejados de las vías Ostiense y Cassia. Más tarde, en la madrugada, reinó un silencio insólito e inquietante en toda Roma. En las primeras tímidas luces del alba, los transeúntes que se aventuraron a salir de sus casas aseguraban todavía temerosos que los alemanes escapaban hacia el norte, y que los disparos eran consecuencia de su batida en retirada. También decían algunos que Mussolini había muerto en Campo Imperatore, cuando era operado de urgencia a causa de una grave enfermedad. El rumor que más fuerza cobraba era que británicos y americanos habían desembarcado la tarde antes en Civitavecchia y que ya ocupaban Cisterna. Pero ningún comunicado oficial certificaba estas noticias. La radio estaba en silencio. Y así amaneció por fin aquel jueves caluroso de septiembre, cargado de asombro y extrañeza, con las tiendas cerradas, los mercados desiertos y los cafés con las persianas a medio abrir. Solo los panaderos repartieron el pan a la hora de siempre.

Por la mañana, el doctor Borromeo llega al hospital un poco más tarde que el resto del personal. Cosa rara en él, puesto que generalmente suele ser el más puntual de los médicos. Lleva el periódico en la mano y tiene una expresión entre ausente y preocupada. Su retraso se debe, precisamente, al hecho de haberse detenido haciendo cola frente al quiosco para comprar la prensa. Cruza el esplendoroso patio con pasos apresurados y se detiene junto al brocal de la preciosa fuente que hay en el centro, donde unos peces bermejos nadan iluminados por el primer sol de la jornada. Allí ojea la portada del *Corriere della Sera*. Un destacado titular escrito con letras desmesuradamente grandes anuncia:

> *ARMISTIZIO. Le ostilità cessate tra l'Italia, l'Inghilterra e gli Stati Uniti.*

> (ARMISTICIO. Cesaron las hostilidades entre Italia, Inglaterra y Estados Unidos).

—¡Buenos días, doctor! —saluda una conocida voz a su espalda.

Borromeo se vuelve y ve venir hacia él a fray Maurizio Bialek, el fraile polaco joven, alto y corpulento, con ojos intensamente azules y una expresión interpelante. Ambos se miran en silencio, como compartiendo los mismos pensamientos y una misma perplejidad, ineludible en aquellas circunstancias. Luego el médico suspira y dice en tono monocorde:

—Se acabó la guerra. Por fin se acabó la pesadilla.

—Estamos al corriente de las últimas noticias. Pero… ¿usted cree de verdad que se acabó? —replica fray Maurizio adoptando una expresión recelosa.

—Todo dependerá ahora de lo que hagan los alemanes —contesta con aire rendido Borromeo.

—Hitler se vengará; su soberbia y su odio no van a consentir esto… —dice con pesadumbre el fraile, y su acento polaco parece ahora más marcado en su vigorosa y ronca voz.

El médico sacude la cabeza.

—Sí —murmura—, yo también pienso eso. Pero… ¡Dios sabrá! Solo leemos en los periódicos lo que el Gobierno quiere hacernos saber. ¿Triunfarán verdaderamente los ingleses y los americanos como queremos creer? ¿O al final lo harán los alemanes? ¡Solo Dios lo sabe! Pero, de momento, los italianos no estamos en guerra con nadie, y eso ya es bastante.

Entorna los ojos, impotente, bosteza y luego se estira, añadiendo:

—No he podido dormir ni un instante. ¡Cuántas noches de insomnio! A ver si un día podemos descansar como Dios manda, sin tantos sobresaltos, sin tanta duda e incertidumbre.

Fray Maurizio sonríe y le dice, tomándole del brazo y arrastrándole con él:

—¡Vamos, doctor! Póngase la bata y hagamos la visita. Pase lo que pase, nuestros enfermos deben ser atendidos.

Ambos entran en la llamada sala Assunta, que es una amplia estancia que se halla en la planta baja del hospital, luminosa, con grandes ventanales que dan al Tíber y una veintena de camas para los enfermos, alineadas y dispuestas con un pasillo en medio. Al fondo, sobre un ostentoso altar barroco, un gran cuadro representa la asunción de la Virgen María.

Borromeo se pone una bata en un minúsculo vestidor que hay al principio de la sala y comienza la revisión rutinaria de los pacientes. Pero, cuando apenas ha recorrido las primeras cinco camas, irrumpen allí con pasos rápidos fray Leonardo Ilundáin y el mariscal Lucignano, que vienen con apreciable ansiedad en los rostros:

—Los alemanes… ¡Virgen santa! Los alemanes… —exclama el vicario con el rostro demudado.

Fray Maurizio y Borromeo permanecen atentos, esperando a que dé alguna explicación más. Pero el vicario traga saliva y solo repite en un susurro ahogado:

—Los alemanes, los alemanes...

En ese instante se oyen voces por todas partes; voces sobresaltadas, fuertes, de hombres y mujeres. Es como un clamor hecho de espanto y angustia. Entonces fray Leonardo mira en torno, hacia las camas de los enfermos. Antes no ha querido ser más explícito por pura prudencia, pero ahora comprende que no le queda más remedio que hablar con claridad:

—Me acaban de informar desde el Vaticano: los alemanes rodean Roma.

Borromeo y fray Maurizio le miran estupefactos. Entonces el oficial confirma la noticia con un tono firme:

—¡Los tanques alemanes avanzan hacia aquí! ¡Ya se escuchan disparos y estampidos de bombas por todas partes! ¡Las tropas alemanas han tomado Civitavecchia! ¡Y desde ayer los soldados italianos se defienden en el área de Magliana!

—¡Era de esperar! —exclama fray Maurizio—. ¡Esos demonios no respetarán nada ni a nadie! Así pasó en Polonia.

—¡No puede ser! ¡Roma es ciudad abierta! —grita con exaltación Borromeo, mientras corre hacia la ventana. Se asoma con visible inquietud y otea el horizonte.

Entonces fray Maurizio dice con rabia:

—¡Esto se veía venir! Los alemanes interpretaron la declaración de Badoglio unilateralmente, sin ningún acuerdo con los aliados, como si solo pudieran utilizar a Roma como base militar. Ahora se consideran libres para actuar.

Mientras hablan, salen de la sala Assunta y se dirigen apresuradamente al patio. Apenas acaban de llegar cuando entra un sargento de la policía fluvial, saluda militarmente y le comunica a su superior:

—Mi comandante, hay combates en Porta San Pablo. Acabamos de recibir un comunicado: nuestros soldados se enfrentan allí a los alemanes. Hay ya muchos muertos y heridos...

Todos se miran, con los rostros demudados. Luego fray Maurizio se vuelve hacia fray Leonardo y le dice:

—¡No perdamos tiempo! ¡Hay que preparar inmediatamente las ambulancias y todo lo necesario! Va a haber heridos, tal vez muchos heridos...

29

Roma, jueves, 9 de septiembre de 1943

A las diez de la mañana de aquel agitado día 9 de septiembre, Betto se encuentra en el sórdido y clandestino piso del Trastévere, que se halla no lejos de la Piazza del Drago. Están también allí el resto de los miembros de la célula a la que pertenece, dentro de la organización antifascista y conspiradora llamada Scintilla. Los otros cuatro son Saletti, Felize, Giulio y la aparentemente tímida y dulce Quirina, con su vestido, su bolso y sus zapatos propios de una mujer más mayor.

El silencio impera. También la calle permanece callada. La ventana está abierta y el líder, Saletti, canoso y grueso, se asoma discretamente y otea la distancia con su hosco semblante. El sol extiende su manto luminoso sobre los viejos edificios y una quietud misteriosa parece envolver toda Roma.

Betto está nervioso, impaciente y con sus grandes ojos desmesuradamente abiertos. Lleva allí más de tres horas. Acudió después de que Quirina se presentara en su casa antes del amanecer y le comunicara que debían reunirse de urgencia para esperar órdenes de la cúpula de la organización. A pesar de los ruegos insistentes y desgarrados de su madre, se vistió deprisa y salió para ir a citar a su vez a su amigo Felize Porto, como estaba previsto en esos casos. Ambos jóvenes pedalearon con todas sus fuerzas y atravesaron en sus bicicletas la ciudad oscura y desierta, todavía bajo el toque de queda.

Giulio también se acerca a mirar lo que sucede afuera y, al ver que todo sigue igual, se dirige con exasperación a los demás para decir con ansiedad:

—¡Estamos perdiendo un tiempo precioso! ¿Qué hacemos aquí quietos? ¡Vayamos de una vez a ver qué está sucediendo!

—Paciencia, paciencia... —masculla Saletti entre dientes, sin dejar de mirar por la ventana.

—¡Seguro que los alemanes y los fascistas no están desaprovechando la ocasión de avanzar! —insiste Giulio.

Entonces toma la palabra Quirina y dice con tono reposado:

—No debemos precipitarnos. El plan previsto dispone que cada célula espere el momento oportuno para actuar. Si salimos, perderemos la ocasión de unirnos al resto de los camaradas en la acción conjunta que deben estar preparando los dirigentes. No sabemos siquiera lo que está pasando. Solo cuando seamos informados convenientemente sabremos lo que hay que hacer. Hay que evitar a toda costa dar palos de ciego...

—Esas explicaciones están de sobra —replica malhumorado Saletti—. ¡Aquí se hará lo que yo mande! Así que ¡a callar y a esperar!

Retorna el silencio y aquella profunda impavidez que parece tener detenido el tiempo. Hasta que, pasada una media hora o algo más, suenan unos golpes en la puerta. Quirina va a abrir y deja entrar a un hombre bajito, ya de cierta edad, que viene fumando y que se dirige directamente a Saletti para informarle, con una calma digna de admiración en tales circunstancias:

—Los antifascistas continúan incesantemente intentando organizar a las masas. Los comunistas están ahora mismo improvisando un mitin repleto de participantes en la Piazza Colonna para llamar a la población a acudir a las armas para defender Roma de los nazis. Pero los intentos de los civiles son rechazados en casi todas partes por la policía. Nuestros dirigentes dicen que ha llegado el momento de actuar. Muchos hombres y mujeres se han hecho con armas y van hacia Porta San Paolo para hacer frente a los alemanes que vienen ya a cierta distancia por la Via Ostiense.

Saletti se queda pensativo un instante y luego dice con voz tonante:

—¡Vamos allá!

Salen los seis apresuradamente del edificio y atraviesan el Tíber por el Ponte Garibaldi. El puesto de vigilancia que hay en la cabecera está abandonado y después no hay militares ni policías por ningún lado. Betto y Felize pedalean por delante en sus bicicletas, despacio a pesar de su impaciencia, tratando de no perder de vista a los demás, que van a pie. Entonces Saletti les grita jadeante:

—¡Avanzad vosotros por delante! ¡Id a Piazza Colonna! ¡Allí nos reuniremos!

Betto y Felize aprietan la marcha y siguen un poco más por la Via Arenula, donde ya se encuentran con algunos vehículos y con mucha gente que se dirige inquieta y vociferante hacia el centro de la ciudad. Al pasar por delante del edificio donde está la vivienda de los Daureli, Betto se detiene y le dice a Felize:

—Sigue tú. Voy a buscar a Gina.

Su amigo le mira con un gesto de extrañeza y contrariedad:

—¡La burguesa estará durmiendo!

—¡Haz lo que te digo! ¡En Piazza Colonna nos reuniremos!

El joven sube aprisa las escaleras y se encuentra de frente con Gian Carlo, que baja uniformado y llevando un fusil en la mano. Ambos se miran de reojo al pasar el uno al lado del otro. No se conocen y cada uno sigue su camino.

Betto llama a la puerta. Sale a abrir la sirvienta.

—Pregunto por Gina —explica él, tratando de dominar su ansiedad—. Dígale por favor que Betto la espera abajo en la calle.

La sirvienta se queda pasmada, mirándole fijamente.

—¡Por favor! —repite él—. ¡Es muy importante! ¡Dígale a Gina que Betto está abajo esperándola!

—¿Quién es? —pregunta desde dentro doña Gianna—. ¿Qué quieren a esta hora? ¡Ay, Virgen santa!

Betto no dice nada más y vuelve a recorrer la escalera a toda prisa hasta el rellano.

Un instante después aparece Gina, componiéndose la ropa y con el cabello rubio alborotado.

Se besan. Y él, entre resuellos por el esfuerzo y la emoción, le dice:

—Siento haberte despertado.

—¡No he dormido nada! —contesta ella—. ¡Vamos!

—¿Estás segura de lo que haces?

Gina sacude animosa la cabeza y exclama con decisión, mientras monta en su bicicleta:

—¡Debo ir contigo! ¡Vamos! ¡Debemos ir!

De pronto, la ciudad se alza ante ellos por delante, alta y arrogante, como si se sintiera ofendida por el abandono, por el desorden y por la agresión de los ejércitos que ya todos sentían cerca. Una multitud se agolpa en Piazza Colonna. Betto y Gina desmontan de sus bicicletas y se adentran en ella caminando. Se sumergen en el jaleo que hay. Están muy pronto embriagados de emoción, deslumbrados por aquella maravilla de tumulto: centenares de personas de todas las edades gritando y brincando por todas partes; un estallido de histeria de masas que se extiende por las calles adyacentes como un incendio se propaga por los matorrales.

Unos camiones aparecen al fondo y avanzan despacio abriéndose paso entre grupos de jóvenes delirantes que gritan a voz en cuello. Se detienen y salen hombres vestidos con monos de trabajo y empiezan a gritar:

—¡Compañeros, a las armas! ¡A los cuarteles todo el mundo! ¡Exijamos a los militares que nos den armas para defender Roma!

Miles de brazos y manos se alzan con los puños cerrados. Y las voces furiosas, rotas por la rabia y la exaltación, proclaman a los cuatro vientos:

—¡Armas! ¡Viva el pueblo! ¡Abajo el fascismo! ¡Salvemos Roma!...

30

Roma, jueves, 9 de septiembre de 1943

—¿Con quién se ha ido esa insensata? —le grita doña Gianna a la criada—. ¡Virgen santísima! ¿Con quién?

La muchacha está pálida, asustada, y eleva su chillona voz en un tono casi declamatorio para contestar:

—¡Betto dijo él que se llama! ¡Betto! ¡Ya se lo he dicho más de cien veces, señora!

Doña Gianna deja escapar una especie de lamento ahogado, como un gruñido, y se dirige de nuevo a la criada con un manifiesto acento de reproche:

—¡Que Dios te perdone, Paciana! ¡Que Dios te perdone! Porque yo no te podré perdonar nunca que la hayas dejado salir en un día como este… ¡Ay, Virgen santa! ¡Que no le pase nada malo!

—¿Y qué podía hacer yo, señora? ¿La iba yo a retener a la fuerza? ¡Madonna mía! ¡Sabe bien la señora cómo es su hija Gina!

Don Mario Daureli asiste impávido a la discusión, mientras se sirve una copa de ginebra. A pesar de ser las once de la mañana, es ya la segunda que va a tomar. Bebe un sorbo, está de pie, observándolas con una mirada que revela sorpresa y reflexión, y dice con un tono monocorde y fatigado:

—¿Es que nadie conoce en esta casa la virtud de la cordura? Basta ya, por favor, basta ya de discusiones absurdas.

Doña Gianna echa atrás la cabeza, como horrorizada por lo que su esposo acaba de decir, y le lanza una mirada de reproche; luego deja vagar sus ojos angustiados varias veces entre él y la criada, para poner a esta por testigo de dicha desaprobación.

—¿Cordura? —solloza, cubriéndose el rostro con las manos—. ¿Es cordura beber ginebra a estas horas? ¡Ya llevas dos copas!

Don Mario lanza una larga y dura mirada a su mujer. Luego sale de la estancia sin decir ni una sola palabra.

Doña Gianna entonces rompe de nuevo a llorar, mientras se arroja de rodillas, con las manos juntas y los dedos entrelazados, delante de un gran cuadro de la Virgen María que cuelga de la pared.

En esto, llaman a la puerta. La criada va a abrir y desaparece por espacio de unos minutos, luego vuelve diciendo:

—Es el policía.

—¡El policía! ¡Que pase! —exclama la señora con el rostro iluminado por una ráfaga de esperanza.

—¡Adelante, por favor! —dice la criada desde la sala.

Entra un policía muy flaco y con un fino y negro bigote en su delgada cara. Saluda militarmente y luego mueve la cabeza, negando con inequívoco gesto de frustración:

—Nada, doña Gianna, nada… Toda Roma está revuelta. Hay jóvenes alterados por todas partes; unos llevan armas que tenían en sus casas y otros las piden en los cuarteles… Su hija debe estar unida a una de esas bandas de revolucionarios. Siento tener que decírselo, pero es mi deber informar con veracidad. Los alemanes se acercan peligrosamente a la ciudad y esos insensatos se creen que podrán hacer frente a sus tanques con cuatro escopetas viejas. Esto es una locura que nadie puede detener. Es la guerra, señora mía, la guerra en la misma Roma…

Ella se intranquiliza todavía más, alza los ojos llorosos al cielo y exclama:

—¡Cuántos peligros, Dios mío! ¡Y Gian Carlo también salió de casa!

Don Mario, que está oyéndolo todo desde su despacho, vuelve a la sala y dice con amargura:

—¡Toda esta miseria y anarquía ha acarreado el fascismo! ¿Y ahora qué? ¿Qué vamos a hacer ahora? ¡Caeremos en manos de esos malditos tedescos! ¿Y qué será de nosotros después? Solo Dios lo sabe…

—¡Calla! —grita doña Gianna con altanería—. ¡No menciones el santo nombre de aquel en quien no crees!

Don Mario se coloca las palmas de las manos sobre el pecho y la mira, entre desafiante y airoso, diciendo con calma:

—En la prueba, solo en la prueba, el hombre tiene derecho a creer. ¿O acaso la fe sirve para otra cosa más que para eso?

Pero ella se levanta bruscamente, fingiendo ignorar su pregunta, y mirando hacia el cuadro de la Virgen, exclama con inquietud:

—¡Señora mía, perdónalo!, y que no le pase nada a mi pequeña. ¡Y tampoco a Gian Carlo! ¡Guarda a mis hijos, Señora!

Don Mario se vuelve hacia el policía y empieza a hacerle preguntas sobre la situación en la ciudad, con metódico orden, como corresponde al militar que es; y mientras tanto, saca de la vitrina la botella de ginebra y se sirve mecánicamente una tercera copa. Pero, en ese momento, repara en su propia indelicadeza por no invitar al policía y le dice:

—¿Quiere usted una copita de esto? Tómela, le hará bien.

El policía la acepta. Bebe un par de sorbos y luego habla de lo que sabe sobre el corte de vías, telégrafos y teléfonos, del tumulto de las manifestaciones en diversas plazas, de los combates que dicen que se desencadenan entre los granaderos y los alemanes, de los muertos y heridos, de la capital bombardeada, de sus estudiantes rebeldes, de sus obreros comunistas y sus abogados y políticos alborotadores. Luego narra la manera en que han sido armados muchos ciudadanos por algunos militares en la Piazza Colonna.

Doña Gianna escucha horrorizada todo eso. Pero el coronel Daureli permanece impasible, y después comenta con voz apenas audible:

—¿Será de verdad la revolución? Ya sabía yo que el salvajismo acabaría apoderándose de todo más tarde o más pronto. Los comunistas parecían estar bajo tierra, pero resulta que no estaban muertos... Estaban muy vivos y ahora salen de sus madrigueras... ¡Estúpido y ciego Mussolini!

El policía disimula su incomodidad, saluda militarmente y dice:

—Con su permiso, señores, debo regresar al servicio. Deseo que no le suceda nada a sus hijos.

La criada le acompaña hasta la puerta y regresa al instante. En ese momento suena el teléfono, que está sobre una mesa en un extremo.

—¡Funciona! —exclama don Mario—. Hace un rato intenté llamar y no daba señal.

Lo descuelga y saluda:

—*Pronto!*, buenos días.

Alguien habla al otro lado en un tono mecánico y monocorde que resuena débilmente en el aparato. Don Mario solo dice:

—Imposible… No puede ser…

Quien le ha llamado le da una serie de explicaciones que doña Gianna no puede oír, pero que la inquietan cada vez más, al ver la cara de espanto de su esposo.

—¿Qué pasa? —pregunta ella angustiada, temiéndose lo peor—. ¿Quién llama?

Don Mario se despide, cuelga el teléfono y se echa a llorar.

—¡¿Qué ha sucedido?! —le grita su esposa, abalanzándose sobre él—. ¡Nuestros hijos! ¡Dime, Mario! ¿Qué les ha sucedido a nuestros hijos?

Él la mira desde un abismo de aflicción y responde con débil voz:

—El rey ha huido…

—¿Qué dices, Mario? ¿Qué significa eso?

—Lo que has oído: ¡el rey ha huido de Roma! Era mi amigo Massimo Ferretto. Me ha llamado justo después de hablar con el general Carboni. Aunque parezca mentira, es la pura y triste verdad… No son rumores, Gianna: el rey, el jefe de Gobierno, el ministro de la Guerra, el jefe del Estado Mayor… ¡Todos han escapado como las ratas cuando el barco va a hundirse! ¡Malditos cobardes! ¡Traidores! ¡Es la mayor infamia de la historia de Italia!

31

Roma, jueves, 9 de septiembre de 1943

A última hora de la tarde, una ambulancia impaciente trata de abrirse paso despacio, a toques de sirena, en la Via Portuense, atestada de vehículos y personas. Por delante va una fila formada por camiones, ruidosos transportes con baterías antitanques, un pelotón de caballería y más de un centenar de hombres a pie. El humo negro de los tubos de escape dibuja en el cielo cárdeno ligeras nubes que no tardan en disiparse, dejando, no obstante, un rastro de su etérea presencia. También hay polvo en el aire tórrido y el resonar de las voces, roncas y brutales de los oficiales, que guían desesperadamente a todos aquellos soldados hacia un destino sin determinar. A un lado y otro, las calles están ocupadas por largas columnas de automóviles, motocarros y camionetas de todos los tamaños que circulan en una y otra dirección entorpeciéndose. Más adelante, los remolques de la artillería permanecen parados frente al baluarte defensivo que hay instalado en Porta Portese, y los escuadrones de infantería, con sus grandes cascos de acero y sus uniformes de color terroso, avanzan en sentido contrario, pisando fuerte sobre la carretera asfaltada. Reina una gran confusión que es imposible de disimular por parte de los militares de mayor rango, que discuten a gritos a la vista de grupos de gente ociosa y asustada, que observa todo aquel movimiento caótico desde las ventanas y las puertas de las casas. También pasan pelotones de civiles armados caminando deprisa, sin ningún orden ni marcialidad, y llevan en sus caras expresiones de furor y pavor contenidos.

La gente de Roma está inquieta en todas partes; todo el mundo espera que ocurra algo terrible, y se palpa en el aire que ese algo terrible está a punto de ocurrir.

Dentro de la ambulancia van el doctor Borromeo, fray Maurizio Bialek y dos enfermeros del hospital Fatebenefratelli. Se dirigen hacia las inmediaciones del Ponte della Magliana, donde saben que hay ya numerosos heridos tras el largo combate que allí se ha desarrollado durante toda la jornada. Al darse cuenta de que no pueden avanzar, preguntan a uno de los policías que están tratando de organizar el tráfico y se enteran de que los alemanes están atacando de manera incontenible en las mismas orillas del Tíber, a punto de cruzar el puente hacia la Via Ostiense. Es inútil pues perder el tiempo intentando llegar por aquel lado. Mejor dar media vuelta en dirección al Trastévere y buscar la manera de ir por el otro lado del río. Así que cambian de dirección allí mismo y se unen a la fila que discurre en sentido contrario, hacia el centro de la ciudad.

Una hora después, llegan por fin a las inmediaciones del Forte Ostiense, donde los italianos se están replegando para reorganizar sus defensas después de haber estado defendiendo el cercano puente desde la tarde anterior. Desde la primera línea de fuego confluyen permanentemente pelotones del Primer Regimiento de Granaderos que se van situando, agotados y hambrientos, por todas partes, y que lo primero que hacen es acudir a pedir agua y comida. Enseguida otros soldados parten velozmente para sustituirlos. Apesta a aceite y gasolina, a pintura quemada, a hierro y a pólvora. Es un olor extraño, un olor nuevo para los que acaban de llegar en la ambulancia. Reina allí una confusión mayor aún que en la otra parte, con hombres sentados y tendidos en las calles ajardinadas, entre pertrechos de guerra colocados junto a los muros del antiguo bastión militar. Pero hay cierta euforia, pues parece ser que los nazis retroceden. La noticia es muy importante, ya que este es el único punto del sector donde los vehículos pueden transitar hacia Roma.

Borromeo y fray Maurizio salen del vehículo y se dirigen hacia el fuerte. En el patio central se ha instalado un improvisado hospital de campaña que ya está abarrotado de heridos, pálidos por el sufrimiento y la pérdida de sangre, que yacen en camillas improvisadas, algunas de ellas hechas con simples jergones y puertas arrancadas de sus goznes. Poco pueden hacer ante la magnitud de la tragedia que se avecina. Enseguida se dan cuenta de que falta lo necesario para poder mantener con eficacia la defensa de aquella posición. Se advierte que todo allí es improvisado y que no hay unas directrices militares claras sobre lo que ha de hacerse en las horas siguientes. La única esperanza que sostiene los ánimos de aquellos abnegados y extenuados soldados es que vengan cuanto antes los refuerzos, pero nadie sabe de qué refuerzos se trata ni de dónde han de venir. Todo son rumores.

De repente suena un disparo en alguna parte. Luego le siguen varios más que pasan silbando sobre los tejados de las pequeñas casas de campesinos que hay a los lados de la carretera. Entonces una ametralladora de la batería que está instalada en lo más alto del fuerte empieza a lanzar ráfagas a ciegas en dirección a las arboledas que se extienden por las orillas del río. Pero no se ve a nadie y es imposible determinar de dónde vienen aquellos disparos, a los que siguen otros, y el fuego va haciéndose poco a poco más vivo, insistente, rabioso. Dos granaderos caen heridos. Entonces uno de los oficiales se dirige a la tropa, gritando órdenes. Los soldados se dividen en grupos y salen corriendo para rodear el fuerte.

Poco después llegan dos carros blindados descubiertos de la división de la infantería italiana, cargados con hombres que traen los rostros abrasados por el sol, brillantes de sudor, y los uniformes polvorientos. Se apean y, llevando sus armas en las manos, parten en dirección al puente. También llegan a pie otros jóvenes vestidos con monos azules de trabajo y se unen a la tropa de soldados; parecen salidos de la nada, todos ellos armados y apreciablemente agitados.

Mientras atienden a los heridos, el doctor Borromeo, fray Maurizio y los dos enfermeros observan en silencio lo que sucede a su alrededor. Empieza a anochecer y la oscuridad va cayendo sobre las camillas, donde los soldados heridos siguen también con la mirada, perplejos e inseguros, todos estos movimientos de sus compañeros sanos. Entonces aparecen por allí grupos de muchachos que anuncian que el peligro ha pasado y que los alemanes se retiran. Corre de boca en boca la noticia en medio de un regocijo general.

Pero de pronto resuena una gran detonación y se ve a lo lejos el humo negro que se eleva. El cañón truena en la orilla opuesta del Tíber. El estruendo de las explosiones se propaga de árbol en árbol. No son ya disparos de fusil ni ráfagas de ametralladora, sino algo diferente, anormal. El suelo se tambalea como sacudido por un terremoto, y a cada estampido sigue el estrépito de los cristales de las ventanas rotas en las casas y los alaridos de pánico, los llantos, las blasfemias y el griterío de la gente que, frenética, huye a la carrera hacia Roma. A lo lejos se oye un estrépito de disparos de ametralladora. Y al mismo tiempo rugen los motores de los aviones en lo alto. La turba corre en desbandada y pasa frente a las ambulancias; son mujeres, hombres y niños que han visto las tropas de alemanes que se acercan despacio. Detrás de estos, aparece tambaleándose un soldado con la cara llena de sangre que señala el cielo con su fusil y grita:

—¡Paracaidistas! ¡Paracaidistas alemanes!

Todo el mundo alza la mirada y ve caer la lenta lluvia de los paracaidistas alemanes, que descienden colgados de sus inmensos paraguas blancos y se van posando suavemente sobre los campos, las calles y los tejados de las casas.

Un coche se acerca a toda velocidad por la carretera polvorienta. Se detiene junto al fuerte y sale un capitán de los granaderos que grita a voz en cuello:

—¡Recojan a los heridos! ¡Nos retiramos! ¡Vamos, no hay tiempo que perder! ¡Los paracaidistas alemanes caen por todas partes! ¡Todo el mundo a Roma!

32

Roma, jueves, 9 de septiembre de 1943

—¡Entra de una vez en tu casa! —le grita Betto a Gina, y su voz resuena potente en medio de la calle desierta—. ¡Sube a tu casa! ¡No te lo repetiré más! ¡No vas a venir conmigo!

Ella está llorando delante del portal, con los brazos extendidos a lo largo de su esbelta figura. Es casi de noche y la última luz del día se extingue en un profundísimo firmamento de color azul turquesa. Ningún farol está encendido a causa del toque de queda, que es a las siete, y han pasado ya más de tres horas. Pero parece que nadie obedece esa prescripción que ha perdido todo su sentido tras los últimos acontecimientos. La gente está metida en las casas no por miedo a los bombardeos aéreos, sino por otra clase de terror, más indeterminado e irracional.

—¿No me has oído? —insiste Betto en un tono todavía más autoritario—. ¡Entra!

—¡Espera! ¡Por favor...! —solloza Gina.

Él la besa, monta en la bicicleta y se marcha pedaleando a toda prisa.

—¡Betto, espera! ¡No te vayas!

Betto no se detiene. Recorre la Via Arenula con decisión, veloz como una centella, perdiéndose en la oscuridad que hay al fondo.

Gina echa una última ojeada a la calle solitaria. En torno, los altos edificios, las casas y los árboles se recortan nítidos en aquel cielo que comienza a estar estrellado, y a ella se le antojan de un tamaño superior al natural, como en una fotografía ampliada. A pesar de la escasa luz, pueden distinguirse las grietas del revoque en las paredes, las ramas, las hojas... La visión es estática y tiene ese algo de muerte, y a la vez de exceso de precisión que es propio de imágenes en blanco y negro. Ella entonces siente que está frente a una fría y espectral fotografía. El tiempo está como detenido, pero no hay silencio; un clamor confuso se alza por todas partes: el espantoso ruido de las sirenas, el interminable silbido de las locomotoras de los tranvías, el rugir de los motores y el crepitar lejano de las ametralladoras.

Ha sido una jornada intensa, un continuo vagar por la ciudad que estaba sumida en su pavor y su ansiedad, como un delirio. Desde muy temprano, cuando Betto y ella corrían por las tortuosas callejuelas que suben al centro, oían las conversaciones desesperadas, el ruido de las pisadas, las carreras, los portazos, los suspiros, los gritos ahogados y las llorosas quejas de las ancianas. Luego se hallaron sumidos en la delirante rabia de las masas de jóvenes y obreros que exigían armas delante de los cuarteles militares y los acantonamientos policiales.

En la tarde de aquel agitado jueves día 9 de septiembre, acabaron unidos a una caterva de civiles que intentaron asaltar el cuartel de Infantería 81 en Viale Giulio Cesare para obtener armas. Pero fueron rechazados de inmediato con disparos. Huyeron y anduvieron errantes, agotados y sin saber qué hacer ni dónde ir. Hasta que se encontraron con un grupo de jóvenes que se dirigían hacia Porta San Paolo, con el teniente Maurizio Giglio al mando, para unirse a los que allí se iban congregando dispuestos a hacer frente a los alemanes que, según decían, avanzaban por la Via Ostiense. Entre ellos iban también muchas mujeres.

Pero Betto se negó a que Gina fuese con ellos y la obligó a regresar a su casa. Ella se resistió al principio y trató de imponer su voluntad. Hasta que entre todos lograron convencerla, al verla ya sin fuerzas, casi sin voz y a punto de desmayarse.

33

Roma, jueves, 9 de septiembre de 1943

Doña Gianna se asoma a la ventana y comprueba que se ha hecho de noche. Se dirige entonces hacia el teléfono, lo descuelga y comprueba que no funciona.

—Orlena está todavía en el hospital —solloza angustiada—. ¡Dios mío! Si al menos pudiera comunicar con ella... Se fue de casa antes de que la loca de su hermana se marchara a la revolución.

—¡Calla de una vez! —le grita con exasperación don Mario—. ¡Siéntate y quédate quieta! ¿No te das cuenta de que no puedes hacer nada? ¡No podemos hacer nada! Así que siéntate y ponte a rezar.

Ella se sienta, lanza una mirada entre aterrada y desolada a su esposo y se echa a llorar cubriéndose el rostro con las manos. Hay un instante de silencio, en el que solo se oyen sus gemidos ahogados. Pero enseguida entra la criada exclamando:

—¡La señorita Gina está en casa!

Entra la joven y sus padres corren hacia ella para abrazarla.

—¡Gina, Gina, hija mía...! —grita doña Gianna entre sollozos—. ¡Bendito sea Dios! ¡Gracias Madonna!

Don Mario la besa una y otra vez, preguntando:

—¿Dónde has estado, hija? ¡Con quién!

Paciana regresa al instante trayendo en una bandeja leche caliente y algunas galletas. La muchacha está hambrienta y llorosa. No dice nada. Se sienta y come. Tiene la mirada perdida, está como ausente y la voz no le sale del cuerpo.

—¡Qué locura, hija! —se lamenta la madre—. ¡Qué locura! ¡Y en tu estado! ¡Seguro que habrás ido con ese judío!... ¡Él tiene toda la culpa! Ese judío...

Su esposo mueve sorprendido la cabeza y pregunta:

—¿Judío? ¿De qué judío hablas?

Ella se acerca enfadada, y le dice, mirándole a la cara, casi llorando:

—¡Ese Betto con el que se ha ido! ¡Es judío! Tú no te enteras de nada... ¡Nunca te enteras de nada!

Y después de decir eso, se dirige a la criada y le reprocha, fuera de sí:

—¡Y tú no te hagas la tonta, Paciana! Porque tú sabes de sobra quién es ese Betto...

La criada no tiene más remedio que salir de su silencio, murmurando con una voz mate y triste:

—Sí, señora.

Entonces doña Gianna se vuelve hacia su esposo y le dice con una voz desgarrada que casi no le sale del cuerpo:

—Gina está... ¡Gina está embarazada! Sí, embarazada de ese judío; de ese tal Betto... ¡Vamos a ser abuelos de un niño judío!

Dicho lo cual, prorrumpe en un llanto incontrolable y se deja caer sobre un sillón, desmadejada y a punto de desmayarse.

Paciana va a por un vaso de agua y se lo da. Ella bebe y, ante la mirada atónita de su esposo, clama, entre trago y trago:

—Debía decírtelo, porque el embarazo está ya muy avanzado. ¿No te has dado cuenta de la barriga que tiene? ¡Tú no te enteras nunca de nada!

Don Mario la mira estupefacto y dice:

—Tienes una imaginación acalorada y trastornada. ¿Cómo puedes decir esas estupideces? A veces me pregunto si te estarás volviendo loca. ¡Ese tarado de Mussolini os ha desquiciado a todos! ¡Media Italia debería estar en el manicomio!

Abrumada por aquella incómoda y dramática situación, la criada se retira discretamente para volver a sus labores. Los dos esposos se quedan solos. Se hace un silencio un tanto absurdo, en el que únicamente se oyen los sollozos y suspiros de doña Gianna.

El rostro sombrío de don Mario Daureli parece reflejar la duda, la aflicción y la inquietud que nace en sus adentros. Pero no es ni mucho menos porque se haya enterado de que su hija está embarazada de un hombre judío; no cree que eso sea verdad, sino que piensa realmente que es una fantasía delirante de su esposa. El mayor sufrimiento del viejo coronel es debido a la terrible noticia que recibió horas antes: la flota italiana había sido destruida y hundida en el mar por los alemanes. Era como si todo se derrumbase a un tiempo. «¿Qué voy a hacer yo ahora?» es la pregunta que le aturde y que ya le pincha por dentro desde hace muchos meses. Toda su vida le parece en ese momento triste y desagradable, debido a la situación que le toca vivir en su vejez, a la tiránica fuerza del paso del tiempo, y a la maldad y la anarquía ingobernable que fluye en aquella Italia repleta de gente armada, gente vociferante y sin mando; y a los alemanes que, como una jauría, se acercan a esta Roma sin rey, sin gobierno ni militares, sin la Regia Marina, sin ley ni defensa. Y de pronto le parece que se marchitan todos sus honores y glorias pasadas, como las ramas que, al arrancarse del árbol, se convierten en leña seca. Y no puede evitar un odio que le nace muy adentro. Entonces se acerca a la vitrina, se sirve otra copa de ginebra y la apura con un gesto de amargura, pensando que, si no fuera por todo lo que ha acarreado a Italia Mussolini, ahora él estaría en su asiento favorito del restaurante La Campana, tomando negroni con sus amigos y conocidos, los asiduos de los jueves; y disfrutando de su ambiente añejo, que tanto le fascinaba y se adueñaba de su imaginación, excitando su sensibilidad por su antigüedad, con sus bóvedas enterradas bajo los escombros de la historia y las rancias maderas de los muebles y las puertas. Tras estos pensamientos, no tarda en aparecer en sus ojos una profunda mirada de desolación y se agita nervioso, como un prisionero. Los sueños pasados y los recuerdos lo atormentan y duplican su aflicción, atrayendo la nostalgia, ansiosa de la música en la ópera, del vino y la belleza de la ciudad en los días felices del pasado; ese gozo de la juventud, estimulante, ardiente, jubiloso y desbordante. Nunca antes de esta mañana aciaga se había dado cuenta de que era demasiado débil para soportar ni un solo día el estar sin beber, pero ahora está muy lejos de censurarse o de indignarse contra sí mismo. El único motivo de dolor y rabia que ahora encuentra en sí es pensar que el reino de Italia ya no existe y que Hitler va a ser en adelante el dueño de Roma. Horrorizado por este pensamiento, compungido, llora y emite un gemido sordo, creyendo que está solo. Pero enseguida centra su atención en su esposa, que le está mirando fijamente, y la encuentra encolerizada, escudriñando su rostro, como queriendo decirle: «¿Qué haces ahí, taciturno y lacrimoso? ¿Acaso mi presencia no puede consolarte? ¿No podemos llorar juntos al menos una vez en la vida? ¿No podemos compartir siquiera la desgracia de tener un nieto medio judío?». Don Mario ha captado todo el significado del desprecio que hay en ella, en el breve instante en que sus ojos se han encontrado, pero él no responde a su reproche furioso y triste. Por el contrario, decide dejarla allí, y sale de la sala llevando consigo la copa y la botella de ginebra.

—¿Adónde vas, Mario? —pregunta ella enojada.

Indudablemente, él no odia en este momento nada tanto como la obligación de permanecer con ella durante aquel trago amargo, privado de la libertad solitaria de la embriaguez, que lo ayuda a soportar toda aquella aflicción.

—Voy a la terraza… —masculla entre dientes.

34

Roma, viernes, 10 de septiembre de 1943

Betto estuvo escuchando permanentemente los disparos lejanos desde la tarde anterior. Pero no había visto todavía a los alemanes. Felize Porto y él anduvieron durante toda la mañana del viernes vagando por el centro de la ciudad, unidos a una tropa de civiles mal armados que erraban desorientados sin saber dónde enfrentarse definitivamente a aquel enemigo que todavía era difuso. De todas partes llegaban noticias, rumores vagos, órdenes y contraórdenes. Resultaba imposible hacerse una idea medianamente creíble de lo que en realidad estaba sucediendo. Los vehículos militares, las ambulancias y los destacamentos de soldados se movían de un lado a otro en un deambular frenético, con las sirenas y las bocinas sonando todo el tiempo. Unas veces decían que la defensa estaba resultando eficaz y que los granaderos habían conseguido ya detener al invasor a las puertas de Roma. Pero enseguida venía alguien que informaba con rotunda seguridad de lo contrario. Solo una cosa parecía ser cierta: los granaderos y *carabinieri* luchaban denodadamente al sur, donde afirmaban que se habían levantado barricadas y se concentraba el grueso de las fuerzas italianas para impedir que los tanques alemanes consiguieran rebasar esa línea. Así transcurrieron muchas horas de nerviosismo, agitación e incertidumbre. Hasta que, a mediodía, empezó a propagarse la noticia de la infame huida del rey y el Gobierno. Los ánimos de los antifascistas se enardecieron aún más y la multitud corrió hacia Porta Metronia, donde decían los líderes que los soldados iban a repartir armas.

Betto y Felize se encaminan en aquella dirección, junto a más de un centenar de jóvenes iracundos y delirantes que corean insultos contra el rey y Badoglio. Pero, antes de llegar a los cuarteles, aparecen dos conocidos líderes comunistas en un coche y anuncian que las armas se están entregando en el Coliseo. Todos corren tras el vehículo. En la explanada que se extiende frente a la impresionante mole de piedra, dos camiones militares grandes tienen las lonas levantadas y se ven montones de fusiles, pistolas, granadas de mano y cajas de municiones. Todo ello es descargado apresuradamente y entregado a los civiles que se van congregando. Por primera vez en sus vidas, ambos jóvenes tienen un arma en sus manos; sendos fusiles antiguos y pesados que les son entregados junto a puñados de balas que tienen que meterse en los bolsillos. Todavía están allí cuando alguien llega con la noticia que anuncia lo que más se temía: los alemanes se acercan a Roma y se ha comenzado a luchar dentro de la ciudad; en Testaccio, cerca de Porta San Paolo y la pirámide de Cestio.

Los líderes comunistas gritan:

—¡Todos a Testaccio! ¡A defender la libertad! ¡Salvemos Roma!

La masa se pone en movimiento, vociferante y colérica. Rugen los motores de los automóviles y las camionetas, mientras un sinfín de jóvenes parte veloz por la Via di San Gregorio en sus bicicletas, sorteando a los grupos que van a pie y a los vehículos que vienen en dirección contraria. Entonces reina de pronto la confusión. Algunos de aquellos civiles empiezan a decir a voces que los alemanes se hallan también cerca de la estación Termini, e incluso en Via Gioberti y Via Cavour. La guerra está ya dentro de Roma. Muchos cambian de dirección y se encaminan hacia este nuevo destino.

Betto y Felize también lo hacen y no tardan en llegar a Via Paolina, frente a la basílica de Santa Maria Maggiore. Rodean la Piazza del Esquilino y muy pronto se encuentran envueltos en la refriega, con gente corriendo por todos lados, sintiendo en torno el ensordecedor estruendo del fuego cruzado y el griterío. Sueltan las bicicletas para seguir a los que se refugian tras las esquinas. Un numeroso grupo de italianos, formado por policías, militares y civiles corre a parapetarse bajo los andamios de la estación Termini, que está en construcción. Desde allí disparan contra aquellos alemanes que, al parecer, hasta entonces habían estado infiltrándose vestidos de civil y que luego se habían transformado rápidamente en soldados perfectamente equipados con uniformes y armas que disparan permanentemente desde las ventanas del hotel Continentale. Grupos de fascistas se han unido a ellos y se defienden disparando también en diversos puntos; desde la Casa del Passeggero y desde el nuevo hotel de Roma. En medio del crepitar de las ametralladoras, se escucha el canto del himno *Giovinezza*. Esto enardece aún más a los jóvenes antifascistas, que gritan insultos y maldiciones a voz en cuello y arrecian las detonaciones desde sus refugios.

Betto y Felize hacen lo que pueden. Se agazapan en el suelo y se levantan, se apoyan el rifle en el hombro y muy rápidamente descargan dos, tres, cuatro tiros torpes hacia las sombras que maniobran en las ventanas del segundo piso del hotel Continentale. Pero una ametralladora alemana descarga a cada instante largas ráfagas. Y ellos acaban yendo de un lado a otro, encorvados y asustados por el silbar de las balas sobre sus cabezas. En las calles hay algunos muertos y heridos, que ellos miran con horror. Se detienen junto a un grupo de *carabinieri* y civiles que están reunidos al abrigo de un muro. Cunde el desasosiego y la confusión entre ellos. Un oficial está tratando de explicar con visible desesperación que el ejército alemán ya está entrando en Roma por el sur. Pero que, a pesar de eso, hay que resistir a toda costa, puesto que los aliados angloamericanos han desembarcado en Ostia y dos grandes divisiones vienen hacia Roma. También explica que se está organizando una resistencia extrema en Porta San Paolo, donde muchos civiles se unen espontáneamente al ejército. Una y otra vez repite que es allí donde todos deben ir a luchar, para detener al grueso de las tropas alemanas mientras esas divisiones aliadas tratan de llegar. Entonces uno de los líderes antifascistas que está escuchándole empieza a gritar desgarradamente:

—¡Todos allí! ¡Todos a Porta San Paolo! ¡Ya nos ocuparemos luego de estos malditos fascistas!

La gente obedece a esta improvisada orden y da comienzo un nuevo movimiento. Ahora muchos se dirigen hacia el sur de la ciudad. Entre ellos van Betto y Felize, que recuperan sus bicicletas, se echan los fusiles al hombro y parten pedaleando con todas sus fuerzas. Están agotados, hambrientos y sedientos por las muchas horas que han estado moviéndose de un lugar a otro, envueltos en aquel torbellino de incertidumbre y desasosiego. Pero son jóvenes y su entusiasmo es más fuerte que sus malogrados cuerpos. Por el camino se detienen frente a una panadería, donde unas mujeres están repartiendo el poco pan duro que tienen entre algunos combatientes. Después reanudan la marcha y en apenas un cuarto de hora están en Piazza di Porta Capena, donde se alza el obelisco de Aixum.

Ven por primera vez las tropas alemanas a lo lejos. Es evidente que han rebasado ya las defensas extremas de Porta San Paolo por diversos flancos. Los tanques vienen despacio por Viale Aventino. Todo se estremece a su paso. Las cadenas rozan con el empedrado, que cruje y desprende chispas. Un estruendo infernal lo inunda todo. La ciudad, casi abandonada, es ocupada por aquella fuerza imparable. Los tanques se detienen y los tubos largos de sus cañones giran lentamente hacia el corazón de la ciudad. Entonces empieza un bombardeo intenso, monótono, que hace saltar por los aires los edificios y las piedras de la calzada. Las explosiones son ensordecedoras. Fragmentos de muros y tejados, árboles y cabezas de chimeneas vuelan por los aires. Un polvo negro asciende y el olor de la pólvora se extiende. Los ciudadanos huyen por todas las calles adyacentes y muchos de ellos caen muertos por las balas certeras de los paracaidistas alemanes que disparan sin descanso. Hay hombres heridos arrastrándose entre los vehículos destrozados, los cascotes y los cadáveres.

Betto y Felize se unen a los defensores en una de las barricadas hechas con fragmentos de automóviles, autobuses detenidos en mitad de la avenida y troncos de árboles. Disparan torpemente contra los invasores, soportando el permanente caer de cascotes y metralla sobre ellos. Pero ya no hay nada que hacer. La presión enemiga es demasiado fuerte y muchos sueltan las armas y emprenden la huida.

Los alemanes, que observan con prismáticos desde diferentes puntos, captan de inmediato la imagen fugaz de la barricada, entre el caos del humo y de las ruinas. Un tanque hace girar su cañón y dispara hacia allí. La explosión levanta una nube de polvo, astillas y escombros. La barricada ha quedado destrozada. Los que defendían el parapeto han caído muertos o heridos. Betto está aturdido, con la cara pegada al suelo y el peso de algo sobre la espalda. Cuando se levanta, ve que Felize se desploma a su lado; su sangre corre a borbotones por el suelo. Tiene abierta la cabeza y el rostro desgarrado. El espanto se apodera de Betto, que lanza un alarido, aunque contenido:

—¡Felize!

Y corre al instante, huyendo del vacío de la muerte, sin sentir el propio cuerpo, como llevado por un impulso mucho más fuerte que sus pensamientos. La batalla brama a su espalda. El humo negro se eleva como un fantasma sobre la ciudad. El joven parece empujado por el viento y asciende por una de las calles, sintiendo que sus piernas se estiran y vuelan sobre el empedrado. De pronto una voz le llama:

—¡Eh, muchacho! ¡Ven, entra!

Un hombre de pelo gris asoma por una puerta y le hace señas desesperadamente. Betto se detiene, titubea y acaba entrando en aquella casa. Todo su cuerpo tiembla. Está pálido y algo caliente le corre por la espalda. Es sangre. Está herido, pero no se había dado cuenta. Cae de rodillas en el suelo. Enseguida una mujer de unos cincuenta años se acerca a él y le dice con cariño:

—¡Aquí estás a salvo! ¡Nadie te ha visto entrar!

Betto mira en torno. Todo está en penumbra. Pero atisba, como sombras, a otros hombres que también se han refugiado allí. Cuando sus ojos se van adaptando a la poca luz, ve sus caras. Están silenciosos, abrumados por los acontecimientos y exhaustos. Uno de ellos gimotea con amargura y dice:

—¡Todo está perdido! ¡Todo!

35

Roma, viernes, 10 de septiembre de 1943

Los tanques suben aullando como monstruos hacia el centro de Roma.

Está cayendo la tarde. Doña Gianna y su hija Gina están asomadas a la ventana, pero no pueden ver desde allí la columna de tropas alemanas que en aquellos momentos irrumpe arrolladoramente en la ciudad. Solo oyen aquel ruido infernal.

—¿Por qué tienen que formar tanto escándalo? ¡Es insoportable! —dice furiosa doña Gianna—. ¡Esos salvajes podrían llegar sin armar tanto alboroto! ¡No hay ninguna necesidad de aterrorizar a la gente! ¡Los romanos somos ciudadanos civilizados! ¡No somos como los rusos o los griegos!

Gina mira a su madre con cara de asombro y responde con un tonillo irónico:

—¿Todavía no te has enterado de que hay una guerra, mamá? Una guerra que ya está en casa. Ahí tienes a los aliados de Mussolini. Esos que tanto te molestan ahora eran los amigos de Italia hasta ayer.

Doña Gianna se separa de su hija y se deja caer en el sillón. Luego le lanza una mirada cargada de espanto y enojo.

—Vuestro padre ha conseguido que todos estéis en mi contra... Al final, lo ha conseguido. ¡Todos, todos contra la madre!

—No se trata de eso, mamá...

—¡Sí, de eso se trata! ¡Vuestra madre es la mala! ¡Soy la mala! Yo tengo la culpa de todo, de la guerra, de la huida del rey, del hundimiento de la Regia Marina, de los alemanes... ¡De todo! ¡Yo soy la culpable! ¡Madonna de los cielos! ¿Merezco yo esta ingratitud?

—Nadie ha dicho esas cosas, mamá... ¡Tú sola te las dices!

—¡Calla, calla y no ofendas más a tu pobre madre! ¡Calla! ¡Porque mejor será callar que tener que hablar! Porque si yo hablara... ¡Madonna mía, si yo hablara! ¿Y cómo te atreves tú a amonestar a tu madre con ese tono? ¡Tú! ¡Con lo que has hecho! ¡Con lo que llevas en el vientre! ¡Diecinueve años y un niño medio judío! ¡Y encima tengo que estarme con la boca cerrada! ¡Ni llorar puedo! ¡Ni quejarme puedo!

La consternación se dibuja en el rostro de Gina. Y después mueve la cabeza, apretando los labios, en un gesto de negación y desconsuelo.

—Déjalo, mamá, te lo ruego...

Pero su madre no está dispuesta a renunciar a la batalla; se levanta del sillón y se pone frente a ella con una terquedad que no abandona ni siquiera en esta delicada situación, en la que el ruido atroz de los tanques se ha intensificado. Explota la cólera. Empieza a recordarle que, si no fuera por sus padres, alguien como ella no hubiera tenido la suerte, ni siquiera en sueños, de conseguir unos estudios y una vida fácil a pesar de la guerra.

—¡Mamá! —exclama Gina exasperada—. ¡No discutamos, por favor! ¡Mira lo que sucede en Roma! ¡Los nazis están ahí!

—¡Desagradecida! —prosigue la madre—. ¡Eso es lo que tú eres: una hija ingrata para con sus padres! ¡Ingrata y además comunista! ¡Cuando te hemos criado como a una princesa! ¡Cualquiera diría que eres una trabajadora! ¿Cómo te permites tú tener esas ideas? ¿Qué es lo que tienes en esa cabeza? ¿Qué pensamientos te ha metido en el alma el cura belga ese? ¿Ese es el evangelio que os ha enseñado? ¿Comunismo y pecado? ¡Madonna de los cielos!

Pero Gina, a pesar de su excitación, contiene su cólera y decide intentar defender lo que piensa sin recurrir a los gritos; decisión que toma, de una parte, porque la ventana está abierta de par en par y, de otra, por temor a que su padre acabe bajando de la terraza y se inicie una pelea aún más terrible. Después, su aprensión la conduce a mirar a la criada, Paciana, que acaba de entrar en el salón alertada por las voces, pero recibe de la chica una perezosa renuncia y cobardía por miedo a su señora. Entonces doña Gianna vuelca su cólera sobre ella, acusándola de débil, encubridora y holgazana. Después, la terquedad hace presa definitivamente en la hija y continúa «la guerra» sin abandono ni vacilación.

—¡Tú verás lo que haces, Gina! —grita—. ¡Tú verás qué clase de vida vas a llevar con un judío pobre y comunista! ¡Ahora que los alemanes están en Roma!

La joven intenta contestar, pero el llanto la deja sin habla. Sale con rapidez de la estancia, huyendo de aquella situación, y se dirige a la escalera que conduce a la terraza. Sube los peldaños despacio, tratando de sujetar la congoja, para que su padre no la vea llorar. Empuja la puerta y entra. El cielo color turquesa de Roma comienza a llenarse de estrellas sobre los edificios. Don Mario está sentado de espaldas oteando el horizonte; se vuelve, mira largamente a su hija y luego musita:

—Pobre... Pobre hija mía...

Gina y su padre se intercambian mensajes desde lo más profundo de su intimidad que hacen latir sus corazones y brillar sus ojos en el aire lleno de luces visibles e invisibles. Hay algo en el ambiente que empuja al llanto. El rugir de los motores, las voces sueltas que resuenan en la noche inminente, algún disparo lejano..., todo incita a las lágrimas. Después don Mario saca del bolsillo de su chaqueta negra un paquete de cigarrillos. Se incorpora, ofreciéndole uno a su hija. Ella se queda sorprendida.

—Sé que fumas, pequeña —dice él—. Tu padre no es un viejo tonto que no se entera de nada, como cree tu madre...

Gina lo acepta. A pesar de las lágrimas que le corren por las mejillas, sonríe. Enciende el cigarrillo, fuma en silencio y luego dice:

—Tú no eres un viejo tonto, papá.

Él también sonríe. Incluso con su sordera, antes oyó los gritos de la discusión y pregunta:

—¿Qué le pasa ahora a tu madre? ¿Por qué está tan enojada?

—Le molesta el ruido de los alemanes.

Don Mario suelta una carcajada irónica y luego, señalando con la mano el horizonte, comenta:

—Todos los invasores arman mucho alboroto cuando entran, pero cuando se van ni se los oye... Esta es la misma Roma que fue saqueada por las hordas galas del rey Breno, por los godos de Alarico, por los germanos de Ricimero, por los ostrogodos de Totila, por los piratas sarracenos, por los normandos de Roberto Guiscardo, por los españoles de Carlos I... Mira, mi pequeña, hoy, al caer el crepúsculo, son los alemanes quienes ponen aquí sus botas sucias...

Gina va hacia él y le abraza. Cae la noche sobre ellos. Tras todo aquel estruendo que había inundado como una avalancha la ciudad, el mundo parece ahora ensordecido. Las ventanas de las casas han ido cerrando sus párpados. En las calles desiertas sopla una brisa vagabunda y brilla únicamente una soñolienta y solitaria luz de farola. El silencio mortal tiene ante sí todo el aire para perderse y extender sus alas sobre el pavor de los romanos.

36

Roma, sábado, 11 de septiembre de 1943

La Piazza dell'Esedra permanece sumida en la oscuridad, aunque pronto amanecerá. Las únicas luces que hay son los faros encendidos de un automóvil que iluminan las siluetas de unos hombres y mujeres que están en movimiento junto a un pequeño camión del ejército y una ambulancia. Esta última tiene las puertas abiertas y dentro se ven los tanques de oxígeno de color terroso, los frascos de los medicamentos, las mantas marrones, las negras correas de cuero y las inocentes sábanas blancas. Por todas partes se extiende el característico olor a alcohol y antiséptico, mezclado con el de la pintura chamuscada y el caucho quemado. Las camillas están alineadas en dos largas filas a la intemperie en aquel improvisado hospital. Decenas de ciudadanos, que durante los estampidos de los cañones y las ráfagas de ametralladora habían permanecido asustados dentro de sus casas, asoman ahora tímidamente a las puertas y ventanas y siguen con atentos ojos y oídos lo que sucede en la plaza. Todavía es todo negrura en torno. Nadie ha dormido. Las garras férreas de los tanques les oprimen el pecho. No saben a ciencia cierta lo que sucede en el resto de la ciudad. Ninguna noticia parece indicar que haya terminado el infierno de la confusión y la incertidumbre. Ninguna señal de ello es visible. Ahora, cuando comienza a amanecer débilmente y el estruendo de la guerra se ha calmado, están petrificados como estatuas, contemplando con silencioso estupor los cadáveres y los heridos que allí se han ido reuniendo durante las horas que duraron los combates.

Cansada, profundamente aturdida por el duro esfuerzo y la tensión, Orlena Daureli se afana desinfectando heridas, tratando de aplicar los primeros auxilios, deteniendo hemorragias, vendando, consolando... Más de un centenar de médicos y sanitarios hacen lo mismo. También están allí fray Maurizio y los doctores Borromeo y Sacerdoti, que acaban de regresar después de haber ido a la farmacia de la isla Tiberina para traer más medicamentos y vendas. Quienes se retiran a echar una cabezada regresan poco después, trayendo más heridos. Todos trabajan mecánicamente. Han decidido no hacerse preguntas para no intensificar su inquietud en aquel momento crítico y fatal. Nadie habla en voz alta. Solo se oyen ordenes taimadas, susurros y gemidos. Alguien llora. Los ojos de todos están vueltos en la dirección de la Via Nazionale, por donde van entrando interminables filas de paracaidistas alemanes. Pero parece que eso no los afecta; lo que ahora importa es atender a los heridos.

Despunta el día y Orlena permanece allí, más agotada aún y a punto de desfallecer. Tiene la bata blanca manchada de sangre y suciedad, y reflejos extraños en el suave pelo rubio recogido bajo su sombrerito de enfermera. Ha empezado a correr la brisa fresca y tirita a causa del frío o por la misma tensión. Pero no está pendiente de su propio cuerpo, sino de los de todos aquellos malogrados jóvenes que no paran de llegar, traídos a rastras, a hombros, en improvisadas parihuelas, en carromatos o arrastrando sus pies. La joven enfermera muestra en el rostro la palidez mortal de la angustia, y también la sombra de algo profundo, secreto. Está delgada, ojerosa, y en sus sienes ha brotado una tenue marca de arrugas blancas junto a sus bonitos cabellos dorados. Se ha extinguido en ella aquel esplendor puro que la iluminaba. Ahora sus movimientos se han vuelto pausados, graves, insólitamente lánguidos.

De pronto le traen a un muchacho de unos dieciséis años, con toda la cara cubierta de sangre seca; una cara demacrada por el hambre y la fatiga; los cabellos blancos del polvo, la camisa hecha jirones y los zapatos reventados. Tiene dos heridas de metralla: una en la cabeza y otra en el hombro. Está consciente. Ella sonríe para tranquilizarle, haciendo un gran esfuerzo. Le parece apenas un niño y le sorprende que haya sido capaz de arriesgarse en la batalla. Después de observar las heridas, se detiene mirando los ojos del muchacho y le pregunta de qué frente llega.

—De ahí cerca, de los escombros de la estación Termini —responde él, esbozando una sonrisa que se mezcla con su rictus de dolor—. He estado escondiéndome de los alemanes, pero creí que me desangraría... Un panadero me recogió y me ha traído en su carromato.

Orlena le observa y le dice:

—Todo saldrá bien, ya lo verás. No es grave... Te vamos a curar y podrás irte a tu casa. Tu madre estará muy preocupada.

Él le toma la mano y se la besa, respondiendo:

—Gracias, parece usted un ángel...

Ella se echa a reír, y repone con dulzura:

—No. El ángel eres tú, mi chico.

—Gracias, gracias, señorita... ¡Dios la bendiga!

Orlena contempla aquella cara agraciada, pero transida por el sufrimiento, y siente una compasión infinita, un dolor extremo y brutal. No puede reprimir un impulso y lo estrecha entre sus brazos, le acaricia el cabello ondulado y sucio, las cejas pobladas y duras, la boca fina y pequeña; y mientras lo hace, llora. Siente que aquel pobre muchacho es algo suyo, algo profundamente entrañable y amado.

Entonces se aproxima a ella fray Maurizio, que ha visto la escena, y le dice:

—Señorita Daureli, ¿se encuentra usted bien?

El fraile le habla en voz baja, con una especie de pudor. Ella levanta la cabeza y le mira, aturdida y desconsolada. Hubiera querido contestarle: «Ya hemos perdido la guerra; lo hemos perdido todo y ya nada puede hacerse». Pero se contiene. Murmura tan solo:

—Todo esto es terrible, terrible...

—Váyase a casa —le dice fray Maurizio, compadecido—. Váyase o acabará desmayándose.

Orlena sostiene en sus brazos al muchacho herido y contesta:

—¡No! ¡No puedo dejarle aquí!

—Señorita Daureli, haga lo que le digo; váyase a descansar. Nosotros nos ocuparemos de él.

—¡No! ¡Debo ayudar!

—¡Obedezca, señorita Daureli! Si sigue aquí, acabará enfermando y tendremos que atenderla. ¿No se da cuenta? ¡Colabore haciendo lo que le mando! ¡Aquí decido yo! Y le he dado una orden.

—Haga lo que el padre le dice —interviene el muchacho herido—. Parece usted muy cansada, señorita.

Ella sonríe y le besa en la mejilla. Luego recoge su bolso y se dispone a cruzar la plaza, entre las ambulancias y las camillas, con su paso lento, algo incierto. Pero fray Maurizio le grita:

—¡No puede irse sola! La llevaremos en la ambulancia. Tenemos que ir al hospital y su casa está de camino.

Suben a la ambulancia. Bordean la fuente de las Náyades y tratan de ir por la Via Nazionale, pero los alemanes han cortado la circulación en toda esa área de la ciudad. Del caos de las tinieblas van surgiendo los tejados de los altos edificios, las chimeneas y las ventanas. Después de un largo periplo, callejeando por múltiples vericuetos, llegan por fin a la Via Arenula. Orlena desciende delante del edificio donde está su casa. Hay allí gente arremolinada, taciturna, cabizbaja, que mira hacia el interior. Al abrirse paso entre ellos, unas mujeres saludan tristemente; algunas están llorando. Entonces la portera se adelanta muy compungida, la besa en la mejilla y le dice:

—Lo siento, lo siento mucho, señorita Daureli.

Orlena no se extraña demasiado, pues toda Roma parece estar de luto aquella mañana. Sube las escaleras y se encuentra con otro grupo de personas delante de la puerta del piso. Todos ellos la saludan con la misma prudencia y congoja. Al entrar, Gina corre hacia ella, sollozando y clamando:

—¡Orlena! ¡Gian Carlo!

En el salón han sido retirados los muebles. En el centro, sobre una alfombra, yace el cuerpo sin vida de su hermano Gian Carlo. Está vestido con el uniforme de gala de la PAI. El cabello, rubio y brillante, peinado hacia atrás, deja al descubierto una frente alta, blanca como el marfil. Hay en él algo de pueril y maduro a la vez en sus labios delgados, fruncidos como los de un niño enfurruñado, en sus ojos ligeramente cerrados, de párpados perfectos y tersos, que le dibujan dos pliegues profundos y rectos hacia las sienes. Tiene la piel de la cara recubierta de una fina película, que la luz de las grandes lámparas de cuarzo y de los candelabros de plata, al reflejarse sobre los nobles cristales y las antiguas porcelanas, hace brillar como si fuera una misteriosa máscara funeraria.

Detrás están sentados los padres en sendos sillones de altos e ilustres respaldos. Permanecen llorosos pero hieráticos, vencidos por el dolor y a la vez por el atávico deber de sujetar los sentimientos que es propio de su clase. Doña Gianna mira a Orlena fijamente y dice, con la voz rota, frenando su emoción:

—Nuestro Gian Carlo ha muerto como un guerrero. ¡Ha sido un valiente! ¡Siempre lo fue! Ha devuelto el honor a su nombre, a su casa y a nuestro linaje. Dios ha de tenerlo consigo. Pobre hijo mío... ¡Ya tenemos otro héroe en nuestra familia!

37

Roma, sábado, 11 de septiembre de 1943

Refugiados en una habitación interior, mal ventilada y en penumbra, nueve hombres permanecen todavía, sudorosos y hacinados, a la espera de poder regresar a sus casas cuando el peligro inminente haya cesado. El matrimonio que los acogió en aquella casa se deshizo en atenciones con ellos, curando sus heridas, ofreciéndoles los pocos alimentos que tenían y procurando que estuvieran a salvo y lo más cómodamente posible. Pero ningún cuidado pudo aliviar su insomnio y su angustia. Los atronadores camiones estremecían las paredes a cada instante y, por las rendijas de una persiana, pudieron ver la interminable fila de soldados alemanes que estuvo marchando durante más de dos horas hacia el centro de la ciudad. Betto pasó allí la peor noche de su vida. Su cansancio le hizo cabecear a ratos, pero siempre en un duermevela que era interrumpido por el mínimo ruido. Y cuando, por un instante, pudo al fin conciliar un sueño profundo, de pronto se incorporó sofocando un grito tras haber soñado que estaba frente a un pelotón de fusilamiento.

Por la mañana, la dueña de la casa reparte un café aguado y un poco de pan. Y mientras lo hace, dice con humildad y tristeza su esposo:

—No tenemos más, muchachos. Lo siento…

Los acogidos dan las gracias con sonrisas y cumplidos movimientos de cabeza. No se atreven a alzar la voz. Alguno de ellos llora mientras devora el frugal desayuno.

—Van a ocurrir cosas terribles —masculla uno con rabia.

Los demás callan y se miran. No se conocen de nada y ahora comparten la misma suerte.

Cuando han terminado de comer, se asoman a la ventana. La calle está en silencio. Ha llegado el momento de salir del escondrijo. Todos se dispersan. Betto se va por las callejuelas. Camina deprisa. Siente un dolor agudo en la parte trasera de su cabeza. Le han dado un viejo sombrero y lo lleva calado hasta las orejas, para que no se vea la herida; y también una camisa limpia, pues la suya estaba manchada de sangre. Además, le duele un brazo, aunque menos. Está agotado, desnutrido y afligido. Las calles solitarias quedan atrás, sembradas de chatarra militar desperdigada. Desea llegar a su casa y sabe que el trayecto va a ser toda una odisea. Decide no pensar en ello y aprieta el paso. Se encuentra de pronto insólitamente extraño y en peligro mientras atraviesa un descampado. Pero no es miedo lo que siente, sino una mezcla de desolación y angustia. Al mismo tiempo, en todas las direcciones, empiezan a surgir pequeños grupos de refugiados que regresan a la ciudad, cruzando fugaces de esquina en esquina, ocultándose de tramo en tramo tras el quicio de una puerta, al abrigo de una marquesina, dentro de un portal... La ciudad vuelve a llenarse por la mañana de pasos, suspiros, nervios, conversaciones contenidas, esperanzas, dolores humanos... Betto camina sin parar. Intercambia miradas fugaces con otros jóvenes que, como él, transitan veloces y asustados.

Un poco más adelante hay un cuerpo tendido en el empedrado. Junto a la cabeza, un charco de sangre. Más allá, otro. Un grupo de hombres y mujeres se disponen a cubrirlos con mantas. Cuando, de pronto, se oye el ruido bronco y fuerte de un motor, todo el mundo desaparece. Al ver un camión militar alemán, el joven no sabe qué hacer, si seguir, si entrar en alguna casa o no. Dobla una esquina y continúa apresurando el paso. Al darse cuenta de que está corriendo, recapacita y piensa que es mejor caminar tranquilo para no despertar sospechas. Una hilera de motoristas alemanes pasa a lo lejos. El corazón le late hasta el punto de que parece que le va a saltar fuera del pecho. No se detiene. En Testaccio las huellas de los disparos son visibles en las paredes. Hay edificios derrumbados, balcones arrancados y postes del teléfono y farolas caídas. Poco después todo está aparentemente más tranquilo. Se ve gente en las aceras y por la vía circulan vehículos que no son militares. Un grupo de hombres está en torno a algo blanco que hay pegado en una pared a unos cincuenta metros. Es un cartel. En la distancia se van distinguiendo las letras: *Orden... El territorio de Italia... Las leyes alemanas... Prohibido... Juzgados y fusilados... El mariscal de campo Kesselring.* Un estremecimiento le sacude. Cambia de dirección y aligera de nuevo el paso. Cruza las arboledas por detrás de la basílica de Santa Anastasia. Apenas puede caminar por aquel terreno irregular con las pocas fuerzas que le quedan. Pero ya falta poco. Por fin, aparece ante sus ojos el callejón donde está su casa. Unos pasos más. Entra en el portal y sube los escalones con las piernas temblorosas y vacilantes. Llama a la puerta. Sale Rosa Zarfati y lanza un alarido:

—*Fijo!*

Betto mira a su madre desde un abismo de desolación. Se abraza a ella y hunde la cara en su pecho. Al instante siente que todo da vueltas en torno. Un vacío le envuelve y se desmaya.

38

Roma, sábado, 11 de septiembre de 1943

Anochece y una perfecta media luna asoma por encima de los majestuosos edificios de Roma. Fray Leonardo está en el refectorio y mira al exterior por la ventana. Hay una quietud desoladora. Un proyector terrorífico se enciende en alguna parte y vuelve a apagarse. Es un signo más de la ocupación nazi. Se ve su bandera junto a un tanque y dos camiones militares que están detenidos en la cabecera del Ponte Fabricio. El fatuo rojo y la negra cruz gamada se retuercen sacudidos por el viento cálido de septiembre.

Un instante después, entra fray Maurizio trayendo con sus fuertes brazos el gran aparato de radio de la comunidad. Lo coloca encima de un aparador y lo enciende. Luego sintoniza Radio Roma. Están emitiendo marchas militares alemanas. La incertidumbre es mayor en las últimas horas; apenas hay noticias de lo que en realidad está sucediendo en Italia. Todo son rumores y suposiciones. Lo único cierto es que los alemanes han ocupado Roma y que a esas horas sus tropas están ya distribuidas por toda la ciudad, poniendo de manifiesto el hecho incuestionable de que se trata de una auténtica dominación militar. Los teléfonos no funcionan y nadie se atreve a salir a las calles. Por eso, la única esperanza de saber algo es la radio. Durante todo el día ha estado en silencio, pero, desde las seis de la tarde, se emite música y un locutor ha anunciado que pronto se daría un comunicado por parte de la autoridad competente. Ante esto, los superiores de la Orden Hospitalaria han decidido reunir a la comunidad para informar a todos al mismo tiempo y tomar las decisiones que correspondan en tan críticos momentos.

Poco a poco, van llegando el resto de los frailes y se van situando de pie en torno al aparato, silenciosos y cariacontecidos, a la espera de que les den alguna información. Entra el prior, fray Natale Paolini, y también están presentes los novicios con su maestro, fray Clemente Petrillo. Por último, entran los miembros de la Curia General de la Orden: el superior general, padre Efrén Blandeau, francés de origen, y el procurador general, el anciano portugués fray Augusto Carreto dos Barros. Cuando el superior da su permiso, todos se sientan.

—*Caros* hermanos —empieza diciendo con voz trémula el padre Efrén—. Esta es una hora oscura... Pero la soberanía de Dios sobre las tinieblas ha de vencer siempre al poder maléfico que actúa sobre el hombre... Y Dios ilumina las tinieblas para aquellos que le temen... No debemos temer, hermanos míos. No, eso no... Recordad el salmo: «El Señor es mi luz y mi salvación, ¿a quién temeré?». Dichoso el que así hablaba, porque sabe cómo y de dónde procede su luz y quién es el que lo ilumina. Las almas iluminadas por esta luz no caen en el pecado, no tropiezan en el mal, no temen al mal...

Entonces fray Maurizio le interrumpe diciendo:

—¡Padre! ¡Discúlpeme, padre! Van a anunciar algo.

Sube el volumen de la radio. Ya no suena la música. Un locutor, con tono monocorde, comunica:

> *Atención, atención... Su excelencia el* führer *de Alemania Adolf Hitler se dirigirá a todos los italianos.*

Hay un nuevo silencio, tenso e inquietante. Después resuena la voz inconfundible de Hitler, fuerte y extraordinariamente clara, autoritaria, espeluznante... Habla en su lengua germánica. El discurso no es largo, pero se hace eterno para los frailes, pues no entienden lo que el dictador está diciendo. Cuando concluye, retorna el silencio y, pocos minutos después, vuelven a sonar las marchas militares.

Entonces el superior general se dirige a fray Vittorino Sonntag, que es de origen alemán, para ordenarle:

—Hermano, traduzca.

Fray Vittorino, con tono pausado, explica:

—Hitler ha expresado su entusiasmo por haber capturado Roma. Pero ha advertido que pagarán cara su traición aquellos italianos que derrocaron a su hijo más ilustre desde los tiempos antiguos... Se refiere a Mussolini...

Tras estas palabras, hay en el refectorio un silencio tan grande que se hubiera oído la caída de un alfiler.

Pasado un rato turbador, solo fray Maurizio se atreve a levantar la voz para decir:

—¡Es terrible! ¡Es inaudito!

Después se levanta un gran murmullo entre los frailes. Hasta que el superior general ordena tonante:

—¡Calma! ¡Calma y contención, hermanos!

Todos callan y miran atentos al superior. Este extiende sus brazos y mira al cielo. Es un hombre reposado, circunspecto, que generalmente se expresa en términos religiosos. Dice con su acento francés:

—Roma, esta eterna ciudad cabeza de la Iglesia, ahora parece abandonada a su suerte, semejante a una ciudad puesta a merced de la historia, apresada por los ejércitos. Pero esto ya sucedió antes... Nuestro Señor Jesucristo no abandonará a los suyos, no. Aunque los montes se desplomen en el mar, Dios no dejará de velar por sus hijos. A nosotros nos corresponde orar y no abandonar nuestras tareas. Ahora más que nunca debemos cumplir con nuestra misión: curar y consolar a los que sufren, a los heridos, a los enfermos, como así nuestro fundador, san Juan de Dios, nos encomendó. Así que volvamos a nuestros trabajos, ¡cada uno a su puesto!

Todos van saliendo ordenadamente. El refectorio se queda vacío. Y sobre el pesado silencio, se alza insistente, monótono, purísimo, el tañer de la campana, como un lamento que poco a poco va haciéndose humano.

39

Roma, domingo, 12 de septiembre de 1943

Al funeral de Gian Carlo Daureli no acudió ni un solo oficial de la PAI, ni ninguna autoridad militar de cualquier otro cuerpo del ejército, ni siquiera los amigos jubilados de don Mario. El féretro fue llevado por la mañana en un furgón al cementerio de Verano, atravesando las calles de la ciudad tomada, donde los tanques seguían en cada esquina y cada plaza con sus amenazantes cañones mirando hacia todos lados. El cortejo fue breve, lo componían tan solo los familiares, algunos vecinos y un reducido grupo de antiguos compañeros de estudios. Casi todos los hombres llevaban barba crecida de varios días, y las pocas caras afeitadas que se veían resultaban penosas, pues en ellas se mostraban desnudas la fatiga, el hambre y la desesperación. Los rostros de las mujeres parecían de papel, y en ellos se adivinaba, en torno a los ojos, la sombra azulada del terror. Hubo pocas lágrimas y escasas muestras de cariño y dolor. La sensación de prisa y provisionalidad resultaba inevitable. Un sacerdote pronunció un responso breve y luego el ataúd fue introducido en uno de los nichos del panteón familiar. Doña Gianna depositó unas flores mientras los operarios sellaban el mármol. El padre estaba hierático, ausente y con la mirada perdida. Así acabó todo. Allí mismo se dispersó la reunión, sin más palabras, tan solo con algún abrazo. Todo el mundo se miraba con expresión de profunda desolación y aprensión en los ojos. Luego la familia regresó a casa en un taxi.

Por la tarde, Gina sale sigilosamente y monta en su bicicleta. El silencio impresiona en las calles de la ciudad prohibida; aquel triste silencio atravesado como un escalofrío por el ruido de los tanques al desplazarse por el empedrado. Entonces empieza a fijarse en la poca gente que transita; salen de las casas como quien sale de una cueva, observando con temor hacia todas partes. Los muchachos tienen ojos de una vivacidad extraordinaria, acentuada por el hambre y el desaliento. Las mujeres caminan deprisa; algunas con envoltorios bien aferrados contra sus cuerpos, como si temieran que pudieran robarles lo que quiera que en ellos llevan. Los ancianos muestran una entereza audaz y miran a los alemanes que pasan con insolente desprecio; luego maldicen entre dientes, escupen al suelo y aprietan los puños. Lo más duro es el rostro de los niños, mirarlos resulta imposible. Una sombra de miedo y repugnancia oscurece de repente el corazón de la joven, que pedalea y llora.

En los cruces de calles montan guardia grupos de soldados germanos, armados con fusiles, inmóviles e impasibles en medio del incesante tráfico de camiones, tanques y motocicletas. Al ver pasar a Gina, le lanzan silbidos y piropos en su indescifrable lengua. Pero ella no se vuelve; noble y arrogante, aparentemente ni se digna a alterarse.

Al descender por una suave pendiente, antes de llegar junto a las ruinas del teatro de Marcelo, ve un escuadrón de camisas negras que discurre marcialmente, profiriendo exclamaciones, vítores y consignas fascistas. Ella se estremece aún más. ¿De dónde ha brotado de nuevo esta oscura y mala hierba? Parecía que se los había tragado la tierra y ahora han vuelto. Ahora, precisamente, cuando ya todo parece perdido e Italia es una presa de Hitler.

Atraviesa el barrio judío, que está desierto y sombrío. Allí el profundo silencio solo es roto por su jadeo y el ruido de la bicicleta. El portal de la casa de Betto está cerrado. Se pone a gritar con desesperación hacia lo alto del edificio:

—¡Betto! ¿Estás en casa? ¡Betto! ¡Betto!

Su voz resuena en el impresionante silencio. Crujen los postigos de algunas ventanas y asoman tímidamente las cabezas, entre sorprendidas y asustadas. Pero nadie dice nada. Entonces se abre de pronto la puerta. Rosa Zarfati aparece con una expresión seria y confundida:

—Calle, señorita. Por favor, no grite más…

—¡¿Dónde está su hijo?! ¡Por Dios! ¡¿Qué le ha pasado a Betto?!

—¡Chist! ¡Le ruego que baje la voz! Betto está arriba. Suba, señorita, suba a mi casa, pero no grite más…

Gina sube los escalones de dos en dos. Cuando llega al tercer piso, encuentra a los tres niños en el rellano de la escalera, atemorizados. Ella entra con decisión y, como si conociera bien la distribución del pequeño apartamento, va directamente al dormitorio de los hijos. Betto está tumbado bocarriba en la cama, desmesuradamente pálido, con el rostro brillante de sudor y los ojos muy abiertos, ardientes por efecto de la fiebre, húmedos y melancólicos.

—¡Gina! —musita.

Ella se echa sobre él y le cubre de besos y lágrimas.

—¡Dios mío! —gime—. ¡Betto! ¡Estás vivo! ¡Gracias a Dios, estás vivo!

40

Roma, lunes, 13 de septiembre de 1943

El lunes por la mañana, las colinas de Roma se alzan sobre la ciudad sola y violácea. Los sucesos luctuosos de la semana anterior no han quebrantado nada su silueta. Desde las ventanas del hospital de la isla Tiberina se contempla el mismo panorama de siempre: las cúpulas de las iglesias, las nobles cresterías de los edificios y las antiguas ruinas; toda aquella belleza antigua e inalterable que parece estar vinculada eternamente a su destino.

Orlena Daureli ha subido al despacho de fray Leonardo para desahogar su pena y buscar consuelo tras la muerte de su hermano. Le ha contado todo. Ahora, después de haber estado llorando, escucha los consejos del fraile con una honda expresión de sufrimiento contenido en el bello rostro.

—No podemos perder nuestra fe… —dice el vicario, con voz pausada y tranquila—. No, eso no, por grande y terrible que sea el mal que veamos y sintamos en torno. Cierto es que a veces no resulta nada fácil establecer una conciliación entre Dios, como principio absoluto de bondad, y el mal presente en la realidad en sus más diversas manifestaciones: muerte, guerras, miseria, enfermedad, ignorancia… Y esta ha sido una preocupación y una duda constante en la historia del pensamiento cristiano. Porque cuando, como ahora, sufrimos sucesos tan aciagos, el absurdo del mal parece ser total… Yo sé que no es fácil para ti, Orlena, y tus dudas nacen de tu dolor. Resulta muy difícil comprender por qué en este mundo está prevista la presencia de los malos junto a los buenos, de pecadores junto a los justos, de enfermos junto a sanos, de pobres junto a ricos, y de todas aquellas acciones y hechos que se presentan de dos en dos formando contrarios... No es nada fácil asumir el dolor y la pérdida de los seres queridos; máxime, de manera tan injusta y violenta. Pero sabemos que debe haber un plan oculto detrás de todo esto. Debemos creer que Dios tiene su plan. Aunque ahora solo veamos oscuridad. En este mismo misterio descansan todas las épocas de la historia de la humanidad. Que hayan existido luces y sombras forma parte de un plan, según el cual, Dios, artista supremo del universo, ha previsto en su Providencia que en cada siglo reine de un modo u otro la belleza y el bien.

Orlena quiere entender estas razones, pero su alma está abrumada por los terribles sucesos que está viviendo. No obstante, asiente con la cabeza, moderadamente, y trata de abrir su corazón a estas palabras sabias. Y fray Leonardo, que está profundamente compadecido de ella, prosigue:

—Siempre estuvieron ahí esas preguntas, esas dudas... El propio san Agustín trató de aclarar la respuesta. Para él, los pecados o las almas desgraciadas en nada disminuyen la perfección del universo. Porque este es un mundo en el que existen unas criaturas más perfectas que otras, es decir, un mundo en donde concurren los seres más perfectos al lado de los más imperfectos; y no obstante, san Agustín creía que un mundo así, como este que conocemos, es más bueno y bello que aquel en el que solo existieran seres perfectos... Aunque tampoco es fácil comprender esto. También es un misterio. Pero, si pensamos que la luz del sol es más perfecta que la de la luna, y a su vez que la de la luna es más perfecta que la de una vela, debemos concluir que no sería más bello y perfecto un mundo en el que solo existiese la luz del sol... No, definitivamente, no sería más perfecto que aquel en el que además existen la luz de la luna, la de las estrellas, la del candil y la de la vela, aunque estas sean inferiores a la del sol. De la misma manera, si Dios es bueno, solo puede crear cosas buenas: si bien unas más buenas que otras, pero cada una cumpliendo una función que embellece al cosmos en su conjunto...

Orlena medita, trata de hacer suyos estos razonamientos, pero está destrozada y lo ve todo negro. Se enjuga las lágrimas con el pañuelo y luego dice:

—Quiero entenderlo, padre. Pero... ¿no habría sido mejor haber creado dichosos a todos los humanos?

Fray Leonardo sonríe, apretando los labios. La mira largamente a los ojos, comprensivo, sin eludir la pregunta. Luego responde con apocamiento:

—Sí, hija mía... Eso mismo me pregunto yo... Pero, como comprenderás, debo responder conforme a lo que he aprendido en el seno de la Iglesia...

—Quiero tener fe, padre. Se lo digo de todo corazón, pero todo se hunde a mi alrededor. Mis padres están desolados... Es muy duro verlos perdidos cuando se han desmoronado los conocimientos y los elevados principios que veneraban; viendo cómo todo aquello que era su vida desciende de pronto hasta el nivel del hollín... Ellos que eran, sin lugar a dudas, respetables... Ahora miran en torno suyo con ojos extraviados... ¡No comprenden nada!

—Son víctimas de una época, de un lugar y de una sociedad —dice fray Leonardo con calma—. Son testigos del tiempo que les ha tocado vivir, con sus propias sombras y luces. Estas son sus vidas, con su propio misterio y su incertidumbre; como todas las vidas... Y en medio de estos escombros aparentes habrán de descubrir quiénes son. Comprenderán que nada vale nada, que todo acaba y se desvanece, que la sombra de este mundo pasará y que no por eso dejará de tener su sentido el regalo de la vida que se les hizo. Dios conoce el misterio de todo esto. Todos queremos estar tranquilos frente al futuro, todos queremos ser respetables y respetados, pero el futuro es incierto y nadie puede controlarlo. A veces el mundo parece hundirse en la oscuridad, ciertamente, pero te aseguro que habrá luz, tarde o temprano, habrá luz...

—Quiero ver todo eso, padre... ¡Cómo quisiera creer en ello! Pero no puedo evitar pensar que todo puede empeorar...

Fray Leonardo enarca las cejas, confundido. Luego, tras reflexionar, hace un gran esfuerzo para manifestar seguridad y dice:

—¡No, por Dios! Tengamos fe. Confiemos en Dios...

La puerta permanece abierta, según es obligado en los encuentros privados que mantienen los frailes en las dependencias del hospital. Se oye el ruido ligero de unas pisadas en el pasillo. Aparece el doctor Borromeo con su bata blanca. Saluda a Orlena y le manifiesta sus condolencias. Luego se dirige al vicario, diciendo con tono grave:

—Padre, los noticiarios de radio de la mañana acaban de hacer un nuevo anuncio.

Fray Leonardo examina apaciblemente su rostro y sus ojos, como buscando en ellos aquello que tanto le preocupa. Reina el silencio, hasta que el médico, con una expresión extraña, entre pávida e iracunda, añade:

—Mussolini ha retornado.

El fraile se levanta del sillón como empujado por un resorte.

—¿Qué dice, doctor? ¿Qué locura es esta?

—Lo que acaba de oír, padre: Mussolini ha retornado.

Fray Leonardo inclina la cabeza y aprieta los labios. Mira muy fijamente a Borromeo, como si no acabara de creerse lo que termina de oír. Luego pregunta con un gesto de espanto:

—¿Mussolini está en Roma?

—De momento, no, padre. Pero los alemanes lo han rescatado de su encierro y le han restituido todos sus poderes. El fascismo ha vuelto a Italia. O será que nunca se había ido…

41

Roma, domingo, 19 de septiembre de 1943

Es mediodía. Llueve intermitentemente desde hace tres días. Una negra tristeza se precipita sobre Roma, despojada ya de sus colores veraniegos. El viento sopla con una fuerza impropia de la estación y las noches empiezan a ser frías, decididamente lúgubres. Durante el día, el movimiento de la gente y el tráfico han disminuido mucho. No se ven en las calles hombres jóvenes, ni siquiera muchachos; los alemanes hacen redadas y se los llevan para emplearlos en trabajos forzados. Así que los únicos viandantes son ancianos y mujeres que siempre caminan deprisa, con las miradas bajas y un punto clandestino de angustia. Todo el mundo parece abatido, desnutrido y resignado. La ciudad está aparentemente rendida, obediente y acobardada por sus captores. El racionamiento se ha vuelto mucho más estricto y las leyes impuestas por la ocupación resultan implacables. A nadie se le ocurre siquiera saltarse el toque de queda y el mercado negro es un reducido monopolio que escapa a la posibilidad de los ciudadanos corrientes. Bajo el fantasmagórico Gobierno del restaurado Mussolini, el fascismo se ha ido recuperando, lento pero seguro, protegido por la amenaza militar teutónica. Incluso desfilan de nuevo los camisas negras, arrogantes y sonrientes, con una confianza explosiva. Los periódicos han abandonado los artículos que hablaban de libertad y de la vuelta a los imprescindibles valores democráticos de Occidente. El «fascio redivivo» parece ser lo único importante. Los nuevos directores solo buscan congraciarse con los nazis. Las noticias se empeñan en recalcar que los obreros han vuelto al trabajo, que las fábricas funcionan con normalidad, que los ciudadanos obedecen los bandos y que los enemigos están siendo contenidos y vencidos. La radio está entontecida, realineada con las emisoras germanas y emitiendo más música y trivialidades que nunca. De vez en cuando, resuena la estentórea voz del Duce, forzada y rota, como la de un muerto salido de la tumba.

Betto está en su casa. Desde que volviera herido el día 11 de septiembre, apenas ha salido un par de veces, y con mucho cuidado. Consciente de que andar por ahí es un grave peligro, solo se ha arriesgado para acudir a las reuniones clandestinas en el piso del Trastévere, y siempre disfrazado con un mono de ferroviario y un carné falso que le envió Saletti a través de una sigilosa visita de Quirina. Sabe que en cualquier momento la organización puede llamarle para una acción, pero ignora de qué puede tratarse, pues eso pertenece al secreto designio de los dirigentes. Espera ese aviso con nerviosismo. No hace falta decir que estos manejos tienen a la viuda Rosa Zarfati con el alma en vilo.

El joven se asoma a la ventana para ver si aclara, pero el cielo continúa siendo de un gris descolorido y terco. Entonces escruta la rectilínea calle empedrada, hasta el límite donde está el cruce más próximo. No hay nadie. Pero, un instante después, ve con toda claridad que su madre viene en dirección a la casa, y le impresionan sus familiares pasos cortos y rápidos. La va siguiendo mientras ella se acerca, y siente de pronto una gran compasión y un gran amor, como un dolor agudo en su alma. Cada pequeño paso de su madre le habla de cariño, de abnegación y angustia. Nunca antes ha sentido Betto con tanta fuerza eso, y ahora, desde esta altura lejana, ella le parece frágil e indefensa; y piensa que jamás podrá recompensarle todo lo que ha hecho y no deja de hacer por sus hijos. Tal vez la única manera de resarcirla sería permaneciendo en casa, escondido, conservándose vivo. Pero enseguida tiembla al comprender que eso supondría abandonar sus acciones clandestinas y su lucha. «No, eso no puede ser —se dice para sus adentros—. La causa de la libertad y la justicia está por encima de todo. La lucha es lo primero. Ni siquiera una madre puede ponerse por encima de eso». Y tiembla a causa de sus ganas y de la resolución de darse por entero a la causa antifascista.

Cruje la llave en la puerta. Rosa entra en el apartamento y sonríe aliviada al ver que su hijo está allí. Al momento, acuden los pequeños. Están todos hambrientos y esperan con ansiedad que la madre traiga consigo cualquier alimento. Ella besa a los cuatro. Luego saca de su bolso unas cuantas patatas.

—¡Esto es todo lo que hay! —dice contenta—. Y bien podemos dar gracias, porque no hay nada de nada... Voy a cocerlas ahora mismo.

Va a la cocina canturreando. Betto comprende que esa alegría que últimamente tiene su madre nace de la confianza que la anima, de su fe y de lo agradecida que está porque no fuera su hijo uno de los muertos que hallaron aquel terrible sábado en Porta San Paolo. Cree firmemente que el Eterno puso su mano para salvarlo.

El joven vuelve a dejarse caer desmadejado en el pequeño diván. Continúa leyendo los escritos de Malatesta, que penetran ahora en su espíritu ardiente con una fuerza inusitada. Fuma un cigarrillo y escucha el repiqueteo de la lluvia en la ventana. Sus heridas eran leves y ya están casi curadas. Pero no se encuentra bien del todo; un malestar interior le impide dormir y hallar sosiego desde que participó en los combates. Su camarada Felize murió allí ese día. Después, cuando pudo reconstruir más tranquilo los sucesos de aquella tarde, recordó que habían actuado con precipitación y locura; que su participación en el combate no fue más que una acción irreflexiva, atropellada y necesariamente condenada al fracaso. Piensa que Felize podría estar vivo si no hubieran sido tan temerarios. Eso le hace sufrir aún más. Siente esa muerte absurda y no puede sustraerse a una suerte de remordimientos e ideas negativas que le brotan dentro permanentemente. Solo la lectura consigue en cierto modo devolverle la conformidad interior. Aunque no sea una conformidad pacífica, sino una especie de acuerdo íntimo sobre la necesidad de buscar la manera de vengar a su amigo. Las palabras que lee martillean su mente: «Luchamos y lucharemos contra todo lo que viole la libertad, cualquiera que sea el régimen dominante: monarquía, república u otros». Y justo cuando está empezando a reflexionar sobre el significado de las frases, a dar vueltas en la cabeza a su firmeza tajante, llaman a la puerta. Mira el reloj de pared, ve que son más de las cuatro y se da cuenta de que seguramente vienen a buscarle los de la organización. Se levanta de un salto para ir a abrir. Pero su madre ya se le ha adelantado y está diciendo entre sollozos:

—No, no, mi hijo no se irá... Váyase de mi casa... ¡Se lo ruego, déjenos en paz!

En la puerta está Saletti, serio y sombrío, como de costumbre. Ignora los ruegos de Rosa Zarfati y dice con voz tonante:

—¡Betto, vamos! ¡Nos esperan!

—¡No! —grita Rosa, poniéndose delante de la puerta con los brazos y las piernas extendidos—. ¡De ninguna manera!

—¡Basta, mamá! —replica Betto.

La empuja y pasa junto a ella, forcejeando. Saletti y él bajan por la escalera deprisa, mientras oyen a sus espaldas los desesperados sollozos de la viuda.

42

Roma, lunes, 20 de septiembre de 1943

Después de la cena, la familia Daureli se halla reunida en el salón principal.

Doña Gianna y don Mario ocupan sus sillones. Las dos hijas están sentadas en el diván, frente a sus padres. Orlena lee y Gina está sumida en sus pensamientos. Reina entre ellos la tristeza y el silencio. La luz es tenue. Afuera está lloviendo. Dentro hace calor y el aire huele a ginebra y a tabaco. Las ventanas están abiertas y, junto al crepitar de la lluvia, de vez en cuando llegan las voces alemanas, que suenan roncas, resquebrajadas por esas risotadas de los soldados que les provocan un acuciante malestar.

—¡Qué se callen de una vez esos bárbaros! —se queja con amargura doña Gianna—. ¡Es insoportable!

Su esposo la mira de reojo mientras fuma. Luego dice:

—Esos bárbaros no se callarán. Te aseguro que no se callarán en mucho tiempo. Así que ya te puedes ir acostumbrando. ¡Esta es la mierda que nos ha dejado Mussolini!

Ella sacude la cabeza y rompe a llorar y a lamentarse.

—¡No me hables de esa manera! ¡Grosero! Es una injusticia que me trates así…. ¡Por Dios, eres injusto conmigo! Sabes lo que estoy sufriendo y no tienes caridad…

Entonces Orlena levanta la cabeza del libro y suplica:

—Por favor, mamá… ¡Por favor!

—Tu padre no puede verme sin arrojar sobre mí palabras crueles

—se queja su madre con voz temblorosa, sofocando las lágrimas—. ¡Ni llorar me deja!

Gina no puede aguantar una discusión más de sus padres. Se levanta de su asiento y sale de la estancia.

De pronto suena el teléfono. Está en una mesita, tan solo a unos pasos de doña Gianna, que exclama en voz muy alta, señalándolo con el dedo:

—¡El teléfono! ¡Funciona!

Pero, a pesar de su asombro, no lo descuelga. Inclina la cabeza hacia un lado, mirando el perfil de su marido, y dice:

—Será alguien que quiere manifestarnos sus condolencias.

Don Mario se levanta y descuelga el aparato.

—*Pronto!* Coronel Mario Daureli al habla.

—*Aló!*, *aló!* —grita una voz de hombre a través del teléfono, fuerte y excitada.

—Sí, sí, le escucho...

—Mario, querido Mario... ¡Soy Nicola! ¿Qué ha pasado? ¡Dime! —interroga la voz destemplada.

—Gian Carlo está muerto —dice el coronel con la voz rota.

Se hace el silencio. Hasta que doña Gianna pregunta ansiosa:

—¿Quién habla? ¿Quién es?

—Es tu hermano Nicola —responde su marido, entregándole el teléfono.

—¡Nicola! ¡Nicola! —grita llorando ella, con ardientes sollozos—. ¡Nuestro Gian Carlo! ¡Mi pequeño! ¡Qué desgracia tan grande, Nicola!

La voz que está al otro lado trata de consolarla, con frases hechas, con las palabras que suelen usarse en estos casos. Doña Gianna llora afligida mientras escucha. Poco después parece más calmada. Nicola es su hermano mayor, que vive habitualmente con su mujer e hijos en Verona, donde se trasladó para ejercer como alto funcionario siendo todavía joven. Ahora, debido al cariz que ha tomado la guerra, intenta convencer a su hermana para que también ella y los suyos se vayan allí, donde ha alquilado una amplia vivienda, para que estén más seguros mientras pasan los peligros y las restricciones. Le asegura que posee muy buenas relaciones políticas en la prefectura de Milán y que, gracias a sus contactos, ha conseguido de las autoridades alemanas los permisos necesarios. Doña Gianna presta atención a sus razonamientos con gesto confiado, asintiendo con la cabeza mientras se enjuga las lágrimas. Después de una larga conversación, se despide de su hermano y vuelve a sentarse. Gina le trae un vaso de agua. La madre toma unos sorbos, nerviosa, alterada, y la mitad se le derrama sobre el cuello y el pecho. Sacude el líquido con la mano, con un movimiento reflejo, mientras suspira profundamente. Empieza a jadear con dificultad y a mirar aturdida los rostros de quienes la observan.

—Gracias a Dios, mi hermano no se olvida de mí —murmura.

—¿Qué ha ocurrido? —pregunta Orlena—. ¿Qué habéis hablado?

—¡Vámonos de Roma! —grita su madre—. ¡Vámonos de aquí!

—¡Yo no me iré de Roma! —contesta don Mario con voz tonante.

—¡Vámonos, Mario, te lo ruego! —solloza ella—. ¡En Roma ya no se puede vivir! Nicola me ha dicho que allá en Verona las cosas funcionan... Hay orden y leyes... Los alemanes tienen bajo control a los comunistas y... ¡Y está Mussolini!

El coronel clava en su esposa una mirada furibunda. Luego se levanta del sillón y se detiene frente a la ventana. Ha dejado de llover y contempla el cielo de un azul oscuro, despejado de nubes, que la noche comienza a envolver. Dándole la espalda a su esposa, masculla entre dientes:

—Los alemanes, Mussolini... *Cazzo! Stronzi! Bastardi! Guarda! I napoletani hanno saputo mandarli all'inferno!*

Estas palabrotas, «¡Cabrones! ¡Imbéciles! ¡Bastardos! ¡Mira! ¡Los napolitanos han sido capaces de mandarlos al infierno!», enojan a doña Gianna, que escudriña la imagen de su marido con ojos de hielo y piedra.

—Estás loco, Mario —dice meneando la cabeza con profundo desdén—. ¡La ginebra te ha vuelto completamente loco!

Orlena y Gina asisten, como de costumbre, a una nueva discusión de sus padres. Están desconcertadas, sin saber qué hacer. Permanecen en silencio, aguardando a que cese la tormenta, mientras miran ora al uno ora a la otra.

Doña Gianna prosigue, con mirada desesperada y un tono quejumbroso:

—Estoy cansada... Muy cansada. Si vosotros no queréis ir a Verona, yo me iré sola... Sí, me iré con mi hermano Nicola, porque en esta casa nadie me quiere...

—Sí, vete —le espeta don Mario taciturno—. A ver cuánto aguanta Nicola... A ver cuánto tardas en volver a Roma...

—¡Miserable! —le responde ella displicente—. ¡No vienes conmigo a Verona porque sabes que allí no tienen sitio los masones y los borrachos! Pues quédate en Roma, donde solo hay ya holgazanería, suciedad, robo y rapiña.

—¡Basta, mamá! —le pide Orlena con inquietud.

El coronel mira a su esposa esbozando una sonrisa extraña. Luego se vuelve hacia sus hijas y dice en voz baja:

—Yo también me voy, aunque no a Verona...

La última frase les ha llegado de forma concisa y vaga. Captan a la vez en la mirada de su padre un significado muy negro que las alarma, y exclaman al unísono:

—¿Adónde?

—A mi casa —responde él.

—¿Qué estás diciendo? —pregunta despreciativa doña Gianna—. ¡No tienes más casa que esta! No bebas más ginebra o acabarás muy mal, Mario.

—Adiós —dice con voz débil el coronel, y se marcha, dejando tras de sí una congoja y una inquietud manifiestas.

Su esposa y sus hijas saben que va a la terraza. Se quedan en silencio y así permanecen durante un rato, sumidas en la oscura maraña de sus pensamientos.

Poco después, en la calle suena el tremendo ruido de un golpe, como un repentino estallido. Y seguidamente se oyen voces fuertes y alteradas.

Orlena y Gina se asoman a la ventana. Lo que ven es terrible: abajo en la acera, tendido sobre el pavimento, está el cuerpo inerte de su padre. La sangre, oscura y brillante, empieza a extenderse a los lados de su cabeza reventada. Don Mario se acaba de arrojar al vacío desde la terraza.

IV

LA RAZZIA
(LA REDADA)

43

Roma, lunes, 27 de septiembre de 1943

A media mañana, fray Leonardo se halla orando solo en la capilla. El hospital está silencioso, como de costumbre a esa hora. Es un silencio cálido y blando. En la penumbra, la riqueza fastuosa de aquel pequeño templo, rutilante de mármoles y detalles dorados, permanece sumida en una calma extraña. El vicario está conmovido por los angustiosos sucesos que le ha tocado vivir. Siente aquella guerra no solo como una guerra entre hombres, sino contra Dios. Eso le hace sufrir enormemente. Se encuentra pequeño, indefenso y abrumado por la inmensidad de la tragedia que le rodea. Acaba de enterarse de que el padre de Orlena Daureli se suicidó hace una semana, lo cual le provoca, además, un dolor vivo y punzante. Por si no fuera poco la terrible realidad de los hechos, la opresiva presencia de los invasores, el miedo y la ansiedad, ahora esta muerte irracional e inesperada le ha caído en el alma como un peso más. Aprecia a Orlena. Ya antes sentía una gran compasión por ella, por la pérdida de su prometido y luego por la muerte del hermano. Ahora esto es como un golpe definitivo, brutal. Al reflexionar sobre ello, le invade una suerte de oscuridad y zozobra. De pronto, incluso parece que le falta el aire y se arruga en el reclinatorio, a punto de echarse a llorar. Pero no puede evitar los remordimientos por tener la mente y el corazón ofuscados. Mira hacia la bóveda y pregunta a las alturas: «¿Por qué? ¿Por qué esto también, Señor?». Murmura de manera inaudible: «Pobre, pobre Orlena. ¡Dios mío, ayúdala!». Y después ora en su interior durante un rato. Hasta que oye a su espalda el cauto rumor de unos pasos.

—Padre, disculpe, padre… —susurra una voz.

Se vuelve y ve a fray Clemente Petrillo, el maestro de novicios, que está de pie muy quieto, mirándole.

—Siento molestarle —añade—. Pero debo comunicarle que ha venido la señorita Dora Focaroli. Está muy nerviosa y dice que necesita hablar urgentemente con el superior de los frailes.

Fray Leonardo se sorprende templadamente. Se queda un instante pensativo. Dora Focaroli es la enfermera que está a cargo del pequeño hospital Hebraico y la casa de reposo para ancianos judíos que se encuentran también en la isla, frente a la iglesia de San Giovanni Calibita. Es católica, pero vive unida sentimentalmente a un comerciante de metales judío. Con frecuencia acude a pedir medicinas o a solicitar la ayuda de algún médico. El vicario supone por ello que tendrá alguna necesidad urgente. No obstante, pregunta:

—¿Qué quiere ahora la señorita Focaroli?

—No lo sé. Solo ha dicho que necesita ver al superior de la comunidad. Ha venido con su marido… Bueno, con ese señor judío que vive con ella…

Fray Leonardo sale y ve en el patio a aquella mujer, de suyo graciosa, alegre y tierna, pero que ahora está visiblemente inquieta. Se encuentra de pie en el patio del hospital, mirando hacia el estanque con perfil de gato, vistiendo su habitual uniforme de enfermera y con sus brazos gráciles caídos a lo largo del cuerpo. Es todavía joven, frisa en los veintiocho años, pero aparenta toda ella una sensatez y una mesura propias de alguien mayor. Su marido, Mosè di Veroli, con quien el vicario se ha encontrado alguna otra vez con anterioridad, es de edad más madura, algo flácido, con cara de luna y cabello de un gris neutro.

Al ver llegar al vicario, Dora corre hacia él, diciendo con angustia:

—¡Padre! ¡Padre, algo terrible está sucediendo!

Los ojos de Dora son de un azul transparente, con negras pestañas y lagrimales de un rojo vivo, y se estiran ligeramente hacia las sienes, donde un grupo de arruguitas felinas se despliegan en abanico. Tiene una mata de cabellos castaño oscuro sobre la frente lustrosa; cutis de tono muy claro, rosado, y usa un lápiz labial de un rojo vivo. Su cuerpo es grande, y salvo cierto grosor de las muñecas y los tobillos, casi no hay defectos en su exuberante, elemental y alegre, aunque descuidada, belleza.

Al vicario le desconcierta verla ahora como agarrotada, con las manos juntas y los puños cerrados, el cuello ladeado y los labios temblorosos.

—¿Qué sucede, señorita Focaroli?

—¡Los alemanes, padre! —contesta ella con su potente voz, que resuena en el silencio del patio.

—¡Chist! ¡Tranquilícese, por Dios! Vayamos a mi despacho. Allí podremos hablar más tranquilos —propone prudente fray Leonardo.

En ese momento, aparece fray Maurizio Bialek. Viene de la calle y, al ver aquella improvisada reunión, se acerca apreciablemente alterado y dice con rabia:

—Ya he ido a asegurarme. Es cierto lo que dicen por ahí. En el barrio judío no se habla de otra cosa. Y no me extraña que eso sea verdad… ¡Nada me extraña! Ellos son así… ¡Los nazis nunca dan respiro! ¡Es terrible! ¡Malditos! ¡Malditos sean! ¡Hijos de Satanás!

—¿Qué dicen? —pregunta fuera de sí fray Leonardo—. ¿Puede decirme alguien de una vez lo que está sucediendo?

Entonces toma la palabra el marido de Dora. Habla pausadamente, en un tono parecido a la agonía:

—Los alemanes han exigido cincuenta kilos de oro a los judíos de Roma… ¡Cincuenta kilos! —Luego se vuelve y señala hacia la puerta, abriendo unos ojos llenos de desesperación—. ¿Quién puede tener todo ese oro? Todos andan por ahí a ver si lo reúnen…

Se hace un silencio cargado de estupor, en el que fray Leonardo mira a fray Maurizio conteniendo la respiración. Luego camina un par de pasos hacia un banco que está junto a la pared. Se sienta y suspira. Está cansado y confundido.

Dora Focaroli va hacia él y le dice con voz ahogada:

—Si no obtienen el oro… ¡Dios mío! Si no lo consiguen antes de mañana…

—¿Qué puede pasar? —pregunta el vicario—. Me refiero a qué sucederá si no se lograra reunir esa cantidad de oro.

Fray Maurizio está bien informado al respecto. Ha recorrido el barrio esa misma mañana para cerciorarse sobre el rumor que ya había empezado a correr durante la tarde anterior. Se acerca al vicario y se sienta junto a él, explicando circunspecto:

—Cincuenta kilos de oro a cambio de la falsa promesa de libertad. Una diabólica extorsión por parte de los nazis. Son cincuenta kilos de oro que los pobres judíos deben juntar en treinta y seis horas. Esta es la exigencia de los alemanes, bajo la amenaza de deportar a más de doscientos hombres, cabezas de familia todos ellos. Y puede estar seguro de que serán implacables. Si se llevan a esos hombres, jamás volverán a Roma. Los matarán, padre, los matarán… ¡Debemos hacer algo, padre! ¡Hay que colaborar!

Fray Leonardo no dice nada. Permanece pálido y pensativo durante un rato. Luego se levanta y camina apesadumbrado hacia la iglesia. Entra y va directamente a la sacristía. Allí abre la vitrina donde se guardan los mejores objetos destinados al culto. Recoge un antiguo cáliz de oro puro y dos patenas. Luego regresa con todo ello envuelto en un paño. Se lo da a fray Maurizio en el patio, diciendo:

—Irá usted al templo hebreo y entregará esto al rabino mayor o al responsable de la comunidad que esté allí. Es nuestra humilde aportación.

Dora Focaroli rompe a llorar:

—¡Dios le bendiga, padre! ¡Yo entregué anoche todas mis pequeñas alhajas y las de mi madre! Poca cosa. Pero todos podemos ayudar con lo que tengamos.

Cuando fray Maurizio y el matrimonio se han marchado para entregar el oro, el vicario va a comunicarle al superior general de la Orden lo que está sucediendo. Inmediatamente, este último obra en consecuencia y llama por teléfono al Vaticano, para poner los hechos en conocimiento de la Santa Sede.

44

Roma, martes, 28 de septiembre de 1943

Antes del alba de aquel amargo y angustioso día, como ya lo tenía previsto, Rosa Zarfati se levanta de la cama muy dispuesta, con agilidad juvenil, a pesar de haber pasado una terrible noche entre el insomnio y las pesadillas. Y como si fuera una comisionada que debe cumplir un importante mandato, se viste con sus mejores ropas y se arregla los cabellos con sumo cuidado. Después realiza sus labores habituales, emprendiendo su trabajo matinal con una delicadeza y una calma indescriptibles, a pesar de su temor y su tristeza. Toma en sus delicadas manos la masa de pan negro que estaba fermentando desde la noche anterior y la trabaja como siempre. Luego enciende el pequeño horno que hay en un rincón y espera sentada a que se caliente. Al alumbrar los primeros rayos del sol en la ventana, va a la habitación donde duermen sus cuatro hijos. Los observa durante un rato desde la puerta, antes de despertarlos. Su ternura y su amor se desbordan, al verlos tan bellos y serenos, profundamente dormidos.

—¡Es un nuevo día! —anuncia con voz cantarina—. ¡Arriba!

Los pequeños la reciben con besos. Pero Betto, nada más abrir los ojos, se incorpora y se queda mudo de consternación, aún somnoliento, lanzándole a su madre una mirada de reproche. No obstante, ella se aproxima y se le cuelga al cuello, diciéndole en un susurro:

—Tu madre hará lo que tiene que hacer, lo que es su obligación.

Él se apresura a liberarse de sus brazos con delicadeza, mientras le contesta esquivo:

—Y yo no voy a dejar de pensar lo que pienso.

Ella lo cubre de besos y luego se ríe un poco, forzadamente, diciendo con seguridad:

—Eres tan guapo como un ángel furioso, *fijo*. Pero yo no obedeceré a tus locos pensamientos, sino a lo que me dicta mi alma.

Él se levanta y se viste sin dejar de mirarla enojado, replicando huraño:

—No sé cómo eres capaz de estar contenta y tranquila, con lo que nos está pasando, con lo que nos están haciendo...

Rosa mira a su hijo forzando una media sonrisa en los labios. Tiene un rostro diáfano, ojos negros, frente alta y pura y una dulzura antigua en la expresión y los gestos. Contesta a su hijo reposadamente:

—¿Y qué voy a ganar estando triste y agobiada? Hace tiempo que decidí confiar. Por eso, precisamente, por todo lo que estamos pasando, por el mal injusto que nos hacen... Y te aseguro que esa confianza y esa fe me sostienen, a pesar de todo. Tu abuelo, Isaac Tob Chacham, el *jajam* más sabio de Rodas, solía citar al rabino Aharón el Grande. Decía: «Tristeza significa que me deben algo, que me falta algo. Y el que piensa así es porque su corazón no está dirigido hacia el Cielo... ¿Y quién te ha dicho que te deben a ti y que no eres tú quien debes algo?». ¡Si nada de lo que tenemos es nuestro! En otras palabras, la causa principal de la tristeza es tener una actitud pasiva, exigente, esperando a que sean otros quienes nos ayuden, otros quienes se dirijan a nosotros, otros quienes nos llamen y otros quienes nos busquen... ¿Y qué sucede cuando los otros no hacen aquello que nosotros esperamos? ¿Qué nos pasa por la cabeza cuando la vida no satisface nuestras expectativas? Pues que, entonces, nos enfadamos y «odiamos» al mundo entero.

Rosa se expresa así porque, en el fondo, está obsesionada por lo que se había callado en la discusión que tuvieron Betto y ella la noche anterior, cuando, como tantas otras familias judías, recibieron el repentino aviso de la comunidad para que entregaran lo antes posible el oro que pudieran tener en sus casas. Sin pensárselo ni un momento, ella decidió que donaría el escueto tesoro familiar que conservaba para un caso de extrema emergencia: trece antiguas monedas turcas de oro, varias cadenas, un pequeño candelabro y cuatro sortijas. Al saberlo, Betto se enfureció mucho, no por el valor que pudiera tener todo ello, sino porque consideraba una imperdonable traición ceder al chantaje y proporcionarles a los nazis un tributo que sería empleado para realizar sus nefastos planes.

Ahora los razonamientos religiosos de Rosa suenan en los oídos del joven de un modo extraño, como si le fueran hechos desde la reminiscencia de su infancia y no desde la lengua de su madre; o como si cuando llegan a sus oídos no se detuvieran en ellos, sino que se sumergieran en lo más profundo de sí mismo para emerger luego llevando prendidos parte de los recuerdos. Inmediatamente le vino a la memoria una situación semejante a esta, cuando oyó discutir a sus padres en circunstancias parecidas; tal vez porque tuvieron que abandonar Rodas o Abisinia, en una de aquellas particulares diásporas de la familia. Rosa siempre veía detrás del infortunio una voluntad divina más alta o más fuerte, mientras que su marido era más racional y relativista. A Betto se le encoge el corazón al recordarlo, se despierta su dolor, y vuelve a brotar su sentimiento de rebeldía por la injusticia que ha enterrado viva su esperanza.

—¡No les des todo nuestro oro a los malditos alemanes, mamá! —grita—. ¡Todo no! Puedes entregar solo una parte por pura solidaridad con la comunidad... Pero guarda el resto...

Rosa le mira con cariño y responde:

—No discutiré más sobre este asunto. Mi decisión está tomada. ¡Vamos a desayunar!

Se sientan y reparte el pequeño pan entre sus hijos. Como cada mañana, la madre se reserva una minúscula parte. Todos están delgados, demacrados. El hambre es cada vez más acuciante; es un ansia atroz, que nubla la mente y trastorna los pensamientos. Desde hace meses se alimentan básicamente de pan negro y patatas cocidas. Sin embargo, Rosa repite una y otra vez que sería menos no tener nada; que hay que dar gracias incluso por el hambre. Ella piensa que el deseo, en cualquier manifestación, no es otra cosa que la genuina expresión de añoranza de nuestra alma por recuperar el estado de plenitud del cual gozaba antes de venir a este mundo. «Los deseos físicos son de carácter limitado —suele decir—, y en ellos no hay más que "señales" cuyo propósito es recordarnos el origen superior de nuestra verdadera naturaleza, que es intrínsecamente incorpórea y de carácter espiritual».

—¡Sermones y más sermones! —grita Betto, dando un golpe con la palma de la mano en la mesa—. ¡Opio! ¡Puro opio para no rebelarse! ¡La religión es la conformidad de los necios!

Sin levantar la cabeza de la taza de falso café aguado, ya vacía, ella dice con un tono que no admite réplica:

—No conseguirás que me enoje contigo. Y te ruego una vez más que no pronuncies palabras impías delante de tus hermanos.

Él agita la cabeza con cierta vehemencia, con el rostro hosco y encolerizado, como queriendo decirle: «De nada sirve discutir contigo. Eres una fanática». Pero enseguida levanta los ojos hacia ella y se queda mirándola largamente, con una expresión menos dura. Luego le dice con voz queda:

—Vamos, mamá. Llevemos el oro de una vez. Iré contigo a entregarlo.

Este repentino cambio de opinión de su hijo se abate sobre la cabeza de la madre como un golpe de gracia, y se queda atónita, sin decir palabra e incapaz de moverse. Y, pasado un momento, se levanta y va hacia el pequeño aparador. En silencio, pone las piezas de oro en una servilleta y las envuelve. Pero repara en los pendientes que lleva puestos; se los quita y los deposita junto a lo demás. Luego se vuelve hacia Betto, preguntando con dulzura:

—¿De verdad quieres ir conmigo a llevarlo?

Él se acerca a ella despacio. La abraza y la besa en la frente, diciendo muy serio:

—No voy a consentir que vayas sola. Una cosa es que no esté de acuerdo con lo que haces, y otra, que te deje pasar sola este mal trago.

45

Roma, martes, 28 de septiembre de 1943

Un aparatoso y brillante automóvil de color negro se detiene en Via Arenula, junto a la puerta principal del distinguido edificio donde se halla la casa de los Daureli. Llega escoltado por dos agentes motorizados del batallón móvil de la policía, que también paran sus motos junto a él. Al instante, se aproxima una patrulla militar alemana para pedirles que se identifiquen. Es parte de la rutina que diariamente se desenvuelve en la Roma ocupada. Los policías motorizados muestran unos papeles. Vienen desde Verona, enviados por el conde Arcamone, funcionario de la prefectura, y traen todos los permisos oficiales necesarios para el desplazamiento. La concentración de vehículos en aquel lugar hace que pronto se reúna, aunque a prudente distancia, un curioso grupo de vecinos, adultos y niños, que merodean en torno. Cuando han sido dadas las explicaciones oportunas por los recién llegados, se abre la puerta del lujoso automóvil y sale el hombre que estaba al volante: un chófer gordo, gigantesco, vestido con impecable uniforme gris oscuro y gorra de plato con cordón dorado. Entra en el edificio e intercambia unas palabras con la portera en el amplio recibidor. Después vuelve a salir y enciende un cigarrillo, como esperando.

Pasado un largo rato, aparece bajando la escalera doña Gianna Arcamone, enteramente vestida de negro y acompañada por sus dos hijas y por su doncella.

Recogen en la portería unas maletas y las introducen en el portabultos del automóvil. Luego llega el momento de despedirse, en un ambiente de tristeza y languidez.

Doña Gianna lanza a sus hijas una última mirada implorante, diciendo llorosa:

—Hijas... ¡Hijas mías! ¡Venid conmigo a Verona! ¡No os quedéis aquí! ¿Cómo os podré convencer? ¡Obedeced a vuestra madre! Si no lo hacéis, me desgarraréis el alma...

Ellas la abrazan, sin hacer caso a sus ruegos. Ya habían discutido suficientemente sobre ese asunto. Ninguna de las dos se manifestó dispuesta a marcharse con la madre, cuando unos días antes ella tomó la decisión de dejar Roma para irse con su hermano. Insistió una y otra vez, con quejas desesperadas, con llanto, con enojo; haciendo uso de su autoridad, exhibiendo su dolor y su despecho. Ni Orlena ni Gina quieren abandonar sus obligaciones y su casa. Ni siquiera por la seguridad que se les promete en el nuevo régimen fascista del norte.

Finalmente, doña Gianna entra en la parte trasera del coche, sola y abatida. El chófer pone el motor en marcha. Hay todavía un postrero intento por parte de la madre, que se asoma a la ventanilla y dice acongojada:

—¡Hijas mías! No deberíamos separarnos... No, en estas horribles circunstancias... ¡Somos una familia!

—Lo somos, mamá —contesta Orlena con aplomo—. Siempre seremos una familia. Esto pasará y nos volveremos a reunir.

Doña Gianna se cubre el rostro con las manos. El automóvil emprende la marcha y desciende lentamente por la avenida, custodiado por los policías motorizados. Orlena y Gina lo siguen con sus ojos tristes, y lo ven perderse al fondo, girando hacia la derecha. Las hermanas se quedan en silencio; ninguna de ellas se atreve a abrir la boca, ante el temor de que, si hablan, delaten sus sentimientos. Porque, en el fondo de sus almas, ambas se sienten en cierto modo aliviadas por aquella partida. Luego intercambian entre ellas una larga mirada. Orlena enarca las cejas y suspira, como queriendo decir: «Ahora estamos solas tú y yo».

Gina va hacia su hermana y la abraza, llorando. Pero enseguida se aparta y le dice:

—Tengo que ir a ver a Betto. Hace más de dos semanas que no sé nada de él.

Orlena se pone muy nerviosa y replica con vehemencia:

—¿Sola? ¿Vas a ir sola al barrio judío? ¿Estás loca? ¿Cómo vas a ir tú sola a su casa ahora?

Gina no contesta. Entra en el vestíbulo y recoge la bicicleta.

—¡No! ¡Espera! —grita su hermana, agarrándola por el brazo—. Te acompañaré. Iremos las dos caminando.

Gina acepta. Emprenden la marcha por las calles solitarias. Solo de vez en cuando se cruzan con gente agotada y flaca, con las miradas tristes y bajas, con las frentes húmedas de sudor, pálidas de hambre, de angustia; errando por las aceras que están cubiertas de polvo y suciedad. Pasan junto a los tristes edificios y los orgullosos palacios, de donde salen todos los días, en secreto, los antiguos y buenos muebles, los ricos tapices, la plata, los cristales de Murano, las porcelanas y todos aquellos rancios distintivos de patrimonio, de vanidad y de vieja gloria romana. Más adelante, las callejuelas del barrio judío están aún más desiertas. Los pocos viandantes que hay caminan deprisa, pegados a los muros, y las patrullas de soldados alemanes montan guardia en los cruces con las ametralladoras a punto. La Piazza Margana les parece espectral, con la somnolienta torre medieval de los Margani y el *palazzetto* Velli, ensombrecido por la hermosa acacia negra que cubre parte de la fachada. Gina vuelve la vista hacia la taberna de Senni, que está cerrada, y su congoja se aviva todavía más.

Se ven todavía en las calles los restos de algunas barricadas que no han sido retirados. Apenas han transcurrido tres semanas desde que los alemanes tomaron Roma y hay una suerte de desgana y resignación que domina a la población hambrienta y agotada. La fiebre ya ha pasado, pero todos están convalecientes. La mayoría de la gente que se enfrentó a los invasores volvió a casa a esconder las armas cuando vio que todo estaba perdido. Los más arrojados, los que resistieron hasta el final, fueron aplastados, asesinados a golpes, fusilados o encerrados en las cárceles. Gina ha oído contar cosas terribles y está angustiada por lo que pudiera haberle pasado a Betto, pues hace quince días que no tiene ninguna noticia suya. Últimamente aseguran que los soldados alemanes han empezado a hacer redadas para deportar hombres jóvenes destinados a trabajos forzados. Los rumores son cada vez más fuertes.

Orlena intuye la preocupación de su hermana y le dice mientras van caminando deprisa:

—Ten confianza. Betto estará bien. Seguramente habrá permanecido encerrado en casa durante todo este tiempo, como tantos otros muchachos. Ya lo verás.

De pronto, al doblar una esquina, se encuentran de frente con una patrulla de soldados alemanes que está parada en la acera. El oficial se mantiene impasible delante de ellas, con los brazos cruzados, un tanto desafiante. Pero luego sonríe afable y saluda en perfecto italiano:

—Buenos días, señoritas.

Ellas aminoran el paso y hacen ademán de rodear a los soldados.

—No teman, señoritas —dice el oficial con amabilidad—. No vamos a hacerles nada. Somos gente civilizada. ¿Podemos ayudarlas en algo?

Ellas se detienen y se quedan mirándole. Es un hombre delgado, alto y apuesto, que saluda militarmente y no deja de sonreír.

—Vamos a visitar a un pariente —contesta parcamente Orlena.

El oficial va al camión militar que está aparcado cerca y saca una cartera.

Las hermanas Daureli están atemorizadas, sin saber qué hacer. Le miran tímidamente. Él muestra un paquete de galletas, un pan y un par de latas de conserva. Envuelve todo ello en un vasto papel y se lo entrega, diciendo:

—Acepten este obsequio, señoritas. Seguramente les vendrá bien.

Orlena lo toma en sus manos, sonríe débilmente y responde:

—Gracias. Que tenga un buen día.

Después ambas hermanas siguen su camino. Y cuando se han alejado lo suficiente, Gina increpa a Orlena:

—¿Por qué lo has aceptado? ¡Aunque tengamos necesidades, conservamos la dignidad!

—Hubiera sido peor despreciarlo —contesta Orlena—. Además, no quiero pensar siquiera que todos los alemanes son malas personas. Habrá de todo... El odio no conduce a ninguna parte. Ese joven lo ha hecho de corazón, sin pedir nada a cambio. Solo ha querido ayudarnos.

Continúan caminando apresuradamente y en silencio. El extremo del barrio judío está casi desierto y lo atraviesan en pocos minutos. Y, de pronto, cuando están terminando de bordear las ruinas del teatro de Marcelo, ven venir a lo lejos a Betto y a su madre. Gina corre hacia ellos, sorprendida y turbada, como si en verdad hubiera visto una aparición sobrenatural. No puede evitar las lágrimas y apenas musita:

—Gracias… Gracias a Dios…

—¿Dónde vais vosotras ahora? —inquiere Betto, completamente extrañado.

—¡Qué pregunta! —contesta ella con voz tonante—. ¡Hace dos semanas que no sé nada de ti!

La madre se ha detenido y está mirando a Gina más extrañada aún que su hijo. Aquella bellísima joven, con esos ojos azules, esa sonrisa y ese pelo dorado le parece un auténtico ángel. Pero siempre que la ve se siente confusa, desconcertada. Rosa Zarfati es maciza, delgada, firme; lleva un vestido marrón claro y colgado de una cadena de plata una piedra negra que le llega hasta el medio del amplio pecho. Hace tiempo que comenzó a advertir con horror que su hijo y la refinada señorita cristiana son inseparables; hay entre ellos conversaciones, miradas y vibraciones que ella es incapaz de determinar con exactitud. Y todo aquello le parece tan peligroso que supera su repugnancia; no lo entiende del todo y necesitaría más tiempo para estudiarlo mejor. Pero no quiere pensar siquiera que pueda haber entre ellos una verdadera pasión amorosa. Aleja de su mente esa posibilidad y se dirige a las dos hermanas, tratando de sonreír para decirles con forzada serenidad:

—Vamos a la sinagoga. Los alemanes han exigido a la comunidad judía que entregue cincuenta kilos de oro. Traigo aquí todo lo que tenía. Cada familia debe aportar lo que pueda.

Ellas se quedan en silencio, mirándola y tratando de asimilar lo que acaban de oír. Luego Orlena mueve la cabeza con tristeza y dice suspirando:

—¿Cómo se puede hacer algo así?

Rosa trata de vencer su insistente sonrisa, que pronto disimula tras una comedida manifestación de disgusto, diciendo:

—¡Esa gente no tiene corazón! Pero es lo que nos toca hacer... El Eterno sabrá por qué tenemos que pasar por esto...

Betto frunce el ceño y pone mala cara, protestando contra la lógica de su madre, que no le agrada en absoluto.

—¡Vamos, mamá, vamos! —grita apremiante—. ¡No perdamos más tiempo!

Gina se pone frente a él y le dice impetuosa:

—¡Iremos con vosotros!

—¡No! —niega él tajantemente.

Gina mira ahora a Rosa e insiste:

—Deje que los acompañemos.

Betto se vuelve hacia su madre haciendo un gesto con la mano como si le dijera: «No lo consientas». Luego le pide con tono autoritario, a la vez que echa a andar:

—¡Vamos! ¡Se está haciendo tarde!

La madre se queda cavilando un instante sobre la discusión que se ha producido entre su hijo y Gina. Luego extiende las manos con humildad y murmura:

—*Fijo*, ellas quieren venir con nosotros a la sinagoga. Estas señoritas sienten compasión. Es un gesto de amor. ¿Quién soy yo para oponerme a su bondad? Nadie debería despreciar el bien que se le hace...

Él da un profundo suspiro para distender sus nervios y se detiene dudando. Luego cambia de tono y pasa a una voz dubitativa y preocupada:

—¡Está bien! Que vengan si quieren... ¡Pero no perdamos más tiempo!

En ese momento aparecen por allí varias personas más. Rosa las mira y se pone a caminar lentamente, agarrando, nerviosa, la mano de Gina. Su modo de andar parece inseguro y desmadejado, como si fuera incapaz de realizar incluso los más elementales principios para moverse, además de la intensa vergüenza que le sobreviene de pronto al pensar que debe exponerse a los ojos de gente que conoce.

En esta situación cruzan la calle hacia el Lungotevere De' Cenci.

Luego apresuran sus pasos los cuatro y llegan a las inmediaciones de la sinagoga. Las grandes puertas que dan a la Piazza del Tempio están cerradas. Frente a ellas hay dos coches de la policía italiana. La gente se va reuniendo en torno. Betto pregunta dónde deben entregar el oro. Le indican que deben ir a las oficinas de la comunidad hebraica, que están en las dependencias adjuntas al templo. Rodean el gran edificio hasta la puerta, y allí se suman a la fila de gente que espera para entrar. La afluencia es notable. Se aprecia la consternación en las caras. Se habla en voz baja. Todos los comentarios son prudentes, parcos en palabras, pero en ellos se desvela la única preocupación: ¿se conseguirá reunir lo suficiente? La Questura italiana ha establecido un servicio de orden y vigilancia, que apenas es necesario, pues todo el mundo actúa con diligencia y cuidado. Al fondo hay dispuesta una mesa larga, donde están sentados los contables y los orfebres con sus balanzas. Algunos pretenden entregar dinero, pero no se acepta. Solo el oro es contabilizado y pesado cuidadosamente, hasta tres veces, antes de hacer las anotaciones pertinentes. El metal se va amontonando en unos cestos, a la vista de todo el mundo. Hay visible inquietud en las miradas. Los representantes de la comunidad hablan entre ellos en voz baja, cotejan los cuadernos, hacen cuentas…

Rosa Zarfati y su hijo entran y entregan lo que han traído. La mayoría de los judíos que hay allí están en una situación semejante: aportan sus joyas familiares, recuerdos queridos, cadenas, relojes, anillos, pendientes… Betto no puede reprimir su rabia y se dirige al contable para preguntarle:

—¿Y quién nos asegura que mañana no nos exigirán más?

Aquel hombre, vestido con formalidad y de aspecto serio, le lanza una mirada grave y no contesta.

Rosa se inquieta por la pregunta de su hijo. Agarra el brazo de Betto y tira de él, murmurando:

—Vámonos. Ya hemos cumplido.

Al volverse, ven a Gina y Orlena, que están entregando también sus pendientes, sus anillos y las cadenas con sus cruces que llevan al cuello. Rosa siente entonces cariño y ternura hacia ellas, les sonríe y muestra en su rostro toda la emoción que provoca en ella este noble gesto. Sus ojos se inundan de lágrimas que la ayudan a mitigar la agitación de su pecho, el ardor de su amor y de su fe, y su enorme gratitud y alegría.

Cuando han salido los cuatro, la madre de Betto pide ir a rezar a la sinagoga. Vuelven a bordear el edificio y entran por una de las puertas laterales. Después de atravesar el cancel, se encuentran con la maravillosa visión del templo. La luz del mediodía arranca el fulgor del bronce pulido y llena de esplendor los preciosos estucos. Ante el asombro de Orlena y Gina, Rosa Zarfati se pone a devorar el lugar con ojos anhelantes: los muros, el techo, las columnas, las lámparas, las doradas insignias de David, las trompetas del jubileo, los nudos de Salomón, la suntuosa cortina que cuelga delante del Arca Santa... A su lado, Betto mira estas cosas desde otro punto de vista.

—*Fijo* —le dice su madre, entusiasmada—, es importante que los judíos se reúnan para rezar a Dios. Como lo explica el versículo de los Proverbios: «En la multitud de personas está la gloria de un rey». El hecho de que muchas personas se reúnan aquí demuestra respeto a Dios. Y solo está permitido entrar a una sinagoga con el propósito de rezar. Uno debe esforzarse por rezar en una sinagoga...

—Todo eso ya lo sé, mamá —contesta él sin disimular su fastidio—. Vámonos, que hoy no estamos para sermones...

Su madre le mira con cariño y dice:

—Sí, vámonos. Pero salgamos despacio, como corresponde. Porque, para demostrar su fe, uno debe ir rápidamente a la sinagoga. Pero luego se debe salir lentamente, para transmitir la desilusión de tener que dejar el lugar del encuentro con Dios.

Ya en la calle, ella se vuelve hacia las hermanas Daureli y dice con un leve mohín de disgusto, aunque afectuosa:

—Este *fijo* mío es descreído, pero no es malo. ¡Y es tan bello!

Gina siente que todo su cuerpo se derrite de ternura. Mira primero al hijo y luego a la madre, antes de decir:

—Necesito hablar un momento a solas con Betto.

Ambos se alejan y se sitúan bajo un gran árbol, en el paseo que discurre paralelo al Tíber. Él está demasiado serio, continente, como deseando irse cuanto antes. Y ella siente un escalofrío repentino y aquella turbación emocional que últimamente la sacude al pensar en él. El lugar, el aire, el olor dulzón del otoño y la luz que cae en cintas entre las hojas amarillentas causan un dolor nostálgico en su pecho.

—Betto —le dice, tratando de sobreponerse a su tristeza—, un día recordaremos todo esto; el río, y la sombra de los árboles en la orilla, y la cara dichosa de tu madre en la sinagoga, a pesar de los pesares… Y esa plaza… Un día todo habrá pasado… ¿Comprendes lo que quiero decir, Betto?

Él sonríe al fin, aunque de manera taimada. Pero enseguida se estira y la mira serio de nuevo, diciendo:

—Sí, Gina, claro que pasará. Pero yo ahora tengo que hacer lo que tengo que hacer. ¿No puedes comprender tú eso? Por favor, sé comprensiva conmigo. Mientras estemos viviendo como estamos viviendo, no puedo pensar en otra cosa. Lo cual no significa que no piense en ti…

Ella responde, mientras destella en sus ojos una mirada de amor:

—¡Sí! Y yo creo en lo mismo que tú. Ahora nos corresponde luchar… Hasta que Italia recobre el sentido y la justicia… ¡Hasta que haya libertad! Pero… ¿me amas?

—Lo que te he dicho es en realidad una especie de declaración de amor —repone Betto.

—«Una especie de…». ¡Eso no es suficiente! Y de sobra lo sabes. Eres demasiado inteligente y comprenderás también que yo a veces sea terriblemente desgraciada contigo… Pero, en el fondo, no me importa; estoy dispuesta a arriesgarme. ¡Te quiero tanto! Pero hay veces que no puedo evitar sentir que, en el fondo, es como si estuviera enamorada del sol…

Betto la mira a los ojos largamente. Aparece en él una sombra de compasión y tristeza. Por supuesto que la ama. Pero, impulsado por su apasionado amor por la libertad del espíritu humano y por su inflamado odio hacia sus opresores, no es capaz de centrarse en esa relación. Y eso le causa un gran desasosiego. En realidad pasa el tiempo sumido en imaginaciones y ensoñaciones idílicas. Se trata de algo incontrolable… Es demasiado joven, y solo la juventud sabe soñar. Y cuando no se deja llevar por la embriaguez de sus ideales y el hechizo de la pasión revolucionaria, también golpea su mente el amenazante y terrible martillo del miedo. Él tiene sus propios planes; tremendos y espeluznantes planes que no puede compartir. Al joven le da por pensar últimamente que no deben seguir viéndose por el momento. Además, si a él le sucediese algo en sus peligrosas aventuras clandestinas, si muriera, ella acabaría destrozada del todo. Por eso, duda angustiosamente entre abandonar su relación o seguir los dictados de su corazón, ya que ambos sentimientos, el amor y el miedo, son intensos.

Gina espera que diga algo. Le mira de manera anhelante. Él la besa en la frente y musita de manera concisa:

—No sufras.

Ella le rodea con sus brazos. Se aprieta contra su cuerpo con fuerza y gimotea:

—¡Dicen que los alemanes están deteniendo a los hombres jóvenes! No quiero que te pase nada… ¡Por favor, no salgas de casa! ¡Me moriré si no puedo volver a verte! ¡Prométeme que no harás ninguna locura! ¿Por qué no me dices lo que pasa por esa cabeza? ¿Por qué no compartes conmigo tus cosas?

Betto resopla y replica con desasosiego:

—¡Déjalo ya, Gina! ¡Mi madre nos mira!

Ella estalla en sollozos. Se separa de él, y aplaza de momento sus apremiantes preguntas.

—Betto, debes saber algo —le dice con la voz entrecortada por el llanto—. Algo muy importante… ¡Escúchame!

Él la mira largamente. Luego contesta:

—No tenemos tiempo ahora para hablar con tranquilidad. Ya habrá una ocasión mejor…

—¡No, Betto! —grita ella—. ¡Debes escucharme ahora!

—Está bien, habla de una vez.

Gina baja la cabeza, gimotea y luego se enjuga las lágrimas. Le mira con ojos tristes, enrojecidos, y dice con débil voz:

—Estoy embarazada…

Betto sacude la cabeza y afirma templado:

—Ya lo sabía. Hay que ser muy tonto para no darse cuenta.

—¡Lo sabías! —exclama ella con ira—. Y por eso me has estado esquivando…

Él la sujeta por los hombros, la mira fijamente a los ojos y dice:

—No es ahora el momento más oportuno para tratar sobre esto. Mira lo que está pasando…

—¡Temo que desaparezcas y no te vuelva a ver! —replica Gina, tratando de abrazarle.

—Por favor, contrólate —susurra él entre dientes, apartándose de ella—. ¡Nos están mirando! Volvamos con ellas…

Gina suspira hondamente, vuelve a enjugarse las lágrimas y hace lo que él dice. Ambos caminan hacia donde están Orlena y Rosa. Allí se produce una escena incómoda, cuando la madre pregunta, inquieta y atormentada:

—¿Qué sucede? ¿A qué viene este llanto? Decid lo que ha pasado entre vosotros. Quiero saberlo todo.

Pero Betto inclina hacia atrás la cabeza, sin decir palabra, mientras recobra el aliento, al tiempo que se elevan los llantos de Gina. De tal modo que él acaba perdiendo los nervios y arremete contra ella, gritándole:

—¡Basta! ¡Ya está bien, Gina! ¡Aquí nos despedimos! ¡Volved a vuestra casa!

Orlena no disimula su agobio. Y quizá para quitarle hierro a aquella difícil situación, le entrega a Rosa el paquete con los alimentos que le dio el oficial alemán, diciendo:

—Tenga esto, señora Zarfati. A sus pequeños les vendrá bien.

Atribulada, Rosa lo acepta y trata de sonreír, diciendo con timidez:

—Gracias, señorita.

Orlena toma del brazo a Gina y se despide con formalidad:

—Nosotras regresaremos ahora a casa… Dios quiera que todo acabe saliendo bien…

Betto alarga la mano y estrecha las de ambas hermanas, como si se estuviera despidiendo para siempre. Se produce un instante tenso y amargo. Entonces, Gina se suelta de la mano de Orlena, y avanza hacia él para rodearle con sus brazos. Pero Betto se aparta y se vuelve hacia su madre, diciendo:

—Nos vamos.

Luego madre e hijo se marchan. Gina se queda turbada. ¿Qué significa esto? ¿A qué se debe esta fría actitud? ¿Está enfadado con ella y no quiere con esa despedida nada más que hacerle patente su enfado? Pero ¿qué le reprocha? ¿Qué error, grande o pequeño? La perplejidad aturde la lógica de la joven y la confunde. Se queda allí pasmada, viéndole alejarse sin volver siquiera la vista atrás.

—¡Vamos! —exclama Orlena azorada, agarrándola de nuevo y tirando de ella—. ¡Déjale marchar!

Empiezan a caminar deprisa. Gina va llorando, aferrada al brazo de su hermana.

—Sé que no le volveré a ver —solloza—. Lo sé…

46

Roma, miércoles, 29 de septiembre de 1943

Betto se despierta mucho antes del amanecer. Ha abierto los ojos sobresaltado y está empapado en sudor. Todo en torno es todavía oscuro y la habitación es un vacío indescifrable, aunque sus hermanos duermen a su lado. Ha tenido la misma pesadilla que le viene aterrando cada noche: ve caer bombas que estallan por todas partes y tanques que le rodean; corre desesperadamente y siente que lo alcanzan y lo agarran por detrás, sin la menor esperanza de poder escapar de los alemanes. Los detalles han sido tan reales esta vez que aún le parece oler el humo, el metal quemado y la pólvora. Tiene los puños apretados y una gran tensión en todo su cuerpo. Se levanta y camina a tientas hasta la puerta. Sale y va hacia la ventana de la pequeña sala. La calle está solitaria, silenciosa, tenebrosa. Hace frío y la humedad está aferrada a los muros. Vuelve al dormitorio y se viste. Cuando trata de ir hacia la escalera, su madre le sale al paso con una lámpara en la mano.

—¿Dónde vas, *fijo*?

—A la sinagoga. Voy a enterarme de lo que ha pasado con el maldito oro. Ayer, antes del toque de queda, todavía no se sabía nada.

Rosa suspira sin ocultar su preocupación. Se sitúa delante de él y le dice con autoridad:

—¡No irás!

—¿Por qué?

—Porque no solucionarás nada yendo allí. Si han reunido o no la cantidad requerida, no nos corresponde a nosotros intervenir en lo que haya que hacerse después. Para eso están las autoridades de la comunidad. Eres apenas un muchacho y no tienes por qué meterte en los asuntos de los mayores.

—Quiero saberlo —refunfuña él—. Eso es todo. Iré, preguntaré y luego regresaré aquí.

—*Fijo*, ¿no te das cuenta de que corres peligro? Eres joven, y los alemanes se llevan a los jóvenes para tenerlos como esclavos en sus fábricas. ¿Te crees que lo sabes todo y no eres consciente de eso? ¡Todo el mundo lo sabe!

Betto aprieta los dientes, sacude la cabeza con rabia y replica:

—¡No podrás impedir que vaya! ¿Cómo lo vas a impedir?

Ella le propina una enorme bofetada, gritando con voz atronadora:

—¡Así! ¡Así lo voy a impedir!

El joven no se inmuta y se limita a bajar la vista huyendo de los ojos de su madre.

—Nunca te acabarás de enterar de que ya no soy un niño —murmura apesadumbrado.

Entonces ella va hacia la cocina, donde estaba hirviendo un poco de falso café. Y desde allí empieza a despotricar:

—Me tocó hacer de padre y de madre… ¿Crees que ha sido fácil? ¡No! No ha sido nada fácil. Tú no eres un muchacho dócil precisamente, *fijo*. ¡Eres obstinado y rebelde! No sé quién te habrá metido todas esas ideas en la cabeza…

Betto se ha quedado donde estaba. Parece haber perdido el sentido. Tras la bofetada, sus ojos se quedaron fijos en el suelo sin ver nada, como si los dibujos esquemáticos de las baldosas se hubieran quedado marcados en su cerebro de tanto mirarlos, convirtiéndolo en un torbellino de confusión y vacío. A cada segundo que pasa se hacen más profundos en él el silencio y la desesperación.

Su madre sale de la cocina y le entrega una taza de café y un pedazo de pan negro, diciendo llorosa:

—Si pudieras ver en mi interior; si pudieras, aunque fuera por un momento, experimentar todo lo que tu madre siente por ti, *fijo* de mi alma… Si te pasara algo malo, si a ti o a tus hermanos os hicieran algo esos oscuros hombres sin piedad…

Él se bebe el café y devora el pan. Su hambre es inmensamente mayor que la contrariedad que pueda sentir por causa de aquel repentino y pueril drama familiar.

Y, mientras tanto, Rosa no deja de relatar:

—A mí me enseñaron otra forma de vida cuando tenía tu edad. Entonces ni se me hubiera ocurrido rechistar… ¿Alzarle la voz a tu abuelo? ¡Eso nunca!

Betto no se lo piensa dos veces. Sale y baja la escalera como un fugitivo. Ya en la calle, a medida que se aleja en la luz grisácea que precede al amanecer, piensa en todo lo que tiene que hacer en los días siguientes. Si su madre supiera dónde anda metido… Si ella pudiera imaginar siquiera los peligros que le aguardan… Siente un gran amor y una gran compasión hacia su madre. Camina deprisa, respirando hondamente, porque tiene miedo de ceder al cansancio y a la desnutrición. La acuciante necesidad de sollozar crece en su interior; la contiene con furia. Se traga las ganas de llorar y se siente como si tuviera que avanzar por encima de un alto y estrecho muro que separa dos mundos irreconciliables. Con toda esta angustia en su corazón, echa un vistazo a la sinagoga que se alza al fondo, blanca y poderosa contra el cielo grisáceo.

Pero, un instante después, le sacude un repentino estremecimiento cuando ve unos automóviles detenidos en la Piazza del Tempio. Hay soldados alemanes en torno, vestidos con los inconfundibles uniformes de las SS, con sus amenazantes ametralladoras bien sujetas en las manos.

Betto se detiene y tiembla, pero más por la ira que por el miedo. Y entonces ve venir hacia él a un conocido, Samuel Pozzo, un joven flaco, todo huesos, en cuyo rostro delgado solo tienen vida sus ojos enormes y extraviados, unos ojos ennoblecidos por el hambre y el agotamiento. Se acerca, pálido y aterrado. Sin detenerse, mira de soslayo a Betto y dice con una voz sibilante:

—Los nazis han entrado en la sinagoga… ¡Date la vuelta! ¡No vayas allá!

Betto obedece esa orden. Se pone a caminar detrás de él y pregunta en un susurro:

—¿Qué ha pasado?

Samuel le cuenta que ayer, hacia las once y media, como no se había alcanzado la cantidad de oro requerida por los alemanes, el presidente de la comunidad hebrea fue a la embajada alemana para suplicar unas horas más, dado que eran cerca de las doce y el plazo expiraba. El mando alemán concedió de prórroga hasta las cuatro de la tarde del mismo día. A esa hora, el oro solicitado fue entregado en su totalidad.

—Entonces, ¿qué hacen ahí los malditos nazis? —pregunta Betto.

—No lo sé. Yo iba a enterarme cuando vi los coches y los soldados. No están las cosas como para arriesgarse… Regresaré a mi casa dando un rodeo. Si aceptas un consejo, haz lo que yo: no pienso volver a salir en mucho tiempo…

Betto regresa a casa y tiene que enfrentarse de nuevo a la desesperación y los reproches de su madre. Pero ya no vuelve a salir y ella acaba calmándose.

Esa tarde se conoce el motivo de la presencia de los nazis en la sinagoga. Al parecer estaban interesados en los libros antiguos de la biblioteca comunitaria y del colegio rabínico.

47

Roma, martes, 5 de octubre de 1943

Es una madrugada bochornosa. El cielo está cubierto y hay una total quietud en el aire. Durante toda la noche anterior estuvo lloviendo, aunque débilmente.

Betto salió nada más finalizar el toque de queda, caminó deprisa y ahora está junto al Ponte Milvio, apoyando la espalda en el tronco de un árbol. Suda bajo el grueso gabán que lleva puesto. Pero de ninguna manera debe quitárselo, por mucho calor que tenga. Frente a él están las estatuas centenarias de san Juan Bautista y Cristo, cuyos desnudos cuerpos de piedra se inclinan, arqueados, como si miraran a la gente que pasa. Las observa con desaliento. Flanqueada por ambas imágenes, la torreta de la cabecera del puente se alza ante él con su arco, bajo el cual discurre el tranvía cada cierto tiempo. También circulan algunos automóviles y numerosos carromatos tirados por bestias. Hay un inusitado ir y venir, debido al próximo mercado que todos los martes se improvisa en la Via Cassia, junto a la iglesia Della Gran Madre di Dio. El joven centra la mirada en cada vehículo que cruza y sigue su vaivén hasta que se aleja. Las sombras han empezado a descubrir las orillas del Tíber, y los pescadores echan sus cañas. Muchas tiendas comienzan a abrir sus puertas. La mayoría de los transeúntes forman una masa de trabajadores que van a sus labores. Desde donde está, Betto observa también todo lo que sucede en el amplio espacio que forma el Piazzale dei Ponte Milvio. Cerca, haciendo esquina, está el popular negocio de embutidos y el horno de

Pietro Lardi. Hay allí un surtidor de bencina custodiado por una pareja de *carabinieri*.

Al otro lado de la calle, un viejo zapatero se dispone a abrir su tienda. Betto le ve y va hacia él. Le saluda, diciendo:

—El tabaco cada día está más escaso en Roma.

El anciano le mira de arriba abajo y contesta:

—En América hay de sobra, pero los malditos ingleses y franceses lo quieren todo para ellos.

Entonces Betto le pregunta, discretamente y en voz baja, si ha visto patrullas de soldados alemanes esa noche. El zapatero responde que sí, que han pasado camiones, los dos últimos no hace mucho. Y después de decir esto, hace un gesto con la mano, como indicándole que debe esperar un rato más.

Betto muestra en su cara la inquietud que le domina. Está nervioso, impaciente, porque el crepúsculo anaranjado empieza a asomar a lo lejos, y replica huraño:

—Llevo ahí mucho tiempo. Se echa encima el día. Vivo muy lejos de aquí.

El zapatero le mira con severidad en sus ojos de iris grisáceo, diciendo:

—Hay que tener calma. Los jóvenes siempre tenéis prisa.

Betto resopla, como diciendo: «¿Más calma?». Porque no es capaz de serenarse. Además, si permite que la tensión lo abandone, aunque solo sea por un momento, se apoderaría de él un agotamiento paralizador, peligroso, pues lleva más de dos días sin poder dormir. Desde hace un buen rato se mueve únicamente por inercia.

El anciano mira a derecha e izquierda y dice:

—Si tienes miedo, mejor no haber venido.

Betto se enoja y da un fuerte pisotón en el suelo, replicando entre dientes:

—¡No tengo miedo! ¡Nada de miedo!

El zapatero sonríe astutamente. Luego saca de su bolsillo un cigarro y se lo da, diciendo:

—La primera vez suele pasar esto, muchacho. Pero no te inquietes; todo saldrá bien…

El joven enciende el cigarrillo y da una profunda calada, con ansiedad, mientras lanza una mirada de soslayo hacia el otro lado de la calle, donde los *carabinieri* montan guardia junto al surtidor de bencina. Todavía reina la oscuridad. El zapatero y él ya no vuelven a cruzar palabra, y cada uno se dedica a fumar fingiendo indiferencia.

Así transcurre un largo rato. Hasta que, de pronto, el anciano le da unos golpecitos en el antebrazo. Betto se sobresalta. Mira en torno y no ve nada de particular. Pero, un instante después, divisa dos motocicletas de la policía motorizada italiana que se acercan después de pasar bajo el arco de la torreta del Ponte Milvio. Tras ella, vienen varios vehículos militares alemanes.

—¡Ahora! —exclama el zapatero—. ¡Adelante, muchacho!

Betto se pone en movimiento para atravesar con cierta tranquilidad la calle en dirección a la esquina opuesta. Ni la angustia ni el temor le habían abandonado hasta ese momento, pero ambos ahora se van quedando en el margen de la conciencia, cuyo centro ocupa un sentimiento de intrepidez y rara emoción. Va muy atento a todo lo que se presenta a su vista: la amplia plaza, la tienda de Pietro Lardi, los letreros del negocio de embutidos, el surtidor, los vehículos que circulan y las numerosas personas que caminan deprisa. Encuentra de pronto una inesperada e ingenua alegría por participar en el movimiento y la libertad de los vivos. La alegría de quien ha pasado días prisionero de los muros de su casa, pensando casi únicamente en este día. Y siente renovados bríos. El cansancio y el dolor desaparecen al invadirle una súbita energía nerviosa, sin reparar ya en el peligro. Pero el corazón parece querer salírsele del pecho. El crepúsculo anaranjado hace que los muros de los edificios arrojen sombras inmensamente largas. La visión parece enturbiarse. Eso le inquieta y tiene que esforzarse para no caminar demasiado rápido. Trata de fingir naturalidad.

Unos pasos más allá, empiezan a detenerse los vehículos alemanes para repostar combustible. Todavía llevan encendidos los faros. Betto los ignora. Se acerca con decisión a los *carabinieri* y les muestra un paquete que llevaba bajo el abrigo, diciéndoles en voz alta:

—Les traigo su desayuno, agentes.

Los guardias se ponen visiblemente nerviosos y entran apresuradamente en la tienda de Pietro Lardi. Betto también entra tras ellos.

Allí mismo saca del paquete una granada de mano, la activa con nerviosismo y la lanza desde la puerta hacia fuera, tratando de alcanzar el lugar donde están estacionados los vehículos militares. Al mismo tiempo, los *carabinieri* abren fuego contra los alemanes. Tres hombres que estaban cerca arrojan otras tantas granadas. Se produce un cierto revuelo, con algunas voces sueltas y el estrépito de las ametralladoras. Pero todo ello es ahogado por las cuatro explosiones, muy seguidas, que hacen saltar el surtidor por los aires envuelto en una masa de fuego y humo negro. Hay gritos desesperados, algunos disparos sueltos y una gran confusión en la tenebrosidad creada por el polvo y la humareda. La nada y la oscuridad se han apoderado de la calle.

Betto está aturdido y con un tremendo dolor en los oídos. En medio de la conmoción, alguien está gritando dentro de la tienda:

—¡Por aquí! ¡Vamos, por aquí!

El joven corre hacia el interior. Cruza un pequeño patio y llega a una especie de almacén. Hay allí un grupo de hombres que están descorriendo los cerrojos de un gran portón. Al mismo tiempo, los *carabinieri* se están despojando de sus uniformes para vestirse de paisano. Un instante después, todo el mundo sale apresuradamente al exterior.

Betto no mira atrás. Se ha quitado el pesado gabán y se encamina hacia su izquierda. Hace un gran esfuerzo para no correr y continúa hasta que la calle se divide de nuevo. El sonido de los disparos llega a intervalos, amortiguado. Pero es más fuerte el griterío. Repara en que va unido a una masa de gente aterrorizada. Eso le infunde una cierta seguridad. Por todos lados las voces exclaman:

—¿Qué ha pasado? ¿Qué ha sido eso? ¡Un bombardeo! ¡Los americanos! ¡No! ¡Un atentado! ¡Han arrojado bombas a los alemanes!

Al oír el sonido de las botas militares y las sirenas, Betto siente un estremecimiento. Un pelotón de soldados viene en dirección contraria. Y él hace lo mismo que todo el mundo, apartarse y seguir su camino. Entonces siente un repentino y extraño bienestar al comprender que nadie le persigue a él, y que va confundido entre la muchedumbre anónima y desconcertada que corre para refugiarse. Ha amanecido completamente. Está temblando. Aminora el paso y respira hondo. Todo ha terminado.

Mientras regresa a su casa, no puede sustraerse al asombro y la emoción por el resultado final de la operación. Va repasando mentalmente lo sucedido y le parece prodigioso. Es la primera acción de Bandiera Rossa, después de la toma de la ciudad por los alemanes. El atentado había sido minuciosamente diseñado por Tommaso Moro, nombre falso del mariscal del Aire Vincenzo Guarniera, un inteligente ingeniero, que había analizado a conciencia cada pieza que debía encajar en su arriesgada estrategia. Y había conseguido implicar a los *carabinieri* que debían vigilar el surtidor de bencina para que los alemanes se confiaran mientras llenaban los depósitos de sus vehículos al amanecer. Cuatro partisanos actuarían por separado y harían el resto. Saletti reunió al comando apenas dos días antes y le comunicó a cada uno lo que debía hacer. Betto no pudo evitar pensar entonces que aquello era algo imposible, disparatado, un plan absurdo, pero obedeció ciegamente las órdenes recibidas. Ahora comprende que todo estaba calibrado al milímetro y que, cumpliendo cada uno con su cometido, no podían fallar. Su felicidad es inmensa y siente que vuela llevado por las alas del triunfo.

48

Roma, sábado, 9 de octubre de 1943

El sábado por la mañana, después del desayuno, la comunidad de frailes del hospital de la isla Tiberina ha sido convocada para una reunión de urgencia en el mismo refectorio. Las puertas y ventanas están cerradas. Hay dentro una penumbra triste, trágica, y un silencio grave. Los religiosos están sentados en pose erguida, apoyados con rectitud contra el respaldo de las sillas, mirando en torno con suavidad, moviendo las cabezas sin ocultar su preocupación. En sus rostros, avasallados por la luz artificial de un par de bombillas colgadas del techo, se adivina la impalpable sombra del miedo, la estampa de la fatiga y la mordedura interna del hambre. El olor seco y fuerte del falso café a base de achicoria permanece en el ambiente. Apenas han comido una fina rebanada de pan negro. Hace días que falta de todo, y no hay indicios de que el abastecimiento pueda recuperarse en breve.

Cuando entran los superiores, todos se ponen de pie con respeto y veneración. Seguidamente se reza una oración. Hay luego un silencio largo y expectante, que dura hasta que el procurador general, el portugués fray Augusto Carreto dos Barros, hace un gesto con la mano para que se sienten. Es muy anciano y tiene los ojos humildes y desesperados de quien ha de afrontar obligaciones que superan su capacidad y sus fuerzas.

—Escuchen, *caros* hermanos —dice pausadamente—. Hoy debemos tratar asuntos muy importantes. Escuchemos lo que el superior general tiene que decirnos.

El francés fray Efrén Blandeau sale al medio de la sala y dice:

—Hermanos, la prueba no cesa. Pero si grandes son nuestros trabajos y tribulaciones, más grandes habrán de ser la misericordia y el amor de Dios. La humanidad parece haber enloquecido y es arrastrada al mal, a la violencia y al odio. El pecado extiende su sombra. Pero os digo, *caros* hermanos, que Satanás no habrá de tener la última palabra. Es ahora cuando tenemos más presentes que nunca las enseñanzas de nuestro santo fundador. Ya dejó dicho san Juan de Dios: «Padre Dios, infunde en nuestros corazones el amor hacia Ti y hacia nuestros hermanos los hombres. Porque este es el mejor dique para contener los malos deseos que anidan en nuestros corazones. Que no nos cansemos nunca de practicar la caridad, porque en ella encontramos todas las herramientas para impedir que nuestras vidas sean estériles... Así como el agua mata al fuego, así la caridad al pecado». Solo nuestro amor y nuestras buenas obras podrán hacer frente a estas llamaradas diabólicas.

Después de este breve sermón, deja que la comunidad medite sobre sus piadosas palabras. El superior está apreciablemente cansado, desmejorado por las fatigas y las tribulaciones, con los ojos rojos por el insomnio. Además, hace tiempo que padece una molesta dolencia de estómago. Sin embargo, su voz es la de siempre: grave, musical, dulcísima en su claro acento de origen. La voz de un hombre sencillo, bueno, generoso. Su cara redonda y pálida era antes de pómulos prominentes, pero ahora ha enflaquecido.

Pasado aquel momento de reflexión, toma un poco de agua para aclararse la garganta, y luego, pausadamente, comienza a explicar los motivos por los que ha convocado el capítulo. Y empieza comunicando algunas noticias muy preocupantes. Dice que, según las informaciones que ha recibido del Vaticano, las autoridades militares alemanas se han propuesto endurecer la presión sobre la población romana. Y esto es porque, en los días anteriores, han tenido lugar dos graves atentados por parte de la Resistencia. Uno junto al Ponte Milvio y otro en la estación Ostiense. En ambos se han encontrado pruebas terminantes de la participación de los *carabinieri* junto a los partisanos. Sintiéndose traicionados, los dominadores germanos han empezado a tomar medidas de represión con vistas a evitar males mayores en el futuro. De hecho, el pasado jueves 7 de octubre los paracaidistas alemanes y los comandos de las SS rodearon, por sorpresa y en la madrugada, el cuartel principal de Arma della Capitale, bloqueando en su interior a los *carabinieri* que allí se hallaban para cumplir con sus funciones diarias. Al día siguiente, todos aquellos detenidos fueron enviados a las estaciones ferroviarias y embarcados en trenes de carga, con la falsa excusa —difundida astutamente para tranquilizarlos— de que iban a prestar servicio en los territorios del norte. Pero hay fundadas sospechas de que, en realidad, son deportados a campos de trabajo o de internamiento en Austria y Alemania. Como así está sucediendo con tantos otros soldados y hombres jóvenes que son capturados a diario en las redadas que se vienen realizando en toda Italia. Algunos de los cuales lograron escapar y han alertado sobre estas prácticas.

Los frailes escuchan todo esto horrorizados, con los ojos abiertos y extraviados. Prorrumpen en un cuchicheo apagado. Algunos se persignan y bajan las cabezas, con una piedad y un terror que en vano se esfuerzan por ocultar. Ya no saben qué cosas más terribles pueden oír. No hay día en que no lleguen referencias como esas. El jueves pasado, sin ir más lejos, se había sabido que estaban deteniendo a mucha gente, que los encerraban nadie sabe dónde y que no se había vuelto a tener noticias suyas. Hay quienes hablan de muchos fusilamientos... En voz baja, los hermanos empiezan a comentar entre ellos estos sombríos sucesos y crece el murmullo.

Fray Efrén pide silencio y prosigue su alocución.

—Hermanos, ante lo que está pasando, poco podemos hacer nosotros. Bastante tenemos con cuidar en el hospital de tantos enfermos, cada vez más, con tan pocos medios y con esta escasez de alimentos. Pero tampoco debemos cerrar la puerta a aquellos que llaman pidiendo ayuda...

Cuando hace una pausa hay un gran silencio en el refectorio, después del cual, el superior general anuncia que ciertas personas van a venir al hospital para buscar refugio. Se trata de algunos destacados líderes antifascistas, políticos y altos cargos del breve régimen de Badoglio que no se sienten seguros en Roma desde que la ciudad fue tomada por los alemanes. Ante las detenciones y desapariciones que se están produciendo, no tienen más remedio que buscar la manera de ponerse a salvo.

—Debemos hacerlo —dice cariacontecido fray Efrén—. Es nuestra obligación refugiar a esa gente. Ayer estuvo aquí el doctor Adriano Ossicini para proponerme que albergáramos secretamente a determinadas personas cuyas vidas peligran. De ninguna manera vamos a cerrarles las puertas. Hoy mismo irán las ambulancias a buscarlos y los traerán. Ingresarán en el hospital y serán camuflados entre los enfermos, como si ellos también lo fueran. Los médicos simularán informes y diagnósticos con las patologías inexistentes. Se les proporcionarán identidades falsas y los documentos necesarios para protegerlos. Otros irán a ocupar los sótanos y los espacios vacíos del edificio, debidamente acondicionados. Hermanos, la caridad fraterna nos obliga a ser astutos como serpientes, sin dejar de ser sencillos como palomas. Hay veces en que los siervos del Señor debemos ser arriesgados y enfrentarnos con las armas que tengamos a los males de nuestra generación. Solo el amor podrá vencer a la iniquidad.

Seguidamente, toma la palabra el procurador general para decir:

—La Curia General de Nuestra Orden, de común acuerdo, ha tomado estas decisiones que el superior acaba de comunicar. Y después se han puesto en conocimiento del Vaticano, donde han aprobado que adoptemos medidas para dar refugio a esas personas. Todos debemos ser en extremo prudentes y reservados. Si los alemanes llegasen a tener conocimiento de lo que nos proponemos hacer, seríamos considerados colaboradores del enemigo y tratados con el máximo rigor de las leyes de guerra.

Hay un nuevo silencio, todavía más grave y sombrío. En todas las caras se observa el temor y la inquietud. Después fray Efrén inicia el rezo del ángelus. Tras el último amén, se pone fin a la reunión y los frailes abandonan la sala para dirigirse a sus habitaciones.

Una hora más tarde, salen de la isla las dos ambulancias para ir en busca de los refugiados. Durante todo el día, hay un ir y venir que logra sortear todos los controles policiales y las inspecciones de las patrullas alemanas sin demasiadas dificultades. Antes del toque de queda, veintitrés personas están a salvo clandestinamente en el hospital Fatebenefratelli.

49

Roma, jueves, 14 de octubre de 1943

Gina camina sola por la calle en dirección a la Piazza di Spagna. Salió de casa por la mañana temprano, poco después de las nueve, cuando hacía ya un rato que Orlena se había marchado a su trabajo en el hospital. Esquiva los charcos, pues llovió sin cesar durante un día y medio, hasta que el agua corrió abundantemente por todas partes. Y aunque el cielo se contuvo de madrugada, sus sombras no se disiparon al amanecer; y el sol sigue ocultando su rostro tras nubes opacas que cubren aquella Roma sumida en pardas tinieblas. Una luz mortecina y triste parece no ser capaz de vencer la oscuridad de la noche. Y la joven siente, además, su alma oscurecida. Está desolada desde la última vez que estuvo con Betto. Ya han pasado más de dos semanas y no ha vuelto a saber nada de él. Lo cual es verdaderamente angustioso en una ciudad sometida al terror y la opresión militar de los alemanes. El último encuentro con él y su madre junto a la sinagoga, con su dureza y prontitud, hirió su mente y su orgullo. Desde entonces, no deja de pensar en que su fría despedida pudiera ser tal vez el golpe de gracia a su esperanza en aquella relación. Y su corazón se rebela con furia ante esta idea. Le duele que la respuesta a su inmenso amor sea esta imperturbable y orgullosa indiferencia. Y el deseo y el dolor se han ido convirtiendo en reproche, haciendo caer sobre sí la culpa. Hasta ha llegado a anhelar abandonar el mundo. ¿Por qué esta separación? ¿A Betto no le importa ella? ¿Tampoco la criatura que esperan? También, en algunos momentos, todo esto se transforma en ira, al darse cuenta de la terquedad que lo lleva a renunciar a ella para siempre. ¿Se contentaría ella misma con su amistad? ¡Imposible! Su encanto está por encima de la propia cordura. Con frecuencia tuvo que luchar contra los arrebatos que la empujaban a ir de nuevo a buscarlo. Si él la escuchara, se amoldaría a todo por desesperación de amor, mendigaría sin dignidad alguna ante la turbulencia y la dureza de su carácter, de sus deseos, con una sonrisa dulce o palabras tiernas. Aunque aquella sonrisa última fuera la del adiós y la despedida definitiva. Podría hacer cualquier cosa para que Betto no ignorara su desolación, su desasosiego, su locura. Después renunciaría a todas las cosas de este mundo y hasta estaría dispuesta a conocer la muerte…

En un último intento, arrastrada por su locura, Gina fue el martes al barrio judío y estuvo paseando por los alrededores de la sinagoga. ¿Qué esperaba encontrar en aquel lugar? ¿Soñaba con un milagro que lo devolviera a ella? ¿Iba a recuperarlo sin motivo ni razón, como sin causa alguna él se había apartado? Allí no lo encontró y ya no se atrevió a caminar hasta la cercana Via dei Fienili.

Cuando más tarde volvió a casa, Orlena la amonestó duramente:

—¿Por qué has ido a buscarlo? ¡Acabarás alejándolo todavía más de ti! ¡No vuelvas a ir! ¡Déjalo estar! ¡Pon esto en las manos de Dios!

Gina se pasó el día llorando y, desde entonces, sus amargos presentimientos no la han abandonado ya ni un solo momento. Su mente vuelve una y otra vez a rumiar la frustración y el dolor que la golpean durante las interminables noches, abriendo sus ojos llorosos a la mañana siguiente, sentada a la mesa con su hermana en las frugales e insípidas comidas, escuchando la radio con la cabeza ausente; leyendo por las tardes con el pensamiento en otro lugar… El mismo desasosiego la envuelve siempre, acechándola desde el umbral de su consciencia, una y otra vez…

En medio de estos recuerdos, hoy ha salido temprano de casa para ir a visitar a don Desiderio. Hace más de un mes que los jóvenes no se reúnen en San Giuseppe. Gina necesita hablar con alguien. Va a mendigar algún consejo, alguna palabra de aliento. Y ahora camina exhausta, atormentada por los sentimientos. Y así llega a la Piazza di Spagna, y se dirige con decisión hasta el vistoso y solemne palacio de

Propaganda Fide, donde el sacerdote ejerce un importante cargo en la secretaría de la Sagrada Congregación. Se detiene y pulsa el timbre. Pasados unos segundos, la enorme puerta se abre solo un poco, y asoma el rostro de un viejo portero, que la mira extrañado y pregunta:

—¿Qué desea, señorita?

—Necesito ver a don Desiderio.

El portero se encoge de hombros y replica:

—Se ha equivocado usted. No hay ningún don Desiderio aquí.

Ella repara entonces en que ese nombre es el apodo cariñoso con que los jóvenes nombran al sacerdote. Pero allí debe nombrarle con mayor formalidad. Así que repone respetuosa:

—Me refiero a monseñor Didier Nobels.

El anciano se queda un instante pensativo y después se echa a un lado para dejarla pasar. El soberbio vestíbulo aparece ante sus ojos. Entra sobrecogida y ambos se dirigen hacia una puerta a la derecha; la atraviesan y suben por una escalera hasta un corredor, que siguen hasta el final, donde hay una pequeña antesala iluminada por una lámpara eléctrica que cuelga del techo. Las paredes se adornan con cuadros religiosos antiguos. Hay también un par de sillas y una mesita. Frente a la entrada, hay otra puerta entreabierta que deja escapar las voces de unos hombres que hablan. Es una conversación monótona. El portero empuja la puerta y entra. Un instante después, sale don Desiderio y se le acerca, dándole la bienvenida con los brazos extendidos, desbordándose la alegría de su rostro.

—¡Gina! —exclama jubiloso—. ¡Alabado sea Dios!

Ella sonríe con educación y se inclina para besarle la mano. Sus ojos tienen una mirada perdida y desconcertada. Y rompe a llorar inmediatamente.

—¡Por Favor, don Desiderio! —solloza—. Le ruego que…

El sacerdote comprende entonces que ella viene a pedirle ayuda. Se da cuenta de que está tan desesperada que actúa inconscientemente, y que toda su capacidad de percepción se ha ido Dios sabe dónde. Abre una de las puertas del vestíbulo y la invita a que entre en su despacho, indicándole allí que se siente. Acerca una silla al lugar donde ella está, y se sienta también frente a ella. La deja que llore, que se desahogue, dado su estado de aturdimiento. La mira de vez en cuando, para no atosigarla, unas veces bajando la vista, y otras sonriéndole levemente y diciéndole con ternura:

—Bien, no te preocupes... Suelta primero la tensión... Descarga tu angustia. No hay prisa, Gina. Cuando te serenes, me contarás todo.

Pasado un largo rato de llanto y gimoteo, ella suspira varias veces y lo mira largamente con sus ojos anegados de lágrimas, como buscando su comprensión; luego, bajando de nuevo la mirada, dice con una voz ahogada:

—Mi padre y mi hermano han muerto, mi madre se ha marchado al norte... Y... ¡Y yo estoy embarazada!

El pesar aparece en el rostro de don Desiderio. Contiene su agitación y dice en voz baja:

—Bien... Mi pequeña... Calma... Cuéntame todo despacio... Tenemos todo el tiempo que necesites.

Gina se pone a referirle, paso a paso, todo lo que ha sucedido en su familia en estos dos últimos meses. Habla y llora. Su voz se va haciendo más lenta y grave cada vez, y de vez en cuando se transforma con entonaciones estridentes femeninas o se apaga con un delicado susurro, como la voz de una chiquilla cansada.

El sacerdote escucha firme, con una compasión y una paciencia perseverante. Ha conocido muchos relatos semejantes a aquel, no solo en estos negros tiempos, sino también después de la otra guerra. Nada de lo que Gina ha tenido que sufrir le resulta, pues, ajeno. Pero no le dice nada por el momento, solo escucha, dejando que ella suelte todo lo que lleva dentro. Sabe bien que nada de lo que pueda decirle le servirá de consuelo. Su tragedia es demasiado grande y las palabras nunca pueden ser lenitivo para tanta desgracia junta.

Cuando ella ha terminado de contar, uno por uno, los infortunios familiares, pasa a relatar el capítulo de Betto. Empieza haciéndolo con ojos tristísimos y a la vez soñadores. No oculta nada de su pasión por él. Pero luego el fuego de la mirada que relampaguea se extingue para ceder su sitio a los dardos de la confusión y de la rabia. Llora mucho de nuevo y la presión de la furia va aumentando en su pecho hasta desbordarse.

—A mí nunca me importó que fuera judío —confiesa—. ¡Ni siquiera me lo planteé! Mi amor era demasiado grande para reparar en eso…

Entonces habla de las ideas revolucionarias del joven. Dice que es ateo convencido, anarquista y revolucionario. Y que, para alimentar esos sueños apasionados, lee y relee la revista clandestina *Pensiero e Volontà* y los libros de Errico Malatesta. Betto hierve con estas lecturas y cree firmemente en sus postulados: la desaparición de toda organización política que se apoye en la autoridad, para lo cual la violencia es imprescindible. Estas ideas le han acabado llevando a militar en la organización clandestina Bandiera Rossa, formada por veteranos comunistas y jóvenes que procedían del medio anarquista romano.

El sagaz corazón de don Desiderio capta de inmediato el tono apasionado que se desprende de las palabras de la joven y, entrando en el juego con su penetrante instinto, pregunta prudentemente:

—Y tú, Gina, ¿qué opinas de todo eso?

Ella alza las cejas con arresto y responde con una clara obstinación:

—¡Yo también creía en todo eso! No solo por amor a él… ¡Lo creía por convicción propia! Hubiera hecho cualquier cosa por seguirle… Pero él nunca consintió en que yo formara parte de sus planes secretos. Y ahora… Ahora ya no sé en qué creo… —Y, después, como hablando consigo misma, añade con firmeza:— ¡Creo en que hay que hacer la revolución! ¡No queda más remedio que luchar! ¡Luchar con todas nuestras fuerzas contra los fascistas y los alemanes! ¡Hasta la muerte!

El sacerdote la taladra con los ojos azules que asoman bajo sus gruesas gafas de pasta oscura y, fingiendo sorpresa, suelta:

—¡Qué locura! —Luego, señalando al cielo, añade—: ¿Crees que eso puede ser compatible con nuestra fe?

Ella responde con un tono no exento de premeditada aspereza:

—Hace ya algún tiempo que pienso que todo en este mundo es mentira… Todo menos la necesidad de luchar por la verdadera libertad.

Después de decir esto, Gina baja la mirada y se refugia en un silencio largo. Don Desiderio espera a que diga algo más. Y cuando ella levanta tímidamente la cabeza esperando sus palabras, él se coloca las palmas de las manos sobre el pecho y, mientras la mira entre desafiante y gentil, dice con calma:

—Verás lo que sucederá después de esta guerra. Porque esto terminará pronto. Y cuando los aliados hayan liberado a toda Europa, todos aquellos jóvenes que creían ser fascistas o comunistas serán solamente una masa de mujeres y hombres desilusionados, frustrados, desesperados... Es lo que siempre sucede en la historia después de una guerra. Los jóvenes como Betto, por odio o cansancio, acaban casi siempre en la indiferencia. Ahora se ponen a hacer el héroe para demostrarse a sí mismos que no tienen miedo de nada, y que son verdaderamente libres, hombres libres. Como tú, Gina, que después de tanto dolor crees que has superado los prejuicios y las convenciones burguesas, que puedes ir detrás de cualquier idea o bandera...

—Si se refiere al trotskismo, se equivoca —replica ella—. ¡Yo no soy trotskista!

El sacerdote sonríe. Enciende un cigarrillo y, mientras expulsa el humo, dice calmadamente:

—Sé que no eres trotskista. Muchos de vosotros solo sois unos pobres muchachos que os avergonzáis de ser burgueses y os sentís, en cierto modo, culpables de lo que pensaban vuestros padres... Pero, al haceros comunistas, no conseguiréis que cambie nada...

—¡Solo queremos ser libres! ¡Menudo ejemplo nos han dado nuestros mayores! ¡Ellos nos echaron en los brazos de ese bufón de Mussolini! ¡Y él nos metió en la guerra! Después de muchas mentiras: patria, bandera, honor, gloria... ¡Toda esa farsa! ¿Cómo no vamos a levantarnos contra eso? ¿Cómo no vamos a hacer la revolución?

—¿La revolución? —replica él con una sonrisa cargada de escepticismo—. Eso quiere decir más violencia. Y no hay duda de que encontraréis quien inventará una teoría política o filosófica para justificaros. Pero los embaucadores no faltan nunca. Stalin no es mejor que Mussolini o Hitler. Son sembradores de ideas, nada más que eso. Ideas disfrazadas detrás de nobles reivindicaciones, pero creadas para dirigir las mentes.

—¿Y si no luchamos por la libertad, qué más podemos hacer? ¿Quedarnos quietos mientras nos oprimen? ¡Tenemos que sacrificarnos!

—Lo sé, Gina. Sé que os sacrificaríais por la libertad… Pero… ¿después? ¿Qué sucederá después de ese sacrificio? La guerra y la revolución es la misma cosa.

Gina se queda pensativa, con un asomo de confusión en sus bonitos ojos azules. Luego brotan de nuevo las lágrimas. Se las enjuga y dice:

—¿Y qué podemos hacer si no? ¡Queremos ser libres, eso es todo! ¿Vamos a quedarnos con los brazos cruzados mientras los alemanes prolongan toda esta inmundicia?

Don Desiderio sonríe. Su mirada es afectuosa cuando dice en voz baja:

—Lo sé. Yo sé bien que hay buenos muchachos… Sé que necesitáis dar un sentido, un fin a vuestra vida.

—Quiero hacer algo —suspira ella—. ¡Necesito hacer algo! Pero… ¿qué? Betto tiene su lucha partisana. ¿Qué puedo hacer yo?

A esta batalla verbal sigue un momento de silencio, en el que ambos parecen confluir en sus pensamientos. Luego don Desiderio se dirige al escritorio y se queda de pie, apoyado en el borde, escudriñando el rostro de la joven con interés. Hasta que empieza a decir con calma:

—Es mucho lo que puedes hacer, Gina. Todos podemos hacer mucho más de lo que podemos imaginar.

Ella alza hacia el sacerdote una mirada intrépida e interpelante, animándole con ella a que continúe hablando. Y él añade en tono dubitativo:

—¿Has dicho que en vuestra casa solo vivís ya tu hermana y tú?

—Así es.

—¿Confías en tu hermana?

—¡Claro que sí! ¿Cómo no voy a confiar en ella?

—Me refiero a si admitiría una acción clandestina…

Gina se queda pensativa, antes de responder:

—Ella es de ideas pacíficas. Ha perdido a su novio en la guerra y está en contra de toda violencia. Pero es sin duda antifascista.

—¿Seguro?

—Sí, sin duda.

—Pues bien, en efecto, es mucho lo que podéis hacer. En vuestra casa podéis dar refugio a soldados y jóvenes perseguidos. Hay cientos de ellos por ahí, buscando dónde ocultarse de los alemanes para evitar ser llevados a campos de concentración o a trabajos forzados. Desde hace varias semanas dirijo una organización secreta destinada a ese fin. Tú también puedes colaborar conmigo en eso. Tratamos de ir poniendo a resguardo a muchos de esos hombres en casas particulares, conventos, colegios... Hay que alimentarlos, darles lo necesario, ropas, abrigo... Están agotados, desfallecidos, desorientados, enfermos... El invierno llegará y puede ser terrible. Mucha gente está colaborando desinteresadamente con la organización. Gracias a Dios, no faltan almas caritativas y buenas. ¿Puedes albergar en tu casa a un par de hombres?

La mirada de Gina se enciende y exclama con entusiasmo:

—¡Por supuesto! ¡Y a más de dos!

Don Desiderio sonríe ampliamente, levanta las cejas y cierra los ojos en señal de satisfacción y alegría:

—¡Bendito sea Dios! —murmura—. Sabía que no me ibas a fallar...

—¡Dígame qué debo hacer! —dice ella, con verdadera impaciencia, poniéndose de pie—. ¿Dónde puedo ir a buscar a esos pobres muchachos?

—Vuelve a tu casa —responde él, señalándole la puerta—. Y espera a tener noticias mías. No ha de pasar este día sin que pueda llevar allí a algunos de esos desdichados.

50

Roma, jueves, 14 de octubre de 1943

A media tarde, Orlena está terminando de administrar los medicamentos a los enfermos en la sala Assunta. El doctor Borromeo entra y le dice muy serio:

—Señorita Daureli, por favor, baje usted al sótano.

Cuando el último de los enfermos ha tomado sus píldoras, ella cumple la orden. En el corredor no hay nadie. Los sótanos del hospital no tienen luz eléctrica, pero el candil está en el sitio de siempre, delante de la puerta que da a las escaleras. La negra mecha, apagada, inclina tristemente la cabeza. Hay unos fósforos al lado y lo enciende. Sosteniéndolo en la mano, baja los peldaños con cuidado para no resbalar. Mientras lo hace, siente que del fondo oscuro emana olor humano mezclado con el inconfundible efluvio húmedo y frío. La luz nerviosa del candil se proyecta sobre los muros grisáceos. Al llegar abajo, ve un resplandor al final y se escuchan voces. Camina hacia allí sin saber el motivo por el cual debe hacerlo. Hay numerosos hombres de pie en torno a una lámpara de carburo. En la luz tenue y blanquecina, sus rostros parecen más duros y pálidos.

En medio de todos ellos, está Adriano Ossicini, un joven médico, declarado antifascista, que hace las prácticas en el hospital. Es un hombre gallardo, con bigote, que siempre lleva su bata inmaculadamente blanca; aparentemente demasiado maduro para sus veintitrés años, con ademanes y expresiones de alguien mayor. Está hablando en voz alta, con la irritación grabada en el rostro:

—Y como vimos, la falsedad de ciudad abierta de Roma se reveló de inmediato. ¡Roma es hoy una base decisiva para las acciones de guerra de los alemanes! ¡Los nazis son ahora los amos!

Orlena se queda a cierta distancia y escucha. Empieza a comprender que debe de haber sucedido algo grave y se siente inquieta. A medida que sus ojos se van adaptando a la oscuridad, comprueba que el sótano está completamente abarrotado de hombres. Quizá haya más de medio centenar. Están presentes la mayoría de los frailes, casi todo el personal sanitario, el mariscal Lucignano, los doctores Borromeo y Sacerdoti, el cocinero y los conductores de las ambulancias. También distingue las caras de los líderes antifascistas que vinieron a refugiarse la pasada semana, entre los que distingue al filósofo Felice Balbo, a Giuseppe Spataro, al abogado Mario Cevolotto y a otros miembros del recién constituido Comité de Liberación Nacional. A estos últimos ella los conoce bien, pues fue informada de su presencia oculta en el hospital y los ve diariamente. Todos ellos fueron ingresados como pacientes con identidades falsas e inexistentes enfermedades. Al fondo del sótano, casi invisibles en la penumbra, hay más hombres, casi todos jóvenes; son los soldados que han sido acogidos para librarlos de las frecuentes redadas de la policía militar alemana.

Ahora toma la palabra Spataro. Está sentado, con su rostro ancho, blanco y apaciblemente triste. Tiene en la mano una hoja de papel, que consulta ocasionalmente. Explica en tono apesadumbrado que el Gobierno italiano en el exilio ha declarado finalmente la guerra a los alemanes. Según dice, Badoglio había hecho una alocución por las radios extranjeras aliadas el día anterior.

Ha traído transcrito parte del discurso, y lo lee:

> *¡Italianos! No habrá paz en Italia mientras un solo alemán pise nuestro suelo. Debemos, todos unidos, marchar hacia adelante con nuestros amigos de los Estados Unidos de América, Gran Bretaña, Rusia y las demás Naciones Unidas…*
>
> *¡Italianos! Os informo de que su majestad el rey me ha dado el encargo de notificar la declaración de guerra a Alemania hoy, 13 de octubre.*

—¡Fuera! —grita uno de aquellos hombres con una fuerte voz que resuena en la bóveda del sótano.

—¡Fuera el rey y fuera Badoglio! —secunda otro.

La mayoría de los que están allí empiezan a gritar, enardecidos, con una rabia que no pueden reprimir.

—¡Traidores! ¡Fascistas! ¡Fuera! ¡Fuera! ¡Fuera!...

Spataro intenta imponer calma, alzando y moviendo sus manos. Pero no puede detener aquella airada reacción. Entonces tiene que intervenir el superior general de los frailes, que sale al medio azorado, suplicando:

—¡Señores, silencio! ¡No perdamos la cordura! ¡No den voces o acabaremos siendo descubiertos!

Por fin se hace el silencio. Entonces Spataro vuelve a dirigirse a los presentes para decir que el Gobierno también se ha comprometido en su comunicado a convocar en breve a los representantes de cada partido político, con el fin de constituir la democracia en el país después de la guerra.

Esto provoca mayor indignación todavía.

Alguien grita con ira:

—¡Mierda!

Entonces sale al centro de la reunión el abogado comunista Mario Cevolotto y manifiesta que no se puede hacer nada en torno a la monarquía que durante veinte años traicionó su juramento a la constitución al aprobar todas las ignominias de la dictadura de Mussolini, y que declaró la guerra a Inglaterra y Francia y, posteriormente, a la Unión Soviética y Estados Unidos contra la voluntad de la inmensa mayoría del pueblo.

Una gran ovación y un frenético aplauso celebran estas palabras. Y cuando vuelve el silencio, Felice Balbo toma la palabra para decir con rotundidad:

—¡Después de la guerra no contaremos con esos traidores! ¿Qué clase de gobierno democrático puede ser formado y dirigido por militares que han apoyado y servido al fascismo en sus criminales planes de opresión y guerra?

Hay nuevas voces furiosas e insultos a Badoglio y al rey. Pero son cortadas en seco por una enérgica mediación del doctor Borromeo, pidiendo que la reunión no se prolongue más para no poner en peligro al hospital.

Entonces Adriano Ossicini vuelve a intervenir, y propone que se firme un manifiesto u otro documento para dejar testimonio del sentir de los líderes políticos en aquella improvisada asamblea.

—Todos tenemos claro lo fundamental —dice—, no perdamos pues más tiempo en discusiones innecesarias. ¡Pongamos por escrito nuestro compromiso!

Todavía se cruzan palabras airadas. Pero luego hay acuerdo. Y se aprueba por unanimidad que el llamado Comité Central de Liberación Nacional (CCLN) firme un documento, que ha de ser elaborado por Giovanni Gronchi (también presente), en el cual se rechaza cualquier posible colaboración con el Gobierno de Badoglio y se exige la suspensión de los poderes de la monarquía.

No hay más que decir. Todos los presentes están conformes y aceptan ser testigos de la resolución acordada, que deberá hacerse efectiva lo antes posible. Acto seguido, se disuelve la reunión.

Cuando han salido del sótano, falta poco más de media hora para el toque de queda. Entonces, como cada tarde, Borromeo y Orlena se dirigen hacia la salida del hospital. Allí los espera la ambulancia que debe llevarlos a sus casas, como es costumbre desde que los alemanes ocuparon la ciudad. Cuando el chófer se apea para abrirles la portezuela, el médico nota los ojos curiosos y extrañados de la enfermera clavados en él. Sabiendo el motivo de aquella mirada, Borromeo dice en voz baja:

—Disculpa, Orlena. Me pareció que sería muy oportuno que tú también fueras testigo de todo esto. Eres muy joven, pero bastante sensata. Debes comprender que tenemos que contar con personas como Dios manda.

Ella permanece en silencio, hasta que, al cabo de unos minutos, dice:

—Lo comprendo.

La ambulancia cruza el Ponte Fabricio y se encuentra de frente con la majestuosa sinagoga, cuya blanca silueta se impone a las franjas violetas pintadas en el cielo vespertino. La oscuridad se extiende ya sobre la ciudad. El vehículo pasa junto a las casas a gran velocidad, en dirección a la Via Arenula bajo el encaje de luz que crean las ramas de los árboles.

Orlena baja del coche en cuanto llegan ante la portería de su casa y, antes de cerrar de un golpe la portezuela, le dice a Borromeo con una sonrisa honesta:

—Quizá no pueda dormir esta noche.

Él le toma la mano y se la besa cariñosamente, respondiendo:

—¡Ánimo, Orlena! Pronto saldremos de esta pesadilla. Un día nos despertaremos y todo habrá pasado.

Ella sube las escaleras y se detiene ante la puerta para introducir la llave en la cerradura. A esa hora ya no pueden estar las luces encendidas, por el toque de queda, y tiene que hacer todo a tientas. La puerta se abre al recibidor completamente oscuro. Absorta en sus pensamientos, entra en el primer salón, que está débilmente iluminado gracias a las persianas a medio correr. De pronto, dos siluetas se ponen en pie; son dos hombres desconocidos que estaban sentados en sendas sillas. Orlena lanza un grito de terror.

—¡No se asuste, señorita! —exclama uno de aquellos extraños hombres, cuya cara apenas ve—. ¡No le haremos nada malo!

Orlena retrocede dominada por el pánico, tiembla y tiene la cara descompuesta. El otro hombre se apresura a encender la luz. Hay un instante de silencio cargado de confusión. Los dos hombres son jóvenes, de poco más de veinte años, y sonríen afables.

—Señorita —dice uno de ellos—. Sentimos de veras darle este susto. Estamos aquí con el permiso de su hermana Gina. Necesitábamos refugio y nos lo ha dado.

Ella parece petrificada. No logra articular palabra. De pronto, entra Gina. Trae un gran bolso del cual asoman las hojas de algunas verduras. Sus ojos azules parecen desprender luz.

—¡Orlena! —dice entusiasmada—. ¡Estos muchachos vivirán en casa a partir de hoy! No me dio tiempo a avisarte. Todo ha ido tan deprisa…

Orlena la mira desde un abismo de confusión y duda. Después camina hacia la ventana y se apoya en el alféizar. Se restriega los ojos con el dorso de las manos. Le tiemblan los labios. Suspira hondamente.

—¿Por qué has hecho esto, Gina? —pregunta con un hilo de voz.

—¡Porque teníamos que hacerlo! ¡Los alemanes se llevan a nuestros muchachos! ¡Es la hecatombe!

Orlena se derrumba por completo. Va hasta uno de los sillones, se deja caer en él y solloza:

—¡La hecatombe! ¡Dios mío! ¿Qué más nos puede pasar? ¿Qué más, Dios mío?

51

Roma, viernes, 15 de octubre de 1943

La tarde del viernes es extraña e inquietante. Poco antes del toque de queda, se presenta en casa de los Zarfati Esterina, una vecina y amiga de Rosa; mujer más o menos de su edad, gruesa, con gafas y un pelo siempre alborotado. Viene muy alterada y habla sin parar, asegurando que corren rumores de que los alemanes están deteniendo a mucha gente.

—¡Rosa, hazme caso! —grita jadeante, con sus ojos enormes desorbitados—. ¡Los *mamonni* se llevan a los muchachos! —Con ese término, «*mamonni*», los judíos romanos se refieren familiarmente en su jerga a los esbirros u hombres armados, y en este caso a los temidos alemanes—. ¡Escucha, Rosa! Dicen por ahí que ayer apresaron a muchos hombres jóvenes. ¡Los llevan a Alemania! ¡A los trabajos forzados! ¡Y ya no vuelven! Tienes que hacer algo, Rosa. Tu hijo Betto debe ir a esconderse en alguna parte antes de que los *mamonni* vengan aquí a por él.

Rosa la escucha muda y atónita. También están presentes sus cuatro hijos. Betto hace un movimiento con la mano, como una sacudida, y replica con reserva:

—Llevan diciendo eso desde que los alemanes entraron en Roma. Y hay cierta razón en esos rumores. Todos los días, los alemanes detienen a mucha gente. Y sobre todo, después del atentado en el Ponte Milvio, no han parado de buscar para tratar de dar con los que lo hicieron.

—¡Sí, pero escuchadme, por favor! —repone Esterina—. ¡Esta vez hay que tener más cuidado! Ayer los *mamonni* detuvieron a dos muchachos en la Piazza Cairoli. Y no solo en la calle hacen redadas, dicen que ahora también están entrando en las casas para llevárselos.

El pavor se dibuja en la cara de Rosa.

—*Ay, el Dio que no mos traiga!*

«Dios no lo quiera», ha respondido Rosa en ladino. Cuando está nerviosa o asustada, siempre se expresa en esta lengua. Y ahora está fuera de sí, pálida y con un ligero temblor en los labios. Clava una terrible mirada en su hijo Betto y le dice:

—A ver si te acabas de enterar de una vez por todas de lo que pasa. A ver si ya no vuelves a salir.

Betto está preocupado y no contesta a esta interpelación. Aunque no hubiese sido necesario que aquella vecina viniera a advertirle, porque ya percibía, cercano e inminente, el peligro. En realidad, todo el mundo espera que ocurra algo, se palpa en el aire que algo terrible está a punto de ocurrir.

Esterina insiste una y otra vez, repitiendo siempre lo mismo. Y cuando se ha marchado a su casa, deja tras de sí un rastro de aprensión. Luego Rosa y sus hijos se van a la cama temprano, con mucha hambre y con mayor intranquilidad.

52

Roma, viernes, 15 de octubre de 1943

Después de haber dormido poco y a ratos, asaltado por sus pesadillas habituales, a una hora incierta Betto está despierto y agitado. Es plena noche y todo es oscuridad en torno. Entonces lo oye. Llega nítido el sonido de disparos, a intervalos y muy cercanos. Abre los ojos y se incorpora. Los estampidos en el silencio llegan de nuevo, amortiguados esta vez, como si procedieran de una calle próxima o de un recinto cerrado. Se levanta y va a tientas hacia la ventana. Afuera cae una lluvia fina y fría que empapa los muros y hace brillar el suelo adoquinado en la exigua luz. No se ve a nadie. De nuevo arrecian los disparos y se oyen algunas voces duras. Luego brota un murmullo de conversaciones contenidas en la vecindad. Al fijarse bien, ve los rostros en sombra asomados a las ventanas. También Rosa se ha levantado y acude en camisón y zapatillas, con una bata sobre los hombros.

—¿Qué pasa, *fijo*? —pregunta aterrorizada—. ¿Qué ruidos son esos?

—No lo sé, mamá. Puede ser que haya algún atentado de los partisanos cerca…

—*Kayades!* —exclama ella estremecida pidiendo «silencio»—. ¡Son los *mamonni*! ¡El Dio se apiade de nosotros!

Ahora suenan golpes fuertes, crujido de puertas y pasos ruidosos, enérgicos; seguidos de algún grito de miedo, algún gemido, y luego se hace de nuevo el silencio.

—Están entrando en las casas —dice Rosa con voz trémula—. ¡Santo cielo! Esterina tenía razón... ¡Los alemanes vienen a por los muchachos en plena noche!

Una sacudida, como un espasmo, recorre todo el cuerpo de Betto, que es acentuada por el repentino rugir de un motor. Vuelve a asomarse a la ventana y ve a lo lejos el resplandor de los faros de un vehículo. Pero enseguida retorna la oscuridad. Los disparos han cesado. Se queda como paralizado durante un instante. Después corre hacia el dormitorio y empieza a vestirse a toda prisa.

Su madre va tras él, preguntando angustiada:

—¿Qué vas a hacer?

Él no contesta. Una vez que se ha vestido va a la cocina y bebe agua nerviosamente, a grandes tragos.

—¡*Fijo*, dime lo que piensas hacer!

Secándose los labios con el dorso de la mano, él responde:

—¡Tengo que irme! Si es verdad que están entrando casa por casa, aquí no podré esconderme... ¡Tendrás que abrirles la puerta! ¡Y me llevarán!

—*Dio!* ¿Y qué piensas hacer? ¿Dónde irás a esconderte?

—No lo sé... ¡A cualquier parte! No te preocupes, sé cuidar de mí...

—*Fijo!*

Se abrazan. Rosa se echa a llorar mientras se aferra al cuerpo de su hijo. Su instinto maternal es más fuerte que su razón en aquel momento. Pero, al final, lo aparta lo suficiente para cogerle la cara y besarlo en las mejillas, añadiendo con voz quebrada:

—Corre... ¡Sálvate! Corre, *fijo* mío... *Agora! El Dio te guadre a ti i Eliao Naví ke te acompanyie.*

Con las últimas palabras de su madre, «Que Dios cuide de ti y el profeta Elías te acompañe», resonando todavía en su cabeza, Betto baja la escalera con cuidado. Abre la puerta que da a la calle y se asoma. Mira a un lado y a otro. Está oscuro y no se ve a nadie. Solo, de vez en cuando, cruzan los lejanos resplandores de los vehículos. Crece el bramido de los motores rompiendo el silencio de la madrugada. Con el corazón latiéndole a toda velocidad en el pecho, sale por fin y camina hacia la derecha. Su mente funciona siguiendo esquemas lógicos pero temerarios. No corre para no hacer ruido con sus pasos. Se dirige hacia el final de la Via dei Fieneli y continúa por la Via di Sant Teodoro. De pronto, ve acercarse por delante un camión militar en la distancia; se detiene, cerrando la carretera delante de una iglesia. Las oscuras siluetas de los soldados empiezan a avanzar en dirección a él. Pero seguramente no pueden verle en la oscuridad. Betto da media vuelta y corre campo a través hacia su derecha. Conoce muy bien aquel terreno irregular, cubierto por una densa maleza que crece entre los árboles y las ruinas de viejos edificios, porque pasó parte de su infancia y adolescencia correteando por estos derroteros inhabitados. Puede reconocer a la perfección cada rincón, aun en la escasa luz de la madrugada. Es ágil y trepa sin dificultad por la alta valla de un cercado. Luego sube por una empinada pendiente y va a ocultarse entre unos arbustos, detrás de una pared semiderruida. Desde allí ve los faros delanteros de los camiones que se acercan en todas direcciones. Y en la claridad que va creciendo, no tarda en divisar un lejano batallón de soldados alemanes que baja a paso ligero por una de las cuestas que descienden desde el Campidoglio. Ya no tiene duda alguna sobre el hecho de que los nazis han emprendido una gran redada en toda la zona del barrio judío y sus alrededores. Le da por pensar que seguramente ha habido un chivatazo y que le están buscando a él. Entonces, por un momento, se siente aliviado al verse allí seguro. Pero pronto crece su inquietud al ser asaltado por rápidos y tenebrosos pensamientos, presentimientos funestos como ráfagas. ¿Qué va a hacer ahora? Trata de poner en orden su mente y respira hondo para tranquilizarse. La lluvia fina ha cesado, pero está empapado y tirita, a pesar de que también está cubierto de sudor. Poco después, tras conseguir mantener un poco de calma en su mente, decide no moverse de allí hasta que cese el movimiento de los soldados allá abajo.

53

Roma, sábado, 16 de octubre de 1943

—¡Los judíos! ¡Se están llevando a los judíos! —grita una desgarrada voz de mujer en alguna parte.

Hay luego un silencio cargado de espanto, al que sigue un sonido extraño, un murmullo quejumbroso y jadeante. El hospital está casi a oscuras, envuelto todavía en las sombras de la noche. Solo en la parte oriental del edificio despunta una timorata claridad en las ventanas más altas. Los médicos y enfermeros de guardia van hacia el patio y se encuentran allí con Dora Focaroli y un grupo de ancianos de la vecina residencia israelita, donde ella trabaja. Alguien enciende la luz. La enfermera está muy alterada, con el rostro desencajado y una mirada delirante en sus grandes ojos.

—¡Los alemanes están asaltando el barrio judío! —grita fuera de sí—. ¡Detienen a todo el mundo! ¡Se los llevan! ¡Se los llevan a todos! ¡Hombres, mujeres, ancianos, niños...! ¡A todos! ¡Por Dios, hay que hacer algo!

Al instante aparecen en el patio los frailes, que estaban entregados al rezo comunitario en la capilla. En la mortecina luz, aquellos ancianos aterrados componen un cuadro penoso; a medio vestir, abrigados con mantas y arrastrando los pies descalzos los más de ellos. Entre todos destaca un viejo judío algo más alto que los demás, asombrosamente delgado y pálido, con una larga barba roja y gris. En sus ojos, protegidos tras la pantalla transparente de unas gafas con montura de oro, hay una mirada llena de angustia. Está apoyado en un bastón con sus manos huesudas y blancas como la cera. Avanza hacia fray Leonardo y le dice:

—Nos van a asesinar, padre... Los alemanes ya tienen sellada nuestra sentencia de muerte. Así ha sido en todas partes... Mis parientes que viven en Austria ya nos lo advirtieron hace años. No queríamos creerlo, pero el momento ha llegado...

—No... Eso no puede ser... —balbucea fray Leonardo.

Dora Focaroli va hacia él, agita los brazos y mira hacia lo alto, gritando:

—¡Es la verdad! ¡Créannos, por Dios! Y si no..., ¡vayan a verlo! ¡Suban a las terrazas y comprueben lo que está pasando! ¡Hay soldados por todas partes!

El patio se ha ido llenando de gente. Está allí el personal sanitario, los enfermos y los políticos refugiados. La consternación los invade y permanecen quietos, como si no acabaran de creerse lo que están oyendo.

Hasta que Dora vuelve a suplicar:

—¡Suban, por Dios! ¡Suban a las terrazas y vean lo que pasa con sus propios ojos!

Casi todos obedecen y se organiza al instante una improvisada procesión por las escaleras en dirección a la parte más alta del viejo edificio. Miran hacia el otro lado del Tíber, y se encuentran con una imagen fantasmagórica bajo la luz fría y tajante del amanecer. Se divisa parte del cercano barrio judío, donde hay por todas partes camiones militares y soldados que vociferan y marchan a paso ligero. La blanquecina cúpula de la sinagoga se alza impertérrita en medio de aquella escena que parece irreal. A la luz de las linternas y los faros de los vehículos, se distingue a una veintena de personas apiñadas en una esquina, frente al Portico d'Ottavia. Hay niños en brazos de sus madres y padres que llevan a sus hijos mayorcitos de la mano. No se mueven ni hablan entre ellos. Los guardias que los vigilan parecen amenazantes e insensibles a su terror; les gritan sin parar con incomprensibles palabras alemanas, sin motivo alguno, solo quizá para exhibir su autoridad o mantener el terror. Al otro lado de la calle, los viandantes permanecen inmóviles, estupefactos, mirando lo que sucede sin comprender el porqué.

—¡Dios del cielo! —exclama fray Leonardo con una voz que no le sale del cuerpo.

A su lado, fray Maurizio Bialek está mirando con unos prismáticos que ha traído. Bufa y dice enfurecido:

—¡Como en Polonia! ¡Como en toda Europa! ¿Por qué en Roma no iba a pasar esto? Los demonios nazis no pararán hasta acabar con todos los pobres judíos.

Un haz de luz amarilla permite ver a un oficial que sale de un vehículo con dos soldados, y que va hacia el grupo de prisioneros. Un gran camión se ha parado en el medio de la calle. Los detenidos son empujados a subir en su parte trasera, que está cubierta con oscuros toldos. Hombres, mujeres, ancianos y niños son lanzados al camión sin delicadeza alguna, como si fueran los fardos de un cargamento poco frágil.

—¡Hay que hacer algo! —grita con furia fray Maurizio—. ¡No podemos dejar que los lleven como ovejas al matadero!

—¿Y qué podemos hacer? —pregunta fray Leonardo—. Esos soldados están armados y no dudarán en disparar…

—¡Vamos! —exclama con ansiedad fray Clemente Petrillo—. ¡Algo podremos hacer!

—¡Las ambulancias! —propone Bialek—. ¡Vayamos con las ambulancias y recojamos a cuantos podamos!

Hay un acuerdo general en intentar llevar adelante ese improvisado plan. Bajan a toda prisa y van a buscar a los conductores. Un instante después, las dos ambulancias del hospital salen y cruzan el puente en dirección al barrio judío. En una va fray Maurizio y en la otra fray Clemente. Los primeros soldados que encuentran en su camino reparan en su presencia, pero no impiden que sigan adelante. El ejército y las SS ocupan toda la calle y entran a la fuerza en los edificios. De vez en cuando, se oyen gritos y llantos procedentes de las casas.

Las ambulancias hacen sonar sus sirenas y tratan de sortear los muchos vehículos militares que encuentran a su paso. A mitad de camino, discurriendo por la Via del Portico d'Ottavia, los guardias alemanes los mandan parar. Pero, tras examinar los documentos que llevan y echar una rápida mirada al interior de las ambulancias, los dejan pasar. Bordean la sinagoga y continúan a lo largo de Via Catalana, donde también hay tropas que no se inmutan por su paso. Ven allí a familias enteras de judíos que caminan cabizbajos, escoltados por los esbeltos SS vestidos con uniformes negros.

A gran velocidad, atraviesan un puesto de control, donde nadie los detiene. No saben por dónde seguir ni qué hacer, pero se niegan a que su esperanza desfallezca. Cuando, de pronto, ven pasar grupos de judíos en desbandada que corren hacia la orilla del Tíber. Van hacia ellos, abren las puertas y les gritan:

—¡Suban! ¡Rápido! ¡Suban a las ambulancias!

Hay un momento de confusión. Algunos soldados alemanes ven perfectamente la maniobra, pero no reaccionan.

—¡Rápido! ¡Arriba! —gritan los frailes.

Entre los setos y los árboles, salen muchachos, mujeres desgreñadas que tropiezan, niños y niñas de todas las edades, algunos en brazos de sus padres, hombres en bata y ancianos que caen y vuelven a levantarse. Todos ellos suben atropelladamente a las ambulancias. Y cuando no cabe nadie más en ellas, emprenden la marcha.

Muchos otros judíos van llegando al hospital desde el Trastévere y desde los barrios próximos. Parte del personal sanitario y casi todos los frailes han salido para ir a buscar a los fugitivos que se esconden donde pueden.

54

Roma, sábado, 16 de octubre de 1943

En la distinguida casa de los Daureli, la gran ventana del comedor está abierta de par y la primera luz de la mañana surge en las brumas del alba. Todavía la ciudad parece dormida, envuelta en una fría y húmeda atmósfera. Dentro, los nobles cuadros se van iluminando para mostrar los conspicuos rostros que hay pintados en ellos, los románticos paisajes y los idílicos bodegones. Ajenas a este panorama cotidiano, las hermanas Orlena y Gina se afanan disponiendo en silencio el desayuno sobre el mantel almidonado. La mesa se coloca como cada día, de acuerdo con la tradición y las buenas maneras. Las tazas de porcelana son blancas y delicadas, las servilletas están planchadas, perfectamente enrolladas dentro de los servilleteros de plata, y los vasos y la jarra de fino vidrio lanzan destellos puros. A la derecha está la mesita de estilo *art déco* sobre la que hay una bandeja de cristal de Murano con unas galletas. Cuando considera que todo está en orden, Orlena lo observa con una mirada un tanto escéptica y murmura:

—Esas tazas... No sé...

Gina se vuelve hacia ella y pregunta extrañada:

—¿Qué le pasa hoy a las tazas? Son las de todos los días y están relucientes.

—Sí. Pero... tenemos invitados.

Gina clava en ella una mirada burlona como si le dijera: «¿Ahora nos vamos a preocupar de eso?». Pero al instante recapacita y va hacia la vitrina que está al fondo; la abre y saca una taza antigua de estilo inglés, bellamente decorada en tonos rosados. Se la muestra a su hermana y le pregunta:

—¿Te parece mejor esta vajilla?

—Sí, claro que sí.

Ambas se apresuran a retirar las otras tazas y colocan estas. Y mientras lo están haciendo, Gina dice en tono guasón:

—Demasiado lujo para un poco de café aguado, unas insignificantes rebanadas de pan y unas cuantas galletas duras y secas.

Orlena se queda un poco confusa; después dice con una voz que indica protesta:

—¡Es lo que hay! ¡Ojalá pudiéramos servirles un buen pastel romano, el mejor *maritozzo*! Esos muchachos se lo merecen todo…

Cuando el desayuno está listo, Gina va a avisar a los dos soldados que se alojan en la casa. Ambos aparecen recién afeitados, con el cabello mojado, acicalados y vestidos de civil con las ropas de los difuntos don Mario Daureli y su hijo Gian Carlo, que las hermanas les han proporcionado, pues no tenían más prendas que ponerse que sus sucios y deslucidos uniformes. Son muy jóvenes. Se llaman Michele y Orfeo. El primero es alto, fornido, y debió de ser algo grueso antes de pasar hambre. El otro es pelirrojo, menudo, y tiene cara de niño asustado. Ambos llegaron hambrientos, zarrapastrosos, demacrados, devorados por los insectos y doloridos todavía por los golpes, los insultos y los sufrimientos padecidos durante la terrible odisea de semanas caminando sin un rumbo fijo, hasta que fueron rescatados por don Desiderio. Como tantos otros soldados, que se contaban por cientos de miles, sencillamente tuvieron que abandonar los lugares donde servían al ejército y se desplazaron campo a través hasta las proximidades de Roma, evitando siempre ser descubiertos por los alemanes.

Se sientan a la mesa frente a las hermanas y lanzan hacia el pan ávidas y fugaces miradas, sin atreverse a tomarlo. Hasta que Orlena dice animosa:

—¡Vamos!

En un instante, ambos jóvenes dan cuenta de lo poco que hay. Luego se muestran agradecidos. Surge la conversación de manera espontánea. Ellas manifiestan su pesar por no tener nada mejor que ofrecerles. Las hermanas Daureli están contentas por poder ayudarlos. Sus rostros desprenden una luz bellísima, hay en sus ojos esa joven voluntad de socorrer al que sufre, de paliar la inmensa miseria que se extiende por todas partes. Después recogen la mesa deprisa, demostrando en sus gestos y sus palabras un ánimo noble y resuelto.

Orlena va a ponerse la gabardina para salir como cada mañana hacia el hospital. Entonces llaman a la puerta. Todos se sobresaltan. ¿Quién puede ser a esa hora tan temprana? No pueden evitar un estremecimiento solo al pensar que alguien pueda haberlos delatado, pues la sombra de ese temor es permanente. Gina va a la puerta para echar un vistazo por la mirilla.

—¡No hay de qué preocuparse! —exclama—. ¡Es don Desiderio!

El sacerdote viene acompañado por Maurizio Giglio, el joven y apuesto oficial de la policía italiana que colabora con él en sus actividades clandestinas. Ambos están agitados y no ocultan que traen prisa.

—Necesitamos que acojáis a dos muchachos más —suelta don Desiderio a bocajarro.

Las hermanas Daureli se quedan confusas. No saben qué responder. Apenas pueden alimentar a los dos soldados que tienen en casa y esta nueva petición las desconcierta.

—Será por poco tiempo —añade don Desiderio—. ¡Tenéis que hacerlo! Necesitamos un refugio seguro, como este.

Orlena resopla discretamente y mira a su hermana sin ocultar su perplejidad.

—¡Podemos hacerlo! —dice Gina.

—Está bien —secunda Orlena.

Maurizio Giglio baja velozmente las escaleras y al instante regresa con dos hombres que estaban esperando abajo, dentro del coche de la policía en el que han venido.

—Os presento al teniente Filippo y al cabo Carlo —dice con premura don Desiderio. Y luego añade respetuoso, extendiendo su mano con delicadeza—: Las hermanas Orlena y Gina Daureli.

Son dos jóvenes tímidos, de inconfundible origen campesino.

Filippo sonríe permanentemente y Carlo tiene la mirada perdida. Aunque son militares, ambos van vestidos de paisano. Tras los saludos, no hay más explicaciones. El sacerdote y el policía se despiden sonrientes y afectuosos y se marchan aprisa por donde han venido.

Gina va a hacer otro poco de café aguado y luego dispone sobre el mantel almidonado las delgadas rebanadas del poco pan que les quedaba.

—El desayuno está listo —dice animosa.

Orlena la mira moviendo la cabeza con preocupación mientras cierra la abotonadura de su gabardina. Luego se cubre el rubio cabello con un pañuelo y se despide diciendo:

—Hoy voy a llegar tarde al hospital.

55

Roma, sábado, 16 de octubre de 1943

Es por la tarde. Betto lleva muchas horas oculto en el mismo lugar, entre la maleza, detrás de unos montones de escombros, piedras y tierra húmeda. Desde allí ha podido ver, durante una larga y aterradora mañana, el movimiento de los soldados alemanes por todas partes. Ahora hay una quietud extraña. Pero no se atreve a hacer ningún movimiento. Está aterido, pues no tuvo, con las prisas, la precaución de llevar consigo una buena prenda de abrigo. Sin embargo, siente el sudor frío bajando por sus mejillas. Tan quieto como ha estado durante la mayor parte del tiempo, con las manos asidas a sus costados, le domina el dolor, y los estremecimientos de su cuerpo le sacuden en medio de espasmos por el hambre y la sed. Cada vez que oye cercano el mínimo ruido, se echa a temblar y mira a su alrededor. No es el único que ha encontrado refugio en aquellas ruinas. Otros también se movieron por allí temprano, en busca de algún rincón o escondrijo, pero, aun sabiendo que esos desconocidos estaban en las mismas penosas circunstancias que él, ni se le ocurrió siquiera hacerse visible para ellos. Era el momento de buscar cada uno su propia salvación.

El sol no ha asomado su cara en todo el día. Desde la distancia, la inmensa nube plomiza que cubre Roma parece el ala de un gigantesco ángel sombrío, fuliginoso y malvado. Es un ala fatigada que oculta el cielo con su imponente presencia, confiriéndole un desabrido horizonte a la ciudad. Pero, al atardecer, los rayos del sol la hieren de través, arrancándole destellos bruñidos y sanguinos. De repente, resplandece la mole vanidosa del Altare della Patria, queriendo robarle su preeminencia antigua a las ilustres cúpulas de las iglesias. El significado secreto, misterioso, de aquel día espectral se oculta en el cielo, en el fulgor de aquel supremo y excelso centelleo del sol que incendia los mármoles, con una luz maravillosamente blanca, otorgándoles un esplendor gélido y muerto.

Las patrullas alemanas parecen haber desaparecido. Ahora el atardecer se torna pálido y dulce. Las nubes se esfuman y la luna llena surge despacio en el horizonte, entre las colinas boscosas. Bandadas de negras cornejas y blancas gaviotas retornan con un torpe batir de alas, y se alza en torno el coro lastimero de los perros. Betto observa el lento y nuevo avance de las sombras, y empieza a considerar que debe salir de su escondrijo, pues no va a quedarse allí toda la vida. El hambre y la sed ya son más fuertes que el miedo. Se levanta sobre las rodillas doloridas, estira las piernas y los brazos, tirita, se queja... Mira a un lado y otro. No ve a nadie y sale a campo abierto, caminando como un sonámbulo hacia el norte, entre los altos árboles. Desciende por la pendiente acelerando cada vez más el paso. Va adquiriendo agilidad a medida que se mueve. Respira hondo y parece entrar en calor. Trepa por un cercado y sale sigiloso a la Via dell'Impero. Allí se detiene junto a la valla que separa la acera de los jardines de los foros. Mira las flores, las estatuas de bronce y la luminosidad brumosa sobre los tejados de los vetustos palacios y las iglesias. Está confuso, perdido y desolado. Pasan permanentemente vehículos de todo género y transeúntes que van apresurados y silenciosos.

Entonces lo ve allí, a unos pasos de él. Es un oficial miembro de la guardia negra; un joven alto, poderoso, rubio, de rostro afilado y mirada clara y fría. No sabe de dónde ha salido; tal vez desde detrás de una camioneta que se halla estacionada un poco más allá. Posee una frente blanca y pura, sobre la que la negra gorra de plato arroja una sombra oscura. Camina despacio y muy derecho hacia él, como un ángel del señor de las tinieblas, seguido de lejos por una brigada de guardias negros. A Betto se le encoje el alma. Se queda paralizado en mitad del aire leve y transparente de aquel momento espeluznante. Pero, en ese instante, el silencio es roto por el ruido aparatoso de varias motos que vienen en fila muy deprisa, con los faros encendidos. Aquel estrépito llama la atención del oficial de las SS, que levanta sus ojos grises en aquella dirección.

Betto no se lo piensa. Es como si fuera empujado por otro espíritu que le posee. Da un salto y se encarama en la valla más cercana. Entonces se oye la detonación de un disparo a su espalda y luego otro más. Una bala silba cerca de su oído.

—*Halt!* —ruge una voz—. *Halt!*

Betto siente que el miedo lo domina, pero no se detiene ni vuelve la vista, sino que sale corriendo como un loco. Salta por encima de otro muro y prosigue con una fuerza inusitada, dando grandes zancadas, hasta perderse por dentro del laberinto de ruinas que forman los foros romanos. Todo allí es oscuridad. Pero no tarda en encontrar un hueco en el suelo que disimula a la perfección su delgado cuerpo entre las sombras de las vetustas piedras. Oye voces lejanas y rugir de motores, pero nadie le ha seguido. Otra vez está oculto, inmóvil, aterrado, esperando a que pase el tiempo para proseguir su huida hacia no sabe dónde.

56

Roma, sábado, 16 de octubre de 1943

Orlena regresa a su casa por la tarde, dos horas antes del toque de queda. Está desolada por la tragedia que se ha vivido en el hospital durante aquella larga jornada. Enseguida le cuenta a Gina lo que ha ocurrido: los alemanes han asaltado el gueto y han apresado a cuantos judíos han podido encontrar en él. Al principio se supuso que habían ido a llevarse solo a los hombres para el servicio del trabajo obligatorio, como habían anunciado abundantes rumores las semanas anteriores. Pero luego resultó que apresaban a familias enteras. A estas horas la noticia ha corrido ya por toda la ciudad y no hay duda de que el hecho es cierto. La propia Orlena vio por la mañana temprano cómo las SS montaban guardia en las esquinas y a muchos centinelas armados que se situaban en lugares estratégicos para que nadie pudiera escapar. También vio luego filas de soldados alemanes en las aceras y cómo subían a los camiones hombres, mujeres, niños y ancianos.

Gina escucha muda y atónita, fijos los ojos en el rostro de su hermana. Luego balbuce débilmente, angustiada:

—Betto… ¡Dios mío, Betto!

Orlena, con la confusión e inquietud que la embargan en aquel momento, se siente como si fuera la causante de la desgracia de su hermana por haber tenido que contarle aquello, y dice tratando de resultar animosa:

—Dios quiera que haya podido escapar… Porque sabemos que

algunos consiguieron ponerse a salvo al darse cuenta de lo que estaba pasando. Hoy no hemos hecho otra cosa en el hospital que atender y refugiar a toda esa pobre gente…

—¡Virgen María! —grita Gina—. ¡Betto es un inconsciente! Si trató de escapar, lo pueden haber apresado luego en la calle…

—¡No! —repone Orlena—. No detuvieron a nadie por la calle. En ningún momento prestaron atención a los transeúntes que pasaban, ya fueran judíos o no. Yo pude caminar por allí cuando iba hacia el hospital y vi a los oficiales dando órdenes. Nadie reparó en mí. Nadie me detuvo ni me dijo nada. Incluso había curiosos que contemplaban impertérritos lo que estaba sucediendo. Los alemanes solo tenían interés en los judíos que estaban a esa hora dentro de las casas. De hecho, las ambulancias pudieron salvar a más de cincuenta que huían después de haber podido abandonar sus domicilios a tiempo.

Gina corre a ponerse el abrigo, pálida y llorosa. Luego va hacia la puerta con la clara intención de salir a la calle.

—¡¿Adónde vas?! —le grita su hermana.

—¡Tengo que ir allí! ¡Tengo que saber lo que ha pasado!

Orlena se sitúa delante de la puerta para evitar que salga y forcejea con ella, instándola:

—¡No vas a ir! ¡Insensata! ¡Es una locura!

Los cuatro hombres que se alojan en la casa asisten impávidos a la escena que se desenvuelve ante ellos, sin saber qué hacer ni que decir.

—¡Voy a ir! —grita Gina con una fuerza y una rabia inusitadas—. ¡Nadie lo va a impedir!

Orlena cede y se aparta. Entonces su hermana abre la puerta y sale. Sus pasos apresurados resuenan en la escalera.

Gina pedalea a toda velocidad y llega al barrio judío en apenas diez minutos. Una bruma blancuzca, hecha de luz incierta, baña las calles desiertas. No se ven alemanes, ni guardias de ningún tipo. Solo, de vez en cuando, cruzan algunos transeúntes solitarios, fugaces como sombras, y desaparecen como si se esfumaran en aquella soledad triste. La joven transita veloz por la Via dei Fienili. No encuentra a nadie en su camino. Por el adoquinado hay esparcidos montones de papeles que vuelan y crujen movidos por el viento. Hay también ropa, trapos, chatarra, colillas de cigarrillo y desperdicios de toda índole. Se detiene delante del edificio donde está el apartamento de Betto y sube las escaleras. Encuentra la puerta abierta de par en par. La casa está vacía; se ve que la han abandonado de forma precipitada no hace demasiado tiempo.

—¡Betto! ¡Señora Zarfati! —grita ella—. ¿Hay alguien en casa?

Nadie responde. Cuando entra, los objetos le salen al paso poco a poco de la penumbra, con una lentitud que parece deformarlos: sillas caídas por el suelo, enseres domésticos de poco valor, libros, prendas de niños… Empuja la puerta del dormitorio y entra. Gira el interruptor y la luz eléctrica funciona. De los colchones destripados sale y se esparce el relleno de lana. Los cajones de un aparador están abiertos, y hay ropa esparcida por el cuarto. En la pequeña sala sucede lo mismo; todo está revuelto, las cortinas de la ventana han sido arrancadas y arrojadas por el suelo hechas jirones. Entre la puerta y la ventana, hay un armario cuyas perchas cuelgan sin nada. La mesa redonda en el centro está patas arriba, rodeada por algunos viejos taburetes, bajo una lámpara pobre de latón. En la minúscula cocina las cazuelas y las sartenes han sido amontonadas sin orden ni concierto sobre el fogón. Los estantes están vacíos. El viento mueve una persiana de esparto en el ventanuco. En un rincón hay polenta derramada y pasada. El olor a humedad y a ceniza satura el aire.

Gina intenta comprender algo a través de los objetos que hay en aquella casa triste y vacía. Busca señales de sus desdichados y amados habitantes; las huellas de las manos en los muebles, las de los labios en el borde de una taza; rebusca entre los papeles y los libros que hay por el suelo. Cuando encuentra unas cuantas fotografías, las contempla largamente… Betto aparece entre aquellas imágenes estáticas, en varias etapas de su vida, vivo y real en el misterio intemporal del blanco y negro. Sus ojos de niño son los mismos que los del adolescente y el joven; su cabello único y su mirada bella y desafiante están ahí. Entonces casi puede sentir su presencia corpórea de una manera misteriosa…

De pronto, oye unas voces que vienen de fuera. Un escalofrío la sacude. Se queda muy quieta, mientras el corazón le salta violentamente en el pecho con una mezcla de desconcierto y miedo. Luego se acerca a la ventana con mucha precaución y asoma un ojo. Hay una patrulla de soldados en medio de la calle, justo frente a la casa; puede distinguir enseguida que son alemanes.

—*Juden raus!*—uno de ellos ha gritado «¡Judíos fuera!», con voz potente que ha resonado en el silencio—. *Raus!*—repite.

Gina vuelve a ocultarse. Está aterrorizada, con la espalda apoyada en el frío muro y sintiendo que todo su cuerpo tiembla. Pero, poco después, oye el rumor de los pasos que se alejan y el perderse de las voces en la calle. Se asoma de nuevo. No hay nadie. Entonces comprende que los nazis siguen buscando judíos y que debe irse de allí lo antes posible.

Monta en la bicicleta sintiendo ahogo en el pecho y un agudo malestar en la garganta a causa del miedo. A duras penas, pedalea lo más fuerte que puede y se aleja. Comprende que el toque de queda está cercano y todavía su agitación es mayor, a pesar de que va sintiendo que el acuciante peligro queda atrás. Más adelante, en los cruces de algunas calles montan guardia parejas de las SS con sus uniformes negros, inmóviles e impasibles, en medio del incesante tráfico que cada día se forma a esta hora antes de que todo el mundo se meta en sus casas. Los cafés empiezan a cerrarse y salen de ellos hombres viejos, taciturnos, callados. El retumbar de las órdenes de los alemanes, roncas y brutales, contrasta con las alegres voces de algunos niños que van en grupo. Todas las miradas convergen huidizas en la temible guardia negra.

Gina suspira hondamente al llegar al umbral de su casa. Pero este alivio es fugaz. Está rota de dolor y con las lágrimas corriéndole a chorros por las mejillas. Deja la bicicleta en el portal y sube las escaleras sin fuerzas. Hace girar la llave y abre la puerta. Su imaginación, en incontrolables rodeos pesimistas, se halla vagando por las suposiciones más aciagas.

Orlena sale a recibirla, gritando:

—¡Gracias a Dios! ¡Ya estás aquí!

Y cuando su hermana la abraza, la mirada de Gina tropieza con el rostro de Betto, que la contempla absorto desde el fondo del vestíbulo. ¡Resulta que él está allí! ¡Betto en persona! Mientras ella había ido a buscarle. La sorpresa la deja maravillada y se queda clavada en el sitio, con una incredulidad y un asombro indescriptibles, extasiada por la cara de su amado, que resplandece ante ella como la luz del sol.

Orlena entonces le explica el misterio que hay detrás de este inesperado milagro:

—¡Betto pudo escapar y vino a nuestra casa! ¡Aquí estará seguro!

57

Roma, domingo, 17 de octubre de 1943

En la gran despensa del hospital, anexa a las cocinas, flota un penetrante y confuso olor a especias, condimentos, pescado seco y carbón.

A primera hora de la mañana están allí fray Leonardo, fray Maurizio Bialek, los dos frailes despenseros y los cuatro cocineros. Todos parecen inquietos y hablan entre ellos en voz baja, mirando con preocupación los escasos alimentos que quedan.

—No tenemos provisiones ni para una semana —dice fray Leonardo, señalando con el dedo los estantes medio vacíos y los rincones donde apenas hay unos cuantos sacos de patatas, harina, lentejas, unas cajas con bacalao en salazón y unos barriles con sardinas secas—. Y ahora Dios nos ha enviado a esa pobre gente. ¿Cómo podremos alimentarlos?

Fray Murizio, el ecónomo, calla y se mueve por la despensa despacio, con pasos lentos y cuidadosos, observando con detenimiento y preocupación todo ello.

Uno de los despenseros, con un tono que trata de infundir ánimo a los demás, dice:

—También hay por el momento leche en polvo y habas en el otro almacén. ¡Menos es nada!

—Sí, pero… —replica fray Leonardo—. ¿Para cuántos días habrá con eso para dar de comer a tanta gente? ¿Qué vamos a hacer cuando se acabe? Ya teníamos problemas antes de que vinieran los judíos. No va a ser nada fácil hacerse con abastos en las circunstancias que se prevén.

—Dios proveerá —le dice fray Maurizio, esbozando una sonrisa—. No va a dejarnos Dios ahora precisamente. ¿No les dio el maná a los hebreos en el desierto? ¿Y no multiplicó nuestro Señor Jesucristo los panes y los peces para los judíos? ¡Pues aquí están también los hebreos!

A uno de los cocineros, el más viejo, se le escapa una carcajada, pero enseguida la reprime, cuando todos le lanzan miradas de reprobación.

—Me hizo gracia la manera en que lo ha dicho… —trata de justificarse él.

Entonces fray Maurizio da una fuerte palmada y exclama:

—¡Ya está bien de lamentaciones! Lo poco que hay es lo único que hay, y mirándolo no va a multiplicarse. Ahora lo primero que hay que hacer es ver la mejor manera de alojar en el hospital a todos esos desdichados.

Fray Leonardo le mira y suspira, diciendo:

—¡Vamos allá! Dios sabrá… Y a nosotros no nos toca otra cosa que aceptar y hacer lo que buenamente podamos.

Los frailes van al patio, donde están reunidos los judíos que el día anterior pudieron escapar. Se encuentran donde fueron instalados, sentados por las escaleras, echados sobre colchones en las antesalas, tendidos en camillas o en el suelo los más jóvenes; pálidos bajo el pálido cielo de aquella triste mañana de otoño. También se hallan allí todos los ancianos del vecino hospital Hebraico. Dora Focaroli logró ponerlos a salvo a tiempo, después de arrancar de la pared el cartel indicativo de que aquella era una institución judía. Se nota que hay mucha intranquilidad, se palpa una oscura amenaza en el aire. El pánico sigue encendido. Petrificados de miedo y angustia, con los ojos abiertos por el espanto y los corazones pegados a las gargantas, hablan poco y con susurros. De vez en cuando, algún niño o alguna mujer rompen a llorar. Aunque han pasado más de veinticuatro horas desde el final de la redada, de ninguna manera se sienten seguros. La brutalidad de los alemanes y la impunidad con que actuaron hacen temer que pudieran presentarse incluso allí en cualquier momento para llevárselos a todos. La noche pasada ha sido quieta y silenciosa, pero terrible. Ahora están repartiendo entre ellos algo de pan y café con leche. Las tazas les tiemblan en las manos. Los padres abrazan y besan a sus criaturas, buscando con ello darles seguridad.

Durante aquellos días el doctor Borromeo se halla fuera de Roma. Llega al patio el doctor Sacerdoti y observa el estado de ansiedad y terror que reina entre toda aquella gente. Luego se acerca a fray Leonardo y le pide que vaya con él aparte, para decirle en voz baja:

—Están muy alarmados… Hay que tranquilizarlos de alguna manera.

El superior de los frailes se coloca en el medio del patio. Trata de sonreír, para infundir algo de confianza, y alza la voz buscando un tono convincente y tranquilizador:

—¡No teman! ¡Aquí estarán todos a salvo! A los alemanes no se les ocurrirá nunca entrar en el hospital. Esta es una institución católica que se encuentra amparada por la neutralidad del Vaticano. De hecho, nos hallamos en territorio del Estado Vaticano. Los acuerdos vigentes entre Alemania y la Santa Sede impedirán que los soldados crucen esas puertas. Nadie los delatará ni los entregará a las autoridades alemanas. Por favor, siéntanse seguros entre nosotros. ¡Cuidaremos de todos ustedes lo mejor que podamos!

Un murmullo de aprobación y gratitud recorre los labios de la mayoría. Pero algunos niegan con la cabeza.

Un anciano se pone en pie y dice, queriendo hablar en nombre de todos:

—Gracias, gracias, padre… Sus palabras nos tranquilizan mucho.

Pero a su lado una mujer sacude la cabeza diciendo que no, luego suspira y repone con aire de desesperación:

—¿Y nuestros familiares? ¿Dónde están los que ayer se llevaron?

Alguien le contesta con amargura desde un rincón:

—¡Vaya pregunta! ¡Mejor será no hablar de ello!

La gente es presa de una gran agitación y los murmullos se elevan. Después una voz de mujer se alza por encima de las demás, diciendo con autoridad:

—¡Basta de suposiciones! ¿No veis que hay niños?

Se hace un repentino y total silencio. Quien ha hablado es Dora

Focaroli, que se ha colocado de pie junto a la fuente del patio y añade, con una voz que revela su protesta y su tristeza:

—Ahora tenemos que ayudarnos unos a otros. Y no ayuda nada que nos pongamos en lo peor. ¡Estamos aquí! ¡Vivos! ¿No habéis oído lo que ha dicho fray Leonardo? ¡Esto es territorio del papa! Los alemanes no podrán entrar aquí... ¡No! ¡No podrán! Si pudieran, ya lo habrían hecho. Así que estemos tranquilos y tengamos confianza.

Hay un anciano rabino entre los residentes del hospital Hebraico. Se levanta e inicia una oración. Resuenan las recitaciones susurradas en un murmullo general, hasta que empieza a reinar un ambiente más pacífico y confiado.

Esa misma mañana se celebra una reunión de urgencia en el refectorio. Están presentes todos los miembros de la comunidad de frailes, los médicos y el personal de mayor confianza. Desayunan lo poco que hay: el mismo café con leche aguado que se ha repartido entre los enfermos y los refugiados. Se trata de buscar la mejor manera de ubicar a los judíos dentro del hospital. El espíritu general es de aceptación y solidaridad. No hay ninguna discordancia en este sentido. Se toman importantes decisiones en base a la prudencia y la extrema precaución que exige el asunto. Todos están de acuerdo en que, antes de nada, se debe informar al Vaticano.

—Pero de ninguna manera ha de hacerse por teléfono —advierte fray Maurizio—. En Polonia los nazis tenían controladas las líneas. La imprudencia de hacer uso del teléfono fue la perdición de mucha gente.

—Sí —opina el doctor Sacerdoti—. Ya se sabe a ciencia cierta que la Gestapo controla las centralitas y escucha desde el mismo día que los alemanes tomaron Roma.

—Iré yo al Vaticano —dice el superior general de la Orden—. Mi visita no despertará ninguna sospecha, puesto que con frecuencia tengo que ir para los asuntos de la congregación.

Todos están de acuerdo. Pero fray Leonardo tiene la preocupación grabada en su cara, y constantemente lanza en torno miradas tímidas e inciertas. No siendo capaz de controlar su inquietud, acaba lanzando una pregunta:

—¿Y si los alemanes vienen?

Todos le miran, compartiendo ese mismo temor. Pero fray Maurizio, siempre tan positivo, dice muy seguro:

—¡No, por Dios! ¡No vendrán! No se atreverán a entrar en el territorio del Estado Vaticano.

Fray Leonardo se pone a mirar a través de la ventana con una ansiedad y una alteración tales que sorbe el café muy caliente, sin darse cuenta de su temperatura hasta después de habérselo tragado. Entonces empieza a dar resoplidos de dolor y, después de dejar la taza en la mesa, pasea su mirada furtivamente por los contertulios, diciendo con voz ahogada:

—¿Y si vienen? ¿Y si les da por venir? ¿Qué haremos entonces?

Se produce un silencio cargado de espanto. Todos los que están allí presentes han sido testigos de la crueldad de los alemanes durante la razia en el gueto. Las crudas imágenes se agolpan de repente en su recuerdo, y su imaginación representa el escenario de esa escalofriante posibilidad.

Entonces toma la palabra el doctor Sacerdoti, para decir con circunspección:

—Debemos tenerlo todo previsto. No podemos actuar de manera insensata. Ya hemos comprobado con nuestros propios ojos aquello de lo que son capaces los alemanes. Sería temerario no contemplar todas las contingencias posibles. Y desde luego hay que pensar en que puede producirse una inspección, un registro o incluso un asalto.

Retorna el silencio. Nadie mueve un dedo. El pánico se ha hecho ahora más presente que nunca. Hasta que, un momento después, el superior general se adelanta y examina con una mirada angustiada al médico, como indagando cuánto de verdad y franqueza hay en esas palabras, pero sus ojos brillan con un repentino interés que lo desvía de su investigación, y pregunta con preocupación y ansiedad:

—¿Y qué propone usted, doctor?

Sacerdoti bebe un trago de café, dándose con ello algo de tiempo para ordenar sus ideas.

Luego, dice:

—Todos los refugiados serán ingresados como si se tratase de enfermos reales. Es lo mismo que hemos venido haciendo con los políticos antifascistas acogidos. Haremos los registros oportunos con identidades y nombres falsos, fingiendo sus dolencias, el tiempo que llevan en el hospital y los tratamientos.

Fray Leonardo pregunta, dudando sobre esta táctica:

—¿No le parece que son demasiados? Hay ahí en el patio más de sesenta personas.

—¡Lo haremos! —opina con entusiasmo fray Maurizio—. Hay que hacerlo, puesto que no tenemos otra opción.

—Sí, podemos hacerlo —insiste Sacerdoti—. Conozco una imprenta de toda confianza en el Trastévere. Estoy seguro de que nos ayudarán. Es allí donde imprimieron mi documentación falsa. El doctor Borromeo me recomendó a ellos. Iré mañana mismo para idear con ellos la manera de imprimir documentos falsos para toda esa gente.

—¡Adelante, pues! —otorga el superior general—. Estamos en las manos de Dios.

58

Roma, domingo, 17 de octubre de 1943

El domingo por la mañana, Gina entra en la habitación donde Betto lleva durmiendo durante más de quince horas. Aún no se ha despertado. Se acerca a él con cuidado, sonriendo, y posa delicadamente la palma de la mano sobre su frente. Le besa en los labios con suavidad y empieza a llamarlo y a sacudirlo con dulzura:

—Betto, Betto…

Él abre los ojos y sonríe. Gina vuelve a besarle y no lo deja hasta que él sale de la cama. Ella siente todavía mayor devoción al verle con el blanco pijama de seda de su difunto padre, y le dice con ternura:

—Buenos días, Betto. Veo que has podido descansar.

Él le devuelve el saludo, diciendo mientras destella en sus ojos una mirada de amor:

—Buenos días. Sí, he dormido tan profundamente como si hubiera estado muerto…

Gina busca refugio en sus brazos, para manifestarle su dicha porque él esté allí, en su propia casa, sano y salvo. Le abraza, se aferra a él y da gracias a Dios en su interior por lo que considera un verdadero milagro.

—¡Estás vivo! —exclama feliz—. ¡Gracias a Dios!

Betto se aparta de ella para ponerse la bata y la contempla un largo rato en silencio, como suele hacer cuando quiere hablarle con los ojos; y ella encuentra en esa tácita mirada el mejor intérprete de los sentimientos que se debaten en el pecho de ambos. Lo que ha sucedido el día anterior es una desgracia enorme, un golpe terrible. Y él ha leído en sus ojos una mirada que indica inmenso dolor y desolación. Su emoción se intensifica y dice abatido e iracundo:

—Malditos nazis, malditos fascistas... ¡Malditos todos ellos!

Gina asiente con tristes movimientos de su cabeza:

—Sí, malditos, malditos sean...

Betto la mira desde un abismo de tristeza y rompe a llorar. Se vuelve hacia la pared y la golpea con el puño.

A Gina le impresiona mucho verlo así, destrozado y lleno de desesperación, pero no se atreve a acercarse a él ni a decirle nada. Solo le contempla, afligida, y al mismo tiempo la asalta un enorme sentimiento de culpa, inexplicable, extraño, que aumenta su pesar. Duda largo rato entre abrazarle de nuevo o salir de la habitación y dejarle allí solo para que se desahogue, a pesar del deseo que tiene de hacer algo para ayudarle a disipar su pena. Pero le conoce lo suficiente como para comprender que lo mejor, en aquel momento, es quedarse quieta.

Él se sienta en la cama, se cubre la cara con las manos y llora desconsolado; llora largamente como un chiquillo, sin pudor alguno. Hasta que, de repente, deja de sollozar y reina el silencio. Levanta la cabeza y mira muy fijamente a Gina. Luego lanza sobre ella un chaparrón de preguntas. Quiere saber qué ha pasado con su familia, qué han hecho los alemanes con los judíos apresados, qué rumores corren por la ciudad, qué noticias hay, qué opinan los ciudadanos romanos...

Gina intenta zafarse del interrogatorio para no darle demasiados detalles que puedan herirlo todavía más. Pero Betto insiste, severo y exigente. Entonces a ella no le queda más remedio que contarle todo lo que sabe, que es bastante, dada la información de primera mano que le ha trasmitido su hermana esa misma mañana. En el hospital fueron testigos de todo lo sucedido. Vieron la redada, la violencia de los soldados, el estupor de la gente y el ir y venir de los camiones llevándose a los judíos.

—¡¿Adónde?! —inquiere él—. ¡¿Dónde tienen a mi madre y mis hermanos?!

Ella contesta suspirando de forma audible, como si la pregunta removiera su pesar:

—Nadie lo sabe, Betto, nadie... Los que consiguieron ponerse a salvo en el hospital solo han contado lo que ellos vivieron. Los sacaron de sus casas y los tuvieron apiñados en la calle, hasta que llegaron los camiones grises y los alemanes empujaron o cargaron en ellos a hombres, mujeres, niños... e incluso a los ancianos y los enfermos. Algunos han contado que les entregaron un folleto impreso en el que se les anunciaba que iban a ser trasladados y las instrucciones a seguir: debían llevar consigo alimentos para al menos ocho días, cartillas de racionamiento, cédula de identidad, gafas, maletín con efectos personales y ropa interior, dinero y joyas. También les dijeron que los enfermos, incluso en casos muy graves, por ningún motivo podían quedarse atrás. Les aseguraban que habría enfermería en el lugar donde iban. Eso es todo lo que sabemos.

A pesar de estas explicaciones, Betto insiste con otra sarta de preguntas: ¿los llevarían al trabajo obligatorio? Y si era así, ¿dónde? ¿Los internarían en un campo de concentración? Pero Gina no puede darle ni una sola respuesta que sirva realmente para apaciguar su mente. Entonces él, tal vez buscando algún consuelo, dice como para sí:

—Espero que estén en un lugar donde puedan estar a salvo hasta que termine la guerra. Sí, un lugar donde, aunque probablemente tengan que pasar frío y hambre, puedan aguantar hasta que todo pase...

Entonces Gina, conmovida y ya sin vacilación, armándose de valor, da un paso hacia él, se inclina y le besa, mientras susurra:

—De nada sirve hablar de lo que ha ocurrido, sino que debemos preguntarnos por lo que va a ocurrir mañana. Tenemos que seguir adelante... Es lo único que podemos hacer ahora, seguir adelante... Porque no nos han vencido todavía.

Betto reacciona a esta animosa llamada, se abraza a ella y contesta suspirando:

—Claro que sí, hay que hacerlo... ¡Tenemos que resistir! ¡Hay que enfrentarse a ellos! —Y luego, acentuando la articulación de cada palabra, como si quisiera recalcar la obstinación y la inflexibilidad de su postura, añade—: Ahora es cuando hay que luchar de verdad. ¡Ahora más que nunca! ¡Hasta que acabemos con todos ellos!

Después de decir aquello, Betto rompe a llorar nuevamente. Pero esta vez el llanto dura menos. Enseguida se enjuga las lágrimas y se queda en silencio, como abstraído. Luego mira a Gina con una cara muy seria, entristecido, y empieza a contarle paso por paso las peripecias vividas el día anterior. Habla con la conciencia clara de haberse librado de la muerte por puro milagro, y con el entusiasmo conmovedor que solo son capaces de desplegar quienes poseen la fuerza y la resistencia necesarias para mantener el equilibrio cuando todo se desmorona en torno.

—Una bala pasó al lado de mi cabeza… —explica con una sonrisa fría—. Todavía resuena su silbido en mi oído. No sé cómo estoy vivo…

A ella el relato le parece una auténtica hazaña y todavía está más agradecida al cielo al conocer lo que pasó, recordando por su parte que, durante todo este tiempo, estuvo ajena por completo a la tragedia. Y no puede dejar de pensar que, de no haber venido él a su casa ayer, ahora estaría aterrorizada hasta el extremo de llorar sin apenas creer que estuviera vivo.

Cuando Betto ha terminado de contarle cómo se escabulló de aquel oficial de las SS, y cómo anduvo finalmente por la ciudad hasta llegar a esta casa, vuelve a quedarse en silencio. Pero enseguida atrae hacia sí el rostro de Gina, lo toma por el mentón, la mira fijamente a los ojos y la besa en los labios. Luego dice arrebatado, con nuevas lágrimas a punto de brotarle:

—No vine para esconderme. Ni siquiera se me pasó eso por la cabeza. Vine porque necesitaba verte… ¡Nunca pensé que te podría amar tanto! ¡Menos mal que existes!

Ella le toma las manos y las acerca a su vientre embarazado, diciendo conmovida:

—Aquí hay alguien que también existe…

59

Roma, miércoles, 15 de diciembre de 1943

—Firma aquí —le dice don Desiderio a Betto.

El joven echa un vistazo al documento que el sacerdote le enseña. Y luego, mirando a Gina, observa con apreciable extrañeza:

—No es un carné.

La pareja ha venido temprano al despacho de Propaganda Fide en la Piazza di Spagna para recoger la documentación falsa que ella le había pedido a don Desiderio para Betto.

—No, no es un carné —contesta el sacerdote, arrugando el entrecejo—. Y no tiene por qué ser un carné. Si lo fuera, tendríamos que pegar en él tu fotografía, y no tenemos ninguna fotografía tuya. Esto es una documentación provisional de la embajada española. Si te fijas bien, verás que ahí dice que eres estudiante español.

—¿Español? ¿Cómo que español?

—Sí, español. El Gobierno de España no tiene problemas con los alemanes. Ese documento es una especie de salvoconducto que te habilita como ciudadano español en tránsito por motivo de estudios. Tienes ahí la justificación de la universidad y el lugar de residencia en una casa de la Institución Teresiana. También un acta del embajador certificando que eres miembro de la Falange, que es el partido de los fascistas de España.

Betto se estremece, pone mala cara y vuelve a echar una mirada al documento; son tres hojas que revisa con incredulidad, tratando de descifrar todo lo que hay escrito en ellas.

Don Desiderio se impacienta y le insta:

—¿Qué pasa ahora? ¿Por qué no te fías? ¿Vas a firmar de una vez o no?

—Los alemanes no son tontos —contesta receloso Betto—. ¿Cree usted que se van a tragar que soy español?

El sacerdote resopla con irritación, procura aguantar la ira, y responde lentamente:

—Vamos a ver, muchacho. Tú eres judío sefardí. Y resulta que tus antepasados, es decir, los judíos sefardíes, vivieron en España antes de ser expulsados por los Reyes Católicos. Los judíos sefardíes hablan ladino, que no es otra lengua que la española, no obstante haber transcurrido cuatro siglos y medio desde que los echaron y se dispersaron por todo el Mediterráneo. Eres descendiente de judíos sefardíes de Rodas, los cuales, según tengo entendido, hablan el ladino. ¿O acaso tú no hablas ladino?

—Normalmente no, pero puedo hablarlo. Es la lengua de mis abuelos.

—Muchacho, ¿eres tan tonto como para no haber comprendido? Si los guardias alemanes te parasen en cualquier momento por la calle podrías hablar en ladino. Si te preguntan algo, les contestas en ladino como si tal cosa. ¿Qué saben ellos si lo que les dices es ladino o español? Revisarán los documentos y se creerán la patraña. ¡Anda, firma de una vez!

Él mira a Gina, dudando todavía. Y ella le dice con exasperación:

—¡Firma!

Por fin Betto se dispone a firmar. Pero entonces don Desiderio se abalanza sobre él, le sujeta la mano y exclama:

—¡Alto ahí! ¡No firmes todavía!

Betto se asusta y lanza una larga mirada al sacerdote, como diciéndole: «¿Se puede saber qué pasa ahora? ¿Firmo o no firmo?».

Don Desiderio bufa y mueve la cabeza, al responder con voz tonante:

—Pues sucede algo en lo que ni yo mismo había caído, muchacho. ¡Y menos mal que he reparado en ello! Resulta que no puedes firmar ahí como Betto Zarfati. ¿No has visto que, a partir de ahora, no te llamas así? Mira lo que pone en los documentos: tu nombre español es Dámaso Álvarez García. Así que tendrás que ensayar una firma con el nombre español.

El joven esboza una pálida sonrisa y murmura:

—No hay por qué enfadarse…

Después ensaya varias veces la firma en una hoja en blanco. Y cuando está seguro, la plasma en los documentos con decisión y movimientos certeros.

—¿Qué le parece? —pregunta orgulloso.

—Muy bien, Dámaso —contesta don Desiderio.

—Dámaso, ¡vaya nombrecito! —replica Betto, con una mueca de disgusto—. ¿No podía haber elegido otro?

—San Dámaso fue un papa español —explica el sacerdote, alzando su dedo con autoridad—, un hombre virtuoso que tuvo que sufrir mucho hasta ser bienaventurado. Su nombre lo elegí yo para que te proteja.

Gina se acerca a don Desiderio, le toma la mano y se la besa, diciendo:

—Gracias, gracias. Dios le bendiga por este favor tan grande que nos ha hecho. Rezaré por usted todos los días de mi vida.

—¡Chist! —replica el sacerdote—. Puedes hacer muchas cosas más que rezar, muchacha.

Ella se le queda mirando. Y don Desiderio guarda silencio mientras espera un poco para asegurarse de que permanece atenta e interesada. Hasta que carraspea y dice:

—Vamos a necesitar a todos aquellos jóvenes valientes que estén decididos a hacer grandes cosas.

—¿Grandes cosas? —pregunta ella con un resplandor de interés en sus preciosos ojos azules—. ¿Qué cosas?

—Muy pronto lo sabrás —responde el sacerdote, sonriendo enigmáticamente—. Tú espera a tener noticias mías. No puedo decirte nada más…

Brilla la curiosidad y el entusiasmo en el rostro de la joven, que murmura:

—¡Dígamelo! Por favor…

Don Desiderio señala la puerta con su índice nudoso y ordena implacable:

—Podéis marcharos ya. Aprovechad que Betto tiene esos documentos para dar una vuelta por Roma y despejaros. El muchacho lleva muchas semanas encarcelado en tu casa... ¡Mira lo pálido que está! Y no os preocupéis. Os aseguro que con esos papeles podéis ir a cualquier parte tranquilos, siempre que seáis lo suficientemente prudentes y discretos.

Gina se despide de él con una tierna sonrisa. Toma de la mano a Betto y ambos salen de allí, sintiendo una confianza y una tranquilidad que hacía mucho tiempo que habían olvidado.

—Vamos a dar esa vuelta que nos ha recomendado el cura —dice Betto nada más salir a la calle.

Ambos inician un paseo por aquella Roma extenuada por largos meses de guerra, de privaciones y de bombardeos feroces e ininterrumpidos. Parece que, a pesar de tanta desdicha, los romanos han aceptado asumir con resignación el papel de un pueblo vencido y humillado. Es triste, no obstante, ver ondear las banderas extranjeras de los opresores. Sobre todo, sabiendo que los alemanes no han parado de hacer razias de hombres por las calles y cargarlos en sus camiones para llevárselos a Alemania como manadas de esclavos. Y para colmo, se echa encima el invierno, que amenaza ser terrible; sin combustible para calentarse, con el frío que empieza a ser espantoso a estas alturas de diciembre, con el hambre y la fatiga. Todo ello ha hecho mella en el rostro del pueblo italiano; y se aprecia en las facciones duras, huesudas, de los hombres maduros; en la aflicción marcada en el semblante de las mujeres; en las teces pálidas y demacradas de los jóvenes; en los soldados abandonados a su suerte, en los niños, en los ancianos, y en los animales. Todos en Italia tienen hambre.

V

BOMBE, FAME E PAURA
(BOMBAS, HAMBRE Y MIEDO)

60

Roma, miércoles, 22 de diciembre de 1943

Llueve monótonamente sobre Roma. Poco antes del mediodía, los jóvenes novicios están sentados en sus pupitres en el aula donde todas las mañanas se les imparte clase. No se oye otra cosa que el golpeteo de la lluvia sobre los tejados. Dentro está tan oscuro que casi es difícil leer. Pero está prohibido encender las luces incluso durante el día. De alguna parte emana el mismo olor que siempre invade el hospital a esa hora, una mezcla de comida simple e insípida, col y pescado seco hervido, que se mezcla con humo y ropa húmeda. Con las manos lívidas por el frío, los jóvenes estudiantes se esfuerzan esmerándose en la caligrafía, sosteniendo las plumas con los dedos que asoman en los guantes de lana cortados. Sienten los pies congelados y tienen tanta hambre que apenas pueden pensar. Las raciones de alimentos han ido disminuyendo y apenas se sirve una comida al día. Saben pues que sus males no se van a remediar en el refectorio dentro de un rato, cuando se sienten teniendo delante el paupérrimo plato.

Antes de que suene la campana, fray Clemente Petrillo, el maestro de novicios, les da una prédica. Tal vez trata con ello de infundirles algo de esperanza o confortarlos.

—Vamos a confiar y a cumplir con nuestra vocación —les dice forzadamente animoso—. Me resulta difícil expresaros esto, hermanos, porque sé bien lo mucho que también vosotros estáis sufriendo. Pero es mi deber animaros a tener confianza en la Divina Providencia; a confiar, a pesar de los pesares, en que Dios es nuestro Creador, nuestro Padre, nuestro Dueño, y creer firmemente en que Él está atento a todas nuestras necesidades. El Padre Eterno conoce nuestras penurias mejor que nosotros mismos y se ocupa de ellas, aunque ahora no podamos verlo. Tener confianza en su Divina Providencia es saber que todo está en sus manos.

Uno de los novicios mayores levanta el dedo, solicitando que se le conceda la palabra. Es un muchacho de unos diecisiete años, despierto, con ojos brillantes y tez blanca. Fray Clemente otorga el permiso con una sonrisa. El joven se pone en pie y habla con soltura:

—Ayer recibí carta de mi padre desde el pueblo. Me dice que allí no queda una brizna de heno, ni un grano de avena, ni paja seca siquiera para dar de comer a los caballos... Han tenido que sacrificar las vacas, las ovejas y hasta el asno. Esta Navidad va a ser la más triste desde que hay memoria.

Hay un silencio doliente. Otro de los muchachos, sin pedir el obligado permiso, toma la palabra y añade:

—También dicen que hasta los perros de Roma han sido sacrificados, por no hablar de los gatos, que fueron exterminados hace ya tiempo. La gente está soportando mucha hambre, mucho frío y mucha necesidad de todo lo indispensable para tener una vida más o menos llevadera...

—Todo eso es cierto... —dice el maestro angustiado—, pero no podemos perder la esperanza... ¡Eso nunca!

—Si no nos matan las bombas acabará con nosotros el hambre... —dice otro de los novicios—. ¿Cómo va a permitir Dios eso?

—¡El maestro no lo sabe todo! —dice fray Clemente, mientras lo asaetea con una mirada de reproche.

—¿Y el papa? —pregunta otro—. ¿No puede remediarlo el santo padre Pío XII?

El maestro se siente vencido ante aquella pregunta y no tiene más remedio que decir con vehemencia y convicción:

—¡El papa sufre tanto o más que los demás! ¡Nuestro Señor es quien tiene la última palabra! La santa ley de Jesucristo ha de gobernar este mundo, pero no lo penetra todavía. ¡Confiemos en Él y tengamos paciencia! Dios lo puede todo...

De pronto se abre la puerta del aula e irrumpe fray Leonardo, con el rostro desencajado, gritando:

—¡Los alemanes vienen por el puente!

Fray Clemente se queda petrificado, mirándole con ojos desorbitados.

—¿Los alemanes? —musita.

—¡Sí, los alemanes!

Los novicios se levantan y se precipitan hacia las ventanas. Desde la altura ven un par de camionetas del ejército alemán y una hilera de motocicletas que entran en la isla. Los vehículos aparcan en torno al hospital, y un oficial de las SS se acerca caminando bajo la lluvia a toda prisa al puesto de la policía fluvial, donde es saludado militarmente por el mariscal Lucignano. Mientras tanto, los soldados se apean y empiezan a cubrirse los uniformes con sus grandes capotes impermeables.

Fray Leonardo está muerto de miedo. Agarra al maestro por el brazo y exclama:

—¿Qué hacemos? ¿Dios mío, qué podemos hacer?

Petrillo mira pensativo por la ventana, dominado por el miedo y la confusión.

—¿Qué podemos hacer? —repite fray Leonardo.

—¿Dónde está fray Maurizio? —pregunta el maestro.

—Está en la puerta. Ha ido a intentar retenerlos mientras nos organizamos... Si los guardias de las SS descubren a los judíos estamos perdidos... ¡Nos llevarán a todos!

Petrillo vuelve los ojos mirando al vacío, como si contemplase en verdad el peligro terrible que avanza por el horizonte, y murmura:

—Es posible que haya habido un chivatazo...

—¡Sí, eso debe ser! —asiente sobrecogido el vicario—. ¡Alguien nos ha delatado!

Los novicios también están aterrorizados. Miran a los superiores expectantes y luego vuelven a observar lo que sucede bajo las ventanas. Uno de ellos exclama:

—¡Viene otro furgón más por el puente!

—¡Dios santo! —grita fray Leonardo—. ¿Qué hacemos?

—¡Tengamos calma! —le contesta Petrillo—. Y vayamos todos

abajo. No hay que perder ni un minuto. Debemos reunirnos con los médicos para ver qué podemos hacer.

Salen y descienden por las escaleras todo lo rápido que pueden. Abajo en el patio se encuentran con un gran alboroto. El doctor Borromeo está dando órdenes al resto de los médicos. Trata de infundir calma a todo el personal, repitiendo una y otra vez:

—Actuemos con naturalidad. Nada de carreras, nada de aspavientos... Si notan que estamos nerviosos sospecharán. ¡Por favor, mantengamos la serenidad! ¡Esto es un hospital y debe haber silencio y cordura!

Entonces aparece fray Maurizio llevando un enorme y maltrecho paraguas. Todos corren hacia él para hacerle preguntas. A pesar de las recomendaciones de Borromeo, el alboroto es espantoso. Todo el mundo se ha puesto en lo peor y nadie tiene la menor duda de que los soldados alemanes van a entrar de un momento a otro.

—¡Tranquilos! —dice con su potente voz fray Maurizio—. El mariscal Lucignano les está explicando que no pueden rebasar las puertas del hospital. No traen ninguna orden expresa del Estado Vaticano. No tienen permiso por tanto para entrar y hacer registros en el territorio neutral que está bajo la autoridad del papa.

Ni siquiera estas palabras, dichas con tanta autoridad y seguridad, consiguen aquietar la gran agitación que se ha apoderado del hospital. De manera que al fraile polaco no le queda más remedio que ponerse a dar voces:

—¡Cada uno a su puesto! ¡Basta ya de nervios! Los nazis no van a entrar. ¡No pueden entrar! Pero, si lo hicieran, hay que obrar como tenemos previsto. Es la hora del almuerzo y los enfermos tienen que comer. ¡Estamos en las manos de Dios!

Borromeo secunda estas indicaciones, añadiendo:

—No hay que temer. Todos los enfermos tienen su documentación en regla. Aun en el caso de que sospechen, los alemanes no podrán averiguar de ninguna manera que tenemos refugiados. Aquí solamente hay personal sanitario, frailes y enfermos. Así que ¡todo el mundo al trabajo!

Se cumple esta orden. Las labores del hospital se reanudan a pesar del temor. Las comidas empiezan a repartirse y las habituales tareas de limpieza y desinfección siguen su curso con aparente normalidad. Mientras tanto, los alemanes inspeccionan la isla con cuidado, acompañados por los policías fluviales. Media hora después, los soldados suben ordenadamente a los vehículos y se marchan.

Cuando la última motocicleta ha desaparecido más allá de la cabecera del Ponte Fabricio, el mariscal Lucignano entra en el hospital y cuenta con detalle lo que ha sucedido. Los oficiales de las SS le han hecho reconvenciones graves y vehementes. Tienen fundadas sospechas sobre el hecho de que en el hospital pueda haber judíos escondidos y están dispuestos a obtener los permisos necesarios para hacer una minuciosa inspección.

61

Roma, jueves, 23 de diciembre de 1943

La puerta principal del lujoso piso de los Daureli da a un recibidor del tamaño de una habitación grande, donde hay un guardarropa con espejos y un tapiz veneciano antiguo colgado en la pared, además de una cornamenta de ciervo. Pero esta antesala suele ser muy fría en invierno, especialmente en estos malos tiempos en los que no es posible hacer uso de los radiadores o de cualquier otro tipo de calefacción, dada la escasez total de combustible. Y aunque esta sea de hecho la entrada principal de la casa, que da directamente a las escaleras, solo se abre ahora en momentos excepcionales. Con la penuria reinante por la guerra, hace ya tiempo que todos los que allí habitan entran desde el pasillo por una puerta más pequeña, situada al lado de la cocina, que siempre fue la que utilizaban las criadas y los abastecedores. Para iluminar la vivienda se usan lámparas de petróleo; y el portero también las enciende en el vestíbulo del edificio y en las escaleras y rellanos. La luz eléctrica, además de ser muy costosa, se considera poco fiable; varía la intensidad de la corriente, saltan chispas en los fusibles y suelen fundirse las bombillas, cuando no parpadean y proporcionan una débil luz amarillenta que casi no alumbra. Por otra parte, el salón es grande y helado. Hace días que un viento cortante sopla con insistencia y recorre infatigablemente el patio interior, que está desprotegido y abierto al norte. El piso alto y la terraza son inhóspitos. Así que la vida se hace en la cocina y en una minúscula salita anexa que antes era el lugar de descanso del servicio.

A media tarde, las hermanas Daureli, Betto y los cuatro jóvenes que cobijan en la casa se encuentran en la cocina en inusitado ambiente festivo. Llevan semanas comiendo casi exclusivamente tostadas de pan negro con margarina rancia, patatas cocidas y puré de castañas. Pero Orlena tenía decidido hacer una tarta para celebrar la Navidad. Así que Gina salió de compras y encontró media docena de huevos, harina, azúcar, algunas almendras y chocolate amargo. Mientras la hermana mayor prepara la masa, los demás están de tertulia en el fondo de la estancia. Beben vino y se sienten inusitadamente alegres.

Uno de los soldados, Filippo, es de Calabria; un muchacho guapo, desenfadado y que siempre está alegre. Levanta su copa y grita brioso, en amistoso tono burlón:

—¡Estoy harto! ¡Que se acabe ya este purgatorio! ¡Basta ya de pasar la vida como un miserable, muerto de hambre y de frío! ¡Me aburre esta miseria! ¡Quiero comer hasta hartarme! ¡Quiero ser millonario! ¡Quiero vivir feliz! ¡Vamos a beber y a bailar hasta que caigamos al suelo de puro agotamiento!

Otro de los soldados, Carlo, también es del sur, de Bari. Se pone en pie, levanta a su vez la copa y exclama:

—Y después dormiremos, sin hacer nada, sin tener miedo… ¡Olvidemos a esos perros rabiosos! ¡A la mierda los alemanes! ¡Es Navidad! ¡Escucha!

Filippo sabe tocar muy bien el *organetto*; se sienta en el medio, sosteniéndolo en su regazo, y lo hace sonar con delicadeza, mientras canta en la lengua calabresa una tradicional canción navideña de su tierra:

Mò che è Natale
e nascia lu Signure,
ohi lu Signure,
addiiamu nua adduranu li iuri,
addiiamu nua adduranu li iuri.

Gina se ha puesto en pie, emocionada. Filippo levanta hacia la bella joven un rostro resplandeciente de alegría y de júbilo, se despoja de la chaquetilla, se arremanga, hace vibrar el acordeón ante sí y se pone a bailar frente a ella sin dejar de cantar. El corazón de Gina se acelera, sus ojos azules brillan y empieza a moverse acompasadamente. A su lado, Betto la observa de reojo, con recelo; contempla su perfil de camafeo, su gentil nariz rosada por el efecto de la bebida, su largo cuello, blanco como los lirios, y las curvas de su contorno. El joven comprende que hoy Gina se siente dichosa de verdad, completamente olvidada por un momento de las calamidades vividas. Entonces se le aproxima, le pasa el brazo por encima de los hombros y la besa delicadamente en la mejilla. Ella acoge este gesto en el colmo de su felicidad y se vuelve hacia él para abrazarlo y cubrirlo de besos. Los demás aplauden y vitorean a la pareja.

Orlena observa la escena desde donde está, sonriendo, mientras sus delicadas manos trabajan la masa. Su hermana se acuerda de ella y la llama con un movimiento de sus manos, para invitarla a participar de aquel momento de placidez. Pero Orlena no puede dejar lo que está haciendo; sonríe y niega con la cabeza, haciéndole ver que no habrá tarta si se une a la fiesta. Pero, cuando está rompiendo los huevos para añadirlos, reacciona de pronto de una manera tan inesperada como incomprensible: sus ojos se abren desmesuradamente y en su cara aparece un súbito gesto de espanto. A través de los cristales biselados que dan al salón acaba de ver que todas las luces eléctricas se han encendido, cuando aquella estancia permanece completamente a oscuras y no hay nadie más que ellos en la casa. Entonces ve unas sombras moverse y empieza a chillar como una loca.

—¡Hay alguien en el salón! ¡Ha entrado gente en la casa! ¡Mirad!

Los jóvenes se sobresaltan y vuelven las cabezas hacia la cristalera que está a sus espaldas. En ese instante, se abre la puerta y aparecen doña Gianna y Paciana, su criada. Filippo deja de tocar el *organetto* y todos se quedan petrificados, en medio de un tremendo silencio. Hasta que Orlena, con una voz que no le sale del cuerpo, musita:

—Mamá... ¡Mamá!

La madre permanece muy quieta. Se queda mirando sin atreverse a entrar, observando a los cuatro soldados, a Betto, el acordeón, los vasos y las botellas que están sobre la mesa, hasta que se aparta dando un paso atrás, con la cara lívida, mientras murmura hablándole a su criada:

—¿Qué es todo esto?... ¡Qué escándalo! ¡Madonna del cielo!, ¡qué escándalo!

Gina va hacia ella con el corazón estremecido de miedo, tristeza y confusión.

—¡Mamá! ¡Mamá! —repite con el rostro demudado—. ¿Cómo es que has vuelto?

—¡Déjame! —le grita su madre, retrocediendo aún más—. ¡Qué vergüenza! ¡Dios santo, que vergüenza tan grande! ¡¿Qué hace aquí toda esta gente?!

Se pone a recorrer la casa de arriba abajo, mientras se dice para sí misma, furiosa:

—¿Qué hacen estos extraños en mi casa? ¡Madonna mía! ¿Qué clase de hijas tengo? ¿En qué han convertido esta santa casa? ¡La han llenado de borrachos y sinvergüenzas!

Orlena y Gina corren tras ella, tratando de darle explicaciones. Pero su madre no atiende a razones ningunas, está fuera de sí y no para de gritar:

—¡Largo de aquí, largo de aquí! ¡Fuera esos golfos de mi casa!

—¡Mamá! ¡Por favor, mamá! —suplica Orlena—. ¡No es lo que piensas!

—¿Que no? ¿Que no es lo que pienso? ¡No soy tonta! ¡Vuestra madre no es tan ignorante como vosotras creéis! ¡Habéis aprovechado mi ausencia para meter en nuestra casa la anarquía!

Mientras dice esto entra en su dormitorio, cierra la puerta tras de sí y se pone a llorar y gemir con desesperación, profiriendo sonoros sollozos con la clara intención de que se oigan.

—¡Que se vayan esos golfos! ¡No saldré hasta que estén fuera de mi casa!

Gina y Orlena intentan entrar, pero ha echado la llave por dentro.

—¡Mamá, escucha! —dice Orlena en voz alta—. ¡Por favor, presta atención! Estos jóvenes están en serio peligro. Les hemos dado refugio en nuestra casa para evitar que los alemanes los detengan. Si los echamos correrán un grave riesgo.

Hay un silencio expectante. Que dura hasta que la madre contesta furiosa:

—¡Será porque son comunistas!

—No, mamá, son soldados.

—¡Peor todavía! ¡Serán desertores y comunistas! ¡Que se vayan! ¡No quiero esa clase de hombres en mi casa! ¡No me obliguéis a que llame a la policía!

Entonces, completamente desconcertadas, las hermanas vuelven a la cocina. Los jóvenes están de pie, aterrorizados, después de haber oído la discusión. También está allí la criada, atemorizada y lacrimosa. Orlena se le acerca y le pregunta:

—¿Cómo es que habéis vuelto, Paciana? ¿Por qué mi madre no nos ha avisado de que venía?

Ella responde casi llorando:

—La señora lo decidió de repente… Intentó llamar por teléfono ayer, pero la línea no funcionaba…

—¿Por qué ha decidido volver? ¿Qué ha pasado? —inquiere Orlena—. ¿Acaso no estaba bien en Verona? ¿Os ha sucedido algo allí…?

Paciana se queda un instante en silencio, como pensando el posible alcance de su respuesta, antes de decir con voz temblorosa y ronca:

—La señora discutió con su hermano a causa de no sé qué asuntos de la herencia familiar… De eso yo no me enteré bien… Luego dijo que quería regresar a Roma para pasar la Navidad con sus hijas… Eso es lo que dijo. Pidió un coche y…

Orlena sacude la cabeza, confusa, y le dice a Gina:

—¿Qué vamos a hacer ahora? —Y luego, con un tono más confiado, añade—: No hay razón para tener miedo. Lo único que pasa es que está nerviosa y cansada a causa del viaje. No nos preocupemos demasiado…

—¡Claro que no! —exclama Gina—. Ya se le pasará. Tendrá que tranquilizarse.

Aunque no están seguras de sus palabras, creen que es lo más oportuno que pueden decir para no asustar más a sus huéspedes.

Pero su madre vuelve a gritar desde el dormitorio de manera perfectamente audible:

—¡Paciana, ve a llamar a la policía! ¡Ve a denunciar que hay maleantes y comunistas en casa! ¡Paciana! ¿No me oyes?

Con la mirada perdida, la muchacha responde:

—¡Sí, señora!

—¡Haz lo que te digo! ¡Ve a la policía!

Se produce un momento de confusión terrible, en el que todos ponen sus miradas en Paciana. Ella entonces mueve la cabeza haciéndoles comprender que no cumplirá la orden de su señora.

—Está cansada —murmura—. Mañana verá las cosas de otra manera…

62

Roma, viernes, 24 de diciembre de 1943

En el despacho hace un frío terrible. Fray Leonardo, con los ojos cerrados, pálido e inmóvil como un muerto, escucha lo que Orlena le está contando.

—Fíjese qué panorama tenemos en mi casa, padre… —se lamenta ella, desesperada—. ¡Y el día de la Nochebuena! ¿Qué le parece? ¿No me dice nada?

Él abre los ojos y le lanza una mirada de interés y estupor, respondiendo:

—Vuestra madre acabará entrando en razón. Comprenderá lo que habéis hecho con esos jóvenes, ya lo verás. Dadle tiempo.

—¡Usted no la conoce bien, padre! —se apresura a objetar Orlena, antes de que él piense que se opone a su punto de vista—. Si la conociera tan bien como nosotras, comprendería que nuestra madre es implacable. Nunca aceptará que esos muchachos vivan en nuestra casa. Ni su moral ni su manera de entender las cosas se lo permitirán. ¡Ella es así y ya nadie la podrá cambiar!

—Pero no los ha denunciado —repone el fraile—. Por mucho que amenace con hacerlo. Una cosa es lo que dice y otra muy diferente lo que en verdad estará dispuesta a hacer.

Orlena traga saliva y contesta con acento apasionado y temeroso:

—¡Lo hará! ¡Los denunciará! ¡Usted no la conoce! Durante esta noche hemos podido aguantar, porque nuestra madre estaba muerta de cansancio por el viaje. Pero, cuando recupere las fuerzas, volverá a la carga. Esta mañana, cuando salí de casa para venir al hospital, estaba todavía acostada y la casa permanecía en silencio. Mi hermana y yo no hemos podido pegar ojo en toda la noche, temiendo que pudiera levantarse en cualquier momento para ir a la policía; o peor aún, que acabase denunciando a esos desdichados a la primera patrulla de guardias alemanes que encontrase en su camino.

Fray Leonardo la examina con una mirada acerada, sin acabar de creerse lo que ella le está diciendo, como si indagase cuánto de verdad y franqueza hay en esas palabras. Pero luego sus ojos brillan con un repentino espanto, y pregunta con preocupación y ansiedad:

—¿De verdad crees que sería capaz de denunciarlos? Si hiciera eso, ¡os pondría también en peligro a vosotras! ¡Cómo va a hacerles algo así a sus propias hijas! ¡Los alemanes son despiadados!

—¡Crea lo que le digo! ¡Mi madre los denunciará! ¡Ella piensa que son comunistas!

Él mueve la cabeza, furioso, diciendo:

—¡Me parece imposible! ¡Dios del cielo! ¡Increíble! Eso solo es posible en una persona que ha perdido la cabeza. ¿Cómo va a hacer eso? ¿No estarás juzgándola con demasiada dureza?

—Señor, ¡Dios me libre de que piense usted así de mí! —le interrumpe Orlena con voz trémula—. Es mi madre, nací de su carne y de su sangre... ¿Piensa usted que no la quiero? Me parte el corazón tener que contarle todo esto. Mi madre es una mujer muy dura, muy dura... Una cosa es el amor y el respeto que le debo... Pero... ¡también la temo! ¡Temo que pueda llegar a hacer efectivas sus amenazas!

Fray Leonardo empieza a frotarse las manos con gesto nervioso. Hasta que, de repente, se levanta, como si su nerviosismo no le permitiera seguir sentado, y pregunta:

—¿Qué podéis hacer? Si de verdad acaba denunciando será el fin...

Orlena sacude la mano con angustia, mientras chilla:

—¡Sí, el fin! ¡Y denunciará! Por eso... Por eso tengo que pedirle un favor muy grande, padre...

El vicario se la queda mirando, con un gesto interrogante, sin decir nada. Y ella prosigue, suplicando:

—¡Esos jóvenes tienen que venir aquí, al hospital! ¡Le ruego que los acoja, padre! ¡No encontramos más solución que esa! ¡No hay otro refugio que este! ¡Se lo ruego...! ¡Por Dios bendito!

Fray Leonardo la escucha muy quieto, sin decir palabra, y se hace el silencio en el despacho. Luego se acerca a la ventana y se pone a mirar por ella, lo cual indica que está confuso y abatido.

Orlena le mira con unos ojos tristísimos e interpelantes, esperando su respuesta. Hasta que se apresura a levantarse y va hacia él, insistiendo llorosa:

—¡Deje que se refugien aquí! Si no, los acabarán matando... ¡Los matarán! ¡Usted lo sabe!

El vicario la mira compadecido y atormentado a la vez. Contesta en un susurro:

—Orlena, no ha medido usted la trascendencia de la petición que me hace... —Luego, moviendo la cabeza con pena, añade—: No tenemos alimentos ni para dos semanas. Usted es consciente de que hemos rebasado todos los límites acogiendo a políticos perseguidos, judíos y víctimas de todo género... ¡Estamos en un verdadero peligro! Tampoco yo puedo dormir temiendo que, un día u otro, los alemanes acaben entrando y descubriendo lo que tenemos aquí... Hay gente escondida por todos los rincones... ¡En el hospital no cabe ya ni un alma más!

Se hace un silencio terrible. Orlena se cubre la cara con las manos y empieza a sollozar. Entonces fray Leonardo siente, con un inmenso disgusto, que ahora se ha apagado en él la generosidad, que se ha secado la compasión y que solo quedan la cordura y la prudencia. No hay nada que pueda hacer. Esta era la voluntad inamovible del destino, y él no puede hacer otra cosa más que acatarla y someterse; más aún, debe además hallar dentro de sí la fortaleza necesaria, porque la mera desolación o la insensatez serían faltas imperdonables. ¡Y qué densa es la tristeza que siente! En esta situación, el dolor no se limita a la tiniebla del momento, sino que se multiplica por ser precisamente a ella a quien debe decir que no. Se le rompe el alma al verla llorar de aquella manera. Pero no es capaz de decirle una sonriente palabra de consuelo y otra de aliento. Simplemente la mira lastimado y musita:

—Vuelva al trabajo, señorita Daureli. Dios proveerá...

Pasan unos minutos, en los que Orlena se enjuga las lágrimas. Después sale del despacho, diciendo:

—Gracias de todos modos, padre. Comprenda que debía intentarlo…

—Lo comprendo y lo siento de veras.

Acabada la conversación, fray Leonardo va cabizbajo a la capilla para rezar. Está desolado. Se pregunta a sí mismo por qué no viene una luz del cielo capaz de hacer brillar toda aquella oscuridad. ¿Por qué acude en cambio este nuevo pesar que añadirse a los otros? ¿Es que no van a acabarse nunca los problemas? Inmerso en estos pensamientos y sintiendo el gran peso presente en su conciencia, vuelve a preguntarse, como si lo hiciera por primera vez, y como si la amarga verdad chocase con su fe también por vez primera: «¿Se ha apagado verdaderamente la luz? ¿Acaso se han cortado los lazos que había entre la misericordia de Dios y el mundo?».

Mientras se debate en medio de estas dudas, oye pasos a sus espaldas. Fray Clemente Petrillo viene apresuradamente y le dice al oído:

—Siento interrumpir sus oraciones. Pero debía venir a avisarle. Le ruego que salga.

Hay un gran alboroto en el patio del hospital. Fray Leonardo se encuentra allí con un gran número de personas que parecen estar alegres y que se dirigen hacia la portería hablando a voz en cuello.

—¡Acompáñeme, padre! —exclama fray Clemente.

Salen al exterior. Delante de la puerta se ha detenido un carromato que es tirado por un caballo grande y fuerte de color marrón. El personal del hospital empieza a rodearlo prorrumpiendo en un bullicio jubiloso.

—¡Mirad! —gritan—. ¡Mirad lo que nos traen!

Fray Leonardo no acaba de comprender lo que está sucediendo. Hasta que ve venir hacia él a una mujer que conoce muy bien. Es Elena Fabrizi que se acerca riendo, caminando de forma altanera, con su cuerpo rechoncho envuelto en un abrigo pardo de espesa lana y oscuro pelo de nutria en el cuello. Tiene el rostro redondo y relleno, la tez blanca, los ojos ligeramente saltones y los labios finos. Su gran cabeza acaba en una frente estrecha, rematada en la parte superior por un cabello negro y espeso, recogido en la nuca con grandes horquillas plateadas. En sus ojos brilla una mirada de bondad e indolencia, huella quizá del bienestar, el disfrute y la satisfacción, aun en estos tiempos difíciles.

—¡Feliz Navidad! —grita con una voz cantarina, sin dejar de sonreír—. ¡Este es mi regalo!

A pesar de sus veintiocho años, Elena Fabrizi es una mujer muy acreditada en Roma. Conocida por todos como Lella, su popularidad le venía ya por el célebre puesto de frutas y verduras que regenta su madre en Campo de'Fiori. Pero también por haberse hecho cargo de una afamada *trattoria* y por ser hermana del actor de teatro Aldo Fabrizi. Toda la familia es benefactora del hospital desde hace años.

Esta mañana Lella viene acompañada por dos de sus hermanos y su generosidad supera cualquier expectativa. El carro que traen viene repleto de patatas, zanahorias, legumbres, sacos de trigo y hasta embutidos.

Fray Leonardo mira todo aquello con asombro y confusión. La lengua se le traba y no sabe qué decir. Tan solo musita:

—Es..., es un milagro... ¡Un verdadero milagro!

63

Roma, viernes, 24 de diciembre de 1943

Las dos ambulancias del hospital de la isla Tiberina se detienen en Via Arenula, delante del edificio donde está la vivienda de los Daureli. Orlena sale de una de ellas y sube apresuradamente las escaleras. Entra en su casa por la pequeña puerta que da a la cocina y encuentra allí a Betto y a los cuatro soldados, sentados en torno a un pequeño brasero. Están todos ellos serios, apesadumbrados, y la miran con caras largas.

—¿Dónde está mi hermana? —pregunta Orlena con una premura que no puede disimular.

Betto se pone en pie y responde con parquedad:

—Gina y Paciana fueron a buscar alimentos a la cola del racionamiento. Ya no deben de tardar…

Orlena se queda pensativa un instante, antes de anunciar con visible entusiasmo:

—¡No sabéis lo que ha pasado! ¡He conseguido refugio para vosotros en el hospital! En la calle están las dos ambulancias esperando para llevaros a todos allí sin peligro alguno…

En ese momento, entran Gina y la criada con sendas cestas de las que sobresalen unas hojas verdes. Han ido hasta las afueras de Roma para recoger achicoria silvestre y otras plantas comestibles que Paciana conoce bien. Traen además algo de pan y unos cuantos huevos, que es lo único que han podido conseguir para comer ese día.

Orlena va hacia ellas, diciendo con excitación:

—¡Gina, un milagro! ¡Se ha producido un verdadero milagro!

Gina la mira con prevención, como escamada. Pero su hermana le ratifica:

—¡Increíble! ¡Un milagro! ¡No lo vas a creer!

Está deseando contarles lo que ha sucedido en el hospital esa mañana, así que no espera siquiera a que ellas suelten las cestas, y empieza diciendo:

—Fui al despacho de fray Leonardo nada más llegar y le expliqué nuestros problemas, esperando que fuera comprensivo. Él me dijo rotundamente que era imposible acoger a nadie más, que no había manera de alimentar a tanta gente y que ya no cabía ni un alma en el hospital. Me sentí hundida, al comprender que nuestra esperanza de refugiaros allí se frustraba. Pero luego sucedió algo maravilloso: de manera inesperada, se presentaron los hermanos Fabrizi con un carro repleto de víveres de toda clase. Al parecer, habían ido a recorrer los pueblos cercanos a Roma para adquirir verduras y acabaron consiguiendo un poco de todo: patatas, calabazas, mortadela, tocino... ¡Un milagro! —asegura con verdadera convicción—. ¡Un milagro de Navidad! Creí que estaba todo perdido y... ¡Bendito sea Dios! Entonces fray Leonardo, al ver la posibilidad de alimentar a todos los refugiados durante bastante tiempo, creyó que aquello era obra de la Providencia y consideró que debía ceder a mis ruegos. Vino al instante y me dijo que podía venir a buscaros con las ambulancias para que pudierais ir allá más seguros. ¿Os dais cuenta?

Todos la miran, sin poder todavía asimilar toda esta información. Están como abrumados por la repentina noticia que seguramente no esperaban.

Entonces Orlena le dice a su hermana:

—¿No has visto las ambulancias ahí abajo? ¡Vamos, no hay tiempo que perder! —Y añade dirigiéndose a los jóvenes—: ¡Id a recoger vuestras cosas!

Mientras está diciendo esto último, empiezan a oírse gritos:

—¡Socorro! ¡Orlena, hija! ¡Socorro!...

Es la voz de doña Gianna que llega desde su dormitorio. Orlena mira a Gina de manera interrogante, diciendo asustada:

—¡Es mamá!... ¿Por qué grita así?

A Gina se le dibuja en la cara una mueca de retraimiento y nerviosismo, y luego señala hacia la puerta, diciendo con una voz que casi no le sale del cuerpo:

—Mamá se despertó hace mucho tiempo... Tuve que encerrarla con llave en su habitación...

El corazón de Orlena se encoge ante estas palabras, y la reprende:

—¡¿La has encerrado?! ¡¿Te has vuelto loca?!

—¡No me quedó más remedio! —contesta Gina fuertemente alterada—. ¡Tuve que hacerlo! Temía que acabara llamando a la policía...

Su hermana la interrumpe con las facciones crispadas y la garganta hinchada, alzando la voz:

—¡¿Cómo se te ha ocurrido?!

Gina se encierra en el silencio sin desearlo, con temor a que se desencadene una fuerte discusión entre ellas. Se pone a observar a su hermana angustiada, como tratando de saber lo que va a hacer ahora. Y luego advierte quejumbrosa:

—Si le abrimos la puerta irá a la policía...

Orlena la mira con una mirada larga, intensa, que traiciona la gravedad de su pensamiento. No hay en ese instante nada que pueda desviarla de su propósito de ir de inmediato a liberar a su madre. Pero también en sus ojos se transparenta la angustia, muestra de su miedo. Se queda en suspenso, pensativa.

Entonces le llega, rota y suplicante, la voz de su madre:

—¡Socorro! ¡Hija mía, Orlena! ¡Por Dios, sacadme de aquí!

Betto interviene entonces, diciendo con preocupación:

—Habrá que hacer algo. Si sigue gritando así, puede alertar a los vecinos y llamarán ellos a la policía...

Hay un momento de gran tensión, en el que todos se miran compartiendo sus temores. Hasta que Orlena toma la iniciativa y les insta a los demás:

—¡Recoged vuestras cosas y bajad a las ambulancias! Debéis desaparecer antes de que yo le abra la puerta a nuestra madre... ¡Vamos!

Ellos obedecen esta orden sin rechistar. Tienen poco que llevarse y muy pronto están bajando las escaleras. Los cinco entran en las ambulancias y parten hacia el hospital.

Por su parte, Orlena y Gina se quedan en la casa para afrontar la segunda parte de aquel improvisado plan. E inmediatamente después, envían a Paciana para que le abra la puerta a su madre.

Doña Gianna se presenta en la cocina en bata, desgreñada y con un aspecto horrible. Sus hijas nunca antes la han visto así, puesto que ella siempre sale de su dormitorio arreglada, con el cardado perfectamente compuesto y luciendo sus joyas. Está ojerosa, con la mirada extraviada, los labios amoratados y una expresión recelosa, atemorizada. Mira en torno, suspira y se deja caer en una silla. Luego rompe a llorar, diciendo lastimera y con la voz rota:

—He tenido que orinar en la palangana donde me lavo la cara... No habéis tenido ni siquiera la delicadeza de encerrar a vuestra madre con un bacín... ¡Qué lástima, Dios mío! ¡Qué vergüenza tan grande!

Orlena va hacia ella y trata de abrazarla, diciéndole:

—¡Mamá! ¡Perdona, mamá...!

Pero su madre la aparta de un empujón, replicando:

—¡Dejadme! ¡Dejadme en paz!

Después da un respingo, como si fuera a levantarse, pero Gina corre hacia ella y la coge por los hombros gritando jadeante:

—¿Dónde vas, mamá? ¿Qué quieres?

Doña Gianna le lanza una mirada terrible, pero luego se vuelve y, mirando hacia la puerta, murmura colérica, entre dientes:

—¡Suéltame! No te preocupes, no iré a la policía... Y os pido por la Madonna de los cielos que no me metáis de nuevo en esa cárcel...

Se produce entonces un largo silencio, en el que solo se oyen sus hondos suspiros y algún que otro sollozo. Sus hijas y su criada la observan inmóviles, entre compadecidas y asustadas.

Más tarde, tratando de poner algo de cordura y paz en aquella difícil situación, Orlena empieza a decir con calma:

—Esos muchachos ya se han marchado, mamá. Han ido a refugiarse en el hospital. Es necesario que sepas que no son comunistas, ni maleantes; son jóvenes, sencillamente. Y los alemanes se llevan a todos los jóvenes al trabajo obligatorio. Por eso les dimos refugio en nuestra casa.

Desesperada, doña Gianna ha escuchado con una especie de indiferencia. Después dice dolida:

—Cómo quisiera que me mintieran mis oídos. Igual que me mienten mis hijas. Pero, gracias a Dios, todavía no estoy sorda como lo estaba vuestro difunto padre… Y he oído ese nombre: «Betto». Lo he oído nombrar muchas veces. Sé que uno de ellos es el judío…

Gina quiere hablar, pero las palabras se ahogaron súbitamente en su garganta, y murmura solo algo que el llanto desgarra de modo incomprensible.

Su madre se pone a mirarla fijamente, pensativa y en silencio. Después cambia su expresión irónica y su rostro se ensombrece, mientras escucha a disgusto los sollozos de la muchacha. Luego dice en tono serio y admonitorio:

—Has metido la pata, Gina. Sabes que has cometido un grave error. Un error del que tú eres la única culpable y quieres convertir a tu pobre madre en tu enemiga… ¡Encerrar a una madre en su habitación! ¡Su propia hija! ¿Dónde se ha visto algo así?

—¡Mamá, por favor…! —trata de decirle Gina llorando—. ¡Comprende que…! ¡Hazte cargo!

—¿Por qué lloras? ¿Tú eres acaso la víctima? —replica la madre severa, con amargura—. ¡No intentes librarte de culpa! Porque no conseguirás sino añadir dolor a mi dolor. Será mejor correr un velo que disimule nuestros dolores, ya que no podemos borrarlos de nuestra existencia…

Gina aguanta el chaparrón y se contiene, con el rostro cada vez más sombrío. Pero Orlena acude en su ayuda, diciéndole a la madre con prevención:

—Será mejor que lo dejemos, mamá… ¡Es Navidad!

Doña Gianna se vuelve hacia ella. Es como si su nariz hubiera aumentado notoriamente, y mostrara su indignación; lo mismo que sus labios arrugados. Luego contesta:

—Sí, es Navidad, hija mía. Pero es necesario que tu hermana reconozca su error.

—¡Mamá, qué dura eres conmigo! —tartamudea Gina, secándose los ojos—. ¡Qué dura! Ya te he dicho que no me quedó más remedio. Temí que acabaras llamando a la policía.

Su madre resopla, frunciendo el ceño, como si esta terquedad de su hija la cansara, pero renuncia finalmente a insistir en el ataque, e incluso a lamentarse de nuevo. Ella sabe siempre dónde y cuándo debe detenerse sin sobrepasar los límites. La anterior reprensión ha saciado ya su provocador y cruel instinto, y se ha contentado con ella. Pero todavía le queda dentro otro impulso de diferente matiz que no ha satisfecho aún, una inclinación que emana de su sentimiento de ser la única dueña de todo lo que hay en aquella casa, un sentimiento más poderoso aún que su instinto maternal.

—Ahora escuchadme bien —empieza diciendo con autoridad y gesto inexorable—. Sentaos y prestad atención. Aquí se va ha hacer lo que yo diga. Esta casa me pertenece, con todos los muebles y con todo lo de valor que hay en ella. De vuestro padre no habéis heredado otra cosa que una miserable pensión que no vale nada en estos tiempos de ruina. Y tú, Paciana —se dirige ahora a la criada—, es a mí y a nadie más a quien debes respeto y obediencia. Estas dos no pueden mandarte nada si no es con mi consentimiento. ¿Lo has comprendido? ¿Lo habéis entendido las tres?

Reina el silencio y cada una se sume en sus pensamientos. Gina llora de nuevo. Y el corazón de Orlena es, como lo ha sido desde que la madre salió de la habitación, pasto de todo tipo de sentimientos opuestos, miedo, enojo, afecto y ternura…

Ahora doña Gianna vuelve a dirigirse a Gina y le dice apreciablemente dolida:

—Voy a pasar por alto lo que me has hecho. Aunque es algo muy grave, un pecado muy feo… Lo voy a perdonar porque es Navidad y porque vuestra madre no es tan dura como vosotras creéis…

Gina baja la cabeza, y este gesto suyo y el silencio expresan su confesión. Su bonito rostro se ha ruborizado de vergüenza, de ese arrepentimiento que la conciencia hace brotar interiormente cuando reconoce una falta.

Su madre suspira y añade, satisfecha y juiciosa:

—Veo que me entiendes. Así que no se te ocurra volver a ofender a tu madre. Te perdono, hija mía. Y lo hago de corazón. Lo que ya no tiene remedio no cuenta… Pero sigue el consejo de tu madre. Yo soy comprensiva, hija. Y sé que no es solamente el atolondramiento de la juventud lo que te ha hecho caer en ese amor irreflexivo, sino también el hecho de que te haya tocado vivir en estos tiempos confusos, en los que todo está revuelto. Por eso, escúchame y sé razonable, hija mía. Sigue mi consejo: no vuelvas a ver a ese muchacho judío, no vuelvas a verlo nunca. ¡Nunca más! Al principio te costará. Pero la vida es larga... Y una madre puede cuidar a su criatura ella sola. Nadie tiene por qué saber si te has casado por poderes con cualquier joven oficial del ejército muerto en combate. Hay miles de mujeres embarazadas y madres viudas en esta pobre Italia nuestra. Nadie se fijará en una más de ellas... Pero, si sigues viendo al judío, has de saber que nada está oculto por mucho tiempo. Imagínate lo que sería de nosotras si te viera alguien por la calle, o alguno de los vecinos. ¡Ya conocéis la lengua de la gente! Imaginaos lo que pasaría si llega la noticia a oídos de los alemanes... ¡Dios nos libre!

Gina lanza un resoplido y trata de decir algo. Pero Orlena se le adelanta, temiendo que se forme otra discusión. Hace un gran esfuerzo para sonreír y le dice a la madre forzadamente afectuosa:

—Gracias a Dios que has vuelto, mamá. ¡Te echábamos de menos!

Vuelve a reinar el silencio. Luego una brisa de ironía sopla sobre el rostro de doña Gianna, y su tono cambia un tanto, al decir orgullosa:

—¿Sabéis por qué me vine de Verona? Os lo voy a decir... He vuelto porque no soporto que se me trate como a una imbécil. ¡Bastante tuve ya que soportar a vuestro difunto padre! Y mi hermano, vuestro tío Nicola, con todos sus estudios de leyes y su prosapia, se cree que me chupo el dedo. Os contaré lo que hizo: intentó que yo firmara documentos ante notario para favorecerle a él en la herencia familiar que me corresponde por derecho. ¡Como si yo fuera tonta! Pero eso no era todo lo malo mientras estuve allí... Mi cuñada Gabriella, esa mujer altanera y desdeñosa que siempre me tuvo odio, cada día se entretenía ofendiéndome con sus estupideces de nueva rica. Un día, durante el almuerzo, dijo que los romanos somos cobardes y traidores; que nosotros junto con los sucios napolitanos tenemos toda la culpa de la caída en desgracia de Mussolini... ¡Fijaos! ¡Decirme eso a mí! ¡Precisamente a mí! Cuando mi corazón nunca dejó de estar al lado del Duce. A mí que sufrí tanto cuando hicieron aquella infamia...

Gina hace un grandísimo esfuerzo para no replicar a su madre, y se conforma con mirar a Orlena con una inconfundible expresión resignada. Pero enseguida se pone en pie y exclama con una falsa sonrisa:

—¡Ahora que me acuerdo! Una vecina me ha prometido venderme un gallo para que celebremos la Nochebuena como Dios manda. Los cría ella en su jardín. Me ha pedido una fortuna, pero lo pagaré con mis ahorros.

—¡Lo pagaré yo! —se apresura a reponer la madre—. ¡Dale a esa vecina lo que te pida por el gallo! ¡Es Nochebuena y tenemos que celebrar la cena en familia!

Orlena recobra su aliento y brilla en sus labios una sonrisa, igual que brillan los ojos al volver en sí tras un largo desmayo. Se pone también en pie y exclama emocionada:

—¡Claro que sí! Pondremos la mesa como cada año… Y hagamos un esfuerzo para vivir en paz esta fiesta santa.

64

Roma, sábado, 25 de diciembre de 1943

El día de Navidad amanece en las orillas del Tíber lleno de mil leves susurros, de piar de pájaros en la quietud de los árboles. Las aguas verdosas rodean la isla Tiberina, que florece como un enorme velero sobre las turbulencias coronadas de espuma gris. Roma está todavía envuelta en la niebla de la madrugada, pero ya algunas pálidas luces brillan en las ventanas de los edificios. Son las luces de los adornos navideños que, prohibidas durante la noche por la amenaza de los bombardeos, los romanos encienden al despuntar el día.

Betto ha dormido en las estancias de la parte alta del hospital, que es donde se alojan los refugiados más jóvenes. Está asomado a la ventana y una escena extraordinaria se ofrece a sus ojos. Al otro lado del río, poco a poco, una blanca y familiar forma surge en el horizonte, liberándose lentamente en el aire, y en el cielo entero, preñado de nubes volátiles. Hasta que, de improviso, el sol hace irrupción por encima y aparece el templo hebraico, claro, resplandeciente, semejante a una visión de ensueño. De momento, el joven se emociona, pero enseguida siente el veneno del rencor y le invade una angustiosa congoja. Allí está, frente a él, el símbolo erguido que le recuerda el horror y la consternación sufrida por su gente, y clava sus ojos en él con ternura y anhelo, enturbiados por la inmensa tristeza que le domina al recordar a su madre y sus hermanos. Y aun cuando está a solo unos minutos de distancia de su casa, siente la terrible frustración de no poder ni siquiera acercarse un momento a ella. Lanza un profundo suspiro que le saca de su ensoñación y vuelve en sí, se entretiene ahora en contemplar las azoteas y las calles del barrio judío que se ven desde allí, sin que le abandonen sus ansias y su rabia. Mientras extiende la mirada por encima de los árboles oscuros, se pregunta: ¿Dónde estarán ahora? ¿En qué lugar los tendrán retenidos y en qué condiciones? Y se imagina a sí mismo saliendo a buscarlos, recorriendo la ciudad, traspasando los puestos de vigilancia de los alemanes, arrojando bombas, disparando a diestro y siniestro, y penetrando finalmente en los oscuros calabozos para rescatarlos y emprender con ellos la fuga. Luego piensa en lo que ocurriría una vez que todos estuvieran a salvo, en la alegría, en la narración de la peripecia, en los besos y abrazos que podían seguir a todo ello. Pero enseguida es consciente de que solo es mera imaginación y fantasía. Y él sabe mejor que nadie —porque ha militado en el seno del anarquismo y el racionalismo radical— la inutilidad e imposibilidad de ambas. Entonces no le queda otro consuelo que echarse a llorar. Y sofoca en llanto el espantoso espectáculo que acude a su mente: esas imágenes horribles que logran atraparlo mientras trata de huir de ellas, pues cuando escapa del poder de una, cae en el de otra. Una sucesión cruel y salvaje, que muestra en sus profundidades la existencia de un volcán de rabia y odio. No puede hacer otra cosa que llorar, no por miedo o desconfianza hacia el futuro, puesto que en su actual situación y su estado de ánimo ya no le importa cualquier mal que pudiera sobrevenirle, sino para apaciguar su dolor y aliviarse de la batalla que se libra en su interior. Pero después siente vergüenza por la debilidad que lo ha subyugado. Mira de nuevo hacia la sinagoga y se pone a rogar a Dios que preserve a su familia, cuidándola y siendo misericordioso con ella. Musita salmos y oraciones instintivamente, aunque sorprendido al mismo tiempo, porque hacía mucho que no rezaba.

El hospital está en silencio, pero es un silencio electrizante, que casi habla sin palabras. Es el silencio del miedo. Pero luego empieza a oírse el gemir ahogado de la turba de ancianos, mujeres y niños que han hallado refugio en las habitaciones de los bajos del edificio. Y también se inicia el cotidiano ajetreo de los enfermeros, las labores de limpieza y la visita de los médicos. Aunque sea fiesta, nada de eso puede obviarse en un sanatorio. Las campanas suenan con una alegría contenida.

De la iglesia de San Bartolomé sale un pequeño cortejo de mujeres tocadas con cándidos velos, con sus rosarios envueltos en las muñecas y el negro misal entre las manos enguantadas. Hablan animadamente entre ellas, como si no pasara nada, con unas caras en cuyo fondo aparece la alegría escondida, el asomo de los pensamientos secretos, a modo de adorno y presagios de la fiesta. Mujeres y hombres vestidos elegantemente entran en sus aparatosos coches que se hallan estacionados delante de la puerta, y unos muchachos siguen con sus grandes y fascinados ojos el cortejo de salida que se forma cuando los vehículos arrancan y empiezan a cruzar el puente.

De pronto, alguien le habla a Betto por la espalda y le saca de su ensimismada y triste contemplación.

—Eh, muchacho. Buenos días.

Es fray Maurizio Bialek, que está en medio del pasillo, muy quieto, mirándole con una expresión de ternura y cordialidad. Seguramente lleva allí un rato. Tras el amplio y fuerte pecho del fraile hay un corazón compasivo, que se da cuenta de que los ojos tristes y adustos del joven revelan un llanto contenido.

—Ánimo, muchacho —dice con una sonrisa afable—. Seguro que todo se solucionará…

Betto no es capaz ahora de mantener la gravedad y frialdad que acostumbra, y le pregunta con una angustia manifiesta:

—¿Qué les puede haber pasado…? ¿Se sabe algo de ellos?

—¿Te refieres a los judíos?

—Sí, a ellos. Mi madre y mis hermanos fueron secuestrados… No he vuelto a saber nada de ellos.

—Dios tiene misericordia y es capaz de preservarlos —contesta Bialek acentuando la enérgica y decidida solemnidad de su cara.

—Esas palabras no me sirven de consuelo —replica adusto Betto.

Reina un breve silencio, mientras el fraile polaco lo observaba con aire pensativo, como si quisiera averiguar el secreto que encierra aquel agraciado y reservado joven en el fondo de su espíritu. ¿Es posible que siendo judío no crea en Dios? Dominado por la curiosidad, le pregunta:

—¿No confías en Aquel que todo lo puede?

El joven le lanza una mirada de advertencia como queriendo

decirle: «No estoy dispuesto a entrar en una disquisición teológica», pero luego murmura con ironía:

—No. Pero, en cualquier caso, estuve rezando hace un momento mientras miraba la sinagoga... ¿Qué otra cosa puedo hacer? ¿O acaso no rezan también los ateos cuando Dios aprieta? Aunque no crean en él...

Bialek suelta una risa vaga, y decide renunciar a la idea que había estado acariciando para sus adentros de ofrecerle algunos consejos de carácter espiritual. Es un hombre sereno y justo. Tiene un aspecto muy juvenil; pese a que pasa ya de los treinta, parece tener poco más de veinte. Rubio y alto, ágil, dinámico, de anchos hombros y cintura estrecha, tiene los brazos largos y las manos finas y blancas. Su tez es clara, rosada, y tiene la nariz aguileña, acaso demasiado visible al lado de la boca pequeña, que contrasta con la azulada e inocente dulzura de los ojos grandes.

—A nadie le hace mal rezar —dice efusivo—. ¡Es siempre signo de esperanza! Y ya se sabe: eso es lo último que debe perderse...

Betto se le queda mirando en silencio, con una circunspección que ya no guarda ningún recelo. Ese fraile le ha caído simpático. Su aspecto y su sonrisa le mueven a confiar en él. Así que pregunta con sinceridad:

—Dígame lo que de verdad piensa. ¿Cree que volveré a ver a mi madre y a mis hermanos?

Responder a esa pregunta resulta muy difícil para un polaco que sabe a ciencia cierta lo que los nazis hacen con los judíos. Pero no va a hacer uso de una evasiva. No sería justo.

—Solo Dios lo sabe —responde—. Y eso no es una respuesta de la fe. Es sencillamente una manera de hablar. Porque todo futuro es incierto. Y el presente es tan horrible ahora que los pensamientos y temores que nos invaden a diario son la desesperanza, la impresión de vacío, las ganas de huir o incluso de desaparecer... Seguro que reconoces en ti al menos alguno de estos sentimientos. Por eso, es muy importante vivir y trabajar en el aquí y el ahora, pues eso es lo único que realmente tenemos y conocemos. Y hay que esforzarse en luchar contra los pensamientos oscuros que nos llevan a querer controlar algo que de suyo es incontrolable e impredecible.

A pesar de que Betto conserva su mirada irónica, parece responder a esta reflexión levantando las cejas y disimulando una ligera sonrisa que se ha posado en sus labios. Sin embargo, le dice con despecho:

—Y también hay que hacer algo más... ¡Hay que luchar!

—Sí, eso también —asiente Bialek—. Pero hay que hacerlo con cabeza, a su tiempo; sin impaciencia ni precipitación.

—Pero, sea como sea, no hay más remedio que hacerlo, no hay más remedio —dice el joven con extraña obstinación.

Los ojos azules de fray Maurizio le lanzan una mirada de interés y admiración, asintiendo con la cabeza, como si le dijera: «En eso estamos totalmente de acuerdo». Luego le pregunta:

—¿Quieres por el momento hacer algo útil?

—¿Qué puedo hacer?

—Hay aquí en el hospital más de veinte niños judíos refugiados. Puedes ayudarnos con ellos. Tú eres judío y se sentirán más seguros si uno de los suyos se ocupa de ellos.

Betto se queda taciturno, invadido por el estupor, pues no se esperaba esa propuesta. Y antes de que le dé tiempo a pensarlo, el fraile le está preguntando, como si se empeñara en desafiarle:

—¿Lo harás? Sería una buena labor.

Betto suspira y mueve la cabeza en sentido afirmativo, mientras sus labios dibujan una sonrisa de conformidad.

—Entonces, no hay por qué esperar. Puedes ir ya a la habitación donde duermen todos esos niños. Despiértalos, que se vistan y que bajen a desayunar.

65

Roma, viernes, 31 de diciembre de 1943

Finalizado su trabajo en el hospital, Orlena regresa a casa por la tarde y encuentra a su madre sentada en la sala de estar, oyendo el discurso del papa por la radio mientras toma su café. La voz enfática del pontífice suena a todo volumen:

> *Las miserias presentes son vuestras también; la guerra destructiva también os visita y os atormenta, vuestros cuerpos y vuestras almas, vuestras posesiones y bienes, vuestra casa y vuestro hogar. La muerte rompió tu corazón e infligió heridas de curación lenta...*

Doña Gianna escucha con una expresión grave, asintiendo con lentos movimientos de su cabeza. Orlena se queda de pie junto a la puerta, escuchando. Y cuando la alocución ha concluido, ambas se arrodillan para acoger la bendición del pontífice. Después comienzan las noticias de la mañana. El locutor da los buenos días y, seguidamente, anuncia con entusiasmo una audaz acción de las unidades alemanas que ayer tomaron al asalto una importante posición norteamericana al suroeste de Minturno, en el área costera.

La radio suena tan fuerte que Gina oye la noticia perfectamente desde la cocina. Va aprisa a la sala y, dirigiéndose a su hermana, dice:

—Minturno no está a más de ciento cincuenta kilómetros de Roma. Los americanos están cada vez más cerca.

Hay luego un silencio espinoso, en el que ambas se miran. Hasta que Orlena observa:

—Pero los alemanes los frenan una y otra vez… ¡Cuándo acabará esto! ¡Cuándo, Dios mío!

Doña Gianna clava sus ojos altivos en sus hijas y comenta:

—Tenemos demasiadas esperanzas en los americanos… Si es que llegan algún día a Roma…

Gina replica con entusiasmo:

—¡Llegarán, mamá! Los americanos llegarán, más tarde o más temprano, llegarán a Roma. ¡Y habrá libertad! ¡Habrá por fin democracia!

La madre se pone a mirarla con sus azules ojos, penetrantes, bajo sus rectas cejas, y como diciendo: «No sé por qué hay que esperar a los americanos. Todo eso de la libertad y la democracia no va conmigo». Luego contesta en tono seguro, alzando la voz por encima del alto volumen de la radio:

—A ver qué trae esa gente. ¿Qué van a darle a Italia? Porque no espero nada de ellos. ¡No seas ilusa, hija!

Gina reacciona dando un respingo. Se desconcierta, cambiándosele el color de la cara. Traga saliva, aparta la mirada rehuyendo la de su madre y dice:

—Mucho menos podemos esperar de los alemanes y los fascistas. Y no olvidemos nunca que a ellos les debemos la muerte de papá y Gian Carlo.

Doña Gianna se levanta y se encara con ella:

—¡Vuestro padre se suicidó! ¡Se quitó él la vida! ¡Por pura desesperación! ¡Y por falta de fe! ¡No te confundas, hija! ¡Y no trates de confundirme a mí!

Gina apaga la radio y protesta:

—¡Todo eso fue por culpa de los alemanes! Y Gian Carlo… ¿Quién crees tú que mató a Gian Carlo? ¡Te confundes tú misma, mamá! ¡No quieres afrontar la verdad!

Doña Gianna flaquea, rompe a llorar y a lamentarse, como resultado de las palabras de su hija y por premeditado recurso al mismo tiempo. No tiene ningún otro medio de defenderse. Y dice con voz temblorosa, sofocando las lágrimas:

—¡No me hables así! ¡Bastante tuve yo con perder a mi amado

hijo! Perdimos al mejor de nuestra familia... ¡Vuestro extraordinario hermano! ¡Gian Carlo era un genio! ¡Un genio en todo el sentido de la palabra!

—¡Era...! —le espeta Gina sin parar en mientes—. Fue, como tantos otros desgraciados, una víctima más del fascismo. ¡Así es el patriotismo de Mussolini! ¡Esta es la guerra total que los fascistas inventaron! ¡La guerra que Italia declaró sirviendo a una política delirante, sin razones ni causas válidas!

Entonces Orlena se asusta al verse inmersa sorpresivamente en medio de una nueva disputa entre su madre y su hermana. Se da cuenta del peligro que eso encierra y se interpone entre ambas, implorando:

—¡Dejadlo, por favor! ¡Dejadlo de una vez!

Se hace el silencio, solo roto por su respiración entrecortada. Ella mira hacia el frente sin dirigirle la vista ni a la una ni a la otra. Doña Gianna vuelve a sentarse y Gina se marcha de la estancia.

Una hora más tarde, la casa está en completa quietud. El único ruido que se oye es el que hace Paciana en la cocina mientras prepara la cena. Entonces llaman a la puerta. Gina va a abrir, dispuesta a tener que enfrentarse a cualquier cosa. Son don Desiderio y Maurizio Giglio. Ella casi retrocede de un salto por la sorpresa. Se asusta temiendo que hayan venido a traerle algún refugiado más y, en medio de su desconcierto, trata de balbucear un saludo. Pero don Desiderio se le adelanta, preguntando:

—¿Están en casa los cuatro soldados? Necesitamos hablar con uno de ellos.

Gina recupera la compostura y contesta en voz baja:

—Ninguno de ellos está aquí ya. Tuvieron que irse al hospital.

Don Desiderio y Giglio no pueden disimular la impresión que causa en ellos esta respuesta.

—¡¿Qué ha pasado?! —inquiere estremecido el sacerdote—. ¡¿Qué les ha sucedido?!

—¡Chist! ¡Nada! —se apresura a contestar ella, al darse cuenta de que ellos están confundidos y temiéndose lo peor—. Los cuatro fueron a vivir al hospital, pero no están enfermos ni les pasa nada malo. Fueron a refugiarse allí porque...

Gina se da cuenta de que no puede seguir dándoles explicaciones en aquel lugar, y hace un gesto con la mano para que pasen al interior. Ellos entran y se topan en el recibidor con doña Gianna, que viene a ver qué pasa con la extrañeza prendida en su noble semblante. Hay un momento de confusión, cuando la madre ve entrar en su casa a un sacerdote y a un oficial de la policía. Pero Gina, astuta y rápidamente, urde en su mente un plan y miente diciendo:

—Mamá, te presento a monseñor Didier Nobels. Al que llamamos don Desiderio. Es mi confesor. Como hoy es el último día del año, ha tenido la gentileza de venir a confesarme a casa. No me parecía oportuno ir sola hasta la parroquia de San Giuseppe.

Doña Gianna sonríe, lanza una mirada mansa al sacerdote y se acerca para besarle la mano. Luego mira de reojo al policía.

—El teniente Maurizio Giglio es su escolta... —explica Gina con excitación—. Monseñor Nobels tiene un cargo importante y... En fin, el Vaticano pidió protección para él.

Doña Gianna está estupefacta. Observa de reojo al apuesto oficial y no oculta su admiración al decir:

—Sean bienvenidos a esta casa. Pasen al salón, por favor. Nos sentimos muy honradas con esta visita. Ya que han venido, y si no tienen demasiada prisa, tomarán un refrigerio con nosotras.

Hay un cruce de miradas cargadas de ansiedad. Don Desiderio y Giglio de ninguna manera se esperaban encontrar allí a la madre y no saben qué hacer en aquel instante. Hasta que Gina dice nerviosa y sonriente:

—Sí, por favor. Pasen, pasen...

Van a sentarse todos al salón, que está oscuro y congelado. También entra Orlena, saluda y ocupa su sitio. Paciana descorre las densas cortinas y aparece todo el lujo rancio que hay allí: los cuadros, los jarrones chinos, los tapices, la cristalería y la plata.

—¿Oyeron esta mañana el discurso de su santidad? —pregunta doña Gianna con estudiada formalidad.

—Sí, claro —responde don Desiderio, haciendo uso de una retórica fácil—. Su santidad pronunció unas palabras edificantes. Es como un rayo de luz en medio de tanta oscuridad.

Doña Gianna asiente con la cabeza y no se contiene al decir:

—Sí. Pero bien podría su santidad echarles en cara a los americanos las bombas que arrojan sobre Roma. ¡Esos salvajes!

Don Desiderio carraspea. Se produce un momento incómodo, al que sigue un silencio largo. Luego doña Gianna añade conciliadora:

—Aunque comprendo que el papa lo tiene difícil, muy difícil... Porque también están los alemanes. Y los alemanes no son precisamente las hermanitas de la caridad...

Entra en el salón Paciana con una bandeja, en la que trae una botella de vino, copas y almendras saladas en un platillo de fina porcelana. Cuando todos han sido servidos, el sacerdote levanta su copa a modo de brindis y dice:

—¡Que Dios nos dé al fin la paz en el año nuevo! ¡Por la paz!

—¡Por la paz! —dicen todos a coro, levantando sus copas.

—¡Y por Italia! —dice doña Gianna, mientras las lágrimas acuden a sus ojos.

Beben y se quedan mirándose unos a otros, sonriendo. Hasta que doña Gianna se dirige al sacerdote y le dice:

—Por lo que veo es usted francés. Los franceses tampoco lo tienen fácil...

—Yo no soy francés —repone él—. Soy belga de origen.

—Ah, belga... —observa doña Gianna, sin reprimir lo más mínimo su opinión—. Los belgas son un pueblo muy extraño... El rey de ustedes se metió en un embrollo declarando la guerra a los alemanes y, claro, luego a llorar...

—¡Mamá! —exclama Orlena dando un respingo.

Su madre le lanza una mirada cargada de insensibilidad y luego protesta:

—Orlena, hija, con lo que he dicho no ofendo a nadie. Es ni más ni menos lo que la prensa ha repetido una y otra vez. Seguro que monseñor estará al corriente de esas informaciones, por el cargo que ostenta...

Entonces Gina se pone en pie, temiéndose lo peor, y se acerca a don Desiderio diciendo:

—Monseñor, no ha venido usted a hablar de política, sino a cumplir con las obligaciones de su sagrado ministerio. Por favor, acompáñeme, que necesito que me oiga en confesión. —Después, dirigiéndose a la madre—: Con tu permiso, mamá...

—Claro, hija, claro —asiente doña Gianna con una leve sonrisa de compromiso—. Lo más importante es el sacramento. Y luego, si lo tiene a bien, monseñor me confesará a mí.

Gina y el sacerdote van a una pequeña sala que hay al final del pasillo central de la casa. Allí se sientan y ella puede expresar con mayor tranquilidad todo su agobio.

—Los soldados tuvieron que marcharse al hospital —dice abatida—. ¡No quedó más remedio! Mi madre no consentía que vivieran aquí y llegamos a temer que acabaría llamando a la policía.

—Pero… ¿No estaba tu madre en Verona?

—¡Volvió! Se presentó aquí de manera inesperada y se puso hecha una fiera cuando encontró a esos cinco hombres en su casa. Es muy mal pensada… ¡No lo sabe usted bien!

Don Desiderio se pone manifiestamente nervioso. Empieza a tocarse las sienes con las puntas de los dedos y se lamenta:

—¡Vaya por Dios! ¡Qué mala suerte! Qué fatalidad…

Viendo que está tan preocupado, Gina le dice animosa:

—En el hospital están seguros. Tan seguros o más que aquí. Gracias a Dios, pudimos llevarlos allí. Porque, si no, no sé qué hubiera pasado…

—Sí, pero… Pero ahora todo cambia… —repone él con una mirada de desasosiego.

—¿Qué? ¿Qué es lo que cambia? ¡Hable claro, don Desiderio! ¿Qué sucede?

Él baja los ojos pensativo; parece dudar unos instantes y luego contesta:

—Sí, tienes razón, no me queda más remedio que hablarte con claridad y sin rodeos. Tengo que contarte lo que pasa.

Ambos intercambian una larga mirada, hasta que el sacerdote continúa diciendo con expresión grave:

—Escucha con atención y no me interrumpas. Lo que voy a decirte es muy importante. Maurizio Giglio y yo hemos venido a esta casa para cumplir con una misión trascendental. Necesitábamos ver urgentemente al teniente Filippo para un asunto… Se trata de algo secreto…

A continuación, don Desiderio le explica que el militar al que se refiere, el teniente Filippo, es un especialista en radiocomunicaciones de las tropas norteamericanas.

—Pero… ¡Si es de Calabria! —repone ella.

—¡Te he pedido que no me interrumpas! —se enoja él—. El teniente Filippo es de origen italiano, calabrés, en efecto. Pero su familia emigró a principios de siglo a Nueva York, donde él nació y se crio. Hay muchos militares norteamericanos con apellidos italianos. ¡Déjame que te lo explique sin volver a abrir la boca!

Prosigue don Desiderio revelando el motivo principal de su visita: el teniente en cuestión es un agente infiltrado, enviado por los servicios secretos norteamericanos para manejar una radio y enviar comunicaciones a las tropas aliadas que se aproximan hacia Roma. Y no es el único. Muchos otros soldados norteamericanos ya habían descendido en paracaídas cerca de Roma con esa misma misión durante semanas. Todos ellos habían deambulado por las regiones cercanas, tratando de llegar a la capital para ponerse en contacto con los partisanos, confiando en que los alemanes iban a respetar a los soldados italianos. Pero se encontraron con que los jóvenes italianos eran apresados para ser llevados al trabajo obligatorio. Esto no entraba en el plan y ponía en peligro la estrategia ideada por el mando aliado. Ya no podían moverse libremente para hacer su secreto cometido, ya que podían ser capturados en cualquier momento y lugar.

Gina escucha atónita las explicaciones del sacerdote. Y no puede reprimir su deseo de hacer preguntas, a pesar de que no debe interrumpirle.

—¿Y usted qué tiene que ver en todo esto? —inquiere ella.

—Lo que voy a revelarte ahora es lo más delicado de todo —responde él con una mirada enigmática—. Y si no supiera a ciencia cierta que eres una probada antifascista, jamás se me ocurriría decírtelo. Mira, Gina, yo pertenezco desde hace más de cuatro meses a una facción de partisanos, conocida como la Banda del Travertino. También forman parte del grupo Maurizio Giglio y otros jóvenes que conoces, pues fue en San Giuseppe all'Arco del Travertino donde nació esta locura. Estamos en contacto con los aliados para colaborar con ellos en la inminente liberación de Roma. Es una misión muy peligrosa, pero alguien tiene que hacerlo…

Tras esta sorprendente revelación, el sacerdote se queda en silencio, dejando que ella asimile la información. Gina está con sus bonitos ojos azules muy abiertos, mirándole con una estupefacción que indica lo inesperado de tal situación...

Luego él prosigue hablando con más calma:

—Cuando viniste a visitarme a mi despacho de Piazza di Spagna ya te dije que ibas a ser necesaria. Pero entonces no quise implicarte directamente en la organización al saber que estabas embarazada. No obstante, me pareció que tu casa sería el refugio perfecto para el teniente americano, porque tu madre se había marchado a Verona y estaríais solas tu hermana y tú. Giglio y yo pensamos que Filippo se escondería aquí más seguro que en ninguna otra parte. Y mientras tanto, esperaríamos a recibir la radio que debe manejar, puesto que los americanos debían ir enviando las piezas secretamente a través de otros agentes. Hemos venido hoy porque casi todos los aparatos necesarios ya están en Roma. Solamente falta una antena que no tardará en llegar. El plan previsto originalmente era traer aquí la radio para retransmitir desde la terraza... Pero, ahora, la cosa cambia... ¡No contábamos con el regreso de tu madre!

—¡Me parece mentira! —exclama Gina en un arrebato de cólera—. ¡Yo tenía que haber sabido todo eso! ¿Por qué no me lo dijo desde el principio? ¿Solo porque estoy embarazada? ¡Yo siempre quise ser útil! ¡Mi alma alberga sueños que tienen que ver con estas cosas!

El sacerdote le lanza una mirada fulgurante, impetuosa... Luego le dice con semblante muy serio:

—Lo sé. Pero es muy peligroso. No es un juego. No se trata solo de soñar... ¡Nos jugamos la vida!

—No soy una niña —replica ella—. Le ruego que no me trate como si lo fuera. Usted conoce muy bien todo aquello por lo que he tenido que pasar...

Don Desiderio ratifica su opinión:

—Sí. Yo sé qué clase de persona eres. Si no lo supiera, no hubiera contado contigo para nada. Ya te he dicho que te considero probada antifascista.

—¡Y tiene que contar conmigo! —contesta ella, asegurándolo con la cabeza, completamente convencida.

El sacerdote la está observando: su imagen le llena la mirada, especialmente esos ojos azules límpidos, sus gestos que reúnen majestuosidad y elegancia, y su alma transparente que casi se le materializa delante.

—Sí, Gina, cuento contigo —le dice.

Entonces ella sugiere, improvisando:

—¿Y si lleváramos la radio al hospital?

—¿Al hospital?

—Sí, al hospital. Seguramente usted no sabe que allí se refugia un grupo de antifascistas. Muchos de ellos son destacados políticos del Frente de Liberación. ¿Cree usted que estarían allí si aquello no fuera seguro? ¡Es el mejor sitio! ¡Mucho mejor que esta casa! El hospital pertenece al Estado Vaticano y es inviolable. La Gestapo no puede entrar allí.

En ese instante, suenan unos golpecitos en la puerta, seguidos de la voz de doña Gianna:

—Se hace tarde… ¡El toque de queda! ¡Y todavía tengo que confesarme yo! ¡Y también Orlena!

Don Desiderio y Gina se miran compartiendo el mismo pensamiento: ambos han llegado a la conclusión de que la radio debe ser llevada al hospital.

—De acuerdo —dice él—. Hablaré con el prior de los frailes y quiera Dios que sea comprensivo.

—¡Lo será! —le asegura Gina sonriente—. ¡Ya lo verá!

66

Roma, martes, 4 de enero de 1944

Un destartalado y viejo furgón de color gris se detiene delante del hospital. Poco después, llega el Fiat Balilla azul cobalto de don Vincenzo Lombardi, que viene al volante fumando un puro, con el cabello negro perfectamente teñido y pegado al cráneo, sin que su perfecto bigote, como una fina línea gris, se altere lo más mínimo sobre el labio. Como es su costumbre cada vez que viene a la isla Tiberina, hace una leve seña de saludo con la mano derecha al guardia de la cabecera del puente antes de tocar la bocina con la izquierda. Después sale del vehículo y se queda fumando con despreocupación, mirando a la vez hacia el río desde el antepecho. Sabe que alguien habrá ido para avisar de su llegada al superior de los frailes y espera tranquilamente a que salga a recibirle, porque no tiene ninguna prisa. Está vestido de manera impecable, con un traje enteramente negro, y lleva en la solapa el emblema del Partido Fascista Republicano: un águila con las alas abiertas que sostiene las fasces con sus garras. Mientras tanto, salen del furgón tres jóvenes uniformados con el inconfundible atavío de las brigadas negras, camisa remangada, gorro con la insignia de la calavera, correajes cruzados y pistola al cinto. Ninguno de ellos tendrá más de dieciocho años.

Fray Leonardo sale poco después y se queda en la puerta. Está sorprendido al ver al jerarca fascista, porque hace demasiado tiempo que no aparece por allí. Desde la destitución de Mussolini, no ha tenido siquiera noticias suyas. Algo extraño, pues el potentado nunca dejó de cumplir con las obligaciones que su familia tenía adquiridas desde hacía muchos años como benefactores del hospital. Dadas las circunstancias vividas en Roma tras la caída del dictador, su desaparición le tenía preocupado.

—¡Benditos los ojos que le ven, don Vincenzo! —saluda sin moverse de la puerta—. ¡Qué sorpresa...!

—¡Me habrá echado de menos! —contesta exultante don Vincenzo—. ¡Hace más de cinco meses que no nos vemos! ¡Era julio del año pasado la última vez que vine a verle! ¿Se acuerda?

—¿Y dónde ha estado usted durante todo ese tiempo? Temí que le hubiera sucedido algo malo.

Don Vincenzo se pasa la mano por el cabello liso, sonríe y responde:

—Las cosas se pusieron muy feas en Roma. Ya sabe usted... Cogí a mi familia y me la llevé a Milán. He permanecido allí muy seguro hasta la semana pasada, cuando el nuevo Gobierno fascista republicano me nombró secretario de acción para los comandos de la capital y tuve que regresar aquí a toda prisa. Ahora me ocupo de la organización de las brigadas de jóvenes para la defensa y el orden en la capital.

El corazón de fray Leonardo se agita al saberlo. Se queda en silencio, sin ser capaz de hablar mientras asimila lo que acaba de oír. Mira hacia el furgón y ve a los tres jóvenes fascistas uniformados, fumando y hablando entre ellos con despreocupación. Luego baja la mirada, perdido en una maraña de aprensión y funestos presagios.

Entonces don Vincenzo le espeta animoso:

—¡No ponga esa cara, hombre! ¡Pareciera que ha visto un fantasma!

El fraile intenta esbozar una sonrisa. Se vuelve de nuevo hacia el furgón y pregunta tímidamente:

—¿Y eso?

—Ahora mismo lo sabrá —contesta don Vincenzo, señalando hacia el vehículo—. Cuando vea lo que hay ahí, se le cambiará esa cara tan tristona que tiene. —Y luego, dirigiéndose a los jóvenes fascistas, les ordena con ímpetu—: ¡Vosotros, sacad eso de una vez!

Los muchachos obedecen. Abren las puertas del furgón y hacen salir dos enormes cerdos que estaban dentro.

—¡Mire, fray Leonardo! ¡Mire lo que le traigo!

El vicario mira los animales boquiabierto. Están sanos, lustrosos, orondos, y componen un espectáculo inusitado en aquellos tiempos de carestía. Se trata de un verdadero tesoro. Pero, no obstante, el fraile parece extrañamente ausente y no es capaz de manifestar toda la alegría que en otro momento hubiera causado en su alma la inopinada sorpresa.

—¿Qué le parece, eh? —pregunta don Vincenzo—. ¿A que no se lo esperaba? ¿Cuánto hace que no comen carne esas criaturas de ahí dentro?

—¡Bendito sea Dios! —balbucea el fraile—. Bendito y alabado sea... ¿De dónde han salido? ¿Quedan cerdos en Italia?

Don Vincenzo suelta una sonora carcajada y luego contesta:

—Los he conseguido en la intendencia general de los alemanes. Habían hecho una requisa en Viterbo y tenían más de cincuenta como estos en un camión que estaba aparcado frente al cuartel general. No me resultó difícil convencerlos para que me dieran algunos, a cambio de buscarles carniceros para matar y despiezar al resto. Estos dos son para el hospital. Pensé en lo buenos que se pondrían los enfermos si comieran carne...

—¡Es increíble! —exclama riendo fray Leonardo, llevándose las manos a la cabeza— ¡Increíble!

—Bueno, vamos adentro —les manda autoritario a los jóvenes fascistas—. Meted los cerdos en el hospital para que los vea todo el mundo. La visión de estos maravillosos puercos les alegrará el alma tanto a los enfermos como a los médicos.

—¡No, por Dios! —grita el vicario, poniéndose delante de la puerta con una aterrorizada expresión en el rostro.

Hay un silencio. Don Vincenzo clava en él una mirada entre dura y pasmada a la vez, luego dice un tanto contrariado:

—¿Y por qué no? Solo entraremos hasta el patio central. Será solo un momento; lo justo para ver la felicidad en las caras de los enfermos.

Fray Leonardo se ha puesto visiblemente nervioso; agita las manos por delante y grita:

—¡Imposible! ¡No se puede entrar!

—¿Por qué? ¡Será un momento! Luego llevaremos los cerdos a las cocinas.

—¡He dicho que no! —insiste con exasperación el vicario, visiblemente azorado—. ¡Nadie puede entrar en el hospital! Nadie, excepto... Excepto los médicos, los enfermeros y los frailes...

Hay luego un nuevo silencio. Don Vincenzo y los jóvenes fascistas le están mirando, como a la espera de que dé alguna explicación.

Entonces fray Leonardo añade con los ojos desorbitados:

—Hay una epidemia. Una gravísima epidemia... Se trata de un desconocido virus tremendamente contagioso... ¿Por qué cree que no le di la mano al saludarle, don Vincenzo? ¿No se ha dado cuenta de que permanezco distanciado de usted? ¡Es por ese motivo! ¡Es un peligro estar aquí! Así que dejen ahí esos cerdos y márchense cuanto antes si no quieren enfermar...

El potentado le mira completamente desconcertado. En su cara hay ahora una expresión de alarma. Y a continuación recula unos pasos, preguntando:

—¿Una epidemia? ¿Un virus contagioso...?

—¡Sí! ¡Es algo terrible! Produce síntomas muy agresivos: flemas, tos constante, fiebre muy alta, asfixia... y... ¡Y la muerte!

Don Vincenzo trata de disimular su temor al preguntar:

—¿Hay muchos afectados?

—Más de cincuenta... Todo el hospital está en cuarentena.

—Comprendo, comprendo —musita el jerarca muy serio.

—¡Márchense, por el amor de Dios! Gracias, muchas gracias por los cerdos. Dios se lo pague. Pero... ¡váyanse cuanto antes!

Convencido por estas advertencias, don Vincenzo se vuelve hacia sus muchachos y les grita:

—¡Nos vamos! ¡Rápido, subid al furgón!

—¿Y los cerdos? —pregunta uno de ellos.

—¡Los cerdos se quedan aquí! ¡Andando!

Suben a los vehículos y los motores se ponen en marcha. Desde la ventana de su auto, don Vincenzo mira apesadumbrado al fraile y le hace un gesto de despedida con la mano, diciendo:

—Dios quiera que todo se solucione.

Después maniobra y se aleja por el puente siguiendo al furgón.

Fray Leonardo suspira hondamente, está pálido y con la mirada extraviada. Pero, cuando se dispone a entrar, oye que alguien le llama y ve acercarse a toda prisa al mariscal Lucignano.

—¡Fray Leonardo! ¡No sabía nada acerca de esa epidemia! ¡Vaya fatalidad!

El fraile clava en él una mirada cargada de angustia y vuelve a suspirar. Luego se queda en silencio, sin dejar de mirarle, con una cara inexpresiva.

El policía se mantiene a distancia prudentemente y alza la voz al decir:

—¿Lo han comunicado a las autoridades sanitarias? Una incidencia así debe ser puesta en conocimiento de la Gobernación de Roma.

Fray Leonardo lanza un tercer suspiro y sigue pensativo durante un rato, disimulando la inquietud que siente en aquel momento, antes de contestar con forzada calma:

—Señor Lucignano, no hace demasiado tiempo que le conozco. Pero, no obstante, creo haber apreciado que es usted un hombre íntegro, cabal y digno de confianza. ¿Puedo hablar con usted en privado ahora? He de confiarle algo importante…

—Claro que sí. Usted me dirá.

El fraile camina hacia él. Pero el mariscal comienza al mismo tiempo a alejarse dando pasos hacia atrás.

—No tenga ningún miedo —le dice fray Leonardo—. Deje que se lo explique.

—Pero, la enfermedad, el contagio…

El fraile mira a derecha e izquierda para asegurarse de que nadie puede oírle. Luego sonríe para infundir en él la confianza, diciendo:

—No hay ninguna epidemia. Tuve que utilizar esa mentira como excusa, para evitar que don Vincenzo entrase en el hospital.

—No comprendo… Entonces… ¿No hay infección?

—No, señor Lucignano, no hay peligro alguno. Todo es una farsa inventada para evitar que el hospital sea inspeccionado. Si entra conmigo ahora se lo explicarán todo con detenimiento.

67

Roma, martes, 4 de enero de 1944

Son las cuatro de la tarde. Como ocurre en algunos días de invierno en Roma, por la mañana las nubes se oscurecieron derramando una persistente llovizna, pero han pasado varias horas desde que se dispersaron, dejando un azul puro y un sol radiante. Sin embargo, hace frío y se ha levantado una brisa desagradable. Aunque ese no es el motivo por el cual las puertas del hospital permanecen cerradas con llave y se ha puesto vigilancia en todas las posibles entradas. Por otra parte, también el mariscal Lucignano ha ordenado a los policías de su destacamento que impidan el paso a cualquiera que intente cruzar por cualquiera de los tres puentes. Han sido colocadas unas barreras y se han puesto grandes carteles para avisar de la prohibición. Nunca la isla Tiberina ha estado tan aislada como este día.

Estas precauciones tienen que ver con una importante y secreta reunión que tiene lugar a esa hora en la sala capitular de la comunidad de frailes. Están allí todos los miembros de la curia, la dirección del hospital, los médicos, los enfermeros, el personal de servicio y el mariscal Lucignano. El superior general se dirige a todos ellos para exponer concienzudamente el motivo principal por el que han sido convocados.

—Doctores, enfermeros, *caros* hermanos todos —empieza diciendo—, nos hallamos aquí para tomar conciencia de la grave situación en que nos encontramos, para asumir con valentía y confianza en el Señor el inminente peligro que nos amenaza. Todos sabemos que los alemanes no tienen misericordia alguna, que sus corazones están embotados, endurecidos, por el odio y el deseo de la guerra que ha sembrado en ellos Hitler. Y también que muchos italianos han sido contagiados por esos sentimientos. El fascismo se resiste a ceder ante la realidad de su fracaso y, en vez de rectificar, se empecina en sus errores y pecados, en su soberbia y su rabia. La crueldad que estamos viendo a nuestro alrededor parece ser cosa del mismo demonio. No hay compasión ni siquiera para con los niños, los enfermos o los ancianos. Ya visteis lo que ocurrió cerca de aquí con los desdichados judíos. Y así ha sucedido en muchas otras ciudades de Italia y Europa, según hemos tenido noticias ciertas. Los nazis asesinan a cuantos hebreos pueden capturar. Esta violencia incomprensible la extienden también hacia todos aquellos que consideran enemigos suyos. Matan y destruyen para sembrar el terror. Es como si hubieran sido poseídos por los demonios... Por eso, siendo conscientes de tanto mal, en esta santa casa hemos dado refugio a muchas personas. Si no fuera por ello, a buen seguro todos estos desdichados ya estarían muertos, como seguramente lo estarán ya sus familiares a los que se llevaron en la redada de octubre. Es una decisión que hemos adoptado en obediencia al mandato del Señor de obrar con caridad con cualquier hermano nuestro que se halle en peligro, en desgracia o en necesidad de cuidados. No podíamos hacer otra cosa como cristianos... Aunque somos muy conscientes del grave peligro que supone para todos nosotros haber obrado así.

Hace una pausa y la sala queda envuelta por un silencio terrible. Todos los ojos están puestos en él, a la espera de lo que seguramente va a comunicar a continuación, y que debe ser de suma importancia. Entonces Blandeau prosigue, diciendo con gravedad en el semblante y voz templada:

—La Gestapo nos vigila, lo sabemos a ciencia cierta. En cualquier momento, podrían entrar y descubrir lo que sucede en el hospital. Hasta ahora nos hemos librado de puro milagro, pero el peligro está ahí... Nadie nos asegura que no hayamos sido ya delatados o que podamos serlo en adelante...

Hay un nuevo silencio hecho de espanto. Tras el cual, el superior retoma la palabra y explica:

—El santo padre Pío XII es muy consciente de lo que sucede en Roma. Ayer me reuní con su santidad en el Vaticano y le informé ampliamente de los asuntos del hospital y de la grave y peligrosa situación en que nos encontramos. Él se manifestó muy conforme con las medidas que hemos adoptado y me hizo saber que hay muchos otros refugiados en conventos, parroquias y casas particulares de católicos por toda Italia. Sufre por todo ello y ora constantemente a Dios. Me prometió la ayuda que pudiera conseguir, mediante víveres, medicinas y dinero; como asimismo viene haciendo con tantos otros necesitados siempre que le es posible.

—¡El santo padre debería alzar la voz y condenar la barbarie nazi! —levanta la voz uno de los enfermeros—. ¿Por qué calla el papa?

Blandeau mueve la cabeza, cariacontecido, y luego responde:

—Su santidad es un cautivo más en medio de todas estas sombras... Hitler es un loco que no dudaría en destruir el Vaticano... El papa ha resuelto actuar con prudencia y poner toda su confianza en el Señor... Pero no estamos hoy aquí reunidos para juzgar las decisiones del santo padre, sino para tomar nuestras propias decisiones. Y no vamos a quedarnos esperando ingenuamente a que la Gestapo venga y descubra a los refugiados. Vamos a obrar en consecuencia, con astucia, con la sagacidad y la inteligencia que necesita una situación tan compleja como esta. Por eso os hemos convocado. Ahora os dirigirá la palabra el doctor Borromeo y os explicará lo que él mismo ha pensado, seguramente inspirado por la Providencia Divina, para esquivar las acechanzas de los nazis.

Dicho esto, el superior general va a sentarse. Entonces sale al medio de la estancia Borromeo y dice con circunspección:

—Fingiremos que hay una grave pandemia en el hospital. Y lo haremos tan bien que lo creerán. Porque no vamos a escatimar ningún esfuerzo para que parezca que, en verdad, un gravísimo y desconocido virus ha entrado aquí.

Tras este anuncio, al principio se hace el silencio en la sala, y a continuación brota el murmullo espontáneo e interrogante de los presentes.

—¡Dejadme que os lo explique! —dice autoritario el médico.

Y después, con un cierto asomo de delirio en la mirada, pero con mucho detenimiento, haciendo uso de toda clase de explicaciones, expone el plan que ha tramado.

—Se trata de crear una verdadera farsa para que cualquiera que venga a inspeccionar el hospital quede efectivamente convencido de que la pandemia es algo real. Los falsos enfermos serán instruidos para actuar en consecuencia y ser creíbles, en el caso de que la Gestapo irrumpa de repente. Deberán toser con frecuencia y comportarse como si en verdad estuvieran afectados por el virus. Hay que crear zonas de aislamiento y control, debidamente señalizadas con carteles que avisen del peligro y la prohibición de entrada. Si se diera la circunstancia de que los alemanes vinieran, yo les daré las explicaciones oportunas. Nadie más que yo hablará. Todos deberán permanecer en silencio para que no haya informes contradictorios. Yo mismo elaboraré los falsos partes médicos con los síntomas, los tratamientos y las medidas de exclusión de los afectados. Os aseguro que no se atreverán a entrar en las habitaciones.

De nuevo hay un denso murmullo en la sala, hecho de las múltiples opiniones que surgen ante la idea de Borromeo. Algunos dudan, mientras que otros se manifiestan a favor del plan. Hasta que, de pronto, fray Maurizio Bialek sale al medio y exclama:

—¡Es un plan magnífico! ¡No tenemos nada que perder si lo hacemos bien! ¡Es nuestra salvación! ¡Hagamos lo que Borromeo dice!

Tras un breve instante de expectación, un aplauso entusiasta apoya esta opinión.

—¡Pues manos a la obra! —exclama Borromeo—. Empecemos ahora mismo a convertir este hospital en un auténtico sanatorio afectado por la más devastadora de las pandemias.

68

Roma, jueves, 6 de enero de 1944

Es una mañana transparente y fría. Como cada amanecer, Betto observa desde una ventana del hospital; contempla los tejados brillantes de escarcha y las arboledas negras y amarillas del Tíber. El sol renace entre vapores rosáceos, como un dios joven y antiguo que se eleva sobre Roma, desnudo y dorado, iluminando la sinagoga en medio del azul violáceo del cielo. Cierra los ojos a causa de la fuerte impresión y, apoyando la cabeza en el frío cristal, viaja en el espacio infinito de sus sentimientos. No hay dentro de él ni desdicha auténtica ni efectivo miedo, como si su ánimo estuviera repartido entre la una y lo otro, y ambos se lo disputaran sin compasión. Tampoco le domina ya aquel ardor revolucionario que antes le visitaba con tanta frecuencia, ni la pasión de las ideas, ni siquiera el deseo de la venganza... Cuando no se deja llevar por la oscuridad y el ramalazo de la tristeza, golpea su mente el amenazante y terrible martillo del temor por lo que pudieran estar sufriendo su madre y sus hermanos. Pero de vez en cuando le avasalla una especie de imperturbable e insensible vacío por encima de cualquier otro sentimiento. Aunque hay también una visión que le cautiva y roba su imaginación por momentos, algo que deja últimamente en su alma la huella profunda de su estela dorada: el bello recuerdo de Gina. Se da cuenta perfectamente de que su corazón se despierta por primera vez al amor verdadero; y lo saborea como un bonito sueño. Hace ya muchos días que no la ve y espera con impaciencia a que llegue el momento de volver a encontrarse con ella.

Cuando abre los ojos, divisa de pronto algo que le sobresalta: una fila de hombres uniformados está cruzando el Ponte Fabricio. A medida que se van aproximando, distingue que se trata de miembros de las brigadas fascistas. No comprende por qué les han permitido el paso hacia la isla, ya que el plan de la falsa pandemia implica la orden de impedir la entrada a cualquiera que no forme parte del personal del hospital.

Todos los frailes y la mayoría de los médicos y enfermeros están en aquel momento asistiendo a la misa de la Fiesta de la Epifanía en la iglesia de San Giovanni Calibita. En el corredor de la planta baja, junto a la sala Assunta, solamente está él a esa hora esperando para despertar a los niños judíos antes del desayuno.

—¡Vienen los fascistas! —exclama con potente voz, alarmado, llevado por un impulso incontrolable.

Y después corre hacia el patio central, volviendo a gritar:

—¡Los fascistas están cruzando el puente! ¡Una columna de fascistas viene hacia el hospital!

Hay luego un silencio. Pero enseguida se oyen pasos y murmullo de voces. Algunos enfermos han salido de sus habitaciones. En sus caras tienen grabado el susto.

—¡Volved a las camas! —les grita Betto—. ¡Tenemos que cumplir lo que manda el plan! ¡A las camas y a toser!

Corre también hacia su habitación para acostarse y fingir que está enfermo, tal como había ordenado el doctor Borromeo en caso de peligro. Los niños tosen con fuerza, para hacerse oír en el caso de que el hospital sea inspeccionado. Deben hacer creer que están muy enfermos a cualquiera que entre. Para algunos de ellos es como un juego inocente y ríen entre tos y tos. Betto se levanta a cada instante y va a reprenderlos.

—¡Hacedlo bien! ¡Nada de reír! ¡Nada de hablar entre vosotros! Si los alemanes descubren que todo es una farsa nos llevarán a todos.

Transcurre un largo rato de inquietud y silencio. No sabe lo que está sucediendo fuera, pero no puede evitar barajar todo tipo de suposiciones. Últimamente circulan oscuros rumores sobre las brigadas negras; dicen que se han unido a los nazis incondicionalmente para delatar, rastrear y capturar judíos ocultos, antifascistas y cualquier sospechoso de conspiración contra el nuevo Gobierno de Mussolini. También hablan cosas terribles acerca del Departamento Especial de Policía Republicana, recientemente creado, y conocido como la Banda Koch, por el nombre de su jefe, Pietro Koch, tristemente célebre y temido por la violencia y la crueldad durante los interrogatorios de los detenidos. Funcionan en estrecha colaboración con las SS y son bastante eficaces para dar con la Resistencia por el conocimiento que tienen de la sociedad romana. Betto teme que haya podido haber un chivatazo.

El tiempo pasa y solo se escucha fuera el rumor de pasos, cuchicheos y alguna voces más altas que las otras, incomprensibles. Así transcurre parte de la mañana, sin que se abran las ventanas, se enciendan las luces ni pasen los carritos que traen diariamente el desayuno.

Hasta que, por fin, fray Maurizio Bialek abre la puerta y entra diciendo:

—¡Ya pasó todo! No hay nada que temer. Eran los muchachos de las brigadas fascistas que venían para traer a los niños del hospital los regalos de la Befana. Lo hacen todos los años este día, desde que Mussolini inventó aquello de la Befana fascista.

Betto se da cuenta entonces de que su temor era infundado. Desde que su familia vino a vivir a Italia desde Rodas, él sabe que la Befana es una tradición popular italiana ligada a las fiestas navideñas. Originariamente es una figura folclórica que representa a una anciana que vuela a lomos de una escoba gastada, y va visitando las casas de los niños la noche del 5 al 6 de enero, fiesta de la Epifanía, para dejar regalos en los calcetines colgados en la chimenea o cerca de una ventana. Los niños que se han portado bien durante todo el año deben recibir dulces, caramelos, nueces o pequeños juguetes. Por el contrario, los que se han portado mal encontrarán los calcetines llenos de carbón o de ajos. El régimen fascista se apropió de la tradición para instituir la llamada Befana Fascista, que luego pasó a llamarse Befana del Duce para reforzar el culto a la personalidad de Benito Mussolini entre los más pequeños.

Fray Maurizio les dice que se levanten y bajen al patio. Los niños judíos se visten y corren por los pasillos formando un gran bullicio. Betto todavía está asustado y le pregunta al fraile:

—¿Y los fascistas?

—Se fueron todos enseguida. ¿No te he dicho que no había motivo de preocupación? Cruzaron el puente solo para dejar los regalos. El mariscal Lucignano les explicó que había una grave pandemia y que no podían entrar por el peligro de contagio.

Cuando llegan al patio se encuentran allí un montón de paquetes. Los niños empiezan a abrirlos. Hay balones de goma, muñecas, caballitos de madera, soldados de plomo, escopetas de aire comprimido, trompetas, cajas de «mecano», peonzas…; tienen de pronto en sus manos todo lo que un niño necesita para jugar. La alegría de sus caras es indescriptible.

Betto en cambio está enfurruñado. Contempla aquella fiesta con desazón, y le dice a fray Maurizio:

—No deberían haber aceptado esos regalos de los fascistas. ¡Es humillante!

—¿Por qué?

—Porque esos muchachos fascistas no los hubieran traído si supieran que son para niños judíos. Si lo supieran, seguramente hubieran avisado a los alemanes…

—Los han traído y se han ido —contesta fray Maurizio—. Ahora lo único que importa es que los niños pueden ser felices al menos durante un tiempo. Los juguetes son juguetes, simplemente, no hay juguetes fascistas o antifascistas. Además, si los hubiéramos rechazado, podrían sospechar.

Betto comprende que el fraile tiene razón. Pero no puede evitar su rabia y su odio. Solo un poco más tarde, al comprobar que los niños están felices y abstraídos de sus sufrimientos al menos por unas horas, es capaz de olvidar sus prejuicios y se pone a jugar con ellos.

69

Roma, viernes, 7 de enero de 1944

—¡¿Cómo me piden una cosa así?! —exclama fray Natale, el prior, llevándose las manos a la cabeza—. ¡Precisamente ahora! ¡Ahora que estamos en el mayor de los peligros! Ahora que cada día es un milagro salir adelante...

El prior está en su despacho, sentado delante del escritorio. Es un hombre precavido, de rostro redondo y atemorizados ojos tras las gafas. Frente a él, están las hermanas Daureli, don Desiderio y el teniente Giglio. Han venido esta mañana temprano para intentar que el superior de la comunidad de frailes acepte que la radio militar americana sea instalada en el hospital. Han explicado con detalle el asunto y se han encontrado con la oposición de fray Natale.

El prior mira ahora a Orlena directamente a la cara y le dice angustiado:

—Señorita Daureli, usted conoce mejor que nadie la situación tan difícil que estamos atravesando... ¡Y vienen a pedirme que meta una radio clandestina en el hospital! ¿Se han vuelto locos? Los alemanes podrían detectar las transmisiones y todos estaríamos en grave peligro:

Orlena baja la cabeza, abrumada. Entonces don Desiderio sale en su defensa diciendo:

—Ella no tiene nada que ver en esto. He sido yo quien le propuso que nos acompañara al hospital. Si no es por ella, no habríamos podido entrar a causa de la pandemia. Sabemos que tienen aquí muchos refugiados y todo lo que están haciendo para eludir las inspecciones de los alemanes. Es precisamente por eso, por ser este lugar más seguro que ninguno, por lo que le pedimos que la radio sea traída aquí.

—¡Es muy peligroso! —replica fray Natale—. Se trata de una acción militar…

Giglio toma la palabra para decirle:

—Sí, padre, es peligroso, pero ha de tener en cuenta que toda Roma está en peligro. Mientras los alemanes estén aquí, nadie se hallará seguro. Por eso somos muchos los italianos que nos estamos jugando la vida… Le ruego que lo tenga en cuenta. Este es un lugar perfecto para transmitir comunicaciones por radio. No hay edificios colindantes por tratarse de una isla. Es territorio del Estado Vaticano y, por lo tanto, un espacio neutral.

—Por eso precisamente no podemos arriesgarnos a romper la neutralidad —repone el prior—. Por encima de todo, somos un sanatorio. Y ya estamos sobrepasando con mucho los límites… Hemos dado refugio a políticos antifascistas, a judíos, a soldados… No se nos puede pedir ni un esfuerzo más…

—¡Sí! —grita don Desiderio—. Todos los esfuerzos son necesarios ahora. Los aliados angloamericanos están apenas a cincuenta kilómetros de Roma afrontando la más cruenta de las batallas para liberarnos. ¡Sí, para liberarnos! —Hace hincapié con energía—. ¡Para liberarnos a nosotros! Y todo el que pueda ayudar en esta heroica empresa desde cualquier parte debe hacerlo. Esa radio es muy necesaria para informar al mando militar americano de los movimientos y las defensas de las tropas alemanas en la capital. Si tienen un conocimiento preciso de lo que aquí sucede, podrán acelerar sus movimientos. Le ruego, fray Natale, que reconsidere su posición. ¡Se lo pido por Dios!

El prior se queda muy serio, cavilando sobre la discusión que se ha producido.

Luego extiende las manos con humildad y murmura:

—Comprendo lo que me están diciendo. Créanme, lo comprendo… Pero se trata de una decisión demasiado trascendental que excede mis competencias. Yo no puedo ni debo tomarla en solitario.

Necesito informar a mis superiores, al Vaticano, a la comunidad de frailes y a la dirección del hospital. Les ruego que se pongan en mi lugar.

—Sí, es lo que nos temíamos —responde don Desiderio—. Y yo le ruego que informe usted a quien tenga que informar; pero, por favor, hágalo pronto. Cada día, cada hora, cada minuto que pasa es tiempo desperdiciado en esta carrera contrareloj. Está en juego la liberación de Roma. Y piense que todos sus problemas habrán acabado el día que los aliados echen a Mussolini y a los nazis de Italia. Es para eso por lo que muchos hombres y mujeres nos jugamos nuestras vidas cada día.

Fray Natale se queda pensativo un instante, antes de responder:

—Aguarden aquí. Iré inmediatamente a ver al superior general y le informaré sobre esta petición. Él resolverá al respecto.

Cuando el prior se dispone a salir, Orlena le ruega:

—Un momento, fray Natale. Mi hermana ha venido para ver a Betto...

El fraile la mira con una expresión bondadosa. Luego mueve la cabeza, diciendo:

—Está prohibido a las visitas entrar en el área de los enfermos. Pero veré lo que se puede hacer.

70

Roma, viernes, 7 de enero de 1944

A la hora del almuerzo, Betto observa cómo los niños judíos del hospital están comiendo con enorme apetito; se anima con ellos y disfruta de aquel momento extraño que va conmoviendo sus entrañas cada vez más. Él mismo les ofrece la comida a los pequeños y no puede resistir el deseo de mirar la manera en que se la zampan con fruición e indiferencia, como si estuvieran a solas; y devoran felices el pan con margarina, el caldo de verdura con pasta, el queso, las patatas asadas... Todo esto llegó en un carromato a primera hora de la mañana del día de la Epifanía desde el Vaticano, cumpliendo la promesa de enviar alimentos que el papa había hecho al superior general de la Orden Hospitalaria. Y aunque no es gran cosa, la ayuda ha permitido improvisar un verdadero banquete en medio de la escasez y el racionamiento de tantos meses. Después traen también grandes bandejas con la carne guisada de los cerdos que entregó don Vincenzo. El apetitoso aroma se extiende por todas partes. Cuando se ha pasado tanta hambre, el instinto del olfato se acentúa hasta límites insospechados. Es como un sueño realizado...

Pero Betto, al ver toda aquella carne, se ha quedado de pronto horrorizado. Se acerca hasta fray Maurizio y le pregunta:

—¿Es carne de cerdo?

—Sí —responde el fraile con una sonrisa.

—Los niños no pueden comerla —dice Betto con rotundidad, mientras le echa una mirada acusadora—. Son niños judíos.

Fray Maurizio le mira con cariño. Se había percatado de la confusa alegría que había en su rostro inocente hacía un momento, como el de un niño que disfruta con un juguete nuevo. Pero ahora ve que se ha transformado en una expresión de confusión y duda. Le dice, animándole y sin darle mayor importancia:

—Los juguetes no son fascistas y la carne tampoco. La carne es muy necesaria para ellos, porque están famélicos. ¡Déjalos que sean felices! Y come tú también esa carne deliciosa.

—¡No! No lo he dicho porque los cerdos fueran traídos por los fascistas. Somos judíos, y los judíos no comemos carne de cerdo. Eso usted lo sabe de sobra.

El fraile le lanza una mirada burlona, al decir:

—Creí entender que eras ateo, Betto. Y los ateos no tienen en cuenta esas cosas. ¿O será que te estás volviendo creyente?

Al joven esta interpelación le sorprende, como si se tratara de un moralista que irrumpiese en sus íntimos sentimientos, y sonríe con embarazo, disimulando la rabia que siente por dentro. Sin embargo, no tiene más remedio que decir con tono sincero:

—Soy ateo, en efecto, pero no he comido cerdo en toda mi vida. Y no lo he dicho solo por mí. Pienso en sus padres, en sus familiares y en sus vecinos que ya no están con ellos. ¿Cree usted que verían con buenos ojos que sus niños incumplen lo que la ley judía manda? No se trata de una prohibición sin sentido y no tiene nada que ver con mi disgusto personal. A usted le podrá parecer un precepto irracional, pero es un signo del compromiso y la importancia que tiene para nosotros pertenecer a una comunidad.

—Lo comprendo, Betto. Pero… cuando se tiene tanta hambre, lo primero es lo primero…

Betto resopla como signo de exasperación y replica:

—¡La dignidad es lo primero! Nos han quitado a nuestras familias, nos han privado de nuestros derechos, nos han robado nuestras vidas de ciudadanos libres y nuestros bienes. Pero no vamos a renunciar a nuestra identidad. ¡Eso jamás!

—Lo comprendo —dice fray Maurizio—. Pero son solo niños…

Betto le lanza una mirada severa. Luego abandona aquella discusión y vuelve donde están los niños para decirles con autoridad:

—¡Nosotros somos judíos y no podemos comer esa carne! ¡Es carne de cerdo!

Los niños obedecen a pesar de su voraz apetito. Miran lo que hay y se conforman con las patatas, el pescado seco y algunos trozos de *panettone*, dedicándose luego a la fruta. Y Betto vuelve a estar aparentemente alegre cuando le obedecen sin rechistar. Permanece de esta manera, absorto, sin poder resistir el deseo de mirarlos mientras comen. Es feliz de algún modo en aquel instante, pero todavía no es consciente de que su compasión se ha ido transformando en amor hacia aquellos pequeños desdichados.

Y cuando ha pasado un rato, sucede algo que de ninguna manera podía esperarse. Fray Maurizio se había ausentado del comedor y ahora regresa muy sonriente para decirle:

—Betto, la Befana también ha traído un regalo para ti. ¡Y no ha sido la Befana fascista! ¡Mira quién ha venido a verte!

Gina entra en ese momento. Después de haberla visto, el joven levanta su cabeza, mirando a la nada, y cierra luego los ojos con una extraña expresión de felicidad.

Gina corre hacia él para abrazarlo, exclamando:

—¡Betto...! ¡Dios mío, Betto!

Ella está alegre, aunque un poco cansada a causa del embarazo, que ya se le nota bastante; pero feliz con todo, hasta con su cansancio. Betto la besa y luego observa muy interesado su vientre hinchado. Es la primera vez que se hace verdaderamente consciente de la existencia de esa nueva criatura, y de que no puede saber si será niño o niña, sufriendo una sensación que no había conocido nunca antes y que encierra una muda protesta contra las leyes de la naturaleza.

71

Roma, viernes, 7 de enero de 1944

El superior general de la Orden Hospitalaria de San Juan de Dios, fray Efrén Blandeau, ha escuchado circunspecto la petición de instalar la radio militar dentro del hospital que don Desiderio le ha hecho. A continuación, permanece muy atento a las explicaciones que da Maurizio Giglio para justificar la apremiante necesidad de emitir comunicados secretos a las tropas aliadas.

—Esa radio puede facilitar la liberación de Roma —asegura el joven teniente con entusiasmo—. Toda la información que reciban los angloamericanos les resultará muy útil para asegurar sus pasos y preparar la estrategia de asalto.

En la sala capitular están también fray Maurizio Bialek y los doctores Borromeo y Sacerdoti. Tras la exposición de Giglio hay un largo silencio. Después don Desiderio vuelve a tomar la palabra y añade:

—Será por poco tiempo. Porque el final de Hitler y los nazis es inminente. Las noticias apuntan a un desastre total para las tropas alemanas en todos los frentes. El triunfo de los aliados es imparable.

Blandeau frunce el ceño y responde en francés:

—*J'espère que Dieu t'entendra.*

Entonces fray Maurizio se dirige al superior y le dice con excitación:

—¡Hay que arriesgarse! ¡Debemos hacer cuanto esté en nuestras manos para ayudar a la liberación de Roma! Si esa radio es tan importante para el avance de los aliados, no podemos negarnos. Los angloamericanos están a menos de cincuenta kilómetros de aquí... ¡Confiemos en Dios!

Borromeo secunda esta opinión añadiendo:

—Es un riesgo que debemos asumir. El engaño de la pandemia está funcionando y los alemanes no se atreverán a entrar en el hospital a sabiendas de que pueden contraer una grave enfermedad contagiosa. No se les ocurrirá siquiera poner en peligro a sus destacamentos militares.

El superior general mira al uno y al otro con una expresión de indescifrable significado. Después suspira hondamente y sentencia:

—No se esfuercen más para convencerme sobre algo que ya tengo decidido.

Hay luego un silencio en el que todos contienen el aliento, y que se prolonga hasta que Blandeau se dirige al teniente Giglio para decirle con firmeza:

—Traigan la radio al hospital e instálenla donde les parezca mejor. *Lancez-vous le plus vite posible! Des que possible!*

«¡Comiencen lo antes posible! ¡Cuanto antes!», fueron sus últimas palabras.

72

Roma, viernes, 3 de marzo de 1944

La sirena eleva de pronto su alarido hasta el cielo. En el hospital de la isla Tiberina la gente corre y se lanza escaleras abajo a los sótanos y las bodegas. Orlena llega en ese momento por el puente y se apresura, con el rostro lívido, hacia los refugios. El bramar de los motores de los aviones se acerca, apagado al principio, como una amenaza contenida, pero luego se intensifica. Los vehículos se apresuran por las avenidas y se oyen en torno algunos gritos de espanto. El ruido se aproxima, se hace inminente, y crece el pánico en todas partes. Cuando ella entra, la gente aguarda, mirando hacia las alturas con la boca abierta, aunque sus ojos no pueden ver otra cosa que las bóvedas húmedas y enmohecidas.

Las voces contenidas murmuran con espanto:

—Ya están ahí… ¿Los oís?

—¡Ya! Ya empieza, ya empieza…

Alguien grita autoritariamente:

—¡Callaos! Si os ponéis a hablar no sabremos si los aviones están cerca o lejos.

Hay luego un silencio obediente y resignado, en el que hasta las respiraciones se han detenido. Entonces llega un estruendo lejano e incesante.

—¡Escuchad, están disparando!

—Es verdad, ya empieza.

—Es la batería antiaérea.

—¡Silencio, por Dios! ¡Lo estamos oyendo! ¡No estamos sordos!

Se callan. También desaparecen los ruidos de las explosiones, pero no el rumor lejano de los aviones.

—¡Ha parado!

—Sí, parece que se van…

Pero vuelve a intensificarse el bramido de los motores. Tiembla repentinamente la tierra y todos prorrumpen en un grito de espanto. Los niños se echan a llorar y la confusión se apodera del refugio. Las luces flaquean, palpitan, se apagan, se encienden otra vez…

—¡Ha sido muy cerca!

—¡Sí, al lado!

—Dios mío, Dios mío…

—¡Virgen santísima!

—Ya empieza otra vez.

—¡¿Os queréis callar de una vez?!

De pronto el estampido de los disparos de las baterías antiaéreas alemanas ahoga por un instante el estruendo de los motores, pero enseguida vuelven a dejarse sentir aún más amenazantes. En los refugios el silencio es absoluto durante un largo rato. Los aviones aúllan con toda su furia y tiembla la tierra con cada explosión; una vez, dos veces, tres, cuatro…

Los cañones de la batería, que no han parado de disparar en ningún momento, quedan de pronto en silencio. Luego hay una calma larga, rara e inquietante; esa calma que suele seguir a cada bombardeo. Tampoco se oyen ya los motores de los aviones.

—Se van.

—¡Sí, se acabó!

—¡Gracias a Dios!

—A ver ahora qué es lo que han dejado…

Todo el mundo permanece todavía un tiempo en los refugios por seguridad. Pero las sirenas no suenan ya. Entonces empiezan a salir primero los hombres y luego las mujeres, los ancianos y los niños. Cuando están fuera, corren hacia las ventanas y escrutan el horizonte.

—¡Mirad! ¡Humo en Ostiense!

—¡Está ardiendo! ¡Está ardiendo!

—¡Allí!

Poco después, como suele suceder, sale la gente por todas partes. Las ventanas y las azoteas se llenan de cabezas que se agitan como enajenadas para ver el resultado del bombardeo. Pero no pueden atisbar otra cosa que las madejas negruzcas del humo alzándose a lo lejos y el enloquecido transitar de los coches de policía, los camiones de bomberos y las ambulancias. Siempre es igual. Entretanto, los grupos de hombres que abarrotan ya las calles y las plazas se ponen en movimiento para ir hacia donde las humaredas señalan el desastre causado por las bombas.

Empiezan a circular las informaciones:

—¡Ha sido en San Saba!

—También en la estación Ostiense.

—Y en Tiburtino y Littorio.

Una multitud parte casi a la carrera hacia esos lugares. Roma está profundamente consternada, aterrorizada, por este nuevo ataque que, en cierto modo, ha sido inesperado. Desde finales de enero del nuevo año, los bombarderos aliados habían dado un largo descanso a la ciudad. Nadie sabía por qué los aviones no habían vuelto en un mes. Las temidas sirenas apenas sonaron un par de veces en todo ese tiempo. Algunos pensaban que los alemanes empezaban a ser capaces de contener el avance aliado. Otros decían que era el papa quien había logrado convencer a los angloamericanos de que debían respetar la Ciudad Eterna, después de que en el propio Vaticano hubieran caído cinco bombas el 5 de noviembre del año anterior. Se dijo que aquello no fue otra cosa más que un error de cálculo. Pero el miércoles 1 de marzo la población se estremeció al saber que la Ciudad-Estado era bombardeada por segunda vez; seis bombas pequeñas que afectaron a las propiedades extraterritoriales vaticanas y al palacio del Santo Oficio. Este nuevo ataque, apenas pasados dos días, ha resultado ser mucho más agresivo que cualquiera de los anteriores; los distritos ferroviarios de Tiburtino, Littorio y Ostiense han sido afectados gravemente, y también las amplias aéreas urbanas circundantes, con más de cuatrocientos civiles muertos. Hay daños en Porta San Paolo, en la muralla Aureliana y en la pirámide de Cestio; dos iglesias han sido destruidas y las vidrieras de la basílica de San Pablo Extramuros han saltado por los aires.

73

Roma, sábado, 4 de marzo de 1944

Las bombas siguen cayendo. Las sirenas de alarma suenan con más frecuencia que nunca. Desde el primer día del mes de marzo, ha habido bombardeos terribles con atroces daños y con centenares de civiles muertos. También dentro de la ciudad la violencia se ha recrudecido. Hay explosiones y disparos en cualquier parte. Casi a diario, los partisanos que integran los diversos grupos de la Resistencia atacan a las tropas alemanas y a los miembros de las organizaciones fascistas. Como represalia, el día 1 se produjo una redada a lo grande entre Piazza Venezia y Piazza di Spagna, donde más de mil civiles permanecieron bloqueados durante horas. Los ciudadanos varones fueron registrados, cacheados e interrogados; y tras ser identificados, fueron retenidos para ser enviados a campos de trabajos forzados.

Por otra parte, la llamada Banda de Koch, tristemente célebre por su crueldad, hace estragos continuamente. Numerosos patriotas, antifascistas y judíos son expoliados, detenidos y luego torturados en los locales de la pensión Oltremare de Via Principe Amedeo y en la pensión Jaccarino en Via Romagna, sedes de la banda que todo el mundo conoce ya. Se cuentan cosas atroces de lo que allí sucede: privación de agua y alimentos, palizas hasta la sangre, fractura de costillas, arrancamiento de uñas y de cabello, pinchazos con alfileres y punzones en las partes más sensibles del cuerpo, etc. Todo esto parece superar lo que se conocía sobre las formas usadas por las SS en sus sombrías dependencias de Via Tasso. Ningún sector de la sociedad romana se ve libre de la sospecha y la acción de estos escuadrones que siembran el terror; políticos, militares, empresarios, músicos, intelectuales, miembros del clero…, cualquiera puede formar parte de las listas negras que se nutren de las pesquisas y delaciones de los miles de espías que se mueven por doquier.

Hay rumores de toda clase. Algunas de aquellas tétricas historias que se cuentan parecen incluso ser invenciones, exageraciones de la gente en medio del clima irrespirable de exasperación, alarma permanente y agotamiento que envuelve la vida cotidiana. Pero hay quien tiene acceso a informaciones bastante creíbles de lo que en verdad está sucediendo en Roma. Como Adriano Ossicini, el joven estudiante de medicina que trabajaba en el hospital de la isla Tiberina. Su actividad secreta y sus contactos le permiten tener conocimiento de muchos hechos que la gente en general ignora. Ya en mayo del año anterior, Ossicini fue arrestado por los fascistas durante una redada y encarcelado durante más de dos meses. Como tantos otros detenidos, fue interrogado y golpeado, pero solo admitió haber expresado críticas a la discriminación racial; ya que, como católico, consideraba que el racismo iba en contra de la doctrina cristiana. Fue liberado gracias a la intercesión del Vaticano y volvió a sus ocupaciones, manteniéndose en adelante oculto y en una reserva prudente. Pero no deja de tener contacto con activistas, partisanos y comunistas.

El sábado día 4 de marzo se presenta en el hospital para buscar refugio, como suele hacer en determinadas ocasiones. Este día llega agitado, conmovido, porque la organización demócrata cristiana de la Resistencia, a la cual pertenece, ha sufrido un duro golpe: sus miembros Nicola Angelucci y Giuseppe Intersimone han sido arrestados y se teme por sus vidas. También se ha enterado esa misma mañana de la muerte de otro líder demócrata cristiano, Luciano Maffucci, asesinado en un tiroteo por los nazi-fascistas a las afueras de Roma.

Los médicos y los frailes se reúnen con Ossicini para escuchar el relato de otros tantos sucesos trágicos. Fray Maurizio Bialek ha conseguido que Betto entre con ellos a la reunión.

—Hay cada vez más detenidos —explica Ossicini—. Son tantos

que la policía fascista ha tenido que improvisar una gran cárcel en los barracones del antiguo cuartel de infantería en Viale Giulio Cesare para dar cabida a varios centenares esperando la deportación. Ayer acudieron a las puertas de este edificio las madres, esposas e hijas de los detenidos, exigiendo a gritos que sus seres queridos, encerrados allí, fueran liberados. Un joven que intentó escapar por una abertura en el primer piso fue asesinado por una ráfaga de ametralladoras delante de todas ellas. Poco después, una madre de cinco hijos, y en su sexto mes de embarazo, intentó tirarle un paquete con un trozo de pan y queso a su marido, que estaba asomado a una ventana. Un suboficial alemán disparó contra ella y la mató sin consideración alguna…

Un silencio amargo sigue al relato de estos hechos. Pero luego Ossicini prosigue diciendo:

—La violencia y la venganza son ya imparables. Ayer por la tarde, como respuesta a la crueldad de los nazi-fascistas, dos escuadrones de los GAP, los Grupos de Acción Patriótica, respondieron a estos asesinatos con un ataque a la guarnición del mismo cuartel, logrando matar a un oficial de las brigadas fascistas. Durante el tiroteo, una bala perdida alcanzó a una pobre mujer que salía de la iglesia de San Gioacchino y falleció allí mismo, en plena calle. También hoy ha sido destrozado un camión militar alemán por un ataque partisano en Piazza Esedra. Y me acaban de decir hace un rato que un guardia de las SS ha recibido un disparo mortal en Piazza Mirti, en el distrito de Prenestno. El mando alemán ofrece nada menos que cincuenta mil liras a quien denuncie a los autores del atentado.

Cuando concluye la reunión, Betto está lleno de ira, arrebatado; y le cuesta sujetar sus nervios, hasta el punto de olvidarse de sí mismo y de ser incapaz de disimular sus sentimientos y todo lo que le pasa por su cabeza enfervorizada. Se va hacia Ossicini, que está todavía hablando con los médicos, le agarra por el brazo y le dice:

—¿Puedo hablar contigo?

Ossicini vuelve la cabeza hacia él con gesto de extrañeza y murmura:

—¿Ahora?

—Sí, ahora. Es muy importante.

Ossicini fuerza una sonrisa para disipar la inquietud que le domina. Está apreciablemente cansado, agotado física y mentalmente; abrumado y destrozado por tantos acontecimientos trágicos que le superan. Se separa del grupo de médicos y retrocede hasta una silla; se sienta, preguntando con un tono que refleja su inquietud y su desgana:

—¿Qué es lo que pasa?

Betto se sienta a su lado, y dice, con el aire del alumno que confiesa desconocer las respuestas de un examen:

—Siento que debo hacer algo… Pero… ¿qué? ¿Qué puedo hacer? Me encuentro perdido, impotente, incapaz… Pero siento que debo hacer algo…

Ossicini parpadea taciturno, luego murmura con un dejo triste:

—Yo tampoco puedo liberarme de esos sentimientos…

—¡No basta con los sentimientos! ¡Hay que hacer algo! ¡Tenemos que actuar!

Ossicini reflexiona con tristeza y desolación; luego dice:

—Hay mucha gente haciendo todo lo que puede. Si supieras cuántos hombres y mujeres se juegan la vida a diario…

Betto agita la cabeza perplejo y dubitativo, mientras empieza a decir:

—Lo sé, y supongo que son muchos más de lo que podemos imaginar, no solo en Roma, sino en toda Italia. Por eso acudo a ti, Adriano… ¡Tienes que ayudarme!

Reina el silencio y la tristeza durante un largo rato, hasta que Ossicini mira en dirección a él con una confusa sonrisa de disculpa y compasión en los labios. Después dice:

—Sé todo lo que te ha sucedido, Betto. Tengo conocimiento de lo que ha pasado con los judíos de Roma… Y no voy a hablar contigo sobre ese asunto.

—¡No he acudido a ti para eso! —protesta enérgicamente Betto—. No soy tan ingenuo como para pensar ni un solo momento que puedes hacer algo para devolverme a mi madre y a mis hermanos.

—¿Entonces?

Betto deja escapar una mueca de disculpa y ruego, que se dibuja en el ángulo de su boca en forma de crispación.

—Estás en contacto con la Resistencia. ¿Podrías ayudarme a encontrar un grupo? Pertenezco a una célula de Bandiera Rossa y he participado en algún atentado. Pero después de la redada en el barrio judío perdí toda posibilidad de comunicar con ellos.

La sorpresa se revela en el brillo de los ojos azules de Ossicini, mientras esboza una leve sonrisa que es el exponente de su sensación de interés por lo que acaba de oír.

Entonces Betto se siente estimulado para continuar, y le explica con mayor detalle su ocasional participación en la Resistencia. Luego saca de su bolsillo el documento que le acredita como ciudadano español y se lo entrega, diciendo:

—Con esto puedo moverme sin demasiado peligro. Pero no sé dónde ir ni con quién ponerme en contacto. Solo hay una cosa que tengo bien clara: necesito actuar, participar en la lucha. Y si tú no me ayudas buscaré la manera de hacerlo por mi propia cuenta. No pararé hasta que consiga unirme a un comando.

74

Roma, sábado, 11 de marzo de 1944

Desde que cayeran las primeras bombas en San Lorenzo en julio del año anterior, Roma ha sido bombardeada más de cuarenta veces, con miles de civiles muertos y heridos. En lo que va transcurrido del mes de marzo, no ha habido descanso más de tres días seguidos. Si bien los aviones parecen querer respetar los tesoros históricos y artísticos, la población, desesperada, empieza a preguntarse por qué no avanzan más rápidamente las tropas aliadas por tierra en vez de castigar a la ciudad desde los cielos con tanta dureza. Por otro lado, se ha sabido que la abadía de Montecasino, construida por san Benito en el siglo VI, ha sido reducida a escombros por los aliados. Este hecho ha contribuido a dividir más la opinión entre los italianos sobre la manera de actuar de los ejércitos angloamericanos: una parte considera bárbaras y absurdas sus acciones militares; otros, en cambio, las estiman necesarias para que el pueblo acabe de levantarse contra los opresores nazi-fascistas. El Vaticano por su parte insiste una y otra vez en sus mensajes sobre la obligación de respetar el estatus de ciudad abierta. Pero esto no evita que los bombardeos se sucedan casi a diario, y que las calles de Roma se conviertan en un campo de batalla por las acciones cada vez más frecuentes de la Resistencia.

El miércoles día 8 de marzo, a primera hora de la mañana, es saboteado un depósito de combustible alemán en Via Claudia, cerca del Coliseo. Diez mil litros de gasolina explotan y se produce un gran incendio cuyo humo negro puede verse desde cualquier lugar.

Una acción todavía más audaz y espectacular tiene lugar dos días después, cuando el viernes un comando del GAP lanza un ataque, con bombas de mano y armas de fuego, contra los fascistas que desfilan por Via Tomacelli, tras salir de un acto organizado en el cine Adriano por la organización Honor y Combate. Tres miembros del ala militar armada fascista caen muertos y varios son heridos de gravedad.

Como medida de precaución, el mando alemán prohíbe a partir de ese día realizar cualquier manifestación, reunión o desfile al aire libre. También se adelanta el toque de queda y se prohíbe la circulación en bicicleta por la ciudad. En adelante, todas las reuniones y actos fascistas solo podrán tener lugar en locales cerrados, dentro de áreas urbanas restringidas a la circulación y bien custodiadas.

El sábado por la mañana, circula por toda Roma el anuncio de que el papa Pío XII va a convocar una audiencia pública en la plaza de San Pedro para el día siguiente, domingo, con motivo del quinto aniversario de su nombramiento. El rumor venía propagándose desde finales de febrero, cuando parecía que los bombardeos no iban a repetirse. Hace muchos meses que el pontífice no aparece en público, y muy pocos confían ya en que pueda llegar a ser realidad un acto multitudinario de aquel tipo, porque las amenazas de las bombas han aumentado y, además, está la prohibición de los alemanes de celebrar cualquier clase de manifestación al aire libre.

Por la tarde, ante la general sorpresa de los romanos, las emisoras de radio anuncian repetidamente el evento antes y después de cada noticiario: «Su Santidad el papa Pío XII convoca a todos los fieles católicos a la audiencia pública que se celebrará, Dios mediante, el domingo día 12 de marzo en la plaza de San Pedro a las 15:30 horas». Según se declara, el acto estará «dirigido especialmente a los miles de refugiados y desahuciados por causa de las bombas, a las víctimas y a todos los que padecen de alguna manera, en el cuerpo y el alma, los estragos y terribles sufrimientos de esta horrible e inhumana guerra, muchos de los cuales han pedido de Su Santidad este favor». También se especifica que la audiencia proyectada «será de libre acceso, de duración breve y de naturaleza únicamente religiosa y popular».

La euforia se desata en toda Roma por este repentino anuncio.

Parece ser que las autoridades de la ocupación alemana no han puesto inconvenientes. Al fin y al cabo, el Vaticano es terreno neutral y no está sometido a las duras medidas que afectan al resto de Italia. Por otra parte, para muchos, la ausencia de cualquier indicio de oposición del alto mando alemán refleja cierta buena voluntad hacia el pueblo de Roma. Precisamente en unos momentos en que la mirada hacia los «esperados» aliados empieza a ser más recelosa y hostil por los incesantes bombardeos. Hay quienes van todavía más allá, fantaseando y propagando que, sin duda, el papa va a hacer el domingo un anuncio muy importante. ¿Será el fin de la guerra en Italia? ¿Se habrá llegado a un acuerdo de paz por mediación de la diplomacia vaticana? ¿Se van a retirar los alemanes? ¿Abandonan los aliados la ofensiva? En todo caso, el acontecimiento es muy aplaudido y se espera una gran afluencia de público.

75

Roma, domingo, 12 de marzo de 1944

A mediodía, tras un frugal y pobre almuerzo a base de sopa y patatas, un grupo de frailes de la Orden Hospitalaria abandona la isla Tiberina por el Ponte Cestio para atravesar el Trastévere en dirección a la plaza de San Pedro. Van por delante fray Leonardo y fray Clemente Petrillo, y los siguen todos los novicios y algunos de los hermanos ancianos, que caminan más despacio. Un viento cálido de poniente azota sus caras bajo el cielo ceniciento, triste; pero todos ellos parecen contentos. Un poco después, salen también del hospital el doctor Borromeo, Adriano Ossicini, Orlena Daureli y Betto. Este último no tenía ninguna intención de acudir a la audiencia papal, pero le han convencido, animándole por el hecho de que posee una documentación que le permite los movimientos, y con la tan cacareada conjetura acerca del posible mensaje importante de Pío XII en su discurso. Betto manifestó sus reservas en un principio, pero luego se dejó persuadir, porque ya tenía decidido seguir a Ossicini incondicionalmente en todo.

Cerca del Vaticano, las calles empiezan a estar abarrotadas por una multitud que se dirige hacia el mismo sitio, con las mismas esperanzas, andando deprisa en grupos pequeños para evitar infringir la ley alemana. Pero la aglomeración y las colas son inevitables más adelante, en los accesos a la plaza. El clima que se respira en la muchedumbre es unánime; al mismo tiempo sombrío y anheloso, triste y esperanzado a la vez. Casi todos están igualmente famélicos, agotados, afligidos por los bombardeos, la opresión alemana, el miedo y la decepción porque no se han cumplido las ilusiones de una pronta liberación por parte de los aliados. Hay angustia por los que se esconden, por los registros frecuentes, por la violencia en las calles y por el terror de lo que pueda llegar en cualquier momento por el cielo. El ánimo de la multitud refleja una confianza expectante, a pesar de su aflicción. Sobreabundan de manera considerable las mujeres, sobre todo las madres, esposas y hermanas de los miles de desaparecidos, detenidos y deportados, que han visto en aquella audiencia una oportunidad para reclamar a sus seres queridos o simplemente manifestar su desconsuelo y su rabia.

Antes de la hora prevista, la plaza está abarrotada. La basílica se alza al frente y la imponente columnata de Bernini parece acoger al gentío que va congregándose lo más cerca que puede del lugar donde se espera que aparezca el papa. Varios centenares de guardias suizos —una cantidad inusitada— se han situado detrás de las barreras que separan la plaza de las escalinatas que conducen al espléndido atrio. También hay policías italianos rodeando la zona. No se ven militares alemanes dentro del territorio propiedad del Vaticano, pero sus tropas patrullan permanentemente por los límites y no dejan de circular vehículos militares.

Los frailes, los médicos, Orlena y Betto se colocan en medio de la muchedumbre, no demasiado lejos del centro de la plaza, a unos doscientos metros del balcón donde cuelgan los tapices con las enseñas pontificias. Aunque lo intentan, no pueden avanzar más.

De pronto se oye el rugir de un avión y todos los ojos escrutan el cielo, al mismo tiempo que se levanta un denso murmullo de aprensión. Pero es una simple avioneta que pasa a lo lejos y que se pierde para no volver. Entonces se comenta que el papa había suplicado a los aliados que se abstuviesen de sobrevolar Roma ese día.

Orlena y Betto conversan a media voz, la una al lado del otro, amparados por la intimidad que les permite el constante murmullo de la barahúnda que los rodea por todas partes. Hablan del próximo parto de Gina, que no ha ido porque su embarazo está muy avanzado. Ambos comparten su esperanza en que la guerra acabe pronto y puedan hallar luego la mejor solución para sus problemas. Pero, a pesar de la cordialidad y el acuerdo mutuo, Betto está caviloso, se muestra reservado, y eso a Orlena la desquicia un poco.

—Tienes que ir a ver a mi hermana —le dice—. Sabes que ella te necesita. Pronto nacerá la criatura. Me ha pedido que te diga que puedes ir mañana a casa.

Él tarda en contestar a esta interpelación. Pero acaba diciendo con parquedad:

—Está vuestra madre.

—Mamá acabará aceptándolo, no le queda más remedio. ¡Ve mañana, por favor! Con los documentos que te dio don Desiderio puedes moverte sin miedo.

Betto asiente con la cabeza. Ella le extiende la mano y acuerdan con ello que él irá al día siguiente.

De repente, la multitud se remueve y prorrumpe en un griterío entusiasmado. Todas las miradas se giran hacia el balcón que acaba de abrirse.

La figura del papa aparece allá arriba, con la sotana blanca y la esclavina roja sobre los hombros. Se hace un silencio profundo, cargado de misterio y respeto. Solo un monseñor y un guardia acompañan a Pío XII, quedándose retirados de él, de manera que parece estar muy solo en la distancia.

La inconfundible y solemne voz del papa llena de pronto la plaza con la metálica envoltura de la megafonía. Empieza indicando a quién se dirige principalmente:

> *Ai profughi di guerra rifugiatisi in Roma e agli abitanti dell'Urbe...*

> (A los prófugos de guerra refugiados en Roma y a los habitantes de la Urbe).

Después continúa señalando que:

«La martirizada ciudad de Roma ha sido desgarrada en la carne de sus habitantes, horriblemente asesinados, mutilados o heridos...».

Los estruendosos aplausos y los vítores que levantan estas palabras ahogan su voz. Pero luego el papa prosigue con mayor énfasis:

«Oro, suplico y ruego que su sufrimiento, cada día mayor, sea aliviado por quienes tienen los medios para venir en su ayuda…».

La mayoría de la gente interpreta estas palabras como una exigencia a los aliados y los aplausos arrecian con mayor fuerza todavía.

El pontífice añade en tono severo:

«La eventualidad de transformar Roma en un campo de batalla sería un acto tan militarmente sin gloria como abominable a los ojos de Dios y de una humanidad consciente de los más altos e intangibles valores espirituales y morales».

Una y otra vez, los aplausos y los gritos le interrumpen. Hasta que Pío XII concluye su discurso llamando a todos a unir sus esfuerzos «hacia el advenimiento de una paz libre de cualquier violencia, para que sean recordados entre los bienaventurados y no entre los malditos sobre la faz de la tierra por los siglos venideros».

Termina el acto con la correspondiente oración y la bendición *urbi et orbi.* Todavía la multitud permanece quieta, sin dispersarse, pues el papa está en el balcón. Entonces empiezan a oírse fuertes voces por encima del murmullo general.

Hay un silencio súbito y aquellos gritos arrecian, reconociéndose perfectamente lo que dicen:

—¡Abajo los alemanes!

—¡Fuera! ¡Fuera los alemanes de Italia!

—¡Pan y no guerra!

—¡Libertad para los presos!

El silencio meditabundo que ha seguido al discurso papal se va transformando en una protesta airada que se extiende por toda la plaza. Son principalmente grupos de mujeres que se manifiestan abiertamente. La masa se agita y la gente empieza a moverse en oleadas. Surgen banderas tricolores y pañuelos rojos que se elevan por todas partes. Aquí y allá se improvisan discursos exigiendo que las tropas alemanas abandonen Roma, que se libere a los detenidos y que se firme la paz con los aliados.

Fray Leonardo se dirige entonces a fray Clemente instándole:

—¡Volvamos a casa! ¡Vamos! ¡Esto puede ponerse feo!

—¡Sí! —contesta Petrillo, alarmado—. ¡Todo el mundo a la isla!

Orlena y Borromeo se unen a los frailes y emprenden una rápida retirada hacia la parte izquierda de la columnata, para regresar por las calles adyacentes.

Las voces se transforman en un bramido que corea:

—¡Paz! ¡Paz! ¡Paz!...

Pío XII desaparece del balcón y la masa empieza a dispersarse. Pero todavía hay grupos que no paran de agitar banderas, clamando a voz en cuello:

—¡Fuera los alemanes! ¡Fuera de Roma! ¡Fuera! ¡Fuera!...

La policía empieza a maniobrar para disolver aquellas manifestaciones y suena a lo lejos algún que otro disparo al aire. La gente se agita, se mueve en oleadas y grita aterrorizada. Entonces Orlena se vuelve y ve que Ossicini y Betto corren en dirección contraria, perdiéndose entre la multitud. Se queda durante un momento desconcertada, pero siente miedo y sigue a los frailes.

La vuelta a la isla es agitada, sorteando las patrullas alemanas y evitando unirse a los grupos de exaltados. Los frailes caminan lo más rápido que pueden, siguiendo el largo paseo que se extiende por la orilla derecha del Tíber. Llegan a la isla aterrorizados y jadeantes. Cuando se sienten seguros, recobran el aliento y se ponen a comentar entre ellos lo que ha pasado.

Orlena está muy preocupada. Mira hacia el puente y su mirada escruta las calles próximas. Luego se acerca al doctor Borromeo y le dice:

—Adriano Ossicini y Betto no han vuelto ¿Dónde han ido?

Borromeo la mira perplejo y luego cierra los ojos para descansar un poco. Su cara está brillante de sudor. Se queda en esta posición mientras ella escudriña su rostro a la espera de una respuesta. Luego él abre los ojos y le habla con una voz templada y de tonos tranquilizadores:

—No te preocupes. Ossicini sabe lo que hace. No tienes por qué temer...

—¿Sabe lo que hace? ¿Qué quiere decir usted con eso, doctor?

—No tardarán en volver. Falta poco para el toque de queda.

Media hora después, Orlena sigue en la puerta, a punto de marcharse a su casa. Ha estado esperando hasta el último momento y ya han llamado al taxi que tiene que llevarla. Ossicini regresa solo y ella corre hacia él, preguntando angustiada:

—¿Dónde está Betto? ¿Por qué no ha vuelto contigo?

Él deja vagar su mirada en el vacío y responde parcamente, con seriedad:

—Porque tiene que hacer algo importante.

Brilla la preocupación y la desconfianza en los ojos de Orlena, que murmura:

—¡No puede ser! ¡Falta menos de media hora para el toque de queda! ¿Dónde ha ido?

En ese momento llega el taxi. Ossicini se vuelve hacia él haciéndole a ella un gesto con la mano, como si le dijera: «No hay tiempo para más explicaciones».

—¡Dime dónde está Betto! —grita ella.

El ánimo de Ossicini flaquea apreciablemente, suspira y brilla en sus ojos el fastidio; luego, guarda silencio mirándola con gesto de perplejidad.

Ella ve en su silencio una prueba más que evidente de que le quiere ocultar la verdad de lo que sucede; y grita más fuerte:

—¡Dímelo de una vez! ¡¿Dónde está?! ¡Cúando va a volver al hospital!

El taxista hace sonar la bocina y la apremia:

—¡Señorita! ¡El toque de queda!

A pesar de que su respuesta está ya preparada, Ossicini tarda en reflexionar, antes de hablar. Levanta las cejas y cierra los ojos como señal del sufrimiento que le produce esta situación tensa y difícil. Luego acaba respondiendo:

—Betto se ha unido hoy a un comando de la Resistencia. Esa era su voluntad. No me culpes a mí, por favor. Porque, tarde o temprano, él lo hubiera hecho por su cuenta y riesgo…

—¡Señorita! —grita enfurecido el taxista—. ¡Si no monta ahora mismo en el coche me marcho!

—¡Anda, ve a tu casa! —le insta Ossicini—. Mañana hablaremos con más calma.

Orlena pasa repentinamente de la ansiedad a la completa desazón. Sus labios se contraen y se queda muda por el disgusto. Luego rompe a llorar y camina deprisa hacia el taxi, que la espera con el motor en marcha.

Por el camino va llorando desconsolada. A Gina le queda muy poco para dar a luz y no sabe cómo va a decirle lo que acaba de pasar.

El taxista la conoce desde hace tiempo, pues es el mismo que con frecuencia la trae y la lleva al hospital. Se siente culpable por haberle gritado hace un momento y, al verla ahora en aquel estado, se compadece todavía más y le dice:

—Discúlpeme, señorita Daureli... Comprenda que...

—No se preocupe, lo comprendo. Perdóneme usted a mí por haberle sacado de sus casillas —contesta ella llorosa.

Las calles están ya casi vacías. Los últimos automóviles circulan deprisa y las puertas de las casas están cerradas. Las patrullas de policía y los vehículos militares comienzan la ronda. No hay luces encendidas en ninguna parte. Una oscuridad triste, pesada y lúgubre se apodera de Roma como cada día a esa hora.

76

Roma, lunes, 20 de marzo de 1944

Orlena y Gina están a media mañana en el salón de su casa, leyendo. Orlena tiene el día libre por haber trabajado el domingo en el hospital. Hace un precioso día, que anuncia ya la próxima primavera, y doña Gianna ha subido a la terraza, como suele hacer cuando el sol brilla y calienta. Paciana a su vez está en la cocina preparando el almuerzo.

La radio está encendida y suena una cancioncilla ligera, aunque melancólica en cierto modo: *La mia canzone al vento* que canta el tenor Giuseppe Lugo.

Sussurra il vento come quella sera,
vento d'aprile, di primavera,
che il volto le sfiorava in un sospiro
mentre il suo labbro ripeteva: giuro.
Ma pur l'amore è un vento di follia
che fugge come sei fuggita tu.

(El viento susurra como aquella tarde,
viento de abril, primavera,
que tocó su rostro en un suspiro
mientras su labio repetía: lo juro.
Pero hasta el amor es un viento de locura
que huye como huiste tú).

Orlena levanta los ojos de la revista que lee y le clava a su hermana una mirada cargada de significado, como si quisiese grabar en su espíritu la inspiración que esa música despierta en ella. Y le dice soñadora:

—¡Qué recuerdos…!

Pero Gina no quiere entrar en el juego y contesta con indiferencia:

—Bueno, no es precisamente una de mis canciones favoritas…

Gina está un poco desquiciada y con frecuencia se pone de mal humor. A pesar de que ha experimentado en su corta vida más de una ocasión capaz de turbar su serenidad, no está acostumbrada a esta nueva ansiedad que, por su especial naturaleza, puede considerarse que afecta de lleno a lo que la gente identifica como una importantísima causa de felicidad en este mundo. Está a punto de ser madre. Y esto, en las sombrías circunstancias que envuelven ahora la existencia, se ha convertido en su casa, y especialmente en su corazón, en un motivo importante de angustia y preocupación. Durante toda la semana ha estado confiando ingenuamente en que Betto iba a venir a verla en cualquier momento, pero el tiempo pasa y acaba estando muy tensa por la espera. No puede llamarle por teléfono, porque a nadie se le ocurre siquiera usar esa forma de comunicación si no es para los asuntos más sencillos e inofensivos. ¿Qué pasa? ¿Por qué él no acaba de venir? Una y otra vez le hace esas preguntas a su hermana, cuando regresa cada día del hospital. Pero Orlena responde con evasivas; es incapaz de decirle la verdad, que Betto se ha unido a los partisanos y que no se puede saber dónde se halla ahora. Y cuando ve que Gina empieza a desesperarse, la embarga el pudor y permanece un rato bastante largo contemplándola en silencio y compadecida, antes de decirle como excusa, parpadeando:

—No te exasperes. No es tan raro que no haya venido. No están las cosas como para andar por ahí, exponiéndose a que una patrulla de las SS te pida la documentación. Es verdad que Betto tiene documentos, pero no debemos olvidar que esos papeles son falsos.

A Gina se le acentúa la angustia, hasta el punto de sentirla en su sensible corazón como miedo o aprensión. Dice abatida:

—Sí, tienes razón. Entonces no me va a quedar más remedio que ir yo al hospital… ¡Necesito verle! ¿Por qué no me llevas ahora?

Orlena da un profundo suspiro para distender sus nervios y habla forzando el tono de su respuesta:

—No, eso no puede ser... En el hospital no puede entrar nadie de fuera... Es decir, no es posible que...

Y se detiene dudando. Luego cambia de tono y pasa a una voz cariñosa, dubitativa y preocupada:

—No sería prudente. Ya sabes que aquello está vigilado y...

—¡Estoy embarazada! —replica Gina—. ¡Es algo que salta a la vista! ¿A quién le puede resultar sospechoso que una embarazada, en el noveno mes de gestación, vaya al hospital?

Orlena duda un momento, sin saber qué decir, hasta que se lanza con decisión, diciendo con seguridad:

—¿De verdad es eso lo que deseas? Te voy a dar mi opinión, francamente. Debemos ser prudentes. Vamos a ser prudentes tú y yo, hermanita. Ahora es mejor no hacer ningún movimiento. Lo únicamente importante ahora es esperar el momento del parto. Betto vendrá, tarde o temprano, vendrá. Vendrá cuando tenga que venir...

Justo en ese instante, llaman a la puerta. Gina da un respingo y exclama:

—¡Ahí está! ¡Por fin! ¡Voy yo a abrirle!

Sale disparada hacia la puerta, arrebatada por la felicidad que siente. Pero, cuando abre, encuentra frente a sí la presencia grande y oscura de don Desiderio. En un instante se esfuma la ilusión y ella se queda pasmada, mirándole con un asombro que refleja toda su desilusión. Pero es capaz de reaccionar enseguida y exclama:

—¡Usted!

Don Desiderio está visiblemente serio, con un aire de tristeza que no puede disimular. Va enteramente ataviado con los hábitos propios de su condición de miembro de la curia: sotana con abotonadura morada, fajín, capa, sombrero... Y lleva una maleta en la mano.

—¿Puedo pasar? —murmura con voz apagada.

—¡Claro, pase! No le esperaba...

Cuando ambos están en el recibidor, el sacerdote le dice en un susurro:

—Ha pasado algo terrible, Gina... ¡Lo peor!

Ella se queda completamente desconcertada. Le da un vuelco el corazón y se tambalea. Algo dentro le hace presentir que las malas noticias que trae tienen que ver con Betto. Al fin y al cabo, fue don Desiderio quien le proporcionó la falsa documentación. ¿Habrá sido descubierto Betto?

En ese momento, aparece allí doña Gianna, que enciende la luz y se queda un instante contemplándolos, antes de decir con estudiada afabilidad:

—¡Monseñor! ¡Qué amabilidad la suya! ¿Ha venido a confesarnos hoy, en Cuaresma, quince días antes de la Semana Santa?

Don Desiderio trata de recomponerse y la obsequia con una media sonrisa que le cuesta trabajo esbozar. Luego regresa a su seriedad y contesta con tono grave:

—Necesito hablar con ustedes urgentemente. Es un asunto de vida o muerte…

Doña Gianna se manifiesta todo lo afectuosa que puede y dice, llena de esperanza:

—¡Sí, pase, pase, monseñor! Y es, en efecto, de vida y muerte… ¡Confesarse es vital! ¡Qué alegría que haya venido! Precisamente hoy… He sufrido tanto y he tenido tanta paciencia, que sería bien poca cosa para Dios recompensarme por mi sufrimiento y mi paciencia… Necesitaba el consejo de un sacerdote y… ¡Bendito sea Dios!

Don Desiderio suspira y deja vagar la mirada triste por la estancia. Echa hacia atrás la cabeza, angustiado, y murmura con desazón:

—Por favor, deje que yo le explique…

Van hacia el salón, donde Orlena se pone inmediatamente de pie. Gina y ella intercambian miradas llenas de confusión.

—Sentémonos y hablemos tranquilamente —dice doña Gianna, sin abandonar su sonrisa artificial—. Después nos confesará usted a las tres en el despacho. Bueno, quiero decir a las cuatro, porque mi sirvienta también se confesará.

Se sientan todos y no tarda en señorear el salón un silencio que muestra la inquietud de los espíritus, agotados por el esfuerzo y la excitación que ha producido aquella inesperada visita, puesto que hace mucho tiempo que nadie viene a esta casa. Durante un rato no se oye sino una tos o un carraspeo. Hasta que doña Gianna hace sonar la campanilla para llamar a su criada, y dice luego:

—Todavía falta un buen rato para el almuerzo, pero podemos tomar antes un aperitivo…

Don Desiderio no la deja terminar y se apresura diciendo:

—Hablemos primero. Ya habrá tiempo para lo demás.

Doña Gianna sonríe con anuencia y hace un expresivo gesto con sus manos, otorgando:

—Usted dirá.

El sacerdote piensa durante un momento y dice, como si hablase consigo mismo:

—Las cosas están cada día más difíciles en esta ciudad… Hay bombas, hambre y mucho miedo. Media Roma se aloja en las casas de la otra media… Vivimos tiempos de iniquidad y confusión. Son muchos los que no tienen más remedio que buscar refugio en las casas ajenas; cada vez son más…

Al oírle decir esto, doña Gianna se pone muy nerviosa; emite una especie de gemido y le interrumpe diciendo, con un acento en el que se nota la intensidad de su agobio:

—¡No, por Dios se lo pido, monseñor! ¡En esta casa no pueden alojarse hombres! ¡Tiene que comprenderlo! ¡Aquí vivimos cuatro mujeres solas! Ya tuve que sobrellevar a cuatro soldados y un judío… Que, gracias a Dios, ya se fueron. Usted mismo lo ha dicho: hay hambre… Nosotras también padecemos las restricciones… ¿Con qué vamos a alimentar a alguien más?

Se produce un silencio lleno de incomodidad y tensión. Hasta que don Desiderio empieza diciendo:

—Claro…, claro… Pero está la caridad cristiana…

—¡Por la caridad entra la peste! —sentencia doña Gianna—. Y la caridad de una madre ha de empezar por sus hijas.

Don Desiderio levanta hacia ella una mirada interrogante, presa de una turbación que se ve obligado a ocultar con un esfuerzo de voluntad.

Luego dice tranquilamente:

—Quien necesita alojarse en esta casa es un sacerdote de la santa Iglesia, señora. Y ese sacerdote es un servidor. Espero que acepte acogerme; en nombre de Dios se lo ruego. No tengo familia en Roma, soy belga… Y no puedo alojarme ya en el pequeño apartamento donde he vivido los últimos años... No puedo por motivos que ahora no es el caso revelar...

Quedan todos en silencio un buen rato, intercambiando miradas. Doña Gianna y sus hijas no se esperaban aquella petición. La madre está lívida, pero luego esboza una sonrisa a la que la preocupación y la angustia hacen perder viveza. Se da cuenta de que el asunto le exige el cumplimiento de un deber que nadie puede llevar a cabo en la familia sino ella. Pero todavía hace un último intento para zafarse del compromiso, preguntando:

—¿Y el Vaticano? ¿No puede usted refugiarse allí? El Vaticano es ahora el lugar más seguro de Italia...

—No lo crea, señora. Eso es lo que la gente piensa, pero se equivoca. El Vaticano está lleno de refugiados y no cabe nadie más. Y está vigilado por los alemanes, tanto o más que cualquier otro lugar.

Doña Gianna se echa hacia atrás, reposando su espalda en el damasco carmesí que tapiza su nobiliario sillón. Durante unos momentos parece vacilar, pero luego suspira, luchando contra su vacilación, y dice con voz trémula y con una concisión patética:

—La caridad es lo primero, monseñor. Si no hay más remedio...

Ha cedido porque no hay otro camino más que este, aunque lo acepte a disgusto, como acepta tantas otras cosas a regañadientes, pidiendo a Dios a la vez un final feliz.

Don Desiderio le dice:

—Gracias, muchas gracias, señora. Dios se lo pagará.

Doña Gianna añade dulce y suavemente:

—¿Y quién más me lo podría pagar? Que el Señor nos asista.

—Lo siento, señora... Si pudiera hacerlo yo, lo haría —apostilla el sacerdote.

—No —repone ella—. Lo que hay que hacer se hace, con la ayuda de Dios. —Se calla un instante y luego pregunta, como si lo acabase de pensar—: Pero... ¿nos confesará usted ahora, verdad, monseñor?

—¡Naturalmente! —contesta él, impaciente—. Empezaremos confesando a Gina, que es la más joven.

Gina y él entran en el despacho y, nada más cerrarse la puerta, el sacerdote se derrumba y estalla en llanto ante ella. Sus gafas se empañan y tiene que quitárselas para ver. Saca el pañuelo, se enjuga las lágrimas y mira a la joven con un desconsuelo antes inimaginable en su recia persona.

—¿Qué sucede...? —inquiere Gina aterrorizada, con una voz débil y temblorosa.

—¡Han detenido a Maurizio Giglio! —responde entre sollozos don Desiderio.

Después comienza a morderse los labios para contener el llanto. Siente vergüenza por la debilidad que no ha sido capaz de dominar, pero puede finalmente hablar. Le cuenta que el viernes los agentes fascistas de la Banda de Koch se presentaron de repente en los muelles del Tíber, junto al Ponte Risorgimento, donde estaba Giglio manejando una radio clandestina, y le sorprendieron con las manos en la masa. Estaba transmitiendo información sobre los movimientos y concentraciones de las tropas nazis en la capital y sus alrededores, para facilitar a los aliados bombardear los objetivos más adecuados con relativa facilidad y precisión. A pesar de su cargo de teniente en la policía, la evidencia era tan fuerte que se lo llevaron esposado a uno de sus centros de detención para interrogarlo.

—¡Por eso tuve que venir a pediros asilo! —explica el sacerdote—. Lo torturarán... Y si habla... Si consiguen hacerle hablar, todos los que colaboramos con él estaremos perdidos... Y se pondrá en peligro la red de espías de la Resistencia... ¿Lo comprendes? No me quedaba otro remedio que buscar un refugio seguro... ¡Pobre Giglio! Pobre muchacho... El más valiente y generoso... ¡No quiero ni pensar en el calvario que estará pasando! ¡Cristo bendito!

Gina está hundida. También ella rompe a llorar y dice:

—¡Dios mío! ¡¿Qué podemos hacer?! ¡¿Qué?, Dios mío!

—Nada... ¡Nada puede hacerse! Solo rezar...

77

Roma, jueves, 23 de marzo de 1944

Las informaciones que emite diariamente Radio Londres afirman que los aliados avanzan a paso firme y que muy pronto Roma será liberada. Al mismo tiempo, las emisoras clandestinas animan a la Resistencia para que no ceje en su ardua tarea de desestabilizar el orden impuesto por la ocupación alemana y el Gobierno títere de Mussolini. En el último bombardeo sobre Roma cayeron miles de octavillas en el barrio Appio Latino que decían: *¡Italianos! ¡Morid por Mussolini y Hitler o vivid por Italia y la civilización!* En cambio, la propaganda nazi-fascista no se cansa de anunciar que los enemigos están siendo rechazados y que la victoria está cerca. Pero casi nadie se lo cree.

Han transcurrido tres días desde que don Desiderio vino a refugiarse en casa de los Daureli. Durante todo ese tiempo, no ha dejado ni un momento de estar descorazonado, nervioso y en permanente estado de alerta. Y tiene motivos para ello, porque no pasa un solo día sin que se tenga conocimiento de algún acontecimiento terrible, ya sea un bombardeo, una detención o un atentado por parte de la Resistencia. El sacerdote está al corriente de todo, porque viene a verle diariamente un visitante misterioso que le mantiene informado de lo que pasa en Roma; se llama Palmiro, y es un hombre viejo, con bigote muy a la antigua, y unas botas altas y relucientes que le hacen parecer la caricatura de un caballero de los de antes. Habla con acento cerrado del Véneto y su mirada tiene una sombra de melancolía. Don Desiderio le espera cada día con verdadero anhelo. Suele llegar justo después del almuerzo; se encierran en el despacho y permanecen allí durante unos veinte minutos, a veces media hora. Palmiro no ha faltado ningún día, pero no ha podido traer ninguna noticia fiable sobre la suerte que corre Maurizio Giglio. Por eso, cuando se marcha, el sacerdote se manifiesta desolado y se queja amargamente porque —según dice— su informante no trae otra cosa que los rumores que corren de boca en boca, en un bisbiseo temeroso que se propaga por los mercados y las tabernas, cuando lo que de verdad está pasando en Roma nadie lo sabe realmente. Hoy Palmiro ha llegado después del almuerzo; y, acabada la breve reunión en el despacho, se marcha a toda prisa.

Nada más cerrarse la puerta, Gina acude enseguida e interroga a Don Desiderio por lo que le ha dicho. El sacerdote se queda mirándola y guarda silencio un instante, como abstraído, al evocar de nuevo los hechos que acaba de referirle su confidente. Recapacita y piensa que no tiene por qué ocultárselos a ella. Así que empieza diciendo:

—Está habiendo muchas detenciones. La temida Banda de Koch no se da descanso. Además de apresar a nuestro Giglio, también localizaron y detuvieron recientemente a varios oficiales y colaboradores del Frente Militar Clandestino, entre los que están el capitán Manfredi Azzarita y el abogado antifascista Giovanni Vercilio. Por otra parte, ha sido descubierto el taller de Via della Pelliccia, donde el herrero Enrico Ferola fabricaba y suministraba clavos de cuatro puntas para el sabotaje de vehículos alemanes. Y se ha hecho público que un sacerdote, don Giuseppe Morosini, ha sido condenado a muerte por el Tribunal Militar Alemán. Pero los partisanos no se arredran por estas malas noticias y cada vez se muestran más activos. Un grupo de Bandiera Rossa emprendió el lunes una atrevida acción guerrillera que logró liberar a algunos presos que estaban encerrados en la cárcel de Regina Coeli. Otro comando atacó e hizo explotar un camión alemán cargado de explosivos que iba camino del frente.

Al oír esto, a Gina le da un vuelco el corazón.

—¡Bandiera Rossa! —exclama—. Es la organización clandestina a la que pertenecía Betto…

Don Desiderio se da cuenta de que acaba de meter la pata, ya que Orlena le contó que le había ocultado a su hermana que Betto ya no está en el hospital, por haberse unido a la Resistencia. Después de deliberar, ambos acordaron que lo más prudente era mantenerla en la ignorancia para no preocuparla más, dado el avanzado estado de su embarazo.

Ahora parece que Gina ha tenido una corazonada, porque añade:

—¡Madonna mía! Dios quiera que a Betto no le dé por meterse en líos…

El sacerdote se inquieta todavía más, y miente deliberadamente al decir:

—¡Oh, no! Él está muy seguro y quieto en el hospital. Ni se le ha pasado por la cabeza…

Gina le lanza una mirada cargada de estupor; y se queda pensativa, para luego preguntar:

—¿Y cómo sabe usted eso? ¿Ha hablado con él?

El rostro de don Desiderio enrojece. Trata de sonreír, turbado, y contesta con otra mentira piadosa:

—Tu hermana me lo ha dicho.

Gina está entristecida. Sigue sin comprender por qué Betto no viene a verla, y observa quejumbrosa:

—Pues yo creo que es Orlena la que tiene la culpa de que Betto no venga a casa. Cada vez que se lo digo, trata de convencerme de que es mejor que él no se mueva de allí. Y yo pienso que, por una vez que venga, no va a pasar nada…

—No pienses eso —le dice don Desiderio, arrugando el ceño—. Tu hermana quiere lo mejor para ti.

—¡Lo mejor para mí ahora es ver a Betto! Parece que todos se ponen de acuerdo para alejarme de él… ¡Es injusto!

Abatido y taciturno, don Desiderio se arroja sobre el primer asiento que encuentra cerca, allí mismo, en el recibidor. Luego suspira. Su cara está rebosante de incógnitas y su mirada se pierde en el vacío. Medita sobre el absurdo hecho de tener que mentirle a la muchacha, una y otra vez, sobre aquello que es lo más importante para ella en aquel momento. Entonces decide afrontar la situación y, bajo su entera responsabilidad, decirle en aquel momento la verdad.

—Siéntate, Gina —le pide—. Tengo que hablar contigo de algo muy importante. Y te ruego que confíes en mí…

Ella va a cerrar la puerta del vestíbulo y toma asiento en una silla cerca de donde se halla sentado él. Le toma la mano delicadamente al sacerdote, se la besa y contesta:

—Usted es ahora la persona en quien más confío. Porque ya no sé en quién más puedo confiar…

Don Desiderio inclina la cabeza afirmativamente, mientras retira su mano y se pone a contemplarla, fingiendo pensar. Luego dice con preocupación:

—En tu camino hay un hombre que en el futuro tendrá que ver mucho en tu vida… Debes confiar en él…

Ella pregunta triste y risueña a la vez:

—¿Ese hombre es Betto, acaso? Quiere decir usted que debo confiar en él ciegamente. No sé si puedo confiar en él… ¡Ya no lo sé!

Don Desiderio alza las cejas, recorriendo con la mirada el techo de la estancia; luego pone sus ojos en ella y, sin que su rostro muestre huella de la más ligera duda, dice:

—Esta guerra va a terminar muy pronto; antes de lo que tú y yo podemos esperar; mucho antes de lo que la gente piensa. Y tienes una vida por delante, Gina. Aunque ahora no puedas ver eso, porque ahora lo que podemos ver es tan borroso, ¡tan enrevesado!, que estamos completamente confundidos… La realidad es demasiado terrible y nos lleva por caminos de pesimismo, de duda y desesperanza. Es difícil ver con claridad, pensar con claridad, sentir con sentimientos verdaderos y definidos… ¡Todo es demasiado complejo! Por eso te pido que no juzgues a tu hermana, no juzgues a Betto y no me juzgues a mí… ¡Prohibido juzgar a quienes amamos! ¡Dios nos libre!

Ella le mira muy fijamente con sus ojos azules desmesuradamente abiertos; le escucha con interés; ese interés que se despierta en su alma ante cualquier información que le pueda llegar de un mundo exterior del que apenas conoce nada. Pero no es capaz de sujetarse y, con un acento en el que se unen el ruego y la obstinación, acaba diciendo:

—¡Es que nadie me dice nada! ¡No soy una niña! ¡Hábleme claro! Sé que sucede algo que se me oculta…

—Por eso mismo te he pedido que hablemos ahora tú y yo.

Hay una pausa. La cuestión es delicada y embarazosa. El sacerdote reflexiona un poco y luego prosigue con cautela:

—Betto está en la flor de la juventud. Nadie podrá detener todo el fuego que hay ahora dentro de su ser; la rabia, el desconsuelo, el deseo de venganza... ¡Ni tú misma podrías poner freno a eso! Como ni yo ni nadie hubiera podido detener a Maurizio Giglio... Porque en estos malos tiempos nadie es dueño de su vida. Y Betto, como tantos otros, se siente llamado a darse por entero... Se siente empujado a luchar.

Estas palabras llegan al corazón de la joven como una espada penetrante. La crispación y el dolor asoman en su bello rostro y grita:

—¡Dígame la verdad! ¡Sin rodeos! ¡¿Dónde está Betto?!

—Se ha unido a los partisanos —responde sin vacilar él—. Le pidió a Adriano Ossicini que le facilitara algún contacto, pues el grupo al que pertenecía se había disuelto. Y el domingo de la audiencia del papa se marchó hacia algún paradero desconocido y ya no ha regresado al hospital.

Gina se queda quieta como una estatua, y busca refugio en el silencio, con un brillo extraño en los ojos. Al verla reaccionar así, don Desiderio le dice con pesar:

—Siento tener que causarte este dolor, Gina. De veras lo siento... Confiemos en Dios...

Ella se levanta y agita su mano impaciente, exclamando con un tono no exento de violencia:

—¡¿Por qué me lo ocultaron?! ¡Me siguen tratando como a una niña! ¡Como a una estúpida...!

—No te irrites, por favor —dice el sacerdote con ardiente súplica—. Prométeme, por Dios, que no te vas a enfadar. ¡Hicimos lo que creímos más oportuno! ¡Comprende a Orlena!

El rostro de la joven enrojece de rabia e impotencia. Resuella, se muerde los labios y se echa a llorar.

—¡Yo lo sabía! —solloza—. ¡En el fondo de mi alma lo sabía! ¡Él debió decírmelo! ¿No confiaba en mí...? ¡¿Cómo voy a confiar en Betto si él no confía en mí?!

—¡Gina, trata de comprenderle! ¡Nada de juzgar! Recuerda lo

que te acabo de decir sobre estos tiempos oscuros... ¡Confía en Dios! ¡Dios te lo devolverá!

Gina le mira desde un abismo de dolor. Vuelve a sentarse. Transcurre un largo rato en el que llora desconsolada. Pero luego, poco a poco, se convence de que tiene que resignarse con lo que se le plantea, y así lo hace, aunque todavía con pena y consternación...

Don Desiderio insiste tratando de animarla:

—Hay que confiar, hay que tener esperanza... Saldremos adelante. Ahora piensa en el hijo que pronto nacerá. ¡Todo está en las manos de Dios!

Gina vuelve a sollozar y a gemir, cubriéndose ahora el rostro con las manos.

Entonces se abre de pronto la puerta y entra doña Gianna, deshecha en lágrimas, gritando:

—¡Sí, hija mía! ¡Todo está en las manos de Dios! ¡Olvida a ese desdichado y piensa en el niño! ¡No eres la única! ¿Cuántas pobres madres habrá cuidando solas a sus hijos en Italia...?

Gina, cargada de estupor e indignación, levanta los ojos hacia su madre, y le espeta:

—¡¿Será posible?! ¡Mamá! ¡Has estado escuchándolo todo desde detrás de la puerta!

Y don Desiderio apostilla:

—Señora, es un grave pecado escuchar furtivamente las conversaciones privadas. Debería usted saber eso, como buena cristiana...

Doña Gianna se encara con él y replica:

—Y usted, monseñor, debería saber que una madre es una madre, y que, por encima de todo, para una madre está la felicidad de su hija.

En ese instante, entra Paciana gritando:

—¡Están bombardeando! ¡Hay que bajar a los refugios!

Todos la miran desconcertados. No han sonado las sirenas. ¿Cómo es posible?

—¡Vi las explosiones y el humo desde la terraza cuando tendía la ropa! —explica la muchacha—. ¡Es en todo el centro de la ciudad!

Don Desiderio corre hacia el salón y se asoma a la ventana. Escruta el cielo y dice:

—No se ven aviones. Y la gente está por las calles…

Se ven hombres corriendo por la Via Arenula. Algunos se detienen para mirar hacia lo alto. Hace un día de sol y el cielo está completamente despejado. No se oye ninguna explosión, ni sirenas, ni motores de aviones…

Cuando Orlena vuelve a casa, un rato después, cuenta que ha habido un terrible atentado en pleno centro de Roma. La noticia corre por la ciudad desde hace un par de horas, desde que se oyeron las tremendas explosiones que todo el mundo pensó, en un principio, que eran a causa de un inesperado bombardeo. Pero luego —si bien los rumores son todavía imprecisos y contradictorios— se ha ido sabiendo que la Resistencia ha atacado a las tropas alemanas que circulaban en orden por una de las calles cercanas al palacio del Quirinal. Dicen que hay decenas de muertos y centenares de heridos. Ha sido declarado el estado de alerta; el tráfico está detenido, hay controles de la policía militar, brigadas de fascistas y patrullas de soldados por todas partes. El toque de queda ha sido adelantado dos horas antes de lo preceptivo.

78

Roma, viernes, 24 de marzo de 1944

Poco antes de las diez de la mañana llaman a la puerta. Es Palmiro, que está muy alterado, con la cara desencajada y el terror prendido en la mirada. Es raro que haya venido a esa hora, pero enseguida expresa allí mismo, en el recibidor, el motivo de su temprana visita, sin esperar a pasar al despacho como de costumbre: viene a contarle a don Desiderio todo lo que ha averiguado sobre el atentado de la tarde anterior. Parece no importarle que el resto de los habitantes de la casa oigan lo que tiene que decir, y esta vez se ve enseguida que ha estado informándose bien.

—Es el único motivo de las conversaciones en toda Roma —dice con voz temblorosa—. No se habla de otra cosa y hay mucho miedo.

Luego empieza contando que, en torno a las 15:30 horas del día anterior, justo cuando una nutrida columna de soldados alemanes circulaba por la Via Rasella de regreso a los cuarteles, hizo explosión una tremenda bomba a su paso, destrozando los cuerpos y haciendo saltar en mil pedazos todos los cristales de una amplia manzana de viviendas. Tras la potente detonación, una vez que el humo se fue disipando, apareció el macabro resultado: decenas de cadáveres horriblemente mutilados, hombres cubiertos de sangre tendidos en el suelo y centenares de heridos que aullaban de dolor. El general Kurt Mältzer, que era el responsable de las fuerzas alemanas en Roma, se hallaba a esa hora en el hotel Excelsior, que está a escasa distancia del lugar de la explosión. Advertido al instante de lo ocurrido, se dirigió enseguida al lugar del siniestro y pudo comprobar horripilado el cruento espectáculo que se desplegaba ante sus ojos y las incontables bajas causadas en su batallón. Entonces, fuera de sí, en un arrebato de cólera, ordenó a los guardias de las SS irrumpir en todas las viviendas cercanas y sacar a sus habitantes a la calle, incluidos ancianos, mujeres y niños, obligándolos a alinearse junto a una pared del palacio Barberini. El general dio la orden de ejecutar a aquellos rehenes. Pero, en el último instante, apareció el coronel Eugen Dollmann de las SS, que anuló el castigo y avisó al mariscal Albert Kesselring, máxima autoridad alemana en Italia, que prohibió cualquier tipo de represalias contra la población hasta que no se esclareciese lo sucedido. Desde entonces se están llevando a cabo cientos de detenciones en la ciudad. El pánico se ha adueñado de la población ante la inminencia de un severo e indiscriminado castigo.

Después de escuchar el relato de los hechos, don Desiderio se queda pensativo y extraordinariamente serio. Luego dice con circunspección:

—Tengo que salir ahora.

—Es muy peligroso, monseñor —le dice Palmiro—. Las SS y las brigadas fascistas recorren Roma, indagan por calles, tabernas, *trattorias*, restaurantes, cafés, mercados... Como perros de presa, rastrean buscando a todos los que consideran sospechosos. Seguramente usted estará ya en las listas negras.

—Sí, es muy posible —asiente el sacerdote—. Pero, aun así, he de salir. Hay que hacer algo urgentemente; algo que solo yo puedo hacer.

—¿Qué? —le pregunta Gina.

—Tengo que llevar las piezas de la radio militar al hospital de la isla Tiberina. Es ahora cuando más necesitamos transmitir lo que está sucediendo en Roma. La radio que estaba emitiendo hasta ahora es la que descubrieron cuando detuvieron a Giglio. No queda más remedio que instalar una nueva y reiniciar las comunicaciones. Los frailes me autorizaron a llevarla al hospital cuando fuera estrictamente necesario. Ese momento ha llegado. Por eso he de salir, para ponerme en contacto con las personas que tienen ocultas esas piezas.

—No puede ir usted vestido de sacerdote —le dice Palmiro—. A estas alturas los sabuesos de la Banda de Koch sabrán ya que deben buscar a un monseñor y tendrán todos los datos de su descripción. Iré a comprarle algo de ropa civil y se la traeré.

—No hay tiempo para eso —dice don Desiderio.

—Puede ponerse la ropa de mi padre —sugiere Orlena—. Estaba bastante más delgado que usted, pero algo le servirá. O tal vez será mejor buscar en los viejos armarios, donde hay prendas del abuelo, que era más corpulento.

—¡Sí! ¡Buena idea!

—Y yo iré con usted —le dice Gina—. En compañía de una mujer embarazada despertará menos sospechas.

Don Desiderio piensa un instante, antes de decir:

—Sí. Y después iremos juntos al hospital. Si hay vigilancia, el embarazo nos servirá como excusa.

Un rato después, el sacerdote está vestido con un viejo gabán de cazador del abuelo, que tapa un pantalón que le queda muy ajustado y un grueso jersey tirolés; cubre su cabeza con un sombrero negro de buena hechura. Con esta indumentaria un tanto estrafalaria, aunque demasiado abrigada para el tiempo que hace, puede confundirse con los miles de hombres de toda condición que a esa hora pululan por Roma.

Palmiro ha ido por delante para avisar a los contactos y don Desiderio fija el encuentro en un antiguo y modesto café, el Pianoforte, en el Trastévere, que conoce bien y que está muy cerca de la cabecera del puente que comunica con la isla Tiberina. Gina y él se trasladan hasta allí en taxi. Entran y van a sentarse a una mesa del fondo. El local es una especie de habitación, con una gran lámpara de bronce y cristal colgada del techo. Hay mesas y sillas alineadas a lo largo de las paredes, en las que están sentados los parroquianos habituales, obreros y ancianos. Justo bajo la lámpara, en el centro, está un piano negro, grande y viejo, que da nombre al lugar. Don Desiderio pide dos cafés y se pone a escrutar al personal. La persona con quien debe verse todavía no ha llegado. Se impacienta y empieza a ponerse nervioso.

—Espero que no haya pasado nada… —observa con preocupación—. Las cosas se han puesto muy feas.

—Vendrá —le [illegible] muy segura.

Él menea su cabeza grande, como queriendo decirle: «Sí, tengamos esperanza». Luego se lamenta apesadumbrado:

—No debería haberte puesto a ti en peligro, Gina. No puedo quitarme eso de la cabeza. He actuado irreflexivamente y con precipitación. Me remuerde la conciencia…

—Ni se le ocurra pensar en eso —dice ella enojada—. Algo tendré yo también que hacer por la causa… ¿O no?

El sacerdote sonríe, asintiendo con un movimiento leve de su cabeza. No deja de mirar hacia la puerta. Hace un precioso día de sol y suena música en alguna parte. Los barrenderos están haciendo su trabajo y reina una calma extraña, pues parece estar suspendido en el aire el permanente recuerdo del atentado del día anterior.

Después de que el camarero haya puesto los cafés en la mesa, Gina le pregunta en un susurro a don Desiderio:

—Dígame la verdad, ¿qué piensa usted que va a pasar?

—¿Te refieres a la guerra o al atentado?

—A todo.

Él se endereza en su asiento, echándose hacia atrás, y se queda con la taza de café suspendida entre los dedos, sin acercarla a su boca ni colocarla en la mesa. Y en este estado, responde:

—Todo se solucionará. Tarde o temprano, las piezas se ajustarán, cada una en su lugar, y habrá paz, y habrá progreso… Dios quiera que eso suceda mañana mismo… Pero todavía tendremos que sufrir…

Está hablando cuando se le aproxima una señora entrada en años, que se acerca lentamente, apoyándose en un bastón. Carga con un capazo de mimbre, donde asoman las hojas verdes de un manojo de zanahorias.

—Buenos días, señor —dice, dirigiéndose a don Desiderio con un rostro resplandeciente de blancura, lleno de arrugas.

Después toma asiento a su lado sin formalismos, mientras añade:

—Aquí le traigo la verdura y las galletas que yo misma he hecho. Espero que le gusten.

Don Desiderio la mira, tratando de disimular su sorpresa, y contesta:

—Gracias, gracias…

Luego se levanta y va a pagar los cafés. Cuando regresa, agarra el asa del capazo y le dice a Gina:

—Ya podemos irnos.

Ambos se despiden con amabilidad de la mujer; salen, cruzan la calle y se dirigen hacia el puente. Allí los espera Orlena, que se hace cargo del capazo, con lo que hay en él, para llevarlo al hospital. Pasa por delante de los policías sin problema, pues nadie sospecha de una enfermera de uniforme. Y ella camina decidida sabiendo que está transportando las piezas de la radio. Entra y consigue culminar la última parte del plan entregando, esa misma mañana, todo el material al soldado americano que debe armar el transmisor y comenzar a comunicar.

79

Roma, domingo, 2 de abril de 1944

Es ya casi el alba y la ciudad está todavía desierta, inmóvil, sumergida en una luz lívida, delicadamente violácea; y la luna, declinando ya, vierte sobre los tejados su pálido silencio. El aire es tan transparente que deja asomar las perfectas formas y los contornos. La cúpula de San Pedro, como una rosada concha, lejana y pálida, despliega un muerto resplandor de madreperla. Junto a ella, las profundas y negras colinas asoman por encima de las imperecederas piedras desnudas. Hay una tristeza infinita que lo envuelve todo y todo lo penetra. Ni siquiera los hilillos de humo blanco de las chimeneas, elevándose y dibujando extraños arabescos, como venas en el cielo claro, alegran lo más mínimo la omnipresente congoja. Y la perfumada brisa matutina y el canto de los pájaros en los jardines componen una melodía que no puede mitigar el temblor fúnebre que se difunde por los árboles.

El presentimiento del día que nace es aún más triste porque hoy comienza la Semana Santa. Los feligreses católicos romanos se disponen a cumplir con los solemnes y antiguos ritos de la pasión, muerte y resurrección de Cristo, pero no hay asomo siquiera del regocijo espiritual propio del Domingo de Ramos. La gente sale temprano de sus casas y camina cabizbaja hacia las iglesias; se saludan en las calles y los atrios de los templos con gestos y miradas que lo dicen todo, sin expresar nada con palabras. No hace falta hablar, porque todo ya ha sido dicho en las conversaciones a media voz que han llenado de susurros de terror la ciudad durante los días precedentes. Desde que se supo lo del atentado en Via Rasella corren noticias extrañas, como sacadas de las más espantosas pesadillas. Son voces que cuentan cosas horribles que oprimen los corazones, y que nublan las pobres almas que antes resplandecieron con la débil esperanza de que los males fueran a terminar pronto. El rumor empezó a correr, imposible de ser creído al principio, y cada vez se fue haciendo más pavoroso, hasta que nadie pudo escapar en Roma del espeluznante eco de la horrible noticia: los alemanes han consumado su implacable venganza; centenares de hombres, tal vez un millar, han sido asesinados. No son habladurías. No cabe la duda. Son muchos los que tienen datos ciertos sobre el cuándo, el cómo y el dónde del hecho luctuoso, de la masacre sin piedad perpetrada por los opresores del pueblo romano. El sombrío anuncio se propaga de calle en calle, de iglesia en iglesia, de casa en casa... El impacto es tan fuerte que el azul del cielo, el verde de los árboles, el rojo, el amarillo y el rosa de las flores de primavera están apagados; todo es en blanco y negro, como ahogado por un manto de aflicción. Comienza la Semana Santa, pero, ya antes, una ineludible sombra de pasión y muerte ha caído sobre Roma.

Adolf Hitler tuvo conocimiento del brutal atentado contra sus soldados en Roma la misma tarde del 23 de marzo. La cólera se apoderó de él y envió la orden de ejecutar a cincuenta italianos por cada alemán muerto, en una represalia que «haga temblar al mundo». Lo cual, de llevarse a efecto, suponía enviar a la muerte a mil seiscientas cincuenta personas. El mariscal Albert Kesselring consideró que esa medida iba a suponer un castigo exagerado, una locura que acabaría poniendo en contra de la ocupación alemana a toda la población. Pero, lamentablemente, no renunció a la cruel venganza y el número se redujo finalmente a trescientas treinta. Las SS elaboraron la lista de los reos de manera rápida e improvisada, incorporando a los doce primeros transeúntes que pasaban por la zona de la explosión junto a la Via Rasella, incluido un muchacho de solo quince años, dos jóvenes de diecisiete y un anciano de setenta y cuatro años; se añadió a los presos políticos antifascistas, a los partisanos que estaban en la cárcel de la Via Tasso y a los detenidos que las brigadas fascistas tenían encerrados en los calabozos de Regina Coeli, cuartel de la Guardia Nacional Republicana; y se completó finalmente la lista con numerosos judíos elegidos al azar, e incluso con cinco individuos más añadidos por error, lo que elevó el número de condenados a muerte a trescientos treinta y cinco. A las 14:00 horas del día 24 de marzo, todos ellos fueron subidos a bordo de camiones para ser conducidos hasta las Fosas Ardeatinas, unas minas abandonadas en el extrarradio de Roma. Una vez allí, los prisioneros fueron introducidos en las cuevas en grupos de cinco, con las manos atadas a la espalda; se les obligó a arrodillarse y se les disparó un tiro en la nuca. La matanza fue organizada y dirigida por el comandante de la Gestapo Herbert Kappler, el mismo que había sido el máximo responsable de la redada del gueto judío en octubre del año anterior.

Mientras era cometida esta atrocidad, Roma y el resto del mundo permanecían ajenos. Porque ni siquiera la noticia del atentado de Via Rasella había sido difundida por la prensa o la radio todavía, pues el alto mando alemán había decidido asimilar sus pérdidas y no dar demasiada publicidad a un hecho que pudiera poner en evidencia la debilidad de sus tropas.

Ya desde el día siguiente a la matanza, el 25 de marzo, empezó a circular un murmullo impreciso, contradictorio y torpe, hecho de suposiciones y dudas. Pero una interpretación aguda de una noticia, publicada en los periódicos oficiales ese día, parecía venir a confirmar lo que muchos se temían. El texto decía:

> *El mando alemán ha decidido acabar con las actividades de los bandidos y villanos. Y en adelante no se permitirá ningún sabotaje con impunidad a la cooperación italo-germana recién ratificada. Por lo tanto, el mando alemán ha ordenado que por cada alemán asesinado se fusile a diez comunistas-badoglianos. Esta orden ya ha sido ejecutada.*

Estas últimas e impactantes palabras no dejaban lugar a la duda: «Esta orden ya ha sido ejecutada». Nada podía evitar desde ese momento que la masacre de las Fosas Ardeatinas, tarde o temprano, fuera conocida por los romanos. Si bien se difundió el hecho al principio con un extraño y ralentizado ritmo. Sería tal vez por el mismo miedo, o porque, ahora, estancada la guerra en el frente de Anzio y oscurecido de incertidumbre el futuro inmediato, todo el panorama que se extendía por delante para los italianos era uniformemente sombrío.

VI

UN BALLO IN MASCHERA

(UN BAILE DE MÁSCARAS)

80

Roma, lunes, 15 de mayo de 1944

El teléfono suena en casa de los Daureli a las cinco en punto de la madrugada del lunes. Orlena, que estaba profundamente dormida, se despierta desorientada. Mira el reloj y piensa que el despertador ha sonado dos horas antes de lo debido. Pero luego, ante la insistencia monótona del timbre, se levanta y va a buscar a tientas el receptor en el salón, pues a esa hora todavía no se puede encender ninguna luz por el toque de queda.

—Señorita Daureli, la llamo del hospital —oye—. El doctor Borromeo le ruega que venga hoy lo antes posible. Como no puede salir de su casa por la prohibición, le hemos enviado una ambulancia para que la recoja dentro de un cuarto de hora.

«Algo malo ha pasado», supone ella. Durante una fracción de segundo, está segura de que se trata de un bombardeo, y se le representan en la mente las horribles escenas que se suceden cada vez que tienen que atender a los heridos. Está aturdida todavía y no repara en el hecho de que no han sonado las sirenas, ni se han oído las explosiones; tampoco se ha producido el habitual alboroto de vehículos apresurados que precede y acompaña a los ataques de los aviones cada vez más frecuentes.

Entonces, al otro lado del teléfono, la voz añade:

—Venga de inmediato, por favor. Hay que atender de urgencia a un numeroso grupo de personas heridas.

Orlena se viste a toda prisa y se asoma a la ventana. La ambulancia ya está abajo esperándola. El conductor le dice que salió del hospital una hora antes. Ni siquiera se permite a las ambulancias transitar deprisa por la ciudad, mucho menos durante el toque de queda. Las calles están oscuras como boca de lobo. Solo en los controles hay alguna luz roja, débil, y hay que tener mucho cuidado de no pasar cerca sin detenerse antes incluso de que los guardias den el alto.

Hace bochorno. Una delgada luna menguante navega sobre las copas negras de los árboles con un brillo plateado, y por la ventanilla abierta se cuela el perfume de las rosas y las azucenas que exhalan los antiguos arriates. En medio de la gran oscuridad, de vez en cuando se ve hacia el oeste el destellar anaranjado de las explosiones en el frente. La gente parece haberse acostumbrado al sordo tronar que acompaña a aquellos resplandores.

—No han parado en toda la noche —observa el conductor—. ¡Mire! Parece que están más cerca cada día…

—Sí, es horrible tener que vivir con esto; horrible dormirse pensando en lo que allí debe estar sucediendo. Dios quiera que todo esto acabe pronto.

No obstante la guerra y el fragor ardiente, en la tenebrosidad de la noche de mayo, el aire es dulce y anuncia el brillo de un precioso día cuando amanezca. Orlena recuerda con tristeza que, por esta misma época, cuando lucía el sol, la familia solía ir por primera vez a Santa Marinella, a la playa. Se levantaban muy temprano, de noche todavía, para aprovechar bien la jornada. Le viene a la memoria el recorrido, la carretera y el crepúsculo creciendo; y vuelve a ver a sus hermanos y a sus padres junto al mar, bajo el sol que se derrama como un río de miel sobre la arena, y las copas de los verdes pinos bañados por una luz dorada y tibia. Pero enseguida despierta de su fantasía. Los tiempos no son ahora propicios para disfrutar con nada ni para soñar siquiera.

Y la realidad vuelve a su existencia con toda su carga de tragedia. Sin que ella le pregunte nada, por el camino el conductor la informa de lo que ha sucedido ayer por la tarde: grupos de mujeres enardecidas por la disminución de la ración de pan, que pasó de una libra y media a una libra, fueron a manifestarse con exasperación frente a los hornos en Via Tosti, en el distrito de Appio. Al mismo tiempo, en el camino que conduce a Portuense, cerca del puente de hierro, otras mujeres, ancianos, muchachos y niños intentaron entrar violentamente al horno Tesei, forzando las puertas y apoderándose del pan que estaba destinado a las tropas alemanas. Los guardias de las SS y las brigadas fascistas acudieron y, ante lo que estaba sucediendo, cargaron contra aquella multitud hambrienta y desesperada, golpeando y disparando sin piedad. Varias mujeres fueron luego arrastradas y las alinearon a lo largo del arcén del puente, donde fueron fusiladas inmediatamente. Nadie se ocupó de los muchos heridos que había hasta que cayó la tarde, cuando se dio aviso a los hospitales, y las pocas ambulancias que estaban disponibles en Roma a esa hora acudieron al lugar para encontrarse con el espectáculo desolador de los cuerpos tendidos, en medio del dolor y la rabia de la pobre gente que seguía muerta de hambre.

—No he podido descansar en toda la noche —explica el conductor—. Nadie en el hospital ha parado desde que se nos llamó. Ha sido un ir y venir constante. Tendría que haber visto lo que yo he visto allí, en Appio, señorita Daureli: niños apaleados, destrozados, sus madres y abuelas molidas a golpes...; cabezas rotas, brazos tronchados, heridas de bala, puñaladas... ¡Malditos sean! ¡Malditos quienes hacen algo así a los hijos de Dios!

Orlena rompe a llorar. Su garganta se ahoga por la náusea, la congoja y el llanto.

—No puedo... ¡No puedo más! —solloza.

El conductor se arrepiente de habérselo contado. Se vuelve, la ve así y le dice con lástima:

—Lo siento, señorita Daureli. Siento mucho haberle causado esta angustia... ¡He sido un inconsciente!

81

Roma, martes, 16 de mayo de 1944

El niño es pequeño y sonrosado, delicado, precioso; enteramente vestido de lana azul celeste, que se remata en la borla de un gorro y abajo en unas tiras que abrazan los pies. Hoy se cumplen siete semanas desde que nació. Su madre acaba de darle el pecho y lo tiene en brazos, arrullándolo y esperando a que se duerma. Pero, como no acaba de cerrar los ojos, sale de la estancia y camina despacio por el pasillo, acunándolo, mientras echa una ojeada por la ventana que está abierta. Es una mañana extrañamente tranquila. Los aromas de la primavera sustentan la paz de aquel momento, y Gina se queda allí quieta, escuchando el canto delicado de un pájaro en el jardín de un ático cercano y contemplando, al mismo tiempo, un bando fugaz de palomas en el cielo. Por un momento, es arrebatada por el perturbador efecto de la armonía que parece envolverla: el tacto suave de la piel del niño, su olor dulzón, la caricia del fino cabello infantil en su mejilla, los ruidos tan familiares, la melodía de una canción en alguna radio...

Pero regresa repentinamente de esta especie de éxtasis, cuando ve acercarse por la Via Arenula una fila de vehículos militares alemanes, cuyos motores rugen, invadiendo la quietud que reinaba. La gente se detiene y se queda en la acera, como paralizada, viendo cómo aquella columna gris avanza.

Esta es la realidad cotidiana de Roma. Los noticiarios radiofónicos ingleses anuncian cada noche que los aliados están cerca, que en cualquier momento la Ciudad Eterna será liberada. Pero parece que hay más soldados alemanes que nunca. La vida se ha puesto tan dura que las horas y los días se alargan, como estirados por el hambre y el tedio. Solo hay malas noticias: restricciones cada vez más severas, registros policiales, interrogatorios, inexorables advertencias e implacables intimidaciones. Continúan sin descanso las redadas y los controles para apresar hombres destinados al trabajo obligatorio. La presión sobre la Resistencia es cada vez más fuerte. Las detenciones se centuplican y no pasa un solo día sin que se conozca que alguien ha sido fusilado en el siniestro Forte Bravetta, donde los nazi-fascistas llevan a cabo sus asesinatos. Precisamente ayer se supo que el partisano miembro de Bandiera Rossa Tigrino Sabatini había sido acribillado allí a balazos. Cada vez que se filtra el nombre de alguno de los ejecutados, a Gina le da un vuelco al corazón.

El velado y funesto recuerdo de la matanza en las Fosas Ardeatinas no deja de estar presente. Poco a poco se han ido conociendo las identidades de muchos de los que allí murieron. No hay una total certeza, pero se va haciendo inevitable la necesidad de admitir que Maurizio Giglio estaba entre ellos. Los indicios son cada vez más fuertes. Nada se ha vuelto a saber de él desde que fuera detenido el 17 de marzo. Los intentos para conocer su paradero —que no han dejado de hacer sus familiares a través de la policía o de la cúpula fascista— siempre son infructuosos. Por su parte, don Desiderio también trató de hacer indagaciones mediante sus contactos en el Vaticano, pero sin resultado alguno. El ominoso silencio solo puede apuntar hacia las Fosas Ardeatinas. Hay centenares de desaparecidos en Italia cuyo destino es igualmente incierto y de fatal presagio.

Sin embargo, a pesar del miedo, de la amenaza constante y de la crueldad de los opresores, la Resistencia se hace presente. Las calles se llenan a menudo de octavillas subversivas, los muros de pintadas y en determinados cafés y *trattorias* pueden obtenerse con cautela los periódicos clandestinos. Desde hace semanas, se muestran banderas rojas en muchos edificios públicos. ¿Cómo es posible que aparezcan en estos lugares vigilados? Nadie sabe quién se atreve a colocarlas durante la noche. Pero, al amanecer, están allí. Son inmediatamente retiradas y reaparecen al día siguiente. Dicen que, en Val Melaina, el partisano socialista Riccardo Antonelli, jefe de un comando de los GAP, ha sido sorprendido y detenido cuando trataba de izar una de estas banderas. Ahora está en las temidas celdas de Via Tasso.

También los comités clandestinos de los partidos antifascistas han sido capaces de organizar una huelga general de los trabajadores de todos los sectores. Si bien el paro laboral fue muy insignificante ante el peligro de deportaciones masivas como represalia. Solo unas pocas fábricas registraron abstenciones significativas, aunque por un breve espacio de tiempo. Esa mañana no aparecieron los taxis, y los tranvías funcionaron con escolta de las SS. Pero la noticia corrió por la ciudad y se notó el apoyo y la entereza de mucha gente que no acudió en todo el día a espectáculos ni lugares públicos. Las autoridades fascistas son conscientes de que las masas no solo no están con ellos, sino que los odian a muerte. Pero el miedo tiene más fuerza que cualquier otro sentimiento...

Estas noticias llegan a casa de los Daureli invariablemente cada tarde, después del almuerzo, gracias al fiel Palmiro. Nadie excepto don Desiderio sabe quién es este misterioso hombre ni a qué se dedica, pero debe tener infinitos contactos en su permanente transitar por esta Roma oprimida y atemorizada, por el secreto laberinto del Vaticano y por los andurriales más recónditos. Él trae nombres, hechos, circunstancias, rumores... Pero no ha podido obtener la más mínima referencia sobre Betto.

Gina es comprensiva y no guarda rencor alguno en su corazón porque él desapareciera así, sin despedirse. Pronto supo aceptar que no hubiera podido retenerle de ninguna manera. Pero sabe que, si le hubiera pasado algo malo, el dolor permanecería con ella mientras le quedase algo por recorrer del laberinto de la vida. O al menos, sus cicatrices no la abandonarían. Pues, ¿dónde se perderían en el olvido las largas tardes de junio, los paseos en bicicleta, las discusiones, las reconciliaciones y todos los besos de aquel amor arriesgado? Le parece mentira que haya transcurrido solo un año desde que se encontraron por primera vez, en la Cantina Senni. Siente que ha pasado toda una vida... Y desde que no lo ve, ¡cuántas veces ha gritado ella el nombre amado para recibir el eco de su voz en el silencio de su alma! ¡En cuántas ocasiones rememora su voz cuando lo llama, para hacer vivir el sueño de la felicidad perdida! O examina sus recuerdos para comprobar que todo aquello fue verdad, y no producto de su imaginación... Hasta le parece maravilloso recordar la tensión, la energía y el ardor revolucionario en sus hermosas facciones; y las conversaciones cuando estaban a solas y compartían sus sueños de futuro.

Por primera vez, a punto de cumplir los veinte años, Gina siente, además del amor, una nostalgia viva y punzante del pasado, como el prisionero añora la libertad perdida. Y la verdad es que, en su actual situación, no imagina nada que identifique mejor eso que lo que pueda sentir el prisionero. Y se dice para sus adentros: «¡Quiera Dios que él sea libre, que lo sea aunque tenga que pasar hambre y sufrir de alguna manera. Al fin y al cabo, de una manera u otra, todos sufrimos ahora...». También, por otro lado, experimenta un dolor, aunque diferente, a causa del padre y el hermano difuntos; esos recuerdos han empezado a agolparse en su mente como una nueva melodía, triste y recóndita. Suspira en lo más profundo de su alma, y no puede sustraerse a una especie de remordimiento, como un puñal que se introduce en su corazón, inopinadamente y sin advertirlo. La imagen del padre cobra vida, rememora su calma, que tanta confianza y seguridad le infundía entonces.

El monólogo de lamentos, en el que se ha encontrado sumida, la conduce finalmente al deseo de hacer algo, de tramar algo, de unirse a alguien para formar parte de la lucha. No puede quedarse allí, simplemente sumida en sus quejas y recuerdos. Y resulta extraño, cuando lo piensa, que ahora encuentre de pronto en la actividad política una imagen aumentada de su propia vida. Pero se identifica con las personas que se están jugando el pellejo, con los muertos, y con la situación del país en su violencia. Se enfrenta consigo misma con una repentina indignación, y se reprocha: «¿Pero es posible que estés metida en casa a tus casi veinte años cuando ellos lo están dando todo?».

82

Roma, miércoles, 17 de mayo de 1944

—¡Ha venido la policía! —anuncia fray Natale Paolini, el prior, con cara de espanto, irrumpiendo sin llamar siquiera en el refectorio, donde los frailes acaban de desayunar un insípido y pequeño pedazo de pan con un poco de margarina añeja.

Todos le miran inevitablemente sobresaltados. Están allí el superior general, los miembros de la curia, la comunidad al completo y los jóvenes novicios. Y fray Leonardo, el vicario de casa, puesto en pie, pregunta con una voz que casi no le sale del cuerpo:

—¡¿Los alemanes?!

—No. Son los de la Guardia Nacional Republicana. Hay tres coches en la puerta.

—¿Y no hay alemanes con ellos? —inquiere el superior general con una expresión cargada de suspicacia y ansiedad.

—No, no me ha parecido ver alemanes.

—¿Estás seguro?

—Humm… No sé…

Se produce un murmullo general de pánico. Entonces fray Maurizio Bialek se levanta y va hacia la puerta con ímpetu, diciendo:

—Da igual que haya o no haya alemanes. ¡Hay que organizarse inmediatamente!

En ese momento, entra Borromeo y dice:

—Una inspección. ¡Los fascistas están en la puerta! Hay que retenerlos de cualquier manera, mientras ponemos en marcha el plan.

—Sí, doctor —le dice el superior general, haciéndose cargo de la situación—. Iré yo a atenderlos y a darles las explicaciones oportunas.

—¡No, iré yo! —repone Borromeo—. ¡Soy el jefe de los médicos! Yo les daré las explicaciones adecuadas sobre la pandemia. Así evitaremos contradecirnos.

Blandeau se queda pensativo un instante y luego, por su nerviosismo, asiente en francés:

—*Oui, comme non. Allez, allez, vite!*

—Yo iré también —dice fray Maurizio.

Y fray Leonardo, dirigiéndose al superior, indica:

—Creo que un servidor también debe acompañarlos.

—*Allez vite!*

Cuando atraviesan el patio, se encuentran allí con un gran alboroto. Todo el mundo está desconcertado, inquieto, aterrorizado; unos corren en una dirección y otros hacia la contraria, mientras el doctor Sacerdoti está gritando:

—¡No quiero ver a nadie por aquí! ¡Todos a las habitaciones! ¡A las camas! ¡Y a toser!

Orlena también está allí, como paralizada, pálida y con los ojos enrojecidos por la falta de sueño y el agotamiento. Lleva dos días atendiendo a los heridos que llegaron durante la noche del domingo y la mañana del lunes, y no se ha permitido ni un breve momento de descanso. Desde entonces no ha podido ir a su casa.

—Señorita Daureli —le dice fray Maurizio—, ocúpese de los niños. Usted sabrá calmarlos.

Mientras tanto, Borromeo y fray Leonardo van al vestíbulo y, desde allí, a la puerta principal. Antes de que salgan los aborda el mariscal Lucignano, demudado, con la cara ensombrecida por la preocupación; y los retiene, diciendo en voz baja:

—Ya les he dejado claro a los policías fascistas que no pueden entrar de ninguna manera. Les he explicado lo de la pandemia y les he mostrado los documentos del Vaticano. Pero ellos insisten en inspeccionar el hospital. Dicen que tienen fundadas sospechas de que aquí se ocultan individuos subversivos.

Borromeo hace un expresivo gesto de desprecio con la mano y, sin hablar, abre la puerta con la irritación y el desagrado prendidos en su cara y su mirada. Allí delante, en la pequeña plaza que se extiende entre los dos puentes, están los tres coches de policía estacionados. Y en ese preciso instante, llega un cuarto vehículo. El médico, fray Leonardo y Lucignano van hacia ellos.

—¿Qué quieren ustedes? —les pregunta Borromeo con aire desapacible.

—Esto es una investigación policial —responde un sargento delgado y cetrino—. ¿Es usted el director del hospital?

—Soy médico, el jefe de los médicos del hospital.

Mientras hablan, ha salido del cuarto coche un hombre joven, alto, elegante y bien parecido, que lleva un cuidado bigote sobre el labio y el cabello pegado al cráneo. Se acerca y, con las manos en los bolsillos de su americana gris, pregunta con aire de suficiencia:

—¿Quién de ustedes es Efrén Blandeau?

Nadie contesta. Entonces aquel joven alza la voz autoritariamente:

—¡He hecho una pregunta! ¡Digan quién es Efrén Blandeau!

—Es el superior general de la Orden de San Juan de Dios —responde atemorizado fray Leonardo.

—¿Se halla en el hospital? —inquiere el joven—. Tenemos que verle ahora mismo.

Borromeo está visiblemente alterado, lo cual se aprecia en su mirada y en la manera en que respira. Se aproxima al policía y le pregunta a su vez:

—Usted debe identificarse primero. ¿Cuál es su nombre y quién le envía?

El joven policía esboza una media sonrisa. Saca del bolsillo sus credenciales y las muestra, respondiendo con falsa afabilidad:

—No tengo por qué contestarle. Aquí las preguntas las hago yo. Pero sepa, doctor, que estoy al mando del Reparto Speciale di Polizia Repubblicana y vengo por orden del jefe de la policía de Roma, Pietro Caruso. En las oficinas de la Guardia Nacional Republicana se ha presentado una grave denuncia y debemos averiguar lo que en realidad sucede en este hospital. Si no tienen nada que ocultar, no deben temer porque echemos un vistazo.

En ese momento, interviene el mariscal Lucignano para decirle:

—Le recuerdo que esto es propiedad del Estado Vaticano. El hospital no se encuentra pues bajo la jurisdicción de la policía de Roma ni de su Destacamento de la Policía Especial Republicana. Y además, hay una grave pandemia que afecta a un gran número de enfermos. ¿No ven ustedes los carteles que hay por todas partes? Tengo orden tajante de la Questura Centrale de no permitir a nadie la estancia en las dependencias hospitalarias y sus anexos, incluida la isla. Esto también les afecta a ustedes. Los informes de la Comisión Especial de Salud, el mayor organismo oficial en la materia, son muy claros al respecto. Ya se los he mostrado. Ni siquiera se puede cruzar el puente. Si entran en el hospital o no se marchan cuanto antes, tendré que informar a mis superiores inmediatos. Tampoco a las SS se les permitió la entrada cuando estuvieron aquí para inspeccionar, y las autoridades alemanas tienen informes precisos acerca de la peligrosa enfermedad que aquí se trata.

El joven comisario le dirige una mirada seca y severa. Luego se queda pensativo durante un rato, antes de decir:

—No hace falta que nos dé tantas explicaciones. Sabemos lo que tenemos que hacer. No entraremos por el momento. Pero Efrén Blandeau deberá venirse con nosotros a la comisaría. Allí responderá a las preguntas de la oficialía.

—Iré yo —se ofrece Borromeo—. El superior general de la Orden no tiene suficientes conocimientos sobre la pandemia. Es un asunto médico y yo soy el máximo responsable de las cuestiones clínicas.

El joven comisario se encara con él y asiente con displicencia:

—Sí, usted también vendrá con nosotros, pero no por eso dejará de venir el fraile francés.

Por la manera en que ha dicho esto último, y por la forma de pronunciar «el fraile francés» se infiere que las sospechas tienen mucho que ver con la nacionalidad del superior general de la Orden. Ya antes, una circular del Vaticano había advertido a todos los religiosos franceses del cuidado que debían tener por las sospechas que el Gobierno nazi-fascista de Italia había empezado a albergar sobre cualquier ciudadano de los países aliados.

—No pueden detenernos —advierte con entereza Borromeo—. Yo tengo el carné de ciudadano del Estado Vaticano y el padre Efrén está protegido por la inmunidad que le otorga la Santa Sede.

—No, no están detenidos —contesta el comisario—. Pero, dado el estado de guerra, cualquier persona puede ser llamada a declarar ante las autoridades competentes.

Se da cuenta Borromeo de que no puede negarse a esta exigencia de la policía sin despertar todavía más suspicacias. Así que, un momento después, el padre Efrén Blandeau y el doctor Borromeo montan en el coche del joven comisario para ir a declarar a la jefatura de la Guardia Nacional Republicana.

Y cuando se han marchado, el mariscal Lucignano lleva aparte a fray Leonardo y fray Maurizio y les dice circunspecto:

—Ese joven comisario es Pietro Koch. Habrán oído ustedes hablar de la Banda de Koch, ¿verdad?

Al oír ese nombre, fray Leonardo siente escalofríos y corre hacia su despacho para hablar por teléfono con don Vincenzo Lombardi, para intentar que este medie de alguna manera. Pero, después de intentarlo una y otra vez durante más de dos horas, no logra que el jerarca fascista atienda sus llamadas.

El superior general de la Orden Hospitalaria y el doctor Borromeo regresan por la tarde al hospital, tras haber permanecido durante más de dos horas en las dependencias de la Questura Centrale de la Policía Nacional Republicana. Nada más bajarse del coche, se reúnen con fray Leonardo, fray Maurizio y el doctor Sacerdoti para referirles lo que ha pasado. Cuentan que allí fueron interrogados primero por un funcionario y después por el propio Pietro Caruso, que es el oficial de mayor rango. Este les hizo muchas preguntas acerca de diversos asuntos: el gobierno de la institución, los frailes, la dirección médica, los hospitalizados y el personal de servicio, para, finalmente, interesarse especialmente por la pandemia y sus posibles implicaciones. Borromeo explica que respondió a todo con calma, con elocuencia y exhaustividad. Llevaba muy bien preparado su discurso, para no dejar ningún fleco ni darles a sus interrogadores la posibilidad de que pudieran descubrir cualquier punto flaco. Él había sido el principal artífice del engaño y no podía permitirse la improvisación en algo de tanta trascendencia. En este sentido, expuso que la enfermedad en cuestión es una extraña y desconocida infección, que tiene el nombre de Síndrome de K, por sus especiales síntomas, que, de algún modo, pueden llegar a recordar al bacilo que descubrió Robert Koch en 1882; pero que, sin embargo, difieren de él en lo sustancial.

—¡Síndrome de K! ¡Qué buena idea! —exclama el doctor Sacerdoti—. ¿Cómo se te pudo ocurrir?

Borromeo sonríe con aire irónico y contesta:

—Pues me vino la idea a la cabeza en el mismo coche de policía que nos trasladó hasta la Questura. Me pareció una coincidencia providencial que ese petulante comisario, Pietro Koch, lleve el mismo apellido que el célebre descubridor del bacilo de la tuberculosis. Pero, además, la idea de bautizar la pandemia como Síndrome de K, me vino a la mente por los nombres de Kesselring y Kappler, los máximos responsables de la ocupación alemana, cuyos apellidos coinciden en la letra «K» inicial, igual que Koch. No me digan que no parece providencial…

Todos celebran aquella genial ocurrencia de Borromeo. Y desde aquel momento, la falsa pandemia será nombrada en adelante como Síndrome de K.

83

Roma, jueves, 18 de mayo de 1944

—Mi vida peligra —dice don Desiderio con el rostro sombrío—. Cada hora que pasa presiento la amenaza más cerca... Pero eso no me importa. Si me marcho, es porque no debo poneros en peligro ni un día más.

Gina se halla sentada frente a él en el salón. Tiene al niño en brazos. Es justo después del almuerzo. Doña Gianna está a esa hora, como de costumbre, adormilada en su salita privada.

Palmiro acaba de irse, después de su breve visita diaria para informar de las novedades. Nada de lo que ha contado hoy podría ser peor. Las redadas son cada vez más frecuentes y los ánimos decaen de día en día. No puede esperarse una insurrección; la población está exhausta, aterrorizada, y los cabecillas de los comandos de la Resistencia no se atreven por el momento a asomar la cabeza después de las crueles represalias que no cesan.

—Usted no se va a marchar de esta casa —le dice Gina al sacerdote, arrojando sobre él una mirada severa—. No, ahora precisamente, no. ¿Cómo va a irse cuando parece que todo va a terminar pronto? ¿No ha oído a Palmiro? Es muy peligroso andar por ahí con lo que está pasando...

—Por eso me voy, porque estamos ante el aparente final. Pero ese final no acaba de llegar... Y temo que todo se precipite en una última etapa sangrienta y terrible. Iré al Vaticano. Allí estaré seguro y no os podré causar complicaciones. Ya he pedido asilo y me lo han concedido. No te preocupes por mí. Ahora tu niño es lo más importante para ti…

Desde el viernes don Desiderio ha venido insistiendo una y otra vez con lo mismo. El dolor y la angustia le hicieron impacientarse. No soporta esperar allí encerrado, de brazos cruzados, a que termine la guerra. Desde que tuvo que aceptar que Maurizio Giglio estaba seguramente muerto, la espera no le reporta sino más desesperación. Cada vez que Palmiro le trae las noticias, da vueltas por la casa, intranquilo, como un león enjaulado, sin parar de asomarse a las ventanas.

Y Gina, mientras se ocupa del pequeño, no deja de estar pendiente de sus idas y venidas; lo sigue con la mirada atenta, preguntándose qué puede hacer para retenerlo. Le sujeta por el brazo y, en un último intento, le dice con una tierna sonrisa:

—Yo le necesito aquí, don Desiderio. Su presencia nos da consuelo y seguridad. Por favor, no se vaya.

Pero él ya tiene preparada la maleta y no va a echarse atrás. Trata de sonreír y, cuando está a punto de llorar, recobra al instante su entereza. Abandona el salón, dirigiéndose a la pequeña sala donde está doña Gianna, y allí se despide de ella con palabras de gratitud. Después vuelve al vestíbulo, recoge sus cosas y le dice a Gina:

—Todo saldrá bien. Te lo prometo. No dejes de rezar.

Ella le despide con lágrimas, besándole la mano. Y él, ya afuera, suspirando de tristeza, de aflicción y de cólera, añade:

—¡Venceremos!

—Sí, ¡venceremos! —asiente ella con una sonrisa.

Don Desiderio desciende con pasos decididos por las escaleras, cruza la calle y toma un taxi. Es una tarde de mayo preciosa, llena de luz y color, con un cielo limpio infinitamente azul.

Gina está en la ventana y rechina los dientes de anhelo y de ansiedad a un tiempo. Sigue con los ojos al coche, que avanza por la calle, mientras en su corazón se agita una profunda sensación de desolación y de impotencia. Luego encuentra en su interior una voz, como un gemido que clama en su mundo silencioso, pidiendo suerte y misericordia a Dios para su entrañable y venerado amigo. Y cuando alza los párpados, sus ojos dejan escapar gruesos lagrimones.

84

Roma, sábado, 20 de mayo de 1944

Poco después del almuerzo, Gina se dispone a hacer algo que ya tenía decidido desde el día anterior. Va a salir para participar en un acto reivindicativo. Sabe que es una locura, pero necesita hacer una locura para sentirse útil y viva. Palmiro ha informado de que los estudiantes antifascistas se reúnen hoy, por la tarde, en la basílica de Santa Maria Maggiore, para rememorar con una oración la muerte de tres célebres profesores antifascistas represaliados: Pilo Albertelli, Salvatore Canalis, Gioacchino Gesmundo, arrestados por los nazi-fascistas y que se cree que fueron asesinados en las Ardeatinas. Se han distribuido octavillas para convocar al acto que, bajo la aparente cobertura de un oficio religioso de Pascua, será en realidad un auténtico homenaje que comenzará a las tres en punto.

Gina mira el reloj. Faltan diez minutos para la hora prevista, pero lo importante es hacerse presente en cualquier momento del acto. El niño está dormido y eso le facilita mucho las cosas. Lo acuesta en la cuna y le dice a Paciana que necesita salir para comprar algo, encargándole que cuide de él durante una hora. Doña Gianna dormita en su aposento y ni se entera de estos movimientos de su hija y su criada.

Alrededor de las tres de la tarde, Gina ya está montada en un taxi de camino a Santa Maria Maggiore. ¡Nunca anteriormente le había latido el corazón con tal fuerza! Va con la mente embotada, como en una especie de éxtasis y de estado de irrealidad. Parece que el mundo que la rodea ha caído en el silencio, un silencio de tumba, al igual que el coche cuyo motor enmudece su ronroneo y avanza lentamente, mientras cruza Piazza Venezia siguiendo a una fila de camiones militares... Y en Via Cavour, antes de llegar a la Piazza dell'Esquilino, hay un control policial que impide pasar más adelante y está desviando a todos los vehículos. La joven se baja allí y camina deprisa, cruzando la plaza. Hay guardias alemanes y fascistas uniformados por todas partes, parando a la gente y pidiendo la documentación. Ella vacila solo un instante, antes de avanzar con decisión, mirando al frente. La basílica está a unos cincuenta pasos, rodeada por coches de policía y motoristas. Empieza a darse cuenta de que la locura que está haciendo es más grande de lo que pensaba, pero ya no va a volverse atrás. Sube deprisa la escalinata que da acceso al templo, confiando firmemente en que nadie la va a detener. Pero un par de jóvenes vestidos de paisano la abordan delante de la puerta, preguntando:

—¿Adónde va, señorita?

—He venido a rezar.

—¿Seguro que viene a eso?

—Sí, claro. ¿A qué si no? —Se encoge de hombros ella, forzando una sonrisa—. Vengo a rezar a la Madonna. ¿Qué pasa ahí dentro? ¿Por qué me paran?

Los agentes ven algo en su cara bella e inocente, y la creen.

—Bien, pase, señorita. Pero procure no juntarse con ningún grupo de gente. Si ha venido a rezar, rece sola y no se fíe de nadie. Háganos caso y no se meterá en problemas.

Ella asiente con un gesto de sumisión. Entra en la basílica. En la nave principal reina el silencio y hay una luz tenue. Huele intensamente a flores. Camina por un lateral tratando de no hacer ruido con sus pasos. Pero, de pronto, una masa de gente irrumpe desde el lado izquierdo; serán unas cincuenta personas o tal vez más, que debían de estar reunidas en una de las capillas adyacentes. La mayoría son hombres y mujeres jóvenes, pero también hay ancianos y algún que otro niño; vienen deprisa, llevando en alto las fotografías de los fallecidos y transportando coronas y ramos de flores. Algunos lloran. Se ponen frente al altar mayor y allí les dirige la palabra un sacerdote, que nombra a los profesores muertos y exhorta a la fe y a la esperanza. Luego se reza un responso. Todos se arrodillan y empieza a sonar el órgano.

En ese instante, se oyen voces fuertes en la parte trasera de la iglesia. Y seguidamente, un disparo. Todas las miradas se vuelven y se inicia una gran confusión. Hay carreras, empujones y un alboroto desordenado y frenético en la penumbra del fondo. Varios disparos más —esta vez más cerca— retumban en las altas bóvedas. Gina se mezcla con el gentío que corre hacia la salida llevado por el pánico. En el exterior hay un gran tumulto, con policías armados que intentan rodear la basílica. El griterío crece y se hace ensordecedor en unos minutos. Entonces ella ve horrorizada algunos cuerpos tendidos en el atrio; la sangre roja y brillante tiñe el enlosado de piedra. Se queda paralizada. Pero alguien la agarra por el brazo y tira de ella hacia atrás, mientras una voz exclama:

—¡Gina! ¡Por aquí, Gina!

Se vuelve y ve la presencia grande de don Desiderio, que está revestido con los ornamentos sacerdotales, sotana, roquete y sobrepelliz. Ella se extraña mucho al verle allí, pero se deja conducir de nuevo hacia el interior de la basílica. Le tiemblan las piernas mientras camina deprisa entre el gentío que abarrota la entrada.

—Vamos, vamos… —le dice don Desiderio, con una firme resolución—. ¡No te pares! ¡Ahora no se puede salir!

Recorren todo el templo por el lateral izquierdo, siguiendo las grandes columnas, hasta la llamada Capilla Paulina, donde está expuesto el Santísimo Sacramento. Allí se arrodillan y permanecen un largo rato en silencio, oyendo desde lejos el gran alboroto que todavía resuena afuera. Don Desiderio mira a la joven de reojo de vez en cuando, haciéndole ver que deben permanecer allí hasta que todo pase.

Cuando el silencio indica que ya ha cesado el peligro, salen y van hacia la sacristía. Allí los sacerdotes están hablando de lo que acaba de pasar: un policía que trataba de detener a un estudiante había recibido un disparo. Después se inició el tiroteo y una redada indiscriminada. Como resultado del tumulto y la violencia creada, cuatro personas perdieron la vida.

Don Desiderio se dirige a Gina y la reprende allí mismo:

—¿Cómo se te ha ocurrido venir? ¿Te has vuelto loca? ¡Mira lo que ha pasado! Podías ser tú una de las víctimas… ¡Por Dios, piensa en tu hijo recién nacido!

Ella se le queda mirando. Le tiemblan los labios y su cara refleja su terror y su angustia. Pero luego suspira, traga saliva y replica:

—¿Y usted? ¿Qué hace usted aquí? ¿No debería estar oculto en el Vaticano? ¡Y está vestido de sacerdote!

Don Desiderio se queda en silencio, aceptando a su vez aquellos reproches. Luego pasea su mirada por la sacristía, comprobando que algunos clérigos permanecen pendientes de la discusión. Entonces se vuelve hacia ella y le ruega:

—Ven conmigo, por favor.

El sacerdote y la joven van a un pequeño cuarto donde hay solo una mesa y varias sillas. Allí se sientan y él le habla a ella con calma, en tono conciliador.

—Maurizio Giglio fue torturado —empieza diciendo—. Eso ya sabíamos que iba a suceder. Pero no delató a nadie… Aguantó sin hablar…

Don Desiderio intenta decir algo más, pero las palabras lo ahogan súbitamente y murmura algo que el llanto desgarra de modo horrible.

Gina se pone a mirarle fijamente, pensativa y en silencio. Después cambia su expresión y su rostro se ensombrece, mientras escucha conmovida los sollozos del sacerdote. Comprende perfectamente lo que él trata de decirle: Giglio no le ha delatado y por eso puede estar allí, porque no es sospechoso y no lo ha sido nunca.

Don Desiderio recobra su aliento y brilla en su boca una sonrisa tierna, como brillan los ojos al volver en sí tras un largo desmayo.

—Esto me ha devuelto la esperanza —murmura—. El sacrificio de ese muchacho me obliga a seguir luchando…

—Sí, lo comprendo —dice Gina—. Comprendo todo lo que usted debe de estar sintiendo en este momento. Y le ruego que a su vez me comprenda usted a mí…

Cruzan entre ellos unas cuantas palabras más. No tienen ya tiempo para continuar con aquella conversación. Faltan apenas veinte minutos para el toque de queda. Salen de la basílica y caminan deprisa hasta la Piazza dell'Esquilino, donde se despiden y cada uno toma un taxi.

Alrededor de las 4 de la mañana, Herbert Kappler, jefe de la policía alemana y de los servicios de seguridad en Roma, implementa el plan Unternehmen Walfisch, la Operación Ballena, decretando el bloqueo de todos los accesos por carretera al área de Quadraro, en Tuscolana. Durante toda la madrugada, se producen rigurosos registros, casa por casa, por parte de la Gestapo y la policía fascista, en busca de partisanos ocultos y colaboradores de la Resistencia. Más de dos mil personas son detenidas y luego conducidas a los estudios cinematográficos de Cinecittà, donde son encarceladas en aquellos sólidos y vigilados edificios. Las familias de los detenidos, temiéndose lo peor, acuden y se agolpan frente a las puertas, pero son brutalmente rechazadas. Muchos de aquellos detenidos, con edades comprendidas entre los dieciséis y los cincuenta y cinco años, serán deportados a Alemania, a trabajos forzados, otros serán fusilados o condenados a prisión permanente.

Esa misma tarde, los periódicos oficiales publican un comunicado del Mando Alemán, en el que las redadas se justifican con las revueltas de estudiantes alentadas por los comunistas y secuaces del criminal bolchevismo.

Por la tarde, continuarán las redadas en los barrios Appio y Latino, donde la Gestapo descubre y desmantela la imprenta clandestina de *L'Avant*, en Via dell'Orso.

85

Roma, miércoles, 31 de mayo de 1944

Desde que despuntó la primera luz del día, el cielo retumba con el rugido de los aviones que bombardean sin parar el extrarradio de Roma. Los andenes ferroviarios, los garajes y las estaciones del este de la ciudad ya no existen. Y a mediodía, el estrépito permanente que procede de los barrios occidentales indica que los depósitos de munición y combustible pueden ser ahora el objetivo prioritario. La respuesta de las baterías antiaéreas es cada vez más débil, como si ya fuera inevitable el convencimiento de su inutilidad. Las bombas caen desde muy alto y truenan en la lejanía por todas partes. Las columnas de humo negro se elevan en la distancia, como un telón de fondo ineludible y permanente. Los romanos ya están tan acostumbrados que hace semanas que no corren a los refugios cuando suenan las sirenas. Y es que las sirenas aúllan cada vez menos; avisan solo al principio del bombardeo y luego permanecen mudas, porque el resonar de las explosiones dura tanto que la alarma pierde su sentido. El hambre es tan acuciante que no deja pensar en otras cosas. La población está en apuros: la pasta y la harina cuestan ciento ochenta liras; la mantequilla, seiscientas; la carne, doscientas treinta; y el aceite, mil setecientas; precios completamente desmedidos si se tiene en cuenta que el salario medio no supera las mil quinientas liras y son muy pocos los que tienen trabajo.

A las cuatro de la tarde, Orlena ha concluido su trabajo en el hospital y se quita la bata para irse a casa. Está agotada y desfallecida, por la falta de alimento y descanso. Camina despacio por el pasillo, mecánicamente, embotada y con la mente obtusa, casi sin ser capaz de pensar. Entonces oye una voz a su espalda:

—Señorita Daureli, aguarde un momento, por favor.

Ella se detiene y, al volverse, ve allí a fray Leonardo, que está de pie junto a la puerta de la sala Assunta. Entonces la sacude un pensamiento, como una ráfaga funesta: el temor de que le pida que se quede todavía un día más. Se tambalea y está a punto de echarse a llorar, puesto que no encuentra fuerzas en sí para aceptar ese reto. Lleva cinco días seguidos sin moverse de su puesto, durmiendo a ratos, trabajando intensamente, y necesita estar en su casa al menos una jornada entera.

—Venga a mi despacho, por favor —le pide el fraile—. Deseo hablar con usted.

En el mismo momento que entran, ella adivina en el rostro del vicario que lo que tiene que decirle no va a ser nada bueno. Sus ojos tienen una mirada perdida y desconcertada. Y aunque le sonríe con afecto y se inclina para señalarle la silla donde la invita a sentarse, ella se da cuenta de que realiza estos gestos de salutación inconscientemente, al igual que toda su capacidad de percepción se ha ido Dios sabrá dónde. Se sienta, y él acerca otra silla para situarse a su lado. Empieza a mirarla, preocupado, al permanecer ella en silencio, y le pregunta:

—¿Se encuentra usted bien, señorita? ¿Qué le pasa? Observo que tiene mala cara…

Orlena lo mira largo rato, como buscando su comprensión; luego, bajando los ojos, contesta murmurando:

—Estoy cansada, muy cansada…

—Lo sé, señorita Daureli. Y por eso, precisamente, la he llamado. Han sido días muy duros, horas largas y terribles; todos estamos al límite de nuestras fuerzas. Así que he decidido que debe tomarse al menos cinco días libres para descansar. No vuelva hasta el lunes próximo.

Orlena frunce su entrecejo, pensativa y confusa, como si no comprendiese lo que fray Leonardo acaba de decirle.

—Sí —insiste él con firmeza—. Descanse, señorita Daureli. ¿No se da cuenta de que hace mucho que no toma vacaciones? Temo que, si no lo hace, pueda llegar a enfermar. Y es usted muy necesaria.

El corazón de la joven enfermera se encoge, preguntando, temerosa y turbada:

—¿Cinco días? ¿Tanto tiempo? ¡No necesito cinco días! Con tres bastará...

—¡Cinco, cinco días completos! Y no se hable más del asunto. Aquí mando yo, y hará usted lo que yo le ordeno. Procure comer lo mejor que pueda... ¡Si es que puede!, porque no se encuentra de nada... Y duerma, duerma en su casa, señorita Daureli. Estar en familia la ayudará mucho a recobrar las fuerzas y, cuando vuelva aquí, verá las cosas de otra manera.

Orlena se sonroja y dice en voz baja:

—Gracias, padre. Aprecio su deseo sincero de mejorar mi situación. ¡Es usted siempre tan bueno conmigo!, pero yo misma haré realidad este deseo sin perjudicar a nadie. Mi trabajo es muy necesario, como usted bien ha dicho. Creo que con tres días será suficiente...

—¡Cinco días! —zanja la cuestión con voz tonante el vicario—. ¡Obedezca usted, por el amor de Dios!

Hay un silencio, en el que el fraile la mira con afecto. Luego él toma de nuevo la palabra y dice:

—Antes de que usted se vaya, he de comunicarle algo todavía.

Ella baja los ojos, para que no se lea en ellos el alivio que ha prendido en su pecho a consecuencia de la bondad del fraile. Y ahora solo espera a que él le dé simplemente algún consejo más.

Pero el fraile adopta un aire serio, y dice con reserva y circunspección:

—Ayer estuvo aquí Adriano Ossicini. Traía noticias buenas y malas. Las buenas son que los aliados están ya a las puertas de Roma. Hay combates muy cerca del extrarradio de la ciudad. Por los informes recibidos a través de la radio clandestina sabemos que las tropas americanas han tomado posesión de Aprilia, y empiezan a aproximarse a las primeras carreteras cercanas a la capital: Via Portuense, Via Boccea, Via Salaria, Via Flaminia, Via Tiburtina, Via Aurelia... Por ese motivo, los bombardeos no paran, enviados en oleadas para destruir los convoyes alemanes en movimiento que acuden a la defensa. Eso quiere decir que, ¡Dios lo quiera!, muy pronto Roma puede ser liberada.

Fray Leonardo hace una pausa. Pero ella se impacienta, instándole:

—¿Y las malas? ¿Qué malas noticias hay?

—Es en relación al novio de su hermana.

—¡Betto! —exclama ella—. ¿Qué le ha pasado a Betto?

—Siento mucho tener que darle una mala noticia. De veras lo siento, señorita Daureli. Me duele el alma por tener que disgustarla más estando usted tan fatigada.

Ella se queda atónita; sus pupilas se dilatan y su rostro palidece. Ante esto, el fraile no puede evitar mover su cabeza apenado, y añade:

—Adriano Ossicini no quiso molestarla ayer, a sabiendas de lo cansada que usted estaba. Habló conmigo y me comunicó que el sábado un comando de Bandiera Rossa que combatía en los montes cercanos a Roma fue descubierto, atacado y destruido por las brigadas fascistas. Betto era uno de los partisanos que lo integraban. El muchacho formaba parte de la Macchia, los grupos de maquis y guerrilleros; eso lo sabíamos...

—¿Está muerto? —balbuce ella.

—No puede saberse con seguridad —se apresura a responder fray Leonardo con el rostro sombrío—. Pero dicen que muy pocos se salvaron, lamentablemente. Ayer los supervivientes lograron ponerse en contacto con el mando de la Resistencia y... Betto no estaba entre ellos.

Orlena rompe a llorar.

—Pobre hermana mía —solloza—. ¡Pobre Gina! Justo ahora que todo se acaba...

—Estoy muy apenado, señorita Daureli —dice fray Leonardo, mirándola con compasión—. ¡Cómo siento haber tenido que decírselo! Confiemos en Dios. Nunca se sabe... Y le aconsejo que no le diga nada a su hermana. Si las noticias se confirman, estamos muy cerca del final de la guerra en Roma. Luego habrá tiempo para todo lo demás...

86

Roma, jueves, 1 de junio de 1944

Poco antes de las diez de la mañana, doña Gianna y sus hijas se hallan sentadas en el salón, leyendo, en medio de un silencio extraño. A esa hora, antes solía haber demasiado ruido en las calles, pero de un tiempo a esta parte todo parece estar detenido a lo largo del día. Ni siquiera tienen puesta la radio. Roma está más agotada que nunca por el hambre, la guerra y la opresión de los alemanes. Parece haber un consenso general que invita al aguante ante la adversidad y al conformismo. Hay como una calma resignada, una quietud alta y solemne. La única esperanza ya es que los aliados lleguen cuanto antes…

Orlena está en casa, tratando de disfrutar de los días de descanso que fray Leonardo le concedió. Desayunaron juntas temprano y no tienen mejor cosa que hacer ahora que leer, para tratar de evadirse de los temores cotidianos y de las preocupaciones inherentes a la situación. El niño duerme en su cuna. De vez en cuando, la hermana mayor mira de reojo a Gina, con una expresión indescifrable, entre la tristeza, la compasión y el cariño. Ha decidido no decirle lo que sabe, siguiendo el consejo de fray Leonardo, no vaya a ser que se le retire la leche. Por otro lado, doña Gianna ya no se queja tanto de un tiempo a esta parte, aunque la amargura persista en su alma. Discuten menos. Las tres han llegado a una especie de acuerdo tácito para sobrellevar esta época, rara y oscura, que está cargada de presentimientos.

El gran reloj de pared emite su imperturbable y monótono tictac. Es el único ruido, hasta que llaman a la puerta. Se oye cómo Paciana va a abrir y transcurre un instante sin que aparezca para anunciar quién ha venido. Entonces doña Gianna, haciendo alarde de su natural impaciencia, pregunta:

—¿Quién es?

Una voz femenina contesta con naturalidad desde el recibidor:

—Yo.

La madre y las hijas se miran entre ellas extrañadas. Pero, al instante, entra sin pedir permiso en el salón una mujer alta, gruesa y de estampa resuelta. La puerta se cierra a sus espaldas y se encuentra frente a ellas, que permanecen sentadas, asombradas al verla.

Luego doña Gianna murmura:

—¡Tú!

La recién llegada permanece callada un rato, mirándola, con una sonrisa a flor de labios, que revela recelo y angustia. Pero, cuando no ve en ella resistencia ni enfado, se atreve a decir:

—¿Este es el recibimiento que haces a tu familia?

Aquella mujer es Gabriella Arcamone, prima hermana de doña Gianna, y originaria como ella de Teramo, en la región de los Abruzos. El salón es muy grande y la recién llegada permanece prudentemente de pie en la entrada, sosteniendo una artificial sonrisa en sus labios muy rojos, teñidos de carmín. Su cara es ancha, sonrosada, y su gruesa nariz empolvada resulta cómica. Viste un abrigo ligero de seda negra y alto cuello de piel. Ambas primas son de edades similares, pero no se parecen físicamente en nada. Doña Gianna está todavía suspensa por la inesperada visita. Aunque Gabriella también vive en Roma, no se ven desde hace años, desde mucho antes de la guerra; y no solo por las circunstancias adversas del tiempo presente, sino por causa del enconamiento de determinados pleitos antiguos surgidos como consecuencia de la herencia familiar. Sin embargo, siente que debe actuar con educación. Se levanta y echa a andar hacia ella, tratando de sonreír, mientras dice con forzada cortesía:

—¡Qué agradable sorpresa! ¡Pasa, Gabriella, por favor! ¡Pasa y siéntate!

No se besan. Permanecen de pie, mirándose. Orlena y Gina también se han levantado y se quedan muy quietas, expectantes, observando la escena que tiene lugar delante de ellas y sin atreverse a intervenir para no meter la pata. Gabriella entra, se sienta donde le indica su prima y suspira jovial. Hay luego un silencio espeso, duro e incómodo. Hasta que doña Gianna pregunta con formalidad:

—¿Has desayunado?

—Oh, sí... Aunque nada del otro mundo...; apenas un poco de ese pan negro con margarina y café aguado... ¡Hay que ver cómo está Roma de sucia! Y no se encuentra de nada... Me alojo en el hotel Boston, porque mi casa fue destruida en parte por una bomba. No quería causaros molestias...

Doña Gianna echa la cabeza un poco hacia atrás y la mantiene en esa posición un instante, mirando a su prima con impasibilidad, no obstante la terrible declaración que acaba de hacer. Luego, con estudiada circunspección, dice:

—Lo siento, Gabriella. Lo siento mucho. Esta guerra nos lo está quitando todo.

Después doña Gianna llama con un gesto a su sirvienta y le ordena que prepare café y que traiga también unas pastas. Después observa con un mohín malicioso:

—Supongo que allá en Teramo nuestros parientes tendrán de todo. Dicen que los que viven cerca del campo están saludables, que comen carne y verduras frescas a diario... A ti no se te ve mal que digamos.

Gabriella suelta una risita de compromiso, cruza los dedos sobre el bolso de cuero negro que tiene en el regazo y suspira contestando:

—¡No podemos quejarnos! ¡Gracias a Dios! Pero, ciertamente, en Teramo están mejor que en Roma.

Reina de nuevo el embarazoso silencio. Orlena y Gina todavía no han abierto sus bocas. Ellas, igual que su madre, están sumamente extrañadas, intrigadas por aquella repentina visita, ya que pensaban que seguramente no iban a volver a ver a la tía Gabriella ni a recuperar el trato con ella, dado el desagradable cariz que llegó a alcanzar el enfrentamiento familiar cuando murió el bisabuelo, cuyo disparatado testamento desencadenó una verdadera guerra entre todos sus descendientes. ¿Por qué motivo ha venido a visitarlas ella precisamente en estos malos tiempos? ¿Qué intenciones trae? ¿Viene a reclamar algo? ¿O tal vez está arrepentida por haberse quedado con la antigua casa solariega de Teramo, el palacio de Roma y lo mejor de las tierras de la familia?

Ambas primas evitan mirarse mientras toman el café. Detrás del sillón donde está sentada doña Gianna cuelga el aristocrático retrato del conde Aureliano Marco Arcamone, el abuelo de ambas: la cara larga y seria, el bigote perfecto, fumando en pipa; el uniforme oscuro, con insignias plateadas, el sombrero con la larga pluma negra y las botas claveteadas. Casi todo lo que hay en esta casa de la Via Arenula es herencia suya. Pero el legado que dejó a los dos hijos de Teramo fue inmensamente mayor, puesto que los fue mejorando en vida con donaciones secretas y con el palacio de Roma que, aunque no era grande, contenía un mobiliario valioso. Seguramente porque al conde nunca llegó a gustarle del todo el hombre con quien se había casado su nieta más pequeña, Gianna. Mario Daureli siempre fue visto en la familia como un extravagante y mundano marino, un innovador que estaba influido por ideas modernas y foráneas.

Gabriella está mirando el retrato de su abuelo muy fijamente. Casi aflora a sus rojos labios una sonrisa de nostalgia, con la que hubiese querido distender la mueca de su incomodidad por la amargura del pasado y el mal del presente. Pero su boca se contrae de pronto en el redondo rostro y rompe a llorar.

—¡Gianna! —solloza repentinamente, con voz chillona—. ¿Qué nos ha pasado, prima? ¡Gianna querida! ¡Tú y yo éramos como hermanas! ¿Qué tenemos que ver nosotras con lo que hicieron nuestros padres y nuestro abuelo? ¡Me rompe el alma esta separación!

Doña Gianna y sus hijas se quedan atónitas ante aquella inopinada salida de la tía. Y la tía Gabriella, mirando ahora a Orlena y Gina con sus ojos llorosos, prosigue:

—¡Y tus hijas! ¡Estas guapísimas sobrinas mías! ¡Son mujeres!

Luego sigue llorando durante un rato, mientras observa conmovida la cuna donde duerme el niño, y añade con emoción:

—¡Y ya eres abuela, Gianna! ¡Por Dios, qué alegría tan grande ver a un pequeño Arcamone! No sabía que alguna de tus hijas se había casado… ¡No lo sabía, Gianna! ¿Cómo iba a saberlo?

Doña Gianna la mira aturdida, sosteniendo la taza entre sus largos dedos. Su prima siempre fue rellenita, y ha engordado todavía más desde la última vez que la vio, a pesar de las restricciones, pero sus ojos claros han conservado casi totalmente su espléndida belleza y su vivacidad. Y conserva esa efusividad excesiva en sus gestos y expresiones que tuvo de joven, algo muy suyo que brota inevitablemente. Sin embargo, parece diferente a la mujer que fue en otro tiempo, vestida ahora con este abrigo propio de su edad. No obstante el volumen de su cuerpo, está algo macilenta y su rostro se ha arrugado en la comisura de los labios; parece más alargado de lo que era a causa de la flacidez que se ha apoderado de su papada. Las canas se han extendido por toda su cabeza, dándole el aspecto de ser una persona mayor de lo que le corresponde. Ha crecido un poco el lunar de su barbilla, mientras que su expresión revela —además de la antigua mirada de inocencia— embotamiento y tristeza a la vez. No se ha casado y no tiene hijos. Se aprecia a simple vista que sufre una soledad que la guerra ha agravado.

Transcurre un instante cargado de confusión, pareciendo imprevisible lo que pueda suceder a continuación. Hasta que Gabriella, poniéndose en pie, continúa exclamando:

—¡Gianna! ¡Virgen santa, Gianna! ¡Qué alegría verte! ¡Qué felicidad teneros tan cerca a ti y a tus hijas! ¡Vamos a perdonarnos! ¡Recuperemos el tiempo perdido! Todos hemos sufrido tanto...

Se le sube la sangre a su rostro carnoso y va, nerviosa, hacia doña Gianna. Se le echa encima temblorosa, rodeándola con sus rollizos brazos, apretándola con toda la fuerza de sus nervios, y se pone a besarla en todo lo que sus labios alcanzan a besar en este cuerpo tan erguido y tenso; en la cabeza, en las mejillas, en las orejas de su prima... Y después sepulta la cara gruesa en su pelo cardado, y permanece así, suspirando y sollozando durante un largo rato.

Mientras tanto, doña Gianna no hace ni un solo movimiento, ni dice palabra alguna; y aunque siente profunda y dolorosamente que su rigidez es insoportable, no hace nada que transparente emoción, ni algún tipo de sentimiento. Mantiene su inmovilidad y su silencio, a pesar de estar muy impresionada; y no puede explicarse el género de emoción que siente ante aquella situación que la desborda, intranquilizándola. Tampoco encuentra el deseo de responder a la desmesurada y afectuosa manifestación de su prima; es incapaz de abrazarla o de besarla a su vez. Posiblemente no logra alejar los recuerdos anclados en sí misma, como una sombra oscura en su corazón, y solo busca controlar su pensamiento y su juicio. Siempre fue una mujer de duro corazón…

Orlena y Gina, en cambio, están conmovidas. Asisten a un encuentro que no hubieran podido imaginar ni en sus mejores sueños. Su tía ha venido a reconciliarse y todo en ella parece sincero: es reconocible su modo de llorar, el tono sonrosado de sus carnes, el brillo de los ojos azules en su regordeta cara, el carmín de los labios y sus maneras francas y desenvueltas. Solo les preocupa la reacción que pueda tener su madre ante toda esta efusividad.

Pero doña Gianna no hace ninguna manifestación despreciativa. Por el contrario, acaba soportando el abrazo de su prima y murmura:

—Creo que te equivocas conmigo, Gabriella. Yo nunca estuve enfadada contigo.

El reencuentro acaba siendo finalmente emotivo, a pesar de las reservas y de que no está carente de una innegable desazón, por los reproches que cada una guardaba contra la otra en el fondo de sus almas. Pero, pasado aquel primer instante en el que Gabriella dio humildemente el primer paso, luego se intercambian por fin besos y sinceras manifestaciones de cariño, en las que también participan las sobrinas. Hablan largo rato de todo lo divino y humano, aunque evitando tocar el pasado reciente cuanto pueden. Los asuntos familiares son los más embarazosos al principio. Temen que surjan recuerdos inoportunos que puedan provocar alguna queja o reproche, como todo aquello que las indujo a romper su relación, o por qué se enrareció tanto el ambiente entre los padres de ambas. Pero esos peligros acaban pasando en paz, y luego la efusiva Gabriella conduce la conversación con habilidad y ternura hacia las defunciones y las desgracias recientes. Lloran por Gian Carlo abrazadas y ya todo lo demás se olvida.

Eso acaba dando paso al momento de hablar de las hijas y del niño que duerme en la cuna, y que no se ha despertado a pesar del alboroto. Gabriella lo mira enternecida y exclama con voz melosa:

—¡Qué preciosidad! ¡Qué ricura!

Y después, mirando a Orlena, le dice con ñoña dulzura:

—Querida, no conozco al padre, pero es tan guapo; es tu vivo retrato...

Entonces doña Gianna se pone apreciablemente nerviosa, y se adelanta con astucia, señalando a Gina y diciendo con aire dramático:

—Gina es la madre. Lástima que el padre esté desaparecido. No sabemos nada de él desde antes del armisticio. Pero confiamos en que Dios nos lo devuelva...

—¡Mamá! —protesta Gina irritada.

Pero su madre le sale al paso con autoridad, lanzándole una severa mirada y diciéndole con voz tonante:

—¡Calla tú! ¡Deja que tu madre lo explique! Tu marido está desaparecido y tú acabarás echándote a llorar si lo cuentas.

Gina enmudece y decide, desde aquel mismo instante, tragarse su orgullo y dejar que su madre lleve las riendas en este espinoso asunto. Además, también comprende ella que va a ser inútil que su tía asimile lo que en verdad ha sucedido. Esta hipócrita mentira es de momento la mejor solución. Al fin y al cabo, aun siendo tan distintas, ambas primas pertenecen al mismo mundo.

La tía vuelve a mirar al niño con gesto compadecido y pregunta:

—¿Cómo se llama?

Doña Gianna se apresura a responder con orgullo:

—Se llama Gian Carlo, en honor de su difunto tío, que es un héroe. Pero todavía no hemos podido bautizarlo... En cuanto que las circunstancias lo permitan, lo llevaremos a la iglesia del Gesù para que lo cristianicen en la misma pila bautismal que a todos mis hijos.

Gina arde de rabia a causa del pertinaz autoritarismo y protagonismo de su madre, pero se aguanta y permanece en silencio, tratando de sonreír con humildad para evitar una escena desagradable.

Entonces Gabriella va hacia ella y la abraza y besa, realmente apiadada, y llora de nuevo. Pero enseguida se enjuga las lágrimas y recupera su sonrisa para alabar la esbeltez que ha heredado de su madre, así como la figura que sigue conservando a pesar del reciente embarazo. Y después, señalando la ropa que lleva puesta, dice:

—No tomes a mal mis palabras, querida. Hay vestidos para madres recientes que resultan muy elegantes...

Orlena y doña Gianna se miran. De esta manera comparten su pesar por la terquedad de Gina, que nunca ha querido ponerse nada más que unas amplias batas que cubre en la calle con un viejo y ancho abrigo.

—Mi hermana es muy especial —dice Orlena con precaución.

—No tengo ánimo para esas cosas —observa Gina, escuetamente, dándose por aludida.

Gabriella contempla a su bella sobrina con ojos llenos de amor y ternura, y con su corazón siempre sediento de amar a la gente. Y si no fuera por cierto recelo y temor a su prima, dirigiría la conversación hacia los recuerdos del pasado y se reiría a pleno pulmón a causa de la propia terquedad de doña Gianna, heredada claramente por la hija. En cambio, con los ojos bailándole en la cara de pura felicidad, dice afectuosa:

—Vestir bien y verse una bien eleva el ánimo. ¡Cariño, permite que yo te haga un regalo!

Doña Gianna, por su parte, se pone a mirarla furtivamente con ojos escrutadores.

Y Gabriella añade:

—Mañana vamos a salir de compras las cuatro al centro de Roma. Yo me encargaré de todos los pagos. ¿Cuánto hace que no vais de compras?

El orgullo de doña Gianna se siente herido y replica en tono caustico:

—Gracias, pero… Déjalo, Gabriella. No están los tiempos como para permitirse caprichos.

Hay un silencio largo, en el que parece que la paz lograda está amenazada. Pero Orlena interviene a tiempo, diciendo con inesperada alegría:

—¡Sí! ¡Por supuesto que sí! Todas hemos sufrido. ¿Por qué no vamos a permitirnos ser felices? ¡Vayamos juntas al centro de Roma mañana! Hoy hemos recibido una feliz sorpresa con esta inesperada visita, ¡celebremos el reencuentro!

La madre se queda pensativa, rumiando sus rencores y sus amargos recuerdos. Pero algo más debe de sucederle por dentro porque mira fijamente a su prima a los ojos y le dice:

—Aprecio mucho este paso que has dado. Comprendo que lo habrás pensado mucho y… En efecto, todas hemos tenido que sufrir. Gracias por venir a traer tu consuelo, Gabriella. Y ahora, lo primero que tienes que hacer tú es ir al hotel Boston a por tus maletas. No consentiré que te alojes entre extranjeros en estos peligrosos tiempos. Tu casa estará derruida, prima, pero esta también es tu casa, con independencia de lo que pasó…

Después de oír esta declaración, Gabriella se echa a llorar una vez más. Pero ahora las palabras se ahogan en su garganta y solo es ya capaz de prodigar besos entre su prima y sus sobrinas.

87

Roma, viernes, 2 de junio de 1944

El día ha amanecido soleado. La noche fue calurosa, sofocante como una noche de verano. Si bien el aire de la mañana parece arrastrar una brisa fresca que llega desde el mar. La radio está encendida desde temprana hora. Orlena acaba de sintonizar una emisora inglesa que habla en italiano y que está permanentemente dando instrucciones a los ciudadanos ante la inminente liberación de Roma. Una y otra vez, repite:

¡Resistid, romanos, resistid! Ahora o nunca.

Y después de poner música a ratos, entre arenga y arenga, emite un comunicado del bando aliado:

Italianos, no nos alegra ningún bombardeo aéreo, ni los que tienen lugar en la vanguardia combatiente ni los que se producen en las ciudades de la retaguardia. Nos duele, eso sí, la suerte que corre el admirable pueblo italiano y tenemos fe en que el tremendo sacudón sirva para despertarlo de la trágica pesadilla que el fascismo echó sobre su alma. A todos os decimos: ¡Resistid, romanos, resistid! Ahora o nunca.

En el salón, sentada en su nobiliario sillón tapizado en damasco carmesí, doña Gianna llora con las manos entrelazadas bajo la barbilla, como si estuviera en oración, pero está llena de odio y consternación, y derrama gruesas lágrimas, porque no comprende lo que sucede y desprecia en su corazón el hecho de que los aliados estén ganando la guerra.

Orlena se siente impotente para consolarla. Pero trata de hacerlo, repitiéndole:

—Mamá, por Dios, no temas. Los americanos, los ingleses y los franceses son gente civilizada. Siempre será mejor que lo que tenemos. Cuando vengan, será el final de esta guerra y podremos vivir en paz.

—¡No! ¡No será el final! —replica su madre—. Ellos traerán sus cosas, su manera de ver el mundo, sus costumbres bárbaras… ¡Y será el principio de otra guerra! Porque los malditos comunistas no se van a quedar quietos…

En ese momento, entran en el salón Gina y la tía Gabriella, acicaladas ya para salir de compras, después de haber dejado el niño al cuidado de Paciana. Y al ver el drama que allí se está desenvolviendo, se quedan pasmadas.

—¿Qué pasa ahora? —pregunta Gabriella, con los brazos en jarras—. ¿A qué vienen estos lloros, Gianna?

—Mi madre está aterrorizada por la llegada de los americanos —responde Orlena.

—¡No estoy aterrorizada! —protesta airada doña Gianna—. ¡Estoy indignada! ¿Por qué vienen? ¡Nadie los ha llamado! ¡No queremos a esa gente en Italia!

Su prima inclina la cabeza hacia ella, mientras le clava desde arriba una mirada que hace brillar sus ojos saltones. Luego dice con un suspiro de hastío:

—¡Ah, se trata de eso! ¡Tonterías! No vamos a estar peor que ahora. Ya lo verás. Y no pienses más en eso… ¡Vámonos de compras! Verás cómo se te olvidan los males. ¿Cuánto hace que no sales por Roma? ¿Vas a quedarte en casa ya toda la vida? ¿Como una vieja?

Y después de lanzarle estas preguntas, se acerca hasta la mesa y coloca allí su bolso de cuero negro; lo abre, extrae de él un grueso fajo de billetes sujeto con una goma elástica y dice triunfante:

—Ocho mil liras. —Lo deja encima de la mesa y, resoplando, añade—: Son los ahorros que tenía guardados para después de la guerra. Pero me han asegurado que, cuando entren los americanos, el dinero italiano solo será papel mojado y que no se podrá comprar nada si no es con dólares. Así que vamos ahora mismo a gastarnos todo lo que podamos.

En ese preciso instante, los cristales de las ventanas tiemblan violentamente. Pero ninguna de ellas se sobresalta demasiado. En Roma esas explosiones son constantes desde hace días.

—Los alemanes deben de estar volando otro puente u otro depósito de municiones —observa Orlena—. Eso es una prueba más de que están decididos a marcharse.

Su madre la mira con desesperación y exclama llorosa:

—¿Cómo vamos a salir de casa con lo que hay afuera? Si vienen los americanos, nos pueden encontrar por la calle y ¡Dios sabe lo que harán con nosotras! Se cuentan cosas terribles de lo que les pasa a las mujeres cuando una ciudad es tomada por el enemigo…

—¡Tonterías! —exclama Gabriella—. ¡También ellos son cristianos! ¿Cómo van a hacer guarradas estando el papa tan cerca? Van a respetar a todo el mundo. No te hagas esas suposiciones estúpidas, prima. Vamos a ver si podemos pasar un buen rato y olvidarnos de la guerra al menos por un día. ¡Mira todo ese dinero! Es mi regalo por el tiempo que hemos estado enfadadas. ¿Lo vas a despreciar?

Mientras llora, doña Gianna profiere una especie de susurro, pero no se mueve ni mira el fajo de billetes que está sobre la mesa.

Entonces Orlena le dice:

—Está bien, mamá. Si tú no quieres venir, no podemos obligarte. Nosotras desde luego vamos a salir.

—¡Eso! —secunda esta opinión Gabriella—, vamos y que sea lo que Dios quiera. ¡Basta ya de miedo y de pena!

Cuando la tía y las sobrinas van a salir, doña Gianna se levanta y se atusa el cabello delante del espejo; se echa por encima de los hombros un chal negro de ganchillo y se dispone a acompañarlas sin decir media palabra.

—Si ya lo sabía yo… —murmura su prima con una risita cáustica.

Un rato después, las cuatro mujeres bajan de un taxi en Via del Corso. Se encuentran de pronto inmersas en una Roma que hace tiempo que no frecuentaban, y se sorprenden al ver a la gente por las calles, con una naturalidad que parece estar exenta de cualquier temor o ansiedad. Por el contrario, no puede decirse que el ambiente sea triste o desagradable. Las tiendas están abiertas y hay cierto movimiento de curiosos delante de los escaparates. En esta parte de la ciudad, el sentir popular no está tan enrarecido como en otros barrios, donde pueden verse a diario aquellos rostros de los obreros ensombrecidos por el odio y el miedo, húmedos de un sudor morboso, pálidos de hambre, abatidos por largos meses de disgusto y humillación. Aunque en el centro de Roma han desaparecido aquellas muchedumbres felices de antaño, circulan los tranvías y los autobuses, los cafés están más o menos animados y hay un ir y venir voluntarioso por las aceras, bajo los enormes retratos de Mussolini que las brigadas fascistas han vuelto a pegar en las paredes.

Las tres mujeres caminan despacio, animosas, contemplando embobadas lo que encuentran a su paso, pero a la vez se sienten un tanto desengañadas. Lo que ven sus ojos es conocido y reconocible, pero hay una suerte de empobrecimiento triste que lo envuelve todo. Se detienen aquí y allá para observar un objeto de un escaparate, o un lugar que facilita un recuerdo que parece evocar la prosperidad del pasado, y que permanece, en cambio, como tronado, viejo y descolorido, aunque encerrando todavía un misterio en sí mismo. Aquellas tiendas son las mismas que en los años 20 y 30 proclamaban a gritos el lujo, la holgura y el sueño del progreso que se prometía eterno e invulnerable. Pero ahora se ven innegablemente decadentes, como si hubieran pasado muchos más años de los que en realidad han pasado. Nada conserva aquel brillo, aquel lustre que tuvo entonces. Los cristales no están tan transparentes, las luces del interior son flojas, hay poco género en los estantes y hasta los colores de los vestidos que llevan los maniquíes parecen mortecinos, como lavados por el tiempo. Por otra parte, en la calle hay infinidad de puestos en los que se vende cualquier cosa; eso le da un aire de zoco oriental a la que otrora fuera la parte más moderna y elegante de Roma.

En la esquina de la Via del Tritone y la Via del Corso se alza la Rinascente, un verdadero palacio que alberga los grandes almacenes donde se vendió por primera vez ropa confeccionada en Roma. Ahora el edificio está acordonado y rodeado por vallas, con carteles que avisan del peligro de derrumbamiento a causa de una bomba que hizo explosión en las terrazas causando graves daños. Todos los cristales que dan a la calle están rotos. Las cuatro mujeres se detienen a distancia y miran el estropicio, recordando las veces que habían estado allí para admirar o comprar las prendas de la última moda.

Luego siguen caminando y van a parar a la fabulosa tienda de porcelana de Richard Gironi. Aparecen ante sus ojos las preciosas piezas de las vajillas que son muy parecidas a las que le regalaron a doña Gianna sus padres para el ajuar de su boda. Sus corazones se ponen a latir con fuerza por la nostalgia, y se quedan allí un momento compartiendo recuerdos. Luego, en el comienzo de una esquina, al girar a la derecha, aparecen unas cestas con flores frescas y coloridas delante de una distinguida floristería. La tía Gabriella compra rosas para todas. No se puede adquirir comida, pero no faltan las rosas en Roma. Allí preguntan a la dependienta, sin demasiada esperanza, si pueden almorzar medianamente bien en algún sitio.

La muchacha se muerde los labios y agacha la cabeza sofocada. Luego contesta:

—Bien, lo que se dice bien, en ninguna parte. Y si quieren algo decente, tendrán que pagar una fortuna. Ya saben —musita—, cosas del mercado negro…

—Pagaremos lo que haga falta —dice la tía.

La dependienta les indica una casa particular cercana, en Via delle Cuatre Fontane, donde por un buen precio pueden encontrar algo decente y, por supuesto, encubierto. Se encaminan hacia allí y se presentan diciendo que van de parte de la floristería. Es todavía temprano, sobre las once de la mañana, y ni un hilo de luz, ninguna actividad revela que se pueda comer algo en aquella vivienda cuya entrada parece inhóspita. Pero un hombre anciano, con chaleco de botones de nácar y chaqueta color calabaza, les franquea el paso por un corredor hasta un bonito comedor; un auténtico restaurante donde unos pocos clientes privilegiados ocupan las mesas, resaltando entre ellos algunas mujeres muy bien vestidas y un par de oficiales alemanes de alto rango. Hay cestas con fruta, estantes con botellas de vino y champán y un delicioso aroma en el aire. Son conducidas hasta un rincón, junto a una consola que sostiene un teléfono, una guía, narcisos en un jarrón y un gran cenicero. Allí les colocan una mesa para cuatro. Se sientan y les ofrecen el menú, que en otra época no hubiera sido nada del otro mundo, pero que ahora supone un verdadero banquete: *spaghetti al pesto*, sardinas gratinadas y tarta de fresas. A ellas les parece un milagro haber encontrado aquello, y no les importa el desmesurado precio que les piden por anticipado. La tía Gabriella paga encantada.

Cuando han devorado las escuetas raciones que les han servido, la dueña de la casa tiene el detalle de ofrecerles café, pastas y cigarrillos emboquillados. Luego toman unas copas de licor, lo único que no se les escatima, y se sienten felices por primera vez en mucho tiempo.

Pero un poco más tarde, doña Gianna, aunque no parecía estar triste, de pronto se echa a llorar, lamentándose por el hambre que han estado pasando y por las demás carencias y calamidades.

Gabriella y su prima son dos imágenes opuestas. La tía, en vez de compadecerla, se echa a reír y exclama:

—¿Ahora sales con esas? ¡Ahora que hemos comido como reinas!

—¿Cómo reinas? —refunfuña doña Gianna—. ¡Con qué poco nos conformamos ya! La gente de bien está muerta de hambre, cuando a los obreros les dan de todo. El futuro que nos espera es negro, muy negro... Cuando vengan los extranjeros pondrán a los comunistas al frente de la nación y nos harán la vida imposible... Ya lo veréis, ya lo veréis... El tiempo me dará la razón.

—¡Mamá, qué negativa eres! —le espeta su hija Gina—. No se te ocurren más que ideas funestas.

Su madre clava en ella una mirada hosca y contesta:

—Parece que estás deseando que los comunistas se hagan cargo de todo. Cuando para una viuda joven de tu clase no puede haber otra esperanza que encontrar a un hombre rico y bueno; un hombre enamorado que esté dispuesto a ser padre de una criatura que no es suya. Es decir, un caballero piadoso y con caritativos sentimientos.

—¡No soy viuda! —replica Gina, alzando la voz—. ¡Eso es lo que tú quisieras! ¡Pero Betto no está muerto!

Se produce un silencio desagradable, en el que los comensales de las otras mesas callan por un instante. Pero enseguida reanudan las bulliciosas conversaciones que anima la abundante bebida.

Y la tía Gabriella, para que no retorne la discusión, pone su bolso encima de la mesa y saca de él un sobre, susurrando con una sonrisa enigmática:

—Todavía guardaba una sorpresa más para vosotras…

Todas la miran anhelantes, pensando que va a mostrar más dinero. Pero ella extrae cuatro entradas para la ópera, diciendo:

—Dentro de media hora, aquí al lado, en el teatro de la Ópera, representan *Un ballo in maschera.* ¡Oh, Verdi! ¡Y el gran Beniamino Gigli! En el hotel Boston podían adquirirse las entradas y, antes de irme, me hice con ellas. ¿Cómo iba a desaprovechar la oportunidad? ¿Qué mejor cosa que ir hoy a la ópera? Tenemos un palco para nosotras solas. Terminemos este día maravilloso lo mejor que podamos. Y mañana… ¡Dios dirá!

La madre y las hijas se quedan atónitas. Esto es algo que de ninguna manera podían esperarse. Y doña Gianna, removiéndose en su asiento, refunfuña:

—No estamos vestidas adecuadamente para la ópera.

—¡Por Dios, Gianna! —le recrimina su prima—. ¡No hay forma de agradarte! Estamos las cuatro perfectamente arregladas y, además, nadie va a reparar en eso en estos tiempos. ¡Vamos!

—¡Sí, vamos a la ópera! —dice Orlena animosa—. Es una oportunidad única. Hagámoslo en recuerdo de papá, que era lo que más le gustaba en el mundo.

Y Gina, poniéndose en pie, añade:

—Sí, es una idea muy buena, y un regalo de la tía Gabriella que no se puede despreciar. Pero yo tengo un niño de dos meses y llevo más de dos horas fuera de casa. He de regresar ya para darle el pecho. Así que id vosotras. Y ya me contaréis…

Se despiden a la salida y Gina regresa a casa en un taxi, mientras las otras tres recorren el corto trayecto que hay hasta el teatro Reale dell'Opera. La representación es a esa hora temprana de la tarde por el toque de queda. Hay por todas partes patrullas de la policía, guardias militares alemanes y escuadras fascistas. Reina una agitación extraña, como una ansiedad que está visible en los movimientos y prendida en las expresiones de las caras. Los vehículos se detienen a cada momento, para dejar paso a las columnas motorizadas que recorren las principales avenidas. Se percibe una actividad desacostumbrada en la ciudad, como si todo el mundo se estuviese preparando para lo que se avecina; pasan hombres transportando maletas, carromatos cargados hasta los topes y tranvías abarrotados de gente sombría, de soldados sucios de polvo y porquería y de hombres mugrientos y cansinos que nadie sabe adónde se dirigen.

Pero dentro del majestuoso teatro todo es diferente. Ellas cruzan aprisa el vestíbulo y el acomodador las conduce hasta el palco, donde se sientan y escudriñan el auditorio con discreción y regocijo. Hasta que las luces se apagan y da comienzo la Obertura de Giuseppe Verdi. Se alza el telón despacio, y aparece en el escenario el soberbio decorado que recrea la antecámara del despacho del conde de Warwick y gobernador de Boston, donde se mueve y canta un grupo de personajes con uniformes del siglo XVIII. Luego entra el protagonista principal, Riccardo, que interpreta el celebérrimo tenor Beniamino Gigli. La ópera se desenvuelve en tres actos y narra una historia de amoríos y una conspiración basada vagamente en el hecho histórico del magnicidio del rey Gustavo III de Suecia.

La representación es formidable. Cuando concluye, en medio de los ensordecedores aplausos y los «¡bravos!», se alzan otras voces fuertes, vítores y vivas a Hitler y a Mussolini. Las rutilantes lámparas se encienden y brillan los mármoles y los oros en el espléndido teatro. Hay sonrisas, saludos y parabienes que se prodigan entre las distinguidas damas enjoyadas y un personal masculino que está ataviado con oscuros trajes que se alternan con aparatosos uniformes, condecoraciones, bandas y entorchados. Los oficiales nazis se pavonean vestidos con los elegantísimos uniformes de gala, guantes blancos incluidos, peripuestos y orgullosos, sin manifestar la mínima inquietud en sus férreos rostros; saludan brazo en alto, dan taconazos y cabezadas y se estiran sobre sus relucientes botas negras. Está allí al completo el alto mando alemán con su séquito, dispuesto a dar una imagen de normalidad cuando es evidente que todo se hunde inevitablemente para ellos. Tanta ostentación es un juego desenfrenado y vano que solo pretende prolongar la ficción de una gloria ya perdida; una gloria que ahora es solo una máscara…

88

Roma, sábado, 3 de junio de 1944

Una angustia extraña pesa sobre Roma. Parece que en todas partes se presiente una inmensa y monstruosa calamidad. Casi nadie habla de ello, pero el terror a que los alemanes acaben consumando una venganza descomunal está en todas las mentes. Es como si una amenazante e ineludible maquinaria infernal se dispusiese a triturar entre sus engranajes las casas, las calles y a los habitantes. Nadie puede saber a ciencia cierta qué suerte tiene decidida Hitler para la ciudad que ya ha sentenciado como incurable traidora, desagradecida y desleal; él que se empecina en una lucha final a muerte, y que ha aplastado sin piedad bajo sus botas y enterrado a tantas ciudades de Europa. Entre las habladurías que se difunden a media voz, corre el rumor inquietante de que los ingenieros de la Werhmacht están sembrando de minas y explosivos los principales puentes, puertos, monumentos, fábricas, almacenes y vías de comunicación. Pero la presencia del papa en el Vaticano sigue dando seguridad. En la emisora de radio del Vaticano, se reproduce en antena constantemente la inconfundible voz de Pío XII, que se alza admonitoria:

> *¡Quien se atreva a levantar su mano contra Roma, será culpable de matricidio ante el mundo civilizado y el juicio eterno de Dios!*

Es una advertencia dirigida a los nazis para tratar de apaciguar su rabia y su deseo de cumplir sus amenazas de destruir Roma. Pero nadie puede asegurar que Hitler no tenga planeado raptarlo para llevárselo a Alemania.

Tampoco puede adivinarse lo que en realidad está sucediendo en el frente; el estruendo bélico cada vez se oye más cerca y el movimiento de las tropas por las carreteras no cesa. Las emisoras oficialistas siguen empeñadas en repetir que todo va bien, pero ya no hay forma de ocultar la fuga constante de jerarcas fascistas, la quema de documentos y el abandono discreto de los edificios gubernamentales. Es demasiado evidente que algo está pasando, y que ese algo tiene que ver con un trágico final, sea cual sea su alcance y sus consecuencias.

El sábado por la mañana, cuando el mariscal Lucignano se hallaba muy temprano prestando un servicio en una zona lejana a la isla Tiberina, fue informado por uno de sus contactos de que las SS se disponían a hacer un registro en el hospital. El mariscal no podía abandonar su puesto, ni tampoco avisar al doctor Borromeo porque las líneas telefónicas permanecían cortadas desde la tarde anterior. Entonces, siendo consciente del enorme peligro que suponía que pudieran dar con la radio clandestina, no se le ocurrió mejor cosa que enviar a unos muchachos que estaban por allí montando en bicicleta. Estos se mostraron inmediatamente dispuestos a colaborar y salieron pedaleando lo más rápido que podían para cumplir con esta misión. A estas alturas, hasta los niños no despreciaban la oportunidad de ser héroes.

Cuando el aviso llega al hospital, cunde al instante una gran agitación. ¿Qué significa este último registro? ¿Por qué ahora precisamente, cuando parece que todo va a acabar? Solo hay una respuesta posible a esas preguntas, y es angustiosa: han debido de interceptar de alguna manera las comunicaciones que, desde hace tres días, emite ininterrumpidamente la radio militar para informar a los servicios de inteligencia aliados de los movimientos de tropas alemanas en la capital. Esto hace saltar todas las alertas. Los frailes, los médicos y el personal corren en todas direcciones, cada uno a su puesto, para poner en funcionamiento el plan previsto por el doctor Borromeo en el caso de que se presentara esta temida eventualidad. Los enfermos se meten en sus camas, se esconden los refugiados donde estaba determinado previamente, se cierran las trampillas ocultas y se dan las órdenes oportunas para continuar con las actividades cotidianas, en ambiente de normalidad, procurando todos no dar señales de demasiado nerviosismo que puedan levantar más sospechas. Además, hay que deshacerse de la radio lo más rápido posible, puesto que es el elemento más peligroso de cuanto allí se encubre.

Así pasan unos diez minutos, hasta que los muchachos de las bicicletas que han servido de mensajeros vuelven con la apremiante noticia de que los camiones de las SS ya vienen de camino. Entonces la urgencia da paso a la desesperación, porque fray Maurizio Bialek y el soldado americano que maneja la radio están en ese preciso momento transportando los aparatos para arrojarlos al río.

—¡Corred! —les grita Borromeo desde una de las ventanas—. ¡Vienen ya!

Bialek y el soldado se quedan durante un instante paralizados, dudando entre continuar hacia el puente o volverse hacia el hospital. Pero se dan cuenta de que no pueden arriesgarse a que los sorprendan sin que hayan tenido tiempo para ocultar las piezas.

—¡Arrojad la radio al río! —les apremia Borromeo desde la ventana, llegando a la misma conclusión—. ¡Rápido! ¡Deshaceos de ella! ¡No podéis hacer otra cosa!

Todavía vacilan ellos unos segundos, pero acaban haciendo lo que les dice el doctor. Corren lo más deprisa que pueden hasta la orilla y lanzan todos los componentes de la radio al Tíber. Y nada más desaparecer en las aguas revueltas los cables y aparatos, oyen voces fuertes en alguna parte. Y al levantar las miradas hacia el puente, ven dos soldados alemanes que están allí mirando y que con seguridad han visto todo lo que ha pasado.

—¡Dios mío! —exclama Bialek demudado—. ¡Nos han descubierto!

Pero aquellos soldados, muy jóvenes ambos, les hacen un gesto con la mano que manifiestamente quiere indicar que no deben preocuparse, que no harán nada para perjudicarlos; como si les dijeran con claridad: «Sí, lo hemos visto, pero no nos importa». ¿Por qué actúan así? Es imposible saber el motivo de esta reacción, pero seguramente es porque ya saben que cualquier actuación es inútil, que los alemanes lo tienen todo perdido y que no merece la pena enfangarse en una complicación más entre las muchas que hay en tan confusos momentos.

Poco después, llegan los furgones de las SS y descienden de ellos una veintena de soldados que irrumpen armados y por la fuerza en el hospital, recorriendo con sonoros y apresurados pasos todas las estancias. Hay órdenes, portazos, voces y frenéticas carreras. El doctor Borromeo les sale al paso y trata de contenerlos, dándoles las mismas explicaciones que han servido en las anteriores inspecciones. Pero los intransigentes oficiales, con malos modos y cara de perro, lo apartan a un lado y prosiguen con el registro minucioso. Han traído con ellos a un médico militar para que compruebe la veracidad de la pandemia. Llegan a la sala Assunta, donde está claramente indicado en la misma puerta que allí hay enfermos infecciosos que han contraído el contagioso síndrome de K. Se asoman por una rendija y observan brevemente.

Al frente de la patrulla de reconocimiento viene un joven oficial alemán, de no más de treinta años, cabello rubicundo, rapado en las sienes, nariz afilada, labios finos y pálidos y ojos extraordinariamente claros, grisáceos, o raramente blancos. Una larga cicatriz rosada le cruza el lado derecho de la cara.

Borromeo se presenta y le explica en perfecto alemán que él es el médico jefe, y luego se pone a describir los casos clínicos al médico militar de la Wehrmacht, insistiendo en que se trata de una patología devastadora, tremendamente contagiosa y ocasionalmente mortal; y que los pacientes, incluso en el caso de no morir, quedan para siempre afectados por graves secuelas: parálisis, demencia y ceguera.

Los soldados, escuchando estos informes clínicos, retroceden. Y el joven oficial también prefiere no permanecer mucho tiempo en las inmediaciones de la sala. El médico militar echa una rápida ojeada a los enfermos que están en las camas, pero enseguida se retira. Luego hablan entre ellos, deliberan y acaban decidiendo que no se van a arriesgar a contraer la enfermedad.

Una hora después, tras un reconocimiento minucioso de los despachos, habitaciones y demás espacios, se marchan por donde han venido sin dar mayores explicaciones.

Cuando los vehículos han desaparecido en la distancia, en el hospital respiran aliviados. Los refugiados salen de sus escondites poco a poco y todos celebran haberse librado una vez más de aquella acuciante amenaza.

Entonces el doctor Borromeo, sudoroso y triste, dice circunspecto:

—Buscaban judíos. Ya solamente quieren eso los diabólicos nazis: seguir matando judíos… ¡Hienas malditas!

Esa misma tarde, Radio Londres empieza a transmitir, una y otra vez hasta la noche, el esperado mensaje que contiene la palabra «elefante». Es la clave secreta que se dirige a la Resistencia, anunciando que ha comenzado el ataque final para liberar definitivamente Roma.

89

Roma, domingo, 4 de junio de 1944

Poco después de la medianoche, empieza a desenvolverse lentamente un extraño movimiento por toda Roma. El metálico y estrepitoso ruido de las cadenas de los tanques sobre el pavimento ahoga el rugir de mil motores en funcionamiento. Interminables filas de vehículos militares de todo género convergen en las principales vías de la capital para formar impresionantes colas que avanzan bajo la brillante luna llena hacia el norte. La retirada del ejército alemán ha comenzado.

No hay electricidad, pero las persianas se descorren en todos los edificios, a pesar de la estricta prohibición del toque de queda que todavía rige en plena vigencia. Se encienden quinqués de aceite y velas. Poco a poco, las voces empiezan a gritar en las ventanas y las terrazas:

—¡Se van!

—¡Por fin!

—¡Los alemanes se retiran!

Gina está acostada desde hace rato, pero es incapaz de dormir a causa del ruido y la emoción. Se levanta y sale de su dormitorio para ver qué pasa. Y encuentra a Orlena sentada al lado de la radio, con la oreja pegada a la madera del aparato en un estado de euforia silenciosa.

—¡Orlena! —exclama Gina—. ¿Qué está pasando? ¿Qué es todo ese ruido y esas voces?

—Tienes que oír esto —contesta ella.

Hace girar el elevador del volumen. La inconfundible voz del locutor, que habla en italiano con acento inglés, proclama con exaltación:

¡El ejército alemán se retira hacia el norte! ¡Los fascistas se disuelven! ¡Se esconden como las ratas! ¡Los hunos se marchan de Roma! Después de que los ejércitos aliados hayan roto la línea en las colinas Albanas, el camino a Roma está expedito. ¡Hoy Roma será liberada! ¡Viva la libertad! ¡Viva la democracia!

A Gina le palpita el corazón. Mira a su hermana con los ojos inundados de lágrimas y luego va hacia la ventana. Se asoma y ve a los vecinos salir de las casas y formar tímidos grupos en la calle. Los gritos son cada vez más fuertes:

—¡Por fin se van!

—¡Se acabó!

—¡Se están retirando!

—¡Salid! ¡Salid todos!

Orlena también se asoma. A lo lejos continúa circulando la interminable fila de vehículos militares de todos los tamaños. La ciudad estaría a oscuras si no fuera por la extraordinaria luna llena que ilumina con su luz azulada aquella sorprendente e inquietante escena que tiene un algo apocalíptico.

—¡Vamos a la calle! —exclama Gina con excitación.

—¡No! ¡¿Estás loca?! —La frena su hermana, cogiéndola por el brazo—. ¡Ni se te ocurra! Cualquiera sabe lo que puede pasar ahora… ¡Hay que estar en casa!

En ese momento, aparece en el salón doña Gianna, adormecida y asustada, en camisón y con todo el pelo alborotado. Tras ella entra Gabriella, en un estado semejante, y pregunta espantada:

—¡¿Qué pasa?! ¡Dios mío! ¿Qué es todo esto? ¡Estas luces encendidas! ¡Y esas ventanas abiertas de par en par en plena noche!…

—¡Los americanos han llegado de verdad! —contesta Gina a gritos—. ¡Los aliados ya están aquí! ¡La libertad! ¡Por fin la libertad!

Orlena se apresura a rectificar la noticia:

—¡No! ¡Eso no es así! ¡Solo sabemos que los alemanes se marchan!

—¿Quién lo dice? —pregunta la madre aterrorizada.

—Oíd la radio —responde Orlena—. ¡Callad un momento y prestad atención!

Pero la emisora aliada no da ningún detalle nuevo; solamente repite una y otra vez el mismo comunicado:

¡El ejército alemán se retira hacia el norte! ¡Los fascistas se disuelven!... ¡Hoy Roma será liberada! ¡Viva la libertad! ¡Viva la democracia!...

Pero más tarde hay un nuevo aviso, mucho más esperanzador todavía:

Ciudadanos de Roma, ahora no es el momento de hacer manifestaciones ni actos de violencia. Obedeced las instrucciones y continuad con vuestras actividades habituales. ¡Roma es vuestra! Ahora vuestro único cometido es salvar la ciudad. Nuestro trabajo será destruir al enemigo.

Las cuatro mujeres permanecen durante un rato junto a la radio, escuchando atentamente con la cabeza baja. Doña Gianna se echa a llorar, pero su prima está extasiada, y repite una y otra vez:

—¡Están aquí! ¡Es verdad! ¡Los americanos, nada menos! ¡Es maravilloso! ¿Por qué lloras, prima? No es motivo para llorar... A mí esto me ilusiona. En 1926 viajé con papá a Nueva York... No podéis imaginaros lo que son los americanos... ¡Y ahora resulta que ellos están aquí! ¡Se acabaron los alemanes! ¡Gracias a Dios! ¡Que se vayan a la...!

En la calle hay cada vez más gente; el griterío, como un clamor, se ha extendido tanto que ya ahoga el ruido de los motores en retirada.

—¡Subamos a la terraza! —propone Gina—. ¡Desde allí nos haremos una idea mejor de lo que está pasando!

Suben a la terraza. Tienen desde allí una excelente vista. Además cuentan con los magníficos prismáticos y el catalejo de marino del difunto Mario Daureli. Ven las largas hileras de camiones, tanques y automóviles, y las interminables columnas de hombres a pie que se alejan en perfecto orden, atravesando los puentes y formando una infinita fila que se va perdiendo en la lejanía...

Durante largas horas, en la cálida noche de junio, ellas contemplan en silencio todo aquello. También pueden ver los constantes destellos de las explosiones en el horizonte, las estelas de las balas trazadoras de los antiaéreos en el firmamento y el resplandor de los incendios.

Con la primera luz del alba, se precipitan los acontecimientos. A estas alturas, es evidente que los alemanes no tienen ya ninguna intención de aferrarse a Roma para convertirla en un campo de batalla o llevar a cabo una defensa extenuante. Simplemente, se han marchado. Han abandonado la capital, obedeciendo a un plan cuidadosamente establecido, y sin llevar a cabo las destrucciones que tanto se temían.

Doña Gianna, la tía Gabriella y Orlena se fueron a dormir tarde. Ahora, cuando está a punto de amanecer, la casa permanece en silencio. Todavía reina la oscuridad y solo Gina está levantada, dándole el pecho a su hijo en la terraza. Lo mira. Es pequeño, perfecto y rosado. Y siente una ternura infinita, que viene a unirse a toda la emoción que la embarga esta mañana luminosa. Su espíritu ha sido lanzado hoy a un cielo ilimitado de esperanza, arrepentida de la desesperación a la que había cedido en determinadas ocasiones, avergonzada por los pensamientos derrotistas con los que había transigido en algunos momentos. Ahora renacen sus sentimientos reprimidos, su amor, su entusiasmo, su ambición, su aspiración a un ideal, y sus sueños que se habían perdido, esparcidos por oleadas de miedo, de angustia y desolación. Algo en su interior le dice que mereció la pena conservar al menos un atisbo de esperanza. Y aquí está su precioso niño, que es como la luz que vence todas las sombras... Es como una revelación, como un amanecer.

Mira hacia la ciudad. Tiene los ojos cansados por no dormir y por las lágrimas; se los restriega con los nudillos de la mano con que sostiene al pequeño y, aún pensativa, fija su mirada mansa en la ciudad, donde, gradualmente, durante su lánguida meditación, ha ido apareciendo el azul violeta del crepúsculo, incrustado de plata por el reflujo de las luces fluorescentes de las innumerables farolas que se han encendido de pronto. Gina ve extenderse sobre la cúpula de San Pedro, sobre las iglesias y las cornisas enfáticas de los edificios, un cielo turquesa que se va aclarando. Roma parece diferente esta mañana, calmada y centelleante, y las campanas resuenan musicalmente, como saludando al sol que nace.

Entonces ella toma una decisión, obedeciendo a un deseo que le nace muy adentro. Se pone en pie y baja con el niño a casa. Entra en su habitación y se viste deprisa. Luego va al trastero y saca el viejo carrito de bebé; lo lleva a la cocina y retira el polvo acumulado con cuidado.

Paciana aparece por allí, mira y pregunta:

—¿Qué hace, señorita?

—¡Ayúdame! —le dice ella—. Voy a salir.

—¡¿Con el niño?!

—¡Chist! No levantes la voz, no sea que se entere mi madre... Sí, voy a salir con el niño.

La muchacha le lanza una mirada, como diciéndole: «¿Cómo se le ocurre salir ahora?». Pero Gina parece tan decidida que ni se le pasa por la cabeza contradecirla, a sabiendas de lo testaruda que es. Así que la ayuda a bajar el carrito a la calle, mientras le pregunta con prevención:

—¿Y qué le digo a su madre cuando se despierte?

—Dile lo primero que se te ocurra. Por ejemplo, que he ido a misa temprano. ¡Hoy es domingo!

Poco después, Gina va por la calle, empujando feliz el carrito. Son poco más de las nueve de la mañana y el sol ya se eleva haciendo brillar las casas y los árboles. No se ve mucha gente, apenas algunos jóvenes que van riendo y que exclaman a cada momento:

—¡Viva Italia!

Todavía se sorprende y se estremece al ver pasar constantemente soldados alemanes rezagados, montados en toda clase de vehículos que seguramente han confiscado: en taxis, automóviles particulares, caballos, mulas y hasta en carromatos tirados por bueyes y carretas del servicio de limpieza de la ciudad. Sobre todo aquello que tiene ruedas huyen hombres exhaustos y humillados, ennegrecidos por el hollín, cubiertos de polvo, manchados de sangre seca… Todos ellos llevan sus armas en las manos, preparadas para defenderse. Y la gente los mira sin decir palabra, entre el asombro o el simple desprecio.

Más adelante, cerca de Piazza Venezia se va congregando una multitud que grita entusiasta. Y Gina se ve envuelta de pronto en la rumorosa, la pacífica, la riente y alegre muchedumbre romana. Todos —hombres, mujeres, muchachos y ancianos— parecen embriagados de la misma alegría, todos baten las manos, gritando:

—¡Bravo! ¡Bravo! ¡Bravo!… ¡Viva! ¡Viva! ¡Viva Italia!…

Con aquellos gritos, exorcizan el largo sufrimiento vivido. Se ven cansados, sudorosos, jadeantes, pero felices y con los ojos relucientes de orgullo y los rostros iluminados de patriótica arrogancia. Es como una bellísima fiesta, una fiesta inesperada… En tres años de guerra no se ha visto algo así.

Gina pasa toda la mañana por ahí, sin pensar siquiera en volver a su casa, descansando a ratos en los parques. A mediodía almuerza un poco de pan que ha traído consigo. Deambula por la ciudad, disfrutando de toda aquella libertad, como en trance de vidente. Cada vez se va reuniendo más gente. No hay policías, y ya no se ven alemanes por ninguna parte; y por supuesto, ya no hay miedo. Tanto es así que, allí mismo, en Piazza Venezia, un joven se sube a lo más alto de una camioneta desechada y empieza a pronunciar un discurso con un entusiasmo extraordinario, aunque no dice nada en concreto, sino que pronuncia frases deslavazadas e inconexas, llenas de torpes insultos a los alemanes y a los fascistas; se ve que está bastante borracho.

Sin embargo, Gina escucha al improvisado orador con toda su alma, sus ojos clavados en los de él, latiéndole el corazón con rapidez y fuerza, arrobada solo por el simple hecho de que alguien se atreva a levantar la voz públicamente en la ciudad tras largos meses de silencio. ¡Cómo le hubiera gustado a ella subir también y desahogar la fuente ardiente de su corazón! Pero está obligada a cuidar de su hijo, y se contenta con que un muchacho bebido dé rienda suelta a los clamores de su alma.

La gente sigue al orador con una atención entusiasta, hasta que alguien empieza a gritar:

—¡Ya vienen! ¡Ya están aquí! ¡Los partisanos!

Gina se estremece. Todo parece nuevo este domingo, pero este último es un grito emocionante que hace vibrar todo su ser, y sigue repitiéndose como si fuera un eco; o más bien, como si el grito que acaba de oír fuera el eco de su corazón.

Unos muchachos llegan en bicicleta, locos de contento, y empiezan a proclamar a gritos que las vanguardias aliadas, formadas por soldados canadienses, a los que se unen los partisanos de Bandiera Rossa, están a punto de entrar en Roma desde la Casilina.

El rumor se extiende a continuación y asciende desde lo más profundo de las almas como el resonar del trueno:

—¡Los partisanos! ¡Los partisanos! ¡Los partisanos!...

No ha pasado demasiado tiempo cuando, de repente, la multitud comienza a agitarse. Y aparece a lo lejos, bordeando el blanco monumento del Altare della Patria, la impresionante visión de la vanguardia de los tanques aliados.

—¡Allí! ¡Allí vienen! —señalan las voces.

Una oleada de júbilo se propaga y todo el mundo corre en aquella dirección. Nadie sabe de dónde ha salido tanta gente, pero una enorme masa de cabezas y brazos se agita y se extiende por el amplio espacio abierto.

Gina camina deprisa, prestando atención con su cuerpo tenso de excitación, mientras empuja el carrito y aprieta los dientes, para contener las lágrimas de emoción que le brotan a raudales. Apenas llega a la Via dei Fori Imperiali, cuando una gran manifestación, a la que se ha unido mucha más gente, viene en sentido contrario. Los gritos por Italia, la libertad y la paz no cesan; y a medida que avanzan, crece el entusiasmo. Ella se pregunta: «¿Cómo ha ocurrido todo esto...?». Apenas han transcurrido unos cuantos días desde que era testigo de su desesperación y su sentimiento de derrota y, ahora, próximo el mediodía, está tomando parte en una manifestación jubilosa en la que cada corazón se revela como eco del suyo propio. ¡Qué alegría siente! ¡Qué entusiasmo!...

Y cuando son poco más de las siete de la tarde, se le aparece otro nuevo espectáculo en este extraordinario día. Ve los *jeeps* que avanzan despacio, para no poner en peligro la vida de los civiles que abarrotan la vía, y los tanques, mientras el suelo tiembla. Montados en ellos, o caminando al lado, vienen en fila los partisanos, aunque sin demasiado orden, pero perfectamente reconocibles por sus ropas desaliñadas, por sus ojos desorbitados, por su delgadez, por las barbas sin afeitar... La multitud los envuelve y lanza flores y ramas sobre ellos. Y Gina, perdida en el tumulto, ya no ve el enorme piélago en el que se agitan miles de cabezas, banderas y manos. Hasta que por fin logra, empujando el carrito, salir del embrollo en el que se movía con un esfuerzo ímprobo... Y se lanza hacia los vehículos militares, en medio de la muchedumbre, como una más, embriagada de contento y entusiasmo, como si fuera una persona perdida que encuentra a su verdadera familia tras una larga ausencia. La columna militar sigue su camino, contemplada por la multitud, pasando vehículo tras vehículo, en medio de una ola de entusiasmo.

Y ella se lanza con toda su alma a este río, para seguirlo, dejándose arrastrar por el frenesí, elevándose hacia lejanos horizontes de nobles sentimientos, turbada por estar viva, remordida por el pesar de haberse salvado... Porque ya no puede evitar que todo su pensamiento lo ocupe él... ¿Estará vivo como ella?

Y entonces se produce algo que no puede reconocer sino como un milagro: ¡Es él! Betto está detenido en medio de la vía, y la está mirando largamente, completamente ajeno al paso de los vehículos, con una mezcla de sorpresa y curiosidad en su expresión, un tanto enajenada. Gina no puede creer lo que ve: contempla el cabello de estopa, crespo y espeso, y la maravilla de sus ojos del color de la miel; la nariz ligeramente chata y el rubor saludable de sus mejillas. Viste una deslustrada y sucia camisa y unos pantalones cortos por encima de las rodillas. Está delgado, cetrino, abrasado por el sol y el aire... Camina hacia Gina sin hablar y sin dejar de mirarla a los ojos. Ella tampoco es capaz de articular una palabra; coge al niño en sus brazos y se lo muestra. Él llega a su lado, contempla al niño, se tambalea, y toda su juvenil fortaleza parece desmoronarse; cae poco a poco de rodillas a los pies de Gina y se abraza a sus piernas, deshecho en lágrimas...

EPÍLOGO

Tras la liberación de Roma

El 4 de junio de 1944 la capital de Italia amaneció siendo aún víctima del estupor y el terror. Los bombardeos de la aviación aliada se habían sucedido durante semanas y no cesaban, aunque las explosiones sonaban cada vez más lejanas. La confusión se había adueñado de los romanos, que no sabían muy bien todavía quién ejercía efectivamente el poder, si el Gobierno del Reino de Italia, que daba soporte a los aliados, o la República Social Italiana de Mussolini. La única certeza era que el control militar que detentaban los alemanes había terminado con el abandono de la ciudad por parte de sus tropas. Por otro lado, la autoridad moral que emanaba del papa Pío XII parecía seguir indemne. Cuando el ejército estadounidense entró en la ciudad sin encontrar resistencia, recibió la entusiasta acogida de una población que, agotada y hambrienta, sentía que su peor pesadilla había por fin acabado.

Aquella misma noche, el presidente de los Estados Unidos, Franklin Delano Roosevelt, pronunció un discurso que fue emitido por Radio Londres. Declaró en tono triunfal que se había capturado la primera capital del Eje y garantizó la victoria total de los ejércitos aliados, pero advirtió que todavía quedaba una larga lucha por delante hasta el fin de la guerra.

El día 5 de junio, desde las primeras horas de la mañana sonaban las campanas de todas las iglesias, y a la vez recorría toda Roma un llamamiento convocando a una audiencia pública en la plaza de San Pedro. *Roma está a salvo*, titulaba *L'Osservatore Romano* su portada de ese día. Y una multitud alegre, formada por ciudadanos y soldados, acudió envuelta en un eufórico clamor para escuchar la voz del papa por la tarde y aclamarlo. Pío XII se asomó a la logia, enteramente vestido de blanco, y se retiró tan pronto como vio un tanque americano al final de la columnata. Inmediatamente, el vehículo militar se alejó y el pontífice no tardó en reaparecer.

Los refugiados pudieron salir de todos los lugares donde se habían ocultado y los perseguidos regresaron. Pero, a pesar de la alegría y el ambiente festivo, hubo momentos de mucha tensión y violencia. Los grupos de alborotadores se desmandaban buscando venganza. Se dieron escenas terribles, con linchamientos crueles y una furia desatada que tuvo que ser contenida por las autoridades aliadas.

Roma fue devuelta a los romanos por sus liberadores, aunque bajo una administración militar provisional organizada por el alto mando aliado. Pero, tras la euforia inicial, la capital descubría muy pronto que sus problemas no habían terminado y que el primero de ellos y el más urgente era el hambre. Además, el deseo de empezar de nuevo cuanto antes pugnaba contra el airado impulso de ajustar cuentas con el régimen anterior. Los crímenes cometidos por los fascistas estaban en todas las mentes, con el consiguiente rencor acumulado, y se hacía necesario además identificar cuanto antes a los centenares de víctimas que yacían todavía amontonadas en las Fosas Ardeatinas. Sin embargo, la vida tenía que continuar...

El fin de la guerra

En septiembre de 1943, después de desembarcar con dificultades en Salerno, los aliados habían emprendido la marcha hacia el norte de Italia. Nápoles fue liberada por sus habitantes tras cuatro días de duros combates contra la guarnición alemana. Al quedar indemne el importante puerto napolitano, el alto mando aliado hizo planes para una rápida ofensiva sobre Roma, que apenas dista doscientos kilómetros. Sin embargo, la campaña militar se convirtió en una auténtica pesadilla. La resistencia germana era muy efectiva, articulada en torno a las innumerables líneas fortificadas y establecidas en la dura orografía del terreno a todo lo largo de la cordillera de los Apeninos. Y además había que soportar las difíciles condiciones climatológicas del invierno.

Los esfuerzos bélicos se desarrollaron en adelante con episodios de gran violencia, como la batalla de Montecassino, localidad situada dentro de la línea defensiva Gustav. Allí los paracaidistas alemanes se hicieron fuertes y se mantuvieron firmes, deteniendo una y otra vez a los V y VIII Ejércitos que mandaba el general británico Alexander. Durante cerca de seis meses, desde diciembre de 1943 a mayo de 1944, las tropas aliadas se verían obligadas a sostener una larga y extenuante ofensiva con incontables bajas. Hasta que la Operación Diadem se culminó con éxito, rompiéndose la cabeza de puente de Anzio y quebrándose por fin la Línea Gustav. El avance hacia el norte ya era posible. Y, simultáneamente, la guerrilla italiana, formada por los intrépidos comandos partisanos, hostigaba a los nazi-fascistas llevando a cabo todo tipo de sabotajes.

Sin embargo, en una decisión duramente criticada, en lugar de cercar a los restos del ejército alemán, el general estadounidense Mark Clark prefirió dejarse seducir por la idea gloriosa de liberar la Ciudad Eterna y ordenó a sus tropas marchar rumbo a la capital italiana.

El 4 de junio las primeras tropas aliadas y algunos grupos de partisanos entraron por fin en las calles de Roma. El eco de la caída de la primera capital del Eje supuso un golpe propagandístico fulminante, pero que se vería atenuado, solo dos días después, por otro acontecimiento mucho más espectacular: el desembarco aliado en Normandía el 6 de junio.

Mientras tanto, las tropas alemanas emprenden la retirada para escapar del temido cerco, refugiándose en la seguridad de una nueva línea fortificada, la llamada Línea Gótica. Entre agosto y diciembre de 1944, continuaron allí ininterrumpidamente los combates. Hasta que los aliados lograron también rebasar esta nueva frontera y liberaron Florencia, Rímini, San Marino y Rávena. Pero no consiguieron tomar Bolonia ni producir todavía una ruptura definitiva del frente alemán, que eran los dos objetivos principales de la ofensiva. La llegada una vez más del invierno, y el agotamiento tras meses de lucha continuada, frenaron de nuevo las operaciones aliadas.

La ofensiva final no sería hasta el 9 de abril de 1945, cuando por fin los ejércitos aliados consiguieron penetrar totalmente en el frente alemán y ocupar toda la llanura del Po. Las tropas alemanas trataron de retirarse a los Alpes, pero ya la guerra estaba perdida para ellos en todos los frentes.

El 28 de abril, Mussolini y su amante Clara Petacci fueron capturados por los partisanos cuando intentaban huir a Suiza. Fusilados en el acto, sus cadáveres se expusieron a la multitud, colgados por los pies en la Piazzale Loreto de Milán. Aquella imagen luctuosa dio la vuelta al mundo, señalando el inminente final de los temidos dictadores.

Entre el 26 y el 1 de mayo se libró la batalla de Collecchio-Fornovo di Taro, que concluyó con la rendición de la 148.ª División de Infantería alemana a manos de la Fuerza Expedicionaria Brasileña. Unos quince mil soldados alemanes e italianos fueron hechos prisioneros, sellando el fin de los combates en suelo italiano. El ejército alemán se rindió el 2 de mayo de 1945.

Las vidas de los protagonistas

La Segunda Guerra Mundial fue el conflicto bélico más grande de la historia universal, que trajo millones de muertes alrededor del mundo y que dejó daños irreparables en amplios territorios, con ciudades completamente destruidas, amplias aéreas arrasadas, pobreza, hambre, exclusión social y grandes movimientos de población. Como tantos otros países de Europa, firmada la paz, Italia quedó muy afectada en sus estructuras políticas, económicas y sociales, que sufrieron un evidente colapso, lo cual obligó a muchos de sus habitantes a migrar a diferentes países de América Latina, principalmente hacia Argentina, Brasil y Venezuela.

Gina Daureli y Betto Zarfati se casaron en julio de 1945, dos meses después de terminar la guerra en Italia. En febrero de 1946 tuvieron otro hijo varón y una hija el año siguiente. El matrimonio que formaron era idílico, con una perfecta sintonía entre ambos; pero eso no evitó que tuvieran problemas económicos y familiares que acabaron empujándolos a decidirse por emprender el camino de la emigración, como hicieran tantos italianos en aquella época difícil de la posguerra. En 1950 se embarcaron con destino a Estados Unidos, donde nació su cuarto hijo, un niño. Y en 1958 la familia entera se desplazó hasta la capital de un país de América Latina, donde se habían instalado antes y prosperaban otros familiares judíos originarios de Rodas. Allí iniciaron una verdadera nueva vida, que culminó con la implantación de un negocio propio que les facilitó alcanzar con el tiempo una muy buena posición en la sociedad. Todavía tuvieron una hija más en los años 60. A partir de los años 70, solían viajar a Europa en vacaciones al menos una vez al año, pasando en Italia siempre más de una semana. Gina falleció a causa de un cáncer de mama en 1987. Betto vivió treinta años más que ella, sin volverse a casar, unido a sus cinco hijos, con sus nueras y yernos, diecinueve nietos y seis bisnietos. Murió a los noventa y cuatro años, tras haber culminado la creación de una importante red comercial y un productivo emporio distribuido por varios países.

Lo que sucedió después de la guerra en la vida de Orlena Daureli puede ser considerado milagroso: a finales del año 1945 su novio —que había sido dado por muerto en el frente— regresó a Roma unido a un buen número de jóvenes soldados que sobrevivieron a las llamadas «marchas de la muerte», aquellos largos desplazamientos por Europa de hombres, a pie y en circunstancias límite. Muchos de ellos dieron en sus casas la gran sorpresa de presentarse vivos, cuando ya se les había llorado durante años. Orlena y su prometido se casaron en 1946 y tuvieron tres hijos y once nietos. Murieron ambos esposos en la década de los años 90.

Doña Gianna Arcamone, viuda de Daureli, murió en su casa en 1974. A pesar de su difícil temperamento, mantuvo una buena relación con toda su familia hasta el final. Su prima Gabriella regresó a Teramo y no poseemos más datos sobre ella.

La situación de los judíos deportados fue dramática. Una vez que eran internados en los campos de concentración, su liberación resultaba imposible. Como tantos otros judíos de Europa, Rosa Zarfati y sus tres hijos murieron seguramente en el campo de exterminio de Auschwitz-Birkenau.

Los frailes y los médicos después de la guerra

Fray Leonardo Ilundáin permaneció en Roma hasta 1945 y los datos que se conservan en los archivos de la Orden Hospitalaria de San Juan de Dios indican que en este período fue nombrado director del hospital San Juan Calibita de Roma. En las actas de los *Capitoli Conventuali della Casa Generalizia di S. Giovanni Calibita* de Roma aparece con el cargo de vicario de casa. A su regreso a España, en 1950, estuvo destinado en Sant Boi de Llobregat, donde falleció. Los datos de su biografía nos dicen que «fue un religioso ejemplar, muy dado a la oración y a la práctica de la santa hospitalidad con los enfermos más necesitados, al estilo de san Juan de Dios».

Fray Maurizio Bialek fue elegido prior del hospital de la isla Tiberina en 1946, cuando se renovaron los cargos de la Orden. Luego sería elegido para los consejos provinciales y generales, y también tesorero general. Permaneció en la isla hasta 1959, cuando fue trasladado a Nápoles, donde permaneció hasta el 12 de julio de 1961, fecha en la que dejó la Orden, habiendo obtenido de la Santa Sede el rescripto de secularización el 30 de junio de 1961. Obtuvo la ciudadanía italiana el 14 de febrero de 1957 y murió en Roma el 20 de noviembre de 2009. Recibió la medalla de plata al valor militar «en el campo». El nombre de fray Maurizio Bialek también se encuentra inscrito entre los «Justos de la Humanidad», y su recuerdo se conmemora en Roma con un árbol que está en el Jardín de los Justos de Villa Pamphili, plantado para recordar a las personas que en los genocidios y totalitarismos se esforzaron al máximo por defender la integridad y dignidad humana, incluso a riesgo de la propia vida.

El Mando Civil y Militar del Frente de Resistencia en Roma reconoció públicamente los graves riesgos a los que se expusieron continuamente los religiosos del hospital Fatebenefratelli, haciendo «todo lo posible para ayudar y ocultar a los prisioneros de guerra aliados y patriotas, proporcionándoles laboriosa y entusiastamente todo lo necesario para la resistencia y el sabotaje. Valientemente se concedió el uso gratuito del hospital para reuniones del comando militar clandestino y para la instalación de equipos de radiotelegrafía».

El doctor Borromeo continuó desempeñando su labor como médico en el hospital. Cuando los frailes celebraron sus veinticinco años en el oficio de «primario», manifestó que se sentía «feliz de haber pasado los mejores años de su vida como médico con entrega fraternal al servicio del hospital», y declaró su gran afecto a la Orden Hospitalaria de San Juan de Dios «a cuya familia se sentía perteneciente». Tras su jubilación, considerando que ninguno de sus hijos había estudiado medicina, donó su biblioteca médica al hospital. Murió en Fatebenefratelli.

El doctor Borromeo también recibió una medalla por su compromiso a favor de los patriotas y judíos buscados por la policía nazi-fascista, y por «dar y hacer dar asilo, apoyo y consuelo a tantos perseguidos». La Municipalidad de Roma le dedicó una calle en Monte Spaccato (zona Gianicolense), mientras que el Estado de Israel también lo proclamó «Justo entre las Naciones» (13 de octubre de 2004). El reconocimiento correspondiente y la medalla de oro fueron entregados el 2 de marzo de 2005 por el embajador israelí Ehud Gol a sus hijos Pietro y Beatrice durante una ceremonia pública en la sala Assunta del hospital.

Adriano Ossicini se graduó en Medicina a finales de 1944 y fue admitido como asistente voluntario en el hospital Fatebenefratelli. Se matriculó en un curso de especialización en Psiquiatría, tratando enfermedades nerviosas y mentales; en 1947 empezó a ejercer como profesor universitario de Psicología en la Universidad Sapienza de Roma. En 1968, volvió a la política y fue elegido senador como candidato independiente en la lista del PCI. Escribió un libro sobre su experiencia en la isla Tiberina titulado: *Una isla en el Tíber. El fascismo más allá del puente* (Editori Riuniti, Roma).

El doctor Vittorio Emanuele Sacerdoti partió después de la guerra en busca de sus seres queridos en Tolentino y Macerata, y finalmente los encontró. También ellos habían conseguido refugiarse fuera de Ancona para no ser capturados por los nazis. En los años siguientes, el doctor Sacerdoti dedicó parte de su tiempo a conocer y tratar a los pocos judíos que habían sobrevivido a los campos de exterminio. Las personas que el doctor Sacerdoti había ayudado a proteger con la ayuda de los frailes de Fatebenefratelli no lo olvidaron. Prueba de ello es que se hicieron plantar diez árboles en Israel en su honor y memoria. Falleció el 3 de agosto de 2005, a la edad de noventa años.

Por último, es de destacar que el 21 de junio de 2016 la Fundación Internacional Raoul Wallenberg reconoció al hospital Tiberino «como refugio de inocentes perseguidos por los nazis», tal y como consta en la placa que fue entregada en un solemne acto en presencia de Gabriele Sonnino y Luciana Tedesco, que fueron en su momento niños que sobrevivieron refugiados en el hospital. La placa se puede ver hoy en la pared exterior de la sala Assunta.

Los judíos que se salvaron

Además de en el hospital Fatebenefratelli, otros muchos judíos encontraron refugio y salvaron sus vidas en la Roma ocupada por los nazis. Entre otras varias, las minuciosas investigaciones llevadas a cabo por Dominiek Oversteyns durante más de veinticinco años aportan datos muy fiables de fuentes privadas. Comparó las cifras oficiales con las de diversos sondeos y también mediante extrapolación matemática que dan al menos una idea del número exacto de afectados. El resultado es que, en principio, cuatrocientos noventa y cinco judíos pudieron escapar hacia pueblos en lo alto de las colinas de alrededor de Roma, y sabemos que al menos mil trescientos veinticuatro se escondieron en casas de amigos y ciudadanos compasivos. Sin embargo, la mayoría fueron salvados por la Iglesia católica: cuatro mil doscientos cinco encontraron refugio en doscientos treinta y cinco monasterios romanos, ciento sesenta sobrevivieron en el Vaticano y sus veintiséis áreas extraterritoriales. Y no solo se proporcionó refugio seguro, sino también alimentos, medicinas y ayuda económica a

DELASEM, que era la organización fundada en 1939 para ayudar a los inmigrantes judíos.

Personalmente, el papa Pío XII también pudo ayudar a numerosos judíos que fueron a vivir en apartamentos privados. Hay constancia documental de su participación en la liberación y rescate de doscientos cuarenta y nueve judíos romanos detenidos entre el 16 y el 18 de octubre de 1943. Eso es alrededor de una quinta parte, o el veinte por ciento de los judíos arrestados en Roma durante este período. Además, tenemos noticia cierta de que al menos treinta eruditos judíos trabajaron en las diversas dependencias vaticanas y continuaron sus investigaciones en los museos y archivos después de ser despedidos bajo las leyes raciales. Como Hermine Speier, que empezó a trabajar en el Vaticano ya en 1934; Fritz Volbach, empleado desde 1939; o Erwin Stuckold, que tuvo la oportunidad de continuar sus estudios en el Vaticano a pesar de las leyes raciales.

Don Desiderio y la Banda del Travertino

Don Desiderio (monseñor Didier Nobels) se dedicó durante la guerra y la ocupación nazi de Roma a buscar refugio y ayudar a cientos de soldados dispersos. Junto con algunos oficiales del ejército italiano, organizó una formación partisana llamada Travertino que participó en la resistencia en la zona sur de Roma.

Por sus méritos adquiridos en estas actividades clandestinas y su ayuda desinteresada en la lucha por la liberación de Italia, monseñor Nobels recibió el 22 de enero de 1945, del general de brigada Danovan, director de servicios estratégicos de Estados Unidos, un «certificado de reconocimiento» y una medalla al valor.

Junto al diploma y la medalla, sobre el escritorio del estudio de su casa en Via Aventina, 7 siempre tuvo un gran marco plateado con la foto del joven teniente Maurizio Giglio, quien formara parte con él del Travertino, arrestado en marzo de 1943 por las SS y trasladado a Via Tasso, donde fue torturado repetidamente y finalmente asesinado en las Fosas Ardeatinas. Quienes le conocieron cuentan que monseñor Nobels nunca quiso hablar sobre aquella tragedia, y que, cuando se hacía alguna referencia sobre ello, se conmovía profundamente.

Tras la liberación, a partir de 1945, don Desiderio trabajó intensamente para fundar la primera Tropa Scout de posguerra en Italia, a la cual la Organización Nacional ASCI le dio el número ROMA 51. Fue pues un firme y válido animador del renacimiento de la Asociación de Escultismo Católico Italiano, que había sido disuelta por el fascismo en 1925.

Siempre tuvo la firme intención de transferir a los jóvenes lo que él había recibido del escultismo durante sus estudios en Londres, en el período en el que había sido *scout* con el propio *sir* Robert Baden Powell, fundador del Movimiento Scout Mundial. Quienes le trataron lo describen como un sacerdote de gran carisma, de aspecto brusco y severo, con gran personalidad, que imponía respeto solo al verlo, pero con un corazón de oro; muy generoso, de noble caridad cristiana y gran cultura, que hablaba cuatro idiomas correctamente. Continuó desempeñando su misión como secretario general adjunto en la Pontificia Sociedad San Pedro Apóstol en Propaganda Fide en Piazza di Spagna. Y al mismo tiempo, cultivó muchos pasatiempos, entre los que estaban su amor a la naturaleza y su pasión por la música. Tocaba el órgano y compuso para los *scouts* numerosas canciones espirituales que hoy se siguen cantando en el movimiento.

El 26 de enero de 1985 murió en Roma. Su cuerpo descansa en el cementerio de Carpineto Romano. Y en su recuerdo y honor, el Municipio de Roma puso su nombre al parque frente a la iglesia de San Filippo Neri en Via delle Sette Chiese.

Contra el olvido

Este año 2023 se cumplirá el ochenta aniversario del 16 de octubre de 1943, la trágica jornada, durante la ocupación nazi de Roma, en la que más de un millar de judíos romanos fueron apresados y deportados al campo de exterminio de Auschwitz-Birkenau. Solo dieciséis personas volvieron a sus casas.

Es una parte del relato de la triste historia de la humanidad. La

Segunda Guerra Mundial supuso el gran desengaño de la diplomacia y de la Sociedad de Naciones, después de que la mayoría de los países miraran hacia otro lado cuando el ascenso del fascismo amenazaba a las democracias occidentales y al sistema de derechos y libertades públicas que había supuesto tantos esfuerzos y sacrificios. Si Hitler conquistó el poder de dudosa forma, su aliado Mussolini lo hizo con el consentimiento de la monarquía y el apoyo de una gran mayoría tras su «Marcha sobre Roma».

El odio hacia los judíos no solo fue algo propio del nazismo, también la URSS manifestó sus fobias hacia ellos y los italianos consintieron las infames leyes raciales. Pero fue la espeluznante «solución final» de los alemanes lo que acabó con la vida de más de seis millones de seres humanos inocentes. Además del horror de la guerra, debemos cargar con este fracaso de la humanidad sobre nuestras conciencias para que nunca se olvide.

Después de la investigación previa y de la escritura de esta novela, mi percepción de aquella terrible época ha cambiado por completo. Es como una mirada nueva. No debo olvidar que me resistí a aceptar la tarea al principio. Y ahora siento que, de algún modo, he sido elegido para una misión. Y sé que, si no hubiera acogido y cumplido ese misterioso mandato, muchos de los hechos que he narrado hubieran quedado tal vez olvidados para siempre. Eso constituye para mí un maravilloso consuelo.

Soy consciente de que los hechos históricos, como tantas veces ha sucedido, nunca son una fuente inagotable. Época tras época, a los escritores que cimentaron el monumental templo de la literatura los siguieron otras generaciones que no pudieron sustraerse a la llamada de los seculares asuntos humanos, por mucho y bien que hubieran sido tratados en los escritos precedentes, esos que consideramos clásicos. Para cada era surgieron nuevas preguntas, nuevos problemas y, por tanto, la necesidad de palabras nuevas. Y detrás de su registro debía estar un escritor. ¿Por qué? ¿Qué nos impele a que persista el recuerdo? Creo que eso es un misterio.

Pero debemos conformarnos pensando que entre el pasado y el presente no existe ese abismo del que se suele hablar. Nada de lo que fue se pierde por completo. Si bien el «antes» solo puede ser entendido desde un presente. Y para Zubiri el «pasado» no tiene «más realidad que la de su actuación sobre la realidad actual». Por ello, él destacaba, sobremanera, nuestra actitud ante el pasado, la cual «depende, simplemente, de la respuesta que demos a la pregunta sobre cómo actúa sobre el presente» (Xavier Zubiri, *Naturaleza, historia, Dios*. Madrid, 1974, pág. 315). De esta manera, «según sean las respuestas, así veremos las diversas maneras de justificar el estudio del pasado, sobre la pervivencia del mismo». Solo así se identificará la historia como *magistra vitae* o como la sucesión de historias presentes. «La realidad humana es su puro presente» porque «el pasado ya pasó, y por tanto ya no es». En este sentido, Zubiri concluía apuntando que «ningún pasado tiene existencia real, solo poseemos un fragmentario recuerdo de él». Esta es una forma *mnemónica* de pervivencia del pasado, una fórmula pragmática que tiene mucha utilidad para resolver los problemas desde análogas situaciones pretéritas. En esta forma, el pasado no se pierde. Pasar no es dejar de ser, sino dejar de ser realidad, sobreviviendo las posibilidades que definen el presente, la nueva situación real. Y si bien el futuro es aquello que aún no es, ya están dadas todas sus posibilidades. Por eso, precisamente, estamos obligados a mantener la memoria de los hechos más ignominiosos de la vida de los seres humanos para exorcizar la posibilidad de que se repitan. Y la mejor manera de mantener la memoria colectiva es escribirla.

Es un hecho que, desde que tiene conciencia, la humanidad cuenta historias de otras épocas de una manera más o menos bella, aderezando la narración con metáforas, paradojas, alegorías y demás figuras retóricas. Y también lo hace cuando se trata de sucesos terribles o acontecimientos de infausto recuerdo. Así ha sido desde que los ancianos contaban batallas alrededor del fuego. Y es gracias a eso por lo que conocemos mucho de nuestro pasado.

La imaginación interviene inevitablemente y la realidad se mezcla con la ficción. Pero, aunque tengamos también la capacidad de fabular y de crear realidades que no existen, los receptores tienen derecho a creer que todos los hechos narrados son coherentes dentro del universo que se les representa. Da igual que los personajes sean mitos, héroes o dioses, o que la acción transcurra en lugares ignotos. Si todo funciona dentro de una lógica, el pacto entre el receptor y el narrador funcionará. Eso es la ficción: un artificio, pero un artificio bien contado. Y este acomodo entre el mundo referencial y el mundo literario sucede por el acto mismo de la recreación literaria. No pretende el conocimiento empírico, no es la ciencia que estudia lo real y aprehensible. Pero es la interpretación de lo que nos rodea, sirviéndose de la realidad para ello. Y el resultado inesperado es que, contando en cierto modo una fábula, se consigue representar con ella la naturaleza del ser humano y de nuestro mundo, logrando aportar orden al caos mejor que cualquier estudio científico. Y es lo único que el lector pide finalmente: que ocurra el milagro; que todo lo humano adquiera sentido, gozando con ello, sin que venga un aguafiestas y le recuerde que, en el fondo, todo es una gran farsa. He ahí el maravilloso misterio de una ficción verosímil, aunque no necesariamente del todo veraz. La raíz es la vida misma, pero el árbol es la creación.

San Juan comienza su Evangelio escribiendo: «En el principio era el Verbo, y el Verbo estaba con Dios, y el Verbo era Dios…». El evangelista utiliza el término griego «Logos», que es traducido como «Verbo» o «Palabra». Este término era muy utilizado en la filosofía griega de la época. Con él los griegos se referían tanto a la palabra hablada o escrita como a aquella que no se ha pronunciado y permanece en la mente. Podía equipararse a la idea de razón. Para muchos de ellos el «Logos» apuntaba hacia el principio de racionalidad en el universo, a la inteligencia detrás del orden que se observa en el cosmos. Es decir, la palabra que conforma el mundo, la voz que lo explica todo. Pero supongamos por un momento que ese principio no fuera tal, sino que antes del Verbo existieran otras realidades. Si nadie tenía el instrumento para nombrarlas, es como si no existieran. No eran nada, absolutamente nada. Así que, como bien dejó escrito san Juan en su Evangelio, al principio fue el Verbo, la palabra, el discurso… Y resulta que el hombre, imagen y semejanza de Dios, lleva en sí el órgano que le permite comprender el lenguaje.

Y ese Verbo, revelado en la Biblia desde los orígenes, también estuvo en la épica que Homero nos relata en la *Iliada*; en la queja ante el poder arbitrario de los dioses, en la intemperie, en la angustia, en el dolor, en el amor, en la guerra y en la muerte. Y se hace presente en la perplejidad de los filósofos, en la duda de los sofistas, en la retórica de Aristóteles; florece en Platón y su teoría de las ideas, en el posterior neoplatonismo, en la patrística y en san Agustín. El mismo Verbo pervive en el misticismo de Virgilio, en la *Divina comedia* de Dante, en el delirio del *Quijote* de Cervantes, en el drama de Shakespeare y en los relatos de Dostoyevski, Galdós, Clarín, Dickens, Flaubert, Tolstoi… Y nos sigue hablando en la mágica soledad del Macondo de García Márquez, en la imposible epifanía del lenguaje de *El Aleph* de Borges y en el realismo visceral de Bolaño.

AGRADECIMIENTOS

Al hermano Ángel López Martín, que tuvo la idea y la generosidad de poner en mis manos la historia que me impulsó a escribir este relato. A fray Giuseppe Magliozzi, religioso de la Orden Hospitalaria, doctor en Medicina y Cirugía e historiador, que había realizado previamente un exhaustivo trabajo de indagación sobre los acontecimientos. A los hermanos de San Juan de Dios que visité en el hospital de la isla Tiberina de Roma, por su hospitalidad y por su entrega.

A quienes se fiaron de mí y me entregaron las historias personales de sus seres queridos, aunque no pueda nombrarlos.

APÉNDICE HISTÓRICO

Italianos en los frentes de guerra

El 22 de junio de 1941, la Alemania nacionalsocialista emprendió la Operación Barbarroja, nombre en clave dado por Adolf Hitler a su delirante plan de invadir la Unión Soviética. Al tener conocimiento de la campaña, el Duce no dudó en brindar el envío de tropas italianas para combatir en suelo soviético junto a los aliados alemanes. Los generales del Tercer Reich no recibieron la propuesta con demasiado entusiasmo, pero Mussolini, lejos de desanimarse por ello, ordenó la partida del denominado Corpo Spedizionario Italiano in Russia o CSIR, sumando tres divisiones, en un total de sesenta mil soldados y oficiales que pisaron suelo soviético en agosto. Al año siguiente, Mussolini decidió incorporar siete divisiones más, bajo el nombre de Octavo Ejército Italiano, también conocido como ARMIR (Armata Italiana in Russia), elevando a casi doscientos mil hombres el total de efectivos, incluyendo un contingente de la Regia Aeronautica. En noviembre de 1942, estas tropas reforzaron el cinturón defensivo a lo largo de la orilla sur del río Don, al noroeste de Stalingrado, junto a las divisiones húngaras y rumanas. Allí sufrieron el duro ataque del Ejército Rojo el 11 de diciembre. El terrible invierno impidió que los italianos, mal equipados para el frío y pésimamente abastecidos, pudieran abrir trincheras y construir casamatas aptas para la defensa. Cercados por los soviéticos durante ocho días de combate y tras sufrir gran número de bajas, el estado mayor italiano autorizó la retirada del ARMIR. Las fuerzas italianas, en grave inferioridad numérica y material, abandonaron el frente el 28 de diciembre, dejando atrás casi todos sus pertrechos militares y una multitud de prisioneros que no pudieron escapar del cerco soviético. Las bajas italianas llegaron a veinte mil muertos y sesenta y cuatro mil capturados. Solo cuarenta y cinco mil hombres se salvaron. Tras el desastre, Mussolini permitió que los soldados italianos salieran de la URSS en febrero de 1943. Desde el día 20 de dicho mes, en medio de la general desbandada italiana, con temperaturas de 30º bajo cero, sin transportes ni la más mínima logística, la retirada se convirtió en un auténtico sálvese quien pueda. Las noticias de los soldados muertos fueron llegando a sus familias a lo largo de la primavera y el verano, frecuentemente transmitidas en comunicados poco formales. En muchos casos, nada se sabía de ellos, si seguían vivos, estaban muertos o permanecían internados en alguno de los espantosos campos de prisioneros que se extendían por amplios territorios ganados por los rusos en la contraofensiva.

La isla Tiberina

Entre las muchas leyendas y mitos de la antigua ciudad de Roma, algunos de los episodios más evocadores hacen referencia al origen de la isla Tiberina, descritos con gran cantidad de detalles por los escritores Dionisio de Alicarnaso, Tito Livio o Plutarco. Según estos relatos, la isla se habría formado inmediatamente después de la expulsión del rey Tarquinio el Soberbio, en 510 a. C., con el limo acumulado sobre la enorme cantidad de trigo recolectado en Campo Marzio, propiedad del Tirano, y que fue vertido en ese punto del río. Otra versión hace referencia al cuerpo del odiado rey, arrojado tras su muerte a las aguas en aquel mismo lugar. Sería tal vez por ello por lo que arraigó la creencia que consideraba la isla infecta y plagada de malos augurios, evitando los romanos cruzar a ella. Más adelante y durante algún tiempo el lugar sería convertido en una gran cárcel donde los peores criminales eran condenados a pasar el resto de sus vidas. Hasta que sobrevino una epidemia de peste que asoló Roma, cobrándose millones de vidas y dejando el Imperio al borde de su fin.

Las autoridades trataron de hacerle frente durante años de muchas maneras y con los escasos medios que la medicina de entonces podía ofrecer. Según la leyenda, una de las medidas adoptadas por el Senado fue la de enviar mensajeros a Epidauro, la ciudad griega que era sede del antiguo y renombrado santuario de Asklepio (Esculapio). En respuesta a la desesperada petición, los sacerdotes entregaron a los emisarios la serpiente sagrada, símbolo viviente del dios. A su regreso a Roma, cuando el barco remontaba el río Tíber, la serpiente se echó al agua y nadó hasta la isla, para indicar con su presencia que era allí donde debía edificarse el templo del nuevo culto. Aunque también es verdad que todavía en aquel tiempo la isla se encontraba fuera de los límites legales y religiosos de la ciudad (*pomerius*), y por lo tanto resultaba apta para convertirse en sede de un culto de origen extranjero. La elección debió, pues, de estar influida en realidad por razones de muy distinta índole que la mítica decisión de la serpiente. En todo caso, la isla Tiberina quedó consagrada al cuidado de la salud de los romanos durante siglos.

Ya en la era cristiana, en torno al año 1000, el templo pagano fue reemplazado por un santuario-refugio para enfermos, dedicado al apóstol san Bartolomé. Una comunidad de monjas benedictinas se entregó en él al cuidado de mendigos, pobres y enfermos durante siglos. Hasta que, a mediados del siglo XVI, la mendicidad fue prohibida en Roma y el refugio pasó a ser lo que en las crónicas se nombra como *fabbriche della salute* (fábrica de salud), un avance renacentista más cercano a los hospitales modernos, en los que los enfermos ya son tratados con la ayuda de médicos, cirujanos y enfermeras. Sería entonces cuando dos miembros de la Congregación de los Fatebenefratelli, fray Pietro Soriano y fray Sebastiano Arias, se establecieron en la isla Tiberina, comenzando a aplicar los principios de Humanización y Hospitalidad que ya eran rasgos de la recién nacida Orden fundada por san Juan de Dios. Por entonces, todavía el edificio tenía estructura de monasterio, con la iglesia contigua que data del siglo X, dedicada a san Giovanni Calibita, cuyas reliquias reposaban allí por mandato del papa Formoso (891-896). Pero, desde el primer momento, los frailes actuaban con una nueva visión de la atención hospitalaria: los enfermos eran acogidos («hospitalizados») cada uno en función de sus patologías y tratados y asistidos ya en atención al individuo. Razón por la que esta congregación es considerada la verdadera iniciadora del hospital moderno. Quince frailes más irían poco después a la isla para introducir innovaciones sanitarias revolucionarias para aquellos tiempos, como el hecho de reservar una cama para un solo paciente y equiparla con todo lo necesario.

Cuando en el siglo XVII se sufrieron grandes epidemias y plagas, el hospital, en virtud de su peculiar situación «aislada», se convirtió en un refugio natural para los infectados. Los frailes ya habían empezado a especializarse en las décadas precedentes y convirtieron la isla en una auténtica escuela, en la que se capacitó al personal sanitario de Roma en el manejo de epidemias.

Renovado el hospital una y otra vez, logró sobrevivir a la dominación francesa del siglo XVIII gracias al enorme prestigio de la imprescindible obra de la Orden. Y cuando, en 1832, sobrevino el cólera en Roma, la experiencia acumulada dio su fruto y solo la mitad de los infectados murieron, algo realmente extraordinario en comparación con lo que sucedió en otras ciudades de la época. Esto le valió el reconocimiento por parte de la Comisión Especial de Salud, el mayor organismo oficial en la materia.

Después de la toma de Roma en 1870, cuando el Estado italiano incautó los bienes de las órdenes religiosas, los frailes de Fatebenefratelli (Orden Hospitalaria de San Juan de Dios) continuaron allí como meros administradores, pero ya sin la titularidad de la propiedad del edificio ni de cuanto había en él. El hospital sufrió un gran deterioro en los años siguientes y estuvo a punto de desaparecer. Pero unos misteriosos particulares lo compraron y lo devolvieron a la Congregación de San Juan de Dios. Se trataba de tres frailes disfrazados para eludir la ley aún vigente que prohibía la posesión de hospitales por religiosos. Así, finalmente, en 1892, fue restaurada la propiedad y afianzada la administración por parte de los frailes.

Todavía sobrevendrán nuevas dificultades a finales de siglo, cuando toda la isla, y con ella el hospital, corrió el riesgo de ser eliminada de la ciudad siguiendo el proyecto de unos ingenieros que proponían acabar de esta manera con las continuas inundaciones del Tíber. Pero el clamor popular de los romanos lo impidió y el hospital se reforzó contra las crecidas del río Tíber con la construcción de muros circundantes.

El hospital Fatebenefratelli en 1943

En el hospital de la isla Tiberina, gestionado por la Orden Hospitalaria de San Juan de Dios, prestaban servicio en 1943 un considerable número de frailes que desempeñaban diversos trabajos: capellanes, médicos, enfermeros, farmacéuticos y auxiliares clínicos. Pero, desde finales de 1936, el superior general de la Orden había preferido no nombrar a un prior. Seguramente, el motivo de esta decisión era la difícil situación social y política en aquellos momentos de guerra y restricciones en Italia. Mientras tanto, y hasta la convocatoria del nuevo capítulo general, se había asignado un vicario para gobernar la comunidad de frailes y asumir la dirección práctica del hospital. Para esta tarea eligió al fraile español Leonardo Ilundáin Sagüés, originario de Navarra. El cargo de ecónomo lo desempeñaba fray Maurizio Bialek, nacido en Polonia en 1912 y que estaba destinado en Roma desde 1936. Desde su llegada a la isla Tiberina, Bialek demostró ser una persona dinámica y carismática, capaz de influir en las decisiones de la comunidad en los momentos más difíciles.

En el hospital también trabajaba un equipo de laicos, cuyo director era el doctor Giovanni Borromeo. Este era hijo del conocido médico romano Pietro Borromeo; nacido en 1898, se crio en una familia profundamente católica. Estudió medicina en la Universidad de Roma, pero fue reclutado en la Primera Guerra Mundial antes de obtener el título. A su regreso del frente, pudo licenciarse al fin en Medicina con veintidós años. En 1931 fue propuesto para el cargo de director del hospital Riuniti de Roma, pero no pudo ser nombrado por no ser miembro del Partido Fascista. Un año después ganaría por concurso su puesto en el Hospedale San Giovanni Calabita de la isla Tiberina, conocido popularmente entre los romanos como Fatebenefratelli. Borromeo se entregó desde el primer momento, unido al ecónomo fray Maurizio Bialek, a la renovación que había comenzado en 1922 en el centro hospitalario para dotarlo de una infraestructura moderna y más eficiente. También se empeñó activamente con Bialek en la terminación del nuevo equipamiento hospitalario y, al mismo tiempo, se destacó por sus grandes capacidades de diagnóstico. Entre el personal médico se encontraban otros médicos más jóvenes: Vittorio Emanuele Sacerdoti, judío, y Adriano Ossicini, un activista católico y antifascista que había eludido varias veces la prisión por sus actividades abiertamente contrarias al régimen.

En la isla Tiberina, en un antiguo edificio situado frente al hospital Fatebenefratelli, se hallaba el «refugio para israelitas pobres y discapacitados», heredero de la tradición judía de prestar asistencia a los ancianos ya representada por la hermandad Mosclav Zechenim (Asilo para ancianos).

También estaba la basílica de San Bartolomeo all'Isola, construida en el año 1000 para albergar las reliquias de san Bartolomé apóstol y reformada varias veces. Una comunidad de frailes franciscanos regentaba el santuario y habitaba en el convento anexo.

Los judíos de Roma

Los judíos son seguramente los únicos habitantes de Roma que mantuvieron una presencia ininterrumpida durante más de dos mil años en la ciudad y, al mismo tiempo, constituyen una de las comunidades religiosas y humanas más antiguas de Europa. Las primeras relaciones oficiales entre Jerusalén y Roma de las que hay constancia se remontan a las embajadas enviadas por los Macabeos para hacer pactos de alianza ante el temor de que el Imperio seléucida decidiera reconquistar Palestina. Entre los siglos II y I a. C., se estableció en la capital del Imperio, de forma permanente, una colectividad judía que eran en su mayoría comerciantes o esclavos liberados, al igual que los griegos y los fenicios. Posteriormente, en 63 y 62 a. C., muchos otros judíos llegaron como prisioneros traídos durante las campañas de guerra de Pompeyo en Judea y también cuando Antonio concedió a Herodes el reino. El año 66 d. C. se inició la gran revuelta judía, que terminó cuando las legiones romanas, comandadas por Tito, asediaron y destruyeron Jerusalén en el año 70 d. C., saqueando e incendiando el Templo. Como testimonio de aquellos hechos, se conservan los célebres bajorrelieves del Arco de Tito, que representan la procesión triunfal tras la victoria. Los soldados portan el candelabro de siete brazos, las trompetas de oro, las cacerolas de fuego para la eliminación de la ceniza del altar, la Mesa del Pan de la proposición y otros objetos sagrados del mobiliario del Templo espoliado. También fue acuñada para la ocasión una serie de monedas conmemorativas, emitidas originalmente por el emperador romano Vespasiano para celebrar la captura de Judea y conocidas, por ello, con el sobrenombre de *Judea capta*. Demolidas las principales fortalezas y esclavizada o masacrada gran parte de la población, numerosos judíos supervivientes emprendieron la diáspora hacia múltiples territorios del Mediterráneo.

Tras la dispersión por el Imperio, la multitud de judíos que fueron llegando a Roma vivían principalmente en el Trastévere, pero también en Campo Marzio, Porta Capena, la Suburana y la Esquilina. Eran sobre todo comerciantes y artesanos, reunidos en comunidades estables, como lo demuestran los hallazgos arqueológicos de la sinagoga de Ostia Antica y las catacumbas judías. Como en otras ciudades, entre ellos destacaban asimismo hombres de vasta cultura, médicos, sabios y maestros del Talmud. El judaísmo era una más de las muchas religiones que convivían en el crisol de culturas y pueblos que conformaba el Imperio, en un ambiente generalmente tolerante.

Con la conversión de Constantino en 312 y la promulgación del Edicto de Milán, que hizo del cristianismo la religión oficial del Imperio, la cosa empezó a cambiar. El judaísmo se mantendrá en adelante como el único grupo no cristiano, tras la progresiva conversión de los reinos romano-bárbaros entre los siglos VI y VII. Los sucesivos edictos califican a los judíos como «secta infame» y «pueblo contaminado» que profesa una «doctrina perversa», y los Códigos de Teodosio y Justiniano establecieron definitivamente la prohibición de la conversión al judaísmo que estará vigente en todas las legislaciones posteriores. También se excluía a los judíos de cualquier cargo público y de las dignidades que lo acompañaban. No solo se les negaba toda posibilidad de ejercer legítimamente autoridad sobre la población cristiana, sino que además se los situaba en una posición de evidente inferioridad jurídica. Los lazos de vecindad y convivencia, que con frecuencia mantuvieron cristianos y judíos, son mirados con preocupación por las jerarquías cristianas del momento y provocaron un ambiente de recelo y desconfianza que permanecerá durante siglos.

A partir de mediados del siglo XIII, los judíos de Roma se fueron trasladando progresivamente a la otra orilla del Tíber, más allá del Pons Judeorum, donde ya se habían establecido núcleos judíos de comerciantes y artesanos, atraídos y protegidos por las familias nobles que vivían en aquella zona de la urbe situada entre el Portico d'Ottavia y el teatro de Marcelo. Y a partir de 1492, como consecuencia de las expulsiones de los judíos de España, Navarra, Portugal y Sicilia, parte de aquellas comunidades acudieron en masa a Roma, donde los papas permitieron un asentamiento controlado en la ciudad. En unos años, la población judía romana casi se duplicó con la llegada del grupo sefardí hasta convertirse en la comunidad hebraica más grande de Italia. Esta última diáspora, formada por catalanes, castellanos, aragoneses, franceses, alemanes y sicilianos, fue asentándose en torno al Mercatello, en la llamada Platea Judea, que más tarde tomaría el nombre de Piazza delle Cinque Scole, y empezaron a organizarse con independencia de los judíos originalmente romanos.

El gueto fue instituido oficialmente el 14 de julio de 1555 por Pablo IV, siguiendo el ejemplo del creado en Venecia en 1516. El edicto de creación, bajo el título del Cum Nimis Absurdum, lo justificaba de esta intransigente manera: «Porque es absurdo e impropio hasta el punto más alto que los judíos, condenados por sus faltas por Dios a la esclavitud eterna, puedan, con la excusa de estar protegidos por el amor cristiano, ser tolerados en su convivencia entre nosotros...». Los muros que circundaban el gueto se construyeron en menos de tres meses, y se abría al exterior por cinco puertas, solo durante el día, para permitir a los judíos realizar las pocas actividades que se les autorizaban. La población hebrea creció tanto dentro que las viviendas comenzaron a construirse unas encima de otras, formando los característicos edificios de pisos, cada vez más altos y abarrotados, apiñados en un entorno falto de espacio y de las condiciones más básicas de salubridad, e inundado cada vez que el Tíber se desbordaba.

El papa Gregorio XIII (1572-1585) mandó construir una fuente ante la Puerta de los Judíos con dos dragones de cuyas fauces caía el agua virgen en la gran pila, y desde esta fluía hacia dos abrevaderos inferiores a través de caños en forma de conchas, con el candelabro hebreo de siete brazos en relieve. El camino desde la Piazza Giudea hasta el pórtico de Ottavia era conocido como Ruga Judeorum, y más adelante se convertirá en la Rua del Gueto. Dentro de este espacio, no obstante las precarias condiciones de vida, la comunidad hebraica se organizó internamente para mantener su esencia y sus costumbres. Cinco escuelas judías funcionaban en la Piazza delle Scòle, a pesar de las restricciones legales, sociales y económicas. Esto era así porque la ley impedía a los judíos tener más de una sinagoga, requisito que se eludió al incorporar en un mismo espacio cinco congregaciones diferentes o *scholae* (término tradicional con el que el judío italiano llama a la sinagoga): la Scòla Tempio, para las antiguas familias romanas; la Scòla Nova, para los italianos no romanos; la Scòla Catalana-Aragonese; la Scòla Castigliana y Francese y la Scòla Siciliana. A pesar de la proximidad física, las diferentes comunidades trataban de mantener su individualidad cada una, observando durante siglos tradiciones litúrgicas separadas y con frecuencia mirando con hostilidad a las otras.

Las ideas de igualdad y libertad defendidas por la Revolución francesa no tardaron en alcanzar a los judíos romanos. Entre 1798 y 1799, proclamada la República Romana por los ejércitos napoleónicos, los habitantes del gueto acudieron en masa para alistarse en la guardia cívica y plantaron un árbol símbolo de libertad en la Piazza delle Cinque Scole. Sin embargo, cuando el 14 de enero de 1814, los franceses abandonaron Roma y regresó Pío VII, con la Restauración, las familias judías adineradas emigraron a Toscana y Lombardía-Véneto para escapar a las nuevas restricciones.

Sin embargo, tres décadas después, 17 de abril de 1848, el papa Pío IX se adelantó a todas las legislaciones europeas decretando la abolición de los indignos y degradantes cumplimientos a los que estaban sometidos los judíos, que gracias a él dejaron de ser considerados como extranjeros en Italia. Además, el pontífice hizo concesiones notables a los judíos: no solo los liberó del tributo que todos los años, con un humillante cortejo, debían llevar al Capitolio, sino que los hizo partícipes de las limosnas papales. En un gesto cargado de simbolismo, la noche de la Pascua, que conmemora la liberación de la esclavitud en Egipto, Pío IX hizo derribar las puertas y muros del gueto en medio del júbilo de la población de Roma.

El camino hacia la abolición definitiva del gueto y la equiparación completa con otros ciudadanos quedaba abierto. La llegada del ejército real de Saboya a Roma en septiembre de 1870 supuso la emancipación largamente deseada. Una nueva era dio comienzo para los aproximadamente cuatro mil judíos que vivían en el gueto. Cambios de todo tipo, en la vida privada y pública. Se reestructuraron las formas organizativas comunitarias y se demolió el mismo barrio histórico donde habían estado encerrados durante siglos. En 1871 Samuele Alatri, presidente de la comunidad judía, y uno de los principales artífices de su emancipación, fue elegido concejal de Roma y más tarde diputado.

Pero no iban a resultar todavía nada fáciles las primeras décadas de libertad. Muy pocos judíos romanos tenían medios suficientes para acceder a los estudios universitarios, ejercer cargos y profesiones hasta entonces restringidos o para abrir siquiera un negocio fuera del gueto. Los problemas de integración en la vida de la ciudad estaban vinculados al progresivo abandono del barrio, inhabitable, y que acabaría siendo demolido por completo entre 1886 y 1904, según las previsiones del nuevo plan urbano de la capital.

Había que superar la desintegración del microcosmos autosuficiente que había sido el gueto. Para ello, la comunidad judía dictó un estatuto con el fin de reorganizar su estructura en armonía con los nuevos tiempos, previendo cargos electivos y contribuciones por suscripción. Las antiguas cofradías se fusionaron para dar lugar a la Diputación Central Judía de la Caridad, primer núcleo de los servicios sociales actuales. En 1904, fue inaugurado el nuevo Templo, construido en el área del antiguo gueto demolido y visible desde todos los puntos de la ciudad. Con esta flamante iniciativa, el judaísmo romano daba una nueva imagen de sí mismo a todos. Y desde noviembre de 1907 hasta diciembre de 1913, Roma tuvo un alcalde judío de gran prestigio, Ernesto Nathan.

Las leyes raciales

Lo que históricamente se conoce como «cuestión racial» en la Europa del siglo xx no suele asociarse en un principio a la experiencia fascista italiana. Sin embargo, el régimen de Mussolini acabaría implantando una serie de medidas de discriminación y exclusión. Esta política segregacionista se pondrá en práctica primero en las colonias, en 1936, y en la Italia peninsular desde 1938. Inicialmente, las normas buscaban impedir relaciones «de índole conyugal» entre los italianos y las mujeres de las colonias. Pero después en los decretos del mes de julio de 1938, las conocidas como «leyes raciales», acabaron vedando a profesores judíos el acceso a instituciones educativas, universitarias, académicas y científicas, y prohibían la circulación de textos en los que hubieran participado autores judíos. También revocaron la ciudadanía otorgada después de 1919 a los judíos extranjeros, prohibieron los matrimonios mixtos, la participación en cualquier nivel de la administración pública y el ingreso o la pertenencia al Partido Nacional Fascista (PNF), para acabar limitando el derecho a la propiedad privada, a la patria potestad y al ejercicio libre de las más diversas profesiones.

Al quedar excluidos de la enseñanza, para los niños judíos de la escuela primaria había dos posibilidades en Roma: ingresar en la escuela judía Vittorio Polacco, en Lungotevere Sanzio, que venía funcionando desde 1925, o asistir a las pocas escuelas que abrieron sus puertas a los judíos por la tarde, con clases especiales reservadas para ellos. Más grave era la situación de los alumnos de enseñanzas secundarias inferiores y superiores. Estos solo tenían una posibilidad, la escuela abierta con urgencia bajo el liderazgo del rabino jefe David Prato. En poco más de un mes, se organizó un comité de padres que alquiló con donaciones voluntarias un antiguo y nobiliario edificio en Via Celimontana. La escuela judía allí creada logró obtener del Instituto Nacional de Educación Media el nombramiento de un rector ario, Nicola Cimmino, que debía supervisar a estudiantes y profesores. El 23 de noviembre de 1938, pudo abrir sus puertas con cuatro institutos diferentes: *ginnasio-liceo*, maestría, instituto técnico y fondo de comercio empresarial, para un total de cuatrocientos once alumnos, albergados en veintinueve aulas.

La gran sinagoga de Roma

El año 1870, tras la anexión de Roma al Estado italiano, el antiguo gueto fue abolido definitivamente y se otorgó a los judíos residentes la igualdad de derechos y la ciudadanía italiana. En julio de 1889 se lanzó un concurso para el diseño de un templo israelita que debía ser «monumental y severo», según la convocatoria. La Universidad Hebrea compró a la Municipalidad de Roma los terrenos donde habían sido demolidos los edificios de las Cinque Scole, tradicionales lugares destinados al estudio, la oración y el encuentro. Las obras comenzaron en 1901 en el área del antiguo gueto demolido y con la intención de que fuera visible desde todos los puntos de la ciudad. La comunidad judía se lanzó con denuedo a recaudar fondos en una carrera que involucró a todos los estratos de la población. La inauguración tuvo lugar el 29 de julio de 1904, después de una conmovedora ceremonia religiosa durante la cual fueron transportados los rollos de la Torá sobre los que los judíos romanos habían orado y estudiado durante siglos. Sorprendentemente, días después se produjo la visita del soberano Víctor Manuel III.

El estilo arquitectónico del edificio es el resultado de una mezcla del arte asirio-babilónico y el *art nouveau* tan característico de la época. El templo está estructurado en dos niveles. En la planta baja se encuentra la Gran Sinagoga, que consta de una gran sala central y dos pasillos. En el sótano se encuentra la Sinagoga Menor, también llamada Templo Español.

Desde 1940 el gran rabino de Roma era Israel Anton Zoller, perteneciente a una familia judía polaca. En 1904 viajó a Viena y luego a Italia, donde se estableció. Nombrado Gran Rabino de Trieste, obtuvo la ciudadanía italiana en 1933. Pero, debido a la política de italianización obligatoria de los nombres y apellidos durante el fascismo, tuvo que llamarse en adelante Italo Zolli.

Aquella Roma de 1943

Para poder comprender en todo su alcance la situación en que vivían estos jóvenes romanos en la primavera de 1943, es necesario conocer lo que estaba pasando en aquella sociedad que se precipitaba irremediablemente hacia el desastre total. Los resultados de las guerras durante el siglo anterior, con sus millones de muertos, heridos y desaparecidos, trastocaron las percepciones de los sentidos y las emociones de millones de personas. Desde agosto de 1940, el reino de Italia soportaba múltiples frentes bélicos abiertos simultáneamente: África Oriental, África del Norte y Grecia. Antes había participado en la guerra de España. Esta tensión militar ya había puesto de manifiesto las grandes insuficiencias materiales y personales de unos ejércitos lanzados irreflexivamente a hacer realidad los sueños megalómanos y las fantasías imperiales del régimen fascista. La ciega ambición del dictador Benito Mussolini no veía límites y no le iban a faltar oportunidades para dar rienda suelta a su locura suicida.

En 1943, la guerra incide ya muy negativamente en la vida cotidiana de los italianos. La ley endureció el racionamiento del consumo y la tarjeta de suministro afecta a productos básicos: pan, harina, pasta, arroz, azúcar, carne, grasas, patatas, legumbres, huevos, leche, etc. También se limitan los combustibles para calefacción, el tabaco y el jabón, solo asequibles, como los alimentos, a través de la cartilla de racionamiento y en las cantidades establecidas para cada persona. La ración diaria de pan, que era de doscientos gramos en septiembre del 41, bajó a ciento cincuenta gramos desde junio del 42. Las grasas comestibles, inicialmente restringidas a ochocientos gramos por mes, se redujeron a cuatrocientos gramos, y el azúcar se estabilizó alrededor del medio kilo. La carne, las aves y los huevos desaparecieron casi por completo. Los italianos tuvieron que recurrir cada vez más al «mercado negro» para poder sobrevivir. La reducción de alimentos y productos que se podían vender y comprar provocó el aumento de los precios, que en algunos casos fue vertiginoso, sobre todo para los bienes de lujo.

Si se consultan los informes de los cuestores sobre el estado de ánimo de la población, describen una situación que ya se ha deteriorado significativamente. Hacen referencia a la carencia cada vez más acentuada de grasas, aceites y especialmente mantequilla. A lo que se suma la escasez de productos hortofrutícolas, legumbres y trigo, y la disminución importante de carne de pollo y conejo, provocada por la falta de piensos, como consecuencia de la utilización del maíz para la nutrición humana.

Con las malas noticias, con tantos muertos y menoscabos, la expresión más coreada en el país era esta: «La guerra ya está en casa». Porque la pesadilla, que antes parecía algo lejano, había entrado en los hogares con el luto, los mutilados y las terribles historias que contaban los soldados que regresaban de España, África, Grecia o Rusia. A esto se sumaba la preocupación de muchas familias por los seres queridos que se hallaban lejos, en los diversos frentes abiertos, en muchos casos sin posibilidad alguna de comunicarse con ellos desde hacía meses o incluso años. Pero la vida seguía su curso, aun en medio de la incertidumbre y las privaciones. Todos luchaban por la supervivencia, cada vez más desalentados, pero tratando de sobrellevar el peso del miedo y la penuria. Lejos del frente, esta era la otra guerra, librada en las ciudades y los pueblos a diario, siempre con la esperanza de que un día u otro las calamidades llegasen a su fin.

La vida cotidiana, las restricciones y los pequeños placeres

Desde 1940 la ley prohibía la venta de café en toda Italia. Y para evitar usos discrecionales de azúcar, mantequilla, grasas y similares, los productos de pastelería y helados únicamente se podían vender los sábados, domingos y lunes. Más adelante se prohibiría la venta de carne y el servicio de platos a base de este alimento en los restaurantes, excepto los domingos y días de fiesta. A pesar de todo, no faltaban bares y cafés abiertos que suplían los productos genuinos con sucedáneos a base de imaginación. El té inglés, por ejemplo, fue reemplazado por una infusión a base de flores de hibisco importadas de Etiopía, y el café era una mezcla de achicoria, cebada e incluso bellotas; aunque el más preciado, llamado popularmente «café-café», se hacía con habas o frijoles tostados. Y el café con leche fue otra ocurrencia curiosa, pues estaba hecho generalmente con altramuces. Sin embargo, los expertos aconsejaron no abusar de él porque el lupino contenía varios alcaloides cuyos efectos en el cuerpo humano aún no estaban claros. Para sacar adelante los restaurantes, *osterias* y *trattorias*, no había nada que no se pudiera reciclar o hacer pasar por otra cosa, en una ilusión continua. Y los clientes, cuando se permitían raras veces el capricho de comer fuera de casa, alababan estos milagros de los maestros de la cocina del enmascaramiento, que eran capaces de sacar el mejor partido de las sardinas en salazón, convertir las berenjenas en algo parecido a la carne o aderezar el bacalao —que antes fue el pescado de los pobres— como un verdadero manjar. La carne menos cara era el conejo, pero mejor era no plantearse si aquello que se servía era realmente conejo o tal vez gato. En los caldos y guisos se podía poner cualquier cosa. Tras su cuidada preparación, despojos y tripas de pollo y cordero, pieles de frutas y papas encontraban espacio en la mesa, y ni el más mínimo quisquilloso podía ponerle pegas. No había que desperdiciar nada y nada se podía descartar, si aún se podía usar de alguna manera. Por ejemplo, la crema de guisantes se hacía solo con las pieles. A las heladerías inicialmente se les permitía su apertura los sábados, domingos y lunes, aunque también estaban sujetas a limitaciones. Los helados a base de leche y derivados no podían ponerse a la venta, pero sí los hechos con frutas, almendras o frutos secos, que no estaban racionados y podían venderse libremente todos los días de la semana.

Además de salir a pasear por la ciudad, tomarse un falso café, un refresco de limón sintético o un helado no demasiado dulce, en Roma siempre quedaba la mayor diversión: el cine, aquel invento que daba a los italianos los sueños capaces de hacer olvidar a los muertos y los lazos con el nazismo, cada vez más estrechos.

El régimen fascista enseguida fue consciente de este hecho y contribuyó con verdadero ahínco a convertir la cinematografía en un verdadero instrumento de ilusión colectiva, sirviéndose de él para la exaltación y la propaganda. Con tal fin se construyó Cinecittá a las afueras de Roma. La idea fue impulsada por Luigi Freddi, inspirándose en los estudios de Hollywood, que tras una década de funcionamiento habían dado con la fórmula para convertir el cine en una industria multimillonaria. Y convenció a Benito Mussolini sobre la urgencia del proyecto, con el argumento utilitarista de que «*il cinema è l'arma più forte*» (el cine es el arma más fuerte). El Duce se entusiasmó inmediatamente y él mismo puso la primera piedra en enero de 1936. En apenas quince meses, el 28 de abril de 1937, inauguró en persona el colosal complejo, proyectado por el arquitecto Gino Peressutti: una auténtica ciudad de casi medio millón de metros cuadrados, con veintiún *teatri di posa* (sets) y abundante y moderno equipamiento técnico de filmación y montaje; sesenta y cuatro edificios en total, entre estudios de filmación, oficinas, vestidores, talleres, auditorios, restaurantes, bares, garajes, enfermerías, almacenes, lagunas artificiales, una reserva natural y una planta de electricidad propia. La consigna que regía todo aquello era fomentar la alegría y la evasión, con un fin primordial, ayudar a olvidar. Era un cine para fantasear y suspirar, con historias básicas de pequeños amores e ilusiones, sin grandes problemas ni quebraderos de cabeza, y que miraba sobre todo a un público pequeñoburgués, patrocinando una imagen social de bienestar que era más utopía que realidad. Los argumentos, con pocas pretensiones, resultaban en parte francos, en parte inocentes, cómicos, sentimentales, evasivos, candorosos… La nación y la familia eran la base, con costumbres dulcificadas y sanas, eludiendo el sexo y el libertinaje. En *La cena de las bromas*, la actriz Clara Calamai mostraba distraídamente un pecho, cosa inaudita en la época y que le costó cinco mil liras de sanción por «interpretación atrevida». Se pretendía hacer que el espectador sonriera con pudor, se emocionase fácilmente y creyera que todo en la vida tiene un final feliz, con fantasías literarias de poco alcance y comedias o historias mínimas, hechas para ahuyentar los miedos de aquella época. Aunque, a pesar de estas características recurrentes, también se produjeron películas valiosas durante el período fascista y algunas de ellas se convirtieron con el tiempo en verdaderos clásicos del cine italiano. Mario Camerini, Vittorio de Sica, Roberto Rossellini y el joven guionista Michelangelo Antonioni fueron los primeros brotes de lo que más tarde será el nuevo realismo que marcará la cinematografía de posguerra.

Y mientras el cine ayudaba a olvidar, era necesario crear una opinión pública favorable a la guerra sin crear alarmismos. Para ello se utilizó uno de los instrumentos más eficaces para la propaganda del fascismo: el noticiario cinematográfico *Luce*. Antes de la proyección de cada película, el noticiario transmitía las imágenes y los hechos del Duce en las ceremonias oficiales, con el objetivo de construir el consenso en torno al régimen y las decisiones de su líder. Así Mussolini, a lo largo de los tiempos, era el principal actor de los cines, y solo podría ser filmado por las cámaras del Instituto LUCE. Jamás era captado de espaldas a la cámara y bajo ningún concepto podría ser cogido en situaciones graciosas o familiares. En los primeros noticiarios, llevaba traje y sombrero, lo que le confería un aire más burgués y político, pero, con el paso de los años, aparecía cada vez más vistiendo el uniforme de los Camisas Negras y, finalmente, solo era visto como el gran jefe militar que alentaba la guerra y precedía las imágenes bélicas que siempre presentaban victorias y glorias de los ejércitos.

El cine

De 1930 a 1943 se produjeron en Italia setecientas películas, y la audiencia aumentó de trescientos cuarenta mil espectadores en 1938 a cuatrocientos setenta mil en 1942. Otros grandes directores del momento eran Gallone, Blasetti, Soldata, Genina, Calzavara, Alessandrini... Los actores tenían una gran convocatoria popular. Brillaban los nombres de Amedeo Nazzari, Clara Calamai, Lilia Silvi, Alida Valli, Adriano Rimoldi, Roberto Villa... Y los títulos más exitosos de la corta temporada de guerra, entre otros, fueron *L'assedio dell Alcazar*, *È sbarcato un marinaio*, *Mille lire al mese*, *Una aventura romantica*, *La peccatrice*, *La corona di ferro*, *Piccolo mondo antico*, *I pagliacci*, *Maddalena zero in condotta*...

La idea de llevar a la pantalla *I promessi sposi* comenzó a circular desde 1939, cuando la productota Scalera Film anunció la inclusión en su programa de una película basada en la novela de Alessandro Manzoni, con la intención de presentarla en el próximo Festival de Cine de Venecia. El proyecto no se materializó, pero fue retomado poco después por Lux Film, que era considerada la más fuerte de las productoras italianas de la época y que en 1941 también realizó con éxito *La corona de ferro* de Alessandro Blasetti. Y todavía tuvo que enfrentarse a grandes dificultades. Se consideraba algo así como un sacrilegio la pretensión de reducir a la simplicidad cinematográfica una de las obras maestras de la literatura italiana. Hubo alguien que incluso habló de «profanación». También el intento tuvo que luchar contra el peligro de caer en la mala reputación de las películas calificadas como «de disfraces». Y luego se enfrentaría a los rigores esteticistas del régimen, surgiendo la duda de si el «lei» clásico manzoniano debería conservarse en los diálogos o si debería adoptarse el «tú» que prescribían las normas fascistas de trato interpersonal. Al final, el espíritu dictatorial triunfó y la cuestión fue decidida por el «tú», a pesar de las quejas de los puristas literarios. Uno de los mayores oponentes fue el célebre escritor Massimo Bontempelli, quien en *Tempo*, el 9 de junio de 1941, se quejaba con estas palabras: «Este asunto de la película sobre *I promessi sposi* no nos deja demasiado tranquilos: [...] lamentablemente sucederá que muchos después de haber visto la película creerán conocer la obra y aprovecharán para no leerla». También generó controversia el hecho de que algunos importantes episodios o personajes de la novela estuvieran ausentes o apenas se mencionaran en el guion.

En todo caso, la película se rodó y fue estrenada, convirtiéndose en el mayor éxito de taquilla de la temporada 41-42. De hecho, ninguna otra película italiana logró registrar mayores ingresos ese año. En Roma se mantuvo cuarenta días consecutivos en los principales cines, pasando en el año siguiente al resto de las salas.

La historia *I promessi sposi,* tratando siempre de ser fiel a la trama de la novela homónima de Manzzoni, se desenvuelve en la campiña lombarda y en Milán, entre los años 1628 y 1630. Comienza con el problema que se le presenta a don Abbondio, sacerdote que debe casar pronto a los jóvenes novios Renzo y Lucía, porque el poderoso señor del pueblo, don Rodrigo, se ha encaprichado de Lucía y envía a sus secuaces a coaccionar al cura para que no celebre la boda. El cobarde don Abbondio cede a las amenazas y comienza a posponer el matrimonio con una serie de excusas. Hasta que acaba confesando a los dos jóvenes que es don Rodrigo el que se opone a su unión. Los enamorados, ayudados por la madre de Lucía y el franciscano padre Cristoforo, su guía espiritual, comienzan a buscar la manera de evitar el poder del señor y poder celebrar la boda. Renzo pide ayuda al abogado Azzeccagarbugli y, mientras tanto, el padre Cristoforo va al castillo de don Rodrigo para convencerle de que no cometa el abuso. Pero ambos fracasan. La única salida parece ser intentar un matrimonio por sorpresa. Lo cual tampoco será factible, como tampoco el intento de secuestro de la joven Lucía por los partidarios de don Rodrigo. El padre Cristoforo decidirá finalmente organizar la fuga de los dos jóvenes. Su plan consiste en que se separen: Renzo irá a Milán, mientras Lucía, junto a su madre, se refugiará en el convento de monjas de Monza, a la espera de poder reunirse para la boda. Renzo se ve envuelto en una revuelta en Milán y acaba siendo acusado de ser el cabecilla de los alborotadores, teniendo que huir de la justicia como si fuera un malhechor. Por su parte, el malvado don Rodrigo no se rinde y busca la complicidad de un poderoso y oscuro personaje de la época, que es nombrado con el inquietante apodo de el Innominado, el cual planea que Lucía sea secuestrada nuevamente del convento de Monza con la ayuda de la perversa monja Gertrudis y su amante Egidio. La joven es tomada por la fuerza y el Innominado la mantiene prisionera en su castillo. Ella, para no entregarse al malvado don Rodrigo, hace un voto de castidad y logra despertar en su secuestrador la compasión. Arrepentido de sus malas acciones, el Innominado la deja en libertad. Lucía se verá después inmersa en los terribles hechos conocidos como «desastres milaneses», ocasionados por el descenso de los crueles mercenarios lansquenetes germanos y la epidemia de peste. Contagiados Lucía, el padre Cristoforo y don Rodrigo, todos ellos son llevados al hospital. Y Renzo, tras una serie de vicisitudes, también se encuentra finalmente entre los enfermos en cuarentena. Allí, en medio del dolor y la enfermedad, Renzo perdona a don Rodrigo, ahora agonizante, y fray Cristoforo disuelve el voto de castidad hecho por la joven. Cuando la plaga termina y Lucía queda sana, los novios pueden encontrarse, casarse y vivir juntos como siempre desearon.

El desastre militar del fascismo

La sangrienta batalla cerca de El Alamein terminó con el ejército del Eje obligado a retirarse gradualmente en territorio libio en noviembre de 1942. En enero, las tropas de Montgomery ocuparon Trípoli, lo que obligó a Rommel a replegarse a un pequeño reducto en Túnez, el último baluarte en el norte de África. Las fuerzas del Eje se rindieron finalmente el 13 de mayo de 1943, dejando más de doscientos setenta y cinco mil prisioneros de guerra. La última fuerza que se rindió fue el Primer Ejército Italiano del general Messe. Ese mismo día cesaron las hostilidades. Los periódicos italianos publicaron la noticia citando literalmente el boletín de guerra número 1083: «El Primer Ejército Italiano, que tuvo el honor de sostener la última resistencia del Eje en la tierra de África, dejó la lucha por orden del Duce». El boletín no mencionaba el número de prisioneros, ni la multitud de barcos llenos de soldados italianos de todas las armas que intentaron desesperadamente llegar a la costa de Sicilia, sin que muchos de ellos lo lograsen.

En el verano de 1943 la situación militar de Italia en el Mediterráneo era ya completamente desastrosa: su flota había sido casi destruida en el Mediterráneo tras la batalla del Cabo Matapán y todo su imperio colonial estaba perdido. La empresa de guerra fracasaba en todos los frentes, y el número de bajas mortales ascendía a más de sesenta mil, con centenares de miles de prisioneros internados en los campos de concentración soviéticos, británicos, canadienses, australianos y sudafricanos. El otro aliado del Eje tampoco estaba en una posición favorable: el Tercer Reich naufragaba en su ataque a Stalingrado y era rechazado en el Cáucaso, la cuenca del Donbass y el extremo este de Ucrania.

El siguiente paso que darán los aliados es el planeado ataque a Italia. En julio de 1943, las tropas angloamericanas desembarcaron en Sicilia obedeciendo al plan previsto por la operación denominada Husky.

El fiasco militar repercutió negativamente incluso en la opinión de la élite política fascista, que criticaba a los altos jefes del Regio Esercito por permitir el envío a la URSS de un contingente mal armado y pésimamente equipado para la lucha invernal. Las derrotas en suelo soviético, al coincidir con las sufridas en África, significaban un desafío moral ante el pueblo de Italia. Además de las enormes pérdidas humanas, la economía sufría los efectos de la guerra a gran escala, con graves consecuencias para las cuales no estuvo preparada la nación en modo alguno. Las fábricas de Génova, Milán, La Spezia y Turín se encontraban paralizadas por la falta de carbón, petróleo, hierro y otras materias primas que Alemania ya no podía suministrar. Los continuos bombardeos aéreos sobre el Paso del Brennero frustraban lo poco que el III Reich intentaba abastecer. La escasez de petróleo acabó limitando la capacidad de las fuerzas armadas, en particular, las operaciones de la marina, llegando a impedir la salida de puerto de los acorazados. Y las bombas pronto empezarían a caer también sobre las principales ciudades italianas. La población civil sufría todo tipo de restricciones, que se endurecían año tras año, hasta pasar hambre y frío. El régimen fascista, que comenzó como dictadura hasta cierto punto popular, perdía no solo la guerra sino también la calle y la confianza de los italianos. Por mucho que la propaganda oficial tratase de encubrir esta realidad, el descontento cundió en las masas populares, decepcionadas por la interminable sucesión de derrotas bélicas y desalentadas por las privaciones de la vida diaria y por la extrema dependencia con respecto a los alemanes.

La angustia y la frustración se apoderaron de los militares veteranos con años de guerra sobre sus hombros y más todavía de aquellos jóvenes recién salidos de sus familias, llamados al reclutamiento cuando era evidente que ya todo estaba perdido. Miles de estos hombres murieron en el transcurso de los últimos combates, marchas forzadas y desesperados movimientos de tropas, hechos vividos en condiciones extremas y en medio de un sufrimiento terrible. Pero también en los campos de prisioneros el hambre, las enfermedades y las privaciones de todo tipo provocaron innumerables muertes. Tras la debacle del ejército italiano, los soldados supervivientes que lograban escapar a la detención vagaban por amplios territorios intentando regresar de cualquier manera a la península, cargando con el pesar por una guerra perdida después de tantos sacrificios.

El papa Pío XII

Pío XII fue elegido papa el 2 de marzo de 1939, cuando Mussolini llevaba gobernando en Italia diecisiete años y Hitler seis años en Alemania. Faltaban cinco meses para la invasión de Polonia y el comienzo de la Segunda Guerra Mundial.

La salud del pontífice nunca había sido del todo buena, y fue empeorando de año en año, seguramente por las muchas preocupaciones ocasionadas en su espíritu por la difícil situación que le tocó vivir. La política internacional era en extremo compleja, con unos países democráticos débiles, que contemporizaban con los dictadores ante la agresividad de las potencias del Eje. Era Pío XII de carácter hipocondríaco, y esto posiblemente favoreció que somatizara algunas dolencias irreales. Padecía frecuentemente de colitis, gastritis, arritmias, cólicos, anemias y dolor de muelas crónico.

El vocablo *arquiatra*, de raíz griega, significa «médico principal». Este arcaico título ostentaba el médico de cabecera del papa todavía durante el pontificado de Pío XII. En 1939 fue nombrado oficialmente para el cargo Riccardo Galeazzi-Lisi, oftalmólogo, que pertenecía a una importante familia con ascendencia en el Vaticano y que fue también excepcional confidente del mismo papa.

El doctor Galeazzi solía encargar que los análisis de orina de Pío XII se llevaran a cabo en el laboratorio del hospital Fatebenefratelli. El vial que era entregado personalmente por uno de los camareros papales al hospital no mostraba el nombre y apellido del paciente, sino que en la etiqueta solo constaba la expresión *Pastor Angelicus*.

La Segunda Guerra Mundial es el mayor y más brutal conflicto bélico de la historia. Empezó con la invasión por la Alemania de Hitler del territorio polaco y, entre 1939 y 1945, se enfrentaron los ejércitos de más de setenta países en cruentos combates por tierra, mar y aire. Los motivos de la conflagración son múltiples, pero sin duda prima sobre ellos el cierre en falso de la Primera Guerra Mundial, con el tratado de paz que resultó humillante para Alemania y que propiciaría el triunfo del nazismo. Sin olvidar la profunda crisis económica que sucedió al *crack* bursátil de 1929. Dos grandes bloques entraron en guerra: por un lado, las potencias aliadas lideradas por EE. UU., Gran Bretaña y la Unión Soviética y, por el otro, las del Eje formado por Alemania, Italia y Japón. Se trata pues de una tragedia nacida de la colisión entre sistemas ideológicos opuestos.

Eugenio Pacelli, que fue proclamado papa con el nombre de Pío XII el 2 de marzo de 1939, se encontró de pronto liderando la Iglesia católica en un período trágico y sin precedentes en la historia de la humanidad. El nuevo pontífice vio cómo se entrelazaban trágicamente los destinos de las naciones y acabó presenciando, como pastor supremo de la catolicidad, la realidad de sufrimientos indecibles. Tal vez por eso es una de las figuras históricas más significativas y decisivas, en algunos aspectos, de este terrible período de la historia del siglo xx. Pero, al mismo tiempo, a Pío XII le correspondió un controvertido papel en aquel enredado tablero de operaciones, lo cual ha generado interminables críticas y sospechas sobre su persona.

Sin embargo, cuando Pacelli se convierte en papa, no es un extraño en el complejo escenario de la política europea, pues había ejercido antes de diplomático largo tiempo. Nombrado luego secretario de Estado con Pío XI, ante la inminencia del Cónclave, fue considerado el sucesor natural del viejo papa. Y tan pronto como ascendió al trono, tuvo que lidiar con el peliagudo asunto de la paz en Europa, puesto en peligro desde el fin de Checoslovaquia. Ya Gran Bretaña había advertido a Hitler que un ataque a Polonia significaría la guerra. Después la «crisis de Danzig», en el verano de 1939, hará que este peligro sea muy tangible, pues, desde el 23 de mayo de ese año, el Pacto de Acero, firmado entre Alemania e Italia, conlleva un inminente riesgo de tener consecuencias bélicas en un futuro inmediato.

De ahí que Pío XII lanzara desde su retiro en Castelgandolfo un extremo e inútil llamamiento por radio el 24 de agosto, al contemplar cómo el mundo empezaba a estar al borde del abismo. «Nada se pierde con la paz. Todo puede perderse con la guerra», son las frases más significativas y que mejor expresan la esencia del mensaje.

Cuando estalló la guerra, la primera encíclica de Pío XII, *Summi Pontificatus*, del 20 de octubre de 1939, es un mensaje de solidaridad con la Polonia católica, invadida y dividida entre Alemania y Unión Soviética, en virtud del protocolo secreto del pacto Ribbentrop-Molotov (del cual todavía no había conocimiento público en aquel momento). Desde el primer instante, los nazis interpretaron el documento como una clara condena de la Santa Sede por la agresión contra Polonia.

En cuanto a Italia, Pío XII confiaba en la «no beligerancia» proclamada por Mussolini, instando una y otra vez a su Gobierno para que se mantuviera al margen de un conflicto que generaba de día en día un número cada vez mayor de víctimas. Pero todas las esperanzas del papa se vieron frustradas cuando el 10 de junio de 1940 Mussolini anuncia la entrada en la guerra al lado de Hitler. El conflicto se hará inevitablemente «global» con la ofensiva alemana a la Unión Soviética y el ataque japonés a los Estados Unidos.

En su difícil misión, la Iglesia procura multiplicar su compromiso humanitario. El objetivo del papa durante la guerra es no cerrar ninguna vía o forma de comunicación, con el fin de servir también como canal de diálogo entre las facciones opuestas. De esta manera, el mismo día que Italia declaró la guerra a Gran Bretaña y Francia, el papa manifestó la idea de que Roma debía ser una ciudad abierta, solicitando a los aliados el compromiso de que no fuera bombardeada, e insistió una y otra vez en ello.

Amparándose en la neutralidad del Vaticano, Pío XII evitó las presiones que le pedían protestas más directas cuando otras ciudades europeas eran bombardeadas. Lo cual era interpretado como tibieza ante el conflicto, y como condescendencia con el fascismo. Cuando todo indica que realmente el papa lo que temía era un secuestro de la cúpula de la Iglesia por parte de Hitler. Esta preocupación se convertiría en asunto prioritario cuando la situación se precipitó tras las derrotas del Eje en El Alamein y Stalingrado, y el nuevo escenario empezaba a presagiar la victoria de los ejércitos aliados. Temiendo el grave peligro de una guerra a la desesperada que ya no respetaría nada, la diplomacia vaticana imploró repetidamente a los Gobiernos británico y estadounidense que consideraran las consecuencias de bombardear Roma con el daño irreparable sobre la «cabeza de la cristiandad».

El temido acontecimiento llegó al fin el 19 de julio de 1943. El santo padre vio los aviones desde las ventanas del Vaticano y fue consciente del peligro que se cernía sobre Roma. Con él estaban en el palacio Apostólico el secretario de Estado, cardenal Luigi Maglioni, y Giovanni Battista Montini, el futuro papa Pablo VI. Las bombas empezaron a estallar en la estación de ferrocarril, en la Ciudad Universitaria, en el complejo hospitalario del Policlínico y en los populares bloques de viviendas de las zonas de Prenestina y Latina, afectando a todo el barrio de San Lorenzo y también al Campo Verano, el cementerio principal de la ciudad, donde estaban las sepulturas de los padres del pontífice y de los difuntos de la familia Pacelli.

Bombas sobre Roma

El peligro de bombardeo sobre las ciudades italianas comenzó el mismo día 11 de junio de 1940, alrededor de veinticuatro horas después de la declaración de guerra de Italia a Francia y Gran Bretaña. El 23 de junio cayeron las primeras bombas sobre Palermo, que iban dirigidas al puerto, pero fallaron el objetivo y cayeron sobre la ciudad, matando a veinticinco civiles. El día 31 de octubre fue bombardeado Nápoles. El 11 de noviembre, tres barcos de la flota italiana resultaron gravemente dañados en el puerto de Taranto. El periódico local de Apulia *La Gazzetta del Mezzogiorno* trató de disminuir este efecto, argumentando que los daños eran mínimos y que, de hecho, el enemigo había sido alcanzado por las defensas antiaéreas italianas. Pero, a pesar de esto, los napolitanos acudieron en masa al puerto para unirse en una especie de duelo colectivo por la flota que, en realidad, era una primera muestra del gran malestar que vendría después. En los días siguientes, la RAF bombardeó Bari, Brindisi y Taranto. En adelante, los puertos y ciudades del sur y de Sicilia fueron bombardeados sin descanso, de acuerdo con la estrategia de guerra contra el Eje en África, con el fin de evitar los suministros a Libia que eran enviados desde Nápoles. También comenzaron los bombardeos sobre el norte de Italia, aunque con menor intensidad y sobre objetivos militares e industriales principalmente. El primer ataque a Turín ya había tenido lugar el 11 de junio de 1940, buscando destruir la fábrica FIAT Mirafiori, pero las bombas cayeron sobre la ciudad y arrebataron la vida a diecisiete civiles. Otros objetivos fueron los depósitos de petróleo en los puertos de Génova y Savona, las refinerías de Porto Marghera, los puertos de Livorno y Cagliari, las factorías de Ansaldo y Piaggio en Génova. Entre el 15 y el 16 de junio, Milán fue atacado por primera vez y las bombas fallaron en las fábricas de aviones del Caproni, Macchi y Savoia Marchetti, cayendo sobre la ciudad.

Desde la entrada de Italia en la guerra hasta el otoño de 1942, la Royal Air Force británica (RAF) bombardeó el sur desde la base de Malta. Pero los bombardeos más violentos comenzarían a fines de octubre de aquel año, coincidiendo con la ofensiva de Montgomery contra el Eje en El Alamein. Entre el 22 de octubre y el 12 de diciembre, tuvieron lugar seis ataques nocturnos en Génova, siete en Turín y uno en pleno día sobre Milán, que puso en evidencia la debilidad de la defensa antiaérea italiana.

El efecto sobre la población italiana fue enorme. El pavor se desató y centenares de miles de personas iniciaron un éxodo incontrolable desde las principales ciudades. La mitad de los habitantes de Turín abandonaron la ciudad en masa y Milán quedó casi desierto. Ese pánico probablemente empezó a persuadir a los civiles italianos de que el Gobierno fascista, y no el británico, era el responsable de la terrible situación. Y sucedió que, aunque en un primer momento los ataques no estuvieron dirigidos intencionadamente contra la moral civil, hicieron mucha mella psicológicamente y cambiaron la percepción de la guerra entre la ciudadanía.

El Gobierno dictó una serie de medidas urgentes para evitar que las ciudades, sobre todo por la noche, fueran blancos fáciles para las aeronaves enemigas: se redujo el alumbrado público en las calles y edificios, se debían tapar los faros de los vehículos e incluso en las casas se obligaba a apagar las luces o debían cerrarse las contraventanas y persianas para que la irradiación no se viese afuera. Además, estaba prohibido salir y moverse libremente durante el toque de queda por la tarde y por la noche. También se instalaron nuevos refugios antiaéreos, aunque no resultaron realmente efectivos para proteger a la población. Estas disposiciones cambiaron los hábitos cotidianos, pues generaban molestias y miedos, haciendo la vida precaria, tanto que muchos preferían alejarse de los núcleos urbanos y, quien pudo, se trasladó a vivir al campo para escapar de las bombas.

El 13 de mayo de 1943 cayó Túnez en poder de los aliados y concluyó la guerra de África, lo cual cambió radicalmente la situación estratégica del sur de Europa. A partir de ese momento, Italia quedaba directamente expuesta a la invasión angloamericana. Alemania sabía el peligro que esto suponía para sus planes de defensa. Y comprendió que debía controlar a toda costa el país aliado para convertirlo en un bastión externo del Reich. Ya los fuertes bombardeos a los que fueron sometidos Pantelleria y Lampedusa eran signos demasiado claros de que el avance de los aliados tocaría pronto las costas de la península, con la consiguiente intensificación de los ataques aéreos en cualquier parte. Sin embargo, muy pocos italianos se atrevían a conjeturar que Roma pudiera ser bombardeada en cualquier momento. Se habían hecho demasiados esfuerzos para propagar que el papa salvaría la Ciudad Eterna con su presencia en el Vaticano. Parecía imposible además pensar siquiera en la posibilidad de la profanación de los lugares históricos y sagrados del cristianismo y la destrucción de innumerables bienes arqueológicos y artísticos.

Pero aquella mañana del lunes 19 de julio de 1943, a las 11:13, las fuerzas aéreas estadounidenses y británicas, con trescientos sesenta y dos bombarderos pesados B17 y B24 y trescientos aviones medianos B26 y B25, escoltados por doscientos sesenta y ocho cazas Lighting, despegaron de Túnez en formación perfecta y se fueron alineando sobre el lago Monterosi, al noroeste de Roma. Volaron a una altitud de veinte mil pies («Veinte Ángeles», en el argot militar), por lo que eran inalcanzables para el fuego antiaéreo. Los objetivos preestablecidos eran la estación ferroviaria de San Lorenzo, en primer lugar, pero también las de Littorio sulla Salaria y Tiburtino. Los mandos aliados habían dado órdenes terminantes de salvar las demás zonas de la ciudad. Los lanzamientos debían ser precisos para evitar a toda costa los «daños colaterales». Más de nueve mil bombas, que sumaban un total de mil sesenta toneladas, cayeron sobre Roma. Como no podía ser de otra manera, tal fuerza destructora causó millares de muertos y heridos entre la población, tanto en el objetivo principal como en los barrios adyacentes.

El papa tuvo muy pronto noticias ciertas de la extensión de los daños y de la existencia de numerosas víctimas. Entonces tomó la decisión de salir de los confines de la ciudad del Vaticano, algo que no hacía desde que comenzara la guerra. No atendió a las recomendaciones de evitar el riesgo y esperar hasta el día siguiente. Los testigos del momento aseguran que exclamó con exasperación: «¡Ahora mismo, iré ahora mismo!». Poco después, viajaba sin escolta en el coche papal, acompañado solo por Montini y el conde Enrico Pietro Galeazzi, que conducía. Tras haber salvado unos ocho o nueve kilómetros de la ciudad colapsada por el pánico, llegaron frente a la derruida iglesia medieval de San Lorenzo. Allí los cadáveres yacían en el suelo cubiertos de tierra y escombros, entre los cráteres de bombas, el humo y la evidencia de la muerte, la sangre y la devastación por todos lados. El papa se arrodilló y oró, proclamando luego en voz alta el salmo 130, que fue coreado por los presentes.

La visita inmediata de Pío XII al barrio bombardeado causó una gran impresión en la sensibilidad de los romanos y, en cierto sentido, consagró la relación directa entre el papa «romano» y la ciudad. No había costumbre de visitas del papa a los barrios y las crónicas periodísticas del día siguiente constataban que *La salida del papa fue muy aprobada en círculos populares y resultó un verdadero delirio de la gente*. La multitud, reunida en torno, gritaba: «¡Paz! ¡paz! ¡Queremos la paz!».

A su vuelta al Vaticano a las 20:00 horas, el papa confió a su médico personal: «El antiaéreo Pacelli no funcionó». Después escribió una carta personal al presidente estadounidense Roosevelt:

> *Tuvimos que presenciar escenas desgarradoras de la muerte que descendía del cielo y se estrellaba contra edificios desprevenidos, aniquilando a mujeres y niños. Visitamos en persona y con-*

templamos dolorosamente las ruinas abiertas de la antigua y preciosa basílica papal de San Lorenzo, uno de los santuarios más queridos por los romanos, cerca del corazón de todos los papas.

Roma sería bombardeada de nuevo el 13 de agosto y, una vez más, Pío XII se dirigió a los barrios afectados, sin comité de acompañamiento ni aparato protector alguno.

El fascismo italiano y su férreo control de la infancia y la juventud

El régimen fascista de Mussolini creó la llamada Ópera Nacional Balilla (ONB) con la ley del 3 de abril de 1926, n.º 2447. Esta organización, dividida en comités provinciales y municipales, agrupaba a los niños y adolescentes hasta los dieciocho años. Tras esa edad, los muchachos continuarían su adoctrinamiento político como «jóvenes fascistas» con el fin de ser aceptados en el Partido al cumplir los veintiún años. Del mismo modo, las chicas eran integradas en la correspondiente organización femenina con los mismos niveles de edad. La tarea oficial de la ONB era cuidar la educación física y moral de la juventud, «formar la conciencia y el pensamiento» de quienes se convertirían en «los fascistas del mañana». Para esto, las actividades propias pretendían completar la acción de la escuela pública, asumiendo una serie de competencias en educación física, iniciativas extraescolares, gestión de mecenazgos, escuelas rurales, guarderías y, por supuesto, adiestramientos de índole premilitar. Dependiente del Ministerio de Educación Nacional desde 1929, se fusionó en 1937 con la Juventud Italiana del Lictor (GIL) y quedó en adelante bajo la dirección del Partido Nacional Fascista.

Desde el primer momento de su fundación, el fascismo no ocultó su propósito de intervenir con tenacidad en la formación espiritual y controlar el pensamiento político de las nuevas generaciones. Esta descarada maniobra colisionó desde el principio con las organizaciones preexistentes de formación de la juventud, tanto laicas como, sobre todo, católicas, en particular con las asociaciones *scouts* y los voluntariados cristianos tradicionales. Para acabar con estos potenciales opositores, la ONB tendió a operar en un principio mediante la absorción o el agotamiento de dichas organizaciones. Pero pronto la competencia por el control de las generaciones más jóvenes llegó a ser muy fuerte, originando, como es bien sabido, considerables disputas entre el régimen fascista y la Iglesia.

La tensión fue creciendo hasta convertirse en un verdadero conflicto social que presagiaba males mayores. Las asociaciones y movimientos juveniles no fascistas empezaron a ser conscientes de que esta amenaza dictatorial, cada vez más fuerte, buscaba finalmente suprimirlas. Hasta que, el 10 de febrero de 1927, fue disuelta la Unión Nacional de Jóvenes Voluntarios Italianos (UNGVI) por orden del secretario general del Partido Nacional Fascista, Augusto Turati. Inmediatamente después, empezaron las presiones contra el Cuerpo Nacional de Jóvenes Scouts, con graves intimidaciones dirigidas a su sede principal. Esto acabó originando que la presidencia general del Cuerpo Nacional no tuviera otra solución que decretar finalmente la suspensión de sus actividades y la efectiva disolución de todas sus asociaciones el 31 de marzo de 1927. El 4 de noviembre del mismo año, la Asociación de Chicos Pioneros Italianos (ARPI) también se vio obligada a desvincular a sus miembros de cualquier vínculo asociativo, al calibrar los peligros que podrían sobrevenir sobre ellos. El 22 de abril de 1928, el comisariado central de la Asociación de Scouts Católicos de Italia (ASCI) también emitió una circular para declarar inactivos todos sus departamentos en Italia y, el 8 de mayo, el Consejo General acabó disolviendo definitivamente la asociación. Esto suponía el fin de cualquier iniciativa o movimiento juvenil independiente del régimen fascista en todo el territorio italiano.

A pesar de esto, algunos grupos de *scouts* continuaron reuniéndose y practicando el escultismo clandestinamente, dando vida a la llamada Selva Silenciosa, nombre en clave para referirse a las actividades realizadas en secreto por los *scouts*. Incluso algunos de estos grupos de exploradores clandestinos participaron en la Resistencia. El más célebre por su heroísmo fue el que se autodenominó Águilas Callejeras, que actuó en Milán durante largo tiempo con auténtico riesgo para las vidas de sus miembros.

La información que tenemos sobre la historia de este período clandestino del escultismo italiano es por desgracia escasa, como una consecuencia lógica del encubrimiento y la cautela con la que tuvieron que moverse los *scouts*. Pero hay constancia, a través de numerosos testimonios personales, de los cauces seguidos para sobrevivir, aunque no oficialmente, tras la obligada disolución efectiva. Muchas actividades continuaron en la sombra, tanto en la rama femenina como en la masculina de la UNGVI, aunque con fines distintos y bajo otra forma y denominación diferente. En 1927 se fundó la obra denominada «Excursiones gratuitas a los campos de guerra», que hasta 1930 mantuvo unidos a los jóvenes voluntarios con la excusa oficial de visitar los campos de guerra.

En Roma, los grupos de *scouts* que pudieron sobrevivir de alguna manera en aquella difícil situación adoptaron el nombre de Riparti. Uno de ellos fue el que formaron monseñor Didier Nobels (conocido entre los muchachos como don Desiderio) y el maestro de primaria Arturo Vasta. Se reunían todos los domingos en una iglesia prefabricada en el Arco di Travertino, que estaba en un descampado entre las vías Appia y Tuscolana, pasando el acueducto de Felice.

Monseñor Didier Nobels era un sacerdote de origen belga que se hallaba en Roma desde 1927. Nacido en 1899 en el seno de una familia católica, fue enviado por sus padres a Londres tras la invasión alemana de Bélgica en 1914. Allí conoció en persona a Baden-Powell, fundador del movimiento *scout*, y aprendió bajo su guía el método educativo. En 1917 el joven Nobels fue llamado a las armas y luchó en el frente italiano con un contingente de soldados belgas. Finalizada la Gran Guerra, regresó a Bélgica y se matriculó en la facultad de Filosofía de la Universidad de Lovaina. Luego se trasladó a Austria, donde completó sus estudios en la Universidad de Innsbruck. De regreso a Bélgica, ingresó en el Seminario de Gante y el 22 de agosto de 1926 es ordenado sacerdote. Un año después fue enviado para graduarse en Teología en la Universidad Gregoriana de Roma. Después de completar sus estudios y doctorarse, prefirió quedarse en Roma. En 1928 entró al servicio de Propaganda Fide, en la Pontificia Sociedad de San Pedro Apóstol, de la que llegó a ser vicesecretario general y donde trabajó hasta 1956.

Pero monseñor Nobels no dejó por eso de realizar su apostolado entre los jóvenes, ni de dedicarse sobre todo a los más pobres y desamparados. Primero ejerció su labor en el distrito de Quadraro y más tarde pasó a Tuscolano, a la parroquia pobre de San Giuseppe all'Arco del Travertino. Allí muy pronto fue consciente de la realidad en la que vivían los jóvenes italianos, oprimidos por las leyes de un régimen dictatorial, adoctrinados políticamente en una dirección autoritaria y belicista, sin posibilidades de organizarse libremente. *Scout* convencido, amante de la democracia y antifascista, sufrió con dolor el hecho de la disolución efectiva de las organizaciones juveniles y la implantación de la Ópera Nacional Balilla, fascista y orgullosa, como única posibilidad para los chicos y chicas de su entorno.

Para paliar esta situación en lo que estaba en su mano, con la ayuda del profesor Arturo Vasta, Nobels captó a jóvenes que provenían sobre todo de las parroquias de Santa Maria Ausiliatrice y de Ognissanti, que era dirigida por la Pequeña Obra de la Divina Providencia fundada por san Luigi Orione. Al mismo tiempo, propagó entre ellos los ideales del escultismo y el voluntariado social, siempre con las cautelas y el secreto que imponía el estado de cosas del momento que se vivía. Con este grupo, don Desiderio (como ellos habían italianizado su nombre) fue uno de los fundadores del Centro del Oratorio Romano. Esta obra de voluntariado tuvo un desarrollo prodigioso a pesar de las dificultades, sobre todo en las parroquias periféricas de la capital, repartiendo alimentos y solucionando muchas carencias de las familias pobres. De aquel núcleo y del entusiasmo de aquellos jóvenes que pertenecieron a él nacería más adelante el grupo Scout Roma 51.

El movimiento antifascista

Mussolini mantuvo formalmente las instituciones parlamentarias del Estado italiano hasta 1925. Aunque en realidad la democracia no funcionaba como tal desde que, un año antes, el Parlamento fuera abandonado por parte de la oposición tras el secuestro y asesinato del diputado socialista Giacomo Matteotti. Después se produjo la desaparición de los partidos políticos, se quemaron públicamente los libros considerados subversivos en plazas y calles, se maltrató y asesinó a personajes considerados enemigos y comenzó el exilio de muchos opositores hacia Francia. Amarrada al régimen la prensa, ya no hubo en adelante libertad alguna de opinión.

En solo dos años, Mussolini manipuló la situación en todos los órdenes y comenzó a sentirse cada vez más fuerte en el poder, aunque no lo suficiente, pues no se fiaba de los fascistas extremistas. Cuando anunció que se volvería a la normalidad constitucional, amenazaron con dar un golpe de estado las Milicias Voluntarias para la Seguridad Nacional, conocidas como «escuadristas», que ya habían actuado violentamente en la campaña para las elecciones de abril de 1924. El terror y la intimidación se desataron en toda Italia y ese fue el pretexto para terminar con estas fuerzas radicales. Mussolini enfrentó a unos sectores contra otros del fascismo para salir robustecido, y luego autorizó a los prefectos de las provincias para reprimir con dureza los hechos violentos. En 1925, y tras ser ilegalizadas todas las fuerzas políticas a excepción del Partido Nacional Fascista, el dictador se erigió como único poder, asesorado por el Gran Consejo Fascista. A partir de ahí, se emprendió el pleno desmantelamiento de las instituciones democráticas. Se destituyó a los diputados populares, liberales, socialistas y comunistas. Las denominadas Leyes Ultrafascistas reforzaron las competencias legislativas del ejecutivo, aboliendo en la práctica la clásica división de poderes. Los jueces quedaron también sometidos, ya que debían interpretar las leyes conforme al espíritu y la letra fascistas. Estos cambios legislativos permitieron la represión sistemática de cualquier tipo de oposición política.

A finales de 1926 se aprobó la ley sobre la defensa del Estado, que estipulaba los tipos de delitos políticos que serían enjuiciados por un tribunal especial, que podía actuar sumariamente y cuyas sentencias eran inapelables. Y en 1927 se creó la OVRA, la Organización de Vigilancia y Represión del Antifascismo. Los métodos de esta institución eran terriblemente implacables: detenciones, torturas y enjuiciamientos sumarios que terminaban con severas penas de cárcel o ejecuciones. El Estado policial instaurado mantenía un estricto control sobre la sociedad, particularmente a través de la supresión de las libertades civiles y mediante una fuerza de policía secreta y un gran despliegue en mecanismos de vigilancia domiciliaria. Cualquier conducta social considerada como subversiva contra el régimen fascista era castigada con las penas de destierro a localidades del sur, lejos de las grandes ciudades, o en penales de los archipiélagos de Lipari o Lampedusa. Estas duras experiencias son bien conocidas gracias a los escritos de Antonio Gramsci, Carlo Levi e Ignazio Silone.

Con todo esto, no dejó de haber en Italia formas de oposición a la dictadura de Benito Mussolini. Desde el secuestro y asesinato de Matteotti, polémico diputado que se había enfrentado duramente al Partido Nacional Fascista, la oposición empezó a organizarse en la clandestinidad, tanto en Italia como en el extranjero, creando una rudimentaria red de enlaces y asentando las bases de una estructura operativa que potencialmente podía armarse y asumir la lucha violenta. Los movimientos antifascistas persistieron a pesar de la durísima represión, alentados en particular por las fuerzas de izquierdas socialistas, comunistas, anarquistas y sindicalistas. Incluso se mantuvieron grupos armados esperando a actuar. Sus actividades secretas, sin embargo, no produjeron resultados demasiado relevantes. Las organizaciones estaban muy fragmentadas en grupúsculos descoordinados, incapaces de atacar con el mínimo éxito; y salvo algunos atentados de los anarquistas, ni siquiera supusieron una amenaza significativa para el régimen. La estructura clandestina más sólida era la de los comunistas. Pero las acciones subversivas se limitaban a la propaganda ideológica: algunas pintadas en los muros, reparto de octavillas, periódicos clandestinos y escritos antifascistas que raramente llegaban a las masas.

Scintilla fue una organización clandestina de antifascistas con ideas comunistas que estuvo activa en Roma desde 1935. Uno de sus fundadores fue el anciano abogado de origen calabrés Raffaele de Luca, antiguo anarquista que después abandonó estos postulados para, en 1921, ejercer como administrador municipal socialista del municipio de Paola. Otros miembros eran Francesco Cretara, Orfeo Mucci, Filiberto Sbardella, Pietro Battara, Ezio Villani, Libero Vallieri, Agostino Raponi y Aladino Govoni. La única mujer era Anna Maria Enriques, de orientación cristiano social, que había sido despedida de su empleo público en 1938 por ser de origen judío. En un primer período, la única actividad del grupo consistía en reunirse, hablar de política, intercambiar libros prohibidos, escuchar la radio extranjera y leer viejos ejemplares de periódicos de izquierda anteriores al advenimiento del régimen fascista o *L'Osservatore Romano*, que fue el único periódico impreso legalmente en Italia no sujeto a la censura del régimen. Poco a poco la influencia de este grupo se expandió, para crear células activas en diversos barrios de Roma. Entonces se decidió crear una verdadera organización cuyo fin era reconstituir el Partido Comunista Italiano en Roma. Los líderes adoptaron el nombre «Scintilla», inspirándose en la Iskra de Lenin.

El hartazgo de la sociedad reprimida y hambrienta

Dos días antes de bombardear Roma, los aviones aliados habían sobrevolado la ciudad lanzando miles de folletos con un mensaje de Roosevelt y Churchill dirigido al pueblo italiano. El texto decía:

> *En estos momentos, las fuerzas armadas unidas de los Estados Unidos, Gran Bretaña y Canadá, bajo el mando del general Eisenhower y su subcomandante general Alexander, están trayendo la guerra al corazón de tu país. Este es el resultado directo de la vergonzosa política impuesta por Mussolini y el régimen fascista. Mussolini te arrastró a esta guerra como nación satélite de un destructor de pueblos y libertades. La adhesión de Italia a los planes de la Alemania nazi era indigna de las antiguas tradiciones de libertad y cultura del pueblo italiano, tradiciones a las que tanto deben los pueblos de América y Gran Bretaña. Sus soldados no lucharon en absoluto por los intereses de Italia, sino solo por los de la Alemania nazi. Lucharon valientemente, pero fueron traicionados y abandonados por los alemanes en el frente ruso y en todos los campos de batalla de África, desde El Alamein hasta cabo Bon.*

Los periódicos italianos del 18 de julio llevaban transcrito el texto íntegro del manifiesto aliado. No fue censurado ni se prohibió su difusión, porque el Gobierno fascista pensó en servirse de la circunstancia para hacer que la propaganda enemiga uniese más al pueblo, que lo tomaría como una ofensa a su orgullo. Pero, lejos de causar este efecto, el mensaje contribuyó a afianzar todavía más, en una gran parte de la población, la idea de que la guerra había sido un enorme error o un enloquecimiento que, tarde o temprano, se iba a pagar muy caro. Tras las bombas, la propaganda fascista y el machacón empeño del régimen para falsear la realidad ya resultaban inútiles, porque los romanos comprendían que el bombardeo estadounidense era una respuesta a los diversos ataques aéreos alemanes sobre Inglaterra. Al cabo de unos días, la gente empezó a enterarse de que las cosas también iban mal en Sicilia; y ya se extinguió por completo cualquier ilusión de victoria.

El desembarco aliado en Sicilia fue llamado Operación Husky e incluyó a Malta como sede logística para las operaciones. La invasión fue rápida y fácil, pues Italia no poseía una armada poderosa ni tampoco aviones para hacer frente a una fuerza muy superior. La ocupación completa de la isla llevó muy poco tiempo. Este episodio acentuó en el pueblo italiano los deseos de poner fin a la guerra. Las masas comprendían que el ejército italiano no estaba en condiciones de ofrecer resistencia a sus enemigos por demasiado tiempo, y la caída de Italia se daba como segura y rápida.

En los días siguientes al bombardeo aparecieron frases subversivas en los muros de diversos lugares de Roma, reclamando la caída de Mussolini y el final de la guerra. Todos los transeúntes pudieron leer, escrita en dialecto romanesco, al principio de Via Casilina: *Meio li americanos en la cabeza que Mussolini entre li coioni!* (Mejor los americanos sobre la cabeza que Mussolini entre los cojones).

Se generalizaba la impopularidad de Mussolini y crecía el odio hacia su aliado alemán.

¡Los aliados se acercan!

Hacía tiempo que Mussolini había prohibido que se publicara en los periódicos mensualmente el llamado Registro de Gloria, que era la relación de los soldados italianos muertos en el frente. Esa lista de caídos deprimía la moral del pueblo y aumentaba el descontento con el régimen. También se trataba de ocultar la vuelta de los veteranos de la Campaña Rusa, haciéndolos viajar en ferrocarril de noche y sin escalas en las estaciones de las ciudades más importantes. Sin embargo, el dictador no pudo evitar que, en casa y entre amigos, hablaran y contaran lo que habían visto y experimentado de aquella cruel guerra de Mussolini y Hitler, en la que habían presenciado atrocidades en demasiadas ocasiones.

En ese contexto, el 9 de julio de 1943 las tropas británicas y estadounidenses inician la invasión aliada de Sicilia, primer avance sobre el territorio propio de un país del Eje. La situación política de Italia se torna muy tensa en tanto el avance enemigo no logra ser dominado efectivamente por las unidades del Regio Esercito, siendo preciso de nuevo el apoyo de la Wehrmacht alemana para evitar el desastre.

A esas alturas, el Duce sabía sobradamente que los italianos querían acabar con esa guerra. Incluso sus jefes militares le habían informado, más allá de cualquier posible malentendido, de que Italia estaba exhausta y que ya no estaba dispuesta a seguir luchando.

También los alemanes tenían informes precisos que llegaban de Roma y que eran alarmantes: los italianos oscilaban entre el pesimismo y la esperanza en recibir refuerzos que eran del todo inviables. Había, pues, que hacer balance de la situación. Era necesario celebrar un encuentro para abordar el curso de la guerra en adelante. Hitler llamó a Mussolini el día 17 de julio y le convocó para una reunión que debía tener lugar lo antes posible.

La cumbre fue fijada para el día 19 en Feltre, en el norte de Italia. El Duce voló desde Roma pilotando su propio avión. Iba acompañado, entre otros, por el general Vittorio Ambrosio, jefe del Estado Mayor de las Fuerzas Armadas, que durante el viaje le recordó sin ambages que su único objetivo en aquel encuentro era sacar a Italia de la guerra en un máximo de dos semanas.

Ambos dictadores se encontraron en una retirada villa propiedad del senador Achille Gaggia. Hitler estaba enojado de antemano porque los italianos hubieran elegido este lugar apartado, considerando que se desperdiciaba mucho tiempo solo en llegar hasta allí. Estaba tenso desde el principio y empezó amonestando a Mussolini por la pobre actuación del ejército italiano. Exigió medidas drásticas y seguidamente pasó a exponerle sus planes para detener la invasión aliada. La reunión en adelante no fue nada amistosa, el clima era tirante y las delegaciones militares no se pusieron de acuerdo en nada. Mussolini, apocado en todo momento, no fue capaz de plantear la posibilidad de que Italia abandonara la guerra. El largo y exigente monólogo del Führer solo sería interrumpido por la entrada del secretario del Duce para informarle de que Roma acababa de ser sometida a un intenso bombardeo aéreo.

Mussolini partió de Feltre convencido de que los alemanes no podrían proporcionarle la ayuda eficaz que necesitaba, ni económica ni militarmente. Esta era la última prueba de que la guerra estaba perdida. Dos días después de su vuelta a Roma, e impresionado por el efecto del bombardeo, llamó a Carlo Scorza, secretario del Partido Fascista, y le ordenó convocar el Gran Consejo del Fascismo, pero sin dar publicidad a la convocatoria.

A las 17:00 horas del 24 de julio de 1943, los veintiocho miembros del Gran Consejo del Fascismo se reunieron en el Palazzo Venezia, en la antesala del salón del Globo, que era el despacho de Mussolini. El asunto principal era votar una moción, presentada por Dino Grandi en connivencia con el rey Víctor Manuel, para restituir al monarca las facultades de designación del primer ministro. Por primera vez, ni los guardaespaldas de Mussolini, conocidos como los «mosqueteros del Duce», ni un destacamento de los batallones «M» estuvieron presentes en el palacio renacentista. Los camisas negras armados ocupaban el patio, la escalera y la antecámara. Mussolini se negó a que hubiera un taquígrafo, por lo que no se levantó acta de la sesión. El partido se encontraba dividido y, aunque la mayoría no deseaba continuar la guerra, el Duce trató de imponer todavía su autoridad en el régimen convocando una nueva formación de Gobierno. Pero ni los jerarcas que siempre le habían sido fieles aceptaban ya sus decisiones. La oligarquía caía en la cuenta de que habían fiado su destino a un megalómano fantasioso que ya no era creíble en absoluto. La moción es aprobada por veinticinco votos contra ocho.

Eso obligaba a que Mussolini tuviera que ser recibido forzosamente por el rey.

Por otro lado, cobraban fuerza los complots paralelos que venían siendo liderados por el conde Dino Grandi y el rey Víctor Manuel III desde la primavera. La caída del dictador se hacía cada vez más factible.

¡Abajo Mussolini!

La conspiración para derrocar al Duce había tomado un rumbo nuevo durante las largas horas que estuvo reunido el Gran Consejo Fascista, en la tarde-noche del sábado 24 de julio de 1943. Nadie podía predecir el resultado, por lo que algunos jerarcas del partido llevaban armas y granadas de mano para hacer frente a lo que pudiera sobrevenir de aquella peligrosa sesión. Y aunque el voto de censura contra Mussolini ganó finalmente por una amplia mayoría, resultaba que el supremo órgano fascista apenas tenía funciones meramente consultivas desde 1939. Solo el rey podía decidir en último término.

El dictador decidió enfrentarse a la situación creyendo ingenuamente que el pueblo y el monarca estaban con él; y sin tener conocimiento alguno de que, en las últimas veinticuatro horas, Víctor Manuel ya había tomado la firme decisión de destituirle de todos sus cargos.

A las cinco de la tarde del domingo 25 de julio, Mussolini, custodiado por tres coches repletos de agentes de la guardia *presidenziale* y otros incondicionales fascistas, llegó a Villa Savoia para ser recibido por el monarca. Un destacamento de carabineros esperaba oculto entre la vegetación de los jardines. El Duce no sospechaba nada y permitió que su escolta permaneciera en las inmediaciones del palacio. Víctor Manuel le recibió en la puerta y le saludó con cordialidad. Pero luego, una vez dentro y sentados en el gabinete real, le informó de que era el hombre más odiado de Italia. Mussolini intentó convencerle de que el voto de censura del Gran Consejo Fascista no tenía valor legal y que muchos de sus partidarios habían cambiado después de opinión. Pero el rey, lacónicamente, le replicó: «A usted no le queda ya más que un solo amigo, que soy yo». El único testigo de aquella conversación fue el general Puntoni, asistente personal del monarca. Mussolini se derrumbó y musitó: «Entonces estoy completamente hundido».

El rey alegó que el país estaba destrozado y que la situación le obligaba a renunciar definitivamente a todos sus cargos. El nuevo presidente del Consejo de Ministros sería el mariscal Badoglio. Mussolini entonces manifestó que temía por su futuro y por el de su familia. Víctor Manuel le aseguró que él personalmente se ocuparía de su seguridad.

Concluido el breve encuentro, ambos salieron juntos hasta la puerta. El coche del Duce había sido retirado de allí y, antes de que pudiera preguntar nada, un capitán de carabineros le dijo que fuera hacia una ambulancia que estaba un poco más allá. Mussolini vaciló, pero enseguida se vio rodeado por los agentes. No le quedó más remedio que entrar y sentarse en la parte trasera. El vehículo salió del parque y recorrió a toda velocidad las tranquilas calles de Roma de aquel caluroso domingo hasta el cuartel del ejército Podgora, en Trastévere, y luego al cuartel de los carabineros Legnano, en Prati.

Esa misma noche, el Duce recibió una amable carta de Badoglio, en la que explicaba la necesidad de su custodia y le preguntaba dónde quería que lo llevaran. Mussolini pidió ir a su residencia de verano, la Rocca delle Caminate, en la Romaña, sin llegar todavía a comprender del todo que era un prisionero. Dos días después lo trasladaron hasta Gaeta, donde fue embarcado en la corbeta Persefone, que lo llevó a la isla mediterránea de Ponza. Más tarde iría a la isla de La Maddalena y, finalmente, sería recluido en el hotel Campo Imperatore, un alojamiento para deportes de invierno cercano a la montaña del Gran Sasso d'Italia, en los Apeninos de la región de los Abruzos.

El único medio público de radiodifusión que existía en la Italia fascista desde 1927 era el denominado Ente Italiano per le Audizioni Radiofoniche (EIAR), que de hecho era la única emisora radiofónica permitida por el régimen.

A las 22:45, la hora de las noticias de aquella cálida noche de verano, el pueblo italiano escuchó al locutor oficial, Giambattista Arista (apodado la «*voce littoria*»), quien siempre informaba de los acontecimientos más solemnes e importantes. Después de un inquietante silencio, ante el pasmo de la audiencia, anunció sin preámbulos que Mussolini había dimitido y que Badoglio era el nuevo primer ministro.

Inmediatamente después, se emite la proclama del rey, con esta amonestación: «Ninguna desviación será tolerada, ninguna protesta será consentida». A continuación, se lee el bando de Badoglio: «Romanos, tras la apelación de S. M. el Rey Emperador a los italianos y mi proclamación, todos han de retomar sus trabajos y responsabilidades. No es el momento de entregarse a demostraciones que no serán toleradas. La hora grave que se acerca exige seriedad, disciplina y patriotismo fundado en la entrega de todos a los intereses supremos de la nación. Las reuniones están prohibidas y la fuerza pública tiene órdenes de dispersarlas inexorablemente». El tono en que ha sido proclamado el bando resulta un tanto desconcertante. ¿Esto supone el fin del régimen?, se pregunta todo el mundo. Y tras una pausa, la voz dice secamente: «Fin de la transmisión». Pero, cuando a las primeras notas de la *Marcia reale* ya no siguen, como siempre, las del himno fascista *Giovinezza*, las últimas dudas se desvanecen: realmente se acabó el Gobierno fascista.

Roma, que estaba en silencio y bajo el toque de queda, parece que se despierta de pronto y comprende el alcance de lo que ha sucedido. La noche quieta de verano se llena inmediatamente con canciones, gritos y clamores. Un espontáneo grupo sale a las calles y sube hasta el Tritón, clamando a voz en cuello: «¡Ciudadanos, despertad!; detuvieron a Mussolini, muerte a Mussolini, ¡abajo al fascismo!». Parece ser el grito de un mudo que ha estado sin habla y que vuelve a hablar veinte años después. Las ventanas se iluminan súbitamente, las puertas se abren de par en par y las casas se vacían. Todos están afuera, abrazándose, compartiendo la noticia, con los gestos exuberantes y locos de quienes se sienten de repente abrumados por una intensa emoción.

Los cuarenta y cinco días del mariscal Pietro Badoglio

En los periódicos publicados el día siguiente a la caída de Mussolini, aparece en primera página el mensaje del rey Víctor Manuel III a los italianos en estos términos:

Italianos, hoy asumo el mando de todas las fuerzas armadas. En la hora solemne que pende sobre el destino de la patria, todos han de retomar su deber, fe y combate. No se tolerará ninguna desviación, no se permitirá ninguna protesta. Que todo italiano se incline ante las graves heridas que han lacerado el suelo sagrado de la patria…

Desde la madrugada del día 26 de julio, grandes manifestaciones de júbilo se dan de manera espontánea en toda Italia. Los bustos del dictador se arrojan desde las ventanas y los símbolos del fascismo son demolidos en las plazas.

En Roma, la Oficina de Prensa que está en el Palazzo Marignoli de la Piazza San Silvestro, fundada por Mussolini, es saqueada; documentos, archivos, colecciones de periódicos, retratos de Mussolini, estanterías y teléfonos se arrojan por las ventanas a la calle y se les prende fuego. Las llamas se elevan aquí y allá, donde quiera que se juntan grupos de vecinos que tienen algo relacionado con el régimen para ser quemado con vengativa saña. Toda la ciudad amanece abanderada con los colores verde, blanco y rojo. Las calles tienen un aire festivo, alegre y desinhibido; la gente va sonriente al trabajo. Los símbolos del régimen están siendo destruidos rápidamente y en todas partes. Los que habían lucido durante años en la solapa el alfiler con la insignia fascista se lo quitan; y si alguien todavía lo lleva, tiene que aguantar que los más impulsivos se lo arranquen y lo pisoteen, gritando: «Fuera el bicho». Pero no hay más violencia que estas meras exhibiciones de antifascismo. Y solo se oyeron algunos disparos aislados en varios puntos de la ciudad, aunque sin consecuencias graves. Curiosamente, el movimiento popular es pacífico, ligero y no sangriento, a pesar de la rabia contenida durante tantos años.

No obstante, las autoridades disponen que se coloquen por todas partes carteles con este aviso:

El toque de queda está vigente desde el anochecer hasta el amanecer, con la consiguiente prohibición de la circulación de civiles en esos horarios, salvo sacerdotes, médicos, parteras pertenecientes a empresas sanitarias y siempre en el ejercicio de las respectivas funciones. Las ventanas de todos los edificios deben tener las contraventanas cerradas.

En el diario *La Tribuna* puede leerse:

> *Una imponente multitud acudió en varias ocasiones a la Piazza del Quirinale, entonando los himnos de la patria y con vibrantes demostraciones de lealtad ante el rey y la Casa de Saboya, para alegría del soberano. Mientras tanto, otras multitudinarias manifestaciones se dirigieron hacia el Ministerio de Guerra, donde se alzaron grandes aclamaciones a Italia y a las fuerzas armadas. Hubo asimismo una concentración popular en Piazza Venezia, donde fue invadido el patio del palacio Presidencial.*

Esa noche, quienes pudieron sintonizar Radio Londres escucharon el discurso pronunciado por Winston Churchill en referencia a la situación italiana:

> *La Cámara habrá recibido con satisfacción la noticia de la caída de uno de los principales criminales de esta desastrosa guerra. El final del largo y duro reinado de Mussolini sobre el pueblo italiano marca sin duda el final de una era en la vida de Italia. Ha caído la piedra angular del arco fascista y, sin pretender hacer profecías, no parece imposible que todo el edificio se derrumbe cayendo al suelo en pedazos, si es que no ha caído ya.*

El jefe de policía, Carmine Senise, envía una comunicación confidencial a los cuestores y los directores de las prisiones de Ponza, Ventotene y Tremiti, autorizando la liberación de los presos políticos miembros del movimiento Justicia y Libertad y de los antifascistas democráticos. Sin embargo, se especifica que los comunistas y anarquistas están excluidos de esta disposición.

Aquellos días de libertad recién estrenada fueron largos y calurosos en toda Italia. Quienes los vivieron recuerdan, sobre todo, esa sensación de lentitud. Bajo el eterno sol de la plenitud del verano, la ciudad se movía, se agitaba, se revolvía, de calle en calle, en las plazas y a lo largo de las riberas del Tíber. Fluía a raudales la necesidad que los ciudadanos sentían de estar fuera de sus casas, para ver a la gente reunida, para encontrarse con otros y compartir las esperanzas, hablar y conocer mejor lo que estaba pasando y cuál pudiera ser finalmente el desenlace que el destino guardaba para todo aquello. Porque, de hecho, al asombro festivo por el gran suceso del derrumbe de Mussolini vino a sumarse un sentimiento de expectación. Ya no bastaba con que hubiera caído el dictador responsable de la guerra; el pueblo quería que el sucesor, el mariscal Badoglio, pusiera fin a las armas, y no importaba de qué manera. Quienes habían soportado en silencio durante años, ahora exteriorizaban su hartura, su impaciencia y su enojo. Cada día, cada hora, parecía un retraso lamentable, una falta imperdonable que se acabaría pagando más tarde o más temprano.

Las primeras manifestaciones populares pidiendo el final de la guerra tuvieron lugar desde la misma noche del 25 de julio. Las concentraciones fueron espontáneas y masivas, y expresaban en un primer momento la alegría general por la detención de Mussolini. Luego culminaron con la invasión de las sedes fascistas y la destrucción de los símbolos del régimen. Pero, en los días siguientes, los movimientos irán adquiriendo un cariz diferente, más político y reivindicativo, debido a la presencia organizada de comunistas, socialistas y activistas radicales. Estos líderes, en mítines callejeros improvisados y mediante la distribución de panfletos, lograron extender consignas para combinar huelgas obreras con manifestaciones que exigían el fin de la guerra, el aumento de las raciones de alimentos y la liberación de los presos políticos. Y, aunque los verdaderos protagonistas seguían siendo las masas, la mera asistencia de los antifascistas más conocidos al frente de algunas de aquellas manifestaciones «espontáneas» acabó desencadenando la reacción del Gobierno, que empezó a temer un claro movimiento de subversión liderado por la izquierda. Sobre todo, la presencia masiva de la clase obrera en las calles empezó a ser considerada como un elemento más politizado y más difícil de controlar, que pudiera llegar a convertirse en una movilización de extrema peligrosidad. La intervención de la policía y el ejército en algunas ciudades, con tiroteos y detenciones para reprimir las manifestaciones, no consiguieron sino enardecer aún más los ánimos y agrandar el abismo entre el pueblo hastiado por la «guerra fascista» y las autoridades del «nuevo Estado».

El general Badoglio acabó teniendo que afrontar una situación dramática e intrincada, que abordó como el militar que era, sin sutilezas particulares. Proclamó el estado de sitio e impuso el toque de queda desde el anochecer hasta el amanecer. Todos los poderes civiles fueron asumidos por las autoridades militares y se prohibieron las reuniones públicas. La impresión de folletos y carteles constituía grave delito y se impuso la censura en los periódicos.

Aunque en Roma las expresiones antifascistas populares fueron moderadas y festivas, en Milán y Turín acabaron en violentos enfrentamientos, con muertos y heridos. También hubo asaltos a almacenes de grano y aceite en algunos lugares, y el ejército tuvo que intervenir con violentas represiones. Esto hizo que Badoglio enviara una circular a las tropas con la orden de dispersar «inexorablemente» todo tipo de concentraciones, bajo el convencimiento de que «un poco de sangre derramada inicialmente ahorraría ríos de sangre después», y ordenando «proceder en formación de combate y abrir fuego a distancia, incluso con morteros y artillería sin previo aviso, como si fuera contra tropas enemigas».

Siguiendo estas directrices, el jefe de Estado Mayor, el general Ambrosio, dispuso la presencia de la policía en las zonas donde parecía más difícil contener el entusiasmo popular y la politización de las manifestaciones masivas. La represión armada alcanzó su punto máximo el 28 de julio, con las masacres que se produjeron en Bari, donde hubo diecisiete muertos y treinta y seis heridos; y Reggio Emilia, con nueve muertos y treinta heridos. En los primeros tres días que siguieron al 25 de julio, en total se contaron sesenta y cinco muertos, doscientos sesenta y nueve heridos y mil doscientos detenidos.

A pesar de la represión, los partidos antifascistas fueron recuperando cierta influencia sobre la masa de la población. Las huelgas convocadas, las manifestaciones y los mítines callejeros empezaban a demostrar una notable posibilidad de movilización popular. Pero no resulta fácil calibrar la capacidad efectiva de intervención y dirección de las organizaciones políticas en las manifestaciones posteriores al 25 de julio. Si bien es cierto que la estructura organizativa de los partidos se fortaleció y expandió territorialmente durante la semiclandestinidad permitida por Badoglio. Sobre todo, durante agosto de 1943, los comunistas lograron una buena eficiencia organizativa en la mayoría de las provincias del centro y el norte de Italia, y la presencia de grupos activos comunistas influyó directamente en las manifestaciones de las principales ciudades.

La nueva realidad que emergía tras la caída del régimen fascista propició el nacimiento casi inmediato, desde la última semana de julio, de los llamados «comités unitarios», integrados por los cinco partidos principales. Esta era la continuación casi natural de los contactos y encuentros entre antifascistas que se habían ido multiplicando en los últimos meses de 1942 y especialmente a principios de 1943, con los más diversos nombres y la más variada composición. Pero estos núcleos carecían de un plan conjunto eficaz, tendiendo más a representar la adhesión particular de los antifascistas que a una verdadera organización, con líneas políticas claras y conscientes.

Además, los antifascistas tenían que enfrentarse con una realidad frustrante: la mayoría de la juventud italiana pertenecía a la llamada «generación del *littorio*» o de Mussolini. Es decir, eran jóvenes nacidos y crecidos en el seno del régimen fascista, que había dispuesto un complejo programa educativo destinado a acompañar y dirigir al individuo en cada momento de su vida. Y esta obra formativa, que tenía como objetivo la creación de un «hombre nuevo», fue especialmente eficaz en las clases medias. La mayoría de los jóvenes entre veinte y cuarenta años ignoraban completamente el patrimonio de valores políticos y civiles de la Italia antifascista. En todos los partidos que trataban de renacer, desde los comunistas a los liberales, estaba claro que el fascismo había conseguido crear una profunda fractura cultural entre las generaciones. Este era el mayor escollo para organizarse en el futuro inmediato y lograr el renacimiento democrático. Por eso los líderes políticos adoptaron una estrategia discursiva que insistía en el trabajoso pero irreversible proceso de emancipación de los jóvenes de los mitos fascistas.

Pero todavía las iniciativas de las corrientes antifascistas se encontraban enormemente limitadas. Solo el Partido Comunista disponía de un aparato organizado. Todos los demás grupos —socialistas, democristianos y liberales— se estaban reorganizando. Los Comitati Unitari Antifascisti eran el antecedente directo de lo que luego serán los Comitati di Liberazione Nazionale, compuestos por fuerzas muy heterogéneas, y que están muy lejos todavía de configurarse como alternativa al poder oficial.

¿Qué va a pasar ahora?

Tras la caída de Mussolini, la monarquía, el ejército y las altas jerarquías del Estado italiano son prisioneros de la contradicción provocada por ellos mismos con el golpe de Estado. Por un lado, no pueden sustraerse a la realidad de un país agotado, y saben que alargar la guerra puede poner gravemente en riesgo su propia supervivencia física, pues los movimientos antifascistas están multiplicando rápidamente su influencia. Por otro lado, temen la reacción de Hitler si hacen cualquier intento de romper la alianza con Alemania. Así las cosas, el rey y Badoglio, una vez que hubieron depuesto al dictador, se enfrentaban a una situación realmente peliaguda: los italianos, que habían apoyado durante todo ese tiempo el régimen fascista, estaban muy descontentos porque la guerra los había empobrecido y no veían la manera de recibir compensación alguna por los sacrificios realizados. Pero no era una tarea fácil conseguir cuanto antes la salida más factible del conflicto bélico para unos poderes que también habían apoyado sin fisuras al fascismo y que, además, querían perpetuar descaradamente sus métodos de gobierno. No obstante, se intentó mantener la estabilidad política con diferentes tácticas igualmente hipócritas. En primer lugar, los nuevos poderes trataron de aparentar cierta flexibilidad democrática y estar dispuestos a hacer un pequeño compromiso con el antifascismo. Al mismo tiempo, el rey y los militares no dudaban a la hora de reprimir de raíz cualquier «peligro comunista». Para ello, Badoglio trataba de combinar las maneras tradicionales autoritarias del fascismo con algunas medidas de apertura, aunque meramente formales; como la intervención mediadora de comisarios nombrados por las centrales sindicales y elegidos entre los exponentes del antifascismo. Y la prensa diaria, todavía sometida a una férrea censura, inflaba estas acciones de mera apariencia.

Por otra parte, se iniciaban las misiones secretas para contactar con los angloamericanos y explorar las posibilidades de una salida indolora de Italia de la guerra. Pero eran solo maniobras cautelosas, que no mostraban un compromiso real o una voluntad concreta de negociar las condiciones para una rendición o un armisticio. La reacción de Hitler era más temida que cualquier otra cosa y, hasta mediados de agosto, no hay evidencia alguna de que el rey, Badoglio y el ejército estuvieran dispuestos a romper la alianza con los alemanes. Aunque, sin duda, las grandes huelgas políticas y las manifestaciones populares pidiendo la paz forzaban los tiempos a apresurarse.

En medio de todo esto, el 13 de agosto de 1943 Roma fue bombardeada por segunda vez. El objetivo en esta ocasión fue el distrito de Appio-Tuscolano. Era esta la estrategia adoptada por los aliados de golpear fuerte a Italia para que el pueblo italiano vislumbrara que había una única salida a esa guerra perdida: la rendición incondicional.

Roma, «ciudad abierta»

El 14 de agosto de 1943, el Gobierno que presidía Badoglio declaró unilateralmente que Roma en adelante sería «ciudad abierta». Esto significaba que la ciudad renunciaba a la defensa militar y que se rendiría sin combate, confiando en que, de este modo, se evitarían ataques inútiles contra la población civil o que pusieran en grave riesgo el patrimonio histórico-artístico. El Mando Supremo italiano ordenó inmediatamente a las baterías antiaéreas en el área de Roma que no reaccionaran de ninguna manera en caso de que los aviones enemigos sobrevolasen la ciudad. También ordenó la reubicación de los cuarteles generales de los comandos italiano y alemán, con sus respectivas tropas, fuera del perímetro de Roma; y se comprometió a no utilizar los cruces ferroviarios dentro del perímetro urbano con fines militares, aunque fuera para carga y descarga o almacenamiento. La declaración se comunicó en nota oficial a los Gobiernos de Londres y Washington, con la ayuda de la Santa Sede y la vía diplomática de los países neutrales de Suiza y Portugal.

Pero estas directrices italianas fueron ignoradas en gran medida por los alemanes. Así, el 15 de agosto, solo un día después de la declaración, la Wehrmacht tenía bajo control todos los sectores clave del norte de Italia, tras haber incorporado seis divisiones y media en dos semanas.

A partir del 17 de agosto, el rey, el mariscal Badoglio y el general Ambrosio decidieron comenzar a tratar con los angloamericanos definitivamente el fin de las hostilidades. Para ello emprendieron una secreta negociación de paz buscando alcanzar objetivos más favorables que una rendición plena e incondicional. La esperanza era que los ejércitos aliados consiguieran llegar lo antes posible a Roma, para salvar a la monarquía y al Gobierno de sus posibles responsabilidades por haber conducido al país a la guerra junto a los nazis. Con esa finalidad, y continuando con las negociaciones que ya fueron iniciadas en secreto por la princesa María José, esposa del heredero Humberto de Saboya, se pretendía mantener un contacto fructífero que parecía contar con el respaldo del rey.

Pero las potencias aliadas, lejos de recibir con los brazos abiertos esta iniciativa, resolvieron seguir ejerciendo la máxima presión política y militar sobre aquel Gobierno que hasta hacía unas semanas había colaborado en todo con el fascismo. De hecho, incluso antes del «25 de julio», ya habían advertido de que una posible declaración de «ciudad abierta» por parte del Gobierno italiano no tendría ningún valor, si no iba acompañada de una desmilitarización efectiva con posibilidad de verificación por observadores neutrales. En consecuencia, Italia siguió siendo bombardeada en múltiples ocasiones, con la finalidad de provocar el levantamiento popular que obligara a los dirigentes a romper definitivamente con Hitler.

La insurrección no se produjo, pero el rey y Badoglio —que la temían— acabaron favoreciendo el refuerzo de los ejércitos alemanes en Italia, ya que no habían hecho el mínimo gesto que pudiera indicar que no seguía vigente su lealtad a Alemania. Se debía actuar, pues, con la rapidez y el sigilo que exigía el drama de la situación, pero sin despertar las sospechas de los alemanes para evitar que finalmente acabasen capturando Roma, ante la posibilidad de una traición y adelantándose a cualquier maniobra. Pues el mayor terror del rey y su Gobierno era caer prisioneros de Hitler.

En busca del armisticio

El mes y medio que transcurre desde la destitución de Mussolini es una de las épocas más confusas de la historia italiana contemporánea. El régimen había caído, pero —salvo el Duce— ningún otro dirigente fascista fue detenido. Badoglio sostenía públicamente la continuación de la guerra junto a la Alemania nazi en los mismos términos y, a la vez, iniciaba secretamente negociaciones con los aliados angloamericanos para llegar a un armisticio.

Con tales perspectivas, el general Castellano fue enviado a Lisboa para encontrarse con los legados angloamericanos. La misión duró quince largos días, en los que los aliados se mantuvieron férreamente firmes en su exigencia de rendición incondicional y lanzando, a la vez, un ultimátum que expiraba el 1 de septiembre a medianoche.

A pesar de que las negociaciones eran secretas, durante aquellos primeros días de septiembre los rumores del armisticio fueron insistentes. Incluso se decía que las tropas italianas ya no estaban luchando contra los aliados en Calabria, sino que se habían retirado de las líneas del frente que solo eran ya defendidas por los alemanes. Nadie dudaba sobre el hecho de que aquella guerra era del todo insostenible y que la paz debía llegar más pronto que tarde.

Y mientras, son evidentes los movimientos militares de una ocupación alemana. Hitler ya no se fiaba de los italianos y se preparaba para lo que pudiera pasar en caso de que el nuevo Gobierno traicionara la alianza del Eje.

El 30 de agosto, Badoglio comunicó la solicitud de una reunión en Sicilia, que ya había sido conquistada. Estaba convencido de que podía negociar el cese de hostilidades y a la vez lograr la intervención aliada en la península para evitar la reacción alemana contra Italia ante la noticia de la firma del armisticio. Con estas esperanzas, el 31 de agosto, el general Castellano llegó a Cassibile, cerca de Siracusa. El emisario pidió como garantías un desembarco aliado al norte de Roma y la acción de una división de paracaidistas, previo al anuncio del armisticio, para asegurar la defensa de la capital. Desde el lado aliado se replicó que esas actuaciones militares serían, en todo caso, simultáneas a la proclamación del armisticio y no anteriores. Por la tarde, Castellano regresó a Roma para informar.

Al día siguiente, Castellano fue recibido por Badoglio. A la reunión asistieron el ministro de Relaciones Exteriores, Raffaele Guariglia, y los generales Vittorio Ambrosio y Giacomo Carboni. Las posiciones sobre lo que debía hacerse fueron controvertidas. Guariglia y Ambrosio eran partidarios de aceptar todas las condiciones aliadas. Carboni, en cambio, declaró que las secciones del Ejército que dependían de él no podrían defender Roma de los alemanes debido a la falta de municiones y combustible. Badoglio, que no intervino en la reunión, fue recibido esa misma tarde por el rey Víctor Manuel. Después de incontables vacilaciones, ambos decidieron finalmente someterse a las condiciones del armisticio.

Se envió un telegrama de confirmación a los aliados, a la vez que se anunciaba el envío del general Castellano para la firma. Posiblemente, el mensaje fue interceptado por las fuerzas alemanas en Italia, que ya sospechaban, y aumentaron su presión sobre el mariscal a través del comandante de la plaza de Roma.

Castellano partió hacia Cassibile el 2 de septiembre, pero no llevaba consigo una autorización formal y por escrito para firmar. Algo incomprensible, puesto que era un mero emisario sin facultades ni capacidad de representación real del poder gubernativo italiano. Badoglio se había negado a dar personalmente un documento notarial de poderes, buscando con ello eludir que su nombre quedara unido a la derrota para siempre en la historia. Los aliados exigieron la acreditación. Se envió un telegrama con la reclamación, pero no se recibió respuesta de Roma. En la madrugada del 3 de septiembre, Castellano envió un segundo telegrama al mariscal, que esta vez respondió casi de inmediato con un radiograma, declarando que el texto del telegrama del 1 de septiembre era ya la aceptación implícita de las condiciones de armisticio impuestas por los aliados. Pero, a pesar de esto, seguía faltando un poder legítimo y por escrito de Badoglio. Un último telegrama de Roma llegó a las 16:30 horas, informando de que la autorización de Badoglio para la firma había sido presentada oficialmente ante el embajador británico en el Vaticano, D'Arcy Osborne.

A las 17:30 horas se firmó por fin el texto breve del armisticio. Se fijó el 8 de septiembre como fecha para hacerlo público, quedando a la espera de formalizar más adelante un documento más extenso. Un instante después, el general Eisenhower ordenó bloquear *in extremis* la salida de quinientos aviones que ya estaban a punto de despegar para una misión de bombardeo sobre Roma.

En la tarde de aquel mismo 3 de septiembre, Badoglio se reunió con los ministros de Marina, De Courten, del Ejército del Aire, Sandalli, de la Guerra, Sorice, con el general Ambrosio y con el ministro de la Casa Real, Acquarone. El mariscal eludió mencionar la firma efectiva del armisticio y, simplemente, hizo referencia a las negociaciones en curso. Proporcionó, eso sí, indicaciones sobre las operaciones previstas por los aliados; en particular, el desembarco en Calabria, otro posible asalto mucho mayor cerca de Nápoles y la división de paracaidistas aliados que estaba prevista para actuar sobre Roma y que sería apoyada por las divisiones italianas implicadas en la defensa de la ciudad.

El 8 de septiembre de 1943, en torno a las 12 del mediodía, sonaron las sirenas que anunciaban en Roma los bombardeos. Poco después, ciento treinta aviones cuatrimotores sobrevolaron Frascati y los Castelli Romani, a veinte kilómetros de Roma, arrojando trescientas cincuenta y tres toneladas de bombas y causando una ruina aterradora. El objetivo principal de aquel ataque era el cuartel general alemán, y apuntaba directamente al mariscal de campo Albert Kesselring, comandante supremo del sur de Alemania. Además, se pretendía cortar cualquier suministro a las fuerzas alemanas que pudieran hacer frente al planeado desembarco estadounidense en Salerno.

La tarde anterior, el general de brigada estadounidense Maxwell D. Taylor y su ayudante el coronel William T. Gardiner habían llegado a Roma de manera encubierta, disfrazados de pilotos derribados y hechos prisioneros. El alto mando aliado los envió en misión secreta para verificar las verdaderas intenciones del Gobierno italiano, y para evaluar la viabilidad del lanzamiento de los paracaidistas que debían tomar el control de Roma. Se reunieron primeramente con el general que estaba a cargo de las fuerzas de defensa de Roma, Giacomo Carboni, quien expresó la imposibilidad de apoyar la ofensiva aliada y la necesidad de posponer el anuncio del armisticio al menos hasta el día 12. Ante el fiasco que suponía esta respuesta, los militares norteamericanos exigieron una entrevista inmediata con Badoglio. En torno a la una de la madrugada del día 8 de septiembre, fueron recibidos por el mariscal, que confirmó la inviabilidad de un armisticio inmediato a causa de la gran concentración de tropas alemanas en la capital y sus alrededores.

El bombardeo era la respuesta firme a estas vacilaciones, al mismo tiempo que una directa acción sobre las fuerzas alemanas que seguramente ya estaban considerando definitivamente la ocupación de la capital de Italia.

El general Eisenhower estaba informado de la indecisión del rey Víctor Manuel y su primer ministro Badoglio. Perplejo por tantas vacilaciones, finalmente canceló el envío de los paracaidistas. Pero decidió con audacia hacer público el armisticio de manera unilateral y de manera inmediata. En consecuencia, a las 18:30 horas de aquel mismo 8 de septiembre, el alto mando aliado anunció desde los micrófonos de Radio Argel que Italia había firmado su rendición incondicional y que sería efectiva desde ese mismo instante.

El rey Víctor Manuel decidió no emitir un desmentido y ratificó el anuncio hecho por los estadounidenses. Una hora después, Badoglio acudió a la radio para hacerlo público.

¡Los alemanes a las puertas de Roma!

El anuncio del armisticio en la radio por Badoglio concluía a las 19:45 horas. Desde ese preciso instante, los oficiales alemanes sabían lo que debían hacer, porque lo habían estado esperando desde las 18:30 horas, tras el anuncio previo hecho por Radio Argel. Y a las 20:20 horas, bajo el lema *Il grano è maturo, Alarico subito* (El trigo está maduro, Alarico inmediatamente) todas las unidades alemanas se desplazaban desde sus bases para ocupar puntos estratégicos y cruces de carreteras repartidos por la península.

Por su parte, el rey y sus ministros confiaban en que los aliados lanzarían de repente una gigantesca ofensiva o un espectacular desembarco que les permitiera distraer a los alemanes mientras tenían tiempo suficiente para hacerse cargo de la difícil situación. Pero la mayor parte del alto mando del ejército italiano no fue informado al respecto. No se habían tomado, pues, medidas para defender la capital y las principales ciudades del país. Como resultado, todo era confusión en aquella extraña noche del 8 al 9 de septiembre, ante el temor de una intervención inmediata. Luego la imprevista maniobra del ejército alemán generó una fuerte desorientación institucional en los italianos, dada la falta inicial de «indicaciones» sobre el comportamiento a seguir hacia el que a partir de ese momento ya no era considerado aliado, sino enemigo e invasor. Cuando los primeros combates entre soldados alemanes e italianos comenzaron en el área de Magliana, ya en la tarde del 8 de septiembre, la confusión y el terror se apoderaron de una parte de la capital.

La División de Granaderos de Cerdeña contaba con casi noventa mil hombres, doscientas piezas de artillería y cientos de autobuses para movilizarse en defensa de la ciudad; fuerzas más que suficientes para resistir el ataque de los paracaidistas alemanes lanzados por el general Kurt Student. Aunque los atacantes eran mucho menos numerosos, los malentendidos, la subestimación del enemigo y sus intenciones provocaron que las fuerzas italianas se dividieran y no estuvieran, desde el primer momento, lo suficientemente aprestadas para repeler a los sitiadores. Además, pervivía entre la oficialía italiana la misma prudencia nefasta y excesiva que había llevado a Badoglio a no querer comunicar el armisticio hasta que el propio mando aliado se anticipara y lo emitiera desde Radio Argel.

Y mientras se producía el desorden total de las fuerzas armadas italianas, las tropas alemanas y las SS presentes en toda la península desencadenaban la denominada Operación Achse, según los planes previstos por Hitler y el comando alemán desde finales de mayo de 1943 en previsión de un posible colapso del fascismo y una defección italiana. De hecho, desde la caída de Mussolini, Alemania había comenzado a enviar refuerzos a lo largo de la península, con el doble objetivo de reforzar las defensas contra los angloamericanos y preparar la respuesta a una salida italiana de la guerra, ocupando de manera fulminante todos los centros neurálgicos del territorio en el norte y centro de Italia.

Entre las 20:00 y las 23:00 horas, unidades alemanas de la 2.ª División Paracaidista atacaron por sorpresa y desarmaron las guarniciones italianas a lo largo de la costa de Nettuno y Anzio, en Ladispoli y en los Castelli Romani. Mientras tanto, paracaidistas alemanes que habían partido de Ostia tomaron por la fuerza un depósito de combustible en Mezzocammino. A la capital llegaban noticias de estos ataques, cada vez más preocupantes, sin que hubiera directrices concretas por parte del alto mando. Solo algunos militares italianos tomaron *in extremis* la decisión de enfrentarse a los invasores. Comenzaba así la batalla por la defensa de Roma.

Ante la inminencia del ataque de las tropas alemanas, la División de Granaderos de Cerdeña se movilizó y desplegó una línea defensiva de veintiocho kilómetros de largo en el sector sur de Roma, dividido en trece baluartes y catorce puestos de control, bajo el mando del general Gioacchino Solinas. Este cinturón de defensa había sido diseñado originalmente para contrarrestar un posible ataque angloamericano, pero hubo de ser empleado de manera improvisada para hacer frente a los alemanes. Una primera ofensiva violenta tuvo lugar alrededor de las 21:00 horas del 8 de septiembre entre las áreas de Ostiense, Laurentina y Capannelle. Los granaderos, ayudados por numerosos *carabinieri*, repelieron a los invasores en la zona del puente Magliana y lograron valientemente contenerlos allí hasta el día siguiente.

En la mañana del 9 de septiembre, mientras los granaderos italianos se enfrentaban de manera rápida e improvisada a la embestida de las tropas alemanas, los dirigentes antifascistas intentaban a toda prisa organizar a las masas para hacer frente a lo que inevitablemente iba a suceder. Ya habían previsto con anterioridad un escenario como el que se presentaba y, cuando no hubo duda de que los alemanes se proponían invadir Roma, centenares de voluntarios acudieron de manera espontánea a ofrecerse. En Piazza Colonna, el líder comunista Giorgio Amendola improvisó un mitin e instó a la población a acudir a los cuarteles para pedir armas y defender Roma de los nazis y del consiguiente regreso de los fascistas. Pero los intentos de los civiles en este sentido fueron rechazados en casi todas partes. Incluso los accionistas que acudieron al Ministerio del Interior fueron dispersados por la policía.

Solo un aislado reparto de armas había tenido lugar el mismo día del armisticio, debido a un acuerdo secreto entre el general Giacomo Carboni y los líderes del Partido Comunista Luigi Longo y Antonello Trombadori. Alrededor de las 20:30 horas, a través del hijo del general, el capitán Guido Carboni, se entregaron dos camiones grandes cargados con fusiles, pistolas, granadas de mano y cajas de municiones. Todo ello fue descargado en cuatro lugares diferentes de la capital: el museo del Bersagliere, en Porta Pia; un almacén en Via Sila, en Prati; un taller en Via del Pellegrino, en Campo de'Fiori; y un garaje en Via Galvani, en el distrito de Testaccio.

La fuga del rey

El rey Víctor Manuel III y el Gobierno de Badoglio confiaron casi todo el resultado del armisticio a una intervención militar fulminante y decisiva de los aliados y, por tal motivo, no habían dado órdenes a las fuerzas armadas italianas sobre la manera de actuar ante la posible reacción bélica de la Wehrmacht. Pero, al mismo tiempo, temían por su seguridad personal, pues eran muy conscientes de que, de hecho, Hitler tenía planeado arrestarlos desde el derrocamiento de Mussolini. Por eso, en la madrugada del 9 de septiembre de 1943, y teniendo conocimiento del rápido avance alemán sobre la capital, el rey, la reina, el príncipe heredero, el jefe del Gobierno y las más altas autoridades militares italianas abandonaron Roma hacia Pescara para exiliarse después en Brindisi. Solo el general Roatta se limitó a escribir de manera sucinta y a lápiz la orden de que Roma no debía ser defendida y que únicamente quedaban las fuerzas policiales para mantener el orden. Esta huida inesperada, sin dar instrucciones más precisas y dejando al Ejército en la más absoluta incertidumbre, provocó que las diversas tropas desplegadas por todo el territorio nacional quedaran sin órdenes concretas ante la acometida de dos ejércitos: por un lado, los aliados, que seguían bombardeando, y por otro, los alemanes, que no estaban dispuestos a pasar por alto lo que consideraban una traición imperdonable.

Hitler quiere ser el dueño de Roma

La huida de la capital del jefe de Gobierno Pietro Badoglio, del rey Víctor Manuel III, de su hijo Humberto y de la cúpula militar, y el uso de una fórmula de comunicación del armisticio ambigua, que hizo que la mayoría de la gente no entendiera el significado real de las cláusulas de rendición y que lo interpretara erróneamente como una indicación del final efectivo de la guerra, generó un absoluto desconcierto entre las fuerzas armadas italianas en todos los frentes en los que todavía luchaban. Las tropas se encontraron de pronto sin instrucciones y se disolvieron en el caos generado por aquella confusión sin precedentes. Muchos soldados sencillamente desertaban y regresaban a sus casas, mientras que otros se rendían a los alemanes que invadían el país. También todavía algunas unidades decidieron permanecer leales al Eje.

En consecuencia, los ejércitos alemanes empezaron a ocupar con rapidez el territorio italiano que todavía no estaba bajo control aliado, excepto Apulia, sin encontrar una resistencia firme y organizada. Al mismo tiempo, un importante destacamento avanzaba hacia la capital con la intención de tomarla. Sin directrices ni órdenes concretas, las diversas fuerzas italianas que trataban de defenderla estaban desorganizadas, descoordinadas y sin posibilidad alguna de comunicación con el alto mando. Llegaban mensajes alarmantes desde todos los extremos de la ciudad, pero el general Ambrosio no acababa de ordenar el contraataque, declarando una y otra vez que no tenía la autoridad y que el rey y los jefes del Gobierno y del Estado Mayor no aparecían por ningún lado.

Ante los ataques alemanes perfectamente organizados, en la noche del 9 de septiembre, el I Regimiento de Granaderos de Cerdeña defendía el Ponte della Magliana. La improvisada lucha se hacía cada vez más difícil y encarnizada. Con las primeras luces del alba, se contaban treinta y ocho italianos y veintidós alemanes muertos en el fiero combate. Algunos soldados que aún no tenían noticia del armisticio se dejaban desarmar por los alemanes, creyendo que todavía eran aliados y que debían ceder ante ellos. No obstante, empezaba a surgir una resistencia fuerte y valiente en muchos sectores civiles y militares. Por la mañana, la batalla se extendía ya por la EUR (Exposición Universal de Roma) y el barrio de Montagnola.

Más tarde, el Fuerte Ostiense se convertiría en escenario de una encarnizada resistencia, protagonizada por los aproximadamente ochocientos granaderos replegados a nuevas posiciones tras una fuerte ofensiva de los paracaidistas alemanes. Por aquel tiempo, el fuerte estaba regido por los religiosos y las religiosas del Istituto Gaetano Giardino, que albergaban allí a unos cuatrocientos niños huérfanos de guerra y discapacitados, con la ayuda de treinta y cinco hermanas franciscanas. Los granaderos, que respondían al fuego enemigo con noventa y un rifles y algunas ametralladoras, comenzaron a sufrir graves pérdidas y acusaban ya el cansancio y el hambre por la falta de provisiones. Los primeros heridos fueron llevados a la enfermería del instituto para ser asistidos por las hermanas y por los pocos médicos y enfermeros que se atrevieron a acudir a socorrerlos.

La heroica batalla por la dignidad

A última hora de la tarde, desde un espacio abierto del palacio de la Civilización Italiana, los paracaidistas alemanes que habían estado cayendo durante toda la jornada comenzaron a lanzar descargas de mortero contra el Fuerte Ostiense, causando un fuerte daño a sus estructuras y paralizando momentáneamente la defensa de los granaderos italianos. Mientras tanto, otros soldados alemanes conseguían adentrarse por la Via Ostiense y prender fuego con lanzallamas a algunas partes del baluarte. Poco después, llegaban refuerzos de *carabi-*

nieri y agentes de la PAI (Policía Italiano-Africana). Los combates continuaban en las cercanías, a la desesperada, con grandes bajas por ambos lados. En medio del incendio y ante la inminencia de un cruento ataque final, don Pietro Occelli, director del Instituto Gaetano Giardino, decidió declarar la rendición del Fuerte y mostró una sábana blanca izada sobre un mástil. Un momento antes las religiosas franciscanas proporcionaron ropa de paisano a los granaderos supervivientes para que pudieran huir entre la población civil sin ser masacrados por los atacantes.

Mientras tanto, la población civil seguía buscando desesperadamente armas para unirse a la defensa de la capital. Los ciudadanos se agolpan alrededor de unos vehículos militares en Testaccio. En San Giovanni y el Coliseo los líderes antifascistas distribuyen el arsenal que pudieron reunir previamente. Muy pronto, en las calles se pueden ver grupos de hombres transitando con bandas de ametralladoras y mosquetes al hombro, y también muchachos armados con granadas de mano.

Al mismo tiempo, muchos otros soldados italianos y *carabinieri* se retiraban hacia el centro de Roma. A partir de entonces, las tropas alemanas se irán aproximando por varios frentes hasta las zonas próximas a la Pirámide de Cestio, el Coliseo, Porta San Paolo y San Giovanni, lugares donde se habían levantado barricadas y se iban reuniendo civiles para unirse a la defensa de la capital.

Se instalaron cañones de diferentes calibres cerca de la Pirámide de Cestio y Porta San Paolo, donde se habían estado cavando las primeras trincheras y levantado barricadas durante la mañana. Al lugar empezaron a acudir también escuadrones de obreros instados a la acción por los militantes comunistas y dispuestos a combatir. Muchos de estos trabajadores provenían de las fábricas que permanecían abiertas a pesar de la amenaza.

Ya por la tarde de aquel largo y terrible día 9 de septiembre, las horas de fatiga y la falta de comida y descanso se hacían sentir. Pero aún pudieron resistir durante unas horas más tras acudir como refuerzos los lanceros del Regimiento de Caballería Montebello. Y cientos de ciudadanos salían a las calles para socorrer a los heridos, llevar alimentos y agua y ayudar en lo que podían.

Por otra parte, y al mismo tiempo que la capital se enfrentaba a las tropas alemanas, el almirante de la Regia Marina Carlo Bergamini era informado del armisticio y recibía la orden de abandonar de inmediato el puerto de Spezia para rendirse a los aliados en Malta. El acorazado Roma era uno de los buques más nuevos y modernos de la flota italiana. Doce horas después, fue interceptado por bombarderos alemanes, alcanzado por una bomba guiada por radio y hundido. El almirante Bergamini y mil cuatrocientos marineros perecieron en el naufragio.

Ese mismo día nació el CLN, el Comité de Liberación Nacional; seis partidos de distinta procedencia y tendencias políticas se unían para organizar conjuntamente una acción de resistencia, bajo la presidencia de Ivanoe Bonomi.

En la jornada del 10 de septiembre la participación popular en el combate se fue acentuando hora a hora. Era una de las escasas veces en la historia de Italia que el pueblo intervenía de manera espontánea junto a las Fuerzas Armadas. De todas partes de Roma acudían grupos de civiles dispuestos a alinearse con los granaderos y *carabinieri* en el cruce de Ardeatina y Ostiense, donde se producía una encarnizada batalla. La línea defensiva se extendía al sur desde la pirámide de Caio Cestio hasta Testaccio. Allí los granaderos recibieron el importante refuerzo del Montebello, el heroico escuadrón que encabezaría una serie de contraataques en los que se sacrificarían numerosos oficiales y soldados hasta el final. La lucha se desencadenaba poco después en otros muchos lugares de la ciudad, por un indomable espíritu de odio antinazi más que por la esperanza de una victoria que cada vez se sentía más incierta. Los combates se extendían entre Via Cavour y Via Paolina, en Via Marmorata, en Piazza dei Cinquecento, donde se disparaba contra el hotel Continentale, que permanecía en poder de los alemanes. Los sindicatos ofrecieron a las Fuerzas Armadas diez mil hombres para cavar trincheras y los líderes antifascistas trataban de movilizar a las masas desesperadamente. Pero las armas y las granadas se distribuían con cuentagotas a los civiles. No obstante, ya por la tarde se combatía de manera intermitente en otros muchos puntos; en San Saba, en Porta San Giovanni y en Santa Maria Maggiore. Pero las abrumadoras y organizadas fuerzas alemanas iban venciendo la resistencia de manera implacable en todas partes.

Mientras sucedía todo esto, una gran parte de la población seguía sumida en la incertidumbre, con una actitud pasiva, imperturbable, indiferente a los llamamientos de los antifascistas. Los romanos oían claramente el fragor de las explosiones, los disparos y las constantes ráfagas de las ametralladoras; pero simplemente esperando en sus casas el final de la batalla, probablemente convencidos de que ya todo estaba perdido. Solo algunos salían a socorrer a los heridos y a poner a salvo a los soldados que huían. En el centro de la ciudad, incluso donde habían caído las granadas alemanas y yacían los cadáveres, reinaba un extraño silencio y una atmósfera de calma por la tarde, tras los últimos disparos.

En cambio, el ruido de la artillería tronaba todavía lejos y eso alentaba la ingenua esperanza de que los aliados llegasen pronto para acabar con la amenaza nazi. En las paredes aparecían carteles firmados por el mariscal de Italia, Enrico Caviglia, como oficial de más alto rango presente en Roma, anunciando a los ciudadanos que asumía el mando de la ciudad abierta y que estaban en marcha las negociaciones con el mando alemán para el traslado de tropas al norte. Interrogado aquel día por los periodistas, el general Barbieri declaraba que «Roma será defendida a toda costa». Cuando sabía bien que la situación era ya insostenible, dada la imposibilidad de detener las infiltraciones de las tropas germánicas por diversos flancos.

La ocupación nazi

Tras la caída de las defensas italianas en Porta San Paolo, las tropas alemanas penetraron en Roma sin posibilidad de ser detenidas. Ya no había ningún tipo de resistencia organizada, sino improvisados encuentros y tiroteos en los cruces de las avenidas y en las plazas por donde avanzaban los tanques. Los conductores de tranvías ATAG bloquearon algunos puntos con los vagones y también los autobuses fueron colocados para intentar detener desesperadamente el avance alemán. Luego el combate se desplazó hacia las inmediaciones de la estación Termini, donde soldados, ferroviarios y numerosos civiles seguían disparando contra el hotel Continentale que defendían los alemanes. Concluido este enfrentamiento, ya no quedaban unidades militares italianas con un mínimo de organización capaz de resultar eficaz contra la invasión. A última hora de la tarde, se difundió la noticia de que estaban en curso unas negociaciones entre las más altas autoridades militares italianas y alemanas. El mariscal de campo alemán Kesselring había enviado un telegrama a los pocos oficiales italianos que aún defendían la capital, exigiendo su rendición bajo la severa amenaza de cortar las tuberías de agua, gas y electricidad y luego arrasar toda la ciudad. El ultimátum expiraba a las 16:00 horas. Poco después, el ejército italiano firmó un documento de acatamiento, en el que los mandos nazis se comprometían a su vez a respetar la declaración de Roma como una «ciudad abierta». Posteriormente, llegó la orden definitiva de alto el fuego.

El número de muertos y heridos al final de aquel trágico día era muy alto. Roma estaba sumida en el caos; por las calles deambulaban civiles y soldados despojados de sus uniformes y sin mando. Grupos de *carabinieri* se mezclaban con la población atemorizada. Y mientras tanto, el ejército alemán empezaba a entrar en Roma. Todavía se escucharon disparos durante algún tiempo. Pero luego cayó un silencio total sobre la ciudad. A las 20:30 horas Radio Berlín emitió un comunicado que anunciaba triunfalmente: «El ejército alemán, sin encontrar una resistencia considerable, ha conquistado Roma».

El día 11 de septiembre, Roma amaneció sumida en el más oscuro silencio, y con una amarga certeza: los nazis eran los dueños de la ciudad. Aun así, el general Calvi di Bergolo anunció oficialmente la rendición, asegurando a la vez con ingenuidad que pronto todo volvería a la normalidad. Mientras tanto, en las calles se registran más de seiscientas muertes de militares y civiles. Son la mayoría de ellas muertes vanas, aparentemente sin sentido, dado el resultado final de la defensa; pero son el testimonio de que la resistencia a la invasión había existido.

Desde primera hora del día, pegados en las paredes por todas partes, blanqueaban los grandes pliegos que ponían de manifiesto quién mandaba en Roma a partir de ese día:

ORDEN

1. El territorio de Italia que se me somete es declarado territorio de guerra. En él rigen las leyes alemanas de la guerra.

2. Todos los delitos cometidos contra las Fuerzas Armadas Alemanas serán juzgados de acuerdo con la ley de guerra alemana.

3. Toda huelga está prohibida y será juzgada por el Tribunal de Guerra.

4. Los organizadores de huelgas, saboteadores y francotiradores serán juzgados y fusilados por sentencia sumaria.

5. Estoy decidido a mantener la calma y la disciplina y a apoyar por todos los medios a las autoridades italianas competentes, para asegurar el alimento de la población.

6. Los trabajadores italianos que voluntariamente se pongan a disposición de los servicios alemanes serán tratados según los principios alemanes y pagados según las tarifas alemanas.

7. Los Ministerios Administrativos y las Autoridades Judiciales mantendrán sus funciones.

8. El servicio de ferrocarriles, comunicaciones y correos se repondrá de forma inmediata.

9. Queda prohibida la correspondencia privada hasta nuevo aviso. Las conversaciones telefónicas, que deberán limitarse al mínimo, serán estrictamente supervisadas.

10. Las autoridades italianas y las organizaciones civiles son responsables ante mí del funcionamiento del orden público. Se les permitirá cumplir con sus deberes propios solo si previenen cualquier acto de sabotaje y resistencia pasiva contra las medidas alemanas y si cooperan de manera ejemplar con los correspondientes departamentos alemanes.

Roma, 11 de septiembre de 1943

Firmado: Mariscal de Campo Kesselring

Por otra parte, el comandante de las fuerzas germánicas, mariscal de campo Erwin Rommel, lanzaba por radio una amenazante proclama:

¡Italianos! Las fuerzas armadas germánicas han ocupado el territorio italiano. Las fuerzas armadas alemanas son antivandálicas y justas. Cualquiera que intente transgredir la ley y provocar levantamientos e insurrecciones se encontrará con toda la severidad de la ley militar alemana. ¡Comunistas y todos los que seguís sus mismas ideas, estáis advertidos!

Inmediatamente después de la toma de Roma por los alemanes, el coronel Giuseppe Cordero Lanza di Montezemolo, que negoció la rendición con el general Kesselring, asumió la dirección de la Oficina de Asuntos Civiles del comando «Ciudad Abierta». No obstante, casi desde el primer momento, los nazis dieron comienzo a los arrestos de ciudadanos y a las redadas para enviar hombres a trabajos forzados en el Reich. El teniente coronel Herbert Kappler, jefe de la policía alemana y los servicios de seguridad en Roma, establece la sede de la Gestapo y de las SS en un edificio de Via Tasso, donde se hallaba anteriormente la antigua oficina cultural de la embajada de Alemania. En el ala destinada a la prisión, todas las ventanas son tapiadas para evitar cualquier posible contacto con el exterior.

En las semanas siguientes, ochocientos quince mil soldados italianos fueron capturados por el ejército alemán y enviados a varios campos de concentración con la calificación de IMI (ayudantías militares italianas).

Durante este período difícil, peligroso y sangriento, los frailes del hospital Fatebenefratelli de la isla Tiberina desempeñaron un importante trabajo en la acogida y la atención tras los combates. Después de los enfrentamientos militares, numerosos heridos, algunos en estado muy grave, fueron atendidos de urgencia en las calles y luego trasladados en las ambulancias a la sala de emergencias y a los quirófanos.

El mismo domingo, día 12 de septiembre, se hizo pública una nueva ordenanza de las autoridades militares germanas con la que se establecía la entrega obligatoria al ejército alemán de toda clase de armas. El último plazo de recogida expiraba antes de la medianoche. También se advertía severamente que cualquiera que fuera sorprendido en posesión de armas de guerra hasta el 15 de septiembre sería fusilado tras un juicio sumario. A pesar del terror impuesto por tales amenazas, todavía se produjo un ataque armado contra vehículos alemanes en la Via Appia Nuova.

¡El Duce vuelve!

Desde que fuera hecho prisionero, Mussolini fue trasladado varias veces de lugar. Hitler quería rescatar a su amigo a toda costa y encargó a la inteligencia alemana que averiguase dónde lo tenían custodiado. Con tal fin, se eligió al coronel e ingeniero de las SS Otto Skorzeny, jefe de comandos de operaciones especiales. La búsqueda no era fácil, dado el estricto secreto que mantenían sus guardianes y las pistas falsas que permanentemente dejaban. Las pesquisas no cesaron hasta que fue interceptada y decodificada una comunicación radiofónica. Por fin, los agentes alemanes daban con el paradero exacto: el hotel Campo Imperatore, en el macizo del Gran Sasso, un lugar de difícil acceso en plenos montes Abruzos. Unos doscientos *carabinieri* lo defendían, con la orden expresa de impedir a toda costa que el Duce fuera liberado por los nazis. A sabiendas de ello, el comandante alemán Harald Mors planificó una operación de rescate muy audaz, llamada en clave Misión Roble, y que tendría lugar el 12 de septiembre de 1943. Primeramente, se envió una columna motorizada para controlar la estación de esquí de Assergi, neutralizando así a los soldados italianos y dejando incomunicado el hotel. Mientras tanto, una escuadrilla de planeadores, comandada por el teniente Otto von Berlepsch, tomaba tierra en las montañas cercanas. Junto a los alemanes, iba también el general italiano Fernando Soleti, que debía persuadir a los guardias para que no matasen a Mussolini. El rescate se logró sin que fuera necesario un solo disparo.

El Duce fue trasladado en avión a Viena, donde fue recibido como un héroe antes de hospedarse con todos los honores en el hotel Imperial. Estaba deprimido y apreciablemente desmejorado en su apariencia física. En este lamentable estado, fue recibido dos días después por Hitler. Apareció en las fotos oficiales vestido de negro, demacrado y con la mirada extraviada. Sin embargo, la exitosa operación militar alemana fue un gran elemento de propaganda, que fue explotado ufanamente por el ministro nazi Hermann Göring y por el propio Führer en aquel azaroso final de la guerra.

Mussolini fue restituido en el poder en el área de Italia ocupada por los alemanes, un estado títere del régimen nazi alemán que más tarde pasaría a convertirse en la denominada República Social Italiana.

El Mando Supremo de la Wehrmacht planeaba sustituir a los trabajadores alemanes en la industria armamentista por soldados italianos. Pero estas expectativas no se materializaron completamente. Después de ser desarmadas, las formaciones militares italianas se dispersaron en su mayoría; y solo una parte de los prisioneros italianos fueron deportados a Alemania para ser enviados inmediatamente a las fábricas.

En un nuevo discurso emitido por Radio Roma, Hitler se dirigió a sus enemigos en tono soberbio y amenazante: «¡El destino de Italia debe ser una lección para todos!». Anunciando un puño de hierro contra los traidores italianos, como una advertencia sobre lo que sucedería con aquellos que se atrevieran a ir contra los alemanes.

El 18 de septiembre Mussolini también se dirigió a los italianos a través de Radio Mónaco. Su repentina reaparición sorprendió a todos: la voz ya no sonaba con la fuerza de antes; ahora era la de un hombre mermado por acontecimientos adversos y temores. Muchos lo habían dado por muerto, y casi nadie sabía dónde había estado durante todo ese tiempo de silencio; si libre o preso y, en este caso, en manos de quién, dado que el armisticio del 8 de septiembre había dispuesto su entrega a los aliados. El destituido Duce anunciaba su regreso para instaurar un Estado que sería, según sus propias palabras, «nacional y social en el más alto sentido de la palabra, es decir, fascista». También liberaba a todos los oficiales de los ejércitos italianos del juramento de lealtad al rey. Ya desde el 15 de septiembre, los batallones fascistas «M» se habían unido formalmente a las fuerzas armadas alemanas.

Pero las urgencias bélicas de Hitler estaban muy por encima de los planes políticos del Duce y, en la práctica, la Italia controlada por los nazis era administrada igual que cualquier otro país ocupado.

De hecho, las autoridades alemanas de ocupación consideraban que el nuevo régimen mussoliniano solo resultaba útil para tareas menores de orden público y represión política.

De regreso a Italia, Mussolini formó el 23 de septiembre un nuevo Gobierno, compuesto por partidarios fieles, aunque sin fijar su capital en Roma, sino en la pequeña localidad de Saló (provincia de Brescia). Los intereses militares alemanes desaconsejaban la idea de que el dictador volviera a la capital, aunque tampoco él lo deseaba. El nuevo Estado se extendía inicialmente desde la frontera norte de Italia hasta la ciudad de Nápoles. Pero el 27 de septiembre, la población napolitana se levantó en armas contra las tropas del Eje, obligándolas a retirarse tras cuatro días de intensa y feroz lucha. Entonces la frontera sur de la República fascista quedó fijada en la llamada Línea Gustav, establecida a la altura de Cassino, buscando así cerrar a las tropas de los aliados occidentales el camino hacia Roma.

El nuevo régimen de Mussolini dependía en todo de la Alemania nazi; y no solamente en cuanto al sostén militar, sino también a las necesidades de la economía. A partir de entonces, casi toda la producción industrial italiana se dirigía al mercado alemán. Además, la escasez de combustibles fundamentales, como petróleo y carbón, hacía indispensable que fueran importados de Alemania.

Cincuenta kilos de oro por la vida de los judíos romanos

La noche del 26 de septiembre de 1943, el coronel alemán Herbert Kappler citó en su despacho de Villa Wolkonsky a los líderes de las comunidades judías de Italia y Roma, que por entonces eran Dante Almansi y Ugo Foà respectivamente. Sin preámbulos, el jefe nazi les dijo cruelmente que los peores enemigos contra los que luchaba el pueblo alemán eran los judíos, pero que ahora no reclamaría sus vidas ni las de sus hijos, sino cincuenta kilos de oro que debían ser entregados en las siguientes treinta y seis horas. A continuación, el coronel les advirtió severamente: «Si lo entregan, no se les hará daño. De lo contrario, doscientos hombres de ustedes serán detenidos y deportados».

Nada más salir del cuartel general de los alemanes, Dante Almansi y Ugo Foà convocaron a los miembros más influyentes de la comunidad para una reunión de urgencia. Casi todos estuvieron convencidos de manera pesimista de la imposibilidad de alcanzar el peso requerido en tan breve tiempo. Las penurias de la devastadora guerra y las leyes raciales habían empobrecido a las familias y las habían obligado a desprenderse de sus más preciados bienes. No obstante, comenzaron a buscar el oro que pudiera quedar. El rumor del abuso alemán corrió rápidamente y toda Roma quedó conmovida. Desde ese mismo día, judíos y no judíos, en un impulso de solidaridad humana sin precedentes, se aprestaron a contribuir en la apresurada colecta.

La mayoría de los objetos de oro aportados por los judíos de Roma para cumplir con la extorsión nazi tenían un valor emocional muy superior al puro precio comercial, al tratarse, en su mayoría, de entrañables recuerdos familiares. También una parte del metal fue aportado por parroquias y conventos cercanos al barrio judío. La propia Santa Sede, al tener conocimiento del chantaje, puso a su disposición la diferencia que no pudiera reunirse. Finalmente, el papa entregó quince kilos de oro.

La redada del 16 de octubre de 1943

El día 16 de octubre de 1943 daba comienzo en Roma una incursión militar decidida a capturar a todos los habitantes en el barrio de los judíos. Seguramente la operación estaba orquestada desde Berlín y, para facilitar esta maniobra, mil quinientos *carabinieri* habían sido deportados previamente a Alemania el día 7 de octubre. A las 5:30 de la mañana, unos trescientos soldados alemanes empezaron a acorralar y detener a toda clase de personas, hombres, mujeres, ancianos, niños y enfermos, que hasta hacía un momento estaban felizmente dormidas en sus casas, esperando una habitual mañana de Shabat.

En medio de la confusión, algunos judíos lograron salvarse con la ayuda de los ciudadanos que en esas horas advirtieron lo que estaba pasando. Después de cruzar el puente, un grupo de ellos corrió hacia el hospital Fatebenefratelli, que regentaban los hermanos de la Orden Hospitalaria de San Juan de Dios. Inmediatamente, fueron ocultados con la decisiva intervención de los frailes, y de fray Maurizio Bialek en particular. Mientras continuaba la redada, el superior de la comunidad religiosa avisó al cardenal Francesco Marchetti Selvaggiani, que era vicario del pontífice para la diócesis de Roma. El prelado habló con Pío XII, quien aprobó inmediatamente y sin dudarlo el rescate y apoyó cualquier acción humanitaria. Al mismo tiempo, el papa se reunía en el Vaticano con sus más cercanos colaboradores, entre los que estaba monseñor Luigi Traglia, que dejó testimonio del hecho. Muy pronto se activaron los protocolos para entrar en contacto con las delegaciones diplomáticas, y el abogado Carlo Pacelli preparó el texto de una carta en alemán para el comandante militar de Roma, el general Reiner Stahel, en la que se pedía el cese inmediato de la redada para no obligar al papa a una condena pública. El comisionado entregó la carta al obispo austriaco Alois Hudal, que la depositó personalmente en el mando militar alemán. El general Stahel logró hablar por teléfono con el jefe de las SS Heinrich Himmler y lo convenció, con argumentos de estrategia militar, de que se debían detener las redadas. Con la orden de Himmler, cesó la operación. De esta manera, aquellos que no habían sido detenidos todavía pudieron huir y se salvaron.

A las dos de la tarde, la redada había terminado. Y después de treinta horas de detención, los mil veintidós judíos arrestados fueron enviados desde la estación de tren Tiburtina a Auschwitz-Birkenau.

Entre las únicas dieciséis víctimas —quince hombres y una mujer— que regresaron a casa dos años después se encontraba Lello di Segni, el último superviviente de esa deportación, que murió el 26 de octubre de 2019 a la edad de noventa y un años. Cuando sucedió la tragedia, era apenas un muchacho de diecisiete años, pues había nacido el 4 de noviembre de 1926. Era el mayor de los cuatro hijos de Cesare de Segni y Enrichetta Zarfati y asistió a una escuela mixta interreligiosa hasta 1938, cuando se aprobaron las leyes fascistas de segregación racial. La familia vivía en una calle del histórico gueto judío, junto al Portico d'Ottavia.

En 1995 Lello di Segni concedió una entrevista al historiador Marcello Pezzetti, y relató cómo, antes de la redada, en plena noche los soldados alemanes habían advertido a los judíos locales que no abandonaran el vecindario, lanzando disparos intimidatorios contra las paredes exteriores de las casas del vecindario para evitar cualquier intento de fuga. Más tarde pudieron acorralar y capturar con facilidad a una población atemorizada.

Di Segni también contó que, deportado con toda su familia, fue el único niño que sobrevivió, junto con su padre Cesare, quien fue enviado a trabajar en las minas de carbón de Upper Silesia. Durante su internamiento en el campo de Auschwitz y luego en Dachau, fue conocido no por su nombre ni su apellido, sino solo como el número «158526».

Palacio Pontificio
Castel S. Angel
Monte Vaticano
Basílica de San Pedro
Plaza de San Pedro
Pte. de Vittorio Emanuele II
Pte. S. An
P. Aelius
Hospital del Espíritu Santo
Pte. del P. Amadeo de Saboya
Pte. de G. Mazzini
Via Lungara
Estación de San Pedro
Cárcel Regina Coeli
TRASTÉV
Puerta S. Pancracio

Roma

1943-45